望穿秋水

葛水平 著

中国文联出版社
http://www.clapnet.cn

新文学百年书香经典书系编委会

（以汉语拼音为序）

中国当代文学研究会会长	白　烨
北京大学中文系主任、著名学者	陈晓明
茅盾文学奖评委、著名作家	李一鸣
原解放军艺术学院院长、著名学者	陆文虎
鲁迅文学院常务副院长、著名作家	邱华栋
鲁迅文学奖得主、著名作家	王　干
北京语言大学教授、著名学者	徐宝锋
首都师范大学教授、著名学者	张志忠

目 录

喊山……………………………………………………1

道格拉斯/China………………………………………24

春风杨柳………………………………………………46

小包袱…………………………………………………61

望穿秋水………………………………………………86

比风来得早……………………………………………92

花开富贵………………………………………………115

连翘……………………………………………………136

纸鸽子…………………………………………………159

天殇……………………………………………………181

所有的念想都因了夜晚………………………………208

空山草马………………………………………………211

喊　山

一

　　太行大峡谷走到这里开始瘦了，瘦得只剩下一道细细的梁。从远处望去赤条条的青石头儿悬壁上下，绕着几丝儿云，像一头抽干了力气的骡子，瘦得肋骨一条条挂出来，挂了几户人家。

　　这梁上的几户人家，平常说话面对不上面要喊，喊比走要快。一个在对面喊，一个在这边答，隔着一条几十米直陡上下的深沟声音倒传得很远。

　　韩冲一大早起来，端了碗吸溜了一口汤，咬了一嘴黄米窝头冲着对面口齿不清地喊："琴花，对面甲寨上的琴花，问问发兴割了麦，是不是要混插豆？"

　　对面发兴家里的琴花坐在崖边上端了碗喝汤，听到是岸山坪的韩冲喊，知道韩冲想过来在自己的身上欢快欢快，斜下碗给鸡们泼过去碗底的米渣子，站起来冲着这边喊："发兴不在家，出山去矿上了，恐怕是要混插豆。"

　　这边厢韩冲一激动，又咬了一嘴黄米窝头，喊："你没有让发兴回来给咱弄几个雷管？獾把玉茭糟害得比人掰得还干净，得炸炸了。"

　　对面发兴家里的喊："矿上的雷管看得比鸡屁眼还紧，休想抠出个蛋来。上一次给你的雷管你用没了？"韩冲咽下了黄米窝头口齿清爽地喊："收了套就没有下的了。"

　　对面发兴家的喊："收了套，给我多拿几斤獾肉来啊！"

　　韩冲仰头喝了碗里的汤站起来敲了碗喊："不给你拿，给谁？你是獾的丈母娘呀。"

　　韩冲听得对面有笑声浪过来，心里就有了一阵紧一阵的高兴。哼着秧歌调往粉房的院子里走，刚一转身，迎面碰上了岸山坪外地来落户的腊宏。腊宏肩了担子，担子上绕了一团麻绳，麻绳上绑了一把斧子，像是要进后山圪梁上砍柴。韩冲说："砍柴？"腊宏说："呵呵，砍柴。"两个人错过身体，韩冲回到屋子里驾了驴准备磨粉。

　　腊宏是从四川到岸山坪来落住的，到了这里，听人说山上有空房子就拖儿带女地上来了。岸山坪的空房子多，主要是山上的人迁走留下来的。以往开山，煤矿拉坑木包了山上的树，砍树的人就发愁没有空房子住，现在有空房子住了，山上的树倒没有了，獾和人一样在山脊上挂不住了就迁到了深沟里，人寻了平坦地儿去，獾寻了人不落脚踪的地儿藏。腊宏来山上时领了哑巴老婆，还有一个闺女一个男孩。腊宏上山时肩上挑着落户的家当，哑巴老婆跟在后面，手里牵着一个，怀里抱着一个，哑巴的脸蛋因攀山通红透亮，平常的蓝衣，干净、平展，走了远路却看不出旅途的尘迹来。山上不见有生人来，惹得岸山坪的人们稀罕得看了好一阵子。腊宏指着老婆告诉岸山坪看热闹的人，说："哑巴，你们不要逗她，她有羊羔子疯病，疯起来咬人。"岸山坪的人们想：这个哑巴看上去寡脚利索的，要不是有病，要不是哑巴，她肯定不嫁给腊宏这样的人。话说回来，腊宏是个什么样的人——瓦刀脸，干巴精瘦，豆豆眼，干黄的脸皮儿上有害水痘留下来的窝窝。韩冲领着腊宏转一圈子也没有找下一个合适的屋，转来转去就转到韩冲喂驴的石板屋子前，腊宏停下了。

腊宏说："这个屋子好。"韩冲说："这个屋子怎么好？"腊宏说："发家快致富，人下猪上来。"韩冲看到腊宏指着墙上的标语笑着说。标语是撤乡并镇村干部搞口号让岸山坪人写的，当初是韩冲磨粉的粉房，磨房主要收入是养猪致富。韩冲说："就写个养猪致富的口号。"写字的人想了这句话。字写好了，韩冲从嘴里念出来，越念越觉得不得个劲，这句话不能细琢磨，细琢磨就想笑。韩冲不在里面磨粉了，反正空房子多，就换了一个空房子磨粉。韩冲说："我喂着驴呢，你看上了，我就牵走驴，你来住。"韩冲可怜腊宏大老远的来岸山坪，山上的条件不好，有这么个条件还能说不满足人家？腊宏其实不是看中了那标语，他主要是看中了房子，石头房子离庄上远，他不愿意抬头低头地碰见人。

住下来了，岸山坪的人们才知道腊宏人懒，腿脚也不勤快。其实靠山吃山的庄稼人，只要不懒，哪有山能让人吃尽。但腊宏常常顾不住嘴，要出去讨饭。出去大都是腊月天正月天，或七月十五八月十五，赶节不隔夜，大早出去，一到天黑就回来。腊宏每天回来都背一蛇皮袋从山下讨来的白馍和米团子，山里人实诚，常常顾不上想自己的难老想别人的难，同情眼前事，悃惶落难人。哑巴老婆把白馍切成片，把米团子挖了里边的豆馅，摆放在有阳光的石板上晒。雪白的馍、金黄的米团子晒在石板地上，走过去的人都要回过头咧开嘴笑，笑哑巴聪明，知道米团子是豆馅，容易坏。

腊宏的闺女没有个正经名字，叫大。腊月天和正月天，岸山坪的人会看到，腊宏闺女大端了豆馅吃，紫红色的豆馅上放着两片酸萝卜。韩冲说："大，甜馅儿就着个酸萝卜吃是个什么味道？"大以为韩冲笑话她就翻他一眼，说："龟儿子。"韩冲也不计较她骂了个啥，就往她碗里夹了两张粉浆饼子，大扭回身快步搂了碗，进了自己的屋里，一会儿拽着哑巴出来指着韩冲看，哑巴乖巧的脸蛋儿冲韩冲点点头，咧开的嘴里露出了两颗豁牙，吹风露气地笑，有一点感谢的意思。

韩冲说："没啥，就两张粉浆饼子。"

韩冲给岸山坪的人解释说："哑巴不会说话，心眼儿多，你要不给她说清楚，她还以为害她闺女呢。"

挖了豆馅的米团子，晒干了，煮在锅里吃，米团子的味道就出来了。哑巴出门的时候很少，岸山坪的人觉得哑巴要比腊宏小好多岁，看上去比腊宏的闺女大不了几岁，也拿不准到底小多少岁。哑巴要出门也是在自己的家门口，怀里抱着儿，门墩上坐着闺女，身上衣服不新却看上去很干净，清清爽爽的小样儿还真让青壮汉们回头想多看几眼。两年下来，靠门墩的墙被抹得亮旺旺的，太阳一照，还反光，打老远看了就知道是坐门墩的人磨出来的。

岸山坪的人不去腊宏家串门，腊宏也不去岸山坪的人家里串门。有时候人们听见腊宏打老婆，打得很狠，边打还边叫着："你敢从嘴里蹦一个字儿出来，老子就要你的命！"岸山坪的人说，一个哑巴你倒想让她从嘴里往出蹦一个字儿？

有一次韩冲听到了走进去，就看到了腊宏指着哆嗦在一边的哑巴喊着"龟儿子，瓜婆娘"，看着韩冲进来了，反手捏了两个拳头对着他喊起来："谁敢来管我们家的事情，我们家的事情谁敢来管！"腊宏平常见了人总是笑脸，现在一下黑了脸，看上去一双豆豆眼聚在鼻中央怪凶的。韩冲扭头就走，边走边大气不出地回头看，怕走不利索身上粘了什么晦气。

现在韩冲驾了驴准备磨粉，他先牵了驴走到院子一角让驴吧嗒两粒驴粪，然后又给驴套上嘴护捂了眼罩驾到石磨上,用漏勺从水缸里捞出泡软的玉茭填到磨眼上。韩冲拍了一下驴屁股,驴很自觉地绕着磨道转开了。

韩冲因为家境穷,30岁了还没有说上媳妇,想出去当女婿,出去几次也没有找到合适的家户,反复几年下来就这么耽搁了。也不是说韩冲长得不好,总体看上去比例还算匀称,主要问题还是山上穷,山下的哪个闺女愿意上来?次要问题是他和发兴老婆的事情,天下没有不漏风的墙,这种事情张扬出去就不是落到了尘土深处,而是落入了人嘴里,人嘴里能飞出什么好鸟吗?

头一道粉顺着磨缝挤下来流到槽下的桶里,韩冲提起来倒进浆缸,从墙上摘下罗,舀了粉,一边罗,一边擦着溅在脸上的粉浆,白糊糊的粉浆像梨花开满了衣裳。韩冲想:都说我身上有股老浆气,女人不喜欢挨,我就闻着这个味道好,琴花也闻着这味道好。一想到琴花,想到黑里的欢快,他就鸟儿一样吹了两声口哨。他罗下来的粉叫第二道粉,也是细粉,要装到一个四方白布上,四角用吊带拎起来吊到半空往外淋水,等水淋干了,一块一块掰下来,用专用的荆条筐子架到火炉上烤。烤干了打碎就成了粉面,和白面豆面搭配着吃,比老吃白面好,也比老吃玉茭面细,可以调换一下口胃。

甲寨和沟口附近的村子,都拿玉茭来换粉面。韩冲用剩下来的粉渣喂猪,一窝七八头猪,单纯用粮食喂猪是喂不起的,韩冲磨粉就是为了赚个喂猪的粉渣。做完这些活儿,韩冲打了个哈欠给驴卸了眼罩和护嘴,牵了出来拴到院子里的苹果树上,眯了眼睛望了望对面,想找一个人。没想到他想找的人现在也在崖边上往这边看,他赶紧三步并两步,用手抠着衣服上的白粉浆往崖头上走,远远地他就看见了他现在最想要找的人——发兴的老婆琴花。

"韩冲,傍黑里记着给我舀过一盆粉浆来。"

琴花让韩冲舀粉浆过去,韩冲就最明白是咋回事了,心里欢快地跳了一下,他知道这是叫他晚上过去的暗号。还没等得韩冲回话,就听得后山圪梁的深沟里下的套子轰的响了一下,韩冲一下子就高兴了起来,对着对面崖头上的琴花喊:"日他娘,前晌等不得后晌,崩了,吃什么粉浆,你就等着吃獾肉吧!"

韩冲扭头往后山跑,后山的山脊越发的瘦,也越发的险,就听得自己家的驴应着那一声爆炸,惊得"哥哦哥,哥哦哥"地叫。

韩冲抓着荆条往下溜,溜一下屁股还要往下坐一下。韩冲当时下套的时候,就是冲着山沟里人一般不进去,獾喜欢走一条道,从哪里来到哪里去,一点弯道都不绕。獾拱土豆,拱过去你找不到一个土豆,拱得干干净净,獾和人一样就喜欢认死理。韩冲溜下沟走到了下套的地方,发现下套的地方有些不对劲,两边有两捆散开了的柴,有一个人在那里躺着哼哼。韩冲的头霎时就大了,满目金星出溜出溜地往出冒。

炸獾炸了人了!炸了谁了?

韩冲腿软了下来问:"是谁?"

"韩冲,你个龟儿子,你害死我了。"

听出来了,是腊宏。

韩冲奔过去,看到套子的铁夹子夹着腊宏的脚丢在一边,腊宏的双腿没有了。人歪在那里,两只眼睛瞪着比血还红。韩冲说:"你来这里干啥来了?"腊宏抬起手指了指前面,前面灌木丛生,有一棵野毛桃树,树上挂了十来个野毛桃果,有一个小松鼠鬼鬼祟祟朝这边瞅。韩冲回过头,看到腊宏歪了头不说话了,他忙把腊宏背起来往山上走,腊宏的手里捏了把斧头,死死地捏着,在韩冲的胸前晃,有几次灌木丛挂住了也没有把它拽落。

韩冲背了腊宏回到村里，山上的男女老少都迎过来，看背上的腊宏黄锈的脸上没有一丝儿血色。把他背进了家放到炕上，他的哑巴老婆看了一眼，紧紧地抱了怀中的孩子扭过头去，弯下腰呕吐了一地。听得腊宏轻轻地咳嗽了一声，哑巴抬起身迎了过来，韩冲要哑巴倒一碗水，哑巴端过来水，突然腊宏的斧头照着哑巴砍了过去。腊宏用了很大的劲，嘴里还叫着："龟儿子你敢！"韩冲看到哑巴一点也没有想躲，腊宏的劲儿看见猛，实际上斧头的重量比他的劲儿要冲，斧头"咣当"垂直落地了。哑巴手里的一碗水也落地了。腊宏的劲儿也确实是用猛了，背过一口气，半天那气丝儿没有拽直，张着个嘴歪过了脑袋。韩冲没敢多想跑出去紧着招呼人绑担架要抬着腊宏下山去镇医院，岸山坪的人围了一院子伸着脖子看，对面甲寨崖边上也站了人看，琴花喊过话来问："炸了谁了？"

这边上有人喊："炸了讨吃了！"

他们管腊宏叫讨吃。

琴花喊："炸没人了，还是有口气？"

这边上的说："怕已经走到奈何桥上了。"

韩冲他爹扒开众人走进屋子里看，看到满地满炕的血，捏了捏腊宏的手还有几分柔软，拿手背儿探到鼻子下量了量，半天说了声："怕是没人了。"

"没人了。"话从屋子里传出来。

外面张罗着的韩冲听了里面传出来的话，一下坐在了地上，驴一样"哥哦哥，哥哦哥——"地号起来。

二

炸獾会炸死了腊宏，韩冲成了岸山坪第二个惹出命案的人。

这两三年来，岸山坪这么一块小地方已经出过一桩人命案了。两年前，岸山坪的韩老五外出打工回来，买了本村未出五服的一个汉们的驴，结果驴牵回来没几天，那驴就病死了。两人为这事麻缠了几天，一天韩老五跟这汉们终于打了起来。那韩老五性子烈，三句话不对，手里的镰刀就朝那汉子的身子去了，只几下，就要了人家的命。山里人出了这样的事，都是私下找中间人解决，不报案。山里人知道报案太麻缠，把人抓进去就是毙了脑瓜，就是两家有了仇恨，最终顶个屁用？山里的人最讲个实际，人都死了，还是以赔为重。村里出了任何事，过去是找长辈们出面，说和说和，找个都能接受的方案，从此息事宁人。现在有了事，是干部们出面，即使是出了命案，也是如此，如法炮制。韩老五不是最终赔了两万块钱就拉倒了事？

如今腊宏死了，他老婆是哑巴，孩子又小，这事咋弄？岸山坪的人说，人死如灯灭，活着的大小人儿以后日子长着呢，出俩钱买条阳关道，他一个讨吃又是外来户，价码能高到哪儿去？

这天韩冲把山下住的村干部——都请上来，干部们随韩冲上了岸山坪，一路上听事情的来龙去脉，等走上岸山坪时，已了解得八九不离十了。

看了现场，出门找了一个僻静的地方站下来，商量了一阵子，认为最好的办法是按这里的规矩来办。他们责成会计王胖孩来当这件事情处理的主唱：一来他腿脚勤；二来这种事情不是什么好事，一把二把手不便出面；三来这王胖孩的嘴比脑子翻转得快。

返进屋里坐下，王胖孩用手托着下巴颏对哑巴说："你们住的这房是韩冲原来的吧？韩冲对你家腊宏应该是不错吧？他俩没仇没恨吧？腊宏因为砍柴误踩了韩冲的套子，这种事谁也没有料到吧？"咳嗽了一声，旁边的一个突然想起了什么，有些摸不着深浅地问："你是哑巴？都说哑巴是十哑九聋，不知道你是听得见还是听不见？要是听见了就点一下头，要是听不见说也白说。"村干部和韩冲的眼光集体投向哑巴，就看到那哑巴居然慌秋秋地点了一下头。

干部们惊讶得抬直身体"嗷"了一声，王胖孩舔了舔发干的嘴片子，尽量摆正态度把话说普通了："这么说吧，你男人的确是死了……不容置疑。"

说到这里就看到腊宏老婆打了个激灵。王胖孩长叹一声继续说："真是生死由命，富贵在天啊。你说骂韩冲炸獾炸了人了吧，他已经炸了，你说骂腊宏福薄命贱吧，他都没命了。这事情的不好办就是活的人活着，死的人他到底死了，活的人咱要活，死的人咱要埋，是吧？这事情的好办是，你不是一个不讲道理的妇女，你心明眼亮可惜就是不会说话。我们上山来的目的，就是要活的人更好地活着，死的人还得体面地埋掉。你一个哑巴妇女，带了两个孩子，不容易啊。现在男人走了，难！咱首先解决这个难中之难的问题，你相信我这个村干部，就让韩冲埋人，不相信我这个村干部，你就找人写状纸，告。但是，你要是告下来，韩冲不一定会给腊宏抵命，我们这些村干部因为你不是岸山坪的，想管，到时候怕也不好插手，说来你娘母们还是个黑户嘛！"

腊宏的哑巴老婆惊讶得抬起头瞪了眼睛看。王胖孩故意不看哑巴扭头和韩冲说："看见这孤儿寡母了吗？你好好的炸球什么獾？炸死人啦！好歹我们干部是遵纪守法爱护百姓一家人的，看你凿头凿脑咋回事儿似的，还敢炸獾？赶快把卖猪的钱从信用社提出来，先埋了人咱再商量后一步的赔偿问题！"

哑巴像是丢了魂儿似的听着，回头望望炕上的人，再看看屋外屋内的人，哑巴有一个间歇似的默想，稍顷，抽回眼睛看着王胖孩笑了一下。

这一笑，让有一种强烈的表现欲望的王胖孩沉默了。哑巴的神情很不合常理，让干部们面面相觑不知道她到底笑个啥。

干部们做主让韩冲把他爹的棺材抬出来装了腊宏，事关重大，他爹也没有说啥。韩冲又和他爹商量用他爹的送老衣装殓腊宏。韩冲爹这下子说话了：

"你要是下套子炸死我了倒好了，现成的东西都有，你炸了人家，你用你爹的东西埋人家，都说是你爹的东西，但埋的不是你爹，这比埋你爹的代价还要大，我操！"

韩冲的脸儿埋在胸前不敢搭话，他爹说："找人挖了坟地埋腊宏吧，村干部给你一个台阶还不赶快就着下，等什么？你和甲寨上的娘们混吧，混得出了人命了吧？还搭进了黄土淹没脖子的你爹。你咋不把脑袋埋进裤裆里！"说完，韩冲爹从木板箱里拽出大闺女给他做好的送老衣，摔在了炕上。

把腊宏装殓好，棺材准备起了，四个后生喊："一二，起！"抬棺材的铁链子突然断了，抬棺材的人说："日怪，半大个人能把铁链子拉断，是不是家里不见个哭声？"

哑巴是因为哭不出声，女儿儿子是因为太小，还不知道哭。王胖孩说："锣鼓点儿一敲，大幕儿一拉，弄啥就得像啥！死了人，不见哭声叫死了人吗？这还是咱们的工作没有做好，这样吧，去甲寨上找几个女人来，村里花钱。"

马上就差遣人去甲寨上找人，哭妇不是想找就能找得到，往常有人不在了，论辈分往下排，哭的人不能比死的人辈分大。现在是哭一个外来的讨吃，算啥？

女人们就不想来，韩冲一看只好一溜儿小跑到了甲寨上找琴花。进了琴花家的门，琴花正在做饭。听了韩冲的来意后，琴花坐在炕上说："我哭是替你韩冲哭，看你韩冲的面，不要把事情颠倒了，我领的是你韩冲的情，不是冲村干部的面子。"

韩冲说："还是你琴花好。"

看到门外有人影儿晃，琴花说："这种事给一头猪不见得有人哭。这不是喜丧，是凶丧。也就是你韩冲，要是旁人我的泪布袋还真不想解口绳呢。"

门外站着的人就听清了——琴花要韩冲出一头猪，这可是天大的价码。

琴花见韩冲哭丧个脸，一笑，从箱子里拽了一块枕巾往头上一蒙，就出了门。

走到岸山坪的坡顶上看了一眼黑压压的人群，就扯开了喉咙："你死得冤来死得苦，讨吃送死在了后梁沟——"

村干部一听她这么样的哭，就要人过去叫她停下来——这叫哭吗？硬邦邦的没有一点儿情感。

琴花马上就变了一个腔："水流千里归大海，人走万里归土埋，活归活啊死归死，阳世咋就拽不住个你？呀喂——呵呵呵。"

琴花这么一哭把岸山坪的空气都抽拽得麻秫起来，有人试着想拽了琴花头上的枕巾看她是假哭还是真哭，琴花手里挂着一根干柴棍抡过去敲在那人的屁股蛋上，就有人捂了嘴笑。琴花干哭着走近哑巴，看到哑巴不仅没有泪蛋子在眼睛里滚，眼睛还望着两边的青山。琴花哭了两声不哭了，你的汉们你都不哭，我替你哭你好歹也应该装出一副丧夫的样子吧。

埋了腊宏，王胖孩叫来几个年长的坐下商量后事，一干人围着石磨开始议事。比如，这哑巴和孩子谁来照顾，怎么个照顾法，都得立个字据。韩冲说："最好一次说断了，该出多少钱我一次性出够，要连带着这么个事，我以后还怎么样讨媳妇？"大伙研究下来觉得是个事情，明摆着青皮后生的紧急需要，事儿是不能拖泥带水，得抽刀斩水。

一个说："事情既出由不得人，也是大事，人命关天，红嘴白牙说出来的就得有个道理！"

一个说："哑巴虽然哑巴，但哑巴也是人。韩冲炸了人家的男人了，毕竟不是他有意想炸，既然炸了，要咱来当这个家，咱就不能理偏了哑巴，但也不能亏了韩冲。"

一个说："毕竟和韩老五打架的事情不是一个年头了，怕不怕老公家怪罪下来？"

一个说："现在的大事小事不就是俩钱吗，从光绪年到现在哪一件不是私了？有直道儿不走，偏走弯道儿。老公家也是人来主持嘛，要说活人的经验不一定比咱懂多少，舌头没脊梁来回打波浪，他们主持得了这个公道么？"

王胖孩说："话不能这么说，咱还是老公家管辖下的良民嘛！"

王胖孩要韩冲把哑巴找来，因为哑巴不说话，和她说话就比较困难。想来想去想了个写字，却也不知道她是否认字。王胖孩找了一本小学生的写字本和一根铅笔，在纸上工工整整写了一行字，递过来给哑巴看。

哑巴看了看，取过笔来，也写了一行字递过去。韩冲因为心里着急伸过去脖子看，年长的因为稀罕也伸过脖子，发现上面的第一行是村干部写的："我是农村干部，王胖孩，你叫啥？"后一行的字歪歪扭扭写了："知道，我叫红霞。"

所有的人对视了一下，稀罕这个哑巴不简单，居然识得俩字。

"红霞，死的人死了，你计划怎么办？要多少钱？"

"不要。"

"红霞，不能不要钱。社会是出钱的社会，眼下农村里的狗都不吃屎了，为什么？就因为日子过好了啊，钱是啥？是个胆儿，胆气不壮，怕米团子过几天你娘母们也吃不上了。"

"不要。"

"红霞妇女，这钱说啥也得要，只说是要多少钱？你说个数，要高了韩冲压，要少了我们给你抬，叫人来就是为了两头儿取中间主持这个公道。"

"不要。"

小学生写字本上三行字歪歪扭扭看上去很醒目，大伙儿觉得这个红霞是气糊涂了，哪有男人被人搞死了不要钱的道理？要知道这样的结果还叫人来干啥？写好的字条递给韩冲，要他看了拿主意，使了一下眼儿，两个人站起来走了出去。收住脚步，王胖孩说："她不是个简单的妇女，不敢小看了，她想把你弄进去。"韩冲吓了一跳，脚尖踢着地面张开嘴看王胖孩。王胖孩歪了一下头很慎重地思忖了一下说："哪有给钱不要的道理，你说。她不是想把你弄进去是什么？"韩冲越发不知道该说什么了。王胖孩指着韩冲的脸说："要暖化她的心，打消她送你进去的念头，不然你一辈子都得背着个污点，有这么个污点你就甭想说上媳妇。"韩冲闭上嘴，咽下了一口唾沫，唾沫有些划伤了喉咙，火辣辣地疼。

"这几天，你只管给哑巴送米送面。你知道，我也是为你好，让老公家知道了，弄个警车来把你带走了，你前途毁了，以后出来怎么做人？趁着对方是个哑巴，咱把这事情就哑巴着办了，省了官办，民办了有民办的好处。明白不？"韩冲点了头说："我相信领导干部！"

两个人商量了一个暂时的结果，由韩冲来照顾她们娘母仨。返进屋子里，王胖孩撕下一张纸来，边念边写：

"合同。甲方韩冲，乙方红霞。韩冲下套炸獾炸了腊宏，鉴于目前腊宏媳妇神志不清的情况，不能够决定赔偿问题，暂时由韩冲来负责养活她们母子仨，一日三餐，吃喝拉撒，不得有半点不耐烦，直到红霞决定最后的赔偿，由村干部主持，岸山坪年长的有身份的人最后得出结果才能终止合同。合同一方韩冲首先不能毁约，如红霞对韩冲的照顾有不满意之处，红霞有权告状，并加倍罚款。"

合同一式两份，韩冲一份，哑巴一份。立据人互相签了字，本来想着要有一番争吵的事情，就这么说断了，岸山坪人的心里有一点盼太阳出来阴了天的感觉，心里结了个疙瘩，莫名地觉得哑巴真的是傻，互相看着都不再想说话了。

送走王胖孩，韩冲折好条子装进上衣口袋，哑巴前脚走，韩冲后脚卸了炉上的粉走进了哑巴家。

进了哑巴家韩冲看到哑巴的房梁上吊下来两个笤筐，笤筐下有细小的丝线拉拽着一条一条的小虫，韩冲知道那笤筐里放的是讨来的晒干了的米团子和白馍。哑巴没有停下手里的活，她手里正拿了一捧米团子放在锅台边，一块一块往下磕面上生的小虫，磕一块往锅里煮一块，锅台上的小虫伸展了身子四下跑，哑巴端下锅，拿了笤帚，两下子就把小虫子扫进了火里，坐上锅，听得噗噗的响。

韩冲眯缝着眼睛歪着脖子说："这哪是人吃的东西。"提下了笤筐走出去倒进了自己的猪圈里，猪好久没有换口味了，哑巴着干邦硬的米团子，吐出来吞进去，嘴片子错得吧唧吧唧响。韩冲给哑巴提过来面和米，哑巴拉了闺女和孩子笑着站在墙角看他一头汗水地进进出出。韩冲想，你这个哑巴笑什么，我把你汉们炸了你还和我笑。但他不敢多说话，只顾埋头干他的活。

这时候就有人陆续走上岸山坪来看哑巴的孩子，有的想收留哑巴的孩子，有的干脆就想收留哑巴。韩冲装作没看见，他想要是真有人把哑巴收留了才好，她一走我就啥也不用赔了。但哑巴这时候面对来人却很决绝地把门关上了。

王胖孩又来到了岸山坪，要韩冲叫了年长的和有些身份的人走进了哑巴的家。王胖孩坐下来看着哑巴说："今天我来是给你做主，有啥你就说。"韩冲坐到门墩上琢磨着这个事情该怎么开头，说什么好。就听得王胖孩说："咱打开天窗说亮话，不绕弯子了，这理说到桌面儿上是欠了人家一条命，等于盖屋你把人家的大梁抽了，屋塌了。现在，你一个孤寡妇女，又是哑巴，带着俩孩子，容易吗？要我说就一个字——难。红霞，老话重提，你说出个数字来，要多少？"

　　哑巴抬起头拿过一根点火的麻秆来在石板地上写了俩黑字——不要。村干部接过麻秆来，大大地在地上写了两个字——两万。韩冲低下头看，请来的也低下头看，抬起头互相点了点头，大意是有了韩老五的事情在前面做样板，这样的处理结果也是说得过去的。韩冲说话了："胖孩哥，两万块暂时拿不出，能不能分期付？如果不行，就得给我政策，让我贷。"

　　王胖孩想了半天说："上头的政策主要是鼓励农民贷款致富，哪有让你贷款用来买命的？这事要说也没有个啥，摆到桌面上就是个事。你是不是到对面的甲寨上找一找发兴，他儿在矿上，煤炭现如今效益不错，他家里想来是有货的，借一借嘛。琴花虽然是出了名的铁公鸡，毕竟是喝过你的粉浆，吃过你的獾肉，还是你的相好，你炸死的这个人用的雷管还是她提供的，咱嘴上不说，她是脱不了干系的。"

　　韩冲不好意思地低下了头。

　　事情说到这里，王胖孩和哑巴红霞说："按我的意思来，你不要，不等于我们不懂，我们不懂就是欺负你了，这不符合山里人的作风。等韩冲凑够了钱，我再到这山上来亲手递给你。咱这事情就算结束，你也好准备你的退路。一个妇道人家没有汉们帮衬，哪能行啊！韩冲，话说回来大家是为了你办事，光跑腿我就跑了几趟，你小子懂个眼色不懂？"

　　韩冲大眼儿套小眼儿看着王胖孩，王胖孩举起手里的麻秆说："这，缩小了像个啥？"韩冲想，像个啥？哑巴从王胖孩手里拿过麻秆来掰下前面点黑了的一小截，叼在嘴上咂吧了两口，韩冲明白了，他是想要烟哩。稀罕得岸山坪的长辈们放下手中的旱烟锅子看哑巴，哑巴看得不好意思了低下了头。

　　韩冲赶紧出去到代销点上买了两条烟递给了王胖孩。王胖孩说："这是啥意思？乡里乡亲的弄这？"说罢，掰开一条烟给坐着的长辈一人发了一包，自己把剩下的夹在腋窝下起身走了。

　　长辈们看着手里的烟，咧开嘴笑着，心里却不是个滋味，啥也没表态走了两步路就赚了一包烟，很是有点不好意思。韩冲说："算个啥嘛，都是德高望重的人，就是没事我韩冲也应该孝敬你们！"

<h2 style="text-align:center">三</h2>

　　借钱的事情很简单，也很复杂，简单得就像天上的一颗太阳，无际蓝天，没有鸟儿飞翔，看上去空旷；复杂得突然就乱云飞渡，飞渡的云不是瓦片和挠钩状儿，是黑云压山，兜头浇得韩冲凉刷刷的。

　　韩冲去对面的甲寨上，要下了沟，绕出山，再转回来上对面，大约要一个半钟点。

　　这地方的人叫吃亏不叫吃亏，叫吃加死，韩冲这一回借钱就吃了大加死。

　　走上甲寨人们就说："韩冲，还敢不敢下套子了？胆子大啊，那讨吃下那深沟做啥去了，活该要他的命。"韩冲挠了挠头发，"呵呵"笑了一下，很不舒展。不断有人问，韩冲就不断很不舒展地"呵呵"。

走进发兴的院子里，看到发兴坐在小马扎上抽旱烟，烟锅子在地上磕了一下子，说："你来了，稀客。有啥事不喊要过沟来说？我可是头一回见你大白天来。也是的，炸獾咋就炸了人了？"

韩冲说："话不能这样儿说，大白天不来搭黑来干啥？老哥你就不要瞎猜了，人倒霉了放个屁都砸脚后跟。我也思谋着他下那沟做甚了，两捆柴好好地摔在一边，手里握着一把斧头不丢，看见我眼睛瞪得快要出血，恨不能把我吃掉，我操。不过话说回来，咱是断了人家哑巴的疼了。"

琴花撩开碎布头拼成好看的门帘出来，说："韩冲，以后不要下套子了，那獾又不是光吃你的玉茭，你把人炸了，亏得他是外来的，要是本地的，不让你抵命才怪。"

韩冲低下头看着自己的脚尖，鞋是一双解放球鞋，因为旧了，剪了前边和后边，当凉鞋穿。韩冲看着看着就想把过来的意思挑明。韩冲说："我过来是有个事情想求你们俩口帮忙。"

琴花返进去从屋子里端出一罐头瓶水来递给他说："帮啥忙？跑腿找人的事，发兴能帮得上就一定帮。这两天架驴磨粉了？你不要因为这事把猪饿了，该做啥还做啥，腊月里我大儿要订婚，还想借你一头猪下酒席呢。你要赶不上喂，赶过来我喂，秋口上卖了咱二一添作五分。"

韩冲抬起头看琴花，琴花脸上挂着笑，嘴角角上的一颗黑土眼（痣）翘起来顶在鼻子边。韩冲想，琴花脸上的这个黑土眼坏了她好几分人才。

发兴说："事情最后怎么处理了，说了个甚解决办法？听说有人上来说哑巴，女人要是没有了男人，小腰就断了，就拖不动腿了，也怪可怜的。"

琴花说："傻哑巴不知道哭，看来是真有病，山下有人要她，收拾走算了，省了你来照顾。"

韩冲鼓了鼓勇气说："不瞒你们两口说，我今儿过来这甲寨上就是想和你们打凑俩钱，给哑巴。救个急，误不了你娶媳妇，我韩冲是说话算话的。"

一听说是借钱，琴花就示意发兴闭嘴。琴花走到韩冲的面前看着他说："说起来是应该帮忙，出了这么大的事情，啊呀，我当时就不敢过去看那死鬼，听人说，下半截整个都没了。吓死了。事情是出了，有事说事，按道理是得赔人家，是不是？按道理谁能帮上忙就帮忙，乡里乡亲的，抬头不见低头见，谁家不出个事？古话说了，有啥别有事，没啥别没钱，两件事都让摊上了。可有些事情摊上了，还真是帮不上你这个忙。我给你说吧，腊月里要给大儿订婚正月里不娶，明年秋口上也得娶，如今说个媳妇容易吗，屁股后捧着人家还要脱落，敢松口气？我要是真有钱我还真舍得借你，不怕你不还，可就是没有钱，活了个人带了个穷命，难啊！"

韩冲看着琴花的嘴一张一合的，想自己还亲过这张嘴，嘴里的舌头滑溜溜，有时候也咬一下韩冲的下嘴片子，到韩冲的忘情处会说，人家都穿七分裤了，你也给我买一条穿穿，我是二尺四的腰，要小方格子的面料。韩冲会说，穿那干啥，不好看，憋得屁股和两瓣瓣蒜一样。琴花说，你不买，你就给我下来，我看你哪头难受！韩冲在她身上正忙着，只好忙说，买买。

韩冲你给我买一盒舒肤佳香胰子，韩冲你给我看看我的肚皮是不是松得厉害了，我也想买条裹腹裤。韩冲，我除了不和你住一个屋子，住一个屋子里干的事，咱都干了，也就等于是一家人了，你赚了钱就给我花，我从心里疼你……

韩冲看着琴花心想你身上穿的从里到外哪一样不是我买的，你琴花疼我了？疼我什么了？关键的时候，说到钱的时候，你就和我二心了。

发兴说："这事情不是帮忙不帮忙的事情，是帮不了这忙，是人命关天。小老弟，都怪你炸球什么獾嘛！"

韩冲想，也就是啊，炸球什么獾嘛！

琴花的短腿直着一条，斜着一条，直着的硬邦邦地站着，斜着的抖抖地闪，闪得人心中想生气。韩冲说："看在以往的面子上，你们就帮我一回吧，我炸死人，要不是你给我雷管，我拿什么炸他？"

琴花一下把斜着的那条腿收了回来指着韩冲说："以往怎么啦，以往就吃了你几次粉浆，当是什么好东西啊，给猪吃的东西，从崖下吊给我吃，讨你什么便宜了？韩冲，不是说不借给你钱，是没有东西借给你，你当是清明上坟托鬼洋，八月十五打月饼，找个模子就现成？我是给你雷管了，我叫你韩冲炸人了？你炸死人怨我的雷管，笑话！既然说到这个份上了，我哭讨吃的那头猪不要了，落得送你给人情。"

韩冲说："我多会儿说要送你一头猪了？"

发兴说："装傻，谁都知道你要给一头猪！要说讨便宜，你是讨了大便宜了，别说是一头猪，十头猪你也不吃加死。别人不知道，我是心知肚明。"

琴花打断了发兴的话："你心知个啥，肚明个啥？不会说不要抢着说。"

韩冲端起罐头瓶一口喝了瓶里的水说："我也就是到了困难的时候吧，才找你们来张嘴，张一回嘴容易吗？张开了难合住，给个面子，没多总有个少吧？这沟里就你们还有俩钱，我也是屎憋到屁股门上了，我要有二指头奈何也不会张嘴求人，琴花求你了！"

琴花说："韩冲，我是真想帮你这个忙，可就是心有余而力不足，十块八块的又不顶个事情办，三千两千我还真没有见过，要有就借你了，丑话说到头了，你走吧，甲寨上的人在大门外看咱的笑话哩。"

韩冲站了起来要走，琴花又说话了："你欠我多少，不是一头猪能还得了的，走归你走，但你得记清楚了。"这一句话说得不是时候，琴花的本意是想说，要是还想着我，你就来，来就得带零花儿来。可说这话儿不是个地方，韩冲都快急得火烧眉毛了他哪里能绕过这个弯。

韩冲一下站住了说："两清了。这钱我不借了，你有本事继续要你的本事，隔着崖，你是甲寨上的，我是岸山坪的，井水不犯河水。发兴，你老婆本事大啊。"

琴花的脸霎时就青了，这叫人话吗？得了便宜卖乖，不借你钱，舌头就长刺了，这就让琴花难咽这口气。

琴花说："站住，韩冲！"一下就扑过去跳起来照着韩冲的脸捆了一个巴掌，韩冲没有防备，一下就怔住了。

韩冲说："不借钱就算了，你还打我，我打你吧，我不君子，不打你吧你太张狂了，跳起来打，不够三尺高的人就是毒。我拿雷管炸了人，那雷管我有吗？还不是你给的！"

发兴站起来拖住了琴花，琴花兜头给了发兴一巴掌，跳着脚跑出院外，甲寨上看热闹的人自动让了个场地看琴花表演："你个缺德鬼，你害了死人害活人，你炸獾咋就不炸了你，讨吃哪天说不定就来勾你命了，你等着吧，不在崖下在崖上，不在明天在后天，你死了也要狼拖狗拽了你，五黄六月蛆轰了你！"

韩冲听着身后的叫骂声，踢着地上的石头蛋走，脑子里轰轰响，石头蛋掀了脚指甲盖，也不觉得疼。自己说得好好的，这个傻逼就翻了脸，真是人小鬼大难招架。我操！

四

这是哑巴第一次出门，她把孩子放到院子里，要"大"看着，她走上了山坡。熏风温软地吹着,她走到埋着腊宏的地垄头上,坟堆有半人多高,她一屁股坐到坟堆堆上,坟堆堆下埋着腊宏,她从心里想知道腊宏到底是不是真的去了。一直以来她觉得腊宏还活着,腊宏不要她出门,她就不敢出门。今儿,她是大着胆子出门了,出了门,她就听到了鸟雀清脆的叫声从山上的树林子里传过来。

哑巴绕着坟堆走了好几圈,用脚踢着坟上的土,嘴里喃喃地说着一串儿话,是谁也听不见的话。然后坐到地垄上哭。岸山坪的人都以为哑巴在哭腊宏,只有哑巴自己知道她到底是在哭啥。哑巴哭够了对着坟堆喊,一开始是细腔儿,像唱戏的练声,从喉管里挤出一声"啊",慢慢就放开了,唢呐的冲天调,把坟堆都能撕烂,撕得四下里走动的小生灵像无头的苍蝇一样乱往草丛里钻。哑巴边喊边大把抓了土和石块砸坟头,她要砸出坟头下的人问问他,是谁让她这么无声无息地活着?

远远地看到哑巴喊够了像风吹着的不倒翁回到了自己的院子里,人们的心才放到了肚子里。哑巴取出从不舍得用的香胰子,好好洗了洗头,洗了脸,找了一件干净的衣服换上出了屋门。哑巴走到粉房的门口,没有急着要进去,而是把头探进去看。看到韩冲用棍搅着缸里的粉浆,搅完了,把袖子挽到臂上,拿起一张大箩开始箩浆。手在箩里来回搅拌着,落到缸里的水声哗啦啦、哗啦啦地响,哑巴就觉得很温暖。哑巴大着胆子走了进去,地上的驴转着磨道,磨眼上的玉茭塌下去了,哑巴用手把周围的玉茭填到磨眼里,她跟着驴转着磨道填,转了一圈才填好了磨顶上的玉茭。哑巴停下来抬起手闻了闻手上的粉浆味儿,是很好闻的味儿,又伸出舌头来舔了舔,是很甜的味道,哑巴咧开嘴笑了。

这时候韩冲才发现身后不对劲,扭回头看,看到了哑巴的笑,水光亮的头发,白净的脸蛋,她还是个很年轻的女人嘛,大大的眼睛,鼓鼓的腮帮,翘翘的嘴巴。韩冲把地里看见的哑巴和现在的哑巴做了比较,觉得自己是在梦里,用围裙擦着手上的粉浆说:"你到底是不是个傻哑巴?"哑巴吃惊地抬起头看,驴转着磨道过来用嘴顶了她一下,她的腰身呛了一下驴的鼻子,驴打了个喷嚏,她闪了一下腰。哑巴突然就又笑一下,韩冲不明白这个哑巴的笑到底是羊羔子疯病的前兆,还是她就是一个爱笑的女人。

大槺着弟弟在门上看粉房里的事情,看着看着也笑了。

哑巴走过去一下抱起来儿子,用布在身后一绕把儿子裹到了背上走出了粉房。

岸山坪的人来看哑巴,觉得这哑巴倒比腊宏活着时更鲜亮了。韩冲萝粉,哑巴看磨,孩子在背上看着驴转磨咯咯咯笑。来看她的人发现她并没有发病的迹象,慢慢走近了互相说话,说话的声音由小到大。谁也不知道哑巴心里想着的事,其实她心里想的事很简单,就是想走近她们,听听她们说话。

哑巴的小儿子哼唧唧地要撩她的上衣,哑巴不好意思抱着孩子走了。边走孩子边撩,哑巴打了一下孩子的手,这一下有些重了,孩子哇的一声哭了起来。孩子的哭声挡住了外面的吵闹声音,就有一个人跟了她进了她的屋子,哑巴没有看见,也没有听见。孩子抓着她的头发一拽一拽地要吃奶,哑巴让他拽,你的小手才有多重,你能拽妈妈多疼。哑巴把头抬起来时看到了韩冲,韩冲端着摊好的粉浆饼子走过来放到了哑巴面前的桌子上,说:"吃吧,断不得营养,断了营养,孩子长得黄瘦。"

哑巴指了一下碗,又指了一下嘴,要韩冲吃。韩冲拿着铁勺子邦邦磕了两下子鏊盖,指着哑巴说:"你过来看看怎么样摊,日子不能像腊宏过去那样儿,要来啥吃啥,要学着会做饭,面有好几种做法,也不能说学会了摊饼子就老摊饼子,你将来嫁给谁,谁也不会要你坐吃,妇女们有妇女们的事情，汉们种地，妇女做饭，天经地义。"

哑巴站起来咬了一口，夹在筷子上吹了吹，又在嘴唇上试了烫不烫，然后送到了孩子的嘴里。哑巴咬一口喂一口孩子，眼睛里的泪水就不争气地开始往下掉。韩冲把熟了的粉浆饼子铲过来掴到哑巴碗里，就看到了梁上有虫子拽着丝拖下来，落在哑巴的头发上，一粒两粒，虫子在她乌黑的头发上一耸一耸地走。孩子抬起手从她头上拽下一个虫子来，噗的一下捏死了它，一股黄浓的汁液涂满了孩子的指头肚，孩子"呵呵"笑了一下抹在了她的脸上。哑巴抹了一下自己的脸，搂紧孩子捏着嗓子哭起来。

哑巴一哭，韩冲就没骨头了，眼睛里的泪水打着转说："我把粮食给你划过一些来，你不要怕，如今这山里头缺啥也不缺粮食。我就是炸獾炸死了腊宏，我也不是故意的，我给你种地，收秋，在咱的事情没有了结之前，我还管你们。你就是想要老公家弄走我，我思谋着，我也不怪你，人得学会反正想，长短是欠了你一条命啊！你怕什么，我们是通过村干部签了条子的。"哑巴摇着头像拨浪鼓，嘴里居然还一张一合的，很像两个字："不要！"

岸山坪的人哑巴不认识几个，自打来到这里，她就很少出门。她来到山上第一眼看到的是韩冲，韩冲给他们房子住，给他们地种，给大粉浆饼子吃，腊宏打她韩冲进屋子里来劝，韩冲说："冲着女人抬手算什么男人！"女人活在世上就怕找不到一个好男人，韩冲这样的好男人，哑巴还没见过。哑巴不要韩冲钱的另一层意思就是想要他管她们母女俩。

韩冲背转身出去了，哑巴站起来在门口望，门口望不到影子了，就抱了儿子出来。她这时看到了韩冲的粉房门前站了好多人，手里拿着布袋，看到韩冲走过去就一围住了他。韩冲粉房前乱哄哄的，先进去的人扛了粉面急匆匆地出来，后边的人嚷嚷着也要挤进去。一个女人穿着小格子裤也拿着一个布袋从崖下走上来，女人走起路来一摆一摆的，布袋在手里晃着像舞台上的水袖。哑巴看清楚是甲寨上的琴花，琴花替她哭过腊宏，她应该感谢这个女人。

琴花上来了，韩冲他爹在家门口也看见了。昨天韩冲去借钱受了她的羞辱，今日里她倒舞了个布袋还好意思过来，这个不要脸的娘们。一个韩冲怎么能对付得了她，好好的三门亲事都荒了，为了啥，还不是为了她。人家一听说韩冲跟甲寨上的琴花明里暗地地好着，这女人对他还不贴心，只是哄着想花俩钱儿，谁还愿意跟韩冲？名声都搭进去了，韩冲还不明白就里，我就这么一个儿，难道要我韩家绝了户！韩冲爹一想到这，火就起来了，他从粉房里把韩冲叫出来，问他："你欠不欠你小娘的粉面？"韩冲说："不欠。"韩冲爹说："那你就别管了，我来对付这娘们。"

琴花过来一看有这么多人等着取粉面，她才不管这些，侧着身子挤了进去。琴花看着韩冲爹说："老叔，韩冲还欠我一百五十斤玉茭的粉面，时间长了，想着不紧着吃，就没有来取。现在他出事了，来取粉面的人多了，总有个前后吧，他是去年就拿了我的玉茭的，一年了，是不是该还了？"

韩冲爹抬头看了一眼琴花就不想再抬头看第二眼了，这个女人嘴上的土眼跳跃得欢，欢得让韩冲爹讨厌。韩冲爹头也不抬地说："人家来拿粉面是韩冲打了条子的，有收条有欠条，你拿出来，不要说是去年的，前年的大前年的欠了你了照样还。"

琴花一听愣了，韩冲确实是拿了她一百五十斤玉茭，拿玉茭，琴花说不要粉面了，要钱。韩冲给了琴花钱。琴花说："给了钱不算，还得给粉面。"韩冲说："发兴在矿上，你一个人在家能吃多少，有我韩冲开粉房的一天，就有你吃的一天。"琴花隔三岔五取粉面，取走的粉面在琴花心里从来不是那一百五十斤里的数，一百五十斤是永远的一百五十斤。孩子马上要订婚了，不存上些粉面到时候吃啥，说不定哪天他要真进去了，我和谁去要！

琴花说："韩冲和我的事情说不清楚，我大他小，往常我总担待着他，一百五十斤玉茭还想到要打条子？不就是百把斤玉茭，还能说不给就不给了？老叔，你也是奔六十的人了，韩冲他现在在哪儿，叫他来，他心里清楚。他要是真有个三长两短，你说这粉面还真想要昧了我的呢。"

韩冲爹说："我是奔六十的人了，奔六十的人，不等于没有七十八十了，我活呢，还要活呢，粉房开呢，还要开呢！"

看着他们俩的话赶得紧了，等着拿粉面的人就说："不紧着用，老叔，缓缓再说，下好的粉面给紧着用的人拿。"说话的人从粉房里退出来，觉得自己在这个时候来拿也没有个啥，要这女人一点透似乎真有些不大合适，不就是几斗玉茭的粉面嘛。

琴花觉得自己有些丢了面子了，她在东西两道梁上，甚时候有人敢欺负她，给她个难看？没有！她来要这粉面，是因为她觉得韩冲欠她的，不给粉面罢了，还折丑人哩？

琴花说："没听说还有活千年的蛤蟆万年鳖的，要是真那样儿，咱这圪梁上真要出妖精了。"

韩冲爹说："现在就出妖精了还用得等！哭一回腊宏要一头猪，旁人想都不敢想，你却说得出口，你是他啥人呢？"

琴花说："我不和你说，古话说，好人怕遇上个难缠的，你叫韩冲来。我倒要看他这粉面是给啊不给？"

韩冲爹说："叫韩冲没用，没有条子，不给。"

琴花想和他爹说不清楚，还不如出去找一找韩冲。

琴花用手兜了一下磨顶上放着粉面的筛子，筛子哗啦一下就掉了下来。琴花没有想那筛子会掉下来，她原本只是想吓唬一下老汉，给他个重音儿听听，谁知道那筛子就掉了下来。满地上的粉面白雪雪地淌了一地，琴花就台阶下坡说："我吃不上，你也休想吃！"

韩冲爹从缸里提起搅粉浆的棍子叫了一声："反了你了！"

琴花此时已经走到院子里，回头一看韩冲爹要打她，马上就坐在地上喊了起来："打人啦，打人啦，儿子炸死讨吃了，老子要打妇女啦！打人啦，打人啦！岸山坪的人快来看啦，量了人家的玉茭不给粉面还要打人啦，这是共产党的天下吗？！"

韩冲爹一边往出扑一边说："共产党的天下就是打下来的，要不怎么叫打江山，今儿我就打定你了！"

哑巴不明白发生了什么事，刚才她回家为琴花做了张粉浆饼子，端了碗站在院边上看，碗里的粉浆饼子散发出葱香味儿，有几丝儿热气缭绕得哑巴的脸蛋水灵灵的，哑巴看着他们俩吵架，哑巴兴奋了。她爱看吵架，也想吵架，管他谁是谁非，如果两个人吵架能互相对骂，互相对打才好。平日里牙齿碰嘴唇的事肯定不少，怎么说也碰不出响儿呀？日子跑掉了多少，又有多少次想和腊宏痛痛快快吵一架，吵过吗？没有，长着嘴却连吵架都不能。哑巴笑了笑，回头看每个人的脸，每个人看他们吵架的表情都不同，有看笑话的，有看稀罕的，有什么也不看就是想听热闹的，只有哑巴知道自己的表情是快乐的。

琴花还在韩冲的粉房门前号，看的人就是没有人上前去拉她。琴花不可能一个人站起来走，她想总有一个人要来拉她，谁来拉她，她就让谁来给她说理，给她证明韩冲该她粉面，该粉面还粉面，天经地义。可是现在没有一个人来拉，她眯着眼睛哭，瞅着周围的人，看谁来伸出一只手。她终于看到了一个人过来了，这一下她就很塌实地闭上了眼睛——过来的人是哑巴。哑巴端了碗，碗里的粉浆饼子不冒热气了。哑巴走到琴花的面前坐下来，两手捧着碗递到埋着头的琴花

13

脸前，哑巴说："吃。"

这一个字谁也没有听见，有点跑风漏气，但是，琴花听见了。

琴花吓了一跳，止住了哭。琴花抬起头来看周围的人，看谁还发现了哑巴会说话了。周围的人看着琴花，不知道这个女人为什么突然噤了声！

琴花木然地接过哑巴手里的碗，碗里的粉浆饼子在阳光下透着亮儿，葱花儿绿绿的，粉饼子白白的，琴花的眼睛逐渐瞪大了，像是什么烫了她的手一下，她叫了一声"妈呀"，端碗的手很决绝地撒开了。地上有几只闲散的走动的觅食的鸡，吓得扑棱了几下翅膀跑开了，扭头看了看发现了地上的粉浆饼子，又很小心地走过来，快速叼到了嘴里，展开翅膀跑了。琴花站起身，看着哑巴，哑巴咧开嘴笑，用手比画着要琴花到她的屋里去。琴花又抬起头看周围的人群，人们发现这琴花就是不怎么样，连哑巴都懂得情分，可她琴花却不领情，连哑巴的碗都摔了。

琴花弯下腰捡起自己的面口袋想，是不是自己听错了？却觉得自己是没有听错，她突然有点害怕了，一溜儿小跑下了山。岸山坪的人想，这个女人从来不见怕过什么，今儿个怕了，怕的还是一个哑巴。真的没明白。看着琴花那屁股上的土灰，随着琴花摆动的屁股蛋子，一荡一荡地在阳光下泛着土黄色的亮光，弯弯绕绕地去了。

五

炕上的孩子翻了一下身子蹬开了盖着的被子，哑巴伸手给孩子盖好。就听得大从外面蹦蹦跳跳地进来了。大说："我有名了，韩冲叔起的，叫小书。他还说要我念书，人要是不念书，就没有出息，就一辈子被人打，和娘一样。"哑巴抬起头望了望窗外，幽黑的天光吊挂下来，她看到大手里拿着一包蜡烛，她知道是韩冲给的。

用麻秆点燃了蜡烛找来一个空酒瓶子把蜡烛套进去，有些松。她想找一块纸，大给她拿过来一张纸，她准备卷蜡烛往里塞时，她发现了那张纸是王胖孩给她打的条子，上面有她的签字。她抬起手打了大一下，大扯开嗓子哭，把炕上的孩子也吓醒了。哑巴不管，把卷在蜡烛上的纸小心缠下来，又找了一张纸卷好蜡烛塞进酒瓶里，放到炕头上。拿起那张条子看了半天抚展了，走到破旧的木板箱前，打开找出一个几年前的红色塑料笔记本，很慎重地压进去。哑巴就指望这条子要韩冲养活她娘母仨呢，哑巴什么也不要！哑巴反过来摸了大的头一下，抱起了炕上的孩子。这时候就听得院子里走进来一个人，是韩冲。韩冲用篮子提着秋天的玉米棒子放到屋子里的地上，说："地里的嫩玉米煮熟了好吃，给孩子们解个心焦。"

韩冲说完从怀里又掏出半张纸的蚕种放到哑巴的炕上，说："这是蚕种，等出了蚕，你就到埋腊宏的地垄上把桑叶摘下来，用剪刀剪成细丝儿喂。"

蚕种是韩冲给琴花订下的。琴花说："韩冲，给我定半张秋蚕，听说蚕茧贵了，我心里痒，发兴不在家，你给我订了吧。"韩冲因为和琴花有那码子事情，韩冲就不敢说不订。琴花就是想讨韩冲的便宜，人说讨小便宜吃大亏，琴花不管，讨一个算一个，哪一天韩冲讨了媳妇了，一个子儿也讨不上了，韩冲你还能想到我琴花？现在秋蚕下来了，韩冲想，给你琴花订的秋蚕，你琴花是怎么样对我的，还不如哑巴，我炸了腊宏，哑巴都不要赔偿，你琴花心眼小到想要我猪啦，粉面啦，我见了猪，猪都知道哼两哼，你琴花见了我咋就说翻脸就翻脸了呢？

韩冲说："一半天蚕就出来了，你没有见过，半张蚕能养一屋子，到时候还得搭架子，蚕见不得一点儿脏东西。哑巴，你爱干净，蚕更爱干净，好生伺候着这小东西。"

哑巴想，我哪里还知道什么叫干净呀，我这日子叫爱干净吗？

夜暗下来了，把两个孩子打发睡下，哑巴开始洗涮自己。木盆里的水气冒上来，哑巴脱干净了坐进去，坐进木盆里的哑巴像个仙女。标标致致的哑巴躬身往自己的身上撩水，蜡烛的光晕在哑巴身体上放出柔辉。哑巴透过窗玻璃看屋外的星星，风踩着星星的肩膀吹下来，天空中白色的月亮照射在玻璃上，和蜡烛融在一起，哑巴就想起了童年的歌谣：

  天上落雨又打雷，
  一日望郎多少回。
  山山岭岭望成路，
  路边石头望成灰。

蜡烛的灯捻哔剥爆响，哑巴洗净穿好衣服，找出来一把剪刀剪掉了蜡烛捻上的岔头，灯捻不响了。摇曳的灯光黄黄地满铺了屋子，倒出去木盆里的脏水，看到户外夜色深浓，月亮像一弯眉毛挂在中天上，半明半暗的光影加上阒寂的氛围，让哑巴有点嗒然伤心，潜沉于被时间流走的世界里，哑巴就打了个颤抖，觉得腊宏是死了，又觉得腊宏还活着，惊惊地四下里看了一遍，她的思维在清明和混沌中半醒半梦着。走回来脱了衣裳，重新看自己的皮肤，发现乌青的黑淡了，有的地方白起来，在灯光下还泛着亮，就觉得过去的日子是真的过去了。哑巴心头亮了一下，有一种新鲜的震惊，像一枚石头蛋子落入了一潭久沤的水池子，泛了一点水纹儿，水纹儿不大，却也总算击破了一点平静。

现在的季节是秋天，刚入秋，天到晚上有点凉，白天还是闷热的。摸索着从窗台上找到一块手掌大的镜子来，举起来看，看不清楚，镜子上全部是灰。下地找了块湿布子抹了两下，越发看不清楚了。一着急就用自己的衣裳抹，抹到举起来看能看到眉眼了，走过去举到灯影下仰了看。慢慢地举了镜子往上提，看到了自己的脸，好久了不知道自己长了啥样，好久了自己长了个啥样并不重要，重要的是挨了上顿打，想着下顿打，眼睛盯着个地方就不敢到处看，哪还敢看镜子呀。

突然听得对面的甲寨上有人筛了铜锣喊山，边敲边喊："呜叱叱叱——呜叱叱叱——"

山脊上的人家因为山中有兽，秋天的时候要下山来糟蹋粮食兼或糟蹋牲畜，古时传下来一个喊山。喊山，一来吓唬山中野兽，二来静夜里给游门的人壮胆气。当然了，现在的山上兽已经很少了，他们喊山是在吓唬獾，防备獾趁了夜色的掩护偷吃玉茭。

哑巴听着就也想喊了。拿了一双筷子敲着锅沿儿，迎着对面的锣声敲，像唱戏的依着架子敲鼓板，有板有眼的，却敲得心情慢慢就真的骚动起来了，有些不大过瘾。起身穿好衣服，觉得自己真该狂喊了，冲着那重重叠叠的大山喊！找了半天找不到能敲响的家什，找出一个新洋瓷脸盆。这个脸盆儿是从四川挑过来的，一直不舍得用。脸盆的底儿上画着红鲤鱼嬉水，两条鱼儿在脸盆底儿上快活地等待着水。哑巴就给它们倒进了水，灯晕下水里的红鲤鱼扭着腰身开始晃，哑巴弯下腰伸进去手搅啊搅，搅够了掬起一捧来抹了一把脸，把水泼到了门外。哑巴找来一根棍，想了想觉得棍儿敲出来的声音闷，提了火台边上的铁疙瘩火柱出了门。

山间的小路上走着想喊山的哑巴，滚在路面上的石头蛋子偶尔磕她的脚一下；偶尔，会有一个地老鼠从草丛中穿过去；偶尔，恓惶中的疲惫与挣扎，让哑巴想惬意一下，哑巴仰着脸笑了。天上的星星眨巴了一下眼睛，天上的一勾弯月穿过了一片儿云彩，天上的风落下来撩了她的头发一下，这么着哑巴就站在了山圪梁上了。对面的铜锣还在敲，哑巴举起了脸盆，举起了火柱，张开了嘴，她敲响了：

"当！"

新脸盆儿上的瓷裂了，哑巴的嘴张着却没有喊出来，"当！"裂了的碎瓷被火柱敲得溅起来，溅到了哑巴的脸上，哑巴嘴里发出了一个字"啊！"接着是一连串的"当当当——""啊啊啊——"从山圪梁上送出去。哑巴在喊叫中竭力记忆着她的失语，没有一个人清楚她的伤感是抵达心脏的。她的喊叫撕裂了浓黑的夜空，月亮失措地走着、颠着，跌落到云团里，她的喊叫爬上太行大峡谷的山骨让山上的植被毛骨悚然起来。直到脸盆被敲出了一个洞，敲出洞的脸盆儿喑哑下来，一切才喑哑下来。

哑巴往回走，一段一段地走，回到屋子里把门关上，哑巴才安静了下来，哑巴知道了什么叫轻松，轻松是幸福，幸福来自内心的快乐的芽头儿正顶着哑巴的心尖尖。

六

韩冲赶了驴帮哑巴收秋地里的粮食。驴脊上搭了麻绳和布袋，韩冲穿了一件红色球衣牵了驴往岸山坪的后山走。这一块地是韩冲不种了送给腊宏的，地在庄后的孔雀尾上，腊宏在地里种了谷。齐腰深的黄绿中韩冲一纵一隐地挥舞着镰刀，远远看去风骚得很。看韩冲的人也没有别的人，一个是哑巴，一个是对面甲寨上的琴花。琴花自打那天听了哑巴说话，回来几天都没有张嘴。琴花想，哑巴到底不是哑巴，不是哑巴她为啥不说话？琴花和发兴说。

发兴说："你不说没有人说你是哑巴，哑巴要是会说话，她就不叫哑巴了，人最怕说自己的短处，有短处由着人喊，要么她就是个傻子，要么就像我一样由了人睡我自己的老婆，我还不敢吭个声。"

琴花从床上坐起来一下搂了发兴的被子，琴花说："说得好听，谁睡我了？我还不是为了这个家，你少啥了？倒有你张嘴的份厅！你下，你下！"琴花的小短腿小胖脚三脚两脚就把发兴蹬下了床。发兴光着身子坐在地上说："我在这家里连个带软刺儿的话都不敢说，旁人还知道我是你琴花的汉们，你倒不知道心疼，我多会儿管你了？啥时候不是你说啥就是啥，我就是放个屁，屁眼儿都只敢裂开个小缝，眼睛看着还怕吓了你，你要是心里还认我是你男人你就拽我起来，现在没有别人，就咱俩，我给你胳臂你拽我？"

琴花伸出脚踢了发兴的胳臂一下，发兴赶紧站了起来往床上爬，琴花反倒赌气搂了被子下了床到地上的沙发上睡去。琴花憋屈得慌就想见韩冲，想和韩冲说哑巴的事情。

琴花有琴花的性格，不记仇。琴花找韩冲说话，一来是想告诉他哑巴会说话，她装着不说话，说不定心里怄着事情呢，要韩冲防着点；二来是秋蚕下来了，该领的都领了，怎么就不见你给我订的那半张？站在崖头上看韩冲粉房一趟，哑巴家一趟，就是不见韩冲下山。现在好不容易看到韩冲牵了驴往后山走了，就盯了看他，看他走进了谷地，想他一时半会儿也割不完，进了院子里挎了个篮子，从甲寨上绕着山脊往对面的凤凰尾上走。

韩冲割了五个谷捆子了，坐下来点了根烟看着五个谷捆子抽了一口。韩冲看谷捆子的时候眼睛里其实根本就看不见谷捆子，看见的是腊宏。腊宏手里的斧子，黄寡样，哑巴，大和他们的小儿子。这些很明确的影像转化成了一沓两沓子钱。韩冲想不清楚自己该到哪里去借。村干部王胖孩说："收了秋，铁板上钉钉。"韩冲盘算着爹的送老衣和棺材也搭里了。给不了人家两万，还不给一万？哑巴夜里的喊山和狼一样，一声声叫坐在韩冲心间，韩冲心里就想着两个字"亏欠"。哑巴不哭还笑，她不是不想哭，是憋得没有缝儿，昨天夜里她就喊了，就哭了。她真是不会说话，要是会，她就不喊"啊啊啊"，喊啥？喊琴花那句话："炸獾咋不炸了你韩冲！"咱欠人家的，这个"欠"字不是简单的一个欠，是一条命，一辈子还不清，还一辈子也造不出一个腊宏来。韩冲狠狠掐灭烟头站起来开始准备割谷子。站起来的韩冲听到身后有沙沙声传过来，这山上的动物都绝种了，还有人会来给我韩冲帮忙？韩冲挽了挽袖管，不管那些个，往手心里吐了一口唾沫弯下腰开始割谷子。

韩冲割得正欢，琴花坐下来看，风送过来韩冲身上的汗臭味儿。琴花说："韩冲，真是个好劳力啊！"韩冲吓了一跳抬起头看地垄上坐着的琴花。琴花说："隔了几天就认不得我了？"韩冲弯下腰继续割谷子，倒伏在两边的谷子上有蚂蚱蹿起蹿落。琴花揪了几把身边长着的猪草不看韩冲，看着身边五个谷捆子说："哑巴她不是哑巴，会说话。"韩冲又吓了一跳，一镰没有割透，用了劲拽，拽得猛了一屁股闪在了地上。韩冲问："谁说的？"琴花说："我说的。"韩冲抬起屁股来不割谷子了，开始往驴脊上放谷捆。韩冲说："你怎么知道的？"琴花说："你给我订的半张蚕种呢？你给了我，我就告诉你。"韩冲说："胡球日鬼我，你不要再扯蛋！咱俩现在是两不欠了。"

韩冲捆好谷子，牵了驴往岸山坪走。琴花坐下来等韩冲，五个谷捆子在驴脊上耸得和小山一样，琴花看不见韩冲，看见的是谷捆子和驴屁股。看到地里掉下的谷穗子，捡起来丢进了篮子里。想了什么站起来走到韩冲割下的谷穗前用手折下一些谷穗来放进篮子里，篮子满了，看上去不好看，四下里拔了些猪草盖上。琴花想谷穗够自己的六只母鸡吃几天，现在的土鸡蛋比洋鸡蛋值钱，自己两个儿，比不得一儿一女的，两个儿子说一说媳妇，不是个小数目，得一分一厘省。

韩冲牵了驴牵到哑巴的院子里，哑巴看着韩冲进来了，赶快从屋子里端出了一碗水，递上来一块湿手巾。韩冲摸了一把脸接过来碗放到窗台上，往下卸驴脊上的谷捆。这么着韩冲就想起了琴花说的话："哑巴会说话。"韩冲想试一试哑巴到底会不会说话。韩冲说："我还得去割谷穗，你到院子里用剪刀把谷穗剪下来，你会不会剪？"半天身后没有动静。韩冲扭回头看，看哑巴拿着剪刀比画着要韩冲看是不是这样儿剪。韩冲说："你穿的这件鱼白方格秋衣真好看，是从哪里买来的？"哑巴不好意思地低下头，抬起来时看到韩冲还看着她，脸蛋上就挂上了红晕，低着头进了屋子里半天不见出来。韩冲喝了窗台上的水，牵了驴往凤凰尾上走。韩冲胡乱想着，满脑子就想着一个人，嘴里小声叫着："哑巴——红霞。"就听得对面有人问："看上哑巴啦？"

一下子坏了韩冲的心情。韩冲说："你咋没走？"琴花说："等你给我蚕种。"韩冲说："你要不害丢人败兴，我在这凤凰尾上压你一回，对着驴压你。你敢让我压你，我就敢把猪都给你琴花赶到甲寨上去，管她哑巴不哑巴，半张蚕种又算个啥！"

琴花一下子脸就红了，弯腰提起放猪草的篮子狠狠看了韩冲一眼扭身走了。

韩冲一走，哑巴盘腿裸脚坐在地上剪谷穗，谷穗一嘟噜一嘟噜脱落在她的腿上，脚上，哑巴笑着，孩子坐在谷穗上也笑着。哑巴不时用手刮孩子的鼻子一下，哑巴想让孩子叫她妈，首先哑巴得喊"妈"，哑巴张了嘴喊时，怎么也喊不出来这个"妈"。

哑巴小的时候，因为家里孩子多，上到五年级，她就辍学了。她记得故乡是在山腰上，村头上有家糕团店，她背着弟弟常常到糕团店的门口看。糕团子刚出蒸笼时的热气罩着掀笼盖的女人，蒸笼里的糕团子因刚出笼，正冒着泡泡，小小的，圆圆的，尖尖的，泡泡从糕团子中间噗地放出来，慢吞吞地鼓圆，正欲朝上满溢时，掀笼盖的女人用竹铲子拍了两下，糕团子一个一个就收紧了，等了人来买。弟弟伸出小手说要吃，她往下咽了一口唾沫，店铺里的女人就用竹铲子铲过一块来给她，糕团子放在她的手掌心，金黄色透亮的糕团子被弟弟一把抓进了嘴里烫得哇哇喊叫，她舔着手掌心甜甜的香味儿看着卖糕团子的女人笑。女人说："想不想吃糕团子？"她点了一下头。女人说："想吃糕团子，就送回弟弟去，自己过来，我管包你吃个够。"她真的就送回了弟弟，背着娘跑到了桥头上。

桥头上停着一辆红色的小面包车，女人笑着说："想不想上去看一看？"她点了一下头。女人拿了糕团子递给她，领她上了面包车。面包车上已经坐了三个男人。女人说："想不想让车开起来，你坐坐？"她点了一下头。车开起来了，疯一样开，她高兴得笑了。当发现车开下山，开出沟，还继续往前开时，她脸上的笑凝住了，害怕了，她哭，她喊叫。

她被卖到了一个她到现在也不清楚的大山里。月亮升起来时一个男人领着她走进了一座房子里，门上挂着布门帘，门槛很高，一只脚迈进去就像陷进了坑里。一进门，眼前黑乎乎的，拉亮了灯，红霞望着电灯泡，想尽快叫那少有的光线将她带进透亮和舒畅之中，但是，不能。她看到幽暗的墙壁上有她和那个男人拉长又折断的影子。她寻找窗户，她想逃跑，她被那个男人推着倒退，退到一个低洼处，才看到了几件家具从幽暗处突显出来，这时，火炉上的水壶响了，她吓了一跳，同时看到了那个男人把幽暗都推到两边去的微笑，那个男人的眼睛抽在一起看着她笑。她哆嗦地抱着双肘缩在墙角上，那个男人拽过了她，她不从，那个男人就开始动手打她——红霞后来才知道腊宏的老婆死了，留下来一个女孩——大。大生下来半年了，小脑袋不及男人的拳头大，红霞看着大想起了自己的弟弟。在这个被禁锢了的屋子里她百般呵护着大，大是她最温暖的落脚地，大唤醒了她的母性。红霞知道人是不能按自己的想象来活的，命运把你拽成个啥就只能是个啥。她一脚踏进去这座老房子，就出不来了，成了比自己大二十岁的腊宏的老婆。

一个秋天的晚上，她晃悠悠地出来上厕所，看到北屋的窗户亮着，北屋里住着腊宏妈和他的两个弟弟。北屋里传出来哭声，是腊宏妈的哭声，她看不见里面，听得有说话声音传出来。

腊宏妈说："你不要打她了，一个媳妇已经被你打死了，也就是咱这地方女娃儿不值钱，她给咱看着大，再养下来一个儿子，日子不能说坏了，下边还有两个弟弟，你要还打她，就把她让给你大弟弟算了，娘求你，娘跪下来磕头求你。"果真就听见跪下来的声音。

红霞害怕了，哆嗦着往屋子里返，慌乱中碰翻了什么，北屋的房门就开了，腊宏走出来一下揪住了她的头发拖进了屋子里。

腊宏说："龟儿子，你听见什么了？"

红霞说："听见你娘说你打死人了，打死了大的娘。"

腊宏说："你再说一遍！"

红霞说："你打死人了，你打死人了！"

腊宏翻转身想找一件手里要拿的家伙，却什么也没有找到，看到柜子上放着一把老虎钳，顺手够了过来扳倒红霞，用手捏开她的嘴揪下了两颗牙。红霞杀猪似的叫着，腊宏说："你还敢叫？我问你听见什么了？"红霞满嘴里吐着血沫子说不出话来。

还没有等牙床的肿消下去，腊宏又犯事了。日子穷，他和人合伙用洛阳铲盗墓，因为抢一件瓷瓶子，他用洛阳铲铲了人家。怕人逮他，他连夜收拾家当带着红霞跑了。卖了瓷瓶子得了钱，他开始领着她们打一枪换一个地方。腊宏说："你要敢说一个字儿，我要你满口不见白牙。"

从此，她就寡言少语，日子一长，索性便再也不说话了。

哑巴听到院子外面有驴鼻子的响声,知道是韩冲割谷穗回来了。站起身抱着睡熟了的孩子放回炕上,返出来帮韩冲往下卸谷捆。韩冲说:"我裤口袋里有一把桑树叶子,你掏出来剪细了喂蚕。"哑巴才想起那半张蚕种怕孩子乱动放进了筛子里没顾上看。掏出叶子返进屋子里端了筛子出来,把剪碎的桑叶撒到上面,看到密密的蚕蛹心里就又产生了一种难以割舍的心痒。游走在外,什么时候哑巴才觉得自己是活在地上的一个人儿呢?现在才觉得自己是活在地上的一个人!心里深处汩汩奔着一股热流,与天地相倾、相诉、相容,她想起小时候娘说过的话:"天不知道哪块云彩下雨,人不知道走到哪里才能落脚,地不知道哪一季会甜活人呀,人不知道遇了什么事情才能懂得热爱。"

哑巴看着韩冲心里有了热爱他的感觉。

七

蚕脱了黑,变成棕黄,变成青白,蚕吃桑叶的声音——沙沙,沙沙,像下雨一样,席子上是一层排泄物,像是黑的雪。

日子因蚕的变化而变化。眼看着一概肉乎乎蠕动的蚕真的发展起来,就不是筛子能放得下了。韩冲拿来了苇席,搭了架子,韩冲有时候会拿起一只身子翻转过来的蚕吓唬哑巴,哑巴看着无数条乱动的腿,心里就麻抓而慌乱,绕着苇席轻巧快乐地跑,笑出来的那个豁着牙的咯咯声一点都不像一个哑巴。韩冲就想琴花说过的话:"哑巴她不是哑巴。"哑巴要真不是哑巴多好,可是她现在却不会说话,不是哑巴她是啥!

韩冲端了一锅粉浆给哑巴送。送到哑巴屋子里,哑巴正好露了个奶要孩子吃。孩子吃着一个,用手拽着一个,看到韩冲进来了,斜着眼睛看,不肯丢掉奶头,那奶头就拽了多长。哑巴看着韩冲看自己的奶头不好意思地背了一下身子。韩冲想:"我小时候吃奶也是这个样子。"韩冲告诉哑巴:"大不能叫大,一个女娃家要有个好听的名字,不能像我们这一代的名字一样土气,我琢磨着要起个好听的名字,就和庄上的小学老师商量一下,想了个名字叫'小书',你看这个名字咋样儿?那天我也和大说了,要她到小学来念书,小孩子家不能不念书。我爹也说了,饿了能当讨吃,没文化了,算是你哭多叫娘讨不来知识。呵呵,我就是小时候不想念书,看见字稠的书就想起了夏天一团一蛋的蚊子。"

韩冲说:"给你的钱,我尽快给你凑够,凑不够也给你凑个半数。不要怕,我说话算数。你以后也要出去和人说说话,哦,我忘了你是不会说话的。琴花说你会说话,其实你是不会说话。"

哑巴就想告诉韩冲她会说话,她不要赔偿,她就想保存着那个条子,就想要你韩冲。韩冲已经走出了门,看到凌乱的谷草堆了满院,找了一把锄来回搂了几下说:"谷草要收拾好了,等几天蚕上架织茧时还要用。"

说完出了大门,韩冲看到大爬在村中央的碾盘上和一个叫涛的孩子下"鸡毛算批"。这种游戏是在石头上画一个十字,像红十字协会的会标,一个人四个子儿,各摆在自己的长方型横竖线交叉点上。先走的人拿起子儿,嘴里叫着鸡毛算批,那个"批"字正好压在对方的子上,对方的子就批掉了。鸡毛算批完一局,大说:"给?"涛说:"再来,不来不给。"大说:"给?"涛说:"没有,你不下了,不下了就不给。"大说:"给?"涛学着大把眼睛珠子抽在一起说:"给?"说完一溜烟跑了。韩冲走过去问大:"他欠你什么了?我去给你要。"大翻了一眼韩冲说:"野毛桃。"

韩冲说："不要了，想要我去给你摘。"大一下哭了起来说："你去摘！"韩冲想，我管着你娘母仨的吃喝拉撒，你没有爹了我就是你的临时爹，难道我不应该去摘？韩冲返回粉房揪了个提兜溜达着走进了庄后的一片野桃树林。野桃树上啥也没有，树枝被害得躺了满地。韩冲往回走的路上，脑里突然就有一棵野毛桃树闪了一下，韩冲不走了仄了身往后山走。拽了荆条溜下去，溜到下套子的地方，用脚来回量了一下发现正前方正好是那棵野毛桃树。韩冲坐下来抽了一棵烟，明白了腊宏来这深沟里干啥来了。

来给他闺女摘野毛桃来了。韩冲想：是咱把人家对闺女的疼断送了，咱还想着要山下的人上来收拾走她们娘母仨。韩冲照脸给了自己一巴掌，两万块钱赔得起吗？搭上自己一生都不多！韩冲抽了有半包烟，最后想出了一个结果：拼我一生的努力来养你母女仨！就有些兴奋，就想现在就见到哑巴和她说，他不仅要赔偿她两万，甚至十万、二十万，他要她活得比任何女人都快活。

天快黑的时候，从山下上来了几个警察，他们直奔韩冲的粉房。韩冲正忙着，抬头看了一眼，从对方眼睛里觉出不对。韩冲下意识地就抬起了腿，两个警察像鹰一样地扑过来掀倒了他，他听到自己的胳臂的关节咔吧吧响，然后就倒栽葱一样被提了起来。一个警察很利索地抽了他的裤带，韩冲一只手抓了要掉的裤子，一只手就已经带上了手铐。完了完了，一切都他妈的完蛋了。

审问在韩冲的院子里，韩冲的两只手拷在苹果树上，裤子一下子就要掉下来，警察提起来要他肚皮和树挨紧了。韩冲就挨紧了，不挨紧也不行，裤子要往下掉。一个男人要是掉了裤子，这一辈子很可能和媳妇无缘了。苹果树旁还拴了磨粉的驴，驴扭头看着韩冲，驴想不知道因为什么主人会和自己拴在一起。驴嘴里嚼着地上的草，嘴片儿不时还打着很有些意味的响声。

警察问了："你叫腊宏？"

韩冲说："我叫韩冲，不叫腊宏。我炸獾炸死了腊宏。"

警察说："这么说真有个叫腊宏的？他是从四川过来的？"

韩冲说："是四川过来的。"

警察说："你只要说是，或者不是。你炸獾炸死了人？"

韩冲说："是。"

警察说："为什么不报案？"

韩冲看着警察说："是或者不是，我该怎么说？"

警察说："如实说。"

韩冲说："獾害粮食，我才下套子炸獾。炸獾和网兔不一样，獾有些分量不下炸药不行，我下了深沟里。那天我听到沟里有响声泛上来，以为炸了獾，下去才知道炸了人。把他背上来就死了。人死了就想着埋，埋了人就想着活人，没想那么多。况且说了，山里的事情大事小事没有一件见官的，都是私了。"

警察说："这是刑事案件，懂不懂？要是当初报了案，现在也许已经结了案，就因为你没有报案，我们得把你带走。你这愚蠢的家伙！"

韩冲傻瞪了眼睛看，看到岸山坪的几位长辈和警察在理论。

韩冲斜眼看到岸山坪的人围了一圈，看到他爹拄了拐棍走过来，韩冲看到韩冲，脸上霎时就挂下了泪水，韩冲一看到他爹哭，他也哭了，泪水掉在溅满粉浆的衣裳上。韩冲说："爹，我对不住你，用你的棺材埋了人，用你的送老衣送了葬，临了，还要让老公家带走，我对你尽不了孝了。爹呀，你就当没有我这个儿子算了。"

韩冲爹用拐杖敲着地说："我养了你三十年，看着你长了三十年，你娘死了十年，我眼看着养着个儿，说没有养就没有养，说没有长就没有长了？你个畜牲东西！"

韩冲看到王胖孩大步走小步跑地迎过来，边走边大声问："哪个是刑警队长同志，哪个是？"

看到韩冲旁边站着的警察赶快走过来一人递了一根烟，点了点腰说："屋里说，屋里说。"一干人就进了韩冲的粉房。

韩冲搂着苹果树，看身边的驴，耳朵却听着屋子里。屋门口围了好多大人小孩，屋外的警察走过来把他们驱散开，韩冲不敢扭头看，怕一下子扭不对了裤子会掉下来。就听得屋子里的人说："我们是来抓腊宏的，你把腊宏的具体情况说一下。"村干部说："这个腊宏我不大清楚，毕竟他不是我的村民，我给你们找一个人进来说。"村干部王胖孩走出来，踮着脚尖瞅了一圈岸山坪的人，指着韩冲爹很是神秘地说："你，过来。"韩冲爹就走了过来。王胖孩小声说："不是抓韩冲，误会了，是抓腊宏。逃亡在外的大杀人犯，炸死了，韩冲说不定还要立功。你进去反映一下腊宏的情况，如实的基础上不妨带点儿色。"重重拍了拍韩冲爹的脊背。

两人走了进去，接下来的话就有些听不大清楚。隔了一会儿又听得有话传出来："真要是说上边查下来，你这个代表一级政府的村干部也得玩完。""是是是！"外面的人吵得乱哄哄的，有说腊宏是在逃犯，有说韩冲炸他炸对了，就把屋里的说话压了下去。听不见说话声，韩冲就看驴，驴也看他，互看两不厌。

韩冲想：驴就是安分，人就不如驴安分，驴每天就想着转磨道，太阳落了太阳升，太阳拖着时间从窗户上扔进来，驴傻傻地转着磨道想太阳闪过磨眼了，落下磨盘了，驴蹄踩着太阳了，摘了捂眼就能到苹果树下吃料了，青草儿青，青草儿嫩啊。驴也想韩冲，别看他平日里嘘呼我，现在和我一样儿拴在树上了，我的四条蹄子还可以动一动，他连动都不敢动，他一动旁边的那个人就用他的裤带抽他。哈哈，人和驴就是不一样，驴不整治驴，人却整治人，以前你韩冲嘘呼我，可算是有人要嘘呼你了，替我出了恶气。驴这么着想着就想叫，就想喊了。

"哥哦哥，哥哦哥，哥哦哥——"

驴不管不顾不看眼色的喊叫，带动着万山回应，此起彼伏，把人的说话声压了下去，良久方歇。

不大一会儿，粉房里的人都出来了。警察递给村干部韩冲的裤带，村干部王胖孩走过去给韩冲塞到裤襻里，紧了裤，韩冲才离开了紧靠着的苹果树。一个警察过来打开了韩冲的手铐，并没有放韩冲，而是让他从树上脱下手来，又铐上了，要韩冲走。韩冲知道自己是非走不行了。走到爹面前停下来，腿不由自主地跪了下来，安顿了几句粉房的事情，最后说："哑巴的蚕眼看要上架了，上不去的要人帮忙往上捡，她一个妇女家，平常清理蚕屎都害怕，爹，就代替我帮她一把，咱不管他腊宏是个啥东西，咱炸了人家了，咱就有过。"

韩冲爹说："和爹一样，嘴硬骨头软，一辈子脖子根上就缺个东西，啥东西？软硬骨头。"

韩冲抬了脚要下岸山坪的第一个石板圪台的时候，身后传来一声喊："不要！"

岸山坪的人齐刷刷把脑袋瓜扭了过来，看到了哑巴抱着孩子，牵着小书往人跟前跑。

警察不管那个女人是谁，只管带了人走。韩冲任由推着，脑海里就想着一句琴花的话："哑巴她会说话！"哑巴她真会说话！

八

哑巴手里拿着那张条子，走过去拽住村干部王胖孩。

哑巴比画着的意思是：你打了条子的，怎么说把人带走就带走了，要你这村干部做啥？

王胖孩说："说，说！你明明会说话，要我拐着弯子办事，你要是早说话，咱还用打条子？"

哑巴半天憋得脸儿通红了才憋出一个字："不。"

王胖孩说："那你现在是哪里在发声儿？"

哑巴哭了，低着头看着自己的脚尖尖，十年了，失语十年了，很难面对一张嘴巴迎出一句话来，她的话被切断了，十年来过的日子可以用两个词来概括：疼痛和绝望。韩冲爹走过去拉了小书的手和王胖孩说："要她跟着个杀人犯逃命，还要说话，绝了话好！"

外面传哑巴会说话，但哑巴还是不说话。

韩冲爹找来村上的一个人要他来看一天粉房，他想进城里去看看韩冲。

韩冲爹说："你只用把火看好，不要让火灭了，火好粉才好干透，下来的粉面才不怕老浆臭，老浆臭的粉面不出货，还不够筋道，谁也不想要。午后喂一次猪，七八头猪要吃三桶粉渣，你做好这两项就好了，我搭黑就会回来。"

韩冲爹第二天就进了城里。在看守所里见到了韩冲，知道还在调查中。韩冲的雷管从哪里来的？琴花给的。琴花的雷管从哪里来的？发兴从矿上取回来的。发兴从矿上哪里拿的，从他的保管儿子的仓库里找的。这样下来一件事情就拉长了战线。现如今才调查到了矿上，发兴的儿也被看守起来了。

韩冲问他爹粉房的事情，他爹说："好好，都好。那哑巴是真会说话。"

韩冲说："会说话就好。"

韩冲爹瞅了韩冲一眼没吭声。

韩冲觉得有一句话憋在嘴里想说，却又不知道该怎么说，就说了："回去安顿哑巴，就说我要她说话！"

韩冲爹啥话也没有说，点了一下头扭身走了。

回到岸山坪，看到家户都黑了灯了，唯有粉房亮着灯，村人正把火上烤的粉往下卸，一块一块地打碎。村人的身影映在墙上像个小山包。一伸一缩的，在黑黝黝的山梁上看着这么点儿光亮，这么点儿晃动的影子，心里酸酸的，那个人就是我啊，我在替我儿子还债哩。

韩冲爹掏出两盒烟走进门放到磨顶上，说："小老弟，舀一锅浆拿两包烟，我搭黑了，你也辛苦了。"村人说："谁家里不遇到难事，说啥客气话嘛。"

韩冲爹觉得门外有个东西晃，反身走出去，看到是哑巴。韩冲爹看着哑巴半天说了一句："韩冲要你说话。"

月光下，哑巴的嘴唇蠕动着，她感到了一种前所未有的东西撞击着她的喉管，她做了一个噩梦，突然被一个人叫醒了，那种生死两茫茫的无情的隔离随即就相通了。

秋天的尾声是悄无声息的。蚕全部上了架，蚕在谷草上织茧，哑巴看蚕吐丝看累了想到外面走走。因为长年闭门在家，很少到山间野地晃荡，深秋是个什么样子她还真是不怎么知道。山头上的阳光由赤红褪成了淡黄，抱了孩子站在崖头上望，看到所有在地里劳作的农民脸上挂了喜悦色彩。哑巴想，在地里劳动真好啊。四处看去，但见天穹明净高远，少许白云似有若无，望过去显得开阔而清爽。之后山风涌动凉意渐生。她在粉房里看着驴磨着泡软的玉茭从磨眼里碎成浆磨下来，就是看不到韩冲。看到岸山坪的人们一挑一挑地往家挑粮食，就是没有韩冲。哑巴的心里颤颤地有说不出来的东西梗在喉头。哑巴回头教孩子说话。

哑巴说："爷爷。"

孩子说："爷爷。"

秋雨开始下了，绵绵密密地下个不停，泥脚、墙根、屋子里淤满霉味和潮气。天晴的时候，屋外有阳光照进来，哑巴不叫哑巴了叫红霞，红霞看到屋子外的阳光是金色的。

道格拉斯 /China

一

　　河沟那边是一片庄稼地,日头浮在庄稼上,风一动,有荡碎阳光的声音传过来。打远处看,一只草兔伐着草皮往山上跑,王广茂撅起屁股往山上撵,一转眼,草兔不见了,人,站到了山脊上。王广茂在山脊上歇下来,喘着气向远处望,能看到远处有三个山弯子,每一个山弯子里搂着一个村庄,依次是暴店、张庄、草坊。三个山弯子里都有日本人驻守,王广茂的心里产生出了情景:雾时,想象出那碉堡很像一个马桶一样竖在村中央。

　　王广茂来山上抓草兔,他婆娘生了娃,不是一个,是一双,龙凤胎。按说是大喜,可婆娘奶水不足,村庄里的鸡都被日本人抓没了,老一些的人要他上山抓草兔,给婆娘下奶。

　　秋天雨水足,灌木长得阴气旺,王广茂蹲下时闭着气,瞅着河沟对面的庄稼地,想着哪个地方有动静,他好蹿下去,一个蹦子蹦过去。

　　阴气被阳光搅得稠稠的,王广茂看到一个地方有动静闪了一下,不是山下,是他的左前方,他知道是他刚刚撵着的那个,他跳了个蹦子探进去,抓得一巴掌大的,什么也不是,一只地老鼠,没啥做的,闲窜灌木丛,玩。

　　坐在山脊上观察有兔出没的当下里,天空有一架飞机拖着烟"嚓嚓嚓"越过王广茂的头顶,王广茂用手捧了额头深吸一口气歪着脖子看,听得落到了山背后的飞机"轰"的一声:那飞机想是撞成了一堆碎末子。

　　王广茂的心里激动了一下,激动的当间,人站了起来扭转身子看,心中像是有一只草兔在跳,他的腿有些发酥,想往山脊高处爬。他的一双儿女一来,就要往大里长了,应该有个好耍子,飞机上有好耍子没有,他不知道,但是,他就想着应该有好耍子,怎么说飞机也是西洋人的东西。打了几年仗,还没有见过有飞机落下来,倒是捡过炮壳烂弹头什么的。阴暗的林中,众多树木蔽掩,他揉揉酥软的腿,瞅着豁亮地方撅出力气要抬脚走人,看到天空有一个很大的猪尿脬降下来,降到山下河沟边的玉茭地里。太阳光把猪尿脬下拴着的一个人反射到了半山腰子上,着实吓了王广茂一跳。他看到那个人不是人,脸长得和猴子脸一样,那鼻子尖得能勾到下巴颌上。

　　王广茂不抓草兔了,往山下跑,跑的动作比受了惊吓的草兔还快,是往自己的窑洞里跑。

　　炕上坐月子的倪月月正抱着娃哄吃妈妈穗,奶水不足,一个娃含着妈妈穗儿扯长了又缩回来,另一个没扯上的娃开始哭,一个接一个哭,妈妈穗被吸得像两个咸腌了的白萝卜。倪月月脸上忍着疼,神情悲戚。

　　王广茂跑进屋子里时,脸上挂黄,是吓出的黄脸,看着炕上的婆娘比画着说:"看到怪了,不得了,真怪,真真那怪,真真长毛怪,从没有见过!从天上落下来,拽着一个大大的,大大的猪尿脬，我是实打实看见了！"

　　王广茂干瘦，松柴一样轻贱的身骨，因为怕，额上渗出一层滚圆的汗珠，身后门扇拍进来三四只绿头苍蝇，嘤嘤盘旋在头顶，他抬手扰乱了一下，绿头苍蝇飞起来，他探前抓了一把，用劲甩在了地上，嘴启开一条缝隙："日你娘！你也来凑热闹，我要你跟着乱！"

　　倪月月不想听他嚼舌根，自己的汉们，话多得失了真性情，她揉着被娃吸得空空的妈妈穗，抬了头瞅了他一眼，恶气地说："怪？咋没见吃了你！"

　　王广茂心神不定地看着窗外，捏着嗓子说："落在了咱的玉茭地，一大片玉茭伏倒啦，可不敢一个人去看，先跑回来了。"

　　一双儿女的哭声，此起彼伏，王广茂突然真正地害怕起来，他觉得有大祸要降临到马村了，他渴望有人能信他，他走近一双儿女拍了两下，看到婆娘脸上流下来的泪蛋蛋，想帮她抹一下，倪月月抬起胳膊挡了过去。

　　穷人家添人进口，战争把仅有的一丝幸福都抹掉了。

　　王广茂紧张地盘算着，该向谁说？他不由想到维持会长马宝贵。马宝贵是两面三刀的人物，村里人都知道他一面和日本人打得火热，一面和八路军也打得火热，不管他和哪边打得火热，他是维持治安的头儿，也算是一个有些威信的人。

　　王广茂掉转屁股要往外走，倪月月在炕上喊：

　　"娃和闺女可是你下的种，就算抓不来草兔，也出去借几瓢白面来，好打了糊喂，借不来白面借来米也成，妖了怪了的，肩膀扛着嘴，胡说个甚！"

　　王广茂停下迈出的腿，回话说："那怪，把河沟边玉茭都祸害了，眼前咱的地要紧，得找人捉了那怪！"

　　倪月月生出恶气，不再看王广茂。窗外满地阳光，蓝得令人心痛的天，村庄里静悄悄的，静，堆了一街道，仿佛窑前堆得高起的土方，把一对儿女的哭按在了窑掌。

　　小村不大，十几户人，马姓多，叫了马村。好在村小，没日本人驻守，好在她生下孩子到现在，还没有打过仗，只是不时听得山那头有骚扰，日子虽然过得洗水叮当，倒也平静。生了娃，不是添福倒添了祸，倪月月还想着说几句重话给自己的男人听，院子里的脚步声，早空旷得没有影儿了。

二

　　王广茂走进马村南口子马宝贵的家，屋子前脸儿挂砖，能挂砖的屋子叫"砖抱房"，是马宝贵祖上留下来的，在马村算是中不溜儿靠前的房。马宝贵祖上是走驮道的，给外村老财开的油坊驮油饼下山东，小有富裕，赚下的钱先是挂了屋子前的墙砖，屋后的墙是泥坯打起来，钱不够等不得修，当家的就死在了山东。马村人不叫马宝贵名字，叫他马维持，因为他被日本人任命"维持会长"，叫"马维持会长"有些绕口，也有叫"马会长"的。王广茂就叫两字，"维持"。

　　王广茂知道自家不如人家的屋，前后土坯，不是屋是窑，黄土崖下掘的土窑窟窿。祖上没能耐，没赚下一砖一瓦，王广茂原来觉得在一个村里，吃一样的饭，做一样的事，人家住屋，自己只能住窑，人家当"维持"，自己平头百姓一个，真有点不平等，直到自己婆娘月月养了龙凤胎，他一下子觉得，啥富啥贵也没有自己婆娘的肚子富贵，吃一样的饭，做一样的事，自己的能耐，就比别人大，人前人后，也常有了高看自己的心况儿，敢和马维持眉头高低望上两眼，叫板几句。

见了马宝贵，王广茂急切地说：

"说个怕事儿，维持，我看到怪了，落在我玉茭地里，那怪和当地人不一样，和日本人不一样，满脸黄毛，日头照得金黄，拽着个猪尿脬下来，是从天上落下的。"

马宝贵下意识地停顿一下，拉住他的手："真的？"

王广茂说："哪有假话，我上山抓草兔，没成，怕是给那怪抓了，要不然，不找你维持。"

马宝贵下意识地缩了缩头，用袖管抹一抹嘴角上的饭苤子，他也听到飞机越过头顶的声响，以为是日本人的，没有想到不是，慌忙把院子里木篱笆拴上，拉起王广茂走到院角的茅厕，张望一下屋子和四周，瞅见婆娘正忙事儿，就急忙让王广茂进去，两个人脸对脸蹲下。茅厕里的秋蝇子舞绕绕地乱飞，两个大男人在茅梁上，一边蹲一边拉话。

婆娘在屋子里，看见两个人晃进了茅厕，半天却不见有身子立起来，心里奇怪，不解小手，解大手？哪见过两个汉们一起骑茅梁！她冲茅厕这边厢喊过话来：

"咋的？协商好了茅厕里一起下蛆？"

茅厕里，马宝贵站起来看了外面说："忙着呢，肠干！"

马宝贵让王广茂继续说，说具体点。王广茂蹲得腿麻了，有些不好意思："咱不能出去说？这地方臭哄哄的，弄甚呢？"

马宝贵说："不得劲，就脱裤子蹲下，这是大事，日本人知道了要掉脑袋。"

王广茂稀罕地说："你还怕日本人？维持，咱不去抓那个怪？毁了我三亩玉茭，要是你不帮我，想着通知日本人来抓，我不怕掉脑袋。"

马宝贵翻了他一眼说："日你娘！睁眼说瞎话，日本人是你干大！"

王广茂要往起站，语音提高了说："啥，没听清楚，维持，再说一遍日本人是你干大？！"

马宝贵拽了他一把说："知道你嘴上不吃亏，好了，现在就拿了锄头去弄人，见了村上的人，咱啥话也别说，知道不？说漏嘴要惹事！不想养活你的双生娃了？你就说，地是你的地，要么你别找我！"

王广茂哪有胆告诉日本人，他是诈马宝贵，都说马宝贵这人有能耐，八面玲珑，关键时刻他就想诈马宝贵，维持会长也不是白当，看你怎么维持这个怪！反正自家有一双龙凤胎仗着，他说话底气就冲，啥都不怕，马宝贵到现在，他婆娘都没有养出个带锤锤的，就一个丫头片子。

说话当间，两个人站起了身子，马宝贵要王广茂先走，自己安顿一下婆娘就相跟着。两人说定在王广茂的窑垴上碰面，一起去河沟边上的玉茭地。

王广茂起身，看到马宝贵的婆娘疑惑地往这边望，笑了下说："呵呵，就是肠干，干得厉害。"转眼走得没影了。

婆娘说："只见过两个婆娘骑茅梁，没见过两个汉们骑，一块拉铁蛋呢！"

马宝贵说："你没见过的多了，皇帝骑茅梁还有太监记录，见过没有？我出去办个事，晚夕回来。"

婆娘没话，看着马宝贵出了篱笆大门。

出了大门绕了个圈子，没看到四周有人，拐上窑顶见了王广茂，两个人只走小路。马宝贵说，落下来的是美国飞行员，肯定是炸了五十里外苗庄日本人的碉堡，被日本小钢炮击中，滑行到这里，怕是舍了飞机跳伞了。王广茂才知道，这猪尿脬叫降落伞。王广茂几分紧张，几分激动，有几分胆怯，走路的脚步加快几分。心里琢磨，怎能把这个美国人拿下，还惦记那个降落伞，那是好布做的，两个尿炕娃把炕上的泥皮濡得泛潮，用来铺炕，隔潮呢。马宝贵还知道那降落伞，自己和山汉一样，叫猪尿脬。他有几分失落，走路越发快了起来。

他们站到高处，往河沟地当央看，倒伏的玉茭旁，玉茭秆子在动，人还藏在里面。两个人商量着怎么弄，马宝贵决定从玉茭地东西两个角往里走，包围里面，好捉住他。于是两个人散开，拿了种地家伙往里搜，马宝贵喊："里面的美国朋友听了，咱来救你，别怕，你从玉茭地往出走，咱都是老百姓，不管天上来地下来，你来咱马村，就是客，胆大大地出来！"

王广茂有些紧张，想早早看到美国飞行员，毕竟是帮助中国人打日本的，又是长了个从来没有见过的样样。他不顾附近的马宝贵，急忙往里插，人走得急，玉茭叶子弄得哗啦啦响，突然脚前一棵玉茭"当"一声跳了起来，迎面打到了他的脸上，玉茭叶子粗粝粝的，把脸打得麻酥，他莫名其妙地停下来，还要往前走，被绕着赶来的马宝贵拽了一把。

马宝贵："你找死啊，还走！"

王广茂说："不走，怎么逮得住人家。"

马宝贵："人家有枪，放枪弹了，你聋了？"

王广茂说："我说呢，玉茭咋就长腿脚了。"

马宝贵："快退回来，救不成他，咱都没命了。"

王广茂的心这下子才知道害怕了，想到炕上躺着娃，月月蜡黄的脸，"哎哟"了一声，屁股重重坐在了地上。

马宝贵说："你起来啊，咋说瘫就瘫下了？"

王广茂仰着细脖子说："维持，我差一点没命了？"

马宝贵："差半点你也还活着，快起来，商量个对策。"

王广茂说："要真要了我的命，我娃娃咋往大长啊！"

马宝贵说："坐着吧，我往回返了。你坐着，娃娃们就往大里长了！"

王广茂立马站起来，几步走到了马宝贵前头，他害怕枪弹射出来，就算是射出来，身后也有个垫背的。走出玉茭地，阳光照得脸上泛金，是吓出的后怕。

马宝贵说："要是他真想要你小命，怕是早见阎王了，他不让咱近他，明白吗？他也怕！"

王广茂说："玉茭杆子整棵儿落在我脸上，没有想到是放枪弹。"

马宝贵白了他一眼说："闭了嘴！有话就不能想着说，别抢话！"

马宝贵知道，这年月各种形状的人多，八路军，日本人，国民党，游击队，咱什么也不是，美国人弄不清咱是普通百姓，所以才怕。怕咱有枪，枪子不长眼，咱偏偏就没枪！他不知道，怎告诉他咱没有枪呢？

王广茂说："告诉他，还能不懂话！"

马宝贵说："美国和咱不说一样话，喊过了，可咱说的是地方话，怕难听懂。"

王广茂说："多喊几遍，一字一字喊，再聋也听得懂。"

马宝贵说："嘿嘿，半个字半个字喊，也不见得听懂！"

王广茂有些委屈，突然想哭，鼻头酸了一下，他自己也奇怪，一个大男人哭啥子呢，命还在。

马宝贵说："这事情还得快办，不能等据点里的小日本来，他们正在山后看撞碎的飞机吧，要是找过来，咱和他的命都得丢！"

王广茂说："维持，这事儿作难了，真正作难了。"

马宝贵说:"作难也得想!你想想?"

王广茂急忙插话说:"嘴啃不出响来,他长了两只手。"

马宝贵不看他:"谁个不知道,要你来说。"

王广茂抢着说:"举了手进去,他看见了,知道没有枪!"

马宝贵说:"玉茭杆挡着看不见,玉茭杆比人高,你举手,他以为玉茭秀了天花。"

两个人沉默了。

对面河沟里的水流得哗哗响,几只蛤蟆叫着,太阳斑斑驳驳泻了一河,风很细,粗糙的云在远山那边盘旋。王广茂看到一只蛤蟆浑身发绿,腮帮子鼓着一个泡,叫声呱呱呱,一河蛤蟆跟着开始呱呱呱叫。

王广茂突然想到了一个办法,哑然笑了。

马宝贵说:"笑甚呢?节骨眼上,要不回村吧,你在这里败事有余。"

王广茂吐了一口唾沫:"下看人!你说美国人肯定不是聋子,咱就空着手,拍着响往里走,一个巴掌拍不响,两个巴掌呱呱响,听了他能不知道啥意思?"

马宝贵咧开嘴笑了,给王广茂一拳头:"怪不得能种下一对龙凤胎,你日能呢。"

两人就拍了手,往玉茭地深处走。

巴掌拍响时,河沟里的蛤蟆就不叫了,四下里的拍巴掌声合围着,走到了玉茭地的深处。

站在美国大兵面前,王广茂发现他的个子要高自己一头,浑身是很厚的衣裳,同自己的土布衣裳不一样,阳光照出这衣裳像出油一样光滑。王广茂稀罕着,光顾了张嘴咽唾沫。马宝贵也张着嘴,自己平常见日本人,都说几句"吆西",哈腰弓着脊梁,现在见美国兵,连"吆西"都不敢说,哈着嘴,没话。

王广茂知道马宝贵是被西洋景吓瘾症了,他伸开十指,迎着美国兵的脸,弓着腰:"吆西,吆西!"

美国兵同样紧张,在这块土地上,他见过原住民,模样和他们相同,但不会说"吆西",这是日文。他用枪筒指着对方。汗毛竖起来,根根儿泛黄,湖蓝色的眼睛四下里打量。

马宝贵说:"不对路,不对路子,中国百姓,你瞎球'吆西'个啥嘛!"

马宝贵拍拍手,拍拍袖,把腰带解了下来,翻起布衫,露出赤精干瘦的肚皮,差一点把裤子往下捋。马宝贵要王广茂照着他的样子做,翻出肚皮的王广茂,看着美国兵,发现他笑了一下,手柔和起来,把枪抱在胸前。

马宝贵长出一口气,让王广茂放下布衫,系好腰带。美国兵从背包掏出一个小本子,翻出一页要马宝贵看,王广茂也凑过去,本子上有几行字,美国兵用手指着本子上的字。

马宝贵知道那上面印着好几国文字,他指着中国字点几下,美国兵点头表示知道,翻了一页指给马宝贵看,那上面写着:

> 我是美国飞行员道格拉斯中尉。
> 你是政府军吗?
> 你是什么长官?
> 你是什么军衔?

马宝贵知道这几句与自己都不相干,但知道对方叫道格拉斯。这名不好叫,他告诉王广茂,

"他叫'道格同志'。"正在犹豫，美国兵翻了一页，上面写着：

你是游击队吗？
你是游击队的长官？

马宝贵指出"游击队"这一行，拍拍胸脯，指出"长官"这一行。

王广茂伸长脖子看了，知道马宝贵是显摆，没听说他是游击队的人，天天在家不出门，去哪游击？诈唬不说人话的美国人。

王广茂想嘲笑马宝贵，发现马宝贵正盯着他，就向美国兵认真地点头。

道格拉斯明白了，收起本子和枪，他知道遇上了当地的游击队。出发前受训，长官说了，游击队是地方武装，针对入侵者。在这一片并不平静的粮食地里，飞机被击落的噪声还在他的胸腔里弥漫着，他必须先找到一个落脚点，然后联络自己的部队。他仔细收好降落伞，在地里藏起来，表示同意跟他们走。

在这个时侯，马宝贵发现美国人走路不利索，左腿受了伤，血在裤脚上洇湿了一片，地上也有血，山桃花一样暗红。马宝贵和王广茂的个头，都在美国兵肩下，怕是连人家的飞行服都扛不动。马宝贵让王广茂回去，找一头牲口来，没有马骡，牛也行，回村后千万不声张，这事和生下双生娃不一样，不敢有半点张扬，还要快。王广茂扭捏着不走，眼睛盯着地当央，不说话。

马宝贵说："你实聋了？"

王广茂说："弄牲口好说，你和他讲，我想要他的降落伞，要它铺炕。"

马宝贵白了他一眼："那东西不透气，两个娃的尿，沤衣裳，要它？！"

王广茂说："不怕，黑里我光了睡，沤了皮还能长。"

马宝贵呲牙："日你娘，穷死你！"

王广茂扛起镢头，出了玉茭地往村子里跑，动作出奇麻利。

三

王广茂回到村里，想不起来谁家有马和骡子。马、骡子从战争开始到现在1944年秋，有的被日本人抢走，有的支援了八路军、国民党，老西儿阎锡山的部队也趁这场战争的热闹，过来弄腾牲口，战争把牲口们这么三下五除二全折腾完蛋了。王广茂皱起固定在额头上几道皱纹，思忖马村谁家还留有牲口，他想起马宝贵家的驴驹子，这会儿它应该在村尾巴涝池边吃草。他在村上没有发现四周什么人，村尾巴有几头牛犊在吃草，王广茂眼前幻化出牛犊脊梁上驮着的美国兵，想得有意思，笑了起来，离牛犊不远处，那头驴驹子朝天打着响鼻，错着嘴，嚼动地上卷起的草，看到王广茂过去，驴驹子仰了脖子叫唤。

王广茂开始欢喜了，知道：这头畜生是在叫唤他呢。

驴驹子叫唤够了，尥蹄子朝前方涝池里跑。涝池里的水是雨水积下的，有了天日，水面浮起暗绿色和灰褐色的脏物，驴驹子用嘴拨开，拨到两边，伸到水里去哑，驴哑得很长很长，哑得王广茂的耳朵都竖起来了。驴驹子咕儿咕儿的咽水声，比癞蛤蟆叫还响，这么哑了一会儿，提起水淋淋的嘴，换一口气，换气当间看了王广茂一眼。

"这操蛋的东西，活该你是马宝贵的驴驹子！"

王广茂牵了驴驹子往后河弯走，人走得急，驴驹子也急，等来到马宝贵跟前，打量马宝贵身边的美国兵道格拉斯，知道美国人要是横下来，身体比驴驹子还要长。

马宝贵看着驴驹子，心疼地说："也不看看驮啥东西，弄我的驴驹子来，不出一年的牲口，怎让它一下就驮一个二百五！"

王广茂嬉笑了一下，吊着膀子："我的黑驴要是在，哪用得上这驴驹子！"

马宝贵顾不上和王广茂辩论，心疼地扶着道格拉斯往驴身上骑。美国兵开得了飞机，骑不了毛驴，人上去了，怎么看着不是一个劲道，驴驹的腰脊往下塌，吃不住重量，尾巴不来回甩了，紧夹在腿中央，脑袋前倾想走，却迈不开蹄子。道格拉斯的表情也不自然，坚持要下来。王广茂说："干脆让他趴着，快走，出了事，谁也顾不了谁。"

他们让道格拉斯趴在驴脊上，一人扶着他肩膀，一人扶着他两条长腿，这样子走一阵、骑一阵，磨蹭着走回村。一路上，马宝贵想着村里的那几头牛犊，他打算回村后把牛犊赶来，在美国人落下玉茭地周围踏几圈，造个假象，这样一队牛蹄都是往东边的神头岭走了。马宝贵这样，是为给隔山草坊日本人据点一个交代，这样可以明确告诉日本人，八路军二十团的骑兵队来过马村，不知来做甚。不久就离开了。

二十团骑兵连是尖兵连，经常在这一带活动，日本人一听骑兵连来，都不轻易出动。马宝贵从一开始搭救美国兵，就在细想怎么对付日本人，不然全马村人都要遭殃，他是维持会长，双料人物，他得维持马村百姓不受日本人骚扰。

他们跟着驴，反反复复到了天黑，才回到马村。马宝贵想把美国兵送到邻村一个药铺里住，可道格拉斯非常疲惫，比画着不想走。

马宝贵急着处理后事，早点赶去草坊日本人据点汇报二十团骑兵连的情报，把美国兵安排到哪算安全呢？

他想到王广茂的婆娘、双生娃，婆娘正好坐月子。

村里人都知道他婆娘缺奶水，孩子哭喊叫吃，刚生下大家都去看，进窑看炕上一对小人人，稀罕。王广茂倒碗水请人家喝，人家不喝，王广茂就说，你不喝，我没话说，这日子我倒不开，借我一升半升米？缓过劲来就还。他这样张嘴借，没多有少，但时间长了大伙都知道，王广茂这是好借不还，战争年代，哪家都贫，一来二去，从此没有人上王家门，怕王广茂借米借面，只能躲。

马宝贵决定让美国人住王广茂家，把他家小西窑收拾出来，从外面看这口窑破烂，谁也不注意，双生娃老是哭，是最好的掩护。谁也不上门，附近也稀稀拉拉没几个人走动。

他看着王广茂说：

"让道格同志住你家？"

王广茂呆愣地说："我家？！洗空空的，要啥没啥。"

马宝贵说："把小西窑收拾出来，就住几天。"

王广茂说："一天都难对凑。"

马宝贵说："就这样，缺啥给你拿。"

王广茂说："主要缺粮，看他那个头！"

马宝贵说："这些天里，你家里粮食我都管。"

王广茂想了想觉得合算，不管别的，婆娘是有奶下了，要是能多住几天就更好。眼看着驴走到了自家门前，他一下子想起来，河沟边上的这三亩玉茭地，玉茭地当中还藏着那猪尿脖样的降落伞，他摸过，就算铺炕不透气沤衣裳，他也想要！他一下张不开口。想到被糟蹋了的三亩玉茭："可怜我那河沟地，一家大小的口粮，不能喝西北风吧。"

马宝贵说："寒碜啥？叫人家道格同志笑话！有苗不愁长，你立了大功，有人还要奖励呢。"

王广茂记住这些话，也觉得马宝贵是日哄鬼，这年月没头没尾的谁来奖励自己？听得黑黑的窑洞里倪月月哄孩子的声音，两个孩子"哇哇"黑哭，她不点灯，是怕浪费灯油呢。

马宝贵让王广茂先把屋子收拾出来，自己有事离开一会儿。

道格拉斯坐到小西窑的炕上，用自己的急救包把腿上的伤口包扎一遍。他坐着不动，好奇地看周围，窑洞里塞满令人窒息的杂物，他的心不能完全静下来，地上有驴拉的屎，四周墙上到处是玉米芯堵上的洞，隐约听到老鼠打闹的声响，紧张的神经，伤口的疼痛，一切的一切，上午还在浩荡层叠的云海中翱翔，现在随着一头扎地的飞机，眨眼间牛顿的苹果树还在眼前，却看不到苹果了。他听到胃肠叽里咕噜直叫，他是饿了，给主人打手势有什么可以吃的？折腾这么一趟，都饿了，王广茂打手势，看着他："别着急，都等着'维持'回来安排。他答应了安排你，就要管你吃。"

看王广茂蠕动的嘴，道格拉斯不明白对方的意思。

王广茂说："我忘了，你是个比聋子还聋子的人。"

倪月月在堂窑里听到隔壁的动静，王广茂不仅没弄回粮食，还弄个人住下了，气憋在胸口上，想冲什么地方发作，她就等王广茂露脸。隔着房骂，怕外人听了笑话，她摸黑在火上熬米汤水，那汤水稀得能照见月亮。两个娃没吃饱，睡觉不踏实，稍有动静就醒了，一个醒了，连带一双，不好和孩子发作，还是得哄着，眼里含泪，一手搂一个，瞅着屋外的月光。

"我孩睡觉觉，娘给唱歌听。"

娃娃哪能听懂歌，倪月月是给自己唱，憋着气，把唱当粮食度饥荒。

> 米儿啊米儿，
> 谷壳破了皮儿，
> 破成半半。
> 做成饭饭。
> 公一碗，婆一碗，
> 小姑、小叔两半碗，
> 媳妇刮了锅，
> 还嫌媳妇吃得多，
> 背上锅啊上南坡，
> 牛屎驴粪滑倒我。
> 放羊孩你拉拉我，
> 我给你唱个好秧歌。

唱的是穷人歌，上地、做活唱，生了娃，炕上坐了唱，唱给娃娃听。月月不认识字，她有一肚歌，她要娃们安静下来，等她喝了米汤水，生奶喂养。

月月的唱，没让俩孩子安静，却让西屋的人安静下来了。因为怕有闪失，西屋也黑着灯，窗外的月光照着炕上躺着的道格拉斯，歌声钻进他的耳朵，让他有回到以前，回到一种幻景中的感觉。无声的水流过田地，禾苗在长，鲜花悄悄盛开，是母亲还是他心爱的姑娘？在阳光照亮一片天地之时，歌声是灿烂的鲜花和风的味道，他在饥饿和疼痛中，眼里闪出泪光来，歌声让他一度忘记目前岌岌可危的处境，怀想一些无序的片段，一种无名的温暖正尖锐地顶撞他，他确实有想哭的意思。

此时，隔山草坊的日本人接到了马宝贵的情报，决定不轻举妄动，发现炸落下美国飞机，就算找不见飞行员也是值得庆祝的事，日本人满意地拍拍马宝贵，他可以走了。

马宝贵一溜小跑回到马村，进了家门，让婆娘做一顿好饭，要招待贵客。农村人想不来做什么饭最好，马宝贵婆娘打算做过年吃的"三和面"。用瓢量了白面、豆面、粉面，三样面和好，擀开，叠好，用刀切了，她在案板前对马宝贵说：

"大溜儿长，好面呀！招待什么客啊？"

马宝贵说："不知道的就别问了，是上客。"

马宝贵经常这样招待"上客"，做饭做得顿数多了，来家里吃，婆娘知道，不来家的由马宝贵端了锅送，一般她不打问。只是眼下秋粮还没下来，俗话说，吃不穷穿不穷，计划不到辈辈穷。婆娘忍不住数落了："家里的藏粮都拿出了，啥稀客要吃这么上好的东西，都招待客人，咱吃啥？给咱闺女也吃一碗，孩子哈喇水挂前襟了。"

马宝贵抬头看，自家的闺女小青一根手指头伸在嘴里来回吸。

婆娘不说了，开始炒菜。等面煮好了，闺女想吃，马宝贵知道道格拉斯的大个头，觉得这一锅面够不够吃，还是个问题，闺女端着碗在锅台边等，不好说什么，筷子夹了一根，面还挺长，就着锅沿儿夹断了，给闺女弄在碗里，舀了半碗汤，让她走开。闺女"哇"一声，把面倒进了锅里，碗撂在火台上，冲着墙哭上了。

马宝贵数落闺女："嘴扯得哪样，小心没婆家要你！有好日子给你有面吃。"

马宝贵不管闺女，连面带菜端着到王广茂的小西屋，先盛一海碗端给道格拉斯，闻到串过来的豆面味儿，道格拉斯皱起眉头，不知碗里是什么，不接碗，找背包里的小本子，就着月光看，马宝贵放下碗，把油灯点亮，道格拉斯指着本子上的字让马宝贵看，那本子上写着：

我要牛奶，我要面包！
我要火腿，我要冰水！

这时候马宝贵不知该说什么了，他要说什么，嘴里唧哝，他看着道格拉斯："你他妈太操蛋！你写的这东西我没见过，就这锅三和面，也是我家的藏粮，做这饭还搭上婆娘的骂，我闺女想吃都不给！怕你肚大，怕你吃塌锅，你倒好，给我说看这些字！要不是你炸了日本人的碉堡，我给你喝驴尿！"

王广茂在一旁听马宝贵说，笑了起来。

"他要是不吃，我给月月端一碗过去，吃了好下奶，听我心尖尖肉儿哭，我难受呢。这美国人不吃三和面要吃啥？饿他！就不相信饿到明天他不吃，不怕他这羊不吃麦子。"

马宝贵听他这么说，很不高兴，你王广茂凭什么说人家，人家来这里打日本容易吗？命都搭上了，就是吃天上星星，咱也得弄个星星差不多的给他，人是铁饭是钢，一顿不吃想爹娘！

马宝贵瞪了王广茂一眼："行了，你端过给月月吧，她吃了，做一锅高粱鱼鱼来，不吃，我换换面，再不吃，再想办法。人家是客，是打日本的，也是命大，他去阎王殿，指不定中国阎罗殿还不收他呢，可怜的，做鬼没人要。"

王广茂下咽了一口唾沫，端了三和面往月月窑里走，在院子里他逸得就着月光埋头吃一口菜，还想吃第二口，身后马宝贵轻声吼："你个操蛋货！对着人家道格同志，你下作人呢！"

到底不敢再下口了，端进屋里，帮月月点灯。

闻着豆面味儿，月月眼睁得老大，稀罕得她，肚子咕噜咕噜欢欢儿叫起来，原想冲王广茂出气的事儿也忘了。

四

听王广茂讲下午发生的事情，月月知道西屋住下了外国人，她从没见过外国人啥样样，自己坐着月子，不好出门去瞧，她让王广茂说得仔细点。王广茂大展口才，把一些细节弄得入神；听说人家不吃饭，要吃洋面包、火腿、牛奶、冰水，月月笑得眼泪往出掉，加紧往嘴里送几口，放下碗，坐锅，怕火上做饭慢，让王广茂在外抱柴烧地锅，一会儿锅烧开了。月月搅拌了高粱面，往锅里溜鱼鱼，鱼鱼跑得欢，点了三次凉水，月月说："灭火吧。"

高粱鱼鱼在锅里上下翻滚，月月已把小葱、辣子和芫荽拌好。王广茂垫了抹布，就着月光端了高粱鱼鱼进西窑，拌好的菜、碗也端过来。马宝贵用端锅的抹布抹了一下碗，漏勺捞了鱼鱼，拌了菜，他感觉闻着那香，就想下饭。谁也没有想到，道格拉斯又把眉头皱上了。

马宝贵把碗端到道格拉斯面前，道格拉斯摇头，嘴里喊："弄！"

马宝贵想："弄"是啥子意思？

想想，觉得他一定不知该怎么吃，他自己也就捞了一碗，拌了辣子、葱、芫荽，往嘴里送，鱼鱼往嘴里放时，来不及嚼，冲着喉咙眼溜下肚了，吃一口，马宝贵比画一下："日他娘，月月做的鱼鱼，就是好吃！"

道格拉斯看着抹碗布，闻着豆面味，地上的驴粪味，嘴里不住地喊："弄、弄。"

马宝贵要王广茂也捞了吃，不为什么，就为了给道格同志吃出一种气氛来。一下子，香得满屋子都是热气，都是葱味儿，辣子味儿，芫荽味儿，热气和香气冲着美国大兵道格拉斯扑过去。道格拉斯嘴里喊着："弄、弄、弄！"

这下子完了，人家不吃，摇着头一直喊"弄"！

没法子，觉得客人不吃，自己也不好意思再下锅捞。王广茂趁着空档，回窑向倪月月汇报情况，要月月帮着想个办法。月月吃了三和面，奶水冲得往外直冒，两个娃儿都吃饱了，满足地睡在炕上，奶水挂在嘴角，月月抹了一下，孩子笑得"咯儿"一响。

倪月月说："不吃咱的饭，又不是铁疙瘩，肯定人家不吃这东西。我娘家村暴店的毕老财，每天都喝人奶，要村上生养的婆娘给他挤奶，他拿粮食贴补，见过毕老财没有？吃得红光满面，细皮白肉，比实际岁数要小好多，奶水是养人。牛奶咱弄不来，要不，试着烙几张葱花饼子？等奶水涨了，挤一碗奶给他，看行不？"

王广茂看窗外，月影儿偏西走了几丈，银色的碎屑般的光点子撒在一对儿睡熟的娃娃身上，他动了动舌头想说什么，嘴里淡兮兮的，什么也没有说出来，走到门口，门扇的黑影下人看上去精瘦，两根腿把一条黑布夹裤撑成罗圈样，歪坎着头，吊着一边的肩胛骨冲门外说："烙饼子是个正理，喝你的奶，我难受！"

月月白了他一眼，不说话了。她和了面，坐了鳖子，没有白面，用玉茭面烙。烙好饼子，奶头也开始发胀，拿过一只精细花瓷碗，下了劲往出挤，一会儿一碗奶盈盈满上来，她让王广茂端了过去，看道格同志吃不。

王广茂说："真叫个难受人！"

月月白了他一眼说："不懂事理！"

王广茂把碗在鼻子下闻闻，觉得香，拿过一根儿筷子在精花细瓷碗里搅了搅，把筷头上粘的奶水漏到嘴里，舌头贴着嘴片儿咂巴几下，想努力品尝奶水的味道，他眉头上皱出一个疙瘩，什么也没有品出。

月月问："甚味道？"

王广茂说："丸。"

"丸"是没味道，是那种没味道里还夹了点腥的味道。

马宝贵正发愁，看到王广茂端来的奶，他不抱任何希望，觉得几张玉茭饼子算啥嘛！三和面都不吃，那么好的饭，他指着碗里的汤水问王广茂："啥子？"

王广茂没好气地说："月月的奶。大个子经不起饿，月月说让试试。"

马宝贵挤了一下眉，笑了："你帮着月月挤的？"

王广茂不好意思说："维持，看人家道格同志听了笑话。"

马宝贵暧昧地说："他听不见咱的话，他是聋子。月月的奶是甚味道？"

王广茂翻了一下眼皮子，小声凑近马宝贵的耳朵："丸！"

马宝贵笑着端过碗去，放到道格拉斯面前，拿起扣在炕上的本本，指着"牛奶"要对方明白。两个人憨狗等羊蛋般看着道格拉斯，他也看这两个男人，看炕上放着的碗，闻了闻，一股奶香钻进了他的鼻子，他伸进手指沾了一下碗里的奶，放入口中，湖蓝色的眼睛翻了翻，咬着指头笑了，端起来喝了一口，接着一口气喝了，拿起饼子啃了一口，一切顺其自然。

道格拉斯伸给马宝贵碗，还要。

马宝贵刚松一口气，见人家还要，心里那个为难实在藏不住，麻油灯也跳了一下，这美国人嘴大肚大，一碗奶下肚，等于麻池里倒一桶水，谷地里掉一粒沙石，喝多少下肚才叫够？扭转头看王广茂，王广茂的脸像灯头儿的烟熏了一样，眼睛绿豆般贼贼地看马宝贵。马宝贵说："还要！"

王广茂说："月月的胸脯又不是泉眼，想成啥了！"

马宝贵哀求说："去，想法哄月月再挤一碗，这么大一个当兵的，一小碗奶哪够！"

王广茂很不高兴："啥不能吃，好没有个足，吃了还要吃！"

马宝贵拽了他走到暗处，悄声说："给你一丈高的台子，你敢不敢跳？"

王广茂直了脖子瞪了眼说："维持，凭啥让我跳？"

马宝贵说："就凭日本人占了咱的地盘！"

王广茂僵直的身体松了下来："咱不是不知道，要不怎给他喝奶。我是说月月奶水不足。"

马宝贵说："知道就好。那半锅鱼鱼也端了给月月，就说我说的，我以后加倍还她。"

王广茂端起锅往堂窑走，激动得腿肚子抽筋，像是做了件什么大事一样，脸上笑得没有响儿。他进窑告诉倪月月，道格同志喝了，也吃了，麻烦也有了！

月月捞了鱼鱼吃，一边吃一边揉着挤得疼痛的妈妈穗："硬是你来，专让我生娃，一肚生下两个，看你养活。"

王广茂嘻笑着："看你咋说话呢？女人嫁汉，生娃娃是在理呵，甚是个甚，瞧你，他马宝贵还眼黑咱呢。"

屋外，远处的涝水池里蛙声起伏，蟋蟀弹唱，明亮、磨盘大的月亮越升越高，月影儿移过窗户，扑洒在院里，像撒了硝。马村，牛犊一样睡了。

有一个人蹑手蹑脚走近窗户，朝着屋里小声喊：

"涨了没有？涨了就往出快挤，妈穗儿一胀，泉眼儿往出喷，人等着呢，三两天就走了，委屈一下，救人呢！"

月月吹灭了灯。

月月的脸被窗户映来的光照得浅黄，慢慢儿就微红。

王广茂端着一碗奶，梗着脖子，踮脚尖出门。

五

美军飞机被日本小钢炮击落在当地，飞行员迫降，到底是被八路军抢走还是隐藏在当地，日本人还是产生了怀疑。

这夜，有线人从草坊据点传话，说日本人有可能第二天来搜村，所有出去的路口都加岗哨。

听到这消息，马宝贵吓了一跳，如果搜村，一个大活人能藏到人口袋里？马宝贵越想这事越邪乎，想到细微处，不禁打了个寒战。

安顿下道格同志，出了窑，马宝贵的心被突然而至的变化憋得头胀脸红，像热锅上的蚂蚁，事不由人，天亮前该把这个美国兵送走，往哪里送？实在想不出一个去处；他有心想和王广茂商量，窑里，一对双生娃哭得此起彼伏，也许是道格拉斯多喝了奶水，使这两个孩子肚饿，便不忍心叫王广茂，想着对策，他往自家屋子里走。

夜，一团一团地黑，月亮背过西山去了，他走着，想到下午送去和八路军联系的人还没回话，觉得他现在经手的这事很盲目，而明天将要发生的情况，他一个人也扛不动。他如果躺在自家炕上，千般翻转不踏实，怕惊动了婆娘，于是他蹑了手脚离开了家，找一个清净的地方再想结果。

外头的人，只知马宝贵是日本兵的红人，他婆娘也知道，自从当上维持会长，马宝贵就不是马宝贵了，以前还注意形象，当了会长，绸绸缎缎挂身，走路小八字步也摆开了，见了要求帮忙的人，胸脯拍得山响，张口闭口皇军，也许夜路走多了，自己吓着自己，知道总有一天要出个啥事情，见了村上别人的婆娘，总喜欢撩猫逗狗几句。对自己的婆娘，是一张嘴描在脸上，软柿子般瘫着不动，婆娘心里醒醒，总想抓他小辫儿。他这一个白天跑进跑出的表现，婆娘肚子里的酸醋儿就翻缸了。晚饭后她不睡，也睡不着，就等自己的汉们回来，仔细问个究竟。听他夜深了回来，到门前不进，绕道儿走了，婆娘像是腔子里长了石头，长了铁般的难受，就悄声儿跟着汉们出门。

马宝贵走了一阵子，感觉头上有一团雾气，手摸了一把，才知道是毛毛雨，雨不胜其纷纷，迷蒙了马村，前半夜天还放晴，后半夜倒了阴，真不是好兆头，要是雨再大些就好了，地上积厚了水，脚印子落不下来，但这牛毛雨，人往哪里走都要留下脚印子。看着铅色云团的边沿透出的光影儿，马宝贵想，明天日本人如果搜村，就算屋窑能藏人，怕是人嘴藏不住。现在唯一的希望，是等着把美国人接走，接不走，也得有计策。

他担心王广茂，那是张闲不住的快嘴，明天的事，怕要坏在他的嘴上，这美国兵落地儿也不会，落到谁家，都比落王广茂家要好啊！

天亮前，弄不走道格拉斯，必须封了王广茂的嘴！

这么想着，走着，眼看到了王广茂的窑前，感觉身后有东西，小声小胆儿，提着蹄脚跟着，像一只动物，又不像，在完全被黑暗孤零下来时，马宝贵猛然回转了一下头，什么也没有看见，他捡起脚下一根柴，想要看看是什么东西，马上感觉不对劲，往前猛跑几步，蹲进了地垄中蹲下身子不动。这就把他的婆娘闪下了，闪得寻不见人影，夜静得没有一丝半点气息，婆娘憨着个胆儿，往前走，在马宝贵突然消失的地方左右张望，跟着的人突兀不见了，心里开张皇，小声嘟囔："一霎时呵，蹿得就没了踪影？"

听是自己的婆娘，马宝贵觉得她真是鼠肚儿，鸡肠儿，比王广茂的嘴还贱，他想发作，但这节骨眼上，婆娘半夜三更闹起来，头发长见识短，决定不和她纠缠，他轻身轻脚，绕了个大弯，走到王广茂的窑窗下。调整了一下心情，抬了门搭子敲门，压了气息，贴着门缝："有事商量，你出来一下，广茂。"

王广茂开门，惺忪着眼说："呀，月明儿啥时候不见了，啥事？不让睡打鸣觉，有甚不明儿说？"

马宝贵要他穿衣裳跟自己走，有事儿。

一对双生娃，王广茂和月月一人搂一个睡，席片上的孩子睡得正热乎，王广茂告诉月月，马宝贵叫他，去去就来。月月抬起半个身子，摸索着把胀着的奶穗穗伸进一个孩子的嘴里，腾出胳臂拍着另一个孩子，嘴里轻声唠叨：

"噢、噢、噢，钉盆钉碗钉大缸，钉得我儿肚不痒，噢、噢！"

马宝贵拽了王广茂出院子，走到一眼废弃的窑洞内，对面坐下。黑暗裹了他俩，窑外袭来一股冷气，王广茂甩开马宝贵的手说："弄甚呢，神道呢，弄人一宿合不上眼。"

马宝贵手说："想不想要那个降落伞？"

王广茂眨巴了一眼："想，油布做的，想啊。"

马宝贵说："想就好。小日本明天要搜村，明天无论发生什么事，你都不要多话。等明天过去，送走客人，你就把降落伞拿回来铺炕。"

听说日本人要搜村，王广茂一下灵醒了，埋在胸口的脑袋提起来，黑暗中，两眼牛卵一样亮了一下："维持，不是吓唬人吧？那赶快把那美国兵想法子弄走！你弄他走，我就不多话。要是不弄走，日本人弄我，我就交代他藏在我小西窑，不交代，我就没命了，日本人不是吃素的，我管不了你那样多，我要是交代了，维持，明人不说暗话，别埋怨我。"

马宝贵想了想说："人我肯定要弄走，不会连累你，你只要保证，不多说，装了啥事情都说不知道，也没见他掉进你的玉茭地，我就感谢不尽了，你真要说，我挡不住，但你真要说，我也让你说不成！"

王广茂的心情一下坏了，头脑也清醒了许多，自家的玉茭地一大片倒伏，玉茭嫩得像水泡儿呢，就被这美国兵糟蹋了，说没看见就没看见了！你马宝贵还敢吓唬我，球，怕你！

王广茂说："好不该他落到了我的玉茭地，我不是瞎子，好不该让我看见了。"

马宝贵说："我没说你是瞎子，你肯定是看见了，不然怎和你说！看见了，你不说，日本人不知道，你要说了，日本人的性子，你还能不知道？！"

日本人占领的几年，王广茂年年找丈母娘家的老母鸡孵蛋，但是年年自家的半大鸡都被日本人抢走，自己被日本人抓劳工，抓进草坊村修碉堡，被日本兵踢过一脚，那也叫脚，是大头皮鞋子踢在屁股上，不够二两肉的屁股蛋子青了半个月。被日本人推过一枪托，差点卸了自己一条膀子。日本人血洗过几个村，像也是藏了什么抗日的人，村上人不交代，先拿了几个人试枪眼，看到地上的死人，全村人一下乱了，结果日本人架机枪扫射，整村子人，妈妈呀，太阳都不忍心出来看地下。唉，管他狼死还是羊死，只要自家太平，不出大事，不惹那事！现倒好，有事找来了。

王广茂思想乱了阵脚，有些可怜自己，把美国人弄回马村，不吃这，不吃那，抢了娃的奶，还不如看见装了看不见，当时让日本人弄走他，现在来事儿了，让日本人知道，就得挨枪弹。王广茂觉得有点尿紧，站起来就地撒了一泼："那么，想把那美国人弄哪里去？"

马宝贵说："还没想出来，不行，就弄我屋里？就怕明天，我屋里都是小日本，美国兵不懂咱的话，乱糟糟的，两下里交了火，麻烦就大了。"

王广茂说："还怕麻烦大？你说说，你琢磨谁是美国人的靠山？"

马宝贵思想了一会儿说："国民党？"

王广茂说："国民党是咱中国人。日本人，是不是你靠山？"

马宝贵说："想哪里去了？咱中国人！"

王广茂不依不饶："可你是日本人的维持会长，马村人谁不知道，你动不动皇军、皇军的，你和日本人伙穿一条连裆裤。"

马宝贵说："说你也不懂，要你当，你也得当。"

王广茂一语双关："人家能看得起咱？"

马宝贵加重了语气说："笑谈人呢，让我静一会儿，天亮还早，想出法子我就把美国人弄走。"

王广茂性子好动，见不得对面人站着晃，有人晃，就想开腔，他要不说话，除非是有病了。他刚才的话，是想撩马宝贵的话头，想挖苦马宝贵几句，挖苦他被日本人耍了，现在，话头切断了，他张了几下嘴，马宝贵不让他说，自己又憋不住，忍不住叫了一句：

"憋死人了，眼看就被你维持给憋死了！"

四下是悄无声息，远处偶然有一两声蛙鸣，因为打仗，马村的狗早都被打死，开始是八路要打狗，后来是日本人要打狗，都怕夜静进村引起狗声。这个黑夜，静得如棉花套子闷着似的，不如自己回家睡觉，王广茂抬拳头在胸口捣了一下："你想好没？你这是要让我遭大罪。"

马宝贵耐心地说："得有良心，得仗义，日本人逮着他，还不剥两层皮！"

王广茂说："总比剥我的皮少疼！"

马宝贵不说话了，他知道王广茂不是个牢靠人，说话不思想，没头脑。想着明天，这事情就怕坏在他身上，不如要他离开马村，才不坏事，明天的事自己挑起来大包大揽，才能免去道格拉斯受难。把王广茂弄到哪里去？他想不出一个合适的去处，这张嘴走到哪是说到哪。突然想到，这人容易坏事，不如灭了他！他弯腰摸了摸腿脚上插着的刀子，身上热了，有汗冒出来，他索性一屁股坐到地上，琢磨着怎么下手，还得没有声响。

王广茂"哎呀哎呀"着，就算是不说话，这样哼着，心里畅快。

马宝贵觉得真要下了手，一双娃娃，月月，咋交代？身上越发燥热，他站起来，又没法下话，摸了地上一个圆蛋蛋放进嘴里，下意识嚼了一下，是一粒羊屎蛋，于是冲着黑暗吐出去，唾沫星子打在了王广茂脸上，王广茂抹了一下说："埋汰人呢，有事商量着办，指不定我的脑袋比你活泛。"

马宝贵回转头，看着眼前来回走动的黑影："你恨不恨日本人？"

王广茂想，这话还用问！不是打仗，美国兵能毁自己的玉茭？不打仗，他鸡呀猪呀的都喂上了，双生娃还能吃不上奶！晚夕在涝池前他看到马宝贵的驴驹子，就想自己的黑驴。月月的陪嫁有一头驴驹子，黑毛，四条蹄是白色，走起来一蹦一蹦，是个没有心肝的家伙。养大了，眼看它成了自家劳力，被日本人抢走了，用它去驮战场上的死人，一驴驮两个死鬼子。他在草坊镇看见过自己家的黑驴，打他眼前走过，他招呼着黑驴，它不跟他走，四条白蹄儿错落有致，"嗒嗒嗒"敲过他身前，日本人的马夫牵了它往张庄走，头也不回，看见他，只是打了个响鼻，甩几甩尾巴，他看见自家的黑驴掉了两颗泪水，对着远去的驴屁股，他手里拿着刚买的两个热包子，喊着：

"驴，我日你娘，驴，我日你娘！"

他一边恶气地揪了包子往嘴里送，包子吃得不知是啥滋味，哽了满喉咙咽不下，游荡着回到马村，想起来包子是给月月买的，她害喜呢，想吃包子解馋，自己反倒一路不知道啥滋味，嚼生猪油般吃了包子。能不恨日本人？是恨死这小鬼子了！

马宝贵说："他们占了咱的地盘张扬，像自己地盘一样，给你个胆，能不能明天不说话？"

王广茂说："怕球他，为啥不说话！我骂他，我骂他，祖宗八辈子，辈辈生了娃没屁眼！"

马宝贵泄气地看着对面的黑，看得没意思，走出窑，环顾周围；他害怕自己的婆娘找来。雨不下了，一股朦胧的潮气袭过来，沁着他的脸颊，沁着他的心田。他想起当初有个人，也在这般天气，在这废窑里说："到了这样一个关头，每个人都有责任，担当这责任，把日本人赶走，赶回他老家！"

他准确认识到，自己不能给日本人卖命，不能叫"皇军"。

马宝贵说："美国人从很远地方驾飞机和日本人干，人家是人，咱不能做不是人的事，落在咱地盘上了，咱就是舍了命，也得救人家。我和你说多少遍，要你明天在日本人面前少张口，你就是不能，怎么说你才能明白这个道理呢？你不说话，不少啥，不缺啥，话多了，就有事找你。"

马宝贵说："明天我要是救不下人家，我还活什么人！你只要吊着脸，谁都不搭腔，就好办，一句话出闪失，麻烦大了，就算我求你，要不是你生了双生娃，都想灭了你，要你以后说不成话！"

王广茂有些灵醒了，觉得马宝贵真要是下手，自己死都不知道咋死的，他想就着夜色跑，也跑不出马村，毕竟人家是日本人的红人，地头蛇，他日后使坏，有的是手段。他看着对面的黑说："不说还不行？我嘴从现在起就缝上，用豆面糊了，狗皮膏药贴了，我的脑袋，明天就是石头，是铁！"接下来小声嘀咕，"仗日本人是你干大呢，就敢干了我？！"

窑洞里，是掺了水抹出的锅底黑，伸手不见五指，这大静之夜，天鸣地籁，马宝贵看到对面的黑，感觉到周围一切都不可知，也许面前是个人，一堵墙，也许是遥远的空旷，他在想象明天的事情时，感到眼前这个人还是让他不放心。

"好马在腿上，好汉在嘴上。做个人情，你以后见了人，脸上都好看。"

王广茂说："我知道了，我不说话，大不了日本人踢我两脚，我皮实，养两天准好！"

马宝贵拉了王广茂的手往窑外走，王广茂不说话，不说话又觉得不对劲，还是说了："别是现在就想解决我？"

地上的土疙瘩、石头块绊了几绊子，王广茂也不觉得脚高脚低，心里收得紧。

马宝贵说："我要你回窑等着，我支走婆娘，就把道格拉斯弄到我屋里来，你怕啥？要弄你早弄了！"

六

马宝贵摸黑往自己屋里走，一路上想着王广茂，到门口，没防备婆娘在门墩上伸出一条腿，一个拌子把马宝贵拌了个狗啃屎。马宝贵爬起来抓了婆娘的手想要掴她耳光，突然，心跳得快了起来，把抬起来的手放下了，想到明天的事情，明天他生死未卜，这光景，以后就留下婆娘和闺女两人过了，由不得他肤颤筋酥，生出了不可言语的内疚和心酸，他松开了手，站起来看了看地上缩成一团的婆娘，干咳了一声，卸下打人的架势，他从火台上摸起一根麻秆点了，看到婆娘脊梁上布了一层土，他扭转身抬起手打了两下，土是湿土，打不下来，却看见婆娘紧闭眼睛一副挨打的样子，马宝贵突然觉得，他这几年里，确实把婆娘吓怕了，他捏了嗓音说："不打你，猫不和狗缠，男不和女斗，看把你吓得什么似的。"

婆娘跟在他的屁股后，脸上挂着泪，出气急促，油灯下一副饱经沧桑疲惫不堪的神情，马宝贵走着挪着，心软了："娃他娘，是不是你心里也苦，是不是？"

婆娘的声音哽咽了："嗯！"

马宝贵说："知道你心里苦。"

婆娘说："苦，喝了黄连汤一样！"

马宝贵想了想，想不出说啥安慰话，不说又尴尬着，嘻地笑笑，他算是了结。

婆娘说："你还笑！跟着你，我跟着你就没影了，你老是欺哄我。以前你还是人，咋当了维持，就变呢？你是丧了良心，仗着日本人做下作事。"

马宝贵觉得自己确实是多余人，也觉得，婆娘是多余人，摇头苦笑，直戳戳地盯了婆娘看，麻秆的亮，灭了，他感到自己的婆娘和她身后的夜色，是那么破旧破败，了无生机，婆娘的脸是黑的，身后的泥墙是黑的，拉长了距离，院子里的洋槐是黑的，长满青草的山峁是黑的，马村是黑的，眼前的一切、所有，黑得彻底，黑得焦枯，黑得他沉溺其中，不能自拔，黑得像黄连汤那样苦！他想不清楚战争为什么落脚在这里，皇天后土，战争的黄尘遮没了一切！马宝贵看着自己的婆娘，自从娶了她，他从没敢想过别人家的婆娘，只是当了双料人物，他不得已才做了个假象出来，不然他没有多少行动自由。他不想让她整天跟了自己担惊受怕。前些日子，因为出门办事儿，发现婆娘相跟着，他只能绕道儿拐进村上一户人家，看那户人家的婆娘正在院子里搬晒南瓜，他走过去，在婆娘的屁股上顺手摸了一把，那婆娘闪了一下腰，大声喊了一下："你手烂了？"马宝贵说："不是手烂了，是中间痒了。"一边说一边往人家屋里走，他知道，此时自己的婆娘一定小跑着往娘家哥哥那里求救，趁这空档，他才脱了身走开了。马村的男人都知道马宝贵变了，换了一个人似的，只有婆娘们在一起说闲话，说到他时，都说他是"嘴疯腰不疯"。他不让婆娘知道自己在干别的事情，因为婆娘是马村的闺女，当地的大户，上有哥下有弟，不像他自己单枪独马，要是自己出事儿了，她娘家人担当不起，爽利弄得她干脆啥事也不清楚，哪怕她能恨上自己，也算是万一他哪天走了，婆娘思想起他来有个缓解的由头。

马宝贵走近婆娘，一把拽她过来，被雨濡湿的衣裳，裹着婆娘的身体瑟瑟发抖。马宝贵搬着她的脸，有些朦胧地对她说："离天亮还有些时辰，让我挨挨你吧，好些日子没挨挨了。"

婆娘看着炕上的闺女，不知所措，她的汉子以往不这样，一旦搅了他的好事，给他使个脸儿，他总是抬手一个巴掌先掴过来。婆娘被他弄得脸红了，扭头看着别处说："闺女大了，懂事儿了。"

马宝贵松了手。他是真想挨挨她，就因为闺女大了，他有好久没有挨过这个女人了。他停顿了一会儿，说："你不要嫉恨我，我忙着，是因为明天日本人要进村，你什么也不知道，是不是？你一个人做不了什么事情，现在，你就叫醒闺女都往你哥哥家去。唉，你跟了我，我是你男人，你该信得过我，自从马村开始打仗到现如今，光听说日本鬼子要扰乱，到底还没有来过，你去告诉你哥，要他通知马村的婆娘和闺女们，都躲一躲，小心没大错。"

马宝贵的话弄得婆娘更是一头雾水，想不出日本人来搜村为了啥。男人的话是话，她得听。马宝贵坐到炕沿上拉了婆娘的手："你把咱家的存粮小米都取出来，不要心眼小得和麦芒一样，我给倪月月送小米，人家添了两张口，我这个维持会长，要维持马村平安，你不帮衬她，她那汉们王广茂饿急了，就偷马村人地里的粮食，这年成、年景，人啦，防得了人，防不得心，他要暗地里下手，马村就乱了。村帮村，邻帮邻，王广茂是啥人，还不清楚？狗急了都跳墙，他急了啥不偷！咱帮衬一把，落个人情，秋粮下来，他得还。"

婆娘不说话，男人是一家之主，心里虽有许多不快，只要是马宝贵说下的话，怨归怨，恨归恨，一千一万个不痛快，自己男人的话是圣旨。她摸黑上楼，翻倒存着的小米，扛下来递给马宝贵，婆娘说："别叫马村人笑话，你做的事，拴住牲口嘴，拴不住人嘴，你言是言非，叫人家笑话了，过日月，没脸。"

马宝贵提起粮食口袋，让婆娘快叫醒闺女出门。婆娘突然觉得，自家的汉们好久没要自己的身子了，既然他说想挨挨，黑了灯就让他挨挨自己吧，扭捏着，伸过手拉他裤腰带，马宝贵没明白似的，弯下腰，甩起小米布袋要走，婆娘在身后急喊一句："下着雨，就那样当紧，五更等不得天明了？"

马宝贵说："等不得天明，等天明，小鬼子就进村了。"

婆娘在他身后，小心小胆跺一下脚，马宝贵没扭头，婆娘紧着提一口气，想再喊一声，见炕上的闺女翻了身，想着天亮的事，她不敢消停，把那口气咽下来，压在了肚里。叫醒了闺女小青，拾掇好屋子，一路摸黑走过村街，马村静悄悄的，走着，心里有几分不平，过了村街，想着自己的汉们是真变心变性了，当着闺女的面不好发作，仔细辨认着脚下的路，雨水把路上的浮土湿透了，三寸金莲不把活，紧拉着闺女的手说了一句："你爹的良心烂得和稀泥一般呢，大下雨天都不知道把你抱了送到舅舅家，做了维持，就逸人了，不害人家笑话！"

马宝贵背了粮食往王广茂窑洞走，他想趁黎明时分，赶快把道格拉斯弄到他家楼上，外国人听不懂话，要耽搁些时辰。他轻了手脚走近小西窑的窗户下，里面有呼噜声细微传出，马宝贵觉得，外国人和中国人打呼噜一样，转身到王广茂窑窗下，弹了弹窗框，让王广茂开门。王广茂支开门缝，见马宝贵肩上的口袋，返身点了灯，用力拉大了门让他进来。月月还在炕上躺着，虽在捂月子，两个娃要吃奶，身上扣门敞开着，破被搭在肩上，睡眼惺忪抬起半个身，看来人，不觉自己光着的胸脯，两个奶穗穗像出壳的鸡娃子一样露了出来，灯苗的黄光儿射着两个奶穗穗，温暖又逼人，马宝贵想：这奶穗儿憋得像两只母鹅屁股一样，道格拉斯早饭有喝的了。炕背墙上的油灯把一窑洞黑推开了，马宝贵贴着窑背墙站下，喘着气说，"要快，现在就把小西窑的人弄走。"

没等王广茂抬脚走，月月说话了："就住我的窑，上门是客，不能遇了事就把人家往外赶。怕小鬼子盘查，我把他藏在窑掌处的偏洞里，原先那里放粮食，现在空着，有几口空缸闲置在里面。他藏进去，等鬼子走了，再出来，一般人看不出那里有洞，内里有俩仨人空档，我把立柜搬过去挡住洞口就行，要是你俩有事情不在，我也能照顾他。救人救到底，落人情不落话把把，不能说半路，就要人家走了人。"

马宝贵看王广茂，王广茂胡乱摇了一下头，装没有听懂，摆出一副看天空的德行。马宝贵要王广茂表态。王广茂嘴像被糊上了，不说什么话。马宝贵说："为啥好好就不说话了？"

王广茂说："洞里有耗子窝，人家会寒碜咱，雨怕是要下大了，马维持的楼棚棚干燥。"

月月放下娃娃，从墙上取了油灯，让马宝贵跟了她往窑掌走。王广茂见自己扯风扯雨，说话不顶屁用，甩几下胳臂跟着，憋不住说："费神费力，折腾一黑，临了住我这里，啥实惠也没有落下。"

月月弯腰钻进偏窑，举着灯四下里看："外头人不摸底，还以为你本事有多大，看你待客那做派，枉长了脸上二两肉。"

王广茂话在腔子里长出来，人家的都是话，自己的话走人家耳朵前就结了老茧："我是土疙瘩插屁股往里迷，我的话算个屁行不行！"

他们叫醒道格拉斯，收拾他的东西，让他往窑洞走，道格拉斯不明白是什么意思，是接他的人来了，还是别的什么原因？他怀里抱着枪，一脸的疑问。马宝贵没办法解释，只是不停比画着要他走，要他跟了王广茂走。

出了门看看天，天色压抑，如他在异国的心情。

道格拉斯弯身走进窑洞，看到月月，觉得这女人像山林中的一个蘑菇。她的三寸小脚上是夸张的裹腿宽裤，脑袋像一只母鹅，脖上的立领，把整个脑袋托起来，一双眼睛不大，却很亮，道格拉斯想起她唱的歌，冲着她笑了一下。月月不觉得那是笑，那张脸出现在门口时，她都没敢抬眼看，只是觉得有一堵墙闪进一垛黑，她眼睛黑了半天。雨，挤来一股潮气，裹挟着的冷风从月月的脚、腿、屁股、腰缓缓升起，渐至于全身，炕背墙上的油灯晃动了一下，月月感到一对妈妈穗都受了惊吓，像蚂蚁咬着，有奶水要往外流，她到炉台前取过一只碗来，暗中揣进大夹袄，背转了身子挤奶。

王广茂说："现就让他藏着？"

月月说："委屈人家的个子了，有了动静了再藏不晚，让人家先看看。"

马宝贵举了灯，让道格拉斯跟往窑掌走。看到那个偏洞，道格拉斯突然一丝惊慌，不是惦念生，畏惧死，是觉得就这么样听这两个人摆布，听不懂话，又不清楚是什么意思，他夜里虽是和衣躺着，但外面的动静，透过窗户看得明白，枪握在手，时刻都没有离开，他想尽快与政府军联系，不想在这样阴潮的地方躲下去。他不喜欢眼前的人，不喜欢这个窑洞，四周看起来很脏，闻着发霉的食物，吃不下东西，他只在执行任务炸日本人的据点，对据点周围的人他没多大兴趣。他不往窑掌走了，对这种捉迷藏的游戏他一点不感兴趣，他想用强硬的态度抵制眼前发生的事情。

道格拉斯转身坐到炕沿上，身后有东西动了一下，仔细看，是炕上睡着的一对娃娃，他伸手抚摸他们的被子，看着倪月月的背影："Baby！"

月月觉得这话好听，世上还有这般说话的人，这话比日本人的话要顺耳，日本话像小石头蛋蛋往地上锉一般怕人，她回转头笑了，王广茂和马宝贵笑，倪月月怀里的一对膨胀的妈妈穗，像玉葡萄似的闪露出来，灯光射过来照在上面，跳跃着朦胧的光斑，道格拉斯感觉整个窑洞里的黑四下里推开了，饱含着温暖而呛人的笑声，这让他疼痛的身体安宁下来。那一胸脯粉红微黄的温热的空间在晃动，雨水打着窗棂，打着窑顶，莫名的奇妙的氛围，揪住了他的思想。他一早从中国云南起飞，几天前，他和几位战友曾一起来过这地方，那次轰炸中，其中一些战友已经牺牲在了太行山，他没想到这一次厄运落到了自己头上，庆幸的是，他看到了这样一个小山村，有幸生存，目前他还能够活着，这小村应是他的诺亚方舟啊，活下来，面对这一切那么抽象，又那么具体，具体到光溜溜的炕席，油光光的墙，被烟火熏黑的窑洞中，敞胸站立的男人和女人，他不愿再往下想，来到的这个国家，看到了人情和贫穷，他现在明白，自己不喜欢这贫穷，甚至仍然轻视它。

道格拉斯站着，王广茂接过月月挤了奶的碗，让他趁热乎喝下去。四周没发现牛和别的牲口，道格拉斯惊讶之余，看到中国女人一颗一颗扣着衣裳，突然明白了什么，嘴里喊："弄、弄、弄！"

王广茂说："都什么时候了，还弄，你到底想弄啥？"

马宝贵冲王广茂压低了声音："他弄，总是有原因。"

道格拉斯瘸着腿在窑洞里来回走着，两只手摊开来，他想要表述什么，又表达不出来，嘴里喃喃着："China，China，China！"

马宝贵不知他说的啥意思，明明喝过的，咋就不喝了？

道格拉斯看到水缸上放着破烂的葫芦瓢，他拿起瓢来舀了水喝，怕站着的人不明白，他开门，把瓢伸到窑檐下，接了半瓢黄水汤，看着他们，灌进了嘴里，喉咙下咽的声音好响。但是一窑洞的人还是不明白，道格拉斯觉得实在没办法能让对方明白，未免伤感，满肚委屈，伤心地在炕沿上"呜呜呜"地哭。

王广茂说："弄不好就是真想家了，想家了。"

月月说："你才不知道呢，他不是！"

火台上烤煳了一个黑地瓜，道格拉斯又想表明什么，抓了就吃。嘴上涂了黑黑的地瓜皮，吃给窑里的人看，满脸喜悦，大嚼着往下咽。

王广茂说："看看，饿疯了吧，饿得急了，抓什么都吃！"

马宝贵傻傻地看，想不出头绪来。

炕上的双生娃，有一个哭起来，倪月月掀了屁股，利落坐到炕上抱起娃，怜惜地看着道格拉斯说："这个洋同志啊，他说不出咱的话来，他就是想告诉咱，啥东西都吃，啥东西能喝，再也不喝我娃的奶水了。"

七

雨下大了，雨把满世界下成了水，日本兵是顶着雨蹚着水来马村的，马上坐着龟田小队长，穿着雨衣，地上跑步的日本兵淋着大雨，雨落在脸上，一个个看上去像哭成的泪人。马村户户遭殃，什么也没有搜出来，日本人把马村的大小老少集中在了村尾上的涝池边。马村人原想，雨下得这般大，从战争开始到现在，日本人没整队来过马村，最多是几个兵来逮鸡，赶牲口，这天气，日本人不来了吧；地皮被雨泡得烂透了，婆娘们是小脚，踩在烂泥地上拔不起来，还都来不及跑，就被日本兵从各个屋里生生集中在马村的涝池边。

涝池边，牛屎和驴粪蛋被雨水泡开了花，满涝池雨，把天地连在了一起，人脸都藏在了雨中，唯独涝池岸上，铺着块大雨布样的东西，让马村人好奇，都不清楚那个是啥东西。有人互相小心打问，没人清楚，只听雨敲在上面，混合在四周嗡嗡的日本话中。

雨把马宝贵和王广茂濡得黑瘦了些许，一夜没有闭眼，王广茂人看上去更加干黄，下陷的眼窝，模糊着皱了眉头，透过雨帘他看着马上的龟田，龟田身后是山，雨把山朦胧了，王广茂知道，翻过梁就看见草坊了，日本人打那边过来，涝池周围已经被他们蹚成了黄泥汤，那块像雨布样的东西是降落伞，他打算用来铺炕的东西，现在被日本人找到了，铺在岸上。王广茂后悔自己没有先把它弄到窑里藏起来，他恶瞅了一眼马宝贵。马宝贵没感觉，他看到自己的婆娘、闺女、大舅子小舅子，还有马村的汉们婆娘们，连坐月子的倪月月也被鬼子逼来了，怀里抱着两个蓬了雨布的双生娃。王广茂看到周围的粮食地被雨下得青翠，他忍着不说话，盯着地里的玉茭消磨时光，附近的玉茭旮旯里，有动静抖了一下，他用劲挤出胯中两泡雨水，一团白雾浮着，发现是一只草兔，支棱着耳朵，身上的毛重叠成水滴，淋淋漓漓。看到附近涝池边的人群时，草兔深为惊恐，兔眼闪了一下，回转头想逃，哪知王广茂一个蹿子早蹿了过去，周遭的粮食被王广茂的身体搅乱了，马宝贵悸栗着，看到王广茂手里提着两条兔后腿走了出来，无视旁人地呲着牙说：

"抓着了，守了几天不见它，总算抓着了。"

马宝贵泄气地看着王广茂，他暗暗祈愿，希望这事情别坏在他身上！

王广茂突然意识到自己的境地，赶紧闭了嘴，抬起胳臂，两手交叉着，把想要说的话用在兔子身上，兔子的脑袋歪了下来。王广茂把半死的兔子放在一丛灌木下，像又不放心，起了一块石板压上去，两手的湿泥在屁股上抹几抹。

马宝贵叹息了一声，喉头里一股凉气顶着，想说什么，什么也没有说，看到马上的龟田在笑，那笑在雨中听起来像拧住了的绳子，王广茂也笑了，王广茂的笑把龟田的笑松开了，龟田指了指马宝贵，要马宝贵过去。

在一系列的动作下，马村百姓出奇的平静，雨阵里光气昏沉，被水雾涨满，战争爆发烽火连天，广大沟壑里的青壮年，都被扩军招走，留下些老弱病残，突然被日本人赶到这里，心里虽然不清楚出了什么事，大雨天，想着日本人犯下的种种坏事，都静悄悄不敢出声。马宝贵看了王广茂一眼，他不敢多看，看多了，容易被日本人怀疑上王广茂，但这一看，是下了狠劲的。马宝贵走近龟田时，心里头有些着急，他低下头，挤眉弄眼和王广茂暗示着什么。这时候雨由大而小了，龟田要翻译说给马宝贵听，昨天发生的事，问他知道不知道。东西是在马村的地里搜出来的，那地是谁家的地。

马宝贵扭了头和马村人说："马村人听了，谁看到了一个高鼻子的美国人？"

马村人不语。

马宝贵说："是一个外国人，长得就像城里教堂里的神父。"

马村人眼睛看着马宝贵依旧不语。

突然，倪月月怀中的两个娃开始哭上了。俩娃的哭声切断了雨滴，王广茂走过去要替月月抱娃，看到马宝贵指着他，说是他的地。

龟田看住王广茂，王广茂下意识地低下了头。

马宝贵有些着急，他跟翻译说，是否可以让倪月月抱了娃回去，一个坐月子的女人，大门不出二门不迈，她站着是让两个娃受罪，是否可以让他男人帮着抱回家再来。翻译和龟田嘀咕了一阵子，龟田夹一下马肚走过来，走近倪月月，笑了笑，斜眼看了看王广茂，俯下身体，倪月月怀中的一个娃被龟田举了起来，王广茂仰了脖子，闭了气看，雨把王广茂的眼睛打得有些痒，马宝贵急了，急得撑开嗓子喊：

"王广茂，你是想让日本人砍了你的卵，才高兴不是？我压你祖宗八辈没有好，还不快要下你的娃！送回家去！"

马宝贵的话触动了王广茂，红涨了脸，紧跑几步赶到龟田马下，张开手臂，想接住举起来的娃，却见龟田划了一个弧度，手里的娃像煮饺子似的，丢进了马村的涝池。王广茂惊跳了起来，一个蹦子扑进涝池，池底的淤泥吸住了他的脚，看着娃在水面游荡着，哭声游丝一般断下来。

王广茂站起来，拍着黄水骂上了："马宝贵！我不叫你维持，叫你马宝贵！你仗着是日本人的红人，我不尿你，你和日本人伙穿一条裤，就算是美国兵毁了我的玉茭地，就算是日本人害死了我的娃，我也懂得啥叫个里外！小日本！马宝贵！你给炮打的，枪杀的，刀砍的，你和你的日本干大，伙穿一条裤，我不害你怕，小日本，你脚大脸丑什么心事都有，你占了中国人的地盘，我日你娘啊，美国人炸得好，炸得狗日的脑袋开了花，炸得马桶散了架！马村人都竖起耳朵来听听啊，那美国人妖怪一样，高鼻子，满身子黄毛，从天上掉下来，手里拽了猪尿脬，毁了我两亩地，你们，知道吗，他是来炸日本人的，他是来帮咱的！人家舍了飞机，不能让人家舍了命！马宝贵，你个牛粪糊脸没屁眼的东西！小日本，我抬出你祖宗八辈子来骂，你老老爷爷没好，你爷爷没好，你爹没好，你没好，我要你小日本死到中国回不去，死到五黄六月狗不吃！"

眼看事情忽然被王广茂弄炸了，马宝贵急了，他没想到龟田还没等他回话，就害了人了，心里一下没了谱，经王广茂这么一骂，尤其是在日本人眼皮底下骂，这道格拉斯是跑不掉了！马宝贵急着冲涝池喊："王广茂，你那淹死的娃不是你的种，你知不知道？他是我马宝贵的种！马村人都知道我和你婆娘月月好，你鸡巴哪有那能耐！你上来！你还有日子和月月生，不值得为那娃不管不顾啊！那事情你哪里知道啊，你上来，闭了嘴，你什么都不清楚是不是？！"

此时王广茂脖上的脑袋，像橡皮筋弹着那样一挺儿，一挺儿的，有一阵儿他开始疑惑，于是挣扎着，抱了娃往岸上走，脚上的鞋已被淤泥吸了去，一条青布肥裤裹身，全被涝池濡湿了，人看上去像一个薄片儿；倪月月急着把怀中的娃递给村里一个婆娘，疯跑过去接了王广茂怀中的娃，俯身贴脸上去，紧接着尖叫了一声："娃！我的娃！"人就绝倒在了稀泥里！

马宝贵上前，猛力撕扯住王广茂的领口，两个人身体上挂满了湿地上的烂泥，他们同时低了头，不忘各自捡了碗口大的石头，看样儿是要相互对拍，有劝事儿的小声说了一句："啥时候了，快走开，你俩还弄个啥？"眼前像是酝酿了一晚的愤怒，王广茂一骂，把什么都忘了，连旁边劝事儿的也一起骂上了：

"你这枪杀的！管天管地，管不得我骂人，我骂了！哪个瞎管事儿，我骂哪个！回家管住你婆娘裤裆，别叫马宝贵走了夜路！马宝贵！咱这就见你干大，你认贼做父，就不怕将来两块石头夹块肉挤对了你！"

马宝贵觉得王广茂骂自己，或许骂到正题上了，哪怕把自己卖了，留下他也好，他就应了一声："你有种就接着骂！不把我骂出个名堂来，你就是龟孙子！"

在骂声昂扬中，三个鬼子突然走过来，一个手里拿着王八盒，一个端左轮，一个挎洋刀，看着走过来的日本人，王广茂不骂了，不是吓得不骂了，是看到鬼子的霎间，王广茂想到坐月子的月月，一对双生娃的一个，已经没了！马宝贵说是他的种，放屁！自己啥时候下的种，心里再清楚不过。窑里藏着美国人道格拉斯，既然马宝贵不是日本人的探子，是八路军的探子，人家面子大，送人也能送到正经地方，自己磕头怕也找不到庙门。不像自己，长了一个干柴身体，没一点本事，长了好嘴，有钢使不到刀刃上，活人活得没一点筋骨！王广茂一声长叹，风是雨头儿，一刻意间，撕着马宝贵的领口松了下来，手中的石头撂在了脚前。马宝贵从一时的表情里，发现王广茂是害怕了，雨雾逼人，那三个走过来的日本鬼子平添出的逼仄感，肯定把王广茂吓住了。他后悔昨晚没有行动，这下，一切都已经来不及了。

王广茂撇下马宝贵紧走了几步，不看马宝贵，走到日本人面前，也不看日本人的脸，他觉得日本人的脸和中国人一样，肉却是横长的，他盯着他们手上的家伙，大喊："日本鬼子！我告诉你，那美国兵叫道格拉斯，从天上落到我的玉茭地，他受了伤，有人来找他，是八路军的探子，我把他送给了他们，他们用牛拖着，拖到了五里庄一个八路军的窝点，后来二十骑兵团来过，他们啥也没有找着。我知道那个窝点，就在山那边。天下大雨，那个美国人他在那里养腿伤，一时半会儿走不掉，我领你们去找！我的玉茭还是水泡儿呢，三亩地的玉茭，他毁了我两亩三分，你们管着这地盘，你们要替我做主！就算不是我的娃，是马宝贵的娃，他死了，活该他死了，日你娘！死了好！早打发了少个端碗的！婆娘还是我婆娘啊，我婆娘还要下奶呢，我抓的草兔还在石头下压着，我只有一个想头，想把那块地上的降落伞给了我婆娘，我想要那块东西铺炕！我走了，我婆娘还在，冷炕冷灶的，就算我是一根柴火不挡风寒，总要给我婆娘当一根顶门棍啊，她总还是我的婆娘啊！是穿了红裤红袄和我拜过堂的！我不能亏了我婆娘月月啊！"

雨水和泪水汇合着流进了王广茂的脖子，那水像刀刃儿一般，划得他生疼！

翻译要那三个日本兵站下，立刻把王广茂的话翻译给了马上的龟田。

马宝贵知道，往五里庄走，晴天里也要走到明天晌午！马宝贵张了嘴想说什么，被王广茂扭转头一把抓着了领口，王广茂照着他的嘴掴了一耳光。

"日你娘，马宝贵，你闭上嘴不要说！日你娘，马宝贵，闭上你的狗嘴，你记着，把家里的事弄熨帖了，你要给自己撑脸，你敢把我婆娘月月怎么啦，我做鬼也回马村捏了你！日你娘，你要记着地上的草兔啊，你把它煮了，记着啊，有人吃肉，有人喝汤！"

马宝贵看到龟田和翻译说些什么，龟田挥了挥手，日本兵走近王广茂提了他的脖子，王广茂强硬地扭了扭身子，像一根烂布条一样被日本人带走了。马宝贵心里有一种焦苦，说不出话来，看到雨把小鬼子和王广茂缭绕得虚幻，他把手指头伸进嘴里，咬豆腐似的咬了下去，指头上流出的血胶住了他的喉管，胶得他有些窒息，他说不出话来，他看着两边厢站着的黑乎乎马村人，看着月月怀中的娃，他听见有人说，娃还有口气。马宝贵冲着前头喊："你的命根根还有口气！"

王广茂激动了，回了一下头看，他想最后再看一眼月月，看一眼娃，想着月月油菜花般的黄花闺女被他耍得生了娃，能耐得不是一个是一双。这一回头，他一下看到了马村人的身后，道格拉斯拐着腿往这边跑，王广茂扭过头来心头直跳，他定了一下神，突然撕破了嗓子，喘着气把最后的骂声传过来：

"马宝贵！日落西风定，你赶快扭回头看一眼，在家等死吧，你身后有怪抓你呢，日你娘！"

马宝贵这时候依稀听得身后有人在喊："弄、弄、弄！"

马宝贵急忙捡起地上的降落伞，顺风顺雨，一下裹住了跑来的道格拉斯。

骑在马上的龟田小队长在行进中夹住了马步，往后遥看一眼马村的景物，他不费一点功夫就查到了美国大兵的下落。远处，聚集在一起的马村人像一堆烂泥，压住地上的降落伞，正在相互争抢不休；他狞笑了一声，他觉得大东亚共荣圈的这个国家就要没落了，这个民族是多么的不堪一击啊！

雨中的风把马宝贵噙着泪地喊送过来："日你娘！王广茂，你瘦得只剩下筋骨了，你怎么就立着还是个人呢——！"

春风杨柳

一

  杨家老屋子前的拴马桩还在，马没了。

  每一次杨家兄弟路过，尤其晚上，在一片漂洗得纤尘不染的月光下，看老屋，怎么看都像纸扎的灵屋一样虚幻，那可是住过祖先曾经的繁华？

  杨家走到70年代，人口四下而去，衰败了。杨家正宗后人杨德孩长子杨长青的后代杨丙尧和杨丙西也都各自娶妻成了家，杨家的大院还在，屋易其主住的不是杨家的后人了，有金姓常姓李姓，混乱地住在一个大院子里。弟兄俩住在河边上五间土坯房子里，一人两间半，日子过得细脚伶仃。

  上土沃这些年外出人口不多，政策还没有放开，日子过得也都四平八稳。终日忙碌，都是为了公家。上地的时候为了公家，下地的时候也是为了公家，为公家奔波于田间，欲望集中，步调一致，日子过得倒也盲目得欢势。70年代杨家弟兄的房子被烧过一次，是墙上的灯捻爆响花，火星儿点着了炕墙上糊厚的报纸，连带着把被褥一起烧了，幸好没有烧了房梁。这一下让杨家几年都没翻过劲来。到了70年代末期，三中全会开过后，日子过得欲望了，才知道受苦不该是为了集体，该给自己受了。

  日子苦，永远都有理由，经历是走过来的，分田分地分家产到如今的包产到户，土地远走远转了一圈又回来了，日子却不是以前的日子了。三十年河东，三十年河西，说的是黄河里的淤沙，土地上谋收成的人永远都有大方向指着，有无法看透的缝隙。三十年，经历已经把兄弟俩的胆子磨疲沓了，日子过得寒酸，虽知道祖上是大户，可那是皇历啊，是遥远的庙堂国事，一切连想都遥不可及。

  世道是真变了，往前走，杨家血脉里的那份不安分的东西就往出开始冒了。杨丙西想开一家豆腐坊。开豆腐坊不能在上土沃开，要到公社去开，决定和哥哥商量一下。杨丙西猫着腰肘下夹了一瓶潞酒走进哥哥的屋子。嫂子柴棉棉看到小叔子来了，没多话，捅开火坐了铁菜锅提起案板切了半个茴子白，不大会儿一个菜端到了炕桌上。杨丙西和杨丙尧对饮，饮到酣处，恓惶自己家的家底。

  大集体的时候，夏季大致一口人能分到五六十斤麦子，一年的口粮，大年小节、红白喜事、亲戚往来，哪一样都少不了麦子，全年的节气都在后半年过呢，前半年哪见过白面星星？眼下有了自留地——作为农民，谁都知道包产到户的好处，日子才抬了个头儿，尾巴就想翘，心痒着不能和旁人说，不能不和自家的哥哥讲。杨丙西说："哥，想去公社开豆腐坊，眼下生活好了，谁家哪天不吃顿豆腐，到了乡里，过往的人多，饭店不愁买卖，该比土里刨食强。"杨丙尧知道兄弟是来和自己商量事来了，种地没钱花，又养着一个得了小儿麻痹的儿子，现还在上学，长大了怎么办？他老了做不动活儿，哪个来养他？这都要兄弟来操心。既然来商量事了，就是明白着告诉自己，卖豆腐得夫妻俩合伙，这个儿还得要哥招呼着。话不用说得太明白，啥事也敌不过亲情。杨丙尧从心里不喜欢弟弟做买卖，祖上受的罪，那高楼大瓦房到最后的结果明摆着呢。

爹临死前说过："长壮实了，健全了，就是庄稼人的本事什全了，别想其他，粮食够吃，早娶媳妇快抱孙，七十二行庄稼人为王，一代一代安稳着有个点香头的，就好。"爹有一事按下不说，祖上人和暴店柳家有过节，杨家只要往暴店去做生意，柳家便使黑来害杨家。如今弟弟要去公社卖豆腐，能看多远？孰重孰轻，孰轻孰重，他凭着对人世间的判断，抱定七十二行庄稼人为王的祖训决定要弟弟不远行。酒喝到酣时不明原因的两个人开始掉泪了，一瓶酒，恓惶都喝出来了。杨丙西说："哥说的是只要勤快，泥地里啥都有。可咱在地里歇过偷过懒吗？人有好坏，地有薄厚，种下的不见好收成，咱能和人家谁去叫板？地也要种，豆腐也要卖，买卖得手的是钱啊，不能求现在的稳当，以后呢？老来呢？""我知道你是想有个积蓄。到了暴店千万记住了不和柳姓打交道，杨柳有纠结不清的麻缠呢。"杨丙西点点头。"你去卖豆腐，娃我来照顾。"杨丙西在炕上拉开架势磕了仨头，磕得额头发红，泪流满面。

杨丙西打拼收拾好，借钱买了一头驴，在暴店公社租赁了房子，用牛车把大石磨、大铁锅、大沙缸、木头豆腐榍子、压板、沙子等，一应俱全拉到了公社。他和老婆马彩霞每天做三十斤黄豆，一斤黄豆出二斤六两豆腐，硬邦邦的豆腐，麻绳儿能吊得起来。小本买卖做得起劲。几年豆腐做下来，人脉和地盘都扩张了，把患病儿子也带了过来在乡里上学。儿子上学不见功夫，杨丙西决定不让儿子上学了，要他跟了公社修手表的柳成土学修表。杨家和柳家的一段渊源，能记得的好像也少了。老一些的人还能模糊想到很早前两个家族之间的争斗，争一个铜鼎。县太爷想拿了杨家的铜鼎卖给杨家一个官儿，柳家看不惯，使了方法偷走了杨家的铜鼎，乱咚咚的世道，两家都伤得很重。

远去了，曾经的祖先都成了陌生的人，崭新得扎人眼的现在，要紧的是怎么往前走，哪还想去在乎从前？况且腿脚有毛病的人哪个不是去学修手表？！

暴店公社会修表的也只有柳成土。柳成土收了杨家两瓶潞酒两条大前门香烟算是认下了徒弟。柳成土教杨家儿子修表，一带就是两年。好在杨家儿子生得灵窍，虽然腿脚不便，但所教皆学得进去，又一副人残志坚不服输的决心，格外叫柳成土喜欢。三年后，杨家的拐儿子在暴店公社人民供销社进门处用玻璃打了一个三面小隔断，算是开了自己的摊子。那时候能有表戴的不多，他兼修钟表、挂表、拉链等小零碎儿。儿子有了饭碗，杨丙西的心也就放下了。日子像线一样，中间挽了一个疙瘩，现在疙瘩已解，杨丙西的心舒畅了许多，心情舒畅就想着将来回不回上土沃都没有多大意思了，想着在暴店买房子，琢磨着上土沃的房子该让哥哥买，因为五间房子梁架不分，哥哥不买了才能卖给旁的人。杨丙西犯了一个错误，五间房子两间半，那半间是前后隔断的，他那半间没有窗户，杨丙尧知道弟弟卖房子，私心里是想自己占了，可是钱不够，不知道兄弟能不能缓三头二年的。杨丙西不想缓，哥哥没钱，买房子等给钱是一个谎，他急等着花钱呢。房子说买不是一下就买了，弟兄俩各自怀着心事心里就结了芥蒂。

说说话话，杨家的儿子在暴店修表出了名，也有闺女愿意嫁过来，是好事，闺女嫁过来的条件是必须在暴店公社买房。这下房子是一定要在暴店买了。

柳成土在人民供销社成立时，因自己家的地盘进入了供销社，他便当了售货员，这是一个赚国家钱的营生。成了国家正式人员，某种程度上感觉就好多了，一副扬眉吐气的样子，不用再拿着眼睛夹着放大镜看那些个小零碎了，便动用正式工的职权把门口的一小块地盘长年租赁给了杨家的拐子。杨家的儿子长得细瘦伶仃的，喜欢敞着穿一件中山装。有生活做了，人孤零零地埋着头，两手握在眼前没人交流的寂寞，挺是叫人心疼的。供销社来的人不多，大都是女人，一来就是三两个结伴，叫了要扯的花布推嚷着喧哗着也比画着，有时候她们来好几次都不见下决心。

供销社有一天进来一个女售货员叫小彩，很伶俐的一个闺女，长得不算好，进来了就算是吃供应了，羡慕她的当下里也知道了她是有背景的，因为她爹是一个村里的会计。小彩来了供销社，来的人里就多了男娃，多是混混，一个个都长一副蓬头垢面的脸模子，他们来了专叫小彩拿货，小彩拿过来了，他们的眼睛却不看货，在小彩脸上瞟。柳成土知道都不是来买东西的正经料。小彩也无所谓，反正成了供应粮了，拿着公家的显摆心情也没有什么不妥。对于小彩来说，一种是新鲜，另一种是给一个人看。想让看的人不是别人，正是杨家的儿子杨兵。杨家儿子在门口的三面玻璃后很认真修表，除了偶尔向师傅柳成土笑笑，露出一口白雪雪的牙之外，从来不多看小彩一眼。那时候的爱情观很简单，男人女人除了谋生之外没有任何爱好别的闲暇，在狭小的生活圈里，正派有理想的青年很受闺女们喜欢。小彩认为杨家的儿子是自己理想中的爱人。残疾不是问题，况且也不是后天形成的，爱的是他这个人，而不是身体。柳成土看清楚了这一点就想撮合他们俩，一时理由不充分，每天琢磨着，果然琢磨来机会了。

二

小彩戴了一只日本产的双狮表，有一天她上厕所发现表停了。知道是自己夜里忘了上劲，蹲在厕所里脱下表上劲，不知哪个坏小子吃不到葡萄了在厕所外的口子里扔了一块石头，小彩喊了一声："谁？"人往起站的当下里表也掉进厕所里去了。表的声音和石子的声音都不是太大，但是，对当时的小彩来说是跌心的感觉。小彩爹雇了人下到厕所里捞上表来的时候，那只表停留在了它出事的那个精确时间里：10 点 35 分。杨家的拐儿子拿到那只表时是草纸包着的，臭味还在。杨家儿子清洗表后的第二天大早上在小彩上班的门口等着了她，递给了她。小彩说："多少钱？"杨家儿说："啥都要钱世界不乱了套了。"一股暖流袭上心头。未经事世的爱情就这样进一步种在了小彩的心里。

柳成土做了这个媒，做得有点儿费劲。

小彩的爸爸怎么会叫小彩嫁这样一个人呢！过程比结局更有滋味，杨家儿子认为自己天生是失败者，失败是注定的，不失败也是不可能的。一开始杨家儿子就没有冲动过，但是他唯独没有明白人有时候的未来常常是别一番模样。在杨家儿子不能肯定自己的日子中，柳成土说话了："你有没有那意思？"杨家小儿杨兵不能说没有，也不能说有。空气里充满了躁动，又流动着更大的安静。"师父，我不敢想。""怕啥呢？你说这世道让咱见不到华主席，咱就不能想见了？""师父，那不一样，人家是眼前人。""所以咱不能遏制了旺盛的虚火，我看那闺女对你心里不安分，你要敢把勇气提起来，我就敢给你来个纲举目张。"杨兵点了点头，然后很尴尬地红了脸。

柳成土拍了拍徒弟的肩膀说："好样的！我需要浇水了，你就装了淋了一身雨的样子；我需要给你施肥了，你只管在你力气能使到的地方长一长，趁着爱情还没有附加太多的东西，我用师父的两张嘴给你捏合一个好家庭。"

杨丙西明白了儿子的能耐，窃喜着，也心慌意乱地等待着。一年的时间进入了秋天，杨丙西端了一屉豆腐送给了柳成土，柳成土知道豆腐的分量，半两没有丢在自己的案板上，骑了自行车送到了小彩家。

柳成土放下豆腐说:"小彩爸,你要觉得这豆腐不是豆子做的,你扔到大门口叫狗吃了。送你豆腐的人家没有提半个字的话,我一厢情愿送豆腐上门就是想把你闺女小彩嫁个好人家。我知道,你是嫌弃人家儿是个拐子,拐子是仙人转世呢。自打我认了这儿做徒弟,从来走路就没有见过他勾着头,走路看做人呢,腰都挺不起来,畏缩着不朝前头走,注定是干不了大事的人。说白了,人家没有看上你闺女,看上的是自己的事业,尊贵的人,腿虽然有疾,脖子是仰着的。俗话说了,红心萝卜紫皮蒜,仰头老婆低头汉,别小看人家,万物万事都有来路,也都有去路,来路纷杂,去路归一,心憋着一股劲,人家是想走到人前头呢。"

小彩爸坐在小凳子上,一根接着一根抽纸烟。小彩妈一碗糖水端到柳成土面前。柳成土喝了一口。坐人家的凳子,看人家的脸色,喝人家碗里的成色,知道人家是放了白糖不是糖精。

"你看你村里的人,从自家院子到自家田里,前前后后的那些勤快人和懒人,一直都不曾停下或者拿起手中的活计,他们都在期待着什么,是什么呢?我来告诉你,几亩大的田想种出好日子来,想发财呢。屁!提着粪桶给田里喝汤呢!发财梦都化在阴晴雨雪的日子里了。往小里说,人家是买卖人,往大里说人家有积蓄,暴店买房子不算事,你闺女嫁过去,那还不是端着活。你当大队会计,知道会计的作用有多大,闺女过去了也是当会计呢,给杨家当会计,进出一把锁,天生该是阎王命呢。"

钱是人的命,阎王是管命的主。

小彩爸插不上话,也不知道要说什么,只好把头长时间地扭在门口看。小彩妈端过来一碗糖水放在脚边上,他端起来,两口喝完了。一时又忘了喝完了又端起来喝,啥也没有喝到,吸溜了一口空气。怕柳成土看到自己失态,舌头舔了一下碗边,伸长手放到了门墩上,秋蝇子哗地飞了过来贴到了碗沿上。小彩爸抬手来回扇了两下,有些局促不安地叫小彩妈"端了碗走开"。

"你看那些个种田的人,有几个是正经后生,书不好好念,整天里往暴店跑,想学城里人,城里人娘肚子里就是城里人,娘肚子决定了命。学穿什么喇叭裤,不说别的,攒了粪都野没了,真要找这么一个货色,终其一辈子,给小彩带不来片刻安宁,倒是花肠子长得长,撩猫逗狗的,你家小彩是嫁好人家,好人品呢,不是嫁混子的。你琢磨我的话对不?"

小彩爸的情绪似乎平缓了一些,默默地攒着劲想给对方一个回绝,半天后站起来说:"这事不成。"

"你把那豆腐扔了,给狗吃了,我柳成土要是登你第二回门,我不是人,是狗。"站起来端起一碗糖水走到门口要往院子里泼。

"你这是做啥呢?"

"做啥呢,我不给供销社主任添好话,你小彩能吃了供应?做啥呢,半天给了我一句顶心口的话,我的脸不是脸?我的脑子是个糊脑子?一口回绝了,比劈头给我一巴掌还难堪。不坐你大队会计的椅子了,我屁股上长着针呢,坐你大队会计的椅子我怕生脓呢。万事不讲,就你小彩的长相要是嫁了好人家我倒栽跟头来见你。"两手一揪前襟,立马人站了就要走。

小彩妈急忙从里屋出来拽住柳成土的衣袖:"他叔,你也是好心人,你看中的人能有错?万事总有商量吧,怎么说着就针尖对麦芒了呢?坐下坐下。"

柳成土执意要走。

小彩爸说:"条条大路通罗马,世上没有死路,也没有死话,他杨家要真能在暴店盖了屋子,我把小彩嫁给他做媳妇,咱把脚下的路走稳走顺,两年里要盖不下屋子,大路朝天各走一边。"

柳成土揉了揉鼻子，知道话里有话了，一下又从囫囵状态中清醒过来。不能不顺应当下，来做啥了？说亲。脾气点着了，也得浇灭它。回过身来坐在了椅子上说："我说么，能做了大队会计就该有一个宽阔的心膛。两年里我要他盖五间大瓦房，我不怕你不信任，真要把这媒人做彻底了，不怕你不答谢我。"

杨丙西很慎重地回上土沃找哥哥谈话。老弟兄俩坐在河边上，杨丙尧箍水桶，藤条在水里压着早已湿透。杨丙尧话里有话地说："现在磨豆腐都不用石磨了，我还箍水桶，人家都用塑料水桶挑水了，我连铁环都买不起还用藤条箍。"

杨丙西说："我下一回来家给你买两只塑料桶就是了。我回来是想商量屋子的事，你侄子大了，有人嫁，人家闺女没额外要求，只求在暴店有房住。"

杨丙尧用地上带着口袋里的锯末添捣水桶缝隙，木桶被捣得嗵嗵响。那声音是叫杨丙西听的。杨丙西也知道，哥哥是胆虚是想用当下的事掩盖内心的想法呢。事情摆着，火烧眉毛了事急人也急。

"上土沃没好闺女了，要拿屋子去倒贴？"

"人家是吃供应粮的。"

"噢，有本事人都能吃了供应粮，你儿比吃供应粮的还有本事呢。"

"哥，你这不是说风凉话么？你要是要，屋子就留着，钱打凑一下，借也好咋的也好，我也是万般无奈了。哥，说到明白处，亲兄弟也得明算账。"

杨丙尧箍桶，一直不喜欢用铁圈箍，一直用半边藤条箍。藤条韧而硬，干后收得紧，又不易变脆，一劳永逸三年五年都不用换箍子。杨丙尧还有一个绝活，破了缝的桶他也敢箍浑全，偶有洞他用锯末渣填实，绝不漏水。他有手艺，从来没有人敢小看他，就算是箍桶的手艺停止了，以往的技艺却依旧延续在上土沃人的口碑中。一个"穷"字让杨丙尧在弟弟面前短了半截子。气从心底生出来，更多的是怨气。你在暴店卖豆腐，地里的生活，挑肥挖沟，割麦打豆，犁地撒种，一时半会儿回不来，哪一件不是我和你两个侄儿不误节气先给你下种！当年在暴店创业你的小儿是你嫂子照顾着上学下学，从没有敢冷一顿热一顿亏待了他，到如今卖房，一句明白话"亲兄弟明算账"就把事情抵销了。杨家解放后是穷了，再穷，一个万事不求人的信条我杨丙尧还记得，自己能动手将就的，决不求人，求人要落人情，欠情如欠债，于心不安。欠你的钱可是有亲情顶着呢，敢说出叫我去借？不吭气，就等你下一步做呢。

杨丙尧有两个儿子，两个儿子都当着光棍，大儿叫杨强孩，二儿叫杨兵孩，单看取的这名字，就知道人长得墩实坚固。还是因为穷，闺女不愿嫁过来，日子挡不住两个劳力电线杆子一样竖在家里，杨丙尧遵循家训：饿死不出外。两个儿子熬着日子被当爹的阻挡了外出奔富的机会。杨丙尧是真想要弟弟的两间半屋子，口袋里没有票子底气不壮，人家一个不全换儿子都有人嫁，还是一个吃着供应的公家人，话不能明说，心里的滋味却泛着酸气。话说到绝处了，再说自己真要明着计较就不像大哥了就没肚量了。杨丙尧说："你看着决定吧。"

没有边缘没有远近的话，杨丙西像得了厌食病一样嘴张着，吐不出话来也进不去。

问题摆着，需要让自己心情平缓一阵子，怎么也平缓不下来，头顶的日头明晃晃，擦过他的脸，显得他脸皮皱巴毫无光泽。气也虚上了，想出汗，尽量心平气和盯着哥哥看。老了。真老了。哥哥的脖子眉头下黑乎乎的，头上挽了手巾，显然也是多日没洗了；手掌粗大毛糙，藤条在手里来回动着；目不斜视埋头专注于两腿中间的木桶，能感觉喉结急迫地上下鼓突着，聚着一口气，不费想象就知道哥哥是想要这房子，还不想给钱。河边上的秋蚊子一群一群飞，天要黑了，杨丙西开始哭了。

"哭啥呢？儿子要娶吃供应粮的媳妇了，哭啥呢？你要是哭，我该咋办？回。"

弟兄两个收拾了地上的家什往回走，老大在前边，老二在后边。老大前边走着迎风流着泪，老二后边走着唏嘘一片。事情都想绝望了。吃罢晚饭坐到院子里的苇席上，河里的蛙泼妇似的鸣叫着。苇席旁边堆着收割回来的黄豆荚子，不小心脚踩过去，倏倏落了一地黄豆，弟兄俩快要撑不住了，顾不及这亲情。杨丙西说："哥，你想买，你就得给钱。不是卖了屋子就能在暴店盖得起，我还得借款。"

"谁说我要买了？我是想死去的爹娘，活着时这不放心，那不放心，都过去的人了，埋在了田里，年年十月一送寒衣前都有梦来，死了都不放心，有啥用吗？"

爹娘活着时因为成分不好谨慎做事，希望兄弟平安，这世上，除了爹娘就该是兄弟了。一人伶仃行世间，身边难道无他人？杨丙西回放了自己一天里的事情，是件自寻无趣的事情，回放自己一生的事情，哥哥一直在呵护自己，假如事情真要往绝处去做，那是真要冒被暴店人取笑的代价。哥哥曾经彻骨入血的疼，那是真疼啊。哥哥不说肯定话，是叫自己琢磨。自己想呢，觉得一下子在哥哥面前低矮了许多，这日子过得寒碜粗陋，假如人要不长大，一直是从前，一直是臆想中的幻影多好？碎布头是拼不出绸缎来的呀，日子过得人欲望有了，大了，难了，温吞混沌中爹娘没了，哥哥的心怕也是在考虑他的血脉呢！回转了一下心事，底气又壮了，话团了蛋子在喉咙处要吐了。杨丙尧说："这屋子你卖旁的人好了。我想圆了爹活着时的一个心意，爹活着时想等你生一个健全儿，没等下，临了交代要是你真生不出来一个健全的，就把我的过继你一个，你也老大不小了，弟妹的生育期也过去了，就算圆了爹的一个心愿，活着时疼你，死了还疼你。你看哪个喜欢，我叫你的两个侄子中的一个现在就磕头过户。我什么都不要你的，就是琢磨不透，人家真要是看中你家杨兵了，何苦要在暴店盖屋子，上土沃的屋子就不是屋子了？做事亮家底，要真如你说的那样，人家闺女看中了，不是慌儿，我租赁屋子，咱把五间一起卖了，不信暴店盖不起屋。我怕你的媒人柳成土哄了你，杨家和柳家的从前，外人忘了，自家人忘不了，我是怕你寻不见的苦字还得找字典查呢。"

"人家闺女愿意是真的。"

"嘻，真的假不了。"

杨丙尧要媳妇拿出家里的积蓄来。那是一个满是补丁的粗布衣裳，展开了，在贴里的口袋里掏了半天，掏出一个卷着的布包包，一块两块的，最大的票面是五块，一共七十块，递给了杨丙西。鼻涕一把眼泪一把，杨丙西抬起手来在自己的脸上打了一个巴掌："我还是人不！"

杨丙西坐在苇席上，脑子像浆糊一样糊着，哥哥等于是给了他一个空当，让他把自己活过的日子，说过的话滤了一遍，他感觉头顶上倏忽飞过一只什么鸟，院子里的桃树黑着。他的屋子，欢声笑语中长大的屋子，长大，一步步出门闯荡，见了点世面学了点皮毛，就想回来和亲人显摆，叫板！见识短浅的人啊！自己忘记的那些亲情，真要卖给旁人住了，那是一生都难活片刻安宁啊。不卖了。院子里有什么东西刷刷跑了过去，月亮在空中吊着，杨丙西说："哥，这屋子留着，不卖了。五间屋，弟兄俩，给入土的爹娘一个应答，屋子比弟兄的情义还重要么？"

嫂子端了两碗豆腐汤放在席子上，老浆的香味跳出来，内心便有了想哭的冲动。享受这一碗老浆点的豆腐汤，不算殷实的日子，也许才是最大的福分呢。

三

只有杨丙西知道日子是熬过来的。光阴不能恰到好处给他光彩耀眼的一面，他苦心经营的豆腐坊由一斤黄豆做成三斤六两了，豆腐稀软了许多。暴店的人说："你的豆腐不如以前硬实了。"知道啊，省着琢磨着的日子，能省出暴店的青砖大瓦房来么？一年眼看要过去了，社会不知道要变成啥样了，小彩那闺女的样样在杨丙西的眼前灯笼一样晃着。柳成土说："咋还不见你动工？吃供应粮的闺女在乡下可是金豆豆啊，你不想法子盖屋叫人抢了去，你在暴店的日子就算完蛋了。我老脸不中用不怕，怕的是你杨家的儿子，该收获金豆子的日子，收获了一堆豆腐渣子。"

灯影下的杨丙西望着肮脏的地面，长条桌，矮凳，上面是浸透的老浆。媳妇飞快地在灶前忙碌着，汗流满面，湿漉漉的头发贴在额头上，火苗伸长舌头舔着铁锅，照着她的脸，她不时地用勺子舀着锅里的豆花沫子，两眼深而迷离着。每天的日子就这么过着，忙碌着，到头来盖不起一个屋子。该拉开架势了，有钱没钱扎了根基就算是开始了。万事开头难，开了头，头上就套了死死的箍子，让你明白一旦受制了这个箍子，任何挣扎都是徒劳的，只能往前走。开始吧，开始吧。杨丙西打凑了钱买了一块地，春天里扎了根基，单等秋口上起墙，檩条和大梁也买了，应该说是赊了；砖和瓦要瓦窑上烧。日子拧着劲走，杨丙西的两鬓角麻晕麻晕地疼上了。

日子如果能慢一点就好了。可就是慢不下来。前面好像有什么好运之类的东西等着呢，为了走完一程望不到头的路，隐约知道背后有人在嘲笑着，到处是人嘴，来往的人都等着看笑话呢，杨丙西望着扎好的根基心事重重的。杨兵看着爸爸说："她要是真看中我了，心不该大到一个屋子才装得下。她要是看中屋子了，一个屋子也装不下心啊！"杨丙西说："你懂啥？我过的桥比你走的路多，心有时候能装下的就是一个屋子。"

供销社不知道为啥，有一天进货进了两个口琴。小彩买了一个送给杨兵。傍晚的时候，杨兵拿了口琴走到离暴店很远的对面河岸上，水声把一切都掩盖了，他夸张地一甩头用嘴嘟了一下，清脆的音乐就弥漫开来了。月亮出来的时候，月光隐约着他的动作，各种虫儿和鸣着，他学着，却不知道身后有一个人欣赏着陶醉着。杨兵回过头时盯着她看："我家盖不起瓦屋，你是非农业户口，我是农业户口，户口划分了我们，你我最后肯定不行。"身后的小彩说："工农结合是最好的。""我拿不了犁锄耪耙，你找了我，我是你的一头沉。"小彩不说话，仰着头，大大方方地伸出手，用期盼的眼睛看着杨兵的脸说："我认定了你了，我就是你那条坏腿，你要我，我就嫁你，你不要我，我就死。"杨兵拉住了小彩的手，那只小手胖乎乎的在他的手心里肉肉地温暖着，一股电流穿过了他的心胸，一种莫名其妙的冲动，有些东西就像闪电一样扑入了杨兵的眼睑，惶惑了一下扭转头，口琴放进嘴里哗啦了一横子，小彩紧紧抱住了他的腰。他开始用力收缩着，胸脯中央的热渐渐上下蹿开了，脚上发热，渐感发烫。那双紧搂着他的腰的双臂热辣辣的，他受不了了，想把脚收缩一下，但是，不能够。他说："小彩，你有一天要后悔的。""世上没有后悔药。"杨兵浑身麻木了，仿佛连骨头都酥软了，一股细小的热流经过小腿内侧缓缓上行，流过膝部，上行到大腿内侧，直抵裆部，他的裆部开始膨胀。这是一件难堪的事，好在小彩搂着的是他的后腰。是在不防备的情形下小彩横了他面前的，小彩说："你要了我吧，我给了你，你就知道我再不能后悔了。""你是个傻瓜。""你才是个傻瓜。"小彩推着他倒退着走到了一块河滩石上，天黑了，月亮被云彩吞了去，一切都是匆忙的，也是沿着身体的经脉向四肢喷发的。五彩缤纷的光晕，像雨后初出的阳光一样，让他们俩看到了大地上繁花似锦的春天。痛快得昏天黑地的夜幕下，杨兵闷着声音叫了一声："小彩。"小彩应了一声："哥哎——"

春天真的来了，树叶出来了，慢慢地大到了手掌大，树叶间漏下了斑驳的日光碎块。做了一天的豆腐，杨丙西感到很累了。他挑着水桶到潞水河边去挑水，腰有点痛，坐在了两桶之间横着的扁担上。夜风吹响时，他抽了半包纸烟，没有任何动作，抽完了续接上。暮色沉沉的河岸边，他听到水流的出气声，河边的石头和月光懒懒散散地铺排着，与他不亲近也不拒绝。草不说话，树不说话，水不说话，挤挤挨挨站在他的四周，只有风晃着。他长叹一声起身担了水往回走。

他不知道，他的命运就要改变了。

几日前，柳成土的屋子里来了一个穿华达呢上衣的男人，那个男人在他的院子里看了半天。柳成土问他："你找谁呢？"那人说："看你家的狗吃得肥。"柳成土给了他一个马扎，那人累了，坐下来递给柳成土一根烟。狗叫了几声被柳成土止住了。"你是哪里的人？来暴店做啥来了？访亲还是探友？"那人说："南方来的，县城做生意的，来乡下买狗，有领导干部胃寒想吃狗肉。你的狗肥啊，卖不？"柳成土看着狗说："给多俩钱？""你想要多俩钱？""我的狗是去年的狗娃，正当青年呢！"那人大笑了两声说："你要不舍得卖就拉倒，暴店有多少狗，你该知道。我是撞见了，不然狗值钱不值钱你也该知道。""十块钱。""贵了。""不贵。它跟我有感情呢。""那好吧，把狗盆也搭上吧，不然就少两块。"柳成土看了看地上的狗盆儿眯了眼睛说："明天你来领走。"那人又掏给柳成土一根纸烟站起来说："明儿一早我来，要它再和你感情一晚上。"

柳成土想着一条狗卖十块钱，值！想着给狗吃一顿面吧，特意要老婆多放了白面，加了豆面、红面（高粱）。面做好了，往狗盆里倒时看到狗盆脏得狗毛乱飞，想用水冲洗冲洗，不小心提起来时掉在了地上，碎成了三瓣儿，用脚踢过一边去，拿了洋瓷盆倒进了面，狗吃得是浑身颤抖。

那人是一早来牵狗的，看到地上跌碎成三瓣的狗盆，泄了气似的跌坐在了院子里的石板地上。狗攻击他的声音从容了许多，表情冷静地狂野着，它不知道它即将要去赴死了，眼睛在柳成土的吆喝声中游荡着。日头出来了，把院子里的景物照得更显清晰，青色天幕之下，暗色的茬口处发出青铜的光泽，视觉之下来人感觉到了一股浓黑不安的难受。凌晨的风吹透了他的衣裳，白花花的木格子窗前，他把手抬起来放下，抬起来放下，十指头哀戚幽怨般颤抖着。"你，你怎么胆子这么大呢？""什么胆子大了？""那只狗盆。"不明原因的意思，柳成土看到无声长坠的晨光照亮了那只破烂的狗盆。柳成土睁大了眼睛，从此人奇妙的紧张的深思中，知道那只狗盆有什么内容在里面。"你不是看上狗了，你是看上狗盆了？"铜器的清响，那个人发出了一声绵长的叹息。柳成土后来才知道，那只铜盆何止是值十块钱！在内心激动惯性强烈的驱使下，他的牙齿打架般窸窸窣窣地摩擦起来，闭上眼睛，偷尝了一刻轻松快乐：差一点叫狗娘养的哄了我。活该摔烂了，好！柳成土突然想到什么说："我领你去见一个人，他祖上有一个大个儿的东西，那东西就在他家的祖坟里埋着。""谁？""磨豆腐的杨丙西。"

柳成土没有一丝的犹豫领着那人往杨家的豆腐坊走。

在时间细小的片段上，幸福来得一点都不夸张。

杨丙西先是面对柳成土的提问吓了一跳。柳成土怎么知道坟里有那么个东西？那是在祖坟里埋着的呀，一辈一辈传下来时，只知道祖坟里埋着东西不知道是啥。柳成土很准确说出了埋的是啥，柳成土到底想做啥？那人说："你具体想一想，祖上留下来的话是什么？"杨丙西虚浮着眼睛说："我得回去问我哥。"那人说："要是真有那么一个东西，我给你和你哥一人盖五间大瓦房，就在暴店。"杨丙西看了看天，天是湛蓝的。阳光直射到脸上时是发烫的感觉。他愣了一下，从一个角度说，是什么东西有如此值钱？从另一个角度说，要是柳家打出一个幌子呢？坟里啥也没有呢？那是要落刨祖坟的骂名呢。

四

　　杨丙尧陷入了沉思。诱惑对他的内心形成了极大的干扰。那是祖坟啊！谁敢刨了自家的祖坟？他无力改变现状，也无力放弃诱惑。反反复复地掂量下，他看到了自己的残缺渺小。情绪弥漫的地方也有阳光照不到的地方啊，只因那个地方太贫穷了。那个人掏出一沓子钱放到炕上说："不难为，你们俩兄弟就说是想迁祖坟，想把祖坟迁到一个更好的地方去，一个洞下去啥都明白了。"

　　夜很长。俩兄弟睡不着，按捺着心情说话。

　　"爹活着时交代了有那么个东西？"

　　"爹说是一个战国鼎，我奇怪有没有这么个东西，爹说，传下话来的不是杨家，是外家传来的。"

　　"祖上谁是咱的外家？"

　　"谁是？有柳家，还有皮家。"

　　柳家原来是娶了杨家的闺女，杨家闺女生了儿子，做买卖的商家有了一定的积蓄就想捐官。县太爷喜欢收藏，看中了杨家的铜鼎，杨家也想送了鼎给自己的儿捐官，柳家也想拿了杨家的铜鼎给县太爷送了捐官。当年柳家买通响马盗了杨家的铜鼎，杨家知道了硬逼自己的闺女送回铜鼎。一方是自己的婆家，一方是自己的娘家，闺女左右为难，偷拿了铜鼎送往娘家。回婆家的路上想来想去已无颜面活在世上，找着避风地方就着一棵柳树解下裹腿带上吊死了。闺女的死让两亲家结下了仇恨疙瘩。杨家老爷子死后要铜鼎随了自己下葬，再不面世。捐官的事两家结怨并出了人命，还没来得及寻仇，一场又一场的运动就把两家的仇恨简化为泪飞如雨后的一脸茫然。

　　面前有了利益，弟兄俩心事紧得不行，隔壁屋子里收音机传出什么歌曲来，婉转得心里发空似的难受。祖上把宝贝埋在坟里了，泪水一时涌上了弟兄俩的眼睛。不容易啊，人在世道上想混出个人样子来，要想不脱层皮门儿也没有。真要走漏了出去刨祖坟的事不是光荣的事，换一种说法，刨了祖坟，吹风漏气，后人就不好了。杨丙西若有所思地说："没刨祖坟后人好了多少？"这句话让杨丙尧的心肠变硬了些，不消说多余的话，弟弟是说自己的拐子儿子呢。窗外天黑得摄人心魄，许多惊天的想法都是黑夜出来的，在贫苦面前，人的意志便矮了许多；夜不动，却搅得人心发紧。后半夜，潮气上来了，不知道也好，知道了，背负了沉重，一个坐起来靠了墙，另一个也坐起来靠了墙，不肖子孙的帽子压着，一个不说话，两个不吭气。声音被闷死了。事情就怕在心上。一个下地对着尿桶撒了一泼尿，另一个也下地对着尿桶撒了一泼尿，那声音好像是尿地上了，随后又尿到了桶里，炕上的人心里便有了想哭的冲动，理不清为何而哭。是为了重新覆盖上新土并长出庄稼的坟地吗？心事在地里盘桓着，这点小心事放着一个大主张呢。"你说，他真说了要盖十间大瓦房？""说了。""盖不下呢？""折了钱一手货一手钱。""这事说不得。""叫人指着脊梁骨，骂后人不孝！""我看打个幌子迁坟吧。"

　　一阵夏风吹过，山崖上几簇桃花开红了，红晕朵朵地灿烂着。杨丙尧两口子在地里吆喝着两个儿子下种。杨丙尧举锄头一个坑一个坑刨，媳妇拿着布袋，三三两两下种，翻起的泥土，有一种清香陶醉着杨丙尧。一晌，不见他有一句话。闷着心只想着琢磨着怎么和支书说迁坟事呢。

支书王文化一早起了，开开门伸了个懒腰，点了一根纸烟走到屋前的茅厕里耷着肩尿尿，看到远处走来的杨丙尧。收拾起家当，边系裤带边说："大早来有事了？"杨丙尧说："请示个事儿。"太阳刚从山顶上冒出半个壳儿，王文化说："进屋子讲。"

听杨丙尧说了要迁祖坟，王文化心里可怜上了，曾经的上土沃是人家杨家的天下，现如今的上土沃是我的天下，我管着这一村百姓呢，咱也算是中央政府最小一级了，人家连迁祖坟的事都来和自己请示，明着是咱的权大，有权耍权，有啥耍啥。"你往哪迁，地都包产到户了，要迁也只能迁你的地里。你这一辈另立坟地不行吗？尽是麻烦的事来找我。"杨丙尧说："我尽做梦，梦见祖宗了，说自己的屋子上尽是闹声，想清净的找一个地方。这梦做了好久了，回回做回回是一个梦形。"

王文化笑了："一个梦回回做？稀罕呢。不说了，你想迁就迁吧，我是考虑你手头没有钱，新坟新地，墓圪道也要钱呀。"

杨丙尧说："丙西卖豆腐存了俩，给祖宗花了，心也就踏实了。"

王文化把头点得和鸡啄米似的，由不得自己又可怜上了眼前人，是一个舍得给祖宗花钱的人，大善人啊。他抬头看看天空，天空有白云，棉絮似的，色彩深浅明暗远近变化不定，有像人影子的，有像动物，在天空虚松着，被什么推着往前走。一只公鸡跳上了院子的墙头，它在墙头上伸长了脖子，探探头又缩了回来。人死了装进棺材，死了的没事了，活着的悲伤着。他把心事最后落脚到了这一层意思上。再看坐在廊檐下的杨丙尧，八字脚叉开，一脸期待，很有做大事气势，风景得有模有样的。心里便知道：杨家后人是攒了俩钱烧着，再圈坟地还能比过从前？才有几个钱嘛！眼睛狠挤了一下，想要权的意思也就放下了，赞赏着，面子上也绷不住，就答应下了。

杨丙西要哥哥在自家的地里选址。请了阴阳，动土时还放了鞭炮。一镬头下去徒子徒孙们开始挖土，挖好后砌了砖窑。该挖自己的祖坟了。父亲在祖父杨德孩的脚头，再往里是曾祖父杨添仓。迁坟的当天云低光暗的，弟兄俩跪在祖坟前叩首，点香，开始刨墓了。

谁也不清楚墓里的东西值钱，早些年是日本人和八路军造子弹，连门上的铜都拆走了，后来是废铜烂铁当废品收购，大部分铜当了厚料，烧熔敲打成铜勺、铜盆、铜壶，都只知道电线里的铜丝和铝丝值钱，对锈迹斑斑的铜很是不屑。况且那铜也不是熟铜。

墓挖开了，等放了瘴气，杨丙尧第一个跳了下去，看到墓里什么也没有，周边只是几个瓦罐，瓦罐里放着一轴一轴的字画，他把字画取出来，感觉墓道里有点儿闷燥，取了打火机点了那一堆泛黄的字画，烟气冒上去，他被烟气呛得很重的打了几个喷嚏。地上有一个人等不得了顺着一层浮土滑下来。杨丙尧看到是想买铜鼎的人。那个人透过烟气看到地上燃着的火苗问："地上烧的是什么？""破字烂画。"

那个人揪着火苗上去拽出一卷轴来，卷轴很快就碎裂了，火苗很快就蔓延上来。那人一把揪了杨丙尧的领口喊："你是死人吗？"杨丙尧吓坏了："你要做什么？"那人咆哮着说："你在烧钱啊！"

在确定什么都没有时，那人用脚踹了一下两口棺材的其中一口，是一口上红漆的棺材，砖缝里的尘土已经把棺材的颜色荡旧了，那口棺材很轻巧地滑动了一下开了一个口子，手电筒的光柱下现出了一个铜鼎，泛着绿毛。"你胆子大了啊，敢把我祖宗的棺材一脚踢开！我日你先人。"杨丙尧一把揪住了对方的领口。

"好好好，我叫你日我先人。"那人说着跪在了地上，很小心地从错开的口子里取出那只鼎，鼎中间装着煤灰，那人把煤灰倒出来，手电筒的光柱照着铜锈下埋藏的花纹。"就是它了，就是它了！"杨丙尧也弯下腰稀罕着看，他不觉得有什么好看，想着要是放进石灰水里浸一段时间是不是会好呢？

懂行的人是能够看出铜鼎的寂寞，一个强盛的王朝时代，欣赏它的眼睛和心早已成灰，梦想它的人却一代一代年轻。珍品、孤品、品相完好，但是，那个人却突然地放下了说："我没有想到它锈成这样了，十间瓦房贵了。"

杨丙尧一时吃不准对方的意思，祖坟都刨了，难道就赚了一个新坟新地钱？杨丙尧起身把祖宗的棺材盖子错动好，棺材上的尘土落了他一身，他心里突然有点儿慌，这东西要是真不值钱，搭了功夫，搭了心情，搭了良心，以后死了怎么来见祖宗？眼神一下忧郁了，背驮起来，手指也开始僵硬了，舌根子不打转，话吐不出来，怕对方反悔，又有点儿恨自己的祖宗。你们把日子过足了，留下贫穷，要你的后人继承；留下苦难，要你的后人承担，你们曾经的幸福和快乐呢？哪去了？咋不留下一点来呢！日子的尽头是什么？恨来了，弯腰提起地上铜鼎说："我背了刨自家祖坟的骂名，这东西不是正经东西，啥都不说了，十间屋子不要了，各走各自的路。"先人骨子里的傲气一时二时的散不去，当下又冒了出来。

那个人一下抱住了说："十间大瓦房我盖，这东西尽管不是正经东西我也要，我不能叫你一辈子心不好。"

杨丙尧悬起来的心"嗵"一声落进了肚子里。他不知道该哭还是该笑，话到嘴边吐出来的是："我的心闷实了，这东西我看果真不值你说的十间大瓦房，迁祖坟把我逼上梁山了，要不要你说了不算，十间瓦房不是一个俩钱，等日子不如等当下，我把屋子折了价钱，你给钱，它算你的，你走人，省了惹人眼。"

那人说："你说多少钱够？"

杨丙尧伸出脖子喊了叫丙西下来，弟兄俩合计着窃声算了算，根基、房梁、椽、砖，按时下的价码，五间房得四千五，十间九千，粮食和力气不说，加上烟酒，得一万。

杨丙西说："得一万。"

那人从怀里掏出五六沓子十元钱递给杨丙尧，弟兄俩舔了手指数，两只粗糙的手码了码开始舔着唾沫星子数，最后把各自属于自己的塞进了怀里。杨丙西说："哥，叫他拿走吗？""拿走吧。"

所有的都是演戏，只有最后数钱才是激动人心的真实。

那人用布口袋装了，多余的话没有说，嘴当口绳咬着袋子上了地面迅速离开了。

弟兄俩在墓坑里对视着，不知道是梦还是现实。接下来两兄弟把杨添仓的坟覆上，田野里静悄悄的，一只兔子失魂落魄地向田野的尽头跑去，青苗还没有长出来。弟兄俩打开了父亲的坟，杨丙尧回村招呼着抬棺材的人把父亲和母亲起出来抬进了新坟。那一沓沓钱在身体的隐秘处藏着，是一种耻辱和难以启齿，也是一种激动和对祖先的感念。所有的一切结束之后，杨丙西看到夕阳挂在坟头新移的一棵松树上，收敛着害羞的脸。四月的杨树还没有太浓密的叶子，微风没有任何障碍便轻略了过去，一刹那间，泪水开始如雨纷飞。

五

杨家终于在暴店镇盖屋了，也许他们的先祖冥冥中助了他的后人，那瓦屋在夕阳余晖下泛着青色的光芒。树丛横陈的潞水河边，暴店人走过去看到了有些嫉妒：杨家发了，发得来路不明。瓦房来年秋天盖起来，比预计的超了一年。杨丙尧没盖，有新房了，上土沃的旧房算在了他的名下，人不能不守着土地，离开土地就算有屋住吃啥呢？喝啥呢？关键的当下是要给两个儿娶媳妇，娶了媳妇便盖不起屋了。入冬，潞水结了冰凌子，草叶上，老树上，村口土路上的驴粪蛋上，冬日的水汽凝出来细霜挂在上面，日头一出煞是好看。

又一个来年，杨丙西终于把儿媳妇小彩娶回家了。人说小彩长了一张旺夫脸。那一年是暖冬，不说冬小麦了，天暖而水润，潞水河边的水草自然青碧得不真实，倒像是年画中的画一般。挨近阳坡地上，草不死，柳成土走着，想着，今年的冬日怪了。只有他知道杨家是怎么发了。外界的传说不靠谱，柳成土又不好解释，看小彩成了徒弟的媳妇，心也气势着，认为自己做了大事，与暴店镇人一起走过杨家的门前，傲气得很，常常打比方："人啦，你们看看我徒弟，腿拐了不怕，就怕脑子好，人勤快，好田好地里什么长不出来，就怕又懒又不长进，再好的模样怕也枉然哩！"这样的话往往很打人，叫人面子难挂，可到底不服不行，人家卖豆腐都能盖起大瓦房，倒也触动了暴店人做买卖的心事。

冬天是来了。早在小阳春时，乡长和一干人走在发软的村路上，风还逼得人敞开了怀，乡长突然地就叹了一口气说："今年的冬比往年冷呢！"那时节，在潞水边上，柳树和杨树叶子还未落光，风的确是见暖的，走过老街，脑门上还会出一层油汗，走过北街，杨家的青砖大瓦房大咧咧耸立着，乡长说："看人家上土沃人，祖上吃得了苦，遗传到后辈上还是吃得了苦，不要小看了地主，那些年的地主都是有智慧的人，贫苦人只想着穷则思变，那个变字不是去思，是去闹，闹翻身了，看把人家老柳家的老屋子四流五散分成啥样子了？"跟着的人就回过身看，看到一山的景象破败得很。乡长说："政策好了，政策面前人人得实惠，你们不要妒忌人家，有本事的拿本事吃饭，咱把暴店都盖成人家那样的青砖大瓦房，暴店就成典型了，就成社会主义新农村了，可惜人和人不能比。"

日子在新屋子里继续着，小彩的肚子里种下了杨家的根，小彩懒懒的不思进食，常感到冷。屋子里怕冷坐在火台上，屋子外面怕冷站在太阳下。马彩霞端吃端喝地伺候着，小彩贤惠地叫一声："妈。"

进入腊月，年的景象又显出来了。先是班车一天比一天热闹，背着扛着大包小包的外出人员回来了，不是往年里最后几天拥挤着回来，是搬家一般的回来。大包的是铺盖卷，小包的是换洗衣裳，然后是满身的灰土，神色中阴郁，原以为出了一年门回乡带着经济回来了，结果什么也没有。暴店热闹了，满街道走着归来的人，男男女女，或在暴店的饭店里喝碗豆腐汤，或在街沿上显出等人的样子，突然有人看到了北街上有五间大瓦房竖起来了，有人打问，那是谁家起的房？最后知道是上土沃的杨家。回乡的女人中间就有心事了。天冷得发蓝，山冷得叫林子变成了穷人，官道上的土路冷实了，发硬，高跟皮鞋走上去叮咣叮咣响。有闺女看到杨家面前站着俩后生，眼睛在杨家门前停下了。杨家两个儿子是来暴店帮忙的，年关豆腐坊里来人多，豆腐需求多了，人手不够，闲着的俩弟兄当了下手。闺女们看着，仿佛被什么叫醒了似的，明白了闺女们看他们眼神中含了什么意味的东西，猛地就想到了自己：弟兄俩还打光棍呢。可身后的大瓦房明显比城里回来的人更吸引心，弟兄俩便笑，笑得勾魂，闺女们的心破例动了起来。那是一个不同于往年的年，闺女们打扮各异，都脱了土气，模仿城里打扮，认识小彩的跟了她往杨家去，明里是跟了小彩玩，暗里是相家底，看杨家上土沃是不是真如传说那样成了万元户。五间大瓦房洗去了杨家兄弟往昔种田人的痕迹，他们神色欢快，看那些闺女们夸张的话语和手势，看她们相互显摆着曾经在城里学到的精明，但很快她们彼此的心里就别扭了，明里暗里的，想和杨家两兄弟搭话。

杨家腊月里媒人跑欢了腿。

人活脸，树活皮，杨丙尧打心里明白了什么叫脸，那些被烟熏过了的，被时间装裱过了的，被黄泥糊弄过的脸叫脸吗？叫！杨丙尧现在脖子上长着的就叫脸，那上面没贴金没贴银，糊了钱，钱能把世上所有的人心收拾干净了！

阴历年一过就是春天了。年意味着新的开始。种子可以在春天种下去，春天里，两个儿子相继订了婚，都是暴店的闺女。"五一"一个，"十一"一个，两个儿娶媳妇了。月圆花好，幸福美满。婚礼是杨家困顿的日子里最美好的全部，后半生的帷幕终于有了一个亮堂的开篇。热闹散尽的时候，那样的明月对杨丙尧来说，前半辈是没有见过的啊。杨家把日子过全乎了。杨家牛气的眼神里，全是繁华岁月的自豪，突然的顺风顺水了，不懂得守财，也不懂得掩藏喜悦，没有克制的能力，见人手背了屁股上走，往日谦卑的神态一下子眉眼都立起来了，连早起咳嗽后吐痰的声音都想叫村上的人听到。

谁也没有想到，杨家翻身的喜悦中迎来了一件大到不能再大的事。事出得蹊跷，也轰动了暴店，轰动了县城，市里怕也轰动了一部分想发财的人。

出事那天，连续下了几天雨，上土沃杨家正叫了木匠打家具。屋子一时盖不起来，新家具还得打，不然稳不住新人的心。雨下了几天，木匠从院子里转到了堂屋干活，杨丙尧不时走进来递给木匠一根烟，木匠顺势压在了耳根上。木匠不舍得抽，等杨丙尧出门了收起来，攒够一包烟后好出去卖钱。木匠躬下背拿起墨斗吊线，吊好线，把左脚架在木凳的木料上，一下一下拉了锯，木屑谷壳一样漏下来。木匠说："两个儿，就做一套家具？"杨丙尧二拇指上举着纸烟说："两个儿，当然是两套，有你钱赚呢。"话不打折出来了，木匠一时无端的不快乐起来，抬起头却是蛮张了嘴笑："你是吃了啥夜草了，肥得流油？"

这时候，乡长领着县里公安局的便衣走了进来，杨丙尧没有来得及回答木匠的话，乡长是什么人物，人家能来，起码要做出尊敬的举止。况且，咱这也不是政府调查研究停脚歇气的地方啊。紧着吆喝着两个媳妇递烟倒茶，一屋子人都万分荣幸地动了起来，自己反倒不知道该说啥话。乡长说："听说你得了好处？不该做的做了，不该得的得了？"

这叫啥话？

乡长没有表情，来人一脸严肃。

乡长说："人不能由着性子干，黄土都埋脖子的人了，没有学会安分守己，年过半百，到做下不自量力的事了。你呀，你呀，叫怎么说你呢。等着双手抱在胸前，挂牌照相吧。"

杨丙尧说："乡长大人，这话……"

乡长说："你一辈子没洗过澡吧？"

杨丙尧点点头满脸茫然。

乡长说："这回叫你用消毒水洗澡。"

杨丙尧说："我咋了乡长？"

乡长说："你咋了你知道，跟了走吧，给你剃个精头，秤个体重，量个身高。"

杨丙尧说："乡长是来寒碜我了？"

乡长说："你只有照做的权利。"

声音压得很低，像一块石头一样压得杨丙尧喘不上气来。

杨丙尧被带到了乡派出所，进了这地方，心一下失落了，觉得自己不像一个人，很不正常，所有人的眼睛鼓出来盯着他，不知道自己犯了啥错，胆一下破了，满脑子空白，却看真切了墙上的大字：坦白从宽，抗拒从严。

　　所有的传说都归总到了一个结局上。说是有一位中央首长到香港访问，看到了一个暴店出土的鼎，追本溯源一下查到了上土沃的杨家。杨家人不是生铁疙瘩经不起审问，全倒出来了。天价的文物，就算你刨了自己的祖坟你也是盗墓。一世没有称道的传奇，进了暴店乡，杨家落马了。没有参与这件事情的只有杨家的女人们和杨兵。人们终于明白过来了，一件事情的来龙去脉会如此有意思，说不尽的兴奋，一段时间里杨家成了暴店包括全县的话语主角。

　　小彩把新生的儿子放到院子里的席子上，院子外老树上的蝉鸣叫着，自从发生了事，杨家的豆腐锅冷灶了，见人的话少了，自家人坐在一起也不多话，不想看见人，见了人装了看不见，快快地走开。倒是杨家的院子里辣子一片，蒜苗一片，小葱一片，西红柿一片，艳阳高照，葫芦和灿黄的南瓜枝蔓儿胡乱伸爬到了院墙外面，还有几分过日子的喜色。

六

　　山静河呆的黄昏，柳成土走进了杨家，他先是闻到了炒土豆丝的味道，葱香还有姜香，他站定在院子里说："我闻到香味了，有啥没啥事，我黑里都来吃饭了。"小彩说："柳师父，让我妈给你炒一盘豆腐。"柳成土就了地上的石头坐下，接过一支烟点燃了，心慢下来，有话要说的样子，小彩仰了头等着。柳成土从怀里掏出一个小孩挂在空中的玩具，手里摇了摇，叮叮当当悦耳，他看着席上的小儿，拾掇着自己的表情，末了，灭了烟，脱了鞋抬起屁股坐到了席片上，在孩子的眼睛上空摇晃着，嘴里发出"啾啾"声。逗闹了半天，手停在半空中，话出来了："我老了，小彩，老了做了下作事，害人精当下了。你是不是也听人谣传说柳家想害杨家？三代人把杨家的祖坟刨了。"小彩不说话，屋子里炒菜响儿停下来，那窗户就像一只耳朵，想探听什么似的。小彩依旧不说话，柳成土无所适从，脸上的神经被什么拽了一下，他感觉周围的环境铁一般陌生。

　　柳成土看着席片上的孩子说："小彩，人都是枕头这么大，一天天长起来的，一股劲要长到人前头。我也是五尺高的人了，我要真想害你们杨家，就算是世上没有死路，活路我也不想走了，天地良心，我这师父要是真应了谣言生来是来害杨家的，我前脚走，后脚跌落进潞水河淹死算了。小彩，你给师父一句话，你是杨家吃供应粮的，也是杨家当下的主心骨，你不要用那黑豆样的眼仁看师父，我不怕你看，心口上巴掌大的良心护着我呢。"

　　小彩笑了一下说："你是杨兵的师父，一日为师，终身为父。"

　　这下把柳成土吓了一跳，身体里钟表的发条拧紧了似的奔走，眼泪刷刷地流了下来，一句话把什么经历都看透了。小彩，人心哪里是尺子能量得出来的。

　　"小彩生娃了，哪一天有个三长两短，小彩啊，柳师父可是求你了，席片上的尿炕娃可是我徒弟的根芽儿，你走，你高飞，师父都不挽留，师父知道，这个家委屈你了，你看在咱职工一场，把娃给杨兵留下，你留下儿，就等于给他留下腿了。"小彩知道，柳成土是担心自己有一天因为发生的事会离开杨家呢。

　　小彩寸心不惊地抱起儿子，掏出妈穗儿，冷漠地看着柳成土。柳成土从来没有见过小彩如此冷冷地看人。想：马彩霞说对了，小彩心事重，是想高飞了。

　　却听见小彩说："柳师父，这院里院外的菜苗苗，家里看过的每一件什物，咋能丢下？何况，一块石头捂热了,都还舍不得扔呢。柳师父想多了,杨兵的腿慢说是一条细着,就算是两条都坏了,中间的好着呢,我还要给杨家生娃呢。"

这一出戏是柳成土和马彩霞合演的,柳成土来杨家试探小彩走留,没想到,一脸冰霜的小彩,竟有如此张扬的内心。

柳成土想起了爹活着时说过的话:"人,心事极远,走不近。人近了容易生分,远了倒有几分敬意,天下吵吵闹闹的都是自家亲的人在唱一台戏。"

从前到底发生了啥事情?对于祖宗,柳成土有些恍惚了。

再见小彩,小彩说:"叔,你能说舞台上都唱的是戏?"

他思谋着说:"不见得,人不知以为舞台上的都是戏。"

小 包 袱

一

　　单冬花一天里几乎要两次穿过一个叫煤灰坡的菜市场，嘈杂、闹腾，人声鼎沸，特别能抓住她的孤独。

　　这样的时刻，大多是黄昏，夕阳的余晖斜斜地照着，暝色弥漫，恰似彼时的心境，落寞，寡合，把一天心意阑珊的情绪送到菜市场，看人讨价还价，看人闲侃，两个来回，这一天就算过踏实了。

　　一直以来，单冬花觉得北京生活既幸福又快活，住了一个冬天，闲时坐在床前细思量，也都是有限的。老天不见太阳，烟云尽过眼底，举目远眺，楼挨着楼，影影绰绰，看一会儿头就沉了。人不见太阳是很容易生长恩怨是非的。老家的那些光照、星星、山林、白云，人看着看着，难过就化开了。城市里楼道里见了相互陌生着，一副脸，什么内容都没有，只是身体躲让一下。小区里有健身设备，有时候单冬花下楼去绕着小区遛一圈，看人家健身，人家做人家的，走在小区连一句话都说不着，人都显得很匆忙的样子。小区外是个巷子，叫煤灰坡菜市场，有两行菜摊，摊主是几个脏兮兮的农民兄弟，单冬花喜欢去和他们拉拉话，方言不一，有些话也听不大懂，可她就喜欢那大声大气的打问声儿。

　　儿媳金平见了很不高兴，拉下脸说："我最讨厌他们，乡下人和城里人的脏都混合在他们身上了。"

　　单冬花喜欢，也只有从他们身上闻得见一点泥土香。

　　没有人买菜的时候他们就坐在三轮车上打盹，打盹多好，忙忙碌碌的世界里打盹，单冬花就想到了乡下，靠在墙根下，纯净细碎的阳光照过来，几个老人排坐在一起打盹，阳光都舍不得吵醒。一个冬天住下来让单冬花很失望，说是来过冬，其实是来坐监。儿子张孝德像传达指示似的要求单冬花尽量待在屋子里，并对着媳妇举着指头和单冬花讲日常的约法几章，比如菜市场那地方不可去，买菜什么的要去超市；不和陌生人交谈，一是方言不一叫人笑话；二是太近乎了叫人小看乡下人，没见过的人不能和人家套面熟。再比如不能给任何人开门，就怕坏人趁着家里没人欺瞒老太太。儿媳金平是医生，绝不允许单冬花随地坐和随便跟乡下人聊天。

　　单冬花想逛逛菜市场，简直是偷着摸着，就像贼见不得光似的。

　　人一老就被子女绑架了，不能按自己意愿行事，老矛盾，拗不过儿子，血亲着、筋连着，都是为了好。好什么呀，一进入冬天日子就分外难熬。有的时候因为思想开小差想起了乡下的什么人事转移了目光，有时候回到屋子当下的空里，便觉得屋子是一个笼子，心坠得难受。村子里的那些人事老是在眼前晃着，当下，一个冬天里的单冬花却只能抓住一些乡村的回忆。

　　张孝德在机关上班，儿媳在医院，孙子上大学不回家，只有夜晚儿子和儿媳才会回家，听他们唠叨一天发生的事情，两人都显得怨气十足。通常，张孝德总是一边玩手机一边听金平讲一天医院里发生的事情，对着单冬花张孝德没有声音，甚至话都少说。单冬花感觉儿子是一个内向、乖巧、听话又十分依恋儿媳的人。曾经的儿子不是这个脾气，世事颠倒了，女人占了上风。单冬花在厨房里做晚饭，有些忧伤，一辈子她都没有活在男人的管制下，清心寡欲的日子过惯了，年老时被儿子管住了，儿子管自己也算是福气吧，可儿媳指挥着儿子团团转，她有些看不惯，可也只能装进肚子里。偶尔晃一眼客厅，看到儿媳，儿媳坐在一张高脚凳上，一只手拿着手机，一只手捧着玻璃杯子，喝着一杯果茶，晃荡着两只脚，不时地抬脚指着儿子叫他拿一块点心过来，那双活泛的脚，单冬花睁眼看着儿子果然就给人家拿了，尿泡打人，骚气难忍，略显尴尬，单冬花故意装着眼瞎了，可心里的气涨得和气球似的。单冬花硬忍住难过，想着乡下，快回老屋里一个人时好好哭上两嗓子，哭他个痛快。

七九河开，八九雁来。

乡下强大的吸引力，从这个时候敞开了。再不回家，城市是个胃，就要把单冬花消化了。

二

单冬花开始整理她随身携带的小包袱，包袱有枕头那么大，针头线脑都装在里面，包袱皮是一个格子旧方头巾，包袱的外边用一根布带子扎扎实实地捆绑着，像一个小型炸药包。儿子张孝德常笑话她的小包袱，说里头儿不一定都装着针头线脑，一定还有什么秘密宝贝，不然无论是到弟弟家住，还是到北京住，神秘的小包袱一直不离她身，就像美国总统身后的保镖随身携带的那个小黑匣子一样，显得是那样的神秘、重要，好像只要轻轻一按，地球就要爆炸一样。单冬花笑一笑，不言语，不错眼看那小包袱，半晌，又勾下头凑近去看，把包袱拿起来转到别处，东拉西扯说一大堆吃呀喝呀穿呀的话。张孝德发现这个小包袱跟随单冬花五个年头了，来京过冬也五个年头了，母亲每次都抱着它，如母亲的晚生子，生怕有人抢了去。

女儿张小梅从乡下来接母亲回家，瞅着一个傍晚单冬花去和菜市场卖菜的乡下人告别，张小梅悄悄打开了包袱。包袱里包着包裹，打开里面发现是一个一个信封，都是当年儿子在外当兵和工作时的信封，信封上缠着红红绿绿的线，缠绕得严实。信封里装了内容，内容有厚有薄。张小梅猜是放了钱。这么多年来，两个儿子在外工作没少过年过节给母亲钱，那些钱她几次提议说存进信用社，可母亲说没几个钱，放信用社不安全。看包裹里的信封不少，如果都是，就按早年的小面值，她估摸着上万了。张小梅小心翼翼按照原样包好包裹，压在枕头下，觉得看不出什么破绽了，便拿起电话给张孝德说母亲包袱里的钱。

张小梅神秘地说：妈的包裹里放了钱，有多少不知道，早年没有大面值票子，看捆着的信封有四五十个。

张孝德说：姐，你没事闲着，妈每天看她的包裹，你动了她准知道。

张小梅说：知道就知道。年前你小外甥娶媳妇，姐有个存折不到期不想动，知道妈有存钱，问她借，她说没有，哪来的钱，你两个弟弟不容易，给两个零花钱都叫吃药了。都是一个娘的肚子里出来，她就偏你和二弟。重男轻女！

天快麻黑的时候单冬花回来了，进了屋门，发现屋子里黑着灯，沙发上张小梅坐着似一个轮廓。电视没开，单冬花瞅了闺女一眼，心无端恍惚了一下，接着直奔自己的卧室，拉开灯，她发现枕头动过了。掀起枕头发现包袱动过了，打开包裹发现信封没动。她明白是闺女张小梅动了。

单冬花不喜欢闺女，再孝顺的闺女也是人家屋里的媳妇。何况二流子女婿她就不喜欢，不是正经人家的人，劳动人不像劳动样，长年做些偷鸡摸狗的事，不下力，跑毛蛋。庄户人家的腿插进土里知道自己是泥腿子，他不是，整天和行脚僧一样，一会儿河东，一会儿河西，一会儿又跑到了北京，一会儿又移驾河南，一直闲不住，张口南腔北调，说是做买卖，不见钱往来，俩外孙的工作还是张孝德给找的。单冬花一时还不想揭穿闺女的把戏。她知道闺女是心焦包袱里的钱，可包袱里的钱不心焦她。

单冬花无事样走进卫生间抹把脸，照着镜子用水抿了抿头上几根稀疏的头发，佯装洗了尘，一身轻松样走进了厨房。

张小梅隔着厨房墙说：他们不回来吃饭，就咱俩。

单冬花在厨房里答：咱俩也长了嘴，也得吃。

张小梅想顶嘴两句，难掩激动，也隐隐担忧张孝德回来骂自己。隔着一堵墙，脸上绽露出怨恨，想着那钱都该给了自己。两个弟弟都有工作，唯独自己在乡下，抓钱不容易，母亲没有花钱的地方，日常生活又能花几个钱，钱在包裹里发霉了。

单冬花做饭中间，张小梅也不想进厨房帮手。单冬花忍着那口气做好饭要闺女来吃，坐到餐桌上看着冒着热气的饭，张小梅突然就来气。人在吃上是最自私的，生怕自己少吃一口。单冬花突然觉得闺女的吃相很难看，吃相亮了自己的护身符，挑挑拣拣一盘菜，下作样。

单冬花忍不住说：这不是在乡下的屋子里，人要有个吃相。

一只飞蛾舞扰在饭桌上空，旋来旋去，还挑衅般朝手上落，张小梅扔下筷子，双手一拍，蛾子不见了。但是并没有打死。也真是奇怪，你不动弹，蛾子就在眼前头，你要打它，它又连踪影都找不见了。这样，张小梅对蛾子的仇恨更强悍了，站起来追着打，粗笨的身子在逼仄的餐厅歪来倒去。单冬花难过得手没处放，起身端了碗，离开，走进了客厅。一个女人在家庭的地位，什么叫举重若轻，什么叫行方思圆，先是要懂得一个"镇"字。不说话就是镇。单冬花咽不下饭，做母亲也有偏袒儿女的时候，她不想偏袒张小梅，偏偏压不住心口的跳动，几次想张嘴，却似言又无，端碗又放下，头脑出乎意料地清醒了，不能挑明，闺女算计包袱里那点钱呢，越在我眼前晃越视她无。这当口张小梅斜睨了母亲一眼，母亲的脸蜡黄蜡黄，像黄杨木心，像色调深重的秋天。

那只飞蛾到底没有打着。张小梅说："妈，你咋躲客厅里了。一碗饭还是一碗饭，咋不动筷子。"

单冬花不接茬。看着是个便宜捡起来就上当，闺女满脑子都是那小包袱，不搭话，就想把闺女动包袱的事丢开，怕一说话点捻子，引到包袱上。

单冬花不吭声，张小梅反倒真不知该说什么，该做什么。她端了碗也过来坐在了沙发上。单冬花的心一直往下沉，头重如山，不由得往坏处想，有一天闺女会偷拿我包袱里的信封。这时张小梅似乎又看见了那只蛾子在飞，又着急似的起身。单冬花又想说，真要是力气没处放，下楼把单杠去。还是不能说，有问无答，母女俩的饭一下就吃闷了。

单冬花不是不疼闺女，自己身上掉下来的肉，是不喜欢闺女那算计样。每次见面都是一堆杂七杂八的事，全都离不开钱。趁着单冬花转身的功夫都要翻一下枕头，床铺下，有三块五块的顺手牵羊入了自己的口袋。张小梅说，手头倒不开，妈，借俩，倒开了就还。每次拿了钱都不见还，不光是钱啦，家中的牙膏、洗衣粉、香皂、罐头饼干什么的，手软软伸过去，紧一下，拿上就往包包里放。每次见闺女连叹息的机会都没有，每一次见面心里都酸酸的，又没有合适的话发作，由着她拿。这是北京不是乡下，这儿子的屋子里还住着儿媳，儿媳是城里人，张小梅乡下人做派叫人家笑话乡下人不懂礼貌，不守规矩，这样的事情结果是叫儿子张孝德受气，在城里人面前端得正正的，乡下人不能没有威信。倒好，趁着我不好说你就要惦记我包袱里的东西了。

光阴过得真叫快，单冬花开始整理乡下的往事时，乡下的日子是刀子刻下来的，疼也罢，甜也罢，都在骨头上留下了记号。她开始想着乡下那些还活着一起下苦的人，岁月苦熬，年年都有早走的人，遗在这世上的人都是亲人啦。想着见了他们该说啥？说啥都得有件礼物，大东西带不带，小礼物也该有件。张孝德知道母亲的心事，其实也是回乡前必做的一件事。这件事通常都由金平陪单冬花逛超市，也算是给母亲的一份安慰。

小包袱放在床上没来得及往枕头下压，单冬花关上房门的刹那想返回去的念头就打消了，一是怕儿媳妇埋怨自己事多，二呢，觉得张孝德在家，一早她打开包袱数了，一共四十五个信封，这个数字早已烂熟在心。两日后返乡的车票钱她要出，超市买下回乡的礼物她要出。要花的钱已经备好了一个信封，走之前给了儿媳，剩下的应该是整数。好记。儿子给的钱就要花在正途上，叫子女知道自己不是一个没用人，也有钱花呢，钱对她这把年纪的人来说没用。

张小梅看着她们关上门时，迫不及待冲进母亲住的房间，她把小包袱取出来三下五除二就打开了。这个包袱对于张小梅来说是一个心事，老在她的腔子里长着，像是长着石头长着铁。她喊了声："弟啊，你过来看妈的包袱。"

张孝德看到打开的包袱觉得姐姐有点过分了。张小梅不管不顾继续说："妈这么大年纪了，她不说，但不能咱不知，我当着你的面看这个包袱，知道是啥有啥，也有个数，免得乡下那些四下里的邻居眼里长了心。妈是文盲，不保证不叫人家顺走她的包袱。"

张小梅扯着脖子说话的样子让张孝德想起来从前的日子。小时候遇事叫人欺负，都是姐姐横在中间。姐姐横着脖子骂对方的样子就像现在的一样。这么多年来，母亲和姐姐之间其实存在着某种隔膜，不厚却很有韧性。张孝德不知道该如何消除它，并且觉得有能力消除它的是姐姐而不是母亲。事实也确是如此，比如当下这件事，姐姐就不该动母亲的小包袱。

念头一闪而已，他也就原谅了姐姐乡下人的小心眼。

人一旦离开乡村，就有可能成了另外一个人，原本乡村的壳虽然一直背着，可壳下的自己却是努力想甩掉背上的壳，实现一种表层化生存，小心翼翼地浮在生活上面，决意不去管生活下面是什么。忘情于生活的细枝末节，研究如何营养自己更有利于健康，如何修剪指甲使手指看起来修长；经常性地出去吃饭，耗费许多时间和各种各样的人交往。饭桌上讲讲当下社会的政治格局，讲讲那些要提拔了的背后故事，一个人的职务比这个人的名字还重要，其实也都是偶然停留，没有以后，交情仅够加个微信，点个赞。可这些东西很上瘾，大把的时间被浪费了，每一次都觉得认识了一两个有用的人很重要，饭局安排得值，扯风扯雨后回家看见孤独的母亲，又开始内疚，一个冬天里连陪母亲说话的机会都找不出，一个冬天就过去。

看着姐姐的样子，很快张孝德就释然了，至少他从现实的世界里明白了，人生并不是一件很严重的事，用不着摆出时刻准备安慰什么人的样子。许多原以为泾渭分明的事，其实界限原来不甚分明，走着走着就混淆在一起了，就成为了一种习惯。许多原以为必然如此，不容置疑的东西，其实只是一念之差或一时兴起。他开始原谅姐姐的一时兴起如同原谅自己一样。看着姐姐打开母亲的小包袱，看见包袱里边有用小毛巾、旧布块、塑料纸，里三层外三层地包着一个小包包，打开小包包里又有近四十多个信封。信封都是自己早年当兵后给家里写信用过的牛皮纸信封，封面的字迹还清清楚楚，邮票也完好如初。张孝德也稀罕得捏捏那些信封里装着的厚薄不一的东西。至于里边是什么，姐姐猜是钱，张孝德认为不一定都是，母亲没有这么多钱。还应该有我和弟弟工作后往家里写的信。张小梅想拆一个看看里面然后照原样缠好。张孝德也同意，真要拆时，发现信封上密密麻麻地捆绑着的丝线就像一件手工活，不仅拆起来困难，而且照原样恢复会更困难，显然母亲是用心做过记号的。

张孝德说："姐姐，不拆了。真要拆开了，等于是知道了妈的秘密，妈会不高兴。"

张小梅数着那信封突然就说："孝德，你说我拿走一个妈会不会不知道？"

张孝德瞪大了眼睛说："妈是文盲可她识数。"

不看那小包袱了，没意思，张孝德开始玩微信，一条一条看，有认为可亲近一下的人就送个赞，转发几条只看标题好玩的微信，又觉得母亲的小包袱该拍个照，点击相机开关拍沙发上摊开的包袱和包袱里的信封，然后开始秀图。姐姐是怎么收拾起母亲的小包袱的他忘了，母亲是怎么回来的他也忘了。他把拍下的图发到群里并写下了一段话：深刻的亲情是不能被浅薄的快乐填满的，一想到城市生活那些背后空洞无物，我就惶恐不安，看看母亲的小包袱，让我想起了童年和成长，对母亲的感情，我好痛恨自己不能用语言表达对母亲的爱意。

微信发出去了。很快就有人点赞，接着有人跟："母爱是伟大的。""那信封里装着的是什么？钱吗？还是信？""你肯定不会在母亲节给母亲送花，母亲是天下儿子的攒钱机器。钱是什么东西？哪个儿子会在母亲需要你的鲜血时，毫不犹豫伸出胳膊？"他回这条微信："如果要我血，我一定会犹豫，犹豫的结果肯定是伸出胳膊，但我就是做不到毫不犹豫。"又有人跟贴："明明已经注定了，还要装模作样犹豫一番，似乎经过了深思熟虑，其实什么也没想，选的还是一开始就认定了的事。"这下有意思了。微信群里一个人问："假如出现二难选择，你是先救母亲还是先救老婆？"有人替他回答："肯定是母亲，母亲只有一个，媳妇有若干丈母娘养着。"他回答说："选择其实是很可笑的，永远只能选择其中的一种，永远无法知道选择另一种情况会是如何，无法重来就无法比较，所以，我不选择。"因为这个群里也有他的媳妇金平。这时候金平发过来一个愤怒的表情。群里的人开始互相将军了。

微信就是这样，在一些无关紧要可有可无的问题上，尽可以口若悬河，绘声绘色。一旦真正企图表达什么时就肯定找不着一句合适话，完全是不用动脑子的快乐。金平发来图片，张孝德看到拍下的图片中有十几双线袜子。金平说："陪婆婆逛超市，婆婆与单纯的农民又不一样，她买的东西叫人奇怪无比。"张孝德跟贴："谢谢老婆！咱们的妈妈像土疙瘩那般质朴，她惦记她的乡邻就像我惦记老婆一样质朴。"这样的聊天会延续很久，这样的聊天让当下的张小梅以为弟弟很忙很忙。

张小梅收拾包袱，似乎在想包袱没有解开时的样子，张小梅思忖事情时有母亲的神态。张孝德说，姐，抬一下头。小梅抬起头的瞬间，一张照片摄入了手机，他同时不忘放进微信群，并写下了一段话：姐姐一张布满沧桑的脸和脸前妈妈的小包袱，照片太有感觉了，两代女人，一个是母亲，一个是姐姐。犹记当年母亲凭着她瘦小的身躯，挑着水桶，每天天不亮就出发下河挑水，她为这个家，一刻也不停顿地操劳着，消耗着她的心血。

姐姐也不容易啊，说到母亲重男轻女这方面，仔细想，母亲真有。姐姐年长，自己和弟弟孝勤哪里下过地，一门心思读书。记得有一年姐姐领着自己和弟弟去供销社买作业本，姐姐盯着柜台上摆放着的漂亮花布。红底绿花，十分耀眼。以往供销社只卖蓝的白的红的和宝兰布，很少卖这种花布。姐姐抚摸着沉迷得很，就像刚才盯着包袱看的神态一样。

卖货的妇女说："叫你妈来给你扯点吧，做个袄罩子多好看，这布进得不多，是我走后门托了关系才弄到的。"

姐姐拉着自己和弟弟几乎是一路跑回家的。平常姐姐从来跑不过我们，可那天跑得飞快。一进门姐姐就哭了，边哭边央求母亲替她扯那花布。那一年父亲刚刚去世，家里的日子要往前走，都得算计着过，两个儿子要读书，哪有多余的钱给姐姐扯花布。母亲无奈说："你咋这么不懂事呢，叫你去给弟弟们买作业本，你倒看上了花布，那是你穿的？等明年夏天上山采下药材好给你扯褂子。"姐姐说："不让我读书，还不叫我穿一件花布袄罩子，你看人家闺女们都穿戴得红花柳绿，我穿得黑不溜秋。"

母亲瞪着眼说："这天下营生是男人家的，是女人家的？你读书，你有那出息将来养家糊口？穿什么也成不了仙女，穿不露肉就行了。"

记忆中姐姐从来就没有见穿过花布衣裳。

想到这里张孝德掏出五百元人民币递给姐姐："拿着，去买一件春天的外罩，穿戴像个样子，现在的社会吃穿都不愁，瞅你，还是穿得黑不溜秋。"

张小梅："你接济我太多了，不拿，有多少都填补不满日子里的需要。"

张孝德说："叫你拿着你就拿着，金平和妈就要回来。"

张小梅眼里噙着泪接过来装进口袋。

真正认识自己的子女，也是需要眼睛和头脑的。单冬花看着床上同一位置不同方格子布的包袱，知道闺女又动了。

明天就要离开儿子家了，不能把气留在这里，她忍着装了没事的样子解开包袱，让她大吃一惊的是一个信封居然被拆了。她装作不知，取出一个丝线捆绑着的信封，一定要给金平，一要付超市里的钱，二要付回家的路费。这也是每年临走前的必修课，不要她就急。金平推让了两下就把那信封扔到了茶几上，算是收下了。

黄昏降临的瞬间里，金平开亮了客厅的灯。

金平突然说："我看到微信群里姐姐打开妈的包袱里，那一小捆一小捆的都是信封，是不是信封里都是钱呀？"

单冬花不知道什么是微信群，但是闺女打开自己的包袱了她听得一清二楚。张孝德摆手不叫金平再往下说。

单冬花说："我一辈子没出息，一分钱也没挣过，能有什么钱啊！"

一句话不置可否地绕开了话题。

三

当天晚饭，单冬花基本上是在半兴奋中度过，明天就要兼程坐火车回乡下了，一切的不快都要远去。单冬花和张小梅各自收拾好自己的东西，有绳子捆的，有细线缠的，整整齐齐地摆在地上。自己走后，儿子这一家除了白天上班，在家的生活就是由电视机和手机伴奏下无聊度过，她有些可怜儿子。每夜躺在被窝里想象村里发生的那些事，想象迷迷蒙蒙的夜晚虫草之间来回走动的情景，想象泥地上那些植被和庄稼挣脱束缚成长的样子，心潮一阵阵涌起，总是一件很温暖很有美感的事。同时，伴随着明天离开儿子家，更多的是牵挂和担心，又要从乡下开始了。

晚饭后，单冬花进厨房和闺女合作一起包明天一早的饺子，母女俩无话，单冬花把注意力从厨房转移到了窗外。夜浓了，感觉天空比正月天高很多，看不见星星，能看见对面高楼上的格子窗户亮着灯。风扑打着玻璃，春天不能不起风，风不来天气就不暖。北京春天的风不少刮，和乡下的风相比，乡下的风是自生的，离人很近，就在自己家门前那棵老枣树下，起风的时候，树皮发青，风在枣树叶子长出处发出嚎叫，枣树的叶子就被叫醒了，风越过院墙，渐已成势，沿河的杨柳树最早开始变得烟蒙蒙一片鹅黄色，风叫醒了冻土。城里的风无根，乱刮，似乎永远也停留不到地面，尘土被扬在半空，什么东西也想去敲击。过年才擦干净的玻璃，隔着一层细麻麻的土，风没有回落的意思。

  玻璃上停留的风让单冬花有点不安，像是要发生什么事情，头发都干蓬着，她看了看案板上的面，约莫馅和面的最后比例。围裙带起了静电，张小梅佯装看不见，擀完最后的皮，单冬花站着看夜色里的那些灯光发呆。单冬花就想哭了，住哪都不如住乡下好，就怕乡下也不是自己的家了。人老了，做不了主了，老真不好。儿子叫你来住，住够了女儿来叫你回，合理合情，只有单冬花知道，养大的儿女不是真疼你，是尽义务，合谋世上的道理来摆布一个老人剩下的日子。

  张孝德探进头来说："妈，还没有包好么？"
  看着案板上摆成行的饺子，说着就举起手机拍照。张孝德说："有妈的孩子是个宝。"
  这一下单冬花忍着的泪来了。抬一抬袖子抹了一下眼角，一张灿然的脸露给儿子。张孝德说："妈，哭啥，包完饺子你早睡。"

  天黑着，客厅里的闹钟响了。凌晨3点整。其实单冬花躺下眯了一小会儿就醒了，睡不着，自从来城里过年，走时都睡不着。单冬花起身先下厨房煮饺子，闺女小梅也起了，洗漱，收拾地上的大包小包。
  一家吃过饺子后，开始提着大包小包下楼，准备坐54路公共汽车到火车西站。单冬花紧紧地抱着她的小包袱，小梅和金平搀扶着她下了楼，向小区西侧的公共汽车站台走去。到达站台后，离第一趟车到达时间还有十几分钟，为了化零为整，减少行李的数量，张孝德建议把小梅的一个小提包和母亲那个小包袱捆绑到一起。捆绑中间，第一趟公交车徐徐走近了，迷蒙的夜色，朦胧的路灯，张孝德先架着单冬花上了车，小梅和金平提着大小包包也随后上到车上。
  上车后售票员说："老人家请坐好。"
  单冬花说："闺女，坐稳当了坐稳当了。"
  单冬花还想说什么，车上的人都耷拉着脑袋睡，售票员也把脸别往别处，车身抖动着，夜色苍茫，一路滑过的街灯亮着，显得回答的声音很大。
  张孝德小声说："妈，都睡觉呢。"
  金平说："人家就是客气一下嘛，你还当真了。"
  公交车行驶了40分钟后到达火车西站。车门打开，一股湿气挤进来，昨晚的风，原来是携着雨来。下车后开始清点行李，有些该安顿的客气话此时要说。
  单冬花说："回吧，到了火车站，你姐就知道路线了，那边有你姐夫接站，不怕。春天的风沙大，上班记着关窗户。夏天放了暑假叫孙孙回去住几天，你们如果有时间也回去住几天，就当是你们城里人旅游，乡下的山水到了夏天可是好看呢。"
  她的话被晾在一边，大家似乎在焦急地找什么。
  单冬花说："把我的小包袱给我，拿惯了，手里空空的，总觉得少了什么。"
  包袱不在了。

张小梅以为是单冬花拿着，单冬花以为是张小梅取着，全家人急得团团转。

张孝德说，我叫姐把包袱捆在一起，姐的提包呢？

张小梅的提包在。

单冬花说，出门时我拿着，坐公交车时孝德说要和小梅提包系在一起，我明明知道小梅从我手里接走了包袱。

张小梅说，妈的包袱啥时候舍得叫旁人拿，我还有福气拿，我是真没有见。

金平指着孝德的手机调侃说，你没有拍下来吗？

张孝德说，你不要无事生非。

单冬花腿软得由不得要往地上坐，地上湿漉漉的，金平说，地上到处是全国各地的龌龊。张孝德和张小梅急忙架着单冬花。

张孝德说，我们冷静地回忆一下。一家人开始重复当时的细节。短暂的回忆后，孝德认为忘记把那个包袱带下车了。孝德立即在路边拦了一辆出租车，向54路公共汽车的下一站追去。

车站上的行人多了，赶往各地的人匆匆从她们身边走过。单冬花抱着一线希望张望着往来的行人。

半个小时后，张孝德气喘吁吁地回来说，车上根本没有那个包袱，司机说，车从火车西站向岳家楼行驶中车没有停，若包袱放在车上是不会丢失的。全家人又开始回忆，摸索着开始理清一早出发到车站的每一个细节。最后张孝德做出了比较客观的判断：应该是我们急着上车时，没有将那包袱带上车，丢在了站台上。

张孝德急忙打电话向马家堡派出所报案。电话响后接警的警察说，因为是自然丢失，没有当时线索，这事不好确定你是否是真在马家堡的地界上丢失。你们留一个电话号码，如有人捡到后寻找失主，我们立即与你们联系。也就是说，这件事情得等寻找失主的人出现。单冬花脸色煞白，嘴里喃喃着，菩萨保佑，有好人，有好人，这世上总归是好人多。

这时，小梅开始埋怨包袱的存在，包袱是眼睁着丢了，它可从来没有离开过妈的身子，怎么偏偏在离开的一段路上丢了，跟上鬼了。包袱里有啥不能放我屋里，我替你保存，费心思走哪带哪，一辈子好强，临老了还好强，就怕我算计你的包袱，我才不稀罕呢，就算有万两黄金我也不稀罕。

单冬花不说话，话在喉咙里梗着。从未见发过脾气的张孝德，听完这句话开始训斥小梅，你少说一句少啥了？你每天都惦记着妈的包袱，还说不惦记。叫你拿一会儿你就丢了，你咋没丢了自己的提包，论年龄我该叫你姐，可你就是不成熟！

50多岁的小梅，且患有严重的脊椎侧弯病，行走极为困难，面对弟弟的训斥，既自责又难过，一时说不出一句话来。

金平一边安慰着大家，一边问单冬花，包袱里有多少值钱的东西？那信封里是信还是钱？

单冬花说，是钱。不少，不少。

张小梅忍不住又呛了一句，直接说有多少钱。

单冬花只说不少，就是不愿意说出大概数字。

张孝德说，妈，你说个实数，都这时候了。

单冬花嗫嚅着说，有一万多元，还有你弟媳妇给我买的金耳环。单冬花看了一眼金平，怯怯的眼神怕伤害了什么。

张孝德说，包袱都丢了，还不说有多少钱，究竟是多少，一万多，多是多少？你说的数字不对，人家拾上也不会还给你。

单冬花哭了。这是她这一辈子唯一一次对着子女的面哭。她哽咽着说，有两万多。

张小梅接话，零头有多少？

单冬花说，两万零八千六百多。

一家人不说话了。谁也没想到单冬花的包袱里有这么多钱。小梅见过那信封，可没有多想信封里都是钱。

张孝德显得有些生气，同时又不相信母亲有那么多钱，又问母亲说，您包里到底有多少啊？您哪有那么多钱啊！

单冬花浑身颤抖嘴唇哆嗦着说，儿啊，我二十多年积攒的钱都在里边，一分一厘省下的。多的一个信封里有5000元，少的有300元，大大小小几十个信封，我也说不出个准确数目，只能说个某约（大概）。

金平瞪了一眼张孝德。这么多年丈夫背着自己给了他妈这么多钱，也许不止这些呢。

单冬花读懂了金平眼神里的内容，忙说，也不全是孝德的钱，还有孝勤，还有我能爬得动山时，采摘连翘卖后攒下的钱。我不舍得花，攒着，身后有个底气，一辈子，我怎么好临老变得赤手空拳，有几个钱搂着，邻居不敢小看，子女不用嗔怪。

单冬花非常满意自己大清早能够举重若轻地吐出这些话，这些本来不到说的时候。事情来了，不得不说。

围观的人多起来，广场路灯下所有人的脸都发着青白光，所有看见的人都张着嘴说话。嗡嗡的声音中似乎有希望冒出来。"赶紧去调那个站台附近的监控录相，或许能看清捡到包袱的人。""把你们的联系电话告诉附近的派出所、居委会，以便捡到包袱的人与你们联系。""老太太也是，这么老了自己还存钱，有钱不放银行，你说这年龄要钱有什么用啊？"金平突然和孝德说："发微信，快发微信，或许微信可以帮助我们。"

众口议论声此起彼伏。小梅突然想了起来，说，我的手机还放在那个包袱里边。整理包袱时想着妈的小包袱最重要，手机也最重要，顺手就塞进去了。孝德问，是否开着机？小梅说，开着呢。孝德急忙拨号，结果是关机。

微信群开始转发孝德关于母亲小包袱丢失的微信。其实张孝德清楚，能遇到好人太走运了，几乎是不可能。只要捡到母亲包袱的人关掉包里的手机，就预示着他不可能把东西送还失主。

金平想尽快逃离。她已经好多年没有到过火车站了，蓬头垢面的人群中嘴巴淡兮兮说一些幸灾乐祸的话，真是受不了，这些乡下人像热沥青似的粘着城市的犄角旮旯，这是她最不喜欢的场面。不管婆婆包袱里放了多少钱，对于金平来说她从来都不去多看一眼，不喜欢那包袱的样子，什么年代了，老脑子，不认知社会。人要长高，要成熟，但并非成熟就一定是明白。有时肉体扩展了，年轮添加了，反而变得糊涂了，越活越老土。婆婆就是这样一个典型，这把年纪了，住在城里居然还牵肠着水灾旱情，同情城市里彷徨的农民，更可笑的是，不舍得花钱，一辈子挽着藏钱的包袱东奔西颠，说出来真是可笑。

金平说："出了这事只能怪自己没有操心拿好，丢肯定是丢了，我去报案，能否找到是个未知，这是个教训，以后也反思一下。"

单冬花半天没有言语了，还有以后？

张孝德说："去哪里报案？"

金平说："54路嘉园三里站。事发在那里。"

单冬花觉得自己变成了一个倾家荡产、一穷二白的人了，心恍惚着，就要到开车时间，包袱像是长了脚似的离开了自己。几十年都拿着，朝朝暮暮看着说不见就不见了。单冬花叫小梅打开自己的提包，看是不是顺手装提包里了。

小梅仿佛受到了莫大的侮辱。

"妈，你的包袱从来都不叫人动，丢了就是丢了，我的提包里没有你的包袱。"

人流拥挤着开始进站。虽然故作镇静，但单冬花知道腿上是一点力气都没有了，单薄的身子越发单薄得拉不动日子了。张孝德仿佛感受到了母亲此时此刻的痛苦程度，搀扶着在一旁反复安慰母亲，说破财免灾，只要您健康长寿，比任何财产都值钱，更何况，如今的社会还是好人多，人们的日子也不像过去那样艰难，大多不在乎您这点钱，人家捡到后，一定会给咱送回来的，你们放心回家，不等火车到家就会有好消息，城里的派出所办案和乡下的不一样，他们神速着呢，就等好消息吧。安顿她们坐好后给那边接站的姐夫打了电话，孝德又安顿了母亲，这才走下即将开动的火车。

火车放了三次气后开始徐徐使出车站。玻璃窗户上闪着母亲和姐姐的脸，勉强挂在脸上的笑容，母亲似乎还在安顿什么。走出火车站，张孝德突然清醒地明白母亲老了，她一生的脾气在子女和生活面前彻底垮了。这样的事情发生，该有一顿骂泼天而下，反倒是姐姐顶撞了母亲，日子颠倒了，母亲下火车时怕是迈不动步了。

张孝德给金平打电话想知道报案的结果。

电话那边金平问："走了？"

孝德说："走了。你报案了没有？"

金平说："又不是贼偷了、抢劫了，自己丢了，丢在哪都不知道，去报案？你以为我真去呀！"

孝德说："你很有腔调啊！"

金平做事有点出格了。不是自己的母亲，人情世故少了不说居然撒谎。对自己的妻子孝德是无奈的，其实，金平不屑和凡俗打交道的时候有她的气场，气场中心的孝德常常显得很猥琐，不具备反抗的力量。

张孝德走着遇见了一家快餐店，他急需要坐进去。要了一份早餐，一碗皮蛋瘦肉粥，两根油条。他忘记了一早吃过母亲包好的饺子，粥和油条像刷锅水一样难吃，但他仍旧锲而不舍地尝试。脑子里一直幻出一个火车走远的声音，吃下去的味道似乎也非常机械。他不自觉给弟弟孝勤打了电话，弟弟在新疆工作，此时或许还赖在床上。

"这么早，哥，出啥事了？"

"妈今天一早回老家了。往火车站的路上丢了她自己的小包袱。包袱里有钱。"

"妈自己拿着丢了？"

"不是。姐拿着。怕上下车不利索，叫姐拿着，不经意丢了。"

"包袱是妈的心肝。""妈说有多少？"

"有将近三万。"

半天，电话里穿来一声闷音："妈有可能害下大病。"

这句话让张孝德有着战栗的恐惧。

四

　　单冬花在软卧车厢躺下的那一瞬间，她觉得自己已经看不清楚周围的颜色了，最为重要的是她不记得刚才的事，张口说第一句话就把五十年前的事情说成了昨天。

　　"你怎么没有把你两个弟弟抱到床上来？"

　　金平小心地看着进入软卧车厢的人，先是个子不高，身子很敦实，长方脸红扑扑的男人，只见他细长眼睛眯缝着，进车厢就笑，说话嗓门洪亮，透着实在。看着单冬花大声说："老人家，我坐你脚头儿。"单冬花也笑，笑得难看，伸开的一双脚缩了回去。接着又进来一位学生娃，不打招呼，直接爬到了上铺。

　　男人指着小梅问："老人家，这是闺女还是媳妇？"

　　单冬花勉强答应了一声："闺女。"

　　男人说："闺女好，贴心。"

　　张小梅笑。单冬花突然很讨厌闺女的笑，转了一下身子脸朝着了墙。闺女和男人在她的身后说话，她不想听，尽量让自己进入一种沉思。闺女蚊子一样的笑声毫无节制，单冬花被这笑声击倒了，好像自己做了什么十恶不赦的事一样。其实她一直在躲避周围，从一开始进入卧铺车厢，她努力不去想不去看，就因为躺着可以让眼睛朝上看，躺下的那一瞬间，她甚至惶惑回忆起了此前，意识很快就回到了当下。她开始压迫自己去冷静回忆刚才发生的事情，儿子坚持要她帮自己拎着小包袱，碍于儿子的面子，自己假装很不在意递给了她，一路上眼睛从没有离开那个包袱，只有一次，上车，儿子搀扶着她，她不能够拒绝搀扶，这是儿子表达他自己对母亲的疼爱，大约有五六分钟，视线断了。上车后和售票员说话，问答只有一个来回，包袱应该不在闺女手里，她看得清楚，虽然闺女坐在车尾，她想，上车前闺女合并提包，包袱一定是并在了闺女的提包里，没有多想。她没有想到的是，包袱不见的那一瞬间，包袱真的长了脚了。这中间一定在某一个环节有人起了念了。乡下的日子里，她常常坐车去另一个村庄看戏，小包袱不离身，谁照顾过她的上下车，她手脚利索得很呢。在儿子面前她不能像从前那样对儿子说："讨厌，丢开手！"她是儿子的老娘，人一老，距离来了，隔膜来了，客气来了。五六分钟时间，包袱就不见了。长大了的儿女离心离肺，彼此知道计较，知道假模假样了。一下按捺不住情绪，单冬花坐了起来。

　　小梅的笑没能保持住，她看到母亲的脸拉得很长，不语不言，盯着地上的旅行箱看，她想母亲要说什么，但母亲没有话。

　　单冬花转过身盯着闺女的脸看。冷不丁冒出一句话："得了。"说完躺下了，像一个中年人一样利索。

　　张小梅高昂了一下头，这时，有人喊男人去打牌，男人站起来走出了车厢，疑惑什么又回头张望了一下。张小梅干脆提起旅行箱放到了自己脚头，没多话，也躺到了铺上。母亲刚才说什么她没有听清，但她明显感觉到了母亲在怀疑什么。她懊恼地开始回忆一早的事，可想到那个包袱的时候，上车前等车过程突然没有了记忆。想不透彻，哀哀地难过，心疼母亲，想和母亲多说说话，坐了起来，站到母亲跟前。单冬花凝视着虚空的眼睛突然合上了。张小梅坐到小桌前扭头望窗外，竟看到了满天的毛毛雨，火车哐当哐当的声音在脚下推动，一些风口的树，在秋天里凋零得早，在春天里新生得也早。天空的云团呼呼四散，一线阳光，扒着云缝射到远处的山头上。张小梅的心酸了一下，她一下明白了母亲对她的敌意，从来没有离过身的包袱被自己拿着时丢了。可那个包袱对自己来说有多么生疏。

单冬花闭着眼，小梅知道母亲睡不着，包袱丢了，天塌了。她喊了一声："妈。"

单冬花纹丝不动。

张小梅说："妈，包袱丢了，都怪我。我从来都不敢动，你常说，人一天有仨迷糊，我手里不常拿的东西我手生啊！"

"妈，你一直盯着我，可你咋就没有盯住我呢？一转眼的工夫好过了旁人。"

"妈，我早和你说，存信用社，你不听。丢了，也不知哪个没屁眼的人捡了。"

单冬花睁开眼恶恶地说："你怎么也敢说短话？"

张小梅说："我说短话，我是咒捡到包袱的人，我咋不敢说短话？"

单冬花咧了一下嘴说："你啥不敢！"

张小梅瞪着眼睛看着单冬花："妈，你啥意思？就算我把你包袱弄丢了，就算！知道你心疼包袱里的钱，是你两个儿子过年过节孝敬你的，他们疼你，拿钱叫你花，拿钱买你对他们的牵挂，明知道你不花钱，你是攒给他们的，你最终是攒给他们的，你抱着你的包袱，抱着他们的疼，可你怎么就不想想，这么多年，我几乎是两天看你一次，洗洗涮涮，那点口粮地，春种秋收，哪一件事缺我了？伤风感冒，头疼脑热，是你闺女守着你啊，你不信任我，就算我丢了你的包袱，我一辈子做你闺女的好买不来你一个包袱？"

单冬花抖抖嗦嗦坐起来盯着张小梅说："你是往我心口上插刀！"

张小梅怎么能知道单冬花的难过。

单冬花31岁上守寡，拉扯着三个孩子成长，一个女人的一辈子，那是在人眼皮底下活人的难熬啊。她还记得去年秋天张孝德回乡陪着她住了一个月，单冬花在院子里扫院，起伏之间张孝德说："妈，六岁那年我记得你的辫子落在腿弯上，槐树那年有胳膊粗。"

单冬花怔了一下，掩饰什么地说："妈再都不能活回你六岁那年了。都要经过老，你是笑话妈老了。"

张孝德龇着嘴笑，满头白发的单冬花，太阳照过来，照出了单冬花粉红的头皮，曾经，头发盖着头皮，两条粗黑辫子匍匐在单冬花的脊背上。

记忆来得越发深了。

秋天庄稼黄熟了，六岁的张孝德坐在驴背的驮架上，他爸赶着驴，驴脊上的张孝德不安生，两条腿来回敲打着驴肚，把驴惹毛了挣脱了缰绳，张孝德被摔下来，驮架砸在了张孝德头上，他爸抱回张孝德，坐在院子里槐树下，那时候有个井辘轳闲置在那里，血把张孝德的布衫洇红了，单冬花站在槐树下，看见血的那一瞬间，眼一黑，天上的云彩旋起来，单冬花就不会说话了。那年单冬花31岁，张小梅10岁，张孝德6岁，张孝勤4岁。他爸看着单冬花的样子吼着，我死了你咋办，瞅你的样子，除了生娃你啥都不成！

秋天，他爸在煤矿下窑，瓦斯爆炸被炸死了。

人被抬到村口那一刻，单冬花出奇镇静。她身后三个娃，三个娃也都不哭。单冬花告诉孩子们："那棺材里躺着你爸，你爸是张家的男人，他管自己去享清闲去了。张家得出一个有本事的人，天下有本事的人是男人，在卵崖底村只有家里出了有本事的人才不叫人下看。我和你们的姐姐供你们弟兄俩念书，只要走出去一个人，前路就看得到光明。"

单冬花破天荒冷静地在跑过来看热闹的人前说下此话。单冬花的头昂着，面孔扬着，脸上留着怨恨，保持着乡下人认可灾难的冷静，里面有一种不可理喻的坚强和难过，她忍着不哭。她丢开孩子们拢住眼，趴在棺材上掀起单子看，她的汉子，一身的对襟青色涤卡布衫，一顶劳动呢八角帽，帽子和身上的衣裳都不是很合套，都是崭新的。只能怪他命不好，死了赚了一身新。单冬花挪不开步，没有力气挪开，身后的家族议论着后事的全部细节，该怎么做有矿上人张罗。身后村庄里的女人们小心地看着单冬花，不敢大声唏嘘，却也不断地追忆着棺材里的生前种种生活细节。感染之处，爱哭的老人禁不住流泪了。单冬花期待什么，哪怕有一句那样的话出现"剩下的孤儿寡母怎么过日子哟"，没有。矿上答应给张家一个顶替下矿的指标，单冬花听见公公在身后交涉，娃都小够不着年龄，叫小叔子去。

单冬花的屋子里除了少了汉子，什么也没有少，多的是三个子女三张嘴。老天连叹息的工夫都没有给单冬花留够，一场秋天的连阴雨，院墙塌了，单冬花站在院子里护住三个娃，自己却闭上了双眼。村里人看见难过，一升米一碗面帮衬帮衬，总归不是长久的事。槐树就在院子里粗壮着往高里长，子女也往高里长，槐树喝水，子女吃粮。自己好养，养活子女难，一年到头屋里屋外，每天往身上沾的有两样东西：尘土和猪食。尘土拍拍就掉了，猪食洗了又溅上，衣裳哪敢多洗，布衣裳不耐磨啊。单冬花知道，这是命，命是什么，老天早安排好了的，谁都不能改变的。既然认命，单冬花就少在人前叹息，也不埋怨，她在老天给她画的框框里闹腾。三个孩子除了吃，还得穿衣，还得学习，学习和穿衣就得花钱，钱在腰里支撑着，硬气，才不会在人跟前低头。

单冬花找石匠在屋子里锻了石磨，她学着磨豆腐，用豆渣养猪，卖了猪可供养子女上学。天亮起床架驴磨豆腐，一头驴带着捂眼转磨道，磨慢慢悠悠转，磨眼里插着三两根筷子，豆子要三颗两颗均均匀匀下，灌豆子时勺子里几颗豆子加几多水，更是马虎不得。性急时，常使磨子打空，心粗的，豆子下得不均匀，这样磨出的浆粗，点出的豆腐不能炸素丸子，一落油锅就起沫。单冬花从来不放心别人掌勺，喜欢张孝德搭边手推，一是磨重，需要张孝德知道赚钱不易；二是驴从五更天开始劳作也累了；三是想叫世人看看寡妇老婆是怎么带大了一个有出息的儿。

那年月，学校不重视教育，张孝德学习也不好，单冬花觉得日子没有啥希望了。傍晚时分，月明要升上来，单冬花坐在屋前的台阶下，人乏得骨头都碎了，就是不见瞌睡来。有时自己在院子里慢腾腾走，想一些事情，好好的，心酸得就想哭。背着人哭是她恢复体力的过程。三个孩子从外边跑进来，不知日子的深浅争抢一个果子，孩子不知道大人的苦楚，在院子里追逐打斗，那么欢势，吵闹着要。一个女人带三个娃，一辈子的好日子叫娃们捎带了，千难万难大人能克服，娃过不去，娃的路长着呢，有人疼有人爱娃才能长好，人一辈子不就是为了娃么！看看眼前的景，心里腾开了地方，累着也不觉得难过了。风吹日晒的光景，让年轻的单冬花面如重枣，四十不到，头发白了一半，皮肤跟榆树皮一样。她坐在月影里，压着声音，哭一会儿笑一会儿，人说，有苗不愁长，可到底能长出啥结果啊？

17岁的张孝德当兵走了，是公社照顾她。单冬花看着长大的儿子，突然发现那个死去的人又活了。瘦条个子，小眼睛，身子精瘦如柴，新发放的军装架不住，两条腿晃荡着，眼睛却带着电看人，看得单冬花心里是七上八下的。儿子要当兵了，部队教育人，是好事呢，也许将来的日子要随着儿子的出走能上好日子。单冬花的额头便也舒展了，流露出酸楚的幸福。熬到头了，心里想着要安顿张孝德啥话，又没有适合的话安顿，从包袱里取出卖豆腐的钱递给儿子，叫他装好了。张孝德不要，说部队都管。单冬花握钱的手颤抖着说，还是国家好啊！便安顿了一些成长的话。

单冬花说："当兵的人，抛头露脸，牵连人情，你见人了，首要的是嘴甜。人活在世上靠了嘴活，嘴是人的软刀子，千难万难，多张嘴问，难事就都化解了。你出门在外接受教育，要关心一起生活的人，当兵人吃公家饭，公家才是稳当的靠山，遇着不容易，吃苦受罪了，心里头都要欢欢喜喜的，不去埋汰他人。你不可和你爸一样，不管嘴，由着嘴伤人。在部队要学得腿勤快，皮实的人都爱。家里你不用操心了，有妈，有你姐，等你姐嫁个好人家，得了彩礼钱，你弟就能上高中了，这日子啊已经看见好苗头了。"

单冬花脸上难得有了笑容，虽然隐约着一丝苦涩，笑容能来到脸上，那是咽了太多的苦水换来的。

21岁的张小梅看着母亲的笑容，她不能够确定自己能嫁个好人家，她心里有人了。说出那个人来母亲一定不会同意。自己迟早是别人的，乡下女子土里刨食吃，女子顶不下劳力，工分都是赚半个，还要梳头打扮，多一份花销，虽然亲骨头亲皮肉都是妈生的，可女子嫁人，那是要一次性把娘家的成本和利润算清，自己中意的那个二流子哪里有钱出这彩礼？有一次张小梅和二流子说没有进过城，二流子说跟我进城逛逛，管叫你世面大开。两个人避开村里人在公路上扯风扯雨站了半个钟头，拦下一辆拖拉机，爬上后拖挂算是进了一回城。走在高低错落的楼房中间，肚子饿得哇哇叫，二流子没有一点买饭的意思，张小梅不好意思说。进了一家小旅店，二流子上下瞅瞅，示意张小梅进去。二流子指着空着的上铺叫张小梅上去，二流子也爬了上去，抱住张小梅又搂又亲。听见外面有动静，二流子用被子盖住张小梅，他压在被子上。一个女孩进来了，看着上铺说："你登记了没有？"二流子不说话，呼噜声骤起。女孩问了几遍，见人睡得实骂了一句："死猪。"返身甩上了门走了。二流子掀开被子匆匆破了张小梅的身子，饥饿没了，羞耻像牛粪一样粘上了她。就一次她就怀孕了。

张孝德走的那年，张小梅年底嫁了二流子。提亲的日子是秋天，二流子不知在哪喝醉了，穿一身咔叽布中缝的深蓝色中山装，有些显小不合身，兜兜里别着一支钢笔，还戴了一顶里头垫了一圈报纸的蓝帽子，一条灰裤子看不出原先是什么颜色，脚上一双解放球鞋，手里提着两瓶汾酒两条大光烟，红着脸汕汕来到了张家。进门不打招呼名正言顺坐在了张家的床沿上。他先是看羞红脸低头搬弄手指头的张小梅，接着看站在地上捡黄豆的单冬花，又眯着清汤寡水的屋子看，酒和烟顺手放了床上。还没有来得及说话，外面的热闹就来了，两个后生因为什么事情吵闹着走到了单冬花门前。一个抓着一个的领口喊："你借钱不还，你今儿不还钱，今儿就是你的忌日。"一个说："你弄死我，我早就不想活啦。你弄死我，只要你能活成人，我服你！"

村里人不知道发生了啥事，跟了声音都跑来看热闹，聚在门前指指点点，让单冬花无地自容。

二流子走出门，兜兜里掏出一包烟，二指一弹，弹出三颗烟，自己抽一支，伸出烟盒要对方松手一人一支。打火机"啪"一声伸过去问："借了多俩钱，值得要一个人的命？"一个说："十块。"一个说："听听哥，我的命就值十块钱。"二流子掏出十块钱递过去说："拿走。少他妈在我丈母娘家门前闹事，今天是我订亲的日子，饶了你们，否则你俩的命都得喂猪。"

两个人不吵了。一个说："知道哥是能人，能把地方粮票换全国粮票。几天前我还见派出所所长往你嘴上按烟哩，公社书记的门你是一抬脚就进去了。"

一个说："哥，你叫我咋报答你，我这贱命给你了！"

二流子二指夹着烟不耐烦地指着二位说："走走走，我今天是心情好，放我不乐意时早撂下你们不管了，你们这点事坏了我的好日子，惊吓我丈母娘以后对我的看法，惹得众乡亲看笑话！还在这里张着乌鸦嘴叫啥，还不快滚！"

二人抬脚就跑。单冬花莫名其妙看着,但也知道是闺女惹下的事。没念过书的人真是好坏人都分不清了。她瞪着眼看张小梅,张小梅的脸煞白,没有半点主意,无助地看二流子。张小梅原以为会有媒人来,哪知二流子自己来了。看着的村民都知道张家的闺女在外恋爱了,恋了个"能人"。

单冬花说:"你招来的人,你愿意,你就自己做主,我不同意。嫁出去的闺女泼出门的水,人活脸树活皮,你就这样丢人现眼,把你弟弟保家卫国的脸都丢尽了!"

二流子掏出纸烟发给四下里看热闹的人,看见有抱小孩的妇女,变戏法掏出糖递给孩子,捎带捏一下孩子的脸。一群大一些的孩子也跑了过来要糖,二流子说:"一人一粒糖,好事要成双。"

抽烟的吃糖的也算是分享了张家闺女的好事。有人知道二流子是隔山那边东屿上公社的人,谁家的娃一时想不起来。单冬花觉得自己没脸在这世上见人了,反身快速走进家门"哐当"上了门闩。

二流子反倒不在意,正中下怀。一手拉着六神无主的张小梅,一手放在裤兜上说:"卵崖底的乡亲们,你们见证,小梅今天是我的妻了,我本来今天是拿了彩礼来定日子的,没想到两个泼皮搅了我的好事,我的丈母娘不想听我的解释就把我妻张小梅关在了门外,我无所谓,男人家脸皮厚,叫一个女人的脸往哪里放?你们都见证了啊?"突然地从裤兜里掏出一沓钱晃着,乡下人哪里见过这么多的钱,觉得单冬花小家子气,有人就想上前劝说,单冬花不开门。二流子也不听劝,拉着张小梅的手往大路上走,一边走一边说:"总有一天我抱着外孙回卵崖底来看你们。"等远离了人群,张小梅突然跪在了路中央开始哭,哭得站不起来,那个人也跪下重重磕了仨头,拽起张小梅扬长而去。

单冬花攒钱是出了名的,一分一厘抠,零钱换整钱,两个儿,修房盖屋娶妻,谁都帮不上忙,只有钱能帮上忙。嫁闺女反倒一分钱没有收,就这样叫一个泼皮活生生拉走了。单冬花不怨二流子,怨自己的闺女,缺心眼,没脑子!

五

当兵走的那年老屋的墙上糊着一九八三年的报纸,报纸的外面贴着"保家卫国"白底红字奖状,奖状的旁边是杨柳青的年画。窗台上放着一面圆镜子,镜子是一九六三年单冬花结婚时的嫁妆,上面有毛主席的军装肖像,下面是对称着的六朵向日葵。靠门的墙边有一口老柜,上面放着手掌大一个相框,是张孝德当兵时戴着红花的照片。儿子的照片成了单冬花的精神寄托,每年往来的信件,看后保存到小包袱里,信件成了单冬花克服困难的力量。

儿子在外,家里没有亲戚人脉,出社会之后更要靠自己,没法靠关系,所以在外的人加倍儿比家里的人难。从儿子的信中,单冬花知道儿子一开始在部队上喂猪,把部队的猪当了自己的亲人,后来不喂猪了进了后勤上,因为是乡下走出的兵,一旦受了部队上的教育,人就变得讲究忠贞,认定了自己的工作,从头到尾不生二心。部队中人情味特别浓,不分你我,新兵蛋子,互相帮助,勤勤恳恳的老实人总是会受到重视,这样,三年后张孝德又调动往军区给领导当了生活秘书。张孝德后来复员到北京某房管所工作,通过关系把孝勤安排成援疆工人,又把姐姐家的哑巴闺女安排在省城一家福利院,并让她成了家,这一系列的改变让卵崖底人很是刮目相看寡妇单冬花。

单冬花还记得当兵五年后的秋天，张孝德回乡探亲，到家时已是黄昏时分。卵崖底的人知道张孝德回乡了，都聚在张家的院子里，人们的兴奋程度就像是过年。毕竟是走了五年的人，单冬花看到儿子个子高了，人壮实了也白了，再看那张相片，觉得不一样。卵崖底的水土不养人，个个儿养得黑干细瘦，还是外头的水土养人啊，看人家孝德根本就看不出是卵崖底人。一轮皓月当空，人们发现单冬花粗糙的脸上有了水分，被月亮的光笼罩了一层神秘的笑容，笑容生动着过日子的不易和忧伤，卵崖底的人被什么东西感染了，大伙都齐齐开始同情单冬花的不易，31岁守寡到40多岁，寡妇门前居然没有任何是非。培养出这么好一个有出息的儿子，也算是命好之人啊。单冬花烧了热茶，村庄里的男人才发现这么多年来是第一次进张家。屋子还是早先那样没有添一件新家具，日子过得简朴。他们并不推辞，端碗时却轻手轻脚，喝茶只是站着，更不随便说什么，只是听张孝德说。轻里有一份敬。单冬花说，你们坐呀，怎么都不坐，所有人都不坐。喝完一碗又喝一碗，张孝德看到了母亲在卵崖底人心里有一种地位。

张孝德忍不住问起了姐姐，单冬花不语，张小梅是单冬花的一个痛点。有人应答，你姐嫁人了，过几天叫她回来看你。也该走动走动了，这么多年哪有闺女不上门认娘的道理，再不认就忤逆不孝了。张孝德想知道姐姐嫁了什么人，到底发生了什么事？一股野风吹过来，呼啦一下吹乱了单冬花的头发，单冬花的习惯还是早先，用手往后掠了掠，这使张孝德猛然看到母亲头发的颜色已十分相似于斑驳的老墙，灰白而没有光泽。单冬花不说话，倔强着，背转身，母亲的样子让张孝德心中打鼓，但同时又有点儿意外的高兴。

谁知单冬花出其不意地说："嫁了个二流子。没脸回来。"

家丑不外扬，喝茶的人就都开始放下碗找借口告辞，单冬花也不留，女儿触痛了她的心疼。张孝德看留不住就一一和大家告辞。这时候张孝勤去乡里送豆腐回来了，人搭了黑，一进门一身风尘，看见张孝德，有几分不好意思。单冬花说："你弟弟也不念书了，不是供不起他念书，是他自己死活不想念，就在家和我一起磨豆腐。不是人才的命就安心做个受才！"

单冬花一心想供出一个读书人，能走出一个读书人是一个家族的脸面，可她没想到两个儿子都不好好念书。她这一辈子都是赌气在活着，家中能走出一个读书人构成了她生命和理想的明天，这是她心底藏着的一个夙愿。眼下她只能感叹自己命不好，生活的磨砺使得她的悲凉已不放在脸上，说此事时单冬花平静中有几分刚强。

张孝德在家住的几天里听孝勤讲了姐姐的事，孝勤告诉张孝德，都说带走姐姐那天，二流子掏出的钱不是真钱，是一沓鬼洋，他就欺我们家没有男人，咱俩找他去，我就想打他一顿出下这几年的气。张孝德想不出姐夫的样子和做派。决定要回部队的前一天，张孝德借口和孝勤去送豆腐背着母亲去看姐姐。

兄弟俩打听着走进姐姐院子时被一个流里流气的人挡住了。三间石板房，参差不齐的院墙豁牙缺口，灰白的颜色是曾经刷过的石灰，一地的枯枝败叶。和周边砖土结构的四合院相比更远处立起了几幢全砖楼房，对比告诉了张孝德这户人家的穷困潦倒。屋子里姐姐在喊叫，不一会儿，一个孩子降临了。哇的一声啼哭，惊世骇俗，接生婆说，你曹家有后了，是个小子。这句话使得院子里那个流里流气的人也如同床上的姐姐一样，幸福得微微战栗。张小梅在屋里知道弟弟回来了，无声的泪流下来。张孝德听见屋子里的姐姐说："外甥像舅舅，我的儿将来会有大出息。"院子里流里流气的人握住张孝德的手，扭头吐了一口唾沫说："双喜临门，今儿我请我两个小舅子喝酒。"他哪里有钱买酒，不过是一句谎话。

见到姐夫，张孝德就有了某种直观认识，姐夫那一惊一乍的虚样，他明白了当初姐夫演的那出戏。这样的家庭娶妻是很困难的，他用一种卑鄙龌龊的手段把姐姐弄回家，生米做成熟饭了，说什么似乎都已经是多余。张小梅把屋外的人支走和弟弟在屋子里说一些心里话，她知道母亲还怨恨她，就想有一天母亲能够原谅她，否则，和旁人一说起娘家人来，就有被妈抛弃的滋味，人前人后都挺不好受的。张小梅突然停下了哭看着孝德说："你的话妈听。她一辈子重男轻女。"

张孝勤说："他是拿着鬼洋羞辱妈，你和他离婚，只有离婚妈才接纳你。"

张小梅说："人嘴里没好话，他那天拿着的上下是两张真钱，中间是纸。"

这句话叫孝德心里很难过。张孝德安慰姐姐不哭，月子里忌讳哭，容易伤身子。张小梅控制不住自己，一座山的背面是娘家，她已经五年没有回家了。看着弟弟她不能说自己看走眼了找了这样的男人，男人好坏是自己跟了人家的，娃也生了，只能放大他的好。还想要填补娘家呢，看来以后的日子全靠眼前的这两个弟弟了。说话间一个四岁的小女孩走进来，看见有陌生人在，怯怯地站在门口不言语。张孝德蹲下问："你叫什么名字？告诉舅舅。我是你舅舅，想要什么舅舅给你买。"

张小梅说："叫芬芬。大弟，她听不见，是个哑巴。"

时间对于张孝德有点残酷，这个家，让他一下成熟了许多。他憎恨那个人，也不想知道他叫什么名字。姐姐一生的幸福就在他手里毁了，是姐姐心甘情愿被毁了。张孝德放下一些钱，又放下两身普通军装，明知道那个人穿了军装又要在世人面前吹牛，但是，因为姐姐他什么都不去想了。

张孝勤出门站在那个二流子面前捏紧拳头说："你敢欺负我姐姐，小心卸掉你一条胳膊！"

二流子"扑通"就跪下了，赌咒发誓说："让你姐说，我要是欺负过她我就不是人！我是能力有限，穷家过不了富日子，你们只要给我能力，金銮殿大，只有你姐一人坐的份。我要是待她不好，我自己解决半截去见你们行不行？"

一个人都这样了，你想打他举不起手来，还能怎样。一只猫滚着地上的搪瓷碗咣啷啷响，村里看热闹的人都来了，芬芬倚着门，咬着手指，一脸惊恐的样子。张孝德不忍心再看，拉着孝勤就走，失落，无奈无法抗拒地落荒而逃。

张孝德看姐姐是瞒着母亲的，其实走了一天的人瞒是瞒不住事的。单冬花对女儿当初的行为她发过誓一辈子都不见，看着张孝德低沉的情绪，她明白闺女的日子比她想象的还要糟糕。单冬花说，知道你去看你姐姐了，她日子过得可好？

时间已经化解了单冬花的怨愤，跟前站着的两个儿子已经成人，生活教会了她松紧适度，快慢自如，艰难困苦都走过了，看开看不开，都已经无法找回当初。

张孝德便不捂什么一五一十讲述了姐姐的现状。单冬花一句不插话坐在床上听，张孝德告诉母亲，姐姐这一辈子命该过好，可惜因为爸爸早逝，她是舍下自己照顾这个家，如今的结果也不能完全怨她。姐姐找不到好的结婚对象，多半受限于环境，她没有读过书，在看人上难免走极端，尽管如此，姐姐对人性也不曾失望，老说那个人的好，怕我对那个人产生成见。姐姐用不带成见的心来面对生活，她说那个人虽然满嘴跑牙，但也是一个有意思的好人，他是掏心挖肺想对姐姐好，可惜穷日子限制了他。

单冬花回答："屁！"

张孝德看着母亲说："妈，你可能不知道，姐姐的大闺女是个哑巴。"

单冬花咬了咬牙说："外头人不摸底，我是经见过了。我怎么不知道他是什么东西，睁眼说瞎话，偷鸡摸狗，人想不到的事他都做得出来。骗吃骗喝叫人打过好几回了，每次打了都完好无损，人说小梅的女婿经打，恢复快，这也叫好名声？没个人样，谁都瞧不起他，你不要叫他姐夫，小心污了你的嘴。那闺女哑到什么程度？可听得见人说话？"

张孝德说："听不见。长得好看，和洋娃娃似的。姐姐说他脾气好，骂他几句也不恼，也不还嘴。喜欢露头抛脸，虽然不下力气，要是家境好有背景，说不定也算是乡里的一个人才呢。姐姐有一天领着娃回家了，妈千万要认下她，姐姐心里一直牵挂着妈呢。"

单冬花的泪一下就溢满了眼眶。她可怜那哑巴外孙女，上天为啥不叫那个二流子变成哑巴，怎么偏偏就降到了还没来得及活人的娃娃身上。

娘俩不说话，看着窗外的槐树和枣树，秋风起了，成熟的枣儿被刮下来，有鸟啄食。娘俩共同回忆起了那些年孩子们在枣树下玩耍，刚放学回来的张孝德扔下书包跑出门，张小梅一下揪住了他："你不做作业往哪跑？妈磨豆腐，我来管你，不做完作业不能耍！"

张孝德说："去你的，你管我你算老几？"

张小梅说："你不做作业，我就是老大！"

"啊呀，"单冬花叫了一声："小梅，浆开了，忘记了退柴。"

恍惚又觉得不是从前了，下意识地说了一句从前日子里的话。眼前哪有女儿。

此时窗外老槐树上飞走的麻雀又飞了回来，舍不得眼皮下的那一树枣子。张孝德走出院子扬手撵树上的麻雀。

单冬花也起身走出去说："不撵了呀，叫它们吃，能吃几个枣子，肠胃加一起没有一颗豆粒大。"

张孝德看着单冬花走进西厢房，似乎对姐姐以往的恨已经消解一大半，这就是他善良勤劳的农民娘。

西厢房里，如今已经是用电磨豆腐了。豆香飘出来，顽固持久地弥漫在张孝德身体周围，是一股湿润感觉的香味，那香味催开了记忆的花，记忆被时间的铁锤夯实过多少遍，有生命从幼稚到成熟过程的痕迹。

"退柴！"

柴从灶火拽出来扔到了屋外，一股青烟。姐姐先用锅盛一盆豆浆，点一勺浆水于其中，再用这浆水豆浆一勺一勺点大锅里的，如此数回，豆浆一点一点清了，豆腐花一层一层地起了，待豆花凝成块，轻轻捞起来集于一个大大的竹筛子，用勺子挤压成形。这时候屋外早已经站满了人等着起豆腐。张孝德记账，豆腐一块一块被取走了。眨眼工夫过去的景象已经模糊在大脑里，那些可都曾经接应过张孝德的呼吸呀，姐姐不在这个家了，这个家里还有姐姐曾经的记忆存在。

单冬花喊："孝德啊，在外吃呢还是回屋里吃？"

儿子归队，娘亲的最后一餐饭似在从事一项艺术活动，那一声喊洋溢着一股爱意喜气。

张孝德说："妈，咱在院里枣树下吃。"

单冬花踮着小脚端着碗送出门，张孝德迎上去要接过来，单冬花不让，屋里只要是男人，饭菜就得女人来端。张孝德便坐回到枣树下的石桌上。四样小菜青绿红白，一碟儿凉拌黄瓜，一碟儿红萝卜丝，一碟儿葱油豆腐，一碟儿春天的腌香椿芽。饭是小米稠粥，粥里煮着红薯、黄豆。吸溜一口稠粥下咽，有如往返于红尘净土，闹市幽谷，便觉得两腋下有清气浸润，鼻息之间，胸腹之间，腻烦全消了。单冬花看着张孝德的吃相，活人的精儿魂儿梦儿根儿全来了，她想她该原谅那个不孝的女儿。

六

回到家里时金平不在，空空的家中到处是母亲的影子和她的小包袱。张孝德的心极度惶惑，想起了去年农历十月初一，他回家给父亲烧50年纸，准备提前把母亲接到北京过冬。临走时，姐姐欲把母亲扶上汽车，但母亲迟迟不出门，一定要姐姐到门外等。张孝德从窗户玻璃上斜睨着看到母亲在炕头的那口从来没有上过锁的木箱里翻来覆去找东西，好像一下没有找到，一脸的紧张。姐姐在院子里催促她，她也不急着出门。单冬花站在床边想什么，想着想着拍了一下头走到墙角的矮柜子前打开取出了什么才往出走。

卵崖底的人们看到单冬花怀里揣着一个小包袱出来了。张孝德知道那是母亲的宝贝啊，走哪都不离身，她已经准备好，恐怕是一时忘记放哪里了。单冬花在大家的搀扶下坐到了小车上，像抱着一个出生不久的婴儿一般，抱着她的小包袱不放。当天下午到达晋城，三天后，又坐火车来到北京。一路上，单冬花与那小包袱是形影不离，就是上厕所，也要带在身旁。坐困了，张孝德想替母亲拿一会儿包袱，单冬花都不让，说男人家粗心，给她弄丢了怎办？一路上张孝德老是开玩笑想知道包袱里装了什么，单冬花就是不说。

到家后的第二天遇见母亲在整理她那小包袱时，看到张孝德过来，她就停了下来，用包袱皮盖住里边的东西，不想让张孝德看到。时间一长，只要母亲翻动她那小包袱，张孝德就自觉地回避开，并且要儿子和金平也一样回避，生怕母亲多心。一段时间后闲聊，张孝德问母亲攒了多少钱，单冬花笑着说，就你和弟弟逢年过节给寄的那点钱。就是那点钱，我还要补贴你姐，还要用于看病，打针，吃药。你说说能有几个钱？你不是算计你给的那几个钱吧？

张孝德逗她说："就是算计你那钱呀，你把钱花了我还算计个啥。"

单冬花一辈子算计着给子女花钱，轮到自己反倒花一分钱都心疼。

自从张小梅拖儿带女上门，被单冬花认下后，张小梅的女儿芬芬就跟着单冬花过日子。每一次二流子怂恿张小梅来看女儿总是两手空空，单冬花边数落边收拾一些家里多余的吃喝叫她带走，张小梅回去后就和二流子吵架，张小梅的大儿子虎子就在这样的吵架声中长大。有一次张孝德和张小梅长大的大儿子虎子聊天，虎子说，小的时候，我害怕父母吵架，除了吵架他们平常不多说话。等我长大后，他们吵架成为我了解生活的一种途径。从他们的对话中，我听到了以前很多不知道的事情。虎子说，有一次爸爸没有钱花了，周边的村子里已经不好下手去借钱，结果鬼使神差跑到了卵崖底。他先是唬弄村里的人他认识大领导，买农药买化肥小意思，他说认识商店里的采购，结果姥姥村里的人就筹钱要他买便宜货，村里的人满心欢喜等着，他拿着钱没影子了。秋天，卵崖底有人家说书，妈妈去看姥姥，结果被卵崖底人堵在了村口，不得法姥姥从家里取了钱还了欠债。爸爸再去卵崖底，好像这些事都没有发生过，见了人家还家长里短套近乎，人家冲着姥姥的面子不好说什么，他还说，放别村的事情我早不管了，因为这是我丈母娘村里的事情，就跟我家的事情一样的，就是为了你们村走后门的事情我把人家外村的人惹下了，人家去告我状，你们知道我有多费神费力，搭进去工夫不说，有时候事由不人，天王老子也只能干瞪眼。钱我是给他们了，你们不摸底，我敢在丈母娘的地盘上耍脾气，迟早要给你们弄，我不行还有我小舅子呢，我小舅子是北京人，二小舅子也当兵，那是谁的能耐，我小舅子的能耐。不缺你们那俩钱，你们不要下看我。卵崖底人觉得我爸爸好有意思说这些，但似乎也构不成坏人，也没有人计较和纠缠他，可姥姥知道了就不依。爸爸居然回到姥姥屋子里顺手牵羊拿姥姥的东西出去顶账，姥姥一直防着爸爸，后来就防着妈妈了。

过年时全家在饭店吃饭,张孝德特意给母亲点了燕窝,母亲很喜欢吃,说好吃,金平说,一碗要五百块呢当然好吃。张孝德看见母亲拿勺子的手哆嗦,看着张孝德说,你们真敢花钱,早知道我就不吃了。

单冬花说,人狂没好事,狗狂挨砖头。人哪敢作践钱,钱是长了腿脚的,你这样作践它就要往人家门上走了。

单冬花告诫张孝德,以后要节省,慢慢岁数大,要有些积蓄应急。社会不是四平八稳,有捣乱人作怪,想兴风作浪时,受难的常是小老百姓,手头没有积蓄,乱来了,日子难时国家大了,帮不上普通人只能靠咱自己。单冬花这一辈子最羡慕的人是村里的小学老师,不仅因为人家有知识,还因为人家有国家给的工资,除了赞许之外,还有尊重在里面。记得第一次坐车到京城,单冬花把自己打扮得整整齐齐,仿佛要去参加一个重要的聚会,张孝德说,城里也是你的家,不必要从心里就想着这是儿子的家,随随便便就好。单冬花不这样认为,她不想叫城里人笑话,这是谁家的老婆子,瞅瞅那窝囊样,那不是给我丢脸,是给儿子丢脸啊。何况家里还有儿媳妇金平,人家怎么看,人家是城里人,穿衣吃饭都有讲究,不能因为是乡下人就叫人家原谅自己。单冬花疼钱爱钱可也不吝啬钱。亲戚邻居有个红白大事,只要告知,不管30、50的,单冬花都要表示一个心意。每年春节,单冬花还要给孙辈们每人50元压岁钱。孙儿、外孙以及外孙女对她非常好,张孝德逗她让她多给一点,她笑着说,我一个没用的老人,他们不给我就行了,我还给他们?我这点钱还是你们给的,我不能拿你们的钱去充大方、做人情,给50元就蛮不错了。

每年的清明节前,单冬花总要给在外工作的两个儿打电话,我昨晚又做梦了,梦见你们的死鬼爸,他不说话,泪在眼窝里转,是不是该给他烧纸钱了,可不能叫他缺吃少花啊。农历十月鬼节前,单冬花就提醒张小梅,该告诉你弟弟们了,天凉了,别人要笑话老张家没有后人了。单冬花早早把要烧的鬼洋准备好。因为两个在外工作的儿子根本就是纯粹的唯物主义者,而且是无神论者。他们不相信人死了以后,还会有这样的物质需求。单冬花认为,人死了是有灵魂的,存在另一个世界,在那里,她可以和自己的丈夫重逢,继续他们中断了五十年的生活,另一个世界更需要她的孩子们的关怀和照顾。多烧一些纸钱,才好有更多的积蓄,那些不愁吃不愁花的人是因为有钱,有钱好啊,钱多了人少生是非,人世间谁愿意过没钱的日子呀。从另一个角度说单冬花也是从子女们对待他们陌生的父亲的态度,来猜测百年后自己可能遇到的情形。

张孝德想起姐姐小梅说起的一件借钱事。有一次,张小梅家急需用钱,自己借不出就委托哑巴芬芬去借,单冬花对外孙女芬芬的疼爱家族中没人能比,但是,单冬花从不表达自己的情感,不说过多的温情话,她常说的一句话"宁给个好心,别给个好脸"。由于从小就过早承担了家庭负担,单冬花几乎没有读过书,仅仅在当时农村的扫盲班学会识数,认识的狭隘使得单冬花不可能用复杂的语言和她的孩子们做情感上的交流,但这些并不妨碍孩子们感受母亲内心的感情。张小梅正是抓住了这一点。哑巴女儿比画着要借200元。单冬花问做啥用?芬芬比画着买书。只要是读书的事单冬花常常不多去想。张小梅借了母亲200元,一年后,张小梅还了单冬花两张新版100元。单冬花扔在地上说那不是她的200元,她的那200元是蓝色的,票面大,纸质好,割耳朵。而张小梅还她的软不拉塌的,还不起可以拖延时间,没必要拿假来充真。

这中间涉及村上一个故事。

秋天,留守在家的老人们收完玉茭,就有大卡车来收购。卵崖底后村有一个叫王清建的老人,秋天卖玉茭得了2000元,王清建豁牙露口沾着唾沫数钱的样子大伙还记得,那是劳动得来的钱哇,也是人老了能给孩子们填补家用不是废人的自信。过年孩子们都回来了,王清建拿出钱来讨好儿子，结果发现钱是假钱。报案两年了，抓捕不下人。乡下收购玉茭的往来车多，谁都没有记住车牌号。哑巴吃黄连，这事情生生叫王清建种下病了。这件事最后，卵崖底村的人见了大票都认为假的多。张小梅只好换20张10元小票，才算得到单冬花的认可。

去年单冬花八十大寿，之前张孝德问单冬花想要啥礼物。单冬花说，啥都不要，一家人聚在一起就好。可私下里她和芬芬比画着说想要一个金手镯。芬芬迅速把这个想法传递给了张孝德。生日聚餐时，张孝德要金平给单冬花把金手镯戴到手上。单冬花笑着问大家，我是不是老财迷？还管你们要东西，手老成这样戴啥都难看，其实我就是满足一下你们孝顺我的心哩。

生日过后单冬花把金镯子送给了金平。金平不解。单冬花说，你是有功劳人，你为张家生了后代，计划生育政策把人口降下来了，可也把咱的传统降没有了。这金镯子不是要给你，是要给我未来张家的孙儿媳妇，我就怕我哪天来不及交代闭眼一走，心事未了，我见了你死鬼爸，第一句话是要报喜，你爸也好知道我给了他张家孙孙礼物呀。金平认为婆婆传统，这事要传出去会惹弟媳不高兴，弟媳养了两个女孩，女孩也是后代。单冬花说，长子长孙，皇帝家都偏心，我是小老百姓，我就认继承主业的人。

张孝德越想越不自在了，母亲一辈子的钱都在里面，母亲不说真话是因为她老了啊，人一老就变得和孩子似的，会任性，跟这个世道争理，会觉得自己辛苦一辈子，老了没有用了，但是我还有钱，还能过年过节给孙辈发压岁钱，还能理直气壮说话。她常说的一句口头禅：我连累不了你们，我能够养活我自己，我够花了。那是因为她不用为钱的事情犯愁，她藏着钱就是藏着自己的老年尊严呢。

多少年贫苦生活煎熬，钱对于这个家来说简直太重要了。单冬花对生活没有多少要求，就怕没衣穿没饭吃。而要做到这一点就必须有钱。记得弟弟不上学又不想在农村待着，想要外出打工，想跟着村里的人一起出去，年底回家时，领队算账少算了二十块钱，母亲要弟弟去要，弟弟不去，说丢人。母亲自己要去，弟弟又拦着不让。母亲就一遍一遍自言自语，神经质地唠叨，她的表情凄苦，情态悲凉。后来领队人送来多算的钱，弟弟还埋怨母亲心眼小。母亲在电话里和张孝德据理力争说，二十块钱是你们小时候半年的学费，我要起早搭黑磨两个月豆腐才能赚得来。

回想母亲这些事情，张孝德就明白了为什么母亲不把那小包袱寄存在家里，或让姐姐为她保管。她不放心啊，若放在自己家里，一旦小偷入室行窃，那还了得？放姐姐家更不是上策，那二流子姐夫越老越不学好。放信用社也不好，包袱里是救急钱，一旦有个头痛脑热，急用钱时还得去信用社取，乡下的信用社存钱老是叫人存几年期，说利息高。你急用时他说期限不到。求人不如求己，实在搁不住和他们费嘴，还是随身带着，方便、放心、踏实。

去年，大年初一早晨，单冬花郑重其事地拿出一个信封，从信封里取出一沓钱对张孝德说，你买了房子，金平又做美容，花了不少钱，在北京花费太大，离开钱一天都没法活，这是3000块，给你补贴家用，另外500块是给我孙孙的压岁钱。不是我偏心，孙孙的压岁钱就该比孙女的多十倍，这世界是男人的天下，我要是不力主把你送出山，你哪能有工作赚钱，哪能把你弟弟和姐姐的孩子们带出去。你们说我偏心，说我对你姐不好，多少好能满足那二流子的胃口。女人的眼窝浅，但妈的眼窝不浅。

张孝德和金平当时坚决不要。单冬花说，这钱都是你们平常给我寄的，我平素也舍不得花，况且现在国家政策好，我每年还有1000多块低保，1000多块养老钱，足够平日开销了。你们寄给我的钱，我也是为你们暂时保管一下，等我不行了，再交给你们。倒是孙孙高兴得喜滋滋的，把那500元压岁钱接了过来。孙孙说，我虽然已25岁，毕竟还在上学，所以奶奶给的压岁钱还是要拿的,那是奶奶对一个未来延续张家香火人的祝福啊!

包袱丢了,任何多余的情感交流对单冬花都是陌生的。包袱里装着单冬花低下头走进去的岁月,那岁月里有她过日子的欢愉和秘密。张孝德在屋子里待不住了,他要去做一件事,或许对母亲来说是最好的结果。

七

天蒙蒙亮时,就有人起床了。车窗外闪过的田野上,寻不到早春的绿。远处除了一小片一小片的积雪,一概是枯草的黄色,有一种漫漶的苦涩。单冬花贴着玻璃看窗外,行驶中的火车被山地上的荒凉忽略了,无法感觉到真实速度,车停在高平站,卧铺车厢里只剩下了单冬花和张小梅母女俩。走道里的人开始洗漱吃东西,大家似乎因为起得过早以及一路颠簸,就快到终点了而兴奋,尽都灵醒着享受这一刻的热闹。

张小梅问母亲是否要喝水,单冬花不语。

突然单冬花转过身子说:"就咱母女俩了,你说我的小包袱是不是你手迷糊了放进你的旅行箱里?"

单冬花脸上一副沮丧的模样。话语中虽然带着求助但是有不信任包含在里面。这样的表情和问话触痛了张小梅,内心有一股火气开始突突冒,母亲这句话意味着打开旅行箱时撕破了亲情的脸。

张小梅提起箱子放到距离单冬花最近的地方:"你打。你是妈。啥事都由你先做!"

真要打开了未免残忍。闷闷地一阵子过后,单冬花说:"我不碰你的东西。"

强烈的自尊取代了彼此动手的欲望。单冬花想让闺女说真话,但张小梅就是不说。

母女俩相对而坐,张小梅突然就觉得包袱丢了好,丢了省心。她之所以隐约地嫉恨母亲,是嫉恨母亲那没有节制没有理性的爱,谋杀了自己的前程。母亲对儿子的溺爱,造成了她对学业的懈怠,从而使她的前途一片暗淡。

张小梅突然醒悟了,母亲从来就没有想到那包袱是真丢了,而且是一直怀疑是自己装到旅行箱里了,母亲的这种想法多么的可笑!尖厉的声音已经顶在了喉咙处,就在要发作的当下里,张小梅看到母亲那张苍白的脸在灯光下,呈现出一种病态的模样:疲惫、憔悴、枯皱、蜡黄。张小梅的心一下软了,母亲眼睛里枝蔓一般的怀疑和不信任,她不能去阻挡,丢了的包袱已经丢了,由她去怀疑吧。

对峙过程中单冬花别过脸不看张小梅,果然在她的预料之中,闺女不敢打开箱子。单冬花多么想这个女儿跟上那个二流子不要学坏,管了小管不了大,到底是吃谁家像谁家的人啊。

张小梅猛然倒下,用被子将全身蒙起来,单冬花看到埋在被子里的身体在微微地起伏。她在哭。单冬花心中一阵震动,哀哀地想,好过了那二流子,不用再说了,丢了的东西就让它永远丢了吧。当泪水顺着单冬花的脸颊滑下来时,她立刻有了一种勇气,她要见了那个二流子时腰身挺得直直的。

火车在音乐声中缓慢停下来。到站了。

单冬花自己穿好鞋,往起站时有一阵晕眩,是一宿没合眼的结果。张小梅掀开被子提起地上的旅行包让单冬花先走,母女俩不说话用身体示意,一前一后随着人流走往出站口。

从远处单冬花就看见了那个二流子,他吆喝着:"便宜了,便宜了!大优惠,经济又实惠,过了这一时，就没了这好货，买了是享受，不买是后悔！"张小梅怯怯地看了一眼单冬花，单冬花装了没听见。一个保安走过去要搡他离开，他嚷着："接人哩，接我丈母娘和媳妇，我这是捎带咧。"他细着脖子冲着这边张望，蛇一样拧着脑袋。这才是丢包袱的罪魁祸首呀。

　　单冬花无法想象自己的闺女是如何和这样一个人共处。二流子在笑，递给保安一支烟，人家挡了回去，他捏着烟嘴嘴和驱赶自己的保安搭讪，脑袋往这边张望，看见了，跳高了往这边招手。张家怎么会出现这么一个男人呢！小梅啊小梅，你看那卵崖底的女娃，刚刚长成了桃红，水格灵灵的时候，便于村口上，在那唢呐声中，被好人家接了去，那卵崖底的男娃，懂得地里的活路了，肩上知道担了生活的苦重了，便立在村上，盼望着吹着唢呐娶回一个好女娃，一年四季里，卵崖底要送走和娶回来多少新人，自己养大的闺女扯着没皮没脸地哭就那样叫那个二流子拽走了。闭眼睁眼，醒着梦着，什么时候我还敢去村口看人家娶亲，你把你妈吊在卵崖底人的嘴上，你可知跟上你，妈的头上落下多少笑话，你活得扎眼啊小梅！

　　二流子跑过来一边喊："找见了，找见了。"一边要搀扶单冬花。单冬花甩开他伸过来的胳膊。

　　二流子说："北京的警察就是有能耐，妈啊，你出门时丢了包袱，到家时就找见了。"

　　单冬花停下很认真地看着说："包袱呢？"

　　二流子说："包袱肯定回不来，包袱又没有长脚。不过，妈呀，钱回来了。"

　　单冬花说："我不信。你是哄鬼呢。"

　　张小梅说："你快把经过说说。"

　　二流子说："经过是你们经过的，我哪里知道经过？我只能告诉你们钱回来了。现在就在我口袋里，我准备和妈商量一下，看看能不能转借一年半载，我好买辆电动三轮车跑路。"

　　单冬花说："你把嘴张得大大的再说一遍。"

　　二流子缩了缩脑袋："不说了还不行。说错了还不行。"

　　单冬花要过二流子的电话要给张孝德打。二流子取出电话来说："我来拨。"

　　电话响了一下，他就放了。

　　张小梅说："怎么打着就放了？"

　　二流子是怕浪费电话费，等孝德打过来。

　　张孝德为了让母亲不再因丢包袱的事而难过，他和弟弟商量立即打到家在晋城跑三轮的外甥虎子银行卡上15000元，并让外甥虎子告诉姥姥，他们通过警察，当天上午就找到了捡到包袱的人，要回了15000元，剩余的钱作为感谢费用送给了那个捡到包袱的好心人。张孝德再三叮嘱虎子，千万不敢说漏嘴。哪知当时正好虎子的爹二流子在，一定要自己去做这件事。虎子不放心，从银行取出现金，本来说是要和二流子爹一起来车站接姥姥，因有货要送怕耽误接站就叫自己的二流子爹来接。虎子安顿二流子，把他姥姥接下火车后，第一时间告诉姥姥这个失而复得的"特大喜讯"。二流子取了钱心花怒放，放嘴上"噗噗噗"亲了几口，他需要演一出戏把这钱想法子弄到手，他太需要钱了。面对钱他没有别的出路，睁眼闭眼，脑子里老有幻觉，这钱该是我的。

　　电话里，张孝德用另一个版本告诉母亲：都是我们自己不小心把包袱丢到了车上，被一个好心人捡上，他通过派出所找到了我们，包袱里的东西都完好着呢。单冬花不信，说，包袱里的东西你都清点了？

　　张孝德说，清点了，零票都换成整钱了。

　　单冬花说，我那些信封里还有东西呀，千万不敢丢了，你可收拾好了？

是什么东西呢？张孝德一时语塞了。假装手机信号不好问："妈，听不清你说话呀，你说啥呢，我听见你的声音断断续续。你到底是想说啥呢？"

单冬花说，那信封里一多半不是钱，是你的信呀，是你当兵时寄来的信，我百年后是要带给你爸，也好叫你爸知道我是怎么养大他的两个儿呀。

张孝德拿着手机无声流着泪应答："都在，妈，钱在信也在。"

单冬花开始是半信半疑。张孝德突然想起来自己拍过一张姐姐打开包袱后的照片，急忙把姐姐剪接掉，发一张彩信到二流子的手机上。单冬花看着这张照片，照片里包袱打开，信封散落在包袱皮上。半天后单冬花感叹道：世上还是好人多啊！

八

四月，田野已经泛青了，那些稚嫩的春草和草花破土而出，一场雨后，就算是风来，只要不那么鲁莽，被洗过的草花在田野上蓬勃得越发妖艳多姿。单冬花坐在自己的菜地里，空气里有清香袭人，地畔上的桃花杏花开了，山水便要柔软起来，明丽起来了。儿子张孝德电话里说，秋天过后，要把她接到北京长期住。单冬花不知道自己在这世上还有多少日子，离开就意味着再也看不见生活过一辈子的乡下了。不舍得，不能做主的恍惚感，从现在就已经开始了。和城市里比较，卵崖底矮矮的，山谷里有顺势而下的溪流，整齐的庄稼地有粪堆稀稀拉拉撒开的印子，满山遍野铺着直戳戳的阳光，坐在土坎上，单冬花的回忆被引发又被切断，所能够想到的，是害怕秋天离开家后自己一去不返。从前是儿子常回家，现在日子好过了，老人要跟着儿子走，一辈子从来没有认真看过这田野，季节一到，今生她注定是不属于这里了。她的眼神穿过山山脉脉，丈夫就埋在对面的凹里，要离开世界的那一天，她一定要挽着自己的小包袱去，包袱里有她碌碌一生的不满和无奈。

山坡上数百只羊朝着一个方向缓缓移动，乍看过去一切都是静止的，像紧紧贴在地面上的图案，就好像看不见的四季微妙的变化，其实，时光都从身边溜走了。儿女大了，各自有所着落，过日子总让人伸不直腰，习惯了一种动作，再想改变多么的难，可谁能知道单冬花多么不想改变啊。她不想离开家，哪怕那个二流子再不争气，可那都是乡下的滋味。

远处有三轮车开过来，在辨认不清的田野和路中间朝着自己开过来。单冬花的心突然急速跳了起来，那是二流子开着啊，他哪里来的钱呢？车开到缓缓站起来的单冬花跟前，二流子从车上跳下来说："妈，我扶你上车，拉着你咱回卵崖底村绕一圈，我虽然不能和小舅子张孝德的两头平卧车比，可和村里那些没用人比，我也握着方向盘呢。"

单冬花说，"你哪里来的钱买它？"

二流子笑着，想到单冬花往日对自己不屑一顾的态度，就想和这个丈母娘开个玩笑。

"妈，人生无非是吃吃苦，受受罪，讲讲排场，丢丢人。我是丢人丢尽，可排场还没有讲过啊。你只管上车，不管买车的事，我就想在卵崖底扳回我的名声来。"

单冬花脸上没有任何表情地说："人家的脖子上都长着脑袋，都知道有个脸面，就你横着脖子，不怕卵崖底人笑话。你告诉我车钱从哪里来的？"

二流子说："你有儿女孝敬，难道我就没有儿女孝敬！"

听完话单冬花扭身就走。

二流子突然觉得钱就是一个人的底气，花钱讲排场，我现在是开着蹦蹦车，还穿着西装哩。

哪有丈母娘瞧不起女婿三十年的事，怎么说也不能在她面前丢了一跺脚四面掉土的威风。单冬花在前面走，二流子在后面开着车慢慢跟着。二流子突然想到了丢包袱的事，丈母娘怀疑自己的闺女，闺女在丈母娘家得到啥了？既然怀疑我就直接告诉她。

二流子冲着单冬花的背影说："我能买下这车，我还得感谢妈，没有妈，我买啥车，生米做成熟饭啦。"

单冬花站在了路当央，一下就转过身来："你也算人？你只能算一个活物！你把那信给我，就知道你们合谋来哄我。狼怎么不吃了你，吃了你舔干你的血泊泊。"

二流子见单冬花真生气了，"妈，你小农意识太重，你真相信啦？"

单冬花弯腰捡起地上去冬留下的干牛粪照着二流子的脸扔了过去。二流子一边倒车掉头一边喊："我怎么就不能和你开个玩笑呢？你怎么就老是看不起我呢？我就想孝敬你一下，明知道在你张家连个脸熟都混不上，我偏偏屎壳郎变知了，自讨没趣。"

车跑远了话传过来："我也有十年河东十年河西哩！"

单冬花回家后第一件事就是给张孝德打电话，电话那头接起来时心反倒哆嗦了一下："孝德呀，妈没事，就想告诉你，二流子是个不知饥饱的饿死鬼，越吃越饿，越饿越吃。都是他教坏了你姐，咱张家水不深，你可不敢叫石头露出头顶呀。"

张孝德说："妈，发生啥事情了，没头没尾的一段话？他欺负你了？"

单冬花紧着说："他哪敢欺负我，妈没事，就想给你打个电话。"

放下电话，单冬花望着屋外，看得景物朦胧了，一个佝偻着身躯的老人站在她的屋门口，身后的暮色同样朦胧了他，他看着单冬花说："秋口上你一走哇，能说话的人就又少了一个。"

老人闪过后说："那些果树上的熟果子，秋天连个糟害它们的娃娃都找不见了。"

天空下着雨，雨不大，雾霾很重，更没有电闪雷鸣，张孝德讨厌这不大不小的雨，它不利不爽，最挫伤人的锐意。翻阅微信时看到了打开的小包袱照片，想着这件事情，觉得那个捡到包袱的人，哪怕光归还母亲保存了二十多年的信也好。想到这里，心头一热，就再次拨打大姐的手机号。让张孝德没有料到的是，电话竟然打通了，但没人接。

张孝德一阵狂喜，再打，电话那头传来的是在建筑工地当小工的二外甥虎英的声音，他说：刚才他在扛水泥，没听到电话。

张孝德说："你妈把电话给了你？"

虎英说："我妈说，这电话她这辈子都不用了。叫我换个号，我办号时发现卡上还有钱，等钱打完就不用了。大舅，我回头告诉你我的新号。你有事吗？"

张孝德说："没事。嗯，你不要和你妈说我打电话了。"

迟疑了一下张孝德又说："以后多孝敬你妈，她这一生不容易。"

张孝德看到窗玻璃上映着他的面孔，想哭，这张脸已经回不到童年。

他翻阅书柜找出一沓旧稿子，坐在书桌前，他在想，二十多年前给母亲写过的信里都是什么内容呢？那些内容他是彻底忘记了。

张孝德提笔写下一行字：妈，我在部队想家了。

接下来呢？文字还能在一个人的疼痛中生长么？

望穿秋水

一

  1961年夏，李坊村的闫二变十六岁了，要在旧社会她都该嫁人了。眼下的闫二变还没有婆家，娘极力主张找，再不找晚了。闫二变靠在门框上舒展了一下眉，这个月光浸透小院的夜晚，爹在院中央收拾农具，闫二变展眉之下把娘的话当了耳旁风。娘在院子的屋檐暗处叫二变离开屋门，门脑上长了一个马蜂窝，很小，像一只耳朵，倒悬的蜂窝上三五只马蜂拱出了几个葱管一样的蜂房，娘怕马蜂叮了二变。爹抬了一下头，嘴里叼着旱烟，黑黝黝中明灭了一下，他看到二变嗔了娘一下，抿着嘴笑。爹的手像树皮一样粗糙，微弱的光亮推动了二变的心思，有爹闫五则在，明天一定是几丈阳光的好天气。

  二变爹闫五则主意很正，就这么一个妮子，闫家人丁不旺，日子使不上劲，李坊村人背后指指点点笑话闫家哩。眼下妇女是半边天了，世道要变了，有一股强大的底层妇女主事的气流在游动，对于自己的妮子，他看到了未来。闫五则想，要想在世上扳回闫家的脸面，就得从妇女能顶半边天上起事，泥窝窝里也能混出金凤凰。农村人往哪儿混？单听村名就知道，那是李姓人横行的地方。事实上也就是李姓人横行的村庄。村干部都是李姓人掌权，闫姓人的祖先是逃荒过来的，几代过后在李坊村也才混了个"知道有这么一户"，闫二变想混出头脸怕是难了，尤其一个女娃家。

  秋天说说话话就到了，天高气爽，队里忙着收粮食赚工分，一个忙字把闲余的时间都打发没了。收完秋，地上是一片衰败，风在裸露的土地上横割竖割，妇女们在地头捡拾秸秆中遗落的秋粮，有人就想给二变找个婆家。一听找婆家，闫二变突然觉得衣裳变得又轻又薄，风像水一样轻易就浸过来直抵了她的五脏六腑，闫二变对"找婆家"开始徒生畏惧。风带给二变最初的激灵过去后，她看到丰收顽固持久地挂在李坊村人的脸上，那是李姓人家才有的自信。妇女不甘心，说要找的婆家是李坊村会计家的晚生儿李要发。这无疑是烂泥里插了一个炮仗，一声响后，烂泥就开了一朵坑花。闫二变不由得急慌了一下，心里揣着个兔子似的，有一股野性的力量在蹿，风突然改变了方向，放眼望去的田野上不再是灰秃秃，是暖和的风，脚下的步子也迈得格外轻巧。

  泥土的香味催开了少女的思想，闫二变从心里确实看中了会计家的晚生儿子李要发。念来时，一天不见到李要发二变心就痒，有事没事游荡在李会计家门前。人家晚生儿对她没多大意思，这件事闫二变没看出来，也没想到是村里李姓人家小瞧他闫姓，闲余拿二变开玩笑。但是，二变爹琢磨出来了。爹看见丢魂落魄回家的闫二变说："你是不是耐不住娘家的日子了？"一时的话里的意思没明说，二变抬了头看爹，爹也看闫二变：一双剑眉，两只眼睛又大又亮，圆圆的鼻准，厚厚的嘴唇，鼻两颊有十来粒雀斑，就是皮肤黑了点，一个健康的好闺女。闫二变明白什么似的念叨了一句："爹泼泛人呢。"讲这句话时闫二变显得明眸皓齿的。爹笑了，自尊自强的一个闫姓人家的好闺女。爹在闫二变身后喊道："李姓娃见了姓闫的五则同志连个叔都不喊。"听话听声，锣鼓听音，二变听出爹的话里有内容。

相思的秋天就这样过去了。

二

这一年的年关，二变想把自己家的两间土房用书纸贴一下，土墙年久失修，墙皮往炕上脱落，反正二变不读书了，要书没用。二变妈糊了糨糊，二变一张一张拆开书往墙上贴。书不够贴墙，二变就去找会计儿子李要发要旧账本，会计家的旧账本多得都用来擦屁股。有一天二变等李要发时眼看要撞见他妈了，躲进茅厕闪惊慌时发现的。第一次进会计家，发现人家的墙上贴下的都是奖状，都是报纸。由于报纸都比较大，内心还真觉得会计家比自己要高出一等半等似的。闫二变的心惶惶的。李要发问二变要旧账本做啥用，二变说贴墙，书纸不够。李要发惊讶地说，你把书都贴了墙？闫二变说，反正不计划念书了。李要发说，你不念书，心里就装不下一本变天账。二变说，啥叫变天账？李要发说，在你假积极爹的肚子里装着。二变很没趣很想再听李要发说点啥，哪知人家闪下她抬脚走了。满屋报纸如梦如烟，闫二变很好奇，想看看那报纸上都写了啥，只见李要发妈脱下自己的鞋扔向门外的鸡："谁家的鸡，隔过院墙就敢来偷食，穷命鬼！"

闫二变走在李坊村街道上，冬日暖阳照着阴坡的黄草，穷人家的后代在茅封草长的山道上能走多远？闫二变想哭，看到自己家颓墙败壁的窑洞，爹站在门口，她觉得李坊村的街道真短。

闫五则说："他走他的阳关道，咱走咱的独木桥。"

二变闭上了双眼，让黑色幕布覆盖了自己的世界。

进入年关，闫五则从生产队领回来一项任务：快过春节了，过春节人们自然要改善生活，吃得好，产生的粪蛋子自然就质量高，在这个时候去积肥不啻是一个大丰收。会上队长问哪个愿意大过年出门进城为生产队积肥？凡是舍下年外出积肥的都给高工分，往返的路费和吃住都给报销。闫五则毫不犹疑领了这项任务。

开完会回到家里，闫二变问："开的什么会呀，爹？"

闫五则说："积肥会。"

女儿："啊？积肥还要开会？"

闫五则说："不开会不能统一思想。"

二变说："啥叫统一思想？"

闫五则说："就是把思想顺成一个方向。"

闫五则进一步补充说："一颗粪蛋一颗粮，没有粪蛋粮不长。城市里人吃得好，产粪多，爹明天就乘这个正月天去城里给生产队农田积肥。"

没有等爹说完闫二变就抢了说："爹，你要领我一块儿去，去看一看大地方是不是？"

闫五则想了想，大过年的，走外的人都是寒酸人，叫妮子去不去呢？她如不想在家过年，一定是把简单的道理弄明白了，知道人家李姓会计的晚生儿不想跟她谈恋爱。

闫五则说："出了门啊，可是要受罪啊，十冬腊月受罪不暖和不说，还要受城里人白眼。"

闫二变猛地坐起来说："白眼经见多了长志气呢！"

这句话闷雷似的击中了闫五则，他其实就是想带着妮子出门，凡事都有起步，没有苦中苦哪有人上人。窗户外的雪开始下了，应了老话，干冬湿年。雪中隐藏着说不出的恓惶，那种恓惶好像在世间某个角落一直潜伏着。闫五则望着无边无际的雪花，恨不得整个村庄都白了。雪都是从天空下来的，可是为什么一样爹娘生养的人，命不一样呢。

三

腊月二十六闫二变和闫五则冒着风雪拉了粪桶进了太原城。父女俩先是找了城郊一个农村住下，讲明白自己是乡下人来给队上积肥，积下粪满院子有臭味，可这都是为了集体。腊月天积肥舍下年不过，叫城里人高看一眼。房东是一位老太太，听父女俩大腊月天来给生产队积肥，受了感动似的叫他们父女俩住下了。

过年了，二变没有新衣裳。闫五则怕妮子难过，开玩笑说，搁不到年这头，能来城市过个年依赖好社会，李坊村李家人就算是穿了新衣裳脚踩着的也是乡下土地，咱是为了集体，天大地大集体大，妮子，心里可明白这个道理？闫二变知道爹是怕自己心里不好受，安慰爹说，李家人没有闫家人境界高，闫家妇女自小就有志在四方的志气。

正月天掏粪，一些城市人就张了血口骂：种地人进城掏粪，也不看个时尚，搞得一正月天都是屎巴巴，死气。闫二变不仅没有看到大城市的好处还受了一肚子委屈，白眼经不住天天儿受，夜里躺在被窝里偷着哭。闫五则知道女儿哭了，就把手放在女儿的被子上说："妮妮家有啥可哭？又不是不知道出门是来受气的，受气也是给公家受气呢，咱身后有生产队这个大靠山你怕他们啥了？！"

闫二变说："城里人吃粮食，就不知道粮食是粪养的！"

闫五则说："闺女可算是说好了，城里人不懂事理，我妮懂！你可是小学毕业的青年啊！不闻大粪臭，哪得粮食香。"

闫二变把头伸出被窝，表示了要听爹的话，知道了香从臭中来的道理，心里想那些城里人都是一些香臭不分的家伙，不值得为他们生气。

寒风刺骨的季节，天不明闫二变就起床做饭了，吃完饭拉上粪桶去掏茅粪，闫五则掏男茅房，她掏女茅房，掏完后一车一车运到住地，搅匀摊好，晒干后再垛起来。时间长了，城市里方圆的人都知道附近有父女俩来城市积肥，上学的大孩子里有人觉得闫二变是有伟大理想的人，有的就把家里的小人书送给闫二变看，有《小英雄雨来》、《鸡毛信》、《海鸥崖》等。尤其是后来一个带眼镜的瘦高个子男同学送给她一本《山乡巨变》，让闫二变大开眼界，更坚定了自己为李坊村生产队积肥的信心。闫二变朝瞅暮瞧，总怕自己一身的粪气污染了小人书，要洗几遍手才要翻着看，并不时回忆给她书时的当下情景：闫二变说，我怕看坏了你的书。男学生说，看坏了我买新书送你。闫二变就哭了。男学生很慎重地把小人书放到闫二变手上，男孩子说："别哭，世界上的事，劳动最光荣！"

从那以后，闫二变就不去焦苦焦苦想李要发了，只拿李要发和城里的人比较。生活的不尽如意都要坦然面对，生活是无尽的劳动，因为劳动被城里的男孩表扬。劳动光荣，想起李要发家墙上贴下的奖状，那上面就写着"劳动光荣"。闫二变一定要得一张奖状也贴到自家的土墙上，为了将来的那一天，酸甜苦辣算什么！

夜里父女俩看着渐渐堆积起来的肥，心里有说不出的高兴。一些流浪在城市里的人也凑到院子里来和他们父女聊天。有三五成伴，有萍水相逢，但同是天涯谋生人，有着类似的不同甘苦，因而就有无限的共同话语，话语中少有酸楚和哀伤；多有黄连树下唱戏——苦中有乐。人一旦亲近了劳动,臭也闻见是香,瞅着瞅着,恍惚看见了金灿灿的粮食排山倒海而来。

四

  冬季刚刚过去了,春天还没有来临。人们都还穿戴着防寒的肥厚的衣裳,树的枝条开始返青,冬天蕴含在土壤中的养分,通过躯干射向枝条,向天空输送了精神。去冬的不快因为发青的树的躯干让闫二变心情好了许多。那是一个向晚的黄昏,瘦高个男生骑了一辆自行车来到闫二变租住的院子里,他围了一条围巾,那围巾是一前一后耷拉着,像电影里的五四青年似的,让闫二变看到了激动的画面,不由得和村庄里的会计儿李要发又悄悄比较起来。人和人是不能比的,其实还没有来得及比,她就发现了自行车后座上还驮着一位女学生,女学生脖子上围了红围脖,两条油黑的大辫子在胸前挂着,一双眼睛不大却水汪汪的,闫二变在她面前显得很不自在。闫二变进屋子里洗了手换了衣裳出来时,看到那女学生两只手不时地在鼻子前扇。瘦高个的男同学显然是想和对方沟通,想让她知道社会上还有闫二变这样的妮子,不能仰仗了自己的小姐脾气不懂得尊重人。看看有理想的人是什么样子吧!男学生指着闫二变。女学生瞪了眼睛看闫二变,一步一步地往后退。瘦高个男学生突然拽了女学生的手要她走近闫二变,女学生撅着屁股不走,到底还是把她拽到了闫二变身边。女学生干脆用另一只手捂严实了嘴和鼻子,闫二变不知道自己怎么啦,好久都没有照过镜子了,想说话说不出来,底气不壮的样子。自己身后可站着李坊村的全体农民呢,怎么就底气不壮了呢。木木地站着有一会儿,女学生憋不住了松开手"哇"一声开始呕吐,瘦高个男学生丢开对方的手时,女学生站起来跑了。

  瘦高个并没有去追对方,拉住闫二变的手说:"你才是我们祖国未来的希望。"讲完后从书包里掏出一本小人书《山乡巨变》放到闫二变手里扭身走了。

  闫二变的手第一次叫男人拉,拉得紧,心无端泛出了春潮。地上的粪也没顾得上搅拌,站着,一直到爹掏粪回来。闫二变破天荒没有做晚饭,捧着小人书在灯下看。爹说,你迷瞪啥呢?她说,看小人书呢。闫五则看到小人书是看过的,就说,老看有啥意思。闫二变很严肃地告诉爹:未来的李坊村像图画一样美!

  她想大声笑,心里默默地笑不出来,她想大声喊叫,可声音却像从嗓眼儿挤出似的,她的脑海里一片光亮,她似乎看见了满窑洞的土墙上都是奖状。思维断断续续,一夜里《山乡巨变》和李坊村搅在一起,分不清画中的是人间还是人间在画中。

  爹早上起来喊她才打断了她的梦境,睁开眼时,天早已大亮,外面的粪臭飘进来,淡淡的,很香,像春天的青翘花(连翘)一样香。

  瘦高个男学生再没有来找过闫二变,她很想见到他把书还回去。可是对闫二变来讲,这是一件难事,一不知道人家在哪里住,二不知道人家叫什么。心里搁了事儿掏粪时就多长了心眼,不敢明目张胆问,就绕了弯儿打听扎了长辫的女学生。她不说对方的好,只说对方长得不好看,好像思想不对头都要影响了对方的外貌。打听来打听去却是一直没有结果。

  有一天,闫五则说,不掏粪了。歇两天,单等清明前后拉了干粪返乡。

  歇下来时闫二变心里一下就空了。

  在城里走走看看,发现城市真好。春天的风飘逸中带着一股芳香,城里的男人和女人破天荒长得都好看,走在大街上都显得富有朝气。时代在城市里变了,在乡下没有变。城市让二变开了眼界。

她瞅着一个好天气，鬼使神差走到城市一座高楼上，正是夕阳西下时分，那天的落日格外红，照得闫二变风吹日晒的脸红扑扑的，照得窗户上的玻璃也都是红扑扑的。二变站在楼顶上喊："你在哪里啊？你知道我的脸为什么红吗？你说劳动最光荣，可我找不到你呀，我的脸再红你也要看不见了！"

落日似乎听到了二变的询问，那奇异的景观，云彩如嶙峋陡峭的岩石。闫二变想爬上去，爬到最高处，让她的喊再大声一些。攀爬的过程差不多就是临危的绝境状态了。脚踩岩块，手扒岩面，在将要失去重心的一刹那必须抓住削如刀面的岩石，那鲜艳夺目的高处就在眼前了，身后一个人用他粗壮的手臂抱住了她。二变回过头时看到了闫五则，她的脚下就是楼下的街道了。闫五则神色惊恐地看着自己的妮子，风吹日晒的脸如墨如黛，闫五则说："清明，咱李坊生产队要摇楼下种了！"闫二变惊慌地看着脚下："爹，我幻了一下。"闫五则突然想起来妮子为了积肥过年都没有吃上肉。

五

返乡的日子说到就到了，队里来了十辆马车，前前后后装得和小山一样肥，拉了一星期，最后一趟闫五则和闫二变收拾停当家什也随了车离开。

黎明时分，最后一队马车浩浩荡荡穿太原城而过。闫二变坐在马车的前帮上，两只脚时不时地扫一下马路，数着路两边的电线杆上的电灯。胶皮轮胎走在柏油路上的声音怪怪的，像狗馋食时的怪叫声，一声声近来一声声远。小书包里的小人书很不安分地跳动着，马车的起伏让坐在车帮上的闫二变心里有说不出的不舍和难过，却也起伏出了几分骄傲。这是一群从城市抵达乡下的人，马车和人的脚步声凌乱地叩击着太原迎泽大街的早晨。路灯黯然了，就快要大亮的天色，忽然又黑了一阵子，在黎明前的黑暗下，有赶车的车夫问车帮上坐着的闫二变。车夫说，二变，在城市里积肥，城市里的人不嫌你臭吗？闫二变昂着头说：谁嫌粪臭，那是他没理想思想不对头。

早晨通体透明，一路上的粪香味儿弥漫在太原城的上空，有早起的人闻了半天，感觉像南方的茉莉花茶的味儿。

1962年闫二变和她爹为李坊生产队积肥二十五万斤。李坊村干部决定表彰闫五则，闫五则据理力争要大队表彰闫二变。闫二变年底时被公社披了红花。闫五则觉得闺女给闫家挽回面子了，赚足了面子不是主要的，主要的是闺女该找婆家了。

闫二变是披了红花的人。一般家庭不敢来问，闫五则就又想到了会计家的晚生儿李要发。闫二变披了红花，人家娃见了面也开始叫叔了，说明人家娃有回转的意思。闫五则斗胆叫支书做媒说合，支书欣然应允了此事。

闫二变知道后反倒不同意了。

村庄像糊黑的锅底一样，支书和闫五则、闫二变站在院子里，明天清早闫二变要去县里受表彰，支书想叫会计儿李要发跟了到县里。闫二变说："不需要。"出去积肥的时间里，有些东西扯断了闫二变对李要发的好。眼界开阔是一方面，另一方面是在艰苦的环境中成长锻炼了二变，二变要在更艰苦的环境中创造出一个更美好的明天来，就像《山乡巨变》里的那样，不能简单地把自己交给一个男人，否则，一定是一辈子跟在牲口屁股后转了磨台转锅台呢。李要发已经成为闫二变恍若隔世的人，与闫二变当下眼见中的生活格格不入。正是磨炼意志的时候，社会给了这么大的荣誉，一下就谈婚论嫁，说不清将来要替谁难过，与其如此还不如缓缓，叫他李姓人低头来找而不是闫五则抬头求人。他李姓人家怎么就不能先张口，我闫二变可不是从前的闫二变了，现在的闫二变人穷志不短！

闫二变说："话分两头讲，叔，以前我高攀不上他，现在，怕他也高攀不上我呀。"闫二变再一次拒绝了支书的好意。支书没说二话撂了一句："二变啊，世上谁的眼光宽？毛主席的眼光最宽，他青年时期就知道闹革命，可闹革命也没有忘记了成家立业，毛主席后来又成家立业，几次成家立业才成全了毛主席的事业。毛主席不能肉眼看到明天，可毛主席知道成大事先成家是天下最主要的事。"二变说："毛主席是毛主席，闫二变是闫二变，毛主席也没有找同一个村里的人结婚。"

闫二变认为自己是有理想的人，虽然说自己不是祖国的未来，可自己是李坊村的未来，她把李坊村设计得辉煌灿烂，仿佛灿烂的朝霞就要从她家的黑窑炕上升起。

果然，二变因为受苦提拔成了李坊村生产小队的队长。她要求家家都要知道劳动的重要，日出日落，庄稼人自有庄稼人的活法，二变要求李坊村男女老少农忙时上地，农闲时积肥。村庄火热的日子是在地间打肥，把粪堆儿倒上倒下，还要插上高粱杆透气，让生肥发酵，最好是腐败透顶。李坊村的庄稼年年丰收，二变慢慢就成了公社里的人物，乡里的人物，劳动不舍得让她停下脚步，劳动反复呈现着闫二变的价值，闫二变就成了县里的人物，就变得金贵，扎眼。

时间的记忆就像一条溪流，有欢畅也有跌宕漩涡。闫二变上报纸了，得下的奖状贴满了自己家的墙，县长见了二变都要专程快走几步路来握手，那照片上了报纸后同时也上了闫五则的土墙。可一墙的闫二变照片怎么都叫闫五则高兴不起来，叫他心急的是二变还没有成家。二变也老辣得很，见了成家立业的李要发很大方地赶上前握手，甚至问候说："有困难找组织。"谁是组织，闫二变是组织。李要发居然低头哈腰说："怎么好意思给组织添麻烦。不敢不敢！"说完急匆匆走开。

闫二变自言自语说："人活着，死是不存在的，一个人要是被一个人忘了，那才算是真死了。"

闫二变在心里一直想着那个借她《山乡巨变》的男学生，时间总也化不开。每次到省城开会，最叫她激动的事就是回忆从前，一辈子经见了一件事，就叫人家牵着走了，一辈子真是不长，当年的影子仿佛还在眼前。

说这话时闫二变七十岁了。

比风来得早

一

吴玉亭最近几天肯定有啥事端着，因为，十几年来他的脸上从来都藏着一脸静气。

吴玉亭在县政府当着政府办公室副主任，办公室一正仨副，论资排辈他早该扶正，可这世道常常是：花对人无意，人却对花有所乞求。端着啥事的时候自己不说别人已经看出来了，是看端着人的那种架势。平常的吴玉亭走路胸脯微压，小快步，一身细碎，见人主动打招呼，一脸谦虚。进了办公室一杯茶，一沓沓报纸，一个上午。原来办公室没有饮水机时，办公室暖瓶里的水总是他来打，后来有了饮水机了，办公室人喝的茶都是他来拿，总是见他从抽屉里取出一小罐茶来，看着倒水的人说，来来来，捏巴点，好茶，清明前的。

人耐得了烦烦，走来走去给人家的杯子里捏茶，要说的话好像就在舌尖上挑着。

吴玉亭在办公室没有别的事可做，就做一件事：用剪刀裁下报纸上他认为有用的文章，然后归类，财经类的，政法类的，人生格言警句类的，一沓子，一沓子放到文件袋里，一上午无话。做这件事吴玉亭很认真，每看到一篇都总会有想法，并幻化出一段录影来，他会看一眼窗外，闷着话，压一口水，心里激动半天。吴玉亭有吴玉亭的想法，风水轮流转，总有一天这些资料会用到县长的讲话稿子里，到那时候，由县长在三干会或人大、政协会上念出来，下面的议论说，这讲话是谁润色的？

是县委办吴主任润色的。

人家吴主任是写小说的，弄这还不是小孩子家拿着鸡鸡要尿呀！

但是，这句话对吴玉亭来说很难。

几十年了，当着政府办的副主任，经了三任县长，总是到该提拔的时候，有希望了，却到最后一刻没有了下文。

三任县长，吴玉亭私下里给三任县长叠了几十年被子，那真叫个有定力。每天早上总是赶在县长起床前站在门口等，门开了，县长要出去到隔壁洗涮，自己趁着这个空当进去叠被子，通信员不干的事情，他来干，他实在是想不出来还有什么样可干的事比叠被子更能暖了县长的心。他想：干这样一件事日久天长了，也许能感动县长，能铁树开花。

他是从娘身上得来的经验。

第三任县长今年换届，下一任据说是要来一任女县长，那么叠被子的事看起来若要继续做下去就不雅了，这一任的习县长说，老吴啊，走之前，也该给你吴副主任扶正了。

听了这话，吴玉亭私下里想落泪。最早时候人们叫他小吴，到现在开始叫老吴，光阴如水，不仅仅是大小、小大的转换。他五十二了，秋风起处，落木萧萧，人说一年中没有不开花的季节，他常常会想起鲁迅所写过的，好像是写大山茶树，鲁迅写：赫赫的雪中明得如火。他记不起来是从哪一张报纸上剪下来的，他此时的心情就是这样，喜悦得有点儿不得劲儿。只觉得四周里的空气浮泛得油活，飘飘悠悠，脚落不了地，手也没个抓挠儿，没个挂靠，几十年来没个什么人注意自己，怎么就觉得现眼下特别想让别人注意自己呢！

他见了谁都说一句话：好天气啊！

以前，自己想引诱别人注意来肯定自己却没有资本，要别人注意那是有很大的存在意义呢，在别人的眼睛里，存在就是幸福嘛！这样，吴玉亭走起路来脚尖尖就开始吃劲了，心里的那个激动像五线谱一样滑动，脸上就有了内容，走起来细俏的步伐被一股什么气流拽着，胸也挺了，尤其看人的眼神，游离得很呢。走进办公室也不见拿清明前的茶出来，虽然清明就在眼前。他的两膀子往起抬着，眉眼微露正气，甚至往杯子里加水也要喊旁边的干事王章过来添水，一改往日的谦卑。

从吴玉亭端着的架势上都知道吴玉亭要提了，也该提了。离六十岁还有八年的干头，还有八年时间可以给县长的讲话稿子润色。

吴玉亭觉得最近的报纸上没有什么新的内容，简单翻阅几下就顺手把那一沓沓报纸放到身后文件柜上了，他突然觉得那报纸上的铅字像他过去日子里劳动浸出的汗水、眼泪一样悲戚，他很是不屑。

扭转头望着窗外，杨树的絮子落尽了，有黄绿的叶子探出头来，错不了几天，满树的叶子就会仪态万千，十分恣肆。春花秋实将窗外弄成了赏心悦目的风景，取而代之的是人间花事。吴玉亭有点激动，多好的词汇，用到政府工作报告中，是可以出彩啊！

二

清明前一天，吴玉亭决定给乡下已经故去的母亲上坟。母亲故去十年了，在乡下种地的弟弟早说要给母亲烧五年纸，他不同意。说那样太张扬，容易被人抓了小辫子，有可能对他将来的提升找一个由头，成为扶正的绊脚石。弟弟说，给娘老子烧五年纸，你一个副科，又没有人拿你腐败，你怕啥？他说官场上有潜规则，你回去烧纸，张扬不是，不张扬也不是，这个你就是外行了，我不烧五年纸自然有我的道理，今年这十年纸就得排场一点烧，我要告诉地下的母亲，我熬到头了。

早几天吴玉亭就已经和县文化馆的演出队联系了，要他们清明前一天到瓦窑沟吴玉贵家报到。负责演出队的团长叫陈小苗，和吴玉亭是师范同学。师范没毕业，吴玉亭继续上学，陈小苗却被剧团招走了，家境贫寒，但也出俊闺女，要说长相那是方圆挑不出几个的上等品质，当然，年轻时候他们之间没有什么故事，故事是从吴玉亭病妻故去开始的。吴玉亭的妻子张国花在县东方红小学教书，早年是肺结核，到后来钙化了，想着总算对多年来吃药打针有了一个了结，哪知道，药物弄得她整个人体素质菌群紊乱，最后激发肝癌去世了。妻子去世吴玉亭才四十三四岁，男人四十当属虎狼年龄，有人介绍他和离异了的陈小苗结合。要说当年的吴玉亭也有那个意思，只是刚提了副科，又刚死了妻子，觉得事情的距离拉得还不是太远，又有丈母娘在自己面前哭天抹泪，也怕县里有人说三道四："看看，病妻刚走，结发夫妻的缘分再好，也是人走茶凉。"

吴玉亭想，人不能活着不落一个好名声，尤其是在政治上。

便要介绍人传话，要陈小苗等等，等个三头两年。

要说吴玉亭这个人呢，陈小苗也比较喜欢，觉得吴玉亭有才，也正是好时候。说吴玉亭有才，是因为他会写小说，还写过诗歌，三句半什么的，出手快，读起来有味道，一个人的才情能运化成小说，那真要叫人高看了。说吴玉亭正是好时候，那是说他由副科而正科而副处而正处，人生台阶高上之处是光明万丈，不能因为这么一点感情上的泼烦事影响了他的登高，决定等他几年。

你说，这都是成年男女了，说等也只能是形式上的等，还能真等？

可吴玉亭就真等。这事起因于一次开三干会准备材料。三干会的材料由政府办准备，谁来执笔？都知道吴玉亭有才，但这事一拿到桌面上，当时的县长就说了，写小说和写材料那是两码事，写小说的人要写材料，容易把现实的词汇弄得花里胡哨，我看还是弄个踏实点的人来写吧。这样吴玉亭就和材料不沾边了，有为人不踏实的意思在里面。内里的事吴玉亭不清楚，恰巧陈小苗来办公室找他，也没有什么事，找了个理由想叫他出去，当时办公室里的人正看各个乡送上来的材料，要大家看完把具体数字勾画出来，责成一个人来写。这材料发到吴玉亭手里没有了。主任关心地说，小吴啊，你和陈小苗不是要出去吗？这事你就别参与了，整材料和整小说不一样，对于你来说，头等大事应该有个家。

这话听起来感觉俩耳朵眼就像一个穿山洞一样，凉风飒飒。吴玉亭看着陈小苗说，她找谁和谁出去我不知道，反正不是我。说完话走到自己的办公桌前把头别过窗下，政府楼前改造，黄尘荡了山样高，他觉得他就像波浪起伏的黄尘下的一道深谷，其实，那黄尘是隔着玻璃的，他无来由地像是被呛着了，冲着窗户打了两个喷嚏，当时居然有人迎合了一句，哎呀，小吴同志，你小说的感觉真好！

陈小苗也像是被呛着了似的，眼睛辣疼，恨不得那黄尘淹没了自己，那时候人的脸还知道红，她的脸就像钢铁生出的红锈，找谁也不是，不找谁也不是，巴不得自己马上锈掉，咧开嘴，挂着泪，说了一句，我谁也不找，避尘！

黄尘把政府楼荡得和土蛋子一样，陈小苗像无头的苍蝇，架着双臂穿过黄尘，脸蛋上的泪滴被黄尘胶住了。回家后自己对着镜子看了半天，一口唾沫吐到了镜子上，觉得自己真是傻到极致了，刚才的事情可以让吴玉亭当小说范本来写。

之后，两人再见面，彼此就都很客套，吴玉亭小心守护着自己的底线，他知道那底线之下有很好玩的事情存在，但是，其瘾似乎也只在心里想一下，动一下，脑子却像针一样清醒地认为，不能让人看到了把他和小苗同志的事当个事情来闹腾，政治上最忌讳这男女之事了。而自己首先的表现是让县长肯定自己，自己不是一个写小说的人，更不是写小说的人才喜欢拈花惹草的那种。

事实上两个人之间的事情已经了无意趣了，花溅泪，鸟惊心，是为伤春，而他们之间的那点低鸣，或可为悲秋吧。吴玉亭想要陈小苗认识到他现在的地位和将来的地位，他必须把政治上的那种压抑感找一个物体来代替发泄，而这个物体就是陈小苗，他想，陈小苗应该理解，他一定会给她一个光明的未来，恰恰这陈小苗就不理解，不仅不为他守身，后来居然还领着人组织了一个演出班子，抛头露面唱曲儿。吴玉亭想，自己的高度是地位的高度，地位没有高度，爱情这东西在普通人身上太脆弱了。

既然吴玉亭要提拔了，叫陈小苗来演出从心里上说他也有说不清楚的目的在里面。

吴玉亭的父亲七十八岁了，一个人单住，说是单住也是和弟弟吴玉贵住在一个大院子里，一扯七间砖房，另辟出一间来住。七十八岁的吴丙国老汉，自个儿种地，自个儿做饭。吴玉亭要回来，就和父亲睡对炕，一床新被褥叠在有些年代的木板箱子里，吴丙国老汉不几天就会把它们拾翻出来，要它们见见阳光，要阳光消化掉存储得放久了的霉味。被子芯的棉花是吴丙国老汉亲自种的，他每年都要在清明过后下种棉花，收获的棉花，就几个儿女分一分，也算是活着给子女们一个暖身的念想。自己的被子芯换不换无所谓，这床被子每年秋天新棉花下来他都要女儿来把旧棉花取出新棉花续上。吴丙国老汉一辈子的爱好就是爱凑堆和人唠嗑，就算是吃饭也不例外。公社的时候，每顿饭都往村中央的大槐树下蹭，不管树下有没有人，一碗饭一囚就是半天，自己一句囫囵话也说不利索，却偏爱听人说。槐树下就是当时的新闻焦点，上到中央，下至山沟小庄，说什么的都稀罕听，话成溜儿落成行就行，听的时候很认真，认真到嘴张着，不吃饭等话，精彩处手里的筷子不是用来吃饭，是用来敲碗，一副傻傻的兴高采烈的样子。更有意思的是，碗里的饭不是自己吃完了，是一高兴给地上凑热闹的鸡们挑食了。

　　为此事吴玉亭说过吴丙国老汉好几次了，说，人活着不能不像个样子。吴丙国老汉说，轮得了你来教训我？我怎么活得就不像个样子了？吴玉亭说，都知道你有一个儿出息大，在县政府工作，天下事政府办知道得最多，上面印着保密的红头文件就有几柜柜，有什么想听的事，我告诉你就是了，你这样，是叫人笑话。吴丙国老汉说，笑话什么？我不偷不抢，就爱扎个堆堆，你说的那保密事都是官样文章，我就喜欢听大伙说出来的，也没有见有人笑话那些扎堆堆的人啊！吴玉亭咽下一口唾沫说，爹哎，你又不是普通人的爹，你就不能学得木讷谦让一些，你这样坐到人堆里听笑话，人堆里坐着都是粗俗的老农民，互相取笑，人家取笑你时，你张着大嘴哈哈，你知道不知道是在取笑你儿子，我？！

　　一听说是取笑儿子，吴丙国老汉内心就开始忐忑了，就不敢再端了碗前去槐树下凑热闹，每天端了碗就在自己的院墙外找个石墩子坐下，周围连个鸡都没有，辨认来辨认去，发现腿旮旯下脚的地方有个蚂蚁窝，每天用筷子挑一星星面放到地上，看蚂蚁们聚堆儿，围着那一根面聚得有拳头大，几天不散。吴丙国老汉就想，我这个儿，到底在县政府当着有多大一个官？等吴玉亭回来忍不住就问了，吴玉亭说，是副科。这个词对吴丙国老汉来说太专业了，想不出比较的对象来，就问，县长是个啥？吴玉亭说，正处。吴丙国老汉还是不清楚地问，那你相当于个啥？吴玉亭思考了半天说，这个还真不好相当于，正处也是副科上去的，只能说相当于通往楼上的第一个台阶。

　　虽然没有问出啥结果来，但是，吴丙国老汉的心里也还是有了几分神圣。见了村里的支书就问人家，你这个职务相当于干部啥级别？支书被问得说不出话来，举起指头扳着数了半天说，相当于干部十一号。支书的意思是，自己跑腿办事要的是这两条腿，说十一号有点嘲笑自己的意思，但这样的结果对吴丙国老汉来说是糊涂上加难得，整个脑仁子被一锅糨糊给添满了，不敢多问，怕人家取笑自己没见识，那样等于是给儿子脸上挂黑。有几次外甥来找他，想让表兄吴玉亭在县里谋个临时工作，他一口答应了，说，这不算个事，结果和吴玉亭说，不仅事情没有解决了还捎带了一箩筐话："你也不想想你的儿平常都是和什么人打交道，是和县长书记打交道啊，我能张嘴和人家讲，想安排一个农民来县里上班？就他，大字识得不如他脸上的雀斑多，天生就是和土地打交道的，想要进城里，到头来怕是让他活得上不着天，下不着地，像个绝望的塑料袋袋，做人都做得不环保。"吴丙国老汉听了这话有些心慌气短，不好和外甥回话，老姐姐比他早走几年，当舅舅办不了这点事，自己这张七竖八皱的脸真是不值一钱！儿子总归是儿子，从感情上还是和儿子近，量不上米布袋在，要外甥缓缓，这日子，缓得是外甥打灯笼——照舅，没有了下文。

　　知道儿子清明节要回来，吴丙国老汉把被子晒得蓬松绵软。往年村上给长辈烧五年纸或十年纸的，大部分是放一场电影或说一场书，吴丙国老汉知道这回来的是一个演出团，那个排场是村子里几十年没有过的，也算是给自己的老脸撑足了面子，一高兴就想到处去炫耀炫耀，想告诉那些平常老槐树下聚堆儿的爱热闹的说古今的人们：这回啊，你们可得早一点来我的院子里看演出，我那在县政府上班的大儿子吴玉亭给他死鬼娘唱热闹呢，请的是县文化馆的戏班子，人家都上过中央二台。

三

吴玉亭从政府办要了一辆车，车是普桑，后面还带着一个车兜，他从县城买了一车兜吃食，准备清明这一天开销。当时和主任要车的时候，还有些犹豫，该不该要一辆车回家办自己的私事？但是，想着这么多年来自己小心谨慎做人，如今就要提拔了，差的就是一纸文件，哪有政府办的主任回家上坟坐班车？要一辆车有什么不可以？也算是副职期间张一回嘴吧。

这车有多年车龄了，几近报废，有条件坐车的早就按级别换车了，没条件换车的旧成一堆废铁也只能让它旧。吴玉亭想，怎么也该给自己一辆好一些的车，没想到给了这么一辆，心气不忿，姓王的，人生几步一重天，有你好看的时候。职务不在手你拿谁也没办法，只能就这样凑合上路了。

清明节，有些地位的人都要回家上坟，一路上大车小辆的，风卷尘土扬。其实清明上坟不上坟都是个样样，吴玉亭自认为是一个最能看到本质的人，他在看坟堆子的时候，看到的是一个堆土，远远地看，走近了看，好多年之后看，确实是一堆土，人们在怀念土堆下的人的时候其实是怀念曾经的自己的影子，拿曾经的影子和现在的影子比较，有能耐了就把土堆当回事，原来的时候那是什么光景啊，看看我的现在吧！项王说，衣锦不还乡就像没有穿衣服的猴子，吴玉亭想：眼下中国人最能体现衣锦还乡的是清明上坟。

小车开到自家院子前，车上的东西提下来，他不进去喊人，要司机探进车窗摁喇叭，司机摁了三下，又三下。

院子里吴玉贵的媳妇急慌慌地走出来，以为大门外出了啥事情，做饭的围裙还系在腰间，两只手涂满了面粉，一看是大兄哥，手在脸上抹了一下扭身朝着院子里喊了一嗓子，快叫你爷爷去，就说你大大开着两头平的小卧车回来了！

院子里跑出一个小丫头来，叫了一声，大大。上前摸了一下车子，倒着走看着地上的东西和车，龇着豁牙的嘴有几分不舍地不想离开，吴玉贵的媳妇跺了一下脚说，还不快去！

小丫头扭转头旋风一样喊着，我大大开着两头平的小卧车回来了！人转眼没了影踪。

吴玉亭左手掐着腰，右手拿出一根烟来，司机上前想给他点火，他摇了摇头，像是等什么，眼睛望着村庄上空的云彩，有几只灰麻雀"叽叽叽"叫着从头顶飞过去。司机问他要不要把地上的东西提回去。他说，不用，等一下喝口水你就可以回县里了。

吴玉贵的媳妇从屋子里端着两碗水出来，给了司机师傅一碗，另一碗端给了吴玉亭，吴玉亭不接，手里的烟掉了一下头，过滤嘴朝着水碗点了一下，用嘴吹了一口，烟屁股上吹出了一串水沫子，这时他才说了一句，拿火来。

吴玉贵媳妇不知道他还喝不喝这碗水，想着城里的干部都讲卫生，这碗水沾了烟屁股怕是喝不得了，扭身回屋又换了一碗出来，吴玉亭说，我有自己的杯子，泡着上等的观音王，就怕这水不是好水，观音王都要糟蹋了，还想着带一桶矿泉水回来的，这事，忙得头一昏就忘了。

吴玉贵媳妇说，他伯，好水，是从龙王沟引过来的泉水，不放糖精都是甜的。

吴玉亭没有接她的话茬，他从心里可怜这个弟妹，除了农村生活再没有过过第二种生活，对外面的世界很无知，活得不明不白，大脚，厚身板，一副对什么事情都很好奇的样子，啥也不懂还傻呵呵地乐，活得越来越没有形了，和她的身材一样，臃肿得像一摊软米枣糕。

村子里的大人和孩子都稀罕地往他家这边走。要说一个两头平的小卧车也没有什么稀罕的，但吴玉亭坐了就让他们稀罕。往常吴玉亭清明回来上坟坐班车，村干部都往人家坐小卧车的家里跑，显得吴玉亭就有些落寞，心里埋怨这农村人啥时候也学会看人下菜子！这吴玉亭坐小卧车说明地位升了。有老者走过来，他是看着吴玉亭长大的，走近拽着吴玉亭的手说，老吴家的大娃啊，你这干部是当大了！能给叔说说有多大个官儿吗？

吴玉亭压着嗓子咳嗽了一声说，大也大不到哪里，叔，县长的日常生活都是我来安排。

老汉家松开手，两只手拄着拐棍，仰了脑袋望着吴玉亭看，不时地点着头，长叹了一声说，从同治年开始，咱瓦窑沟没有出过大干部了，这车是县府给你配的吧？

吴玉亭说，不是，临时用，下一次回来的车比这要高级。

老汉家越发地惊讶了，像孩子似的嘴里流着哈喇水说，就是，该了，人家三头二年就上去了，你等了这么多年，该了！回头给咱村要几吨水泥铺铺路，建设新农村，村村通了水泥路，咱村都没有。这官，我看目前就数你大了，不要看他们早就开上小卧车了，我给你说吧，都不是正经官，搞副业的出身！你总算熬到头了！是回来给你娘烧十年纸？

吴玉亭说，是。

老汉家说，还请了演出队？

吴玉亭说，是。

老汉家说，太排场了！是该给你死鬼娘热闹热闹了，地下有知，鲤鱼翻身她真该出来看看你啊，给你娘脸上长光了！

老汉家说完话往人群里返，一边走一边还嘟囔着，看看人家也叫儿，这回老吴家长脸了。走了几步回过身来又说，我也给你娘送一些纸火过来。

在农村，一个有些威信的人家，办丧事也好喜事也罢，村里人都要送一份礼，这清明呢，烧十年纸是死去的人大寿，看活人的面子都要送一些纸钱过来，表明活着的人一直惦记着死者，死者的后人那才是顶顶值得尊重的人。

吴玉亭觉得他回乡第一件事情已经该结束了，看着司机说，你回吧，有事情，我会给你电话。

司机说，吴主任，那我走了，有事尽管叫我。

车发动着倒着掉头，有人自告奋勇上前指挥，打着手势喊，倒，倒，倒，住！司机打了两把方向盘车就掉转了头，司机打了两声喇叭，屁股后掀起一股黄土出了村。

吴玉亭掐腰的那只手始终掐着，闲着的那只夹着烟屁股举起来向着车走过去的地方挥手。

那个姿态在瓦窑沟人的眼中一下就提起来了，就生动了，就正经八百像个当官的样样了。

三

吴玉贵去丘庄接应演出队，丘庄离这里有四十里地，吴玉贵骑着摩托去，到了才知道演出队来不了。因为当地举办一个什么踏青会，请了市里和省里一帮诗人和小说家来搞"春天送你一首诗"。县里要演出队给这帮文艺人助兴，前一天的晚上就请了演出队来演出，没有选择性地听、看，演出队有流行歌曲、戏剧、杂耍和八音会，文艺人们听了不过瘾，想看地道的地方艺术，今天晚上的节目就演纯地方的东西，所以走不了了。

　　团长陈小苗特意和吴玉贵强调了这一特殊时期的情况，说，我就计划派人去一趟瓦窑沟和你哥协商一下，你来了就好，知道这一次你哥是动了真性情，我也是想积极配合，但是，有时候事不凑巧计划赶不上变化，也算是政治任务，硬鼓住走怕不好，只能委屈你这边了。两夜的演出只好错后一天，这事是县政府办的王主任特意安排的，我是脖子上系着领导指示，不照办不好说。况且这一活动是全国性的，要是你哥一直写下去，这一拨人里，你哥怕也成全国性的人物了。

　　吴玉贵听了这话不知道该怎么办，自己也没有手机，不方便和哥哥联系，瓦窑沟村人都知道今天晚上看节目，院子里的大锅都支起来了，媳妇的白馍也蒸好了，就等着演出队一到把娘的牌位接回来，放到方桌上要娘打头看演出。要是自己定下的怎么都好说，中间搁着哥哥，他也是政府人，脖子上也系着一根绳绳，自己不敢瞎闹，多余话没有说，掉头走人。出了丘庄村，越想这事是越不对劲，到夜晚人都往老吴家的院子里走，听不到声音，见不着热闹，一下灰秃秃了，你能把脑袋装到裤裆里？真那样那真要叫人笑话死了。既然演出队明天才能来，今天夜里的事情他就擅自做主一回，绕道到乡政府定了一场电影，人家说电影的胶片不多了，赶着清明都要演，还剩一个旧片但也是名片子《秋菊打官司》，要不要？吴玉贵想，这片子是有些老了，既然没有挑头了，秋菊打官司就秋菊打官司吧，首先，娘活着没有看过，就算是自己给娘行孝了，其次，要娘也知道秋菊这媳妇多么的不简单！

　　吴玉贵回到瓦窑沟的时候，已是半下午，感觉自己院子里的气氛有些不对劲，是自家的热闹有些过了。先是听到院子里说话声吵，女人们多，有好几个妇女张嘴哈哈笑。熄了火，放好车才看到地上有小卧车的车轱辘印子，想着，这回哥是讲排场了。

　　进了院子看到瓦窑沟村支书兼村长的媳妇吴国花来帮厨，还有会计的媳妇李婉婉也在，平常这两个人见了他眉骨都不动一下，现在看着他眼睛都弯没了笑着说，看你黑着脸，是不是不稀罕来给你帮厨呀？他觉得这天上下饼子的事要发生了。更有甚者，听到了爹的屋子里，支书兼村长的李喜平和会计王政林也在，正和哥哥一唱一和的说事呢。吴玉贵觉得这两个看人下菜的人物能来，说明哥的地位变了。我说么，哥因何要回来给娘烧十年纸，而且又是如此张扬！

　　吴玉贵不敢往细处琢磨，急忙往爹的屋子里走想和哥哥说明白今天发生的事。吴玉贵进了屋子顾不上打招呼，直戳戳地说，哥，今天给娘的演出怕不成了。

　　吴玉亭正和支书会计说着未来瓦窑沟村修路的事情，这么一说，有些坏他的心情。但作为即将提拔的吴玉亭来说已不是当年那个吴玉亭了，当年的吴玉亭还有几分农民的倔强脾气，丢了面子想要小聪明想力挽狂澜，现在，那脾气隐了，隐成了一种面子上的拿派，尤是面对地方干部的时候，兵来将挡，水来土掩的稳当心态还是学了一点，但他拿烟的那个手指尖还是抖了一下，一截烟灰落在了裤子上。按以前他会抬高手臂狠狠地拧下去，把那截过滤嘴屁股拧成烂丝，现在吴玉亭不会了，时间已经把他锻炼出来了，他已经把以往的少年皮脱了，青年皮脱了，壮年皮也将脱尽，他就像蚕一样老熟了。只见他把那截烟头叼在了嘴角上，揪住裤子用二拇指弹了一下，轻轻地把烟头放到了一个用八宝粥当烟灰缸的罐子里，他还很轻松地用自己杯子里的茶水倒了一下，那烟头的青烟一下就断了。

　　吴玉亭抬起头来说，有什么大惊小怪的事值得用这样的嗓门说话？

　　吴玉贵说，人家演出队在丘庄，说是给文艺人们演出，今天走不开，还说你有悟性要是一直写小说就好了，就成全国样的人物了。吴玉贵有些对哥没有写小说，没有成为全国样的人物遗憾，停顿了一下没有接着往下说。

吴玉亭就是不想听这"小说"二字，这二字让他的生活发生了质的变化，让他的人事秩序多少年来一直遭到严重破坏，让他不能够在人事道路上应对自如游刃有余，总是让他在期待重新洗牌时被扣在了底牌。他抬了一下屁股很是不屑地说，知道，是"春天送你一首诗"，对你们来说，春天送几袋子磷肥和碳胺是再好不过了，也就是一些个不务正业的人拿春天说事找泼烦。

一句不务正业，把一帮文艺人搞得没有了广阔的背景。

吴玉贵说，是县政府的王主任安排的，人家团长说了，县政府的指令就拴在她脖子上的一根上吊绳。吴玉贵一时没有想起来当时的原话，意思是领会了，就篡改了一下用词。

吴玉亭一听这王主任，心里就蹿火，算什么东西嘛？自己有媳妇在乡下种地，吃着锅里的看着碗里的，整天拿着职务调派演出队，还不都是看上了陈小苗那娘们。陈小苗也是，就算不等我，也不想和我好，都好说，见怪不怪，找了一个有妇之夫，素质和品位之低下，那真叫个嚼着不烂，咽着吃力，听起来堵耳朵，哪有半点爱情的高尚趣味！如果这时候发火那就显得自己气量狭促了，想了想换了一种口气说，那哪是王的意思，那是习县长的意思，我更清楚！

吴玉贵想，既然你清楚，为何还要我去接？但不敢这样反问，是自己的哥，小声说，错后一天，今天晚上呢，我定了一场电影，是《秋菊打官司》，人家说是名导的戏，瓦窑沟武黑他爹死的时候放过，一个照着村长的裆踢了一脚的女人，那女人，呵呵，一根筋！

会计王政林说："错错错，是村长踢了秋菊男人的裆，把他男人踢寂寞了，她不依，一级一级上告。"

吴玉亭觉得弟弟说话太没有水平了，说着啥事情呢就拐了弯了，这弯拐得有点半吊子，要不是自己这个即将成为正科的面子撑着李喜平，村长李喜平岂是一个吃素的人物！

吴玉亭说，春天送什么的事，我是知道，只是换届前的事情太多，又因为清明要回来上坟，三天里习县长要准备的材料，我在回乡之前都要准备好了，我都忙得乱昏了头脑，看看，我都忘了，也算是有个补救。秋菊这位农妇也是一个进步人物嘛，值得一看，懂得用法律来做武器，现在自上而下不是讲和谐嘛，啥叫和谐，我和习县长经常探讨这个问题，说给你们吧，自然朴素的品质就是和谐，这影片到最后，说明了一个问题，都是他妈的善良厚道人。

一听叫王主任是姓王的，村长李喜平赶忙站起来取了暖瓶给吴玉亭满上水，倒水的中间给会计王政林使了一个眼色，王政林说，我出去小解一下。

王政林出去后进了茅房掏出手机来赶紧给村长李喜平发了一个短信。李喜平的手机响了，看到上面写了：你的眼色我没有明白。

李喜平看着手机和吴玉亭说，小舅孩发来的，操蛋呢，知道我和吴主任在一起，想让我求你，看能不能说说让他去镇政府当个通讯员。

李喜平抬了一下头说，我发给他，这点毛毛事也找吴主任说！

王政林接到李喜平的短信，上面很清楚地写着：打听一下吴有没有提的可能，有，回来就说今晚的电影咱管了。

吴玉亭没有接李喜平的话，看着别人发短信自己也想发，这东西在当下社会，说白了就像看见有人尿，自己也紧，便掏出手机来说，这叫拇指文化，全球通，都普及到乡下了。

相互让烟的工夫里李喜平的手机又响了，因亮光折射得屏幕有些黑，他用手捂了看，上面写了：马路消息说，有可能是真！

李喜平回过去说，肯定下来，马路消息，马路上没有人？日你娘，谁说的？

李喜平合上手机笑着说，小舅孩回的，说我和你的关系铁得就像钢板一样，这点毛毛事对吴主任不算事。小舅孩和姐夫，中间隔着他姐，他敢拿我当软柿子捏。

王政林在茅厕急忙翻阅他记录的电话号码，终于看到一个很重要的人物，这个人物是县政府看门房的武秃子，他把电话打过去问武秃子，吴玉贵提拔的事风声紧不紧？武秃子在电话里说，看人家的走步，有变化，一般来说，有动静的人，这时候大多沉不住气，不是说话口气变了，就是走步变了，还有呢，以前叫我武师傅的只要开始叫我老武就有动静，等确定叫我武老头，那这人准提了。王政林说，你鸡巴说明白点，到底是提了没有？我啥都不叫你，我提了啥了？快点，我提着裤子呢！武秃子冲着电话说，我又不是领导肚子里的蛔虫，我酸得难受了，知道人家是甜东西吃多了！告诉你有提的可能！

看到屋外的王政林很像回事地系着裤带走进来，坐下后看着吴玉亭说，说句不中听的话，吴主任，今晚的电影就算瓦窑沟村给你放了，一是给婶尽个孝道，二来呢也算是我和喜平村长祝贺吴主任高升！

李喜平拍了一下王政林说，这话我早想说，不是说我这人势利，吴主任，就咱，中国最低的一级政府，办啥事不得拍上边人的屁股，你要是普通农民，我丑话说到前头，我不认识你是个人物，如今都是一把手说了算，你当了一把手，我就拍你，不怕你笑话，就这么定下了，玉贵啊，放电影的啥时候到？

吴玉贵说，我还得去一趟，去接他过来。

吴玉亭觉得不好，李喜平说，有什么不好，你明天的演出不也同样娱乐了瓦窑沟村民的生活！

吴玉亭不说话了，拿着手机发短信，这条短信他是发给陈小苗的，他虽然相信她的演出是一项政治任务，但从思想上觉得陈小苗对自己有意见，拿政治任务做幌子的意思深处隐藏着内容，这条短信在用词方面应该有一些讲究，不能太直白，不能让对方看出来自己是吃王主任的醋，他搜寻了脑海里所有的记忆，他觉得用到文章中的句子都是好句子，用到这里难说能出彩。手不随心想，一行字出现在手机屏幕上：曾经沧海难为水。他猜测陈小苗看到每一个汉字在她眼皮下晃时，那意味深长的一笑，自己便也笑了一下，一下想起了他剪下的那一沓沓文章里的一句话：祸兮福所依！

这句话要比刚才那句话富有力度！

但是，已经晚了，手机上显示了发送成功。

四

山里头天黑得早，日头先是歇在了山背上，接着日头就翻过山跌空了，山没有影了，杨树上的喜鹊窝也没有影了，喜鹊飞上飞下不叫了，一副老成持重的样子，这时候它看到瓦窑沟村上空袅袅炊烟浮动着，暮色把瓦窑沟罩住了，最后把瓦窑沟村人的脸也罩没了，喜鹊飞进了窝里，瓦窑沟彻底黑实了。

吴玉贵这时候才回来，都想着看不上演出能看上电影也成，哪想吴玉贵定下的电影也荒了，因为，有胶片没有放映机。当时定的时候还有，半中间被镇长拿去给县民政局回乡烧纸的李局长献殷勤了。吴玉贵骑着摩托跑了好几个地方，想定一家说唱的过来，跑了几个地方都没有定下，临时抱不到佛脚。回来看到自家的院子里灯明火旺的，觉得这事弄得有些狼狈，有些脸上挂不住。进了院子看到爹往院当央放椅子，两把椅子，一把正中，一把偏一些，他知道，那是用来放牌位，一个是娘的，一个是嫂子的，人虽然走了，不回头了，活着的人也要把她们当在世看。他走过去说，啥也不成，瞎了，拾掇回房吧。

听得自己的屋子里，李喜平高着嗓子喊：吴主任哪，一心敬你，七个巧啊！

吴玉亭就四个字：五个魁首，五个魁首，五个魁首，五个魁首！

爹一把揪了吴玉贵的衣裳问，到底是咋回事？我都通知了村里的家户，都通知了两遍了，第一遍告诉人家看演出，第二遍通知人家看电影，结果啥也没有，好不容易能要大伙来聚一聚，咋啥都弄不成了？

吴玉贵没有和爹多搭话，走进屋子，看到炕上放着炕桌，桌上放着四个菜一壶酒，哥盘腿坐着，村长和会计不习惯盘腿，蹲在炕上，闺女小红嘴里吃着菜，一口没咽下，一口已经紧着夹到嘴边，腮帮像憋着两个核桃。

吴玉贵说，哥，不成，没有放映机。

吴玉亭没有出声，一粒花生米落在口中，胸口处空空的好像连着一口井，那井嗡一声被什么砸出了响儿，空震得他的脑仁子发麻，那粒花生米在后牙根上嚼了一下，他心里默念了一句：姓王的！

李喜平和王政林两个人有些喝大了，听吴玉贵这么一说，仗着酒劲李喜平跳下炕说，混球镇长，没有上眼皮子的货色，这事真没有人管了？是政府办的吴主任用，用他的机器那是高看他了，怎么这样的不识抬举呢！哪家拿了放映机，找几个人去抢了它！

吴玉贵说，没有用，是民政局的李局长。

王政林说，那咱不敢抢，民政上往下拨的款多，这条腿咱不敢断了！

吴玉亭摆了摆手要李喜平冷静一下，他摸了一下小红的头说，胡来不得，放不成就不放了，就算是抢来了，可以放，你叫全县人民怎么看我这个政府办的主任，我现在面对的不是一个简单的放映机问题，而是围绕这一事件出现的各种眼睛，要做的是让人们看到我的肚量，而不是成为这些个眼睛的反面教材，我不能因为这么个事给习县长丢脸，让人家说，小习用的人就是这样一个人！

王政林也想说什么来着，听这么一说，就不敢搭话了，敢把"小习用的人"挂在嘴上的，瓦窑沟也就他一个。况且，这习县长要论年龄也不过四十出头，比在座的他们仨都要小，论头衔哪个敢叫人家习县长"小习"？距离近、远，明眼人一下子就感觉出来了。气氛有些紧张，一时无话。

听得外面有几个老头老太太夹着马扎进来了，看到院子里站着的吴家掌柜大呼小叫，吴老汉哎，你这大儿真出息啊，你可不能草筛子饮驴走过场，今儿看不上，明儿得看上！这放电影的还没有到？怎么幕布都不往起挂！

吴玉亭听得爹说，咳，说啥呢，这电影八成看不成了，听玉贵说，有官大的抢啦！

一老头说，那是咱玉亭的官不大，官大一级，他敢抢？吓不死他才怪！

吴玉亭觉得乡下人嘴上没拉链，指不定下一句还要说啥呢，随手扔给吴玉贵一包软中华要他出去散烟。李喜平急忙和王政林说，傻啥呢，还不出去发根烟熏住他们的嘴！

王政林说，咱的烟不好，红旗渠。

李喜平说，红旗渠咋的了？就红旗渠发去。

王政林和吴玉贵往外走，出得门，王政林先说了，今儿是县政府办吴主任回乡给咱婶烧十年纸，婶活着时德高望重，唯一的遗憾事就是没有看上这《秋菊打官司》，偏巧这机器被咱们的老朋友民政局长先行一步，先行了好啊，这电影就看不成了，我和李喜平支书巴不得看不成这电影呢，正好和吴主任说说内心话，说说咱村的实际情况，不过呢，就是委屈了咱地下的婶和地下的嫂，也委屈了瓦窑沟人，这不，吴玉贵代表吴主任给大家发道歉烟来了，烟是软中华，好烟呢，我给你们说吧，这烟一条八百，一包两袋碳铵，一根四块，你们也抽抽这折合七斤玉茭的烟是啥滋味。

李喜平在门口叫道，两口猫尿灌晕你了，也叫说的是人话！

这时候陆续走进来的人就多了，孩子们像马蜂一样见人缝就钻，看到吴玉贵发烟，也跳了高抢着要。

一个八十多岁的老太太伸出笤帚一样干瘦的手臂也要，王政林给她点了一根说，会财姥姥，你长了这么大财迷了这么大，你尝尝，好烟就是好烟，抽多少口烟灰灰也不落。

会财他姥姥豁了牙口，有些口齿不清地说，宁要一棒玉茭，也不要这一根棍棍，哄人呢，看看现今的人哄人怕不怕，我抽抽它，是顶饱呢还是顶渴，呸呸，呛鼻呢。

院子里的人哄笑了起来。

李喜平走进屋子里悄声伏在吴玉亭的耳朵上说，不怕主任，我能让他们比看上电影还热闹，要下边的小官做啥呢，就做这呢，欺瞒他们傻乐呢。说毕，走出门，大手一挥说，瓦窑沟的村民们，咱们县政府办的吴主任能在百忙之中回乡给咱婶上坟，说明他是一个孝道人，有孝道好啊，我给他这样的人举两个老拇指头！

李喜平借着酒劲举了两个老拇指头在自己的脸前晃。

《秋菊打官司》不看不看吧，没啥看头，村长把人家男人的裆踢了，踢寂寞了！

院子里的人就又开始哄抬着笑，有人叫着："你不是村长？就是说你这号人呢！"

李喜平嘿嘿嘿嘿地笑了，笑出了口水，一股白酒味，还哈着梅干菜味，打了个嗝，把最后的那个捂在喉咙眼里的"嘿"嗝了出来。

李喜平接着说，那个说我这号人的人，你当我不知道你是谁？你当我真的酒醉了？你把手往哪里摸呢，那是谁家媳妇的屁股蛋子收紧了一下子，那屁股蛋子可不是铜锣啊，你的爪子也不是锣锤吧，还一下子一下子击打呢！说你呢，笑甚呢，牙都往下掉了，还笑！嘿嘿嘿嘿，这电影我看，不看也罢，明天咱弄个好看的拷贝，弄个《满城尽带黄金甲》来，不怕他今天没有放映机，明天咱去找，这放映机就像黄金甲里妇女的乳房，挤一挤总还是找得到的嘛！

一院子人越发笑得刹不住了，笑到最后的尾音笑不出来了，有几个女人弯着腰抽着气说，要死啊李喜平，你是糟蹋妇女呢，你忘了你是吃妇女的啥子长大的！

李喜平说，不笑了不笑了，咱说正经事，这电影是放不成了，大家就和吴叔磕话吧，吴叔的四肢九窍都等着你们和他磕话呢。吴主任能回乡那是咱瓦窑沟过节都逢不上的好事情，吴主任已经答应咱了，要县里给咱拨款拨水泥修路呢，吴主任当了主任，最大的好处就是咱瓦窑沟能讨了便宜，讨什么便宜呢，大家想啊，咱的学校也该投资了是不是？以前那个普九，是墙上刷了一层白灰日哄两下子了事，风卷一股尘学校还是一张老脸，不要看王怀平在外赚了几个钱给学校捐了几张桌椅，咱稀罕的是政府支持！咱的队部也该投资了，是不是？投资建个活动室，咱农闲时打麻将还用给黄软平家的自动麻将桌抽钱，除了搭不上黄软平那张粉脸蛋，咱啥都不用出。咱的敬老院也该投资了，是不是？和谐社会不敬老不爱幼，那能叫和谐，和谐就是自动麻将桌！咱的戏台子是不是也该投资了呢？等等等等，抱了吴主任这疙瘩热沥青，咱瓦窑沟就水泥化了，就建筑化了，就麻将化了，这么着吧，你们说，看那电影有啥意思？还有比陪吴主任喝酒更有意思更管事的事情吗！瓦窑沟的人们啊，都回家吧，回去早点睡，明儿上坟不要忘了也给吴家的坟送点纸火。回去睡不着，看韩国的电视剧去吧，还睡不着就上床做那事情去吧，做那事灵醒点，小动静喘不过来就咳嗽两声，大动静里外得不轻闲，该咋的就咋吧，别把自家孩子教坏了！

又一阵子哄笑中，谁也没有想到吴玉亭会出来。

这吴家的大儿子从来回乡都很少和瓦窑沟人搭话，总是低着头去匆匆，都说这吴家的大儿子有才呢，会做文章，几年下来没见把官做大。

可惜就是早走了媳妇，媳妇活着时有结核病连娃也没有生下，娘走了十年媳妇走了少说也有五六年了，愣是不找，这社会哪有这般苦守着不娶的？

吴家的大儿不如小儿话多，人白净，一看人家就是办公室坐出来的，看人家那样子，走路都在思考事情呢，一看就是有本事在心里藏着的人哪！

院子里的嘀咕声像春天成长的虫子，那声音不如秋天的旺，听上去有两寸厚。

吴玉亭站在门口，门脑上吊着电灯，灯光照着他的脸，那是一脸的白净，他咳嗽了一下，有点像在麦克风上试音似的，接着又咳嗽了一下，右手圈成拳头捂在嘴上。

李喜平大叫："静一静，下面的瓦窑沟村人，站起来的坐下，走了的向后转，听县政府办的吴玉亭主任讲话！大家鼓掌！"

鼓掌过后院子里一下就静了。

吴玉贵放下拳头，他被眼前的景象感动，长这么大没有什么场合因为他要讲话有人能这样的尊重他，就算是县长讲话，下边也是乱哄哄的，他看了人群中的爹一眼，爹大张着嘴，一脸兴致，他突然理解了爹为什么爱凑这热闹，爹在这热闹中能感觉到温暖的气息借助了声音在往他身上积聚，一个人面对孤独时，他一定心有戚戚，他看到爹抹了一下嘴上哈出来的口水，嘴依旧张了很大，那露出来的一截黑瘦如铁的手腕儿，在灯光下激动得抖抖的。

吴玉亭说话了，他挑高了嗓音，他现在有足够的底气。

我看到了瓦窑沟人的眼睛都盯着我了，你们对我充满了期待是不是？这，我心里明白！以前，我没有能耐，一个人的能耐是他的地位，地位不在那里想办啥事情都难！这以后，一句话：好了！李喜平和王政林能来造访，我也明白他们的语气里含混地夹杂着某些不便说出的意思，我是明白的，我不怪他们，一个字，咱瓦窑沟村穷！吴玉亭家穷！穷字下面一口刀，把该有的都斩断了！

王政林看到吴玉亭眼睛里有泪打转，不像一个领导干部讲话，哪有实打实说的，不吹嘘呼点，不拿出点势来，就没有人怕你，畏惧你，老百姓也一样。怕他因为酒精的刺激和放不成电影的刺激弄得失了态，用肘扛了一下李喜平，李喜平拍了一下手说：

鼓掌！

吴玉亭还想着说什么来着，人已经被搀回了屋子里，只听到屋外的李喜平喊了一句：好了，咱瓦窑沟村人在共产党的政府部门，现在，总算有人立起来了，"富"字下面一张嘴，朝中有人好做官嘛，好了，各自回家热闹去吧！

这一夜的酒喝到很晚，喝得李喜平和王政林舌头大了，头大了，接着脚跟落地不稳，个个儿想吐。

李喜平说，还不给吴主任拿盆盆来！

王政林拿了地上一根点火棒在石板地上画了个圈说，给你，盆盆来了。

李喜平就扶着吴玉亭照着地上画着的那个圆"哗哗"地往出吐。

互相喝破了心事，三个人一起笑，说起了一些儿童时代的事情，亲密得开始称兄道弟，这酒把人的地位喝淡了。

五

吴玉亭被吴玉贵搀到爹的屋子里，脑仁子被酒精刺激得兴奋，看着爹笑，接着又开始哭，爹咽了一口唾沫，很努力地期待着问，你把官做大了？吴玉亭踉跄着俯倒在床了说，爹，屁大个官儿，给爹丢脸了。

爹一脸糊涂，这官要没有做大，瓦窑沟村长那也算个人物，人家能打发媳妇来给咱帮厨？圈着腰把儿子耷拉在床边的两条腿抱起来搁到床上。

爹说，你好久没有和爹说话了，和我嗑嗑话吧，你自打长成人，就和我话少了。爹把崭新的棉花被子盖到吴玉亭身上，屋外的风呜呜地吹，吹得院角上几捆秫秸杖子簌簌地响。

这春天的风是一种很不消停的风呢！

吴玉亭说，爹，记得小时候我最喜欢做甚吗？

爹咧开嘴顾自听，一脸等待，手脚没有搁处，想不起儿子最爱做甚。

吴玉亭被酒精刺激得兴奋，心里堵得实，喝多了也没有把想说的说给李喜平、王政林那两个王八蛋听，他有话说，他就想说给爹听。他仰起脸举起手机看有没有陈小苗的短信，没有，他大声说，捅马蜂窝！

吴玉亭把手机扔到了一边，有些不舒服地又把它朝上的荧屏扣到了下面。咱瓦窑沟村外有一棵树，树是柿子树，结果子的树里面，儿我最喜柿子树了，苍劲的枝干，宽大油墨的叶片，尤其间隔其间的柿子，似乎坦露了儿的心事，一个一个羞红了脸蛋儿。树上有个马蜂窝，我想捅了它，因为它影响了我对柿子的渴望。我是想算了很长时间的，最终想出了一个法子。爹，别不吭声，你猜猜，猜猜儿的心里想出了一个什么法子？

爹猜不出来，依旧手脚没有个搁处，笑容堆得满脸都是，喜爱得看儿回到了从前。吴玉亭的眼睛蒙眬地翻了一下，接下来把盖在身体上的棉花被子很粗鲁地踢开了，又觉得这样不妥，热了脸，羞赧地说了句，我失态了是不是爹？把拽开的被子轻轻拉了回来很亲爱地搂在了两腿中间。

爹假装看不见说，喝了酒的人热气上身，不想盖就别盖了，这是在家里，机关里那一套就丢了吧，你在爹面前就不讲究了。

吴玉亭说，爹，我回家了是不是？那我就把人前这张皮撕了。

告诉你吧，我用了爹给我做的弹弓，用了一上午的时间对准它发射，哈哈，它掉下来的一霎那我就往村子里跑，马蜂像我放出的臭屁一样追了我跑，我跑啊跑，跑到了大队的粮仓里，我看到粮仓里新收下的小麦，那麦子上还盖着几方大印，我照着那印钻了进去，等我醒来的时候，我已经被带到了大队部，我的头肿得脸盆大，娘找到我后说，你调皮捣蛋要到啥时候才能改！

爹笑了笑说，那时候有意思呢，那时候的老树下尽是端了碗吃饭的人。

吴玉亭说，那时候的柿子树是大队的，秋天结了柿子，我偷着穿了爹的裤子，用爹黄球鞋上的带子绑了裤脚，趁着黑天，爬上树摘了两裤腿柿子，下来的时候，一下脱手了，我掉了下来，我回来，爹用绳子把我吊到梁上，裤腿里的柿子也不让往出掏，让梁上的绳子坠我。爹说，吊到你懂得集体的东西不能拿,吊得你懂得集体叫啥,告诉你小屁孩,集体就是国家!

爹端过来一茶缸水,怕水烫,又拿了一只碗来回倒着,等了一会儿用脸皮试了试冷烫,端过来要吴玉亭喝。

吴玉亭说,爹的手皮厚了,结了老茧,试不出冷烫来了。

爹加了糖要他喝下去,说,缓解酒劲。

吴玉亭说,我上学了,初中读完没有上高中,考了师范,我是想当一名老师啊,爹也告诉我说,当老师好,受人尊重。那个春天,也是这样一个春天,我和同学们出野外踏青,我看到新土,看到刚刚钻出土的茅根子。细细的绿,春天透土了。杨树叶子还不能被风吹响,是鹅黄的,有像虫子一样的杨花絮。远处是麦田,像人地的花地毯,平坦的麦田在春风吹拂下泛着银子的波浪。这是我那一次踏青过后的一篇作文,被学校的《春芽》文学社油印了,在学校传阅,还被当时的市报选发了,我一下子成了文学新人。

爹,记得你说,我儿真有志气,都上报了。

娘把那张报纸贴在墙上,早上看一遍晚上看一遍,天一亮,看清楚看不清楚字,爹都要探过头来趴在娘的肩膀上看,后来那张报纸上的字淡了,是被爹和娘的眼睛看淡了啊。

爹起身走到木箱子前,开了锁取出来一个木匣子,是娘当闺女时候陪嫁的梳妆盒,核桃木,枣红漆面,上面画了几朵牡丹,经了时间,那颜色看上去有些凋敝,有些衰老,爹打开它,取出一疙瘩泥皮,那上面报纸有了霉点子,哪里还有原来的颜色。当年翻新房子,弟弟和爹还生了一场气,说爹偏心,人家攒金攒银呢,你攒了一疙瘩泥皮。爹掴了弟弟一个巴掌说,你是看见肚子里有墨水的人吃醋呢!

吴玉贵说,扔掉吧爹,没有用了,时间把石头都能化掉,巴掌大的一篇文章,没啥用处了!

爹合了木匣子,没话。

吴玉亭说,爹,知道不,就因为我会写,当初当老师的梦想没有了,到了县政府当了通讯员,人家说,这娃好成分,有灵性,会写文章,将来有机会上!我当了十年通讯员,二十九岁上到了政府办收发报纸信件,我想不出来,我都这么大了,再没有比我小的通讯员了,我看新来的人们看我的眼神不对,似乎已经急着要先我当家做主了,我得有动静了,也该上了!可是什么动静也没有啊,凤夜忧叹,我别无长技,写写豆腐块大的小文章是我日常爱好,我由理想繁多变为希望单一,人家说我不务正业,说有才用不到正点上。我后来想,写那玩意儿顶啥用呢?图了虚名,舍了!我埋头啥也不做干了五年,这五年里比我小的都上了,我看见春天窈窕的身影,闺女似的来了,又走了,又来了,然后风吹来吹去,绿的绿了,红的红了,熟的熟了,爹,我看到你依旧是重复着以往的日子,驾犁耕地,戴着草帽栽种,爹脸上的皱纹多了,是笑太多折叠出来的,儿我是明白人啊,只有亲近自然的人才活得本色,只有活得本色的人才会幸福,你的儿,我是一点也活得不幸福!我从你和娘的身上知道了要想温暖一个人的心,最基本的东西是给这个人温暖,不怕爹笑话我,我没有,从来没有给你和娘叠过被子,我给三任县长叠了几十年被子,人家把我当老通讯员使唤。四十岁上提了副科,这是第一任给我的,那是一个好县长,他曾经不让我来做这件事情,他说不平等。平等是什么?爹,平等不是你坐在我对面就是平等,那是屁股下的交椅啊!两只手的作用由脑来指挥,我豁出去了,不把事情想那么深了,不就是活动一下手的灵巧性么,爹,一种筹码和证明,在权力面前,我算个啥?啥也不算!我是权力的异类,而在人面前,权力是人的异类。爹听不懂我的话是吧?我告诉你爹:权力就像爹种棉花,劳动了不一定能获得好收成!

爹合上了眼睑，有一会儿，吴玉亭想，是疼痛让爹合上眼睑的，爹没有想到他的儿比种地人活得还难，种地人简单到看到庄稼长起来了，就有无法抑制的开怀，明晃晃的阳光，眯住眼睛咧开嘴巴笑吧，可他的儿不知道看到什么该笑，看到了笑不起来，有一身的不自在！

爹从床上拿过来一盒红旗渠抽出一根，摸索出汽油打火机，吴玉亭抽出一支软中华扔给爹。

爹说，贵了，我抽了是糟蹋。

吴玉亭说，谁抽了不是糟蹋？

爹说，一亩地棉花卖不够一条烟，一股青灰冒了，这么贵的烟抽了，是要我脚底发软。

吴玉亭点了一根抽了一口说，有些事情是比较不得的，这是爹愚了。

爹说，爹不抽它，省了心去想它的贵！

吴玉亭说，爹说得对。可人是最操蛋的东西，偏偏就是要想，想和别人比较，想要，要得到的和不该得到的东西。这烟在我身形孤寂，百无聊赖时，做了我最忠诚最坚决的伙伴。爹，抽这贵烟的好处是，县长抽它，我也抽它，贵贱我和他嘴里冒同样的东西，我平衡！

爹一下怎么觉得这个儿不像是他的儿，他的儿不该是这个样子！

吴玉亭接着把肚子里的苦倒给爹听。第二任县长，怎么说呢，爹，告诉你一个字：贪。我给他叠被子年头长了，七年，我看不到人家的那个贪字写在哪，人前讲话，那是真叫个绝！他答应离县之前把我提成正科，我想该了，为了提拔，我都把文学梦扔了，身心不二，我是一门心思谋政，爹，你知道，咱祖辈是农民，祖辈没有见过当官的人是啥样，祖辈排了队找不到一个能说上话的人，祖辈不知道啥叫阔气！我为了这句话等，等到都提拔了，没有空位子了，我还想着一定有一个我没有发现的窟窿等着我钻呢。那天，在他离任前的晚上，县政府楼里要做一件事，灭鼠。灭鼠的最佳药是"三步倒"，爹你是知道的，老鼠吃了走三步就倒了，再也起不来了。灭鼠是那几天的重要任务，为了配合卫生部门的检查，也为了"创建卫生城市"，我作为将要提拔的人选，必须身体力行，我提着塑料袋，拿着长柄勺，舀着塑料袋子里的黄色小粒粒，往墙角旮旯放，这时候我看见县长下楼了，他看了我一眼说，新来的县长快来就任了，你去把那些我用过的东西收拾一下，纸袋信封什么的都处理掉。我说，县长你不住了？他说，不住了，你的事我和新来的习县长说好了。

我把"三步倒"老鼠药发放完，我收拾他的床铺，我在掀起他睡过的褥子下面看到了有三寸厚的一沓沓信封密实地铺满了床下，信封上有俩字：面呈。后面点了冒号，总共五百三十二个信封，我当时就想把那些信封捆起来当了废纸处理，捆扎的时候我发现有的里面还有信，我还笑这些人呢，一个一个的把自己涂脂抹粉得那么优秀那么有作为，我就这么一个一个看，看他们的笑话呢，哪知道结果发现有的信封里面还有人民币，那是现在快看不到的第三套人民币，面值都是一百。这让我心跳加剧，爹啊，这就是我想用心温暖的世界，苍天晓得，那种可怜的温暖有着怎样的天穹和深渊啊！我的自行其是到此，要我怎么心甘？！

吴玉亭看到爹手上的烟不是抽没的，是自己燃没的，烟灰掉在爹的裤腿上，灯光下白得耀眼，爹带着轻微的颤音说，你说那些信封都装了那东西？

吴玉亭说，我所想到的辩解都等于谎言，你看看电视上那些个官吧，更怕！生活和梦不属于同一个世界，爹，你的儿就因为没有一个看上去很简单的信封作怪，一切又迟到了五年。

爹把伸出去的腿缩回到床上，有骨头断裂的声音响了两下，吴玉亭知道，那是爹的骨关节在响，爹手里又点了一根烟，烟柱像蛇一样，因爹抽回去的腿带乱了烟气，它缭绕得呛了爹的鼻子，呛人的气息令爹咳嗽起来，最后那口痰像田地边水渠里的浊水在涌动，携带了尘世太多的浮尘和干渴，咕咕地嘶哑了一阵子，爹走下地圈着腰开了门顺着风把那口痰吐了出去，风携带着它飞进了黑暗。

爹关上门，走到火台前，火上坐着水壶，水开着是为了取暖。爹掀开火看了看壶里的水，拿瓢从缸里又舀了一瓢倒进去，爹往火里加了炭，火苗欢起来。吴玉贵想起来，瓦窑沟村在贫瘠的山岭上，祖辈吃水难，过去有一口井，有二百多米深，因为吃水天不明就去排队，时不时为排队你争我吵，大多时候是他和弟弟去排队。下井的绳索是铁绳扣，足有二百斤，绞水时，辘轳把上两人，一人驾辕，两人搭挑，另有一人用手挡着铁绳扣不让它因绞得铁绳扣厚重而脱落。劲还得往一起使，否则绞上来就是半桶水，多年后吃水有所改观，从山后提过水来，但总因水源不足，用水旺季，还得绞水吃。吴玉贵想起来，好像李喜平晚上喝酒时也提了水，说，你要把咱村的吃水问题解决了，就算百姓托你的福了，就算你不白当这政府办主任了！吴玉贵依稀记得当年往县里参加工作时，因为去的是县政府，走时，爹说，你为咱这穷人争了口气，为咱这穷村争了口气！

这么多年来他那口气争在哪里？

爹开始准备一早的饭菜，还有清明上坟的祭品，爹突然在地当央站了下来，看着床上的吴玉亭，爹张了张嘴想说什么，还是没有说出来，床上的吴玉亭有几分睡意，吴玉亭看爹停了下来，便又有了几分清醒，看着爹笑了笑，那笑看上去比哭还难看，爹走近他把他脚上的鞋脱了，要他躺好，他想哭，他知道爹有话，爹的嘴笨，嘴笨的人大多爱听人说话，吴玉亭噙着泪说，爹你有话说？

爹说，也没有啥话。

吴玉亭很坚决地说，爹你肯定有话说。

爹说，我一下忘了。

吴玉亭说，你是不是觉得我活得下贱，笑话我？

爹说，啥话，干啥就得像啥，人家一县的父母官泼烦事情多啦，给人家叠被子算啥，用不了二两力气。

吴玉亭说，可我心里苦。

爹说，说说话，心就松动了，就不苦了。

吴玉亭说，爹，你哪里懂得！

爹憋红了脸说，再不懂得，也可惜你把写文章的正事丢了！

吴玉亭一下觉得酒劲上来了，腮帮热了一下说，爹，这你就是外行了。

爹咳嗽了一声说，我到底想起那句话来了，是一句古话，你也记下了，说的是，人为财死，鸟为食亡。

六

天上布满了云，将雨不雨地苦着脸，也许这日子是清明，似乎把人心也濡染得不畅快。瓦窑沟村通往村外细肠子般的土路上，蚂蚁似的布满了人影，有的端着木盘，有的挎着竹篮，里面放着白馍、黄表、香火、鞭炮，好一些的人家还放了罐头、香肠。喜欢土地的瓦窑沟村民自然也喜欢把先人葬在自己的土地里，一座两座像邻居一样，鞭炮炸开了寂静，香火点燃了冥色，坟头的一声哭，是告诉地底昏睡的的死去的人，又换年头了。

吴玉亭家地当央的坟堆上长满了刚透土的青草芽儿，坟旁一棵柳树下是用石头垒起来的供案，吴玉亭从地上的篮子里往出掏祭祀的物品，还不时地掏出手机来看，这个动作让吴玉贵很是看不惯，趁着这个空当吴玉贵接过了篮子，两个妹妹和吴玉贵的媳妇已经跪下了，正准备把头上的围巾捂了脸，就等把香点了她们好开始哭，哭什么呢？先是要哭地底下昏睡的人苦，撂下一堆事，当了甩手掌柜，花花世界，光阴易逝，那时的自己还小，还想着爹娘说着话呢咋的就已在地下埋了好久，活的好多稀罕事，活着时没有想到要你们看，去了也误了，不知道的事情多了呀！该过好日子没有过上，走的苦了呀！接着哭自己的不好，活着的人苦呀，不如地下的人，丢下了亲生的儿女到地下享清静的福去了，这世道是哪个留下了这生死轮回！

还没有等吴玉贵把香火冥纸鞭炮取出来，已经听到身后脚步声走过来，那脚步声不是一双，是一队，像学校出早操后让学生稍息后的脚步声。

先是吴玉贵扭回了头看，叫了一声：我操！

等吴玉亭彻底扭回头时，瓦窑沟村的大小老少在李喜平的带领下，在他的身后像马蜂一样围了过来，他看到所有人的手里都拿了黄表，李喜平第一个把手里的黄表点燃了，他下跪磕了仨头，接着又磕了仨头，李喜平站起来很认真地说，吴玉亭主任，这仨头我是代表瓦窑沟村民给咱婶和咱嫂子磕的。接下来李喜平的媳妇和王政林的媳妇坐下来，脖子上的头巾往头上一蒙开始哭上了，先是吴国花开始数落着哭：

地底下昏睡的婶和咱嫂啊，你看这冥钱烧得和火龙一样欢呢，火龙伸着红红的巨舌在舔那天空呢，风助了火龙都能把人的头发烧掉一撮呢，你俩在地下享福了呀，上亿的票票商店都兑换不开呢，你俩坐着吃利都够几辈子花呢！地底下昏睡的婶和咱嫂啊，活着的人可就难了呀，咱瓦窑沟山大地块儿小，种地费工石头多，清明开耠子一直到芒种，老阴坡沟剥楸皮，遇了天旱不长苗，人都吃水难哪里见收成呀！苦了咱瓦窑沟活着的人了，住在这石头多得像荞麦棱子，公家看不见摸不着够不着地方，苦啊，呀喂，呵呵苦啊！

李婉婉接着开始数落着哭：

地底下昏睡的婶和咱嫂啊，吴家出了大人物了，别看这山坡坡沟深石头大，没墙没堰可咱的风水好啊，出了大人物咱瓦窑沟挺美的，接了山外沁河的水，咱瓦窑沟就是米粮川……

这哭诉到了最后就成了诉说瓦窑沟的难了，瓦窑沟的难有了吴玉亭以后这日子就过得舒畅了。两个妹妹和吴玉贵的媳妇，本来这十年纸由她们来唱主角的，这么着一闹，她们仨反倒不知如何哭诉，哀巴巴看着，哭的人不能让她一直哭，旁边的人要拖她们起来，吴玉贵抬了两臂搂了吴国花要她起，吴国花像一块年糕粘着地说自己还没有哭够呢，吴玉贵恼火地说，这地下睡的是我娘，你又不是我媳妇哭给谁看呢！吴国花怎么说也是村长媳妇，自觉就比瓦窑沟的人高一等，吴玉贵这么说心里有了几分不乐意，你吴玉贵算什么东西也敢占我的便宜！一下止住了哭，扯了头巾站了起来，想说什么看到李喜平白了她一眼，她的话头马上就系住了换了一个话头说，我是哭我婶呢，怎么说我也是吴家的闺女，我要我婶知道，吴家的男人也不都像你一样土里刨食，也有做官的，都是姓吴家里的，可这落差大着呢！

吴玉贵觉得这十年纸烧得有点瓦罐子气，本来是自己家的事掺合了村委，以前也没有见村委的人来磕头，伸出双臂用了猛力把李婉婉抱了起来，也不管她站稳当了没有，顾自从篮子里拿过鞭炮来点了捻子，绕着坟堆放了一圈，没有燃完的鞭炮在吴玉贵手里晃着，扔出去，落下去的炮仗在吴国花和李婉婉的脚前爆响，吓得她俩往远处跳，吴玉贵斜了一下眼睛嘟囔了一句，把那毛料裤子烧了窟窿才好呢！

这句话吴玉亭听见了,他从心里瞧不起弟弟,尤其是这句话从他口里说出来,整个一个小农思想嘛!妹妹从篮子里拿出自己买的鞭炮要兄弟放,说这是闺女的,给地下的娘和嫂子放了听个热闹。吴玉贵拿了放到自己手里等磕了头准备放。吴玉亭看到两个妹妹和弟弟在坟头前给地下的人磕了头起来,他便也站在了坟前,想着地下的母亲和妻子。母亲虽目不识丁,但贤淑明理,勤劳善良,母亲对儿女的关爱无微不至,可说是把全部心血都倾注到了他们兄妹几个身上。记得小时候家穷,孩子又多,早上一顿玉茭面掺了谷糠的蒸疙瘩,母亲总是让孩子们先吃,说自己看着就饱了一半,荒年饿不死造厨的,稀汤灌大肚呢!年幼无知的他们,你一碗我一碗抢着吃,尤其是他和弟弟,饭量又大,好像永远吃不饱。等最后轮到母亲时,已所剩无几,母亲只好将锅底残余的些许饭菜掺了开水充饥,还告诉他们说,口淡,菜咸呢。有时竟空着肚子。年幼时,兄弟姐妹几个的衣服像蚕茧一样往下退,先是姐姐的退给他,接下来妹妹们,然后是弟弟。那年月,不像现在有料子布,只有棉布,不经穿,衣服和鞋袜往往穿不了几天就破烂不堪,这就更加重了母亲的负担,一方红黄摇曳的炕墙上,母亲飞针走线,挑灯夜战为他们缝补衣服或纳鞋底,为了怕灯光影响他们睡觉,母亲用结实的身板挡了光线,夜静的时候,搓麻绳的声音细柔有力地布满了整个屋子。爹说,看你娘苦的。娘说,对着孩子说甚呢,满屋子你给我找找苦在哪里?娘停顿了一下看着他们又说,就盼着我娃学了知识吃了"公家饭",娘等着坐我娃的小卧车呢。

  吴玉亭仰起头,那一仰不是为了看天,是想把对地下人的思念安置到一个宁静的去处,是想告诉地下的人他终于有小卧车坐了。

  对于地下的妻子,他有比娘更多的话要说,那种感情也是莫名其妙的,爱恨掺半。他甚至不知道和妻子之间叫不叫做有爱存在。他能进县委办其实与妻子有很大的关系,因为妻子的父亲是县委办的司机。他和妻子是同学,上学时她的身体就弱,第一次领她回瓦窑沟,娘背过她和吴玉亭说,人单薄,没腰没胯的,小脸蛋和蒜瓣子似的,要是在农村她那身子骨作务不活庄稼,更别说走针引线了,娘不同意。

  后来他想,他之所以看中她,是因为看中了县城,县城是他离开农村最羡慕的地方,让他有一种神气在里面。农村人进了县城,他感觉就像驴进了县城一样,嘴上吊个草料袋子,屁股上也挂个驴屎袋子,怕县城人见不得,驴就没头没尾了。他就想做一个彻头彻尾的县城人。县城里的人有一种东西在脸上挂着,他一直不知道是什么,不是优越,后来他知道了,是"势"。他想起来和同学在她家帮助做煤球,弄得一身臭汗,她并不厌他们,而是为他们凉上白开水。在乡下,他们农村的孩子哪里喝过凉了的白开水,口渴了拿马瓢从缸里舀了凉水,饮驴一样往脖子里灌。一听是凉了的白开水乐得他们眉头高扬。他看到她的母亲不高兴了,周正白静的脸上看他们的时候蹙着眉,他们从她母亲面前走过去时,他看见她母亲的手不自觉地在鼻子前扇了一下,他的神经绷了绷,仿佛和院子里落下的泡桐树上紫红色的花赌气似的,孩子们全都停止了热闹,其实他未来的丈母娘并没有做什么,连细碎的话都没有说,脸上随着就挂出了笑,那笑在黄昏的亮影下有几分清丽和明净,但是,不知道为什么孩子们都不喝那凉了的白开水了。也是后来,他知道"势"其实是一种距离。那个夏天的黄昏,他不知道他在县城少了什么,但是,很明确地知道他不喜欢农村,不喜欢父亲常年不刷牙龇着黄锈的牙和裸露的牙床,不喜欢农村人的裹裆裤黄球鞋,甚至不喜欢母亲累得顾不上梳理的头发。县城,是他梦里生活的背景,他像破了茧的蛾子要飞向县城了。当他向妻子表示要娶她时,她没有激动,她母亲像历史老师上课一样讲了从前、现在,最最主要的是,她不能生孩子,也许一辈子,他得小心呵护她。他还记得当时的一个场景,停电了,县城里的油灯不像农村的,农村里的油灯用孩子们用过的墨水瓶,搓个捻子插进一截洋铁皮卷筒里，添进去煤油就成了。县城里的灯是有灯罩的，她母亲张开她红润的嘴唇往灯罩里哈气，然后撕碎一张书纸，用纤细的手把书纸揉软，伸进两根指头抹着那纸片，很缓慢地一层一层地转，她母亲不停地往灯罩里哈气，之后一遍一遍地擦。直到她伸进去的指头，仿佛透亮起来，她母亲才说，呵护她就应该像呵护这个易碎的玻璃罩子。然后，她母亲用少见的兰花指轻轻捏住灯罩，扣上油灯。屋子里突然一下亮堂了，他看到她的脸在灯光下有两朵红晕染了两腮，她母亲说，我的闺女和乡下的那些个没有教养的女人不一样，你要学会尊重她！

新婚之夜，她那没有丝毫肉感的身体对他来说，说不上喜欢，也说不上不喜欢。丈母娘给他一盒避孕套，毫无廉耻地告诉他，记住，每一次，你都必须戴着它，必须坚持检查它的乳头处有没有破孔。说毕，居然伸出两根手指示范它的操作方法。这让他最早体验了县城给予他的文明。每一次，他都会想起在瓦窑沟翻过山梁的那个水库钓鱼，他总是用蚯蚓当钓饵，他把粗壮的肉红色的蚯蚓放在他的掌心拍晕，小心穿到用缝衣针烧弯的鱼钩上，轻轻放到水中打好的窝子里，便有鱼来咬钩，鱼咬钩实在是美妙，他知道鱼总也不会钓上来。他也知道身下人是用了吃奶的劲想迎合他，那一种迎合在一长串的咳嗽中像凉了的白开水一样寡淡，他也只限于鱼咬钩的美妙。

吴玉亭举眼眯缝着看天空，天空没有云，云和太阳光搅和在一起了，这清明，印象中从来没有晴朗过，但他确实听到了过往的日子那登登的足音。他该给地下睡的人磕头了，泥土是他膝盖的蒲团，但他却跪不下去，他觉得目前他要做的动作不是跪下去磕头，是很儒雅地三鞠躬，这样才能有别于他和周围人的物事，有别于一个领导干部在清明这一天的风景。

三鞠躬之后，他长叹了一声：

往事并不如烟啊！

身后被李喜平集中来的村民们，家家都有个难事儿，于是，就有人趁着这机会把想要求办的事说出来。

先是罗锅马必土的儿子马小沁，瓮着肩走到吴玉亭面前，小嗓发声说，叔，我爹炕上下不来，要我求你个事情，求你给我在县城找个临工，我爹说你当大官了，有人巴结你，要你可怜可怜我。

李喜平叫了一声，做啥劲呢，把腰杆放展些！你跟着凑什么热闹，说话都没有半毫热气，能给你找个啥工作！退后边，清明上坟是私事，不谈工作。

马小沁急忙朝坟前走，谁也不知道他要做甚，却见他双膝跪下去磕了仨头，嘴里叫着，奶、婶，你们给叔说个好话，我给你磕头了！

接着是跑运输的王海急忙走到吴玉亭面前说，大主任，说个帮忙的事，我的车在县城被交警扣了，官大面子大，求你了，也算咱是一个沟的人，这是我的情况，对于你来说，这是小事，我的车证件全有，就是少了一个尾灯，扣了我冤，烧香找到你这庙门了。

还没有等李喜平抬手指着走近的人喊话，瓦窑沟平良德老汉用烟袋锅子敲了他的手臂一下，他正想发作呢，只见老汉插过人缝挤上前说，侄子，我和你告个状，不怕难为你了我就说。

吴玉亭说，你说。

平良德就用烟袋锅子指着李喜平说，就告龟孙子他！

吴玉亭说，他咋的惹你了，你这气这般冲？

平良德老汉额高面长，悬胆鼻子，说话如和人吵架，处事挺横的，想骂哪个龟孙子就骂哪个龟孙子，他用疑惑的眼睛看着吴玉亭说，剑里头哪一种剑最毒？是舌剑。都觉得非打架不可的事情，我认为舌头能摆平的才叫本事。你跟着县长，怎么说也算朝廷半个太监。你不要觉得这话不好听，瓦窑沟人，你们也不要笑，太监也不是你们这些普通人做得的，也算半个朝廷。我找你就是要叫你来评理，我种的二亩地苗圃，都长到胳膊粗了，村上说修路要占地，把我的苗圃占了，砍了，说我的地是三类地，我明明是一类地，龟孙子李喜平选举时候说得好，说我当了村长，这事不算事情，小事一桩。我选了龟孙子，龟孙子一当选，老二不尿老大，说这是政策，我问你，当初光我家就给了他六票对勾，那是有交易的，现在我不同意，能不能按政策说我那六票不算数了，免了他的职务？

吴玉亭没有想到平良德老汉是来翻老账，这事不知道该怎么说好，就拿眼睛瞟了一眼李喜平，李喜平也没有想到平良德会说这事，一早他打发人挨家挨户去煽动，去送纸火，说县政府办的吴玉亭主任回乡烧纸来了，大家也都去坟上给人家送个纸火，乡里乡亲的，说不定以后会用得着人家的时候，不要见官就看不起。李喜平知道现在的农民和以前不一样了，也不好管了，和你村干部没有啥牵扯，不给人家实惠，谁要按你的意思去办事，他没有想到平良德老汉在这坟头上说这事。

李喜平急忙走近和平良德说，老叔，你是想出难题不是？这事与吴主任有什么关系，当初选我你也是自愿的，说给你条件也是真心的，可结果你的地只能评估三类地，我给你争取了二类地，你的地要是一类地，你不种麦子了，要种树！

平良德说，龟孙子你这不是说屁话吗？大侄子，我要你说，我就看你这个官有多大分量！

吴玉亭方才还觉得瓦窑沟人给足自己面子了，现在就觉得这清明有点吵，只听见自己的弟弟吴玉贵扒开人群喊道："这是我吴家的坟地，我哥是回来上坟的，你们是存心不想让我地下的娘和嫂子安静是不是？谁要再拦我哥，我这个没文化人就一路打上出去了！"

吴玉贵说完话，点燃了手里的鞭炮，鞭炮在他的前方炸响，他拖着吴玉亭，吴玉亭踉跄地往前走，眼睛却看到了逐渐开阔的田野。

吴玉亭说，这样走了不好，你要叫瓦窑沟人笑话我，笑话我的能耐！

吴玉贵说，平良德那三亩苗圃地本来就不算地，屁类地也不是，尽是一些石头蛋蛋，能弄成二类地也算是李喜平的功劳，老鼠逮猫，他们是哪一出还不清楚，你不要因为提了个正科就以为自己是个官了，李喜平那才叫官，官不大，特懂行道。

吴玉亭觉得手机有短信响，急忙甩了弟弟拉着的手，翻过来看，是陈小苗的，上面显示了：下午到，晚场八点开。

这几个字像政府文件，没有一个字是跳动的，更没有"除去巫山不是云"的心动。吴玉亭想：陈小苗这个荡妇，看我见了怎么拿捏你！

七

傍晚的时候天上下了一场小雨，斜斜的雨丝打乱了人的头发，瓦窑沟村湿漉漉的，干河沟里的鹅卵石被雨水濡染得加重了颜色，一些鹅黄的茅草在雨丝中生姿，有几只鸟压低了翅膀飞行。吴玉亭的父亲已经来这里望公路望了有几次了，看着鸟飞行心里有几分不快，鸟低飞那是想捡拾雨头儿嘛，天公不作美，这个清明一点也叫人不省心。

吴玉亭上午上坟回来，眼皮子困得眼毛毛都支不住，倒头躺在炕上顾不上想事，一觉睡到天黑了也没有起床。院子里的大锅冒着热气，压好的面条一箅子一箅子放在屋子里等演出的人来了下锅。有雨，天黑得早。吴玉贵几次想叫醒哥哥问演出队为啥还不来，李喜平都不让叫，说要他多睡一会儿。吴玉贵满脸不高兴，觉得自己家的事被这一掺和了，弄得人心和这雨一样，黏乎乎的。

院子里的灯亮了，拉灯绳的人不是别人，是吴玉亭，这时候听到院门外吴丙国老汉一路小跑进来，喊着："快，下面了，演出队的大队人马来了。"

院子里的气氛一下热闹了，先是小孩子往院子里跑，接着是演出队的刹车声响，有人抬着箱子进来，说地上潮湿，叫人拿几捆干草来垫地，进进出出闹欢了。吴玉亭在爹的门口站着，什么表情也没有，嘴上叼着根烟，等他要见的，想见的人出现。

陈小苗大步跨进院子看到吴丙国老汉上前就握手，说，来迟了，没办法，吃公家饭就得听人家抓差。叔，你这身体看上去硬朗呢，有几年不见了，还是那样看见了叫人亲切。

看见吴玉贵叫了一声，大兄弟，劳驾你帮忙要他们把场地铺开，看这雨怕是不停了，一些电源见不得潮地。

然后，她指挥下边人架线，往摊了干草的地上铺帆布，泥地上是不能翻跟头的。先演出的人开始吃饭，等大部分演员都吃完了，一切也都弄利落了，陈小苗才问吴玉贵，你哥呢？

吴玉贵告诉她在爹的屋子里。

陈小苗拍着手上的泥往吴丙国老汉的屋子里走，抬脚进门的时候喊了一声，吴主任，你这接待我的态度可不好啊，准备酒了没有？我得喝两口才能唱响，你不陪我？

吴玉亭赶紧从床上起来假装刚睡醒似的说，看看，我昨晚喝多了，一天不清醒，县里的大红人，我敢不接待吗！

陈小苗说，那就走啊，高升了，就着灌面的菜喝两口，我也好祝贺你一下，晚上还有好节目呢。

吴玉亭其实就等着陈小苗主动呢，下酒的菜他早安排人弄好了。

外面雨下着，依旧是细细的，打到人的脸上像雾一样轻，吴玉亭突然觉得自己很清爽，是酒醒后的清爽？是雨天的清爽？好像什么也不是，是见了眼前的这个女人的清爽。心不自觉地跳了几下，惶惑了一阵子，跟着陈小苗走进弟弟的屋子里。菜饭都已经齐全地摆在了桌子上。弟媳妇看到陈小苗进来，一下不知道该叫什么，当初他们谈对象的时候来过瓦窑沟，她叫人家嫂子，现在叫什么？嘴张了半天合下来时叫了一句，陈团长，你胖了，富贵了，越发好看了。

吴玉亭前倾的胸往起抬了抬，抬胸的当口眼睛扫了一下陈小苗，他觉得和眼前这个女人之间也应该有一种"势"在里面，他不是以前的吴玉亭了，他扶正了。但是，他确实看到这个女人发福了，圆润了，有了一点贵妃的味道。他的脑袋歪了一下游离开视线，给人的感觉他并没有看她，她的圆润和贵妃的味道与他没有多大关系，一个领导干部在女人面前，看到的不应该是异性，她就是你的下级，用口气指挥她行动，和圆润和贵妃都不沾边。

陈小苗说，叫我陈团长我听了别扭呢，当初，差一点就做了你的嫂子，人这一生差一点的事情多了，要不是这年龄差一点啊，你哥哥就当正主任了。

这句话说得吴玉亭有些丈二和尚。什么意思？难道主任的位置又落空了？不可能，他回乡之前才被习县长叫去谈话，说这一回，你放心，正科是肯定了，也该上个台阶了。怎么说，走了一天就出事情了？

陈小苗发现吴玉亭一下定神了，想不出来是因为什么事，也不管愣在那里的他，顾自拿起倒好的酒喝了一口说，你哥要是觉得我这个嫂子合格，就还叫我嫂子好了。

吴玉亭上前一把抓了陈小苗的手往暗处拉，这个动作让陈小苗一阵喜欢。

吴玉亭嘴角却有点颤抖地说，不可能，政府办主任谁来当？你的意思是不是我？你从哪里听到的？

陈小苗觉得吴玉亭永远是吴玉亭。

她嘴里嚼着一口菜说，给了你正科待遇，上面有政策，县里副科52岁就切，考虑到你的工作时间，县里决定给你正科待遇退下去，我也是下午才清楚，采风团有领导酒桌上说了，我替你高兴呢，你跟了我演出，工资待遇我给你正科的，你就帮着写作品，小品、相声、双簧、三句半，诗歌也行，今晚就有你一个节目，你看了一定会高兴。

吴玉亭一点也高兴不起来，如果说时光倒流三十年，这是他的家庭梦想，时光像什么呢？他脑袋里一片空白，只觉得胸口如一口古井，空得他想哭。

陈小苗说，和你喝三杯，三杯之后吃面，吃了面演出开始。你在我这里干，永远不退休。陈小苗说完这句话还冲着他挤了一下眼睛，是一只眼睛挤，有挑逗的成分在里面。四十几岁的女人做这个，从想象的角度看有点过了，但是，实际上是很可爱的。

吴玉亭依旧装了看不见，这一回看不见是心里乱了，这乱和以往的乱不一样，这等于是国家炒了他的鱿鱼，他有点失了方寸，为了掩饰只能喝酒。一杯酒下肚，像捅火棍捅了一下火辣，这样反倒好一些，让他有几分清醒：他是男人，不能喜怒于色，就算是巨大的悲痛，三十年了，他都压着，压到现在不能压不住，还得压！

吴丙国老汉忙着把两把太师椅搬出去，做这件事情他不要人帮忙。两把椅子一正一偏放到演出对面，怕雨淋，他在太师椅上顶了两把伞。两个牌位：老伴和儿媳妇。他把她们婆媳放到椅子上，这样的位置是任何人都不能坐过来的位置，他也不能。两张椅子，两把雨伞，两个牌位。她们的身后才是俗世的热闹，俗世的热闹好啊，吴丙国老汉想：俗世的热闹最好的好处是脸上的七窍都能动，有嘴能说话，有眼睛能看人，有鼻子能闻香臭，有耳朵能听人声，什么声音都没有人声好听。吴丙国老汉饭都不想吃，就想听身后瓦窑沟人的说话声，就想听演出队唧唧喳喳的吵闹声。灯光一下打亮了，院子里和白天一样亮，灯光把人脑袋推到院墙上，挤挤撞撞的，人世间的热闹就这般突出来了。

屋子里，被外面的热闹挑逗得心不在焉的弟媳妇，也不管屋子里的人，顾自站在门前一脸喜气，那喜气不是挂在脸上，是挂在嘴上，嘴张了老大，一口牙快要挂不住了，想往下掉。

屋子里的人喝酒没话，这中间团里有人进来请示开演，陈小苗用嘴噘了一下吴玉亭说，问老吴！

从吴主任到老吴，难道自己从此没有主任，就剩下"吴"姓了？因年龄的拉长加了"老"字？吴玉亭咬着后牙根说，老吴要你们开始！

演出开始，一段八音会段子响起，之后该落座的人都落座了，人把院子挤满了，有人骑在墙头上，李喜平和王政林领着各自的孩子、媳妇也都坐下了，吴玉亭却没有出来，他觉得他的面子上挂不住，他和瓦窑沟人许诺了要当政府办主任，既然这主任当不成了，当不成主任好说，许诺下瓦窑沟建学校的事咋办？修路的事情、吃水的问题、扩建办公楼的事情，多了。他不能出来见他们，他的脸上挂不住，一个人的地位决定自己的价值，现在，他等于是一个没有价值的人了。

陈小苗陪着他说，你不想出去看看？你不想出去就听吧，有雨的日子听这个节目怀旧，"春天送你一首诗"的人还说，这个人的才华不得了。你吴玉亭要是认准自己写下去，就不是现在的吴玉亭了，你要听了这个节目能走出去就是大毛蛋了。

这是吴玉亭的小名，谁还记得它？吴玉亭苦着脸笑了笑，他觉得男人其实是很脆弱的，不要看平时想的那些事，遇了事情就觉得自己要马上垮掉，想靠着什么东西支一下，现在，能支他的，就是眼前这个"贵妃"一样的人了。虽然，他一直在心里骂她，嘲笑她，甚至从心里看不起她，鄙视她是荡妇，其实，他是在乎她，她的一举一动一颦一笑，他恨那一举一动一颦一笑不是冲着自己来的，是冲着社会上那些权势去的，他突然觉得他在奋斗的三十年里，他所做的一切又是冲着什么去的？

一口酒闷下肚子，听得外面主持节目的人报：

今天，我们团能够有幸来到瓦窑沟，这也是政府办吴玉亭主任带给我们的福气，让我们有幸和瓦窑沟村的父老乡亲共度这清明，共度这思念的日子。天上的小雨用激动的热泪迎接我们，在座的瓦窑沟村民用热烈的掌声欢迎我们！

这时候，李喜平站起来喊，大家鼓掌！

瓦窑沟村民的掌声爆响了，年轻人的口哨也尖厉地切割断雨丝越过院墙，把村里守院的狗叫愤怒了。

接着主持人又说，谢谢父老乡亲的掌声！接下来第一个节目是口技并配乐诗朗诵：《蛤蟆叫》，这个节目是我们政府办吴主任二十年前创作的，借此我们献给他地下有知的母亲和妻子，在此，我们也祝愿吴主任的父亲健康、幸福！同时祝愿瓦窑沟村民健康、幸福！

先是听见一个瞪着眼，鼓着皮囊的蛤蟆咯咕咕咕叫了两声，跟着有蛤蟆唧咕唧咕迎合了几声，一群蛤蟆便群起哄叫，一如人类的热闹，充盈了一条河沟。等蛤蟆叫声弱下来时，有男声开始朗诵：

    蛤蟆叫
    蛙声如潮带雨来
    哪个敢说吵
    蛤蟆叫
    比风来得早
    万里江山我做主
    春来背着鸣囊叫
    蛤蟆叫
    清溪田野随意跳
    爱欲满其身，擎着丰收叫
    目盼东山月，耳闻溪水声
    一如人类抛歌喉
    满谷满沟倾心叫
    蛤蟆叫
    ……

吴玉亭觉得，这是他写的吗？是他曾经有过的经历吗？这首小诗能够引领他的，不是天边地平线上的无限奇幻，是他所看到的对面那个女人的眼睛里漫漶出的热爱。一条干河沟里，蛤蟆叫不在了，这个清明，假如他能走出去面对这些热闹，他以后的日子怕得回过头去望了。

花 开 富 贵

一

　　黄风刮过良马河，一阵子把日头刮出来了。有人看见良马镇的河套里走着一群活物：梁永胜和四头大白纯种母猪。

　　梁永胜挥舞着一根杨木棍儿，前头儿奔跑的猪拽着他手里一根长长的中间分出四股头的麻绳，猪们在四股麻绳头儿欢腾得要命。渐次扬起的尘土中，有人看见梁永胜的脸冻得胭脂一样红。

　　雪后的天光把梁永胜胭脂样的五官照得都往上翘，人跟着猪飞跑起来的时候像台子上吊起的一只木偶，抖得欢。

　　良马镇新盖起来的镇政府在一片民居中央被视觉揪出老高，和低矮的民房相比，主要是它很显身份。两边的店铺有些热闹，要过年了，热闹是必然的。第一个和梁永胜搭话的人是马月山："人家过年是买呢，你是卖呢。"

　　这里的这个"卖"字含有色情的意味。

　　说的是离良马镇三十里地河西村的吴二虎家妮子小花。梁永胜年轻的时候见过，跟着瓦窑堡一干中学生来河东村过星期日，几个女娃在村上游门，一群妮子跟了大儿子忠伟来家里耍过，吴二虎的妮子是一群女娃中最好看的一个。听说初中就跟男娃搞对象，约会的条子上写着"老时间老地点"。那时实行夏令时，地点是良马河后沟。小花没念完中学就跟着镇里的人外出去打工了，闲言碎语传回来，反正吴二虎家是发了，土坯房换了二层小洋楼。政府不能脱贫的事，人家妮子腰揣利剑给脱了。

　　计划内生育让人丢失了许多宝贵的机会，比如还能生三胎的话，要是能生一个妮子呢？还用得着养猪。光彩礼就能给一个儿说下媳妇。梁永胜的心态也是他人的心态，见不得人家好过，眼热，心里不爽常常带着酝酿很足的羡慕嫉妒恨。

　　浩大的冬阳里梁永胜张着嘴巴夸张地笑，对面的听不见他的声音，能看见他的笑，将他当下的笑和以往正常的笑分离开来，一眼就知道他的笑怀了鬼胎。梁永胜用劲儿拽着猪说了一句跟命运较劲的话："跑得猴快是急着找死呢。"

　　这时候从一家店铺里闪出一个痴肥的女人，她手里端着一脸盆脏水要泼下去，看见猪在她的门口拉了一泡粪便，大声喊起来："永胜，十几块钱一斤的肉丢了，你哪头儿值得？"

　　梁永胜扭过脸来看，看到地上的猪，脸快速黑下来："不说了，不说了，政府有人等着呢。"走过街道直奔镇政府而去。

　　镇政府的院子里十几个站着或蹲着的，脸色粗糙的农民在抽烟聊天。梁永胜看到自己屋后的光棍苟小仓，见他光着头趿拉着套鞋旁若无人地在政府大楼前竖下的石狮子旁解手，有人过去撵他走，他和人家瞪眼睛。看到梁永胜赶着猪进来了，提上裤子粗声大气地问："哎，政府重地，你这是找谁？"

梁永胜说："瞅你那下流相，进了政府你就尿高了，我找吕镇长。"

苟小仓系着裤带笑了，一脸狡黠："是永胜啊，送猪来了？"

梁永胜递过去一根烟："送猪来了。畜生东西没蹬过大码头，进镇里急了一泡，少下斤秤了。"

苟小仓蛮仰起脸看了看猪，知道梁永胜是计较那一泡屎："驴镇长不在。"

周围的人笑苟小仓叫"驴镇长"。

吕镇长是今年才调来的，原来的王镇长被交流回县里了，梁永胜还不认得。原来的王镇长号召全镇养猪，现在镇里的吕镇长号召全镇养驴，一个领导一个主意。听说吕镇长要在良马镇大做驴品牌生意，要大做，做大。吕镇长认为养驴是农民一个光明产业，驴是好东西啊，天上龙肉，地下驴肉。不过喊"驴镇长"不仅是因为养驴，还因为吕镇长是计划生育的模范户。

苟小仓敢喊"驴镇长"说明吕镇长不在镇里。意味着猪不能送下。梁永胜决定和猪一起到朝阳的墙根下等。四周晒暖阳的人们调集了全部兴致看梁永胜和他的四头猪。猪们被梁永胜打卧在墙根下，又因了什么其中一头挣扎着支起后腿，见那猪很急似的撒了一泡尿。所有人的目光投到了梁永胜脸上，知道出门时猪被喂急了。破旧苍黄的土墙根下梁永胜脸上蒙了一层霉气，当初进镇的欢实荡然无存。就良马镇的农民来说，也许都还希望梁永胜出丑呢。太冷清了，日复一日地看鸡栖于埘，牛羊走过，时光一天天淡去，若是能有个热闹点亮一下眼前，是否，这样的一生，也就不会漫长得那么枯燥？而且，从根本上说，他们自己，须发无伤。无趣得紧，但就是这无趣，也常常不会突兀于波澜不惊的日常生活，所以，大家内心有隐隐的期待。

吕镇长是秋口上来到良马镇，梁永胜来找过几次，几次都没有见过面。腊月天到了，人没有见，养肥的猪得送来。

苟小仓挽着裤带走过来，想和梁永胜讨根烟抽，梁永胜不舍得掏，因为墙根下嘴里想冒烟的人太多。梁永胜打了苟小仓的手一下，苟小仓觉得丢面子了返身踢了卧着的猪屁股一下，猪被踢得急了立起来"呼啦"一下泄出一摊，梁永胜的脸黄蜡蜡的吊着眉看苟小仓，苟小仓皮笑肉不笑地看着梁永胜，周围的人开始不发齐笑，等有个啥结果好把拽着那后半段笑喷出来。猪泄完腾空了卧在墙根下哼哼着很舒坦的样子。

晒暖阳中一个人说话了："人养一个定乾坤，猪养一窝守墙根。"

苟小仓歪着脑袋斜瞟了那人一眼。

梁永胜没说啥，苟小仓说话了。

"出门死喂，吃多屙多。"

梁永胜一脚就踢上去了。这是苟小仓没有防备到，没有挽紧的裤带在倒退期间崩开了，裤子一下脱落了下来，皱巴巴的羽绒服下裸出两条细腿来。周围的笑声憋不住出来了。

"哈哈哈哈，快看苟小仓那两条麻雀腿细的。"

苟小仓弯腰急忙提起裤挽好走到梁永胜跟前，所有的人都认为好戏要开场了。却见苟小仓快步跑到墙根前照着四头猪一脚一个要命似的踢上去。猪"吱哇"叫了一声翻滚起身牵扯着梁永胜轱辘一下全挨着跑了。

墙根下的人站起来看梁永胜拔脚飞跑的样子。

猪跑出镇政府，跑进河套里，猪跑得飞快，梁永胜的喘气声生丝一样拉出很长。

二

午时，吕镇长领着县水利局的领导调研回到镇上，没进政府直接进了镇上"驴肉香"酒馆。这个良马镇纯种贫农后代，如今是一马双跨春风得意，良马镇人对他颇有微词。当初那个吕宽富见人低下三分，如今那是见人高出一等啊。酒馆是公社时期的供销社改造下的，原来叫"红梅饭店"，吕镇长来后改了叫"驴肉香"。店老板叫红梅，吕镇长中学时的恋爱对象。正门一副对联：闻见驴肉香，神仙也心慌。横批：香飘天下。

店里三张桌子，桌面上铺着向日葵塑料台布，很整洁也很温暖。坐下后能看见良马河的河套和远山。黑漆漆的炉台上坐着一口砂锅，驴肉的香气冒出来弥漫了一店。店主红梅等客人落座后开始下菜。吕宽富走到炉台前拿勺子舀起一块驴肉端到水利局长脸前。吕宽富说："安局长，砂锅、老汤，驴肉的味道才纯正。"叫安局长的也走到炉台前，砂锅里的汤汁"咕咚咕咚"鼓着泡子，那香气立时扑鼻而来似在操纵着安局长的神经调动着安局长的食欲，安局长难以按捺地喊了一声：

"香得还吓人哩！"

店家红梅笑咪咪地把驴肉放到案板上，切成精薄的细片，撒上葱花、香菜。驴肠子也切成薄片，薄片的驴肠子在盘子里摆放成菊花形状。安局长说："驴也有花花肠子？我还以为只有你吕宽富有。"吕宽富仰着脸笑了，低头时瞟了一眼红梅，红梅正往碗里舀老汤，小白瓷碗里盛了浅浅几口汤，上面漂着一层细细的黄色油花，捏几片葱花几片香菜去，端到桌子前。安局长先喝了一口，没有等品出滋味，再一口就全部顺下喉咙了。

"再来一碗！"

吕宽富说："安局长，这一口香是叫你润胃呢，喝多了吃肉就吃不出味道了。"

安局长："店小还怪出毛病，把那电视打开。"

吕宽富说："我就知道安局长离不开电视。"

红梅一边切驴腱子肉一边说："安局长，等一下你尝尝我的驴腱子，驴身子上就数腱子肉好吃，不是入口化，有嚼头，嚼的是滋味。"

安局长这才正眼看红梅，女人侧着个身子，红毛衣裹着身子紧紧的，两个奶子随着刀起刀落晃得有型，有些岁月的脸上长着一双会说话的眼睛。安局长看吕宽富："好好。"

吕宽富说："啥子好？"

安局长笑着说："腱子肉好么。"

红梅端过腱子肉，又端过一盘东西。

吕宽富说："安局长，你猜猜这是啥肉？你们也都猜猜。"

安局长说："我不猜，叫店家说是啥肉。"

红梅朝着桌子上的人："这东西不能煮得太塌，太塌了就没有嚼劲，没有嚼劲就吃不出香气，一口肉两种味，安局长可吃得出来？"

桌子上的人都是水利局跟着局长一起下乡来的人，局长不说是啥肉，就算猜着了也不能说，更不能动筷子吃。

吕宽富从架子上拿下来一瓶酒很熟练地打开倒进了玻璃杯子里。

安局长说："这小媳妇有内容，你不说这是驴鞭，要说是一口能吃出两种味儿，吕镇长说说，能吃出两种啥味儿？"

吕宽富端起酒杯递给安局长:"来来来,啥味不是入口时香下咽时一口泥。"

安局长说:"你小子针针不离穴。你干了。良马河多年都不发洪水了,你借着防洪要钱,要钱防啥哩?"

吕宽富说:"我干三下,咱要钱要的是百年不遇,真要遇个年成不好,大水能冲了龙王庙。"

吕宽富四根指头夹三杯酒,仰脖子伸长下嘴片,三杯酒上中下摞起来瀑布一样倒进了嘴里。

红梅在炉台前看到窗外有一个人垂头丧气从远处走来,他的身后跟着四头猪,是梁永胜。梁永胜把猪拴在镇政府门前石头狮子上,什么事让他突然来了精神,弯腰捡起一块红砖进了政府院子。隔着玻璃听不清梁永胜喊啥,看见有人陆陆续续走出来。梁永胜先天长就的性格如他那张脸上的五官一样,尺寸不大。红梅笑了笑。午后的风沙歇了脚,天地睁开眼了。红梅是见过大世面的人,看良马镇那些灰头土脸的人觉得一点也代表不了时代气息,和以前比都觉得良马镇的日子没有挪动反倒是后退了。她扭身给桌子上的领导们添水,看到桌子上醋碟子里都是酒,吕宽富红着脸喊叫着:"喝个月亮!"一碟子酒下去了。红梅给他们的空杯子里倒酒,酒倒得边边沿沿的,安局长还嫌不够,喊着:"喝酒要喝车大灯!"红梅倒得酒鼓了起来。

红梅走到炉台前开始和面,主食是驴肠炒揪片。再看窗外,梁永胜似乎什么人也没有找见,走到拴猪的石头狮子前吼着骂了几声就着手里的砖坐下了。红梅想:这就是梁永胜的出息。红梅看到又来了两个人,一个人怒气冲冲走在前头,后头的人似乎反绑着手,两个人一前一后走到镇政府门前,前头的人把后面跟着的结实地捆在了梁永胜拴猪的石头狮子上。来人是瓦窑沟村村长李保国,拴在石头狮子上的是他儿李进生。李保国冲着儿子骂什么,四下里的人伸着脖子笼着袖看,李保国骂得起劲。红梅想不通,啥事李保国要对儿子这么狠?红梅给吕宽富使了个眼色。

酒桌上吃酒人吃到了高潮。

吕宽富脸红脖子粗地端起分酒器扭过身子喊:"红梅,你不来敬安局长一杯?来给安局长讲讲驴肉养生的好处。"

红梅莞尔一笑拧开水龙头洗干净面手走过来。

"我是乡下人,哪能上得台面,安局长不嫌我一身腥膻味,我就敬安局长个满杯。"

红梅端过吕宽富手里的分酒器给安局长倒酒。

安局长口齿不利索地看着红梅,伸手捉了红梅的手晃悠悠地添满酒杯说:"我跟你喝三个车大灯。"

吕宽富站起来叫红梅坐下。吕宽富说:"红梅先喝一个太阳。没有阳光照耀车大灯哪能照得路明晃晃。"

说完话吕宽富出去了。

红梅抽出手拿起酒瓶倒满分酒器端起来笑盈盈看着安局长:"安局长,店小人手少比不得县城里的大饭店,就怕慢待了贵客,安局长你要体谅小店的不周全处啊,我敬你,先喝为敬。"

红梅仰起脖子喝酒像喝水一样灌了下去。安局长捏住红梅的手,把桌子上三杯酒倒进分酒器要红梅端酒往自己嘴里倒,红梅有点羞涩地一手托着安局长的后脑勺,一手端着分酒器把酒倒进了安局长的嘴里。

安局长看着在座的人说:"男人没有不爱女人的道理,在女人面前,男人是没有免疫力的,女人就是男人的荷尔蒙。"

一干人看着红梅笑了。

吕宽富从饭店的后门出去，后院子里一圈栅栏围着，拴着一条土狗，狗像见到熟人似的站起来摇着尾巴，几只鸡在铁笼子里卧着不动。一根木头接一根木头的栅栏，颇具流线美。栅栏外有一条路，顺着路走拐个弯有个小巷，小巷尽头正对的是镇政府大院。吕宽富看过去，顿时明白了李保国对儿子的狠是为了什么。只见保国指着儿子在骂，骂他管不住女人，女人跑了儿子顶！保国是瓦窑村刚选的村长，当初选时就有人告他，吕宽富没有想到李保国来这一手。吕宽富一边往回走一边给镇派出所打电话，叫所长派两人到镇政府门前把石头狮子上拴着的弄走。吕宽富走进栅栏冲着狗撒了一泼尿，尿冲起一个很深的窝窝，狗被铁链子拴着几次举起前爪想扑过来，拖紧的铁链子拽得它呻吟了几下。吕宽富收拾罢了走近狗拍拍狗的脑袋，狗骚情地哼哼着摇头乞尾伸出舌头舔吕宽富的手。吕宽富自言自语地说："你真是懂得人的心思，你这下作样和人有相通的性子，有些时候你就跟我一样！"他发泄似的踢了狗一脚，狗可怜兮兮地看着吕宽富，吕宽富顿时觉得狗有一些语言，正在喉咙里唧啾。

饭桌上有人制止红梅再和安局长喝酒，要她快去做饭。吕宽富进门说："把煮好的驴肉打包六份，小米、大豆、花椒、松蘑各样都装到纸箱里，给安局长多带两份。"

红梅在案板上边擀面边说："早叫司机师傅放车上了。"

吕宽富能不知道么，他就喜欢这个女人的利索劲。只是故意说给在座的听，东西不多咋呼劲大。一是过年了，他们之所以腊月天下乡不就是来要个土特产么，告诉他们都拿了啥；二呢，安局长多出来的两份就是身份的象征。

安局长站起来要去撒尿，吕宽富扶着安局长摇摇晃晃往外走，走到后院，狗闻见有生人来了扑叫起来，吕宽富很像主人似的踢了狗一脚。从厕所出来，他从口袋里取出一个红包塞进安局长口袋。

安局长："你这是做啥哩？"

吕宽富："这不是要过年么，知道你当爷爷了，又不是给你，是给咱孙子，你说我这当小爷爷的还不该给孩子一个压岁钱？"

安局长："这还没有过年呢！"

吕宽富："眨眼就到了。年后我就不去了，也算提前拜个早年。"

安局长对吕宽富的解释比较满意，钱也就不往外掏了。

吕宽富搂着安局长的肩膀："安局长，你说，过罢年良马镇的良马河治理，咱先不说防洪，先说良马河是一条温顺的河，大多数时间都忠诚地为人提供服务，但良马河也有暴怒的时候吧，历史上可不止一次对老百姓实施过粗暴的掠夺。真要明年来一次大雨，几年没水的河沟里农户可是建了村庄哩。"

安局长："知道你良马镇穷山恶水，也就指望一条河要个零花，我过罢年给你二十万。"

吕宽富紧着从上衣口袋掏出要钱报告："安局长，我没敢多打报告，二十五万，你签个字，二十万归良马镇，五万到账后我给你回扣。"

安局长接过吕宽富拧开的钢笔看着报告，酒精刺激得看那250000像二百五十万，安局长把手里的笔一下扔到了地上："你和那个红梅把我灌醉，要什么花枪哩？把我当二百五！"

吕宽富捡起要钱报告吓得跪下来："安局长，你当我是孙悟空，敢在你面前耍花枪？你再看看，黑字白纸我敢闹着玩我不是人，是地上的狗！"

安局长又看了看，果然是二十五万："都是你妈的叫那红梅的女人灌得我头大得成浆糊了。这钱也是看你岳父的面子才给你，一个女婿半个儿，你也算个好人。"

吕宽富掏出一个塑料本子垫在报告下跪着举在安局长面前，安局长在报告上写了同意，连带一竖到报告抬头标题里的二十五万上画一个圈，再挑高写下了"安在"俩字。

一刹那间吕宽富像卸掉了一块包袱，他都想给安在磕头，要了一年才要了这点。同时心里又泛起一股难言的滋味，起身赶紧搀着安局长往回走。安局长走了两步回过头，河道里无水，对面山上一派萧索。安局长突然对吕宽富说："我跟你说个酒话，我是越来越怕死了，活到这个年龄，就怕死了再不能看电视了。"

吕宽富说："我这样的小人物，不怕安局长笑话，我就怕死了再见不着女人了。"

两个人哈哈笑着进了门。

三

派出所和镇政府就隔着一个弯道，一个弯儿拐过来两个穿制服的民警，也不全是制服，下身穿牛仔裤皮鞋，手里提溜着手铐，他们一边走一边指手画脚说话。

一干看客知道警察来抓人了。苟小仓从远处溜达过来，一看警察掉头就走了。梁永胜看见了，捡起砖头就往苟小仓离去的方向跑。

"苟小仓，你往哪野死哩！"

他这一跑，派出所的民警也跟着跑。看客出了个黑点子，追啥呢，牵了他的猪走，他自动就会回来。民警们站下了，对出点子的人报以微笑。

不知道谁喊了一声："你的猪叫老公家牵走了！"

梁永胜回头看民警牵着猪走了，照着苟小仓远去的背影扔过去砖头，转身往镇政府门前跑。"做啥哩，我的猪犯下啥王法了？"

一个民警拦住说："你们这是弄啥了？一个狮子上拴一个人，一个狮子上拴四头猪。"

梁永胜说："我的猪是来找吕镇长。"

保国说："我也找吕镇长！"

民警说："这俩狮子可叫你们拴得劲了，这是看门狮子，是叫你们拴人？"

梁永胜说："我拴的可是畜生！"

保国说："我拴的也是畜生！"

李保国起劲地开始骂："一个男人活得真叫个窝囊，看不住老婆，你老婆不回来引产，我在镇政府门口拴你半个月！叫大伙说说，他媳妇怀娃我咋能知道？要不是肚子大了，闹得都看出来，我还蒙在鼓里呢！谁借你这么大的胆敢叫媳妇违反计划生三胎！"

民警二话不说取手铐铐住了李进生和梁永胜。人一戴手铐就傻了，连自己怎么说话都忘了，猪和人披一身金的霞光，乖乖走往山湾后说理的地方去。

这事对良马镇的人来说一点也不新鲜，知道是县里又有干部来下乡。没啥新鲜事，人们望着拐过弯的背影，很无趣地各自散了。

派出所院子里站下三个大活人，四头大活畜生，人能带回办公室，畜生哪能也带进办公室？一时想不下好办法，叫梁永胜进办公室，猪在外头。哪知梁永胜清醒了，人一清醒话就来了。梁永胜不干，死要猪守，活要守猪。

派出所长说："猪是在猪圈里，你在外，大腊月天冻出毛病来我咋交代你两个儿子？"

梁永胜说："我是戴着手铐进你派出所的，冻出毛病来你派出所就得管，手铐也不是随便戴的，当是小儿玩家家？"

派出所长想了想和下边的人说："给他开了手铐，把他带到审讯室，那地方虽然没有生火，也比外面强。"

梁永胜不去，凭啥去审讯室，犯啥法了？凭啥保国就不戴手铐，他也是牵着畜生呀？

派出所长解释说，不就是因为你不离开猪么？保国那畜生会说人话，你那畜生会说人话？你去那里暖和一些，等吕镇长送走县领导来了我喊你。梁永胜觉得也是个交代话，毕竟要卖猪给镇上，撂下一句话："你不要跟我扯淡，我也是王镇长的座上客哩！"

李进生一进办公室就被铐在了暖气包上，这一铐他有点吃不准深浅，一时吓得没兜住一股尿热了裤裆。

派出所长叫人把李保国带到自己的办公室，问他为何要把自己的儿绑了？保国说："他违反计划生育。我不知情下他把媳妇弄跑了，秋口上搞选举有人就告我状，我还以为农民们没啥素质瞎告状哩，我不怕，现在好了，肚子大得藏不住了，我才真知道我低估了农民们的素质，我儿真的违反了计划生育，别说人家告我状，我自己都没脸面当这个村长了。"

派出所长说："媳妇去哪，你不可能不知道吧？"

保国说："我指天发誓，我要知道我是个这。"

保国翘起自己的小拇指。

派出所长笑了一下说："我也是闲问你。你当了好几回那东西了。"

正说着话呢，吕宽富醉着酒进来了。

所长忙站起来叫吕镇长坐。

吕宽富一把抓住保国的领口："腊月天，你妈逼嫌不乱是不是？你想唱戏你妈逼到台子上去唱，拿你儿子搞什么苦肉计，旁的人看不清楚，我看不清楚你想做啥？你把媳妇支应走了，拉儿子出来垫背，想叫别人服气，你这障眼法也太下作了。"

保国腿软得跪在了地上："吕镇长，农村工作一半是演戏，一半靠政策，一半还得耍手腕，吕镇长啊，你说，媳妇都七个月了，肚外的是人，肚里的就不是人了？七个月，那是杀人啊！那可是个男娃呀，跟你我一样，你看看这派出所里，见有一个女娃没有？你看看镇政府里，有几个女娃？你再看看咱良马镇的村民选举，哪个女的能当了村长？地方不说，你看看中央？这社会活该是男人的天地啊！你不答应我就不起。"

"你妈逼赖啥哩？赖谁哩？叫县里领导看看瓦窑堡选举的村干部都是无赖！你还有没有党性原则？你以为你的水泥标号高，能生出大学生来？能生出大干部来是不是？"

保国哀求地说："我哪会儿敢说我的水泥标号高了？我这不是替我娃求情么？"

吕宽富说："年前你要不把媳妇的三胎引产了，你这个村长我叫全县通报你，当反面典型，一辈子白纸黑字苍蝇一样趴在报纸上！"

吕宽富说罢挣脱保国往外走，派出所长丢下保国也往外走。

派出所长在院子里悄声和吕宽富说："吕镇长，还有一个人和四头猪在审讯室。"

吕宽富疑惑了一下："什么人和猪？"

"河东村的梁永胜。说那四头猪是送给镇政府的，原来王镇长和他的交易。"

吕宽富："现在良马镇还有王镇长？"

派出所长也不敢说话了。

没等吕宽富回话，李保国从屋子里出来走到吕宽富跟前一副认真的样子说："吕镇长，我感到了你给我的潜在压力。"

吕宽富一挥手："是基本国策给了你潜在压力！"

李保国哈着腰说："是是是，我一时糊涂，想到以后势单力薄的日子，我就想一定要生娃，革命意识就差了错。"

吕宽富："你哪里还有革命意识？回去好好想想，都像你这样仨仨俩俩地生，为了你个人满足给社会造成负担，你当村长能为瓦窑堡村民谋幸福么？你不为了你私欲谋幸福才叫日怪！叫你媳妇苗条着回村过个春节，天下的好事不能你妈逼叫你一个人得！"

李保国站起来很谦卑也很可怜地跑到路前头说："吕镇长，这事我要办不成我就不当这村长了！"

保国牵着儿子李进生的手很不情愿地走了。一路上李保国和自己的儿说："胳膊扭不过大腿，要不是选举欠下亲戚们的钱，我要孙子不要妈逼这球村长。"

进生说："爸，那咱回家咋办哩？"

李保国说："吕宽富是杀人犯。回家叫你媳妇引产。"

进生说："就怕我媳妇不同意。怀和生都是爸你导演的。"

李保国说："半路上戏演不下去了，没见那导演的手段，都叫他们离开这个世界。你爸再有力气也干不过老公家。"

梁永胜在审讯室等候的过程中看他的猪，猪是土地之外的重要经济命脉，猪眼下已经累得睡在了砖地上，那肚子明显地塌了下去，塌下去的猪腰子显得苗条，梁永胜盘算着少说一头猪五斤肉丢了。不由得心疼起来，先是恨猪有多么不争气护不住自己的欲望，随随便便大小手，这世上的事情哪能随便做事，万行万业都该有个规矩。梁永胜又开始想王镇长，当初王镇长到他村下乡见他猪圈里的猪肥壮，笑着问他猪一年的收入是多少，他告诉王镇长一年的收入几乎不赚钱。为啥不赚钱？要是赚钱现在农村人你见谁养猪？人都往了城市，猪都没跑了。为啥？猪不赚钱，猪要吃粮食，猪一年吃进去的粮食够买一头猪，不合成本。那你为啥还养猪？腊月天杀了猪村上人过个年见个现钱。王镇长就和周围的人讲了个小故事。

王镇长说，他从县里下来之前在县宾馆当所长。每天宾馆吃喝剩下的残汤剩饭一桶一桶被倒掉，看着白花花的饭菜倒掉了，就觉得有点丧良心，决定在宾馆的后院养十几头猪。当时还不是王镇长的王所长叫人去乡下买回猪娃子，宾馆的猪圈也和乡下的猪圈不一样，猪圈的地上砌了青砖，猪打小就享受着脱离乡村后的福分。十几只小猪托付给两个女服务员养。宾馆的饭食和乡下是有天壤之别。乡下的石槽里一桶食倒进来没啥捞头，显得清汤寡水，吱哇叫唤也没用，顶多给槽里抓把糠皮，诱你再捞食几嘴，稀汤灌大肚，上顿接不住下顿。宾馆好哇，五寸厚的油花儿飘着，以往吃的是谷糠麦麸，现在吃的是拉面、大米、牛羊肉，毛吃得滑溜溜的，肚吃得滚圆圆的，猪圈里每天都撒来苏水消毒，定时定点清理卫生。王所长酒桌上常和领导们吹嘘自己人工养殖的猪有多么可爱，完全脱离了动物的低级趣味，和宠物猪一样，你看它，它看你，摇头乞尾，你跟它逗着玩儿，它就像小孩子撒娇一样哼哼吱吱蹭着你叫。小时候家里养猪，猪吃猪食，人哪里能走近，那猪头是高频率地在摔，食屑四溅，给猪喂一顿食，就要闹脏一身衣裳。饭桌上领导们一般不议论当前社会，对社会的看法是各怀心事，酒桌上的人呢也是严格控制自己的嘴巴。猪不是敏感话题，说到猪，大家兴致都来了，就要王所长过年时把那猪杀了大家分享一下。春天的小猪进宾馆时一尺长，到了冬天猪长了半尺，到了腊月天领导们被王所长吹嘘得都想吃自家剩饭剩菜养的猪肉，尺半长的猪咋吃肉？王所长和厨师说，这时候是亮你厨师水平的时候了。厨师说，不用亮，这猪肉保管不能用。王所长说，我们可以当乳猪么，一个桌子上一头乳猪吃球了它算了。厨师说，该出圈的猪当乳猪？就怕肉咬不动。既然猪没有长成，显然是还不应该宰杀，那么我就叫它继续长，看这畜生在违反自然生长规律的情况下能长多久才成大猪？

那一年县上的干部们年终会餐吃的是市场猪肉，王所长告诉他们是宾馆养的猪肉。书记是个喜欢激动的人，还在聚餐会上大讲特讲，要全县干部都向宾馆学习，不铺张浪费，学会生产自救，你们今天入口时吃出猪肉的香了没有？啊，这不是市场猪肉，不是饲料猪肉，是什么猪肉？是你们吃剩下的饭菜喂养成的猪肉，所以它香！从现在到明年开始，我们每年的聚餐就吃宾馆自己养的猪肉，我们的干部都是好干部，我们不铺张浪费，我们以前的领导人就说过，农民脚上粘着猪粪，就比不动手假讲究的人干净，多好的话啊！

王镇长在梁永胜猪圈前学着书记讲话，开过三干会见过书记的村干部就笑了，说王镇长学书记的话和书记一样样的。王镇长说，我后来才知道猪不能精养，老百姓最懂这个道理。梁永胜说，猪吧，天生该用糠皮麦麸喂养。王镇长说，梁永胜说得对，养猪付出的辛劳太多，更主要的是乡镇企业和农民进城这两件事改变了历史。以前一年一圈猪，现在一年两圈，说人民生活水平高了，可就是没有人说现在的猪都违反自然规律了。现在河东村，就你儿忠伟来说，没有上过大学，长在农村的人农民是他命定的职业，可他偏偏就打破了这个命定，离土又离乡，像他们村口的这条河一样，做了民工潮，有去不返。为啥，消费水平高了，种地养活不了自己。据我所知，河东村有劳动力近一百个，也曾是一个以农业为主的村，梁永胜你说，你原先有几个劳动力？梁永胜说，我和俩儿还有我老婆，算三个半劳力。王镇长又问：种几亩地？都种了啥？梁永胜说，一口人二亩，原先种的花样多，光豆子就种下了红豆、黄豆、小豆、扁豆。四口人均口粮地八亩，现在都种了玉茭，懒省事，啥都是玉茭换。王镇长说，你们都是村干部，都该了解自己村的劳力，你们搞村选时都拉过选票，知道在外有多少人，家里留守的都是些啥人对吧？我就梁永胜的地给你们算一次账。四口人，八亩地。一亩地打玉茭1000斤，我不按高产也不给你低产，一斤玉茭一块钱，一年八千斤，而投入的农药、肥料、种子和人工投入，苦干一年，梁永胜，你落下了多少？

梁永胜说，不到三千，还不含误工费。

王镇长说，你们明白了吧？苦干一年，不敢说劳力使用，土地超载和农业比较效益低下是显而易见的。农民对农业效益低于工商业的认识并不是在改革开放以后才有。咱再来说现在，农村一斤玉茭一块，脱皮玉茭充其量加五毛手工费，你看城市里的超市，一斤脱皮玉茭六块。咱镇往山河县坐班车去一趟三十块，人家北京的地铁，两块钱在地下转半天。你们说城市好不好？

周围听的人咂巴着嘴，似乎也明白这个道理但又没有总结得这么好。当然是城市好，城市人有工作不上班就能拿钱。农民进了城不劳动月头上只能拿个屁。城市人多少年来都低看咱农民，把农村不当住地。我和你们讲，农民一进城农民的厉害劲就使出来了。因为农民不给他们好好种地，不给他们好好养猪，进城后还冲击了他们的情感底线，他们城市要不明白这是农民在反抗，他们吃亏还在后头哩。城市一向以来是一个不舍得流动的社会，也是一个盘根错节的社会，当咱们农民潮水一样流进去的时候，打破了城市的规矩，打乱了他们往常的思维，劳力都进城了，国家再给农民土地补助，一亩地还不够人家超市二斤玉茭的钱多，你们说咱农民咋办哩？

大家目瞪口呆地想不出咋办哩。

梁永胜说，凭王镇长给农民脱贫哩！

这句话说得真叫人刮目相看。好！咱们镇是个穷镇，地下没资源，地上没木材，土地的养分也不够，我们就得学会去和有资源的镇要钱，有煤矿的镇要钱，我们要人家给吗？当然不会给。那我们要得上吗？当然要得上。为什么要得上？因为县里的财政要靠他们富镇拉动指标，那个指标升起来了，还得要把它花掉，会花钱是一个领导的本事，那么我们要学会的不是花钱，因为我们没有钱，我们学会的是要钱，学会挠领导的痒痒。现在的农民不是不养猪了么，猪肉价格不因为农民不养猪跌价，反而是一路飙升，这样对我们农民不是坏事是好事，为什么是好事？好就在于领导们吃不上农民养的猪肉了，农民不养猪的最大坏处就是猪吃不上蔬菜，吃不上粮食了。猪吃啥？瘦肉精、饲料里的各种添加剂一抓一大把，不是猪肉上涨了，是添加剂上涨了。我们要讨领导的欢心，就要让领导知道，我们良马镇还有留守农民在养猪，我们良马镇的猪是吃粮食和蔬菜长大的，我们把这些生态猪送给分管我们的领导，财政的钱不就会有一小部分叫我们花么？因为他比我们都清楚，有钱会花钱才是一县人民的好家长。梁永胜，今年你给我养四头猪，喂粮食，喂蔬菜，粮食是啥？玉茭皮皮，谷糠皮皮，黄豆皮皮，蔬菜是啥？萝卜缨缨，白菜帮帮，春天榆树上的榆钱钱，夏天洋槐树上槐花花，这猪肉你说挠不住领导的痒痒？

王镇长真是一个很了不起的人物。梁永胜想吕镇长一定也是不一般的人物，毕竟是从良马镇出去的人，也知道拿驴肉挠领导的痒痒，对吕镇长就又抱了一线希望。寒冷袭身，双脚来回跺着，猪在地上又拉又尿，这些梁永胜都不心疼了。能叫屎尿淹了良马镇的派出所才叫好哩。推了推门，门没有上锁，梁永胜牵起猪一起往外走，开门的瞬间里一股冷风扑过来，扑得梁永胜咳嗽起来，咳——咳——，猪觉得梁永胜的咳嗽声空洞乏力，像饿鬼缠身的样子，猪不管不顾往外挤。派出所的院子里铺了一层瓷砖，蹄子走上去有些滑，寒冷的冬天，虫草都死了，雾霭斑驳迷离，冷清把光和色都胶住了，使走过院子里的人和猪有点儿心慌。梁永胜想找找派出所的人，想问问吕镇长甚时候可以见着。发现所有的门都关得实实的。问看门房的老头，老头歪着嘴笑了："我不是镇长肚子里的蛔虫！"梁永胜说："你说我等呢还是去找人家镇长？"老头："噢，想起来了，镇长来过，叫保国牵着他儿走了，没见你？"

梁永胜说："要见我了，我还在这里憋狗等羊蛋？"

老头一摸头说："所长出门时告我叫你牵着猪走，我把这事给忘了。"

梁永胜瞪起眼说："你这是割了羊蛋不管羊死！"

看门房的老头说："你又不是个村干部，镇长见你做啥，够不着见你！"返身进屋关上了门。

够不着见我？好你良马镇的吕宽富！

猪在路上弓着头走，一边走一边似乎想觅到一口吃食，东拉西扯得梁永胜火气突突往出冒，一时心慌蹲在碎石的河滩边，抓起一把未及融化的雪，指骨隐隐发痛，俯下身把那雪塞进嘴里，冰凉冷冽刺痛了牙根，他想哭，可那额角的血管因为火气还在突突胀跳。稍歇一会儿，站起身沿着河滩任由猪牵着走。

四

快过年的良马镇没个热乎劲，冷清得要命。河道里空无一人，街道上空无一人，岸上的农田里堆着没有撒开的粪堆，几只野狗在粪堆上刨食，算是扰乱了一时的寂寞。旷野也并不辽阔，天空也并不宽广，以至一座良马镇的政府楼就把所有的景象遮蔽了。

红梅立在饭店的后院看眼前的河道，记忆中河道里的水缓缓流过，打眼前就能听到水流声，水的气味扑鼻而来，水流的声音总是无法收拢，犹如远方有一个人拽着它的手。黄昏晚夕下的光线如同一个"势"，孩子们欢闹得不舍得离开。在河道里贪玩到月亮升起，各自的爸妈在良马镇的街道上扯开嗓子喊他们回家，看那水迎着月光而飞，不知谁家的大人扬起手臂"啪"的那么一甩过去，河风顿住，往事响作一团。红梅想哭，想自己的日子总是留在童年，而这条河里的记忆何止是童年，还该有她的青春和爱情。从前的某个久远的情节像储存在录音机里，摁播放键的前一刻，需要备好一包纸巾。是的，阳光烤干了河道，过去的热闹都僵硬在了河道上空。

　　红梅走回饭店里间住人的屋子里，感觉黑一下蔓延进了屋子，隔窗再看，西山头上如墨的夜色就要扯过镇政府楼了。吕宽富在床上睡着，一屋子酒气，红梅拖过一只矮凳坐在床前，这张脸显得那般苍白，不再青春的脸上已经有了秋天的痕迹。时间收藏了许多季节，当年那个文绉绉的读书人，在他心目中很体面的男人如今是六亲不认，世无羁绊的霸道。红梅顺手从果盘里拿过一个苹果，一边削着果皮一边很耐心地听他此起彼伏打鼾声。她小心挪动了一下他，那鼾声断了一下接着又起了。红梅看着这个曾经爱得要命的男人，孤寂渐渐被什么充盈起来透明起来。她与这个男人之间的爱是一种毒药，卧伏在记忆深处的河是他们的红媒。还记得那些考上大学的同学走时的那一刻，离乡是风光的，良马乡领导为考上大学的学子送行，他们的父母脸上都洋溢着喜悦。命运携带着许多命定成分，命运的改变让她听到一个熟悉的声音："莫要再去妄想。"什么能够穿透岁月的幕布抵达眼前？当他们俩搁浅在乡下时，唯一的出路一定是背井离乡么？乡村的土地可以喂饱一个人胃囊，却喂不饱乡下人的集体出走欲望。

　　红梅抚摸着吕宽富的头发，想告诉他自己离婚已经多年了，不是为了谁离婚，是为了自己的心，心里有一个总也追不上的踪影，可那影子就在自己的身边晃荡着，看对方鼻子不是鼻子眼睛不是眼睛时，就想那个影子，就想这样活到老是不是亏了自己？一辈子雾锁心头活着叫个啥日子？红梅想起早年爸爸在供销社当售货员时的情节，她和吕宽富在对面的南禅寺里读高中，星期天吕宽富不回家来找她要书看，就是这间屋子里他们一起读《安娜·卡列尼娜》，读《霍乱时期的爱情》。爱情是男人与女人之间强烈的依恋，亲近，向往，甚至超越了父母的爱，是一切生命无可替代的交流。脚地上不是现在的地板砖，是夯得很实的泥地，地上盘着砖炉，炉口上烤着黄梨、红薯，透过窗望良马河，河水哗哗流着，吕宽富在她身后因为书中一个什么情节惊得她转回头看，那时候的人真是矜持，不懂得拉手，更不用说拥抱了，笑也是哧哧哧的细碎。吕宽富托人进县民政局当临时工收发报纸，自己留在乡下。爱情似乎是在远离时开始明确的。依旧是这间屋子，砖垒的炉台已经拆掉了换了铁炉，夏天冰凉的铁炉旁边两个人隔着烟筒说话，能听见锈烂的铁皮从烟筒里往下落。吕宽富说："生活再艰难和辛苦，我们都不要松劲，不轻易放弃我们的爱情。"红梅只是哭，那种很敏感细微的哭声，源于内心的弱小，没有方向的弱小，她能感觉几次吕宽富想伸过手来抚摸她的脸，最后也只是递过来一个布手绢。他们的呼吸在空气里收放，可从来没有过身体内在的迫切需求。当吕宽富转身离开时，红梅觉得身体空空荡荡的，撵到门口看，怕人瞅见，趴到窗户上看，那个骑自行车的影子走出好远了，什么也看不见时她坐在床上不想漏掉任何一个细节一分一秒地回忆。

　　吕宽富到底是留在县城了。

　　红梅还记得1989年的冬天，河道里结了冰，天空阴霾着，人憋得难过，她坐在河岸上，身边坐着吕宽富。他来良马镇就只是要告诉她，他要结婚了，结婚是为了摆脱一个男人农民式的命运。他娶的是民政局长家的千金，一个聋哑女子。两颗硕大的泪珠一起从红梅眼眶里掉在河岸上，没有一点声音。红梅说："我的心悬着，我的心一直以来都是悬着。但是，我不恨你。"吕宽富说："我爱你，我无法丢弃命运。"红梅说："人间事就是这样，越怕什么越来，我的心里要是没有你就好了。"吕宽富说："你要一辈子有我。"红梅看着河沿的冰碴子说："你叫我一辈子怎么活？"吕宽富说："我一辈子忘不掉你。忘不掉和结婚是两码事，我是男人，我得改变自己的命运。"红梅诧异地看着他说："难道命运是靠婚姻可以改变吗？"吕宽富说："人世间的欲望只要存在，什么都可改变命运，包括丢掉脸面的尊严。"红梅不说话了，当人没有尊严的时候，理义之气，情爱之气，再说都是伤心。吕宽富伸手拿过红梅的手说："我们还没有拉过手，我拉你手是要告诉你，有一天我会给你富贵。"红梅说："那些有什么用？愁有千万，富贵何来？"吕宽富说："不要忘记我！我得走了，我坐了局里的车来，司机是局长的心腹，我不想弄出啥事来在他面前落下把柄。"吕宽富想抱住红梅，红梅挣扎着。吕宽富说："你让我抱你一下，我从来不敢抱你，我一直想等洞房花烛。等不得了，红梅，我对不起你，你让我抱你一下，你知道我心里装着的是你，你的心不该是灰。我迟早给你一个洞房花烛。"红梅甩开他的手说："是灰就该比土热啊！"红梅跑开，往哪跑？寒风中她喊道："我再爱你除非河水断流！"

良马河十年后断流。

梁永胜看着河道里的猪，胯塌腰松的样子，上午来时生龙活虎，大白屁股蛤蟆肚，村街上走过，都站在街道上看，搬着指头给梁永胜算账。出门时梁永胜招呼村上的后生拿秤吊过，一头猪三百斤左右，估摸着四头猪可拿回一万多块。眼下猪饿得皮松骨缩的就算收购了猪，丢了的斤秤谁来补？养了一年猪，这叫个啥结果？耍猴还要锣吆喝，就这么叫人家日弄得自己在良马镇黑唱了一台戏。又想到苟小仓那王八蛋，躲了初一他躲不过十五。

腊月天梁永胜用了吃奶的力气喝了一声："停下！"猪们吓得一时陌生了，怀着对这个人的知恩感情一起直直立着回头看。"返回！"这不是返回么？猪们踮起蹄脚要走，哪知梁永胜先转了身，相互这么一拽扯，梁永胜跌了个仰面朝天。知道牵猪的绳子还在胳膊上缠着，猪们还在他的掌控之内，他心酸得笑了一下。胳膊肘的麻骨被河卵石猛烈地磕碰了一下，好不容易站起来，依然麻酥酥好半天缓不过劲儿来。梁永胜咬着后牙槽骂了一句："日你良马镇的祖宗！"猪们吓了一跳围过来唏嘘不已，梁永胜明白，他今天来良马镇的目的已经从拉锯战变成了白刃战，他和良马镇的吕镇长已经势不两立了。

夜幕下这条被乡人踩熟了的路显得细长而白净。一群活物在河道里走着，走得恼羞成怒。他开始来精神了，猛劲儿走，不走河道走堤坝上的大路，正面过来一个人被吓了一跳，正面的人明显地躲了一下想绕过去，一句话结结实实砸在了那人身上。

"日你妈苟小仓，站下！"

苟小仓激灵了一下，明白眼前的形势对自己很有利。

"站下就站下。咋的不敢站下？"

梁永胜："有种的你跟前来！"

苟小仓："梁永胜，你这是在河道里领着猪锻炼身体吧？"

梁永胜："苟小仓，你活不过今年！"

苟小仓嬉皮笑脸地："我活不过今年，你活明年。"

梁永胜："死了狼拖狗拽了你！"

苟小仓："喂了你的猪，给你添个斤秤。"

梁永胜:"再转世转成一头畜生!"
苟小仓:"转成一头猪,要你祖祖孙孙喂养我。"
梁永胜弯腰捡起一块石头,当下里他就想打死苟小仓,可又觉得明摆着打不死他。
"你过来!"
乡下的梁永胜攀上了良马镇一把手,村长见了都要矮三分哩。可光棍苟小仓自始至终就没有怕过他,啥都没有的人啥都不怕,便挺直了腰杆要走过去。
梁永胜反倒怕他真过来,真过来,手里的石头拍不拍?拍不死他拍了自己咋办?自己死不怕,猪是见证者,可猪是猪脑啊!
梁永胜大喊一声:"你还不停下步,你敢过来!"
苟小仓:"我娘养我两条腿就是叫迈步哩,在路上我停下步不走,你说两条腿在路上难道是路的摆设!"可人也到底没有动,也害怕梁永胜来真的。两个人是麻秆打狼两头怕。
梁永胜:"你敢过来!"
苟小仓:"我巴不得叫你拍我一下,我住进医院要你几个医疗费。"
两个人的喊叫声在堤坝上扬起又跌落到河道里。
梁永胜:"日你妈,我赔你一头猪!"一块石头扔了过去。
苟小仓蹦了一下,看着那石头滚下堤坝,惊得树丛里三两只麻雀飞起。苟小仓突然很蹩脚地吹了一声口哨。
梁永胜气得满地找石头,可不停乱窜的猪扯拽着他停顿不下来。
苟小仓说:"我告诉你在哪能找见驴镇长。在驴肉香饭店红梅的屋子里。你只管拍门,红梅不叫你见到驴镇长,你只管在她的饭店里吃饭,最后你把猪押她饭店走人。"
梁永胜陡然清醒了。
苟小仓说:"我要不是怕你俩儿回来找我算账,我才不怕你,你没有叫我怕的地方,你省省劲儿,不要抓了芝麻丢了西瓜。"
空气里充满了骚动,又流动着更大的安静。好像被谁攫走了那一把烈火,顿时没有了燥劲,可梁永胜支棱着打人的架势还在。
"你说话跟放屁一样!"
"放屁也有响儿,我要做成了你给我一百块,叫我买条烟。"
"做不成你给我买啥?"
苟小仓在堤坝上闲溜达了一圈,不接对方的话茬。既然给梁永胜找了一个正当、恰切又充分的理由开脱了他,他还不走,自己再接他的话就没意思了。光棍是啥?是不舍得下地干活,东家进西家出闲溜达的人物,光棍还喜欢热闹,喜欢在人家的热闹里流连,喜欢把自己当了生活热闹的主题,自己就是人家锅里碗里的那一口下肚后嘴边的话把儿,啥事都喜欢做个参与者、听众和看客。
苟小仓说:"要是驴镇长想从红梅的后窗跑,要不要我给你堵死他?"
梁永胜想,没这个人事情还真乱不起来。苟小仓是个不要脸的人,事情闹大了,也好顶一杠子。
"梁永胜你说一句话,就咱俩,你不丢人。"
"你是哄着你爹缸沿上跑马哩!"
"我是三张纸糊了个驴脑袋,就图你给我那一百块钱哩!"

两个人都不说话了,梁永胜在前,苟小仓在后,中间是猪,两人心照不宣借着月光往良马镇走。

　　夜,彻底来了,来得急迫,酝酿并策划好的行动必须预热,以保证有充足的胆量去敲红梅的饭店。梁永胜想,我不能后悔,事关钱的问题,事大了身后有个苟小仓,是他让我犯了冲气。

五

　　一只蜘蛛从梁棚上吊下来,拉长了室内的灯光,是一只红肚子喜蛛。红梅抵起嘴唇看那一线光亮下的明明灭灭,看得痴了。突然站起来拿了一根长棍轻轻地拉断了蜘蛛的丝,蜘蛛悠悠坠落,发现危险后又匆匆提升,宛如光线渐渐地缩小,在朦胧中她把那个蜘蛛送到了墙角。火炉上水壶里的水开了,红梅提下壶倒入脸盆并添加了冷水,试了一下手温然后开给吕宽富洗脸洗脚。事隔多年,她还记得当年他和男生赤条条地钻在河里洗澡,女生在岸上的草丛里躺着,矢车菊开得灿烂。那时候的良马河有那么多的传说,传说他们洗澡的那个瓮池里,早年有一个小伙子背着东家的秤去外村收租,走到瓮池跟前绊了一脚,秤掉进了水里,因秤杆是老红木很快就沉入瓮底。秤砣子滴溜溜在水面上打转,小伙子伸手够秤砣时被瓮里一个18岁的女水鬼拽走了命。良马河是一条有着生命跳动的河,平淡无奇的日子因为良马河的传说变得有趣。女生在草丛里议论那个铁铸的秤砣怎么会在水面上打转悠呢?那些洗澡的男生谁会被女水鬼带走?红梅害怕女水鬼把吕宽富带走。太阳高高地挂在天上,红梅迷恋那个瓮池里洗澡的人,她不要他有任何闪失。这个不愿守着贫穷的男人,不是贫穷太愚昧了,是贫穷太孤单,贫穷需要一张气势很足的脸面来撑起他的腰杆。红梅倒脏水的时候,看到镇政府的楼前撒满了霜也似的月光,有什么声音脱离了良马镇渐行渐远,渐渐不能辨析了,她抬头看满天星星,想起来是下午的风收走了最后的尾巴。

　　供销社彻底消失的时候,红梅爸爸买下了这一排旧屋,盘点了剩余的旧货由红梅爸来当店员,也就是说供销社成了私营,改叫"良马乡供销社"。红梅始终觉得良马乡是她的一个痛点。爸爸叫她站柜台,她坚决不,一定要离开良马外出打工。爸爸说:"鸭子过河鹅过河,孙子过河爷过河,世上沟沟坎坎的路太多,出门千般难哪有在家好?不和那外出的人置气你留下来陪爸妈。"红梅还是决定走。出门几年先给人家当服务员,后来自己开小饭店,小本生意做得也算红火。可闺女大了总得嫁人,妈力主不叫红梅找外头的人,经由媒人撮合红梅嫁给镇上邮局的一个邮递员。红梅不爱这个男人,对这个男人始终没有爱的敏感和冲动。结婚那天,月光那么好,男人却一脸的沮丧徘徊在自家的院子里。男人把烟揉碎回到屋子里下了狠手,发现红梅系着五条死扣裤带。像做一件惊天动地的事一样,他们俩肩膀上搁了一副担子。人在社会中扮演一个角色真难,尤其是一个妻子,戏演久了心身自然都累。妈说:"你不理不睬人家娃,你知不知道人家娃是来咱家挑担子,天下没有开花不结果的树,你忍心爸妈老了续不上自己的香火?"放下自己累的那一刹那她怀孕了。做了母亲,犹如水被收服在容器里,很难恣肆妄为枝蔓横生地思谋红杏出墙桃李争春的事。她又想起了曾经阅读过的小说。如果你怕死,你是得不到真爱的。就像弗洛伊德认为,人类一切精神上的疾病都是从性的创伤开始,这种创伤对于人的精神来说不可逆转。从这个实质来讲,爱情又变得像霍乱一样真实。性和爱哪个更重要?没有爱怎么能有性?父母年迈,她得撑起这个家。盘点饭店回乡把供销社改成了红梅饭店。再见吕宽富已经是2009年的夏天,他已经是民政局的一个副科长了,下乡来店里吃饭,在转头看见他的刹那她明白了,无法抑制自己活下去的渴望又如春天来临。那一年他在镇上住了一夜,他们和镇领导们打麻将,打到半夜，他知道红梅的丈夫去县城送邮包了，出门解手的时间里走进饭店，就这张床上，没有过程，没有准备，没有情绪酝酿，很自然地拉过红梅的手，很自然地抱着红梅躺在了床上，红梅惊讶得张大了嘴巴。吕宽富说："吓着你了？"红梅说："你还是当年的吕宽富吗？""操！我要还是当年的那个吕宽富百病都会乘虚而入。""既然不是当年的吕宽富，当年的那个红梅死了。""我不信你此时心里没有堆放一堆干柴，我烧不热你！"什么东西生丝一样勒痛了她。"吕宽富，你对我从来没有负罪感吗？"这是一句叫人难以回答的话，尤其是此时的吕宽富。结果是他无语匆匆而去。沉闷燥热、心烦意乱，整个人深深沦陷下去不能自拔。曾经拉手都很难的决绝，怎么会如此没有过程就撕破了那一层圣洁？顿觉自己在吕宽富眼里成了一个混沌粗鄙的女人，这世道里的自己真的是多了隐晦污浊的下流，少了一帘花雨的清气么？世上没有比找不到回头的路更绝望。她决然地离婚了。人事景物腻烦至极，花开两枝，各表一朵，她这一辈子再都不会有新鲜生动娇憨可人的那一天那一刻么？她渴望那一天那一刻，渴望那个负心汉给她承诺的洞房花烛。爱一定要有一个端肃正经的过程，之后才能渴望犹疑躲闪和招惹挑逗。

　　刚来时吕宽富正赶上村民选举，村里讥吵事多也麻缠。穷村穷争富村富抢，都是为了争当村长好利用资源去县里跑项目。吕宽富一来就叫红梅的店里上驴肉，叫她饭店改名驴肉香，他说："你还记得我说过的那句话吗？我一定要给你富贵。"红梅才知道他的父母在县城郊外和人合作养驴。干部到任后要落实遗留问题，续接问题，一系列问题需要他决定，接着是十月初一烧纸钱，有人上坟不小心点了山，他带领干部翻山越岭去扑火，等工作理顺的时候就进入深冬了。离年关近时，县里下乡的人也多，有时候一天就能拿走一头驴。红梅想，这驴肉可是比猪肉值钱啊，这样一头一头拿，年腊月要拿走多少头驴？钱从哪里来？红梅算了算卖出去的驴肉，一个腊月天将近有二十万出去了。这么大个数目？吓了红梅一跳，她就想知道他这一生奔着的是个啥目标？想着的那个幸福是个啥标准？

　　"梆梆梆"敲门声响起。

　　红梅今晚不再招待客人了，就想等床上的人醒酒。

　　门外的人喊了："红梅你开开门，我要在你店里吃口饭。"

　　不等话音落下后院的狗叫上了。红梅听见是梁永胜。红梅说："梁叔没饭了，去别家饭店吃吧。"

　　梁永胜喊："我就想吃一口你家的驴肉。"

　　红梅觉得蹊跷了，梁永胜的猪撒泡尿都心疼，他还想吃驴肉？这么晚了，他喊吃饭的话好生硬。可也不好说啥难听话。"驴肉卖完了，想吃明天中午等班车捎来了来买。"

　　屋外的苟小仓拿着一根棍戳着猪吱哇乱叫。

　　梁永胜小声黑着脸说："王八蛋苟小仓，你是想叫我要你命哩！"

　　苟小仓小声应对："猪不叫动静不大，人家咋知道你的猪是要卖给镇政府。"

　　梁永胜心疼猪，啥也顾不上了大喊着："红梅呀，你开了门，我找镇里的一把手哩，我知道一把手在你屋子里，你开了门。"

　　红梅知道闹事的来了。门开也不是不开也不是，是谁看见吕宽富在这里？傍黑时他是从后门进来的，河道里没人看见就不会有人知道他在这里呀！

　　红梅说："梁叔你稀罕了，吕镇长咋的会在我这里？"

　　梁永胜知道红梅上了自己的当了，自己不说吕镇长，只说一把手，她自己说了吕镇长，好嘛。

苟小仓坏笑着小声说:"你就说在河道里看见吕镇长进了你的饭店到现在没见出来。"

梁永胜说:"你咋知道现在还没出门?"

苟小仓说:"我是光棍我天生就操这心。"

梁永胜说:"我晚夕时见吕镇长进了你的饭店到现在没见出来。我找他有急事呀,我可是等了他一天了。"

红梅说:"叔你说笑话。我睡下了。"

梁永胜哀求地说:"叔是马踩着车哩,火烧眉毛的事,我是一天水米没进了,吕镇长下令把我关在派出所,我梁永胜做下啥犯法的事情了?往年的今天是我来镇里送猪的日子,你吕镇长咋就架子大得不能见我梁永胜一次?我找过你吕镇长啊,你脚上踩着风火轮,我哪能找得见你?红梅啊,就算吕镇长不在你饭店,你开了门能给叔一口水喝吧?"

良马镇的人陆续走过来,都知道梁永胜把"驴镇长"堵在驴肉香饭店了。镇长的秘书小张也来了,他也不知道镇长在红梅的饭店里,打电话镇长不接,小张干着急冲着梁永胜喊:"你嚷啥哩,一朝皇帝一朝臣,吕镇长咋知道你给镇里送猪,你送猪去送给王镇长呀,你嚷嚷着把良马镇的和谐都嚷没了。快牵了你的猪离开!"

梁永胜说:"你娃说话不脸红,你也是伺候过王镇长的人,换了领导咋把心肠也变了,你可是党员干部的后备,你不怕王镇长得势了少了你这个提拔指标!"

皎洁的月光下来看的人都龇着嘴笑。黑咕隆咚的饭店突然的灯全部亮了。门哗啦的打开了,红梅一身红衣戴着围裙站在门口。亮瓦瓦的饭店里桌子板凳干干净净放着,碗儿碟儿在桌子上安安静静等着。

红梅说:"梁叔是要吃腱子肉呢还是吃驴下水?"

梁永胜傻了,一时不知道说啥。看苟小仓,苟小仓一缩两缩地退出了他的视野。

红梅说:"梁叔,你说呀吃啥哩?"

梁永胜说:"你给叔把那驴下水弄一盘,我尝尝是个啥滋味。"

六

吕宽富在床上睡得正好呢,刚才发生了什么事他完全还迷糊着,听到外面的吵闹声,第一时间是拿起手机拨通了派出所长的电话,小声叫他派人来看看驴肉香饭店是出了啥事情了,把带头闹事的铐走。

派出所长亲自带人十分钟不到席卷而来。梁永胜这下不怕那手铐了,主动走到派出所长脸前伸出手说:"来,铐!我给良马镇送猪,你们铐我,我来吃碗驴下水,你们也铐我,你敢再铐我,我明天就上访,一级一级上访。红梅啊,一碗驴下水吃出祸害了,怨不得你叔,镇长要不在你屋子里,能知道驴肉香出事了,能叫派出所来抓我!叔来生变个驴,记得,把叔那一口肉给了吕镇长吃。"

良马镇的人们喧嚣了,这事儿闹出花样来了。红梅大声喊道:"还嫌不闹?派出所的人都走啊,共产党的名声就叫你们这些个官儿给咋唬坏了!"

吕宽富任由外面的事态发展,他不信老百姓不怕政府和派出所。

红梅说:"他是我叔,他来饭店吃一碗饭,用得着拿手铐来铐他!"

梁永胜说:"她是我的活祖奶奶,我没钱拿猪换她一碗饭,赔干贴尽我愿意我不犯法!"

周围的人都笑了。这是把梁永胜逼急了。狗逼急了要跳墙，人逼急了鬼都怕。

派出所长知道梁永胜的肝火捣腾出来了，腊月天是该教他怎么消消火。两个民警上去咔嚓一声一甩手铐铐住了梁永胜的双手。

梁永胜泼皮一样三步两步跑进了驴肉香的店铺大声喊叫："良马镇的一把手吕宽富你出来，天下要大乱了，你不出来我就碰死在你这驴肉香。"

民警往过冲，突然的红梅泼妇一样冲上去："把我也一起铐走，你们握着这点权力想铐谁就铐谁，把我拷走，你们谁去喊四平叔来？"红梅看到四平叔就在人群中。

梁永胜躺在地上喊："我冤枉啊，快给我捎话回河东村，叫我老婆来给我收尸，就说我临死老公家都不叫我吃个饱肚！"话说完一挺装死过去。

苟小仓喊："不得了啦，死人啦，快往红梅的床上抬，救人要紧啊！"

看热闹的人也开始嚷嚷："吕镇长这时候还不出来说不过道理，真要出人命啦！"

"看他派出所咋的处理，红梅这下败兴了，谁不知他们一来就明铺夜盖在一起。"

乱了阵脚的人有几个小混混抬了梁永胜就要进红梅的里屋。红梅清醒地拦在了门口。"你梁叔是来镇上卖猪来了，吕镇长收不收猪，这猪我收下了，四平叔拿秤吊了，我现在就付梁叔钱，梁叔你醒来吧，你那猪跑得没影了，你总得把猪找回来吧。"

梁永胜哼哼几声睁开眼四下里找他的猪，看见猪还在，一时又来劲了："以往吃猪，现在吃驴，下一步就要吃人哩？四平你过来刮了我熬了骨头汤！"

这么一闹派出所也不敢下手了，憨站着看事态发展。

红梅说："人都得讲道理，理不顺事不通。梁叔你是成心要看我的笑话，可这笑话也不是说看就看上了，你听信小人，说吕镇长在我这小饭店里，你要是找不见他，你敢把你这四头猪赌给我？你敢赌我就敢叫你进我住人的屋子里，良马镇的人可都看着呢，老少爷们的眼睛可盯死了，别说我红梅说话不算话，你要是一个明理人，这四头猪立马过秤，我收猪你拿钱，别叫话传出去县里人笑话派出所动不动就铐人。"

良马镇看笑话的人里有人叫梁永胜赌猪，有人叫他赶紧把猪卖给饭店，也有人说后朝不理前朝事，你这是无理取闹。

红梅说："把手铐打开，不打开我陪他走，乡里乡亲的，真要把名声丢尽丢够才要收手吗！"

这一句话似乎是再一次说给屋子里的人听。

派出所长说："打开手铐看他做啥哩，留着看他能做了啥。"

梁永胜的手铐被打开了。

苟小仓在黑暗中喊："梁永胜，你赌猪啊，赌猪啊！"

梁永胜循着声音翻了一眼黑暗中的苟小苍，心想着，才不赌猪呢，就算吕镇长在红梅的屋子里又能咋样，还不是最后卖了个猪价钱，抬头不见低头见，说不定啥时候就用得着镇政府了。出门时老婆说，人家吕镇长是民政局下来的干部，说不好也能求人家弄个低保，一年拿几千块钱不也等于养了一头猪。

梁永胜说："店家红梅，我的猪一天没吃喝哩，掉了斤秤，不是掉了一个两钱。"

红梅说："张秘书，叫人拿秤来给猪下重量。"

张秘书犹疑了一下，害怕在红梅的饭店里要出啥事，急忙应着去找人拿秤来。

红梅说："叔，你平常有多重？"

梁永胜说："一百零五斤。"

红梅说:"叔你来我的秤上站一下。"
　　梁永胜挣脱挽他的手,疑惑地站到地上的秤上,那红针指在50上。腊月的夜里是最冷的,刺骨的山风把人脸都吹得木木的,看的人忽前忽后挤着。张秘书拿着秤来了,吆喝人给猪吊重量,猪们哑着嗓子吱哇乱叫着,吊下来的猪们一共是一千零五十斤。红梅说:"按梁叔你说下的重量来算,比你平常的重量少了五斤,我一头猪加五斤少下的水分,总共一千零七十斤,再搭上叔你的重量,因为你也一天没有吃饭,就算是补偿你饭钱,总共一千零七十五斤,按一斤十三块算,我该给你一万两千两百七十五,抹了零头,我给你一万两千三百块,你等着我这就拿给你。"
　　梁永胜一听立马就能拿钱有些感动地说:"不急嘛,杀了猪再拿,我没把钱看得当紧。"
　　红梅进去里屋取钱时看到吕宽富藏在门后一动不动,她没吭气拿了钱出来关上门,钱递给梁永胜,叫他数数,数钱的过程中,红梅叫四平叔连夜把猪杀了。看着有往回走的人,红梅站在酒店门前喊了,凡是良马镇的人一户二斤肉,算是祖辈住在良马镇,这么多年来大家照顾自己生意红梅聊表的一点心意。杀猪,分肉,就算是分到明天早上,也要连夜做了这事。

　　屋子里的吕宽富听着外面的吵闹声慢慢明白了一切。听说红梅要分猪肉给良马镇的老少,心里想着这女人到底要做什么?对梁永胜这样的刁民就该叫派出所管,掺和什么结果。他恍惚站起来努力保证自己的警惕性,记住自己的当下就是不忘记自己的身份。自己的身份接下来要做什么?吕宽富很小心地到卫生间洗了脸,把刚才的酒劲扫去,整理了一下衣着,想到,当下的身份是离开这里不在现场。决定离开时,吕宽富看了一眼刚才躺过的床铺,淡粉的雏菊被子被月光照出一种说不清楚的余韵,床头柜上放着一瓶干红,高脚杯里的干红隐约晃着外面的月光。他走过去用指甲盖轻轻地敲了一下,似乎响声很脆,心跳不由加剧地跳了一下,与外面的吵闹声相比又似乎微弱轻尘。吕宽富准备开门时发现走是不可能了,因为门外就是饭店。
　　他开始怀疑这出戏是红梅一手导演,是存心在报复自己当初对她的抛弃。不然为啥她一而再地拒绝自己?
　　吕宽富尽量让自己冷静下来,黑暗中努力回想傍晚来酒店时的过程。当时外面刮着二三级小风,红梅看到他走进来时欣喜难抑,那一份久盼的牵肠挂肚都晒在了脸上。红梅说今夜你给我你许诺过的这个节日,这个节日和渴盼、梦想、怀恋靠在一起,这个节日埋伏在平常的日子里,竟然要我用半生来寻候这个日子。他当时好像是急促地抱住了红梅,依稀记得红梅的两只眼睛被泪水糊了,呼吸急促地说:"你知道我心里难过,我对谁也不能讲我的难过,我的难过很复杂,全部归缩在拳头大的心里,日日夜夜,我想一个人,我从没有轻易得到这个人,可这个人轻易就夺走了我的一生,你说人的一生活着到底是为了什么?诚实的生活方式是不是要按照自己身体的意愿行事,想你的时候想你,爱的时候不必撒谎,睡觉的时候也不用为了逃避可耻的爱情程式而装睡?你说,你这一辈子活着到底是为了什么?"吕宽富想不出人一辈子到底是为什么活着,欲望的实现,对!随时随地的欲望实现。欲望便是行动的出击。"你知道我等不及了。""早晚之间,你可还记得你说过的话?""说过的什么话?""我们初恋的结束,在屋外的河滩上,我守着这条河,就因为我的初恋遗失在了这里。""都多少年前的事情了,没有当初的决定哪有我的现在,你该为我想想。不说那些陈年往事了。""怎么能说是陈年往事呢?我是每日都在想,想那时的爱情突然遇着你的欲望了,我的爱情就没了。""你看我憋足了劲在等你。从它的态度上你该知道我有多想你!"吕宽富脱掉衣裳赤裸着仰躺在床上。
　　现在想来是红梅在报复他,让他脱光了报复他!吕宽富一下就烦躁了,开始寻找什么,果然电视旁边放着一个相机。他小心取出相机卡握在手里，他不敢往下想，越想越怕，没有什么好方法抵住不怕，气从心口生，他煎熬得难活。存活于世的人，因为与命运的博弈太过惨烈和真切都变得多疑。吕宽富想和红梅说，我喜欢你在饭桌上和领导周旋的样子，和我一心一肺的，我就知道你内心积聚了风骚。可你现在这样对我？吕宽富想哭，如果时间倒回二十年，我和你成为一家子，在良马镇做个小生意，过不温不火的日子，生活到现在又能怎样？谁能在我身后弯着腰说话？这是个攀结权贵的社会，拿权力耀武扬威的人才吃得开，才不叫人低看。我由一个农民走到现在容易吗？农村是一个极其封闭的小社会，农民除了碌碌无为过日子，剩下的就是鸡飞狗跳瞎叽吵。他们只有破坏社会而没有推动社会的基础，我不可能变成他们，所以我瞧不起他们，他们给不了光明的前途，只给了我耻辱的背景，我只有手执权柄，我才能改变一切，我只有改变一切才活得是个男人你知不知道！

　　"驴肉香"里生旺炉火煮水要杀猪了。良马镇少有的热闹，店老板红梅似乎对自己这一行为痴迷得很，一身红底绿花的睡衣妖娆地穿梭在人群中。梁永胜看着他的猪被人用绳子吊起来，猪叫得人兴奋，梁永胜也兴奋，怀揣着钱，钱能把受过的罪抵销掉，钱比什么都好。一个大字不识的庄稼人，能看多远？人世对梁永胜来说思想观念也在转变，以往庄稼长得好，日子不求人，才好挺起腰板活的日子没了，不知道钱好的人就等于是瞎子走黑路。梁永胜捏着口袋里的钱，不敢轻易往人群里挤，腊月天闹下这事情，也不敢一个人往回走，命不值钱，钱值钱啊！

　　夜幕下的良马镇，似乎在经意与不经意间发生着细微的变化，比如苟小仓蹭过来，蹭到梁永胜身边，他很兴奋，比红梅还兴奋。这个人长得就像一丛灌木，无人修剪，长得没遮没拦，无规无矩。走近梁永胜故意磕碰了一下装钱的口袋，梁永胜的眼睛死鱼似的盯着苟小仓。"瞧你那怕样，你吓唬谁？不是我你去哪里得钱。我这是来关心你，你说我这一天都在陪伴着你，帮你做成买卖，得了钱，你那猪好过了良马镇的人，我不是镇里的人，想吃猪肉没有良马镇的户籍。我起哄架秧跟着你的屁股后，不说别的，返程你不得个护卫，说到桌面上，你总该给我个零花吧？""再嚷嚷我叫派出所抓了你。"苟小仓弯腰踢了踢地上一个烟盒子，他以为是谁不注意掉下了，可踢上去轻飘飘的。"你是个老鬼。"梁永胜觉得这句话很难听，可也无法反击，便佯装了听不见。苟小仓感觉到了沮丧和悲哀，这事不能算个结果，他还得串托梁永胜拿几个零花出来，不能就这么拉倒。"梁永胜，你一会儿不回河东村了，月黑风高你就不怕遇见响马？""你就不能紧睁眼，慢张嘴，我要遇着响马了排除不了的就是你。""你也太下看人了，明人不做暗事。你只要给我个零花儿，我一路给你当个保镖。""共产党要是把你这样的人饿死就好了。"苟小仓觉得这话说的，算了，就当自己踩了死人骨头了。

　　案板上的猪开了肚，汤汤水水地淋漓在地上一个大铝盆里。这边厢每一户出一个人来领猪肉，红梅在案板旁边指挥着，一户二斤肥瘦搭配。有的拿了肉还想换一块别地方的，割肉师傅白他们一眼说："这是白拿，你家过年肉不够，还可出钱割几斤。"大伙儿觉得讨了人家红梅的便宜，也该替红梅销销肉了。有人就要五斤刨出送的肉，等于是割五斤肉出三斤的钱。有三斤有五斤，也有割十斤肉，这时候割肉的四平叔又换算了一种割法，要十斤的给你十二斤，算送二斤，肉就长出许多。四头猪转眼间就剩下了四个猪头。寒冷的冬夜谁也看不出来这个女人的变化，她想和时间算账，可时间一出溜就远走了，日子就像绳子一样绾了个死扣，现在突然就打开了，人反倒舒畅了许多。

七

梁永胜在河道里走着，冷风嗖嗖在刮，今日的事情邪乎得就跟是做梦一样。干硬的冻土绊了他一下，他觉得自己像纸片一样被风掀着在走，口袋里的钱踏踏实实很清醒地握在手里。走之前他和红梅借了个手电筒，照路。现在无端地开始冒潮心慌起来，河道旁秋天盛长的花草干透了，风吹出嚓嚓声，一开始还能听，敢看，越来越小心走路了，生怕脚底被什么拽一下，心里一直犯嘀咕，要是有人敢来，来的人一定是苟小仓，暗自想着，忧心着，如果是苟小仓，他明天就不要想活个全人。

河岸上有什么声音嚓嚓传来。

梁永胜不害怕，怕什么？有什么怕！往河东村的河道很宽，东山和西山相距四五华里，河两岸是平整的农田，两边还能隐约看见村庄里的灯火，只是拐过弯往北山的沟里才显得山大沟深，河东村就贴在北山根上，不等走进沟底就回村了，不怕，他家的屋子坐在床上就能看见进山的路，大白天眼睛好的能看见树梢上起起落落的麻雀。那嚓嚓声还在，梁永胜突然回了一下头，什么也没有。他纳闷是自己饿昏头了，饿得耳鸣了。继续走，黑墨的山黑墨的地，那嚓嚓声依旧跟得紧。梁永胜想点根烟抽，可手始终不敢从装钱的口袋里拔出来。想到"烧山坐牢"标语也就罢了，便开始快走，极快，那跟着的声音也快起来，像扫把掠地而过。

梁永胜站下来。

"日你妈！日你妈！日你妈！"

朝着三个方向骂了三下。日怪，世上还有比骂人更能壮胆的事吗？寂静的河道里梁永胜的骂声响起来。

"庄稼人和土疙瘩打交道，过日子不欠人，不怕你个龟孙子！你敢来！"

"我最恨好吃懒做的人，自己不下力，不务正业，光你妈想讨便宜的事，就不怕骨头明天就散了架！"

"龟孙子，不义之财得来，吃饭都叫你不香，你敢过来动手！"

"我死是这里的鬼，生是这里的人，这里的沟沟坎坎摸黑走都知道哪里撂着一块石头，你敢过来，我生吞活剥了你个龟孙子！"

一路骂过来，手里握着的钱都握潮了，骂得口干舌燥，喉咙里干烈烈地冒火，始终也不敢卸下架势，瞪着骂人样，一路快走。

突然远处穿来一片吆喝声，不像是响马喊叫，仔细听是自己村里的人。知道是自己家的人得了信赶来接应自己。走在前边的是自己打工回村过年的小儿子，他掏出钱踉踉跄跄地奔过去把钱送到小儿手里，手电照着，看着儿卷了圈一把插进了屁股后的口袋，他担心那地方最不叫人注意，最容易丢掉。又把骂人的那架势瞪起来："啥东西到你手里非弄丢不行！"他和儿子要出来，依旧自己装好，一路小心握着回了家。

回到屋子里梁永胜不急不慌地脱鞋上床，虽然眼也看不见，腿也发硬发困，可硬撑着给河东村来看他的人讲良马镇一天里发生的故事。他说，我今天是把一生的风光都占尽了，人哪，只有坐过牢的人才知道什么叫自由！我今天良马镇坐了回牢，戴了两回手铐，手不能动，越动越紧，像狼牙一样咬着你的手腕。河东村的人唏嘘着，这也算坐牢？都没有在牢房里过夜，只不过是拘留一下，还因祸得福了呢。梁永胜半躺在温热的炕上，展开腰身，弛然而卧，要老婆子拿过烟来，他直起身一一扔过去。"吸根烟，给，吸根烟。"他有点像战场上立功的将军一样，说派出所算是见识过了，派出所都见识过的人还有什么可怕的。临了他问是谁告诉你们我在路上，要你们来接我？

二儿子说："是苟小仓告诉叫我们去接你，他怕你路上有个啥不测。"

梁永胜："独杆子苟小苍，他总算做了一件人事。"

二儿子说："我给了他一百块钱，他说跑腿也不能白捎话，何况还配合你把钱要下了。"

梁永胜怒喝一声："你给我把他个龟孙子喊来！"

一口气没吊上来，人就说不出话了，顽痰在喉咙里堵着，咳咳咳咳半天，脸在灯光下憋得跟猪肝似的，老婆子急忙走近他拍他的背，朝儿子喊，活祖宗，快倒碗水来，忘了你爸一天没有进水米了呀。

红梅收拾干净外面打发走所有的人，走回里屋，看到一屋子烟气，吕宽富在烟雾中恍惚着。两个人对视，当初的这个人，那一份对生活的美好在她的心跳处伴随着她呼吸着，给她希望和孤独。吕宽富伸出手掌，红梅心动了一下，爱，再一次的爱，却见吕宽富缓缓掰碎了手中的什么，那是什么？难道爱情和霍乱一样没有体面而言，难道染上了爱情，唯一的结果就是加速死亡和痛苦？

屋外的狗被什么声音引逗着叫了几声。与以前相比是一种灰冷，她不要这样的富贵，遥远的记忆深处，必定蕴藏着炉火吧？温暖的炉火旁边的读书声，一个眼神，一段沉默，对未来的渴望和梦想是多么的干净啊，连着未来的根基又是多么脆弱，曾经的温暖而微弱的存在，有所依偎，却无所着落。当这个人从她身边离开时，她原谅了他，如果爱能因为放弃给对方一个美好的未来，她愿意。她守着那份爱，那份理想，守着河流，守着良马镇，当她看到自己的同学小花外出打工给自己的父母赚回来一栋小洋楼时，她不屑小花，世界上所有的都能被轻易使用时，爱情不能，性不能。活着穷尽毕生努力，绝不能给自己的名声留下罪恶。传统吗？不，她心里有爱，爱在心里溶解为水，滋养心田，滋养长久艰辛的生活和精神。雪在地上，月亮在天上，天地清澈，想干好事想干坏事，在这个了无边界的夜里，她什么都不想干了。她走近吕宽富，从来就没有说服过他，她想说，做好事做坏事都为着所有眼睛盯着你的人和事想想，好吗？

吕宽富能听明白吗？

红梅打开后门说："吕镇长，夜安静下来了。"

吕宽富扬起那些碎片，用一种怪异的神态看着红梅，然后释然而去。

敞着的门挤进来一股风，旋着屋子里的烟雾，爽利红梅就大打开了门窗，看那股旋风旋过角角落落，卷着一屋烟雾，在门边上盘旋着被路过的风迅速携带着走远了。一天凉月，四壁黝黑，宁静堆满了良马镇，仿佛河道里被水搁浅出的石头，月光泻下来，只有月光可以抚平人的疲惫吗？她有些想睡了，眼睛酸酸的，她站着，让那股冷风尽量吹得自己清醒点。过了这个年土地全都要露出来了，那些冬眠的虫子也要被翻出来，四季重新开始，春天的心情就像擦洗过的玻璃，该是格外明亮。红梅关闭好门窗睡下了，睡得很踏实。夜里梦见一个浪漫的场景，梁永胜和她说，你养猪吧，我给猪们喂玉荽皮皮，谷糠皮皮，黄豆皮皮，萝卜缨缨，白菜帮帮，这猪肉你说它挠不住钱的痒痒？

早起，有人看到红梅的"驴肉香"的牌子不见了，挂了"红梅饭店"，那副联子也不见了，换了旧联子：一沟风月留酣饮；二里山河尽春歌。横批：花开富贵。

连　　翘

一

　　寻红把院子里开放的指甲花捏碎，草汁的气息如此浓郁。

　　她照着阳光小心涂抹到指甲上，用一片撕烂的塑料布包紧一个个指头，她要把手指甲染成红色，女孩儿不该有一双素手，染红的指甲看上去如花似玉，就像阳光散碎的金点子，点点滴滴能撒满寻红的心田。

　　阳光忽高忽低，时明时暗，只一小会儿，阳光就全隐到了西山背后。

　　天上有几片霞色的云，连着几缕夜的黑影，天眼睁着就要苍茫下来了。

　　寻红18岁了，从上初中开始辍学，就一直在家帮家里做事，下面的弟弟要上学，爹说："农村不缺种地的，但咱家缺上学的。一个女娃儿能识得钱数就行了，早晚要外嫁，回来照顾家吧。"

　　娘在院边石板上坐着透着天光补手套，娘说："明天上山，线手套不经用，要把十个指头用料子布裹一圈，摘山货，心急，下手狠，全凭了料子布打底。"

　　天暗下来的时候有蟋蟀叫着，从屋后的墙脚下传过来，把娘说话的声音搅乱了。娘抬头看了看院中央的寻红，因为涂了指甲花，寻红的双手像鸡爪一样吊着，娘在最后的针脚上打了结，抬起手套用牙咬断了线，站起来走近寻红照着她的背狠狠给了一拳："要你疯得和吊死鬼一样，明天上山的干粮还没有准备，你爹打山货就要回来了，你和了面烙饼去。"

　　寻红想：捂一夜指甲就红透了，一夜的时间都找不出来。和面要占手，无奈寻红把一根一根指头解放开，手指有些泛黄，指尖也有些泛黄，颜色还没有定上去。风平淡地吹着，不紧不慢，寻红听到出山的后村口上有人声传过来，看到打头里走着的爹肩上扛着蛇皮袋，忽闪着走过来，跟着的人也都忽闪着走过来，个个儿脸上挂了兴奋，招摇得很。

　　这个季节的山货是上山打"青疙瘩"，冬天干透了裂了口子，就改叫"黄花瓣儿"了，是药材，学名叫连翘。

　　王二海的四轮车开过来，停在河滩的场上，他跳下车，翻到后马槽里拿起秤，坐在车帮上张着嘴看后村口走下山一长溜满载收获的人，累了一天的身子骨还没散架，硬挺着，等王二海口袋里的钱呢，就连走路的姿态都摽着一份儿蛮劲。

　　寻红藏着自己的私心看，是对王二海的私心。有一只乌鸦在院子里的椿树上饱满而滞重地叫了两声飞过去，寻红用清水洗了手开始和面，和面的时候把面盆端到院边娘坐的石板上，娘到屋后喂猪去了。寻红和着面看着对面的场上，人声嘈杂，打情骂俏声飘过来。寻红想：我要是做了王二海的婆娘就幸福了，和他一起站在四轮车上夏收"青疙瘩"，冬收"黄花瓣儿"，他把秤，自己结账……娘在身后喊了一嗓子："一疙瘩面要和到明晨？"

　　寻红端了面回到屋子里，把面放到案板上，擀开，舀了一点儿清油，加了点儿葱花、盐和花椒面，火上的鏊就热透了，饼子搁上去的时候香味串出来，听得爹在窗外和娘说："摘了50斤，一斤块五，比夜天长了一毛，收起这75块。"

娘冲着屋子里喊："把第一张饼子给你爹端出来。"

寻红端出饼子来看到爹伏在院子里的水桶上，饮牛一样，小半桶水下了肚，抬起头来打了两个嗝儿，抓过碗里的饼子咬了一口，半张饼子没有了。

娘约定五更起床上山，起迟了，提前上山的人就把山铺满了，转一天不见收获。她和娘和爹替换着上，歇一天上一天，连着上山，人吃不消。夏天天亮得早，娘喊，起床，要她把裤腿用带子绑好，穿好高靿球鞋，夏天的山坡上有蛇出没，蛇是静物，獠牙一张，毒液金黄飞溅。去年夏天爹上山就被蛇咬了，爹说："蛇像黑绳一样轻巧地划过，脚脖子就有针扎了的感觉，刹时就肿了，就麻了。"爹的脚脖子上被人用刀划了一寸长的口子，拔了火罐，爹杀猪一样叫了好几天。村上的人说："你爹心贪，贪那最后一疙瘩，叫蛇咬了。"

上山的人见了能卖钱的哪个不贪！

走到山尖上就看到不断有人影晃过来，都是山里人，就算是互相不照面也还知道谁是谁家的人，打声招呼散开了，娘要寻红跟了往对面山梁上走，人走得快，只听得草丛中沙沙响，人影就走到了灌木下，娘说："看见了没有，一疙瘩，一疙瘩长得繁密呢，手要糙啊？"

寻红就着口袋往下捋，一丛灌木娘母俩捋到了太阳泛红。天边上有一朵云飘过来，云越集越厚，娘说："天不正经，要下雨了。"寻红看了看天，就一块云，还看不出有雨来。听得有雷声从天边滚过来，滚到头顶上见小了，接着有一阵风汹涌过来，山上的灌木顿时纷乱如雨了。娘说："把繁的歪下来，到那边的崖下守着摘，山头上有雷要过来了。"

寻红把繁密的一枝一枝放在地上，雨点子就来了，寻红说："娘，走。"

娘说："把我的一起搂了过去，娘再歪几枝，天一放晴，不定就有人过来这片了，大山姓公，谁占了就算谁得好了，过几天山空了，去哪给你弟弟凑学费。"

寻红把布袋背到脊上，用嘴咬着口袋，不让它脱落了，推出手搂着地上的青疙瘩往对面的崖下跑，对面的崖下有人已经在避雨了，对面的人看着雨滴喊过话来说："寻红娘，不在乎这一会儿半会儿的，过来吧，有雷要过来了。"

寻红放下怀里的青疙瘩，丢了嘴里的布袋，布袋从脊背上滑到了她的屁股下，她就势坐到了上面，她看到娘往这边跑，也和她一样用嘴叼着脊背上的口袋，娘的怀里抱着繁密的青疙瘩，天上的雷响了，不像刚才的那个雷刚从云中钻出来，浑浊着，黏稠着，这一声雷干裂裂的，像天空放下的一个大雷管，它的头是照地下来的，跟着的一条闪电，寻红看到娘身子骨软了，软得像一只鸟，身上的衣裤都炸了起来，娘像是要飞走了，只一刹那，地上的草就淹没了娘。

寻红惊叫着站起来叫了一声："娘！"

崖头下早有人拽住了她前行的脚步，雨稀稀落落地往下掉，云和雷慢慢往前走了，天突然地就蓝了起来，那种蓝扩大得令人惊悸，那一块云横过山头，飘向另一座山头，崖下的人跟了寻红跑到她娘倒下的地方，寻红看到娘的身体白得像一张纸，衣裤像剪刀裁过一样烂碎，四下里散开的青疙瘩旁边，娘伏在地上像一只折了双翅的鸟。

在渐次高耸的山梁和渐次围绕的蓝天下，寻红的又一声喊叫："娘！"让哑默的空气一下就被撕裂了。

哭声涌浪一般拂过坡谷，没入蓝天，对面山头的人看着这边，往这边跑，知道有人遭了天雷。看的人大多是男人，女人离得远远的相互叙述补充刚才看到的一幕。有人背了寻红娘往回走，寻红背了青疙瘩跟了走，一路上走得飞快。昨天晚上娘还上阁楼要弟弟给菩萨点了三炷香，娘念念有词，求菩萨保佑今年中考的弟弟寻军顺利考上高中，求日子过得安乐平宁，娘却在今天走了，弟弟今天往县里参加大考，她想：娘的死不知道会不会影响他的考试？两行苦泪无声地顺颊流下。

二

西火村向西二十华里是上泊初中。二十里路，顺着河岸走，河里的水像尿一样细瘦地流着，寻军走着，裤衩上缝着娘昨晚缝好的300元钱，钱是10块面票，共30张，娘怕拿了整钱到了县城里要花的时候被贼惦记上，要他花时一张一张往出抽。钱在自己的裆里鼓着，走不了二里路鼓着的钱摩擦得他就想尿。第一次尿的时候，尿憋得满，照着一块石板尿了两字：高中。"高"字模糊得啥也看不清楚啥，倒是把石板腾了一股热气，热气腾起来的尿骚味儿，让他深深闻了一鼻子，他打了个激灵，抖了抖最后几滴尿，拉住拉链，挽了裤腰继续往前走。他要走到学校和老师、同学集合，坐下午的班车往县城走，明天开考。一想到明天，寻军有些激动，也有些心慌，他不想再念书了，学习不长进，越学越没有意思，要是考不上高中，想上高中就得花钱，好高中考不上，次一点的，都是收费生，去哪弄那么多，差一分收一千，他觉得上学把家里人的日子都弄得整天没明没黑的。再一次尿的时候就顾不上尿字，尿也出得软几下就止住了。阳光照得他的头上冒火，他走到学校的时候，看到人差不多都到齐了，他看到自己打成四方块的被子和杨木箱，本来他昨天想挑回去的，想着自己要是考不上还得来这里复习，就独自一人回了家。

带队的语文老师黄国庆叫他出去，说有事情要交代，他跟了黄老师走出学校，学校外有一片杨树林，有一大片阴凉，两个人坐下来。黄老师说："无论发生什么事情，你的任务就是考试，心里不要有杂念，对你来说，未来就是大学，只有考上大学，农村的孩子才有出路，天灾人祸是免不掉的，自己的努力却一定要靠自己。"

黄老师突然地和他说这样的话，寻军有些莫名其妙，平常黄老师根本不注意他，就盯着前几名，自从上了初中哪见过老师和他谈话。他瞪着眼看着老师，想不到回什么话。黄老师摸了摸他的头站起来说："吃午饭去吧！"

寻军看着老师慢慢走回了学校，吃饭的时候，他发现所有的人都看他，他心里倒有点发毛了。拽着一个同学说："为什么都看我？我脸上不干净了？"

那同学说："没有。"

寻军说："不对劲啊？"

那同学说："你是真不知道？"

寻军说："不知道。"

那同学说："你娘被天雷击了。"

寻军一拳头照着那同学的脸就上去了。

两个人打了起来。黄老师跑过来呵斥开两人问明白了情况，黄老师指着那个同学说："是中考，要不是中考，我开除你！"

那同学说："他娘就是遭天雷击了，是上午发生的，我在电话上听我舅舅讲的。"

他舅舅是西火村人。寻军觉得他的话不假。

寻军把碗照着那同学的背影扔过去，不说话，掉了头往西火跑，身后的黄老师说："你站住，你要不考试，你就对不起你死去的娘！"

寻军还是跑了，头也没有回，钱摩擦得一点尿意也没有了，一路上就想着农村人骂人的话：你要害了人，叫天雷击了你！

他的娘叫天雷击了。

寻军跑回西火村的时候，看到大场上围着几个人，他往场上跑，跑近了看到穿了白孝的姐姐寻红，姐姐看到他的时候喊道："你不到县里考试，怎么跑回来了？"

寻军喊："娘呢？"

寻红不说话了，回过头看场上的草棚子，在外暴死的人村里的规矩都不让进村，就停留在村口的场上。娘还没有装棺，还没有来得及买木料，娘在草上躺着，身上盖着一条花被，草上看不出娘在哪，小得就像草上加了一根草。寻军却怎么也哭不出来，他突然不想看到娘了，甚至觉得从学校跑回来没有多大意思，他一屁股坐在了场上，歪过脑袋看对面的山，山顶上的云极薄，张着阔大的翼，慢悠悠地走。

寻红走过来一把拽了他，要他起来，喊道："你疯了吗？不参加考试，你跑回来做什么，叫你回来看天来了，你把娘的希望弄没有了，你回来做啥来了？你走啊！要不是为了你上学上山打什么山货，要不是为了你上学，我也不会早早就不识字了，你还不快往学校走，走晚了连班车也赶不上了。"

寻军不动，屁股像吸铁石吸在了地上任由寻红拽他。寻红急了拽了他的头发往起拽，他被拽疼了，站起来抓了寻红的手推出她好远，他爹从远处跑过来，照着他的头打了上去，说："你回来做什么？这里有你什么事情？"

寻军梗着脖子说："有娘！"

爹说："你再不走误考试了，你要有那份心就好好参加考试，就给你死鬼娘脸上增个光！"

寻军说："不考了！"

爹说："怎么能不考呢？你要不考等于是你爹也死了一回，你马上走，误了车，租车也别误了明天的考试！"

寻军不走，一屁股又坐了下来，这时候泪出来了，阳光照着他脸上的泪骤然划出了两道亮，泪就断了线了，吧嗒、吧嗒往下掉！看的人也都歪过了头，歪到了阳光直射不到的暗处：天也不长眼睛啊，好好过日子的一个家，叫天雷击了一个，天也是拣软人儿捏！

把娘葬了，一家人坐了下来，有些事情要交代，爹不是一个管家的人，话少。外面上山的人依旧一大早就听到了响动，近处的山都摘秃了，往远处的山上走，走得远的时候要走到临县的山上，人开始相跟着走，怕走到远处的山上和临县的人打起来，毕竟是人家的山，什么东西值钱了人的眼睛就红了。

爹说："家里就缺念书人，误了考试就不说了，你是眼看得你娘不在了，你不念书就没有出路，没有出路就只能回西火来种田，你看看村前头王华家里，人家多妆光，考了大学，谁看人家爹娘不是仰了头看，咱西火五六十个娃娃就人家的儿独占花魁，人一辈子就活了一个后代，你是想种田还是想读书？你自己定，你娘不在了少了说你的人，这个家就由你姐来当。"

寻红看了一眼爹，又看了一眼寻军，她看到爹比那天从山上回时瘦了，两鬓角有了白头发，那天的爹走路大步流星，脸膛因为阳光照射泛着红，爹递给娘钱的时候，娘沾着口水数了一遍，娘弯下腰把钱卷在了鞋垫下。现在的爹和娘在时不一样了，爹说一句话就望一眼对面黑处，往常这时候娘都在那片黑处给猪拌料，搅食的木勺子磕得料桶叮当响。寻红一下觉得自己大了好多，看着寻军说："你得上学，不上学将来在社会上没有办法混。"

爹看着寻红说："把家里的米面缸和粮食缸都看一遍，缺啥了就去钢磨上推啥，不能因为没有你娘了，日子就散了，还得过。没有钱了找我要，家里你娘的一摊子都由你来做，寻军只管念你的书，读好读不好，将来有没有出息，就看你自己的造化了。"

寻红说："我明天跟了人上山，能赚一个是一个。"

寻军说："都上，我就想知道它天雷咋就击了我娘了！"

寻红说："天雷不认人！"

爹说："家里得留一个人看门。"

寻红说："寻军留下，我和爹上！"

寻军说："我和爹上。"

爹看着寻军说："要不你跟了人出去做一个月机砖？"

爹半天后抬起屁股来走到黑处，提起料桶给猪炸食，用瓢挖了糠，对了地锅里熬好的菜叶子，搅了搅，在桶沿上磕了两下抬头叫寻红提了去喂猪，爹说："出去做一个月机砖也划算，听人家说也能弄千把块。"

寻红提了料桶走到院子里，看到场上王二海在收购青疙瘩，寻红望了半天，有人探了头捏住秤砣看吊高的秤，他就俯下来要他们看，寻红想，王二海也不小了，身边就是缺个扶秤的人。娘在场上躺着的这几天，王二海在村口的路上收购，没有进场，娘死了他还上了10块钱伤礼，几天都没有见他人，现在一下看到了，心里有些酸，莫名的酸。喂猪的时候又想到了娘，想到娘时觉得娘像一只天空收走的鸟。喂了猪从房后走出来，发现场上的王二海开车走了，心里突然又有了一丝茫然，收回眼睛看院中的指甲花，听得卖了青疙瘩的人走过门前说："山上的路一天比一天走得远了，人和野蜂一样爬在山上，到处是人的喳喳声，明儿歇了。"

"歇了。"

寻红回到屋子里，屋子里暗了，她洗了一把手，端了面盆上阁楼上舀面，爹说几天来因为你娘都心累了，熬点儿米水儿，烙几张饼吃。寻红上阁楼挨着缸掀了看，有小米、大米、豆、高粱，娘把日子过得顺当，屋里的粮食铺排得满满的，娘是个好女人。寻红不自觉地又想到了娘临死的样子，她突然有些害怕了，觉得娘的阴魂还在这个家里走动，她甚至有些不相信大好的青天下娘就被天雷击了。舀了面快速下了楼，不敢回头看，爹在楼下喊了："做事情，没有你娘一点利落劲！"

寻红要弟弟添了水在地锅熬米水儿，她擀了面开始烙饼。

爹叹了口气说："家里的摆设好好的，就是少了你娘。"

爹站起身要寻军离开灶火，他俯下身子捂了一袋旱烟探到灶前吸了一口，火把爹的黑红脸印得越发黑红了，烟锅子一明一灭的，早该亮灯了，爹怕浪费电总要等天黑透了才亮。娘活着时娘就不让亮，要吃饭的都坐到院子里照了月光吃，只有睡觉的时候才亮一下。第一张饼子寻红端给了爹，爹说："军，我孩来吃。"

寻红觉得爹的语气和活着时的娘一样。寻红想哭，眼里就有泪滴了下来，滴到了鏊上，烘着的鏊"哧"响了一下。谁也不会想到是寻红的泪，鏊盖上的热气腾上去落下来，也是这响儿。

寻红端了米水儿拿了饼坐到门墩上照着月光吃饭，总觉得身边有人走进走出，不由得把自己的脚往外挪了挪。娘活着时看着她外踹的脚会顺手打她的后脑勺一下，娘说："闺女家没有个坐相！"寻红咬了一口饼子看爹，爹吹出烟袋里的烟灰说："你娘真是走了啊！"

所有的响动都静下来，寻红喝米水儿的声音也淡了下去，房檐的黑就压了过来，压过指甲花，压到了院边上，有蛐蛐儿高一声低一声立了起来。

三

娘的去世，对寻红是一个打击，是一下子让寻红步入了成年农村妇女的行列。一天的日子排得满满的，早上做早饭，洗碗，饭后用洗碗水烀猪食，爹上地，大秋还没有开始，零星的小片地里下种的粮食利用这一段小秋往回收了。院子里东摊开一块豇豆，西摊开一堆红谷，中间用锄把、镢头隔开，喂了猪，寻红就开始捶豇豆了。爹挑了地里的小秋回来，看到院子里到处崩散开的豆粒，爹说："没吃过猪肉，没看过猪走？捶豆把豆都散开了，想想你娘是怎么捶的。"

寻红抓不紧木槌，抓不紧，捶几下手掌心就起泡了。寻红戴了手套捶，爹说："你看哪个村里女人和你一样捶豆戴手套。"

寻红看着四下里崩散开的豇豆想哭，扭了一下头想把眼里的泪甩出去，就看到上山的寻军空空返回来了，寻红问："山上空了？"

寻军说："空了。我想出去做机砖，和人定好了。"

寻红捶了一下豆荚说："你不念书了？"

寻军说："念书有什么用？我肯定考不上高中，考个师范有什么用？就怕师范也考不上。就算考上了，毕业出来找工作都是走后门，找不下工作，还得出去打工，谁让我生在农村。"

寻红说："生在农村的人多啦，又不是你一个，你不念书，你让爹操心了。"

寻军不说话，要过寻红手里的木槌坐在地上捶豆。寻红站起身望了望河滩的场，场上被挑回来的秋粮占满了，各家的粮食用木条隔开。寻红想，王二海的四轮进不了场了，娘活着时，上山回来，总是不让自己去卖青疙瘩，怕她看不准秤缺了斤两，寻红想：山上到底被人摘空了。

寻军是第二天跟了人出去做机砖的。走时他只和爹说要出去赚一个月钱，其实他内心想了很多，不好说出口。爹走时安顿他，要他记着一个月后回来上学。寻军咬着嘴角点了一下头。走到上泊学校背了自己上学的铺盖卷坐车走了，寻军一路想着，我要是在外赚了钱，就不回来了，农村不好，回来过这种日子没有意思，太平淡了，读书读不出名堂，自己的理想和现实是脱节的，自己也算是男人，要家里人赚钱供自己上学，要不是因为钱，娘也不会上山遭了天雷。寻军的思想就朝前走了，把家里的一切都抛开了不去想。

大秋眼看着要开始了，学校也开学了，不见寻军回来。爹着急得屋里一趟，屋外一趟，看什么都不顺眼。爹把提前打下的红谷去钢磨上碾下来，要寻红跟了村上的人进一趟城，卖了新米的路费尽量到城外的机砖窑去找一找寻军，问问他为啥好好就不念书了。

寻军看到寻红的时候，心里打了个激灵，脸也还红了一下，站在一排排做好的红砖墙下，搬过来三个砖头要寻红坐下。

寻红说："你咋就不想着回乡读书了呢？"

寻军不说话，也搬了三块砖坐下，掏出一包烟来取出一支点上抽了一口。寻红看到他叼在两指间的烟一巴掌打脱落在地上，说："你多大了？本事没有长，倒长烟瘾了，谁借你烟胆了？"

寻军突然意识到他的这个举动错了，和工地的人平常烟来烟去地惯了，和姐一下子也来了这个。弯下腰捡起烟来装到口袋里，反倒有了一种很释然的感觉，既然这样了，啥都说到明处吧，又不是见了爹。寻军说："实话说，我不想上学了。"

寻红站了起来，肘下夹着的米布袋像风筝一样落到了她的脚面上，她踢了一脚，狠狠地又踩了一下，有点想哭，却又慢慢地看着，低头不停用鞋底子来回搓地。坐下后，顺手拽过米布袋缠了个卷拿在手里，抬了手指要寻军说："怎么的就不想念书了？"

寻军说："我脑筋糊涂，学过的过目就忘了，志向也不大，当初为什么不让你念书呢？出来做机砖，觉得比学习容易，还不如早点赚钱，也好补贴家。"

寻红说："你是早有这想法还是才有？"

寻军说："才有。"

寻红说："爹说了，咱家不缺赚钱的，也不缺种地的，就缺念书的。"

寻红伸出手掏出寻军装到口袋里的烟，看了看说："爹才敢抽五毛左右的烟，你倒抽块半的了。"

寻红的眼泪往下掉了，有些生气地说："咱家祖上没有一个在城市里当过官，哪怕当工人的都没有，就想着指望你了，倒好，还没有学出名堂，半路你就转行了。"

寻军说："不是我不念，我也想过读高中，考大学，我还看不上中专生呢，可是，读书我不开窍，我知道，我再念也是瞎花钱，要是考不上，念高中比念大学还花钱。"

寻红皱了眉头，抹了一下往出掉的泪蛋子，眉头上的汗和泪聚在一起顺着鬓角流下来，汗不是透亮的，是污油的，寻军想：姐在大街上卖米，东躲西藏，过往的车辆把姐的脸荡黑了。寻军掏出刚发下的一个月工资递给寻红，寻红不看，一巴掌打落在地上："你都会赚钱了，你要是念了书将来赚的钱怕比这要多出好多。"

寻军弯腰捡起来，立起解开裤带，把裤衩上口袋处的别针摘下来，钱放进去，又把别针别上，系住裤带时，寻军突然想尿，走到后排的砖垛下撒了一阵子。

寻红听着撒尿声，靠在一长溜砖墙下望着远处，远处的高压水龙头正往出冒水，土里沤透了水，"哗啦"塌了下来，有人开始把土往砖模子里放土，寻军不念书，一辈子就要过这样的日子了。

寻红看着挽了裤带走出来的寻军说："爹说，他小时候就不想念书，长大了想念了，也晚了。没文化的人，在人面前说话就短一截子，这个家要是娘在就好了。人说龙生龙，凤生凤，老鼠生子会打洞，咱农村人辈辈就只能是农村人，你要有那心思，就回家念书去！"

寻军看到远处做机砖的有人扭头往这边看，有点生气了，说："我不念了，就不念了，不回家了，你回吧，你迟早要嫁的人来管我！"

寻红站起来说："你，你要有骨气，就在外别回村里，一个男娃不念书，就算混到了城市里也是挑泥搬砖的！"

寻军想：要是娘在，我也不念了，觉得因为念书的事情让大家都难受，要不是因为供自己念书，娘也不会遭了天雷，农村人都指望孩子有出息，看看有几个有出息的？他数了数村里不念书的人，有一大半跑到城市里了当民工搞副业了。能念下书来的，念到最后塌了一屁股饥荒，到最后还不是回农村拿锄把。

寻军想掏出烟来抽一口，发现寻红看自己的眼睛吓人，没来由看着寻红，要她往城里赶班车，走迟了就误了，你看那些人都往这边看呢，还以为你是我啥人！

寻红看了看天色，紧抿了一下嘴，一下子抿出了泪的味道，站起来打了把土往回走，头也不回地，撂过一句话来：有一天你要后悔的！

　　大秋开始收了，家里缺了娘，爹像自己缺了一只手一样，里里外外的，打下的粮食不知道往哪里囤。以往，娘总是把楼上拾掇干净，该放什么粮食，要爹往楼上扛，指挥他倒就行了。苞谷不怕雨就在院子里用荆条编的长筒囤起来，屋檐下有一条长棍挑着系好的苞谷，系苞谷的时候，因为寻红系细了苞谷皮，放上去的掉了下来，爹照头给了她一下。寻红想：怎么爹和娘看自己就是外人？爹要寻红把院中央的指甲花拔掉，他要把苞谷囤到那里。寻红有点不舍得把那一方方指甲花拔掉，秋深的时候它还要开一捧，寻红还想着把自己的指甲染红呢，爹看着她干活的不利索劲，走过去三下两下揪起来扔到了院边上。寻红不说话了，跑进屋子里把指甲剪得光秃秃的，她说不上来要和谁怄气，只是觉得人家那女孩子都有一段自己的时间，自己却慢慢和娘一样了。

　　大秋过后有人来为寻红提亲，说的是下泊村的王二海，寻红一听，心里像揣了小老鼠一样突突跳，她是打心里喜欢王二海。爹却拒绝了来人，理由是，寻红娘刚去世，弟弟还小，就算是寻军不念书了，新房还没有盖，人家都往前批地契了，寻军三头二年也要说亲，不能因为没有娘了，家里就连个楼也盖不起，没有一座楼竖着，找人家闺女没法说话，当姐的这时候就得尽当娘的义务，闺女好坏迟早能嫁得出去。

　　寻红送媒人走，跟着人家走出了村口，人家回头看了看她说："你爹说的是正理，农村人十八九岁都出嫁，你现在要出嫁了，这个家就剩你爹了，一个汉们家，地里一下，锅台边一下，你说说，弄不好就得打两个光棍，你等着竖起楼来再考虑出嫁吧，不误，还小着呢，有女不愁嫁，好歪说话！"

　　寻红觉得这话是给自己听，半天不好意思张口，看着媒人要走了，跑了两步拽了人家一下说："叔，你能不能告诉王二海，要他等我几年，哪怕就一年？"

　　那人停顿了一下说："再说吧，人家屋里就一个娃，缺人手，捎带搞收购，急着用人呢。"

　　寻红不知道还该说什么，那人背着风点了一根烟，看着寻红说："回吧，风大。"

　　往回走时，寻红就想着王二海，想着他哪都好，没有一样地方不好，就连他长得不太高的个子，也觉得正好，男人长得太高了还浪费布呢。心里叫着王二海，王二海，就想自己要给他写封信。回到家还没有等找出纸来，爹就要她把院子里的谷收起来，把楼上木仓里的旧谷倒腾出来，碾了，等有收购米的人来了当新米卖。收了谷爹要她做晚饭，不能因为没有娘了，日子过得就不像正常过日子的人，你娘活着时从不吃饭吃到人后头。爹端了饭到邻家的院子边上，等吃饭人都端了碗出来讲东西上下一条河的新闻，第二碗总是娘要了爹的碗回屋里盛出来给爹，天黑透了，爹才敲着碗帮哼着曲回来，走到门口，娘听见了脚步声，"吧嗒"把灯拉亮了，灯泡瓦数不大，娘已经透着月光把锅台上收拾利落了。寻红现在也学了娘就着天上的月亮洗了碗喂猪挡猪窝，累了一天，寻红顾不上想王二海，眼皮开始打架，倒头呼呼就睡。

　　半夜里寻红起夜，想到娘，不敢起床，闭实了眼睛听村子四周围黑寂寂的声音，不知道都是一些什么东西在叫，无边的黑暗压着她，不敢出声，憋着尿，呼吸也变成黑暗的了，仿佛天再也不会亮，把头蒙在被子里，觉得四下里有娘的影子晃动，自己要被窒息了，迷迷糊糊睡过去，却是梦见到处找茅厕。天不亮听得爹披衣坐起来，坐在火台上抽旱烟，爹不喜欢抽纸烟，旱烟劲大，抽起来过瘾。爹边抽边咳嗽，觉得爹喉咙里有一口痰吊着，咳嗽时忽上忽下，听上去耳根一点也不舒服，她想着爹要把它咳出来了，却在喉咙里咻着不动。寻红起床后去了一趟茅厕，看到院里囤着的苞谷，像被黎明剖开了，亮的一半有苞谷挤着荆条鼓出来，黑的一半有一把锄立着，像一个人站着，同时她看到了穿过村子黑黑地走掉的那条路，寻红想，一个人要是走上路，走出这个山坳就好了。听得爹在屋里喊："放出猪来，该做早饭了，一大堆事情等着做，地里的茬还没有刨，你吃了饭去苞谷地把那些干豆角摘回来，掰出来也能换俩钱。"

寻红站在院边上深深吸了一口空气，天要亮了，空气里满是尘雾霞气，又黄又红，吸进来感觉稠稠的，能把人喝饱。看到爹扛着锄头下地，一天里人畜就都开始动了。爹总有一个接一个的希望，弟弟不念书了，他会有计划给弟弟盖屋，娘活着时和娘商量，娘去了，爹自己闷在肚子里，爹是一个很有主意的人，什么时候爹能给自己拿一个主意呢！

四

整个秋天寻红不停地劳动，家里的，地里的，做不完的活。有一双半高跟皮鞋放在楼梯下，想找时间穿了要人看也找不到机会。洗锅刷碗喂猪，一双手在秋风中变得粗糙了，手皮裂开了细小的口子，指头也粗短了，火炉里的煤熏得指尖黑黑的，寻红就不看自己的指头了，这样的指头染了指甲花也不好看，她觉得自己的手越来越像娘的手了。爹有几次发现她看着手出神，爹就说："入冬后，我上山打黄花瓣儿，你在家把院子里的苞谷卸下来，等有个好价卖了它，明年春天该批地契了，没一座楼竖着，日子过着要叫人笑话了。"

院子捂黑了阳光的两囤苞谷，寻红的手一个冬天手掌心都要毛刺刺疼了，但人活着总是要一天天过日子，她想到娘活着时过日子的那份心劲，自己却怎么也找不来，出生在这个家，这个家却不是自己的，自己不知道将来要到哪里去活，哪里才是自己的家。

开始进入冬天，上山的人又开始补手套，秋天结籽的青疙瘩成了黄花瓣儿，干透了，比夏天的更值钱。好久没有见过王二海，傍晚时候又看见了王二海的四轮车冒着青烟开到了场上。寻红有几分激动，在等山上下来的人的一段空闲里，寻红简单写了一封信想给王二海，写信的过程中，几次开头都不知道该叫王二海什么，最后想了想下决心写道：

王二海：秋天走到冬天了，你不知道还记得不，秋天时，下泊村的来成叔来替你提过亲事，因为，我妈死了，你是知道的，家里缺人手，我爹拒绝了提亲，其实，我是愿意的，你要是能等明年我爹给我弟弟竖了楼房，我就能嫁你，你等等我，我迟早是你的人。

信写了一半想着后面该怎么样写，就想趁着想着的一会儿出门再望一眼，看他现在做什么，不知道口渴不，要是口渴，不知道他知道不知道上来要口水喝，还想着什么来着？想着自己还没有换了半高跟皮鞋，往楼梯下找出皮鞋来想要穿，发现潮湿的地让皮鞋变形了，生出许多霉点子，哪里还能穿得上去，有几分失落，身子就站在了门口，眼睛就望到了河滩的场上，这一望呀，心就真悬起来，看到王二海和一个谁家的闺女坐在车帮上说话，不时望着后山的出山口，等上山摘山货的人下山来好收购。看他们俩说话的热乎劲儿，说到高兴处，那个闺女还扬了手打了他的头一下，王二海缩了一下脖子，笑着从车帮上翻下来。寻红走出门，往院边上走了走，手里写着的信就被手掌心的汗弄湿了，软下来，缩回来，缩成了一个团。看清楚是河下对面一个村子里的毕福贵的闺女毕小红。她想不到毕小红怎么就和王二海坐到了一起，想着毕小红真够胆大了，就听得隔壁的婶从院子里出来倒脏水，婶看着寻红说："红，你望甚呢？"

寻红不好意思笑了笑，把手里那团纸越发揉得紧了，说："望我爹呢，看他怎么还没有回来，收黄花瓣儿的都来了。"

婶说："看看人家王二海，好孩，好家庭，秋口上给你说，你爹想把闺女使唤到老了才好出嫁,人家来成做媒说了河滩下毕家的老二,要说那闺女瞧外表就比你差,可人家怪对缘分,你快看看,那撩猫逗狗的小样儿,人哪,说不清楚风从哪家门前要过。快看快看,骚得那毕家的老二妞,屁股都起燎泡了,坐不是站不是的。"

婶又看了一眼,歪了歪嘴,很不屑地冲着刮过的风吐了一口唾沫,扭身走的时候腰身往上还摆了几摆,像是要告诉寻红:咱不稀罕她,看她疯得那样西火村都放不下了。

寻红觉得手心的汗突然的就被凉风收干了,脊背也有些凉,把手里的信扭成麻花样,犹不过瘾,走到房后的猪圈里扔进去,猪以为要吃食了,跑到猪槽前等,却发现人扭身掉头回虚晃了一眼。地上的苞谷堆了一地,她坐到小板凳上,把火柱伸到板凳下面,露出火柱尖来,拿过一穗苞谷,用火柱尖在苞谷的屁股上豁出一长溜口子,两只手在火柱尖上一歪,苞谷就落到石板地上。两囤苞谷,她得掰半个月。两囤包谷掰下来,手上起了泡,慢慢地长了茧。爹要她把新苞谷,该脱皮的脱皮,该磨面的磨面,该往出卖的就卖,种苞谷主要是为了卖钱,爹说一年的苞谷要卖到5000块,一年里种地才叫不赔。

日子和往常一样,寻红觉得心里少了什么,少的那一段空档常常被一种声音占去,是傍晚时分王二海的四轮车的发动声音。远远望去,人家毕小红已经站在车槽里举秤,俨然像老婆汉们了,寻红觉得那个位置本该是自己站着的,现在站着的那个和自己一样,但就是不是自己。她笑不出来,看到人家笑,心里难过,冬天黑得早,爹也看不清楚自己脸上的难color。她无来由就恨上了毕小红,有时候路遇了,假装看不见,躲开了走,真要碰了头顶头,人家毕小红不笑,自己倒先笑了,笑得牙关都酸了,笑是为了不让人家看出自己的心事,可那笑要多苦有多苦。

天一经上冻,做机砖的就放假了。寻军在县城里遇见了往药材厂送货的王二海,王二海要寻军坐了四轮车回村,车上给一家代销店捎了几箱啤酒。一路上碰着好多农村来买或卖粮食的人,遇见的人说:"二海,捎个脚。"

王二海戴着狗皮帽说:"上吧。"

车也不停,怕有交警追上来,他的车没交养路费。走的人就扒了车帮往上爬,车槽里的人拽,等出了县城,车上的人就有十多个了,车身有些晃,男男女女扭来扭去的,这个喊,踩了脚了,就没有觉得踩得软?那个叫,不挤紧点,风就挤进来了。满车人嘻嘻哈哈笑。不知道谁看见了上泊村一个骑摩托的,带着一个人从后面赶过来,他跟着四轮车跑,想超却超不过去,一路上吃了不少荡起的尘土。

有人喊说:"他车座后带着的那个女的,是他的对象,准备腊月里结婚呢,他领着对象到县城里去买衣裳,两个人都荡成土人了,不要让他超过去啊,咱就一路上看他这西洋景了,要他高兴,高兴就高兴透,提前咱给他弄房!"

寻军本来是坐在人中间的,听了就往外挤了挤,也想探出头来看,看到男的穿了黄大衣,戴了墨镜,耳朵上捂了护耳,脸被风吹得和猪肝一样。女的在后面搂着他的腰,脑袋伸到一边,前面的灰尘荡过来,本来雪青色的大衣荡得成了土黄色,怕荡灰就别伸脑袋出来,她还专门把脑袋伸出来往前看,她头上的红色围巾因为荡了土,看上去一点也不鲜艳。都想看看那女人的脸,红围巾捂着,鼻周围的围巾上还结了一层霜花,眼睛看花了也没有看清楚那女人长了啥样。

有人说见过那闺女,身材还好,就是牙不好。

有人搭话说,不知道吧,人家订婚时就要求到城市里做烤瓷牙,满口白雪雪的牙了。

女人捂着嘴怕有冷气刮进嘴里,捏着嘴说,妈呀,都成什么社会了!

男的加大了油门想穿过四轮车，车上的人就喊了："别让穿跑过去啊，他带着对象心里风光呢，想在咱们面前显摆，要他给咱发烟啊，不发烟就别想过去。"

一车人开始兴奋，争着伸了脖子往后看，开车的王二海也搞得有点兴奋，山路弯大，他在用心开车的同时，兴奋得清水鼻涕不住往出冒，不时地一把鼻涕一把鼻涕往出甩，车上的人说："怎么好好的阳光要下雪了？"

有人看了看说："是王二海的清水鼻涕。"

一车人又开始笑。有人冲着摩托车喊，不想吃土灰就扔过两包烟来。看到骑摩托车的歪了脑袋和后面坐着的对象说话，后面的听不清楚，又往前探了一下身，整个人就爬在了他的背上，四轮车上的人就又喊了："搂着脖子亲两口也行！"

看到摩托车后的女人坐下后，从背着的提兜里往出掏东西，摩托车就开始加速了。前面正好是爬山，四轮车不及摩托车有劲，光听见"哼哼"，眼看着摩托车就要超过去了，在超速的瞬间同时摩托车上飞过来两包纸烟。

四轮车爬上山的时候，看见摩托车早下到了半山腰，男人点了烟，望着远方兴奋还没有落下去。寻军也要了一根抽，车上有人笑着问寻军："出去走走啥都会了，懂不懂结婚主要是干啥？"寻军的脸一下子就红了。车上的女人打了一下问话的，说了一句："没有大小的，结婚就是生你呢！"

一车人又开始笑。有人点了一根烟给王二海放进嘴里，看到前面的摩托停下来了，好像是哪里出了毛病，车上的人就开始起哄了，加快啊，撵上他，再和他要两包烟抽。因为是下坡，王二海就熄了火让车溜，为的是省油。车在溜的时候，不防备一个背阴处有一块潮湿地带结了冰，车身晃了一下，车上的女人们集体惊叫了一声，四轮车来不及发动控制，出溜下了沟。

这一次车祸直接受害人是王二海，他昏迷过去。再一个直接受害人是寻军，他双脚没有了，粉碎性骨折。其他人只是受了点轻伤，或手脚划破点皮。

寻红从来没有见过爹哭过，这一次爹在看到寻军的一刹那，不是那种小声的往出挤哭声，是张口就喊了一句："儿啊，你让爹干脆利落替了你吧！"

大山把爹的喊声穿出去，让镇上来的干部吓了一跳，就看到爹跪在地上抱着弟弟，泪像河一样把衣裳前襟洗得湿漉漉的。

爹这次是真伤了心了，爹一边哭一边数："想着是祸不单行，哪想到祸来得就这么大！第一大祸是你娘死，怨谁？人说，冤有头债有主，天雷击了人，留下一串雷音走远了，拽不住，找不见，找哪个去说理？活着命穷，死了命苦！老天爷你不睁眼，瞎着个眼你就给了我第二祸，我的儿招谁惹谁了，一车人翻下沟你要走了他的脚，就算是可怜他你留一只给他呀，你一只不留，我操你八辈又八辈祖宗！霍翠平，你在天之灵也不知道保护咱的独苗，怨不得天雷要击了你，要天雷再击你一次啊，我把你个死鬼霍翠平！"

听的人心里酸酸的，寻红听到爹从开始哭祸到开口骂死去的娘，由不得也开始哭，看到王二海的爹娘赶过来哭成团，寻红的哭声也从小到大放开了。镇上的车来了，一干人才乱着往医院走，寻红看到王二海的脸白得没有一点儿血，弟弟的脸也白得没有一点儿血，她真开始害怕了，她害怕他们都和娘一样，说没有命了就没有命了，心里开始打哆嗦，她觉得人活得没有一点意思，生死转瞬间该有的就没有了，脑海里也闪了一下毕小红，也就是一闪，念头儿就断了。她要弟弟捏着自己的手，弟弟疼得开始呻吟，手指甲嵌进了她的肉里，她咬着牙，只要是能缓解弟弟的疼，现在就算是要她的手她也乐意。

住院的时候爹抖抖嗦嗦掏出卖苞谷的4000块交了，交了钱开始治疗，病情稳定下来的时候，爹觉得自己交钱亏了。自己交钱？好好的儿又不是他自己要下沟，是开车的人把他开下沟了，这钱应该他王二海来出。王二海一直没有醒过来，爹见了王二海他爹的时候说："等你儿醒来，咱还有理要讲。"

　　王二海他爹原来是开汽车的，开过修理厂，人长得胖、黑，说话音粗，看着寻红她爹说："是有理要讲！"

　　气冲并没有理短的意思，寻红爹走过去，觉得不对劲，这句话明着是给自己听的，回过头不等王二海醒过来就着急了。说："你说，我的儿他不是自己下了沟了吧？"

　　王二海他爹准备要回病房了，听得有人给难听话了。扭转身子，掐了腰说："我的儿要不是拉了人，车失重也不会下了沟！"

　　寻红爹一听，人家倒有理了！抬了手指着对方说："我的儿缺了脚，两只脚不是白缺的，缺一只，我要你还一双！"

　　王二海他爹不甘示弱地也抬了手指着对方说："怨不得天雷击了你老婆，你打心眼儿就不正！"

　　寻红爹这下动肝火了，他见不得人揭他的短，出了这么大的事情，他骂自己老婆霍翠平行，别人骂等于是打自己的脸，该出手了，一拳过去，王二海他爹早有准备眼疾手快挡了一下，第二拳还没有上去，两个人就搂一起了。护理病人的丢下病人出来看稀罕，护士和医生也出来看，听得走廊打架，寻红也跑了出来，她看到第一个人不是两个打架的人，是看到毕小红在人群中晃了一下，踮了脚尖看了看，扭身返回了病房。寻红想：毕小红还算是知道心疼人的人，王二海病重时，也来医院守着。

　　保安把地上打架的拉开，寻红挤过去看到爹脸上抹了许多墙上的白灰，王二海他爹也抹了许多墙上的白灰，两个人的脖子上都暴着青筋，有些不服气地在院领导的训斥中回到了各自的病房，都留下了话："狗日的你等着！"

　　寻红不知道该怎么样安慰爹，叫了一声："爹。"

　　爹的气一下子又找到了地方，看着寻红说："你要有能耐上去撕狗日的两下，也好替你爹出口气，你就会叫爹！"

　　寻红不说话了，她不知道好好的怎么上前去撕人家爹两下，一个闺女家，没过门的闺女家，怎么好意思动手动脚，她倒了一缸子开水放到面前，拿了湿毛巾要爹擦，爹看了看两手白灰，突然的抬起手来照着自己的老脸打了一下，病房里的的人被他的举动弄愣怔了，他对着病房里的人说："打人不打脸，我活得还像个人吗！"

　　病房里的人安慰他说："谁家也有三长两短，活人活事，没事活着也叫个没有意思。你还有个好闺女呢。"

　　寻红爹瞟了一眼寻红，本来他还想说：闺女不是顶梁柱。想了想还是没有说出口，也觉得说这话没有水平。

　　寻军的脚好得差不多了，有一只脚成了秃子，有一只脚缺了脚指头，只有架双拐了。寻军看着自己的双脚哭，心情坏到了极点，寻红看他哭，一开始也难受，看弟弟老哭，就忍不住了说："要你念书，你不念，倒好，成了这样子。"

　　寻军拿过床头柜上的茶缸照着寻红的头扔了过去。寻红弯腰捡了起来看着寻军说："你要是解恨，就再扔一下过来。不要看我不是这个家的人，现在这个家凭了我，将来这个家也要凭了我！"

寻军不说话了，看着窗外，爹也看着窗外。爹说："年头腊月的，你小姨过来给咱看门也该回家过年了，咱得出院。就算是有多大的烦恼，年总得过。"

在医院住得熟了，隔壁的一个病人就想要寻红留下来给自己家当保姆。先是问寻红愿不愿意，寻红说："自己做不了主，得问爹。"

问寻红爹的时候，寻红爹思考了半天，寻军的脚还没有好利落，家里缺人手，留不下来，就摇了头说："走不起，屋里没有人。"

那人说："我给你高工资，还可以给寻军办个残疾证，弄好了还领国家的残疾人补助。"

寻红爹疑惑地问那人做啥工作的。

那人说："我是县政府的公务员。"

寻红爹说："你咋的了住院？"

那人说："不瞒你说，吃饱肚子也没有多少年，人就都吃出病来了，脂肪肝、血压高、糖尿病，都有，富贵病，一年输两次液。"

寻红爹说："那贵了。"

那人说："有医保。"

寻红爹也不知道啥叫公务员，啥叫医保，觉得是县政府的，肯定属有权人，就问人家，自己儿坐车掉沟里了，该不该开车的人赔？

那人说："要看情况，通常是应该赔，但也要看对方的情况，比如对方有没有赔偿能力。"

寻红爹赶紧递过去一支烟，掏火的时候，人家说："病房不让抽烟。"

寻红爹说："你夹耳朵后，出去抽。"

那人不要，婉言推了说："你把你儿的情况说说。"

寻红爹说："开车的人还活着，也在这里住院，听说年后转院到市里，也撞得不轻，啥人也不认识，大睁眼睛望天花板。"

那人说："这就不好说了，按法律弄起来也是很麻烦的事情，比如，对方没有驾驶证件，拉货车非法拉人，再比如，就算是法律判对方赔偿，但是，现在他还处于昏迷状态，也不好执行。法律打白条的事情多了，农民打官司不光打不起，守法都难！互相都没有钱，你要怎么来赔偿？"

寻红爹说："你说我就哑巴吃黄连，吃定了？你说，我赔了儿子花了钱这亏就该吃大了？"

那人不说话，拍了拍寻红爹的肩膀说："人穷，国家大。"

寻红爹突然小眼睛放出了亮光说："领导，我叫我闺女给你当保姆，你帮帮我，帮我出了这口气！"

那人说："我姓杜，这个忙我不好说帮不帮，能帮我肯定要帮，也不是交换，我就是觉得寻红这闺女勤快，脾气好，想让她来，以后熟了有事情自然会帮，人都得现实点。"

寻红就这样定了下来，先回家去过年，过了年再来给人家当保姆，其实也就是和一个老人在一起，孩子们都上班，家里要有人来照顾她，管她吃喝，头疼脑热的有人报个信。寻红和她爹去了一趟人家家，家不在县里在市里，也不远，坐车半个多小时就到了，认了地方，看了看家里的老人定了过了年就上来。

临出院的时候，寻红偷着去看了看王二海，他爹已经回村了，他娘在伺候他。寻红看到王二海仰面躺着，挂着吊瓶输液，他娘看着睁着眼睛的王二海，不时地抹眼泪。寻红叫了声："婶，咋样了？"

王二海他娘说："就那样，看见活着啥都不知道。"

寻红说:"毕小红没有来?"

王二海他娘说:"来了,绕了一下,走了再没有来,还想着腊月里办事情,都准备了,出事情了。自己的儿这样,张不开口,这事怕黄了。"

寻红说:"总有好的一天,人好了就都好了。"

王二海他娘说:"都好了就好了,都不好啊,老天就让你过日子作难,有生就有死,有福就有难,找哪个去说理?就这么一个儿,你说说,出了事情家里整个就变了,看啥不是啥,做啥都没有心劲,我也就这一个儿啊!"

寻红看见婶哭,自己也鼻头发酸说:"婶,慢慢养着吧。"

王二海他娘说:"不慢慢能行?急死你,不过晌午黑不了天。"

寻红出了病房门的时候,想起了王二海开着四轮车进西火村,见人就打一下喇叭,那一声喇叭就比别人多了几分神气,不像爹一样,见人就手脚无措,像个庄稼汉。又想到自己要嫁了这个人,真摊上了,要和他过一辈子,那真叫窝囊死了,就有点庆幸自己到底没有摊上,开始可怜毕小红,想到年后要进城当保姆了,心就又多了一份惊喜,自己的责任不在王二海身上,在弟弟身上,王二海是毕小红的责任。

五

过了年,正月初八杜先生就打电话来,说要来车接,初九果然就来了一辆两头平的小车。寻红拾掇了两大包东西要带,人家说,城市里啥都不缺,不用带。人家还给寻军送来一辆轮椅,寻军试着坐上去,用手转着车轮走了几步,一下还不习惯,方向老掌握不对,转得脸儿通红,头发上都冒出了汗。爹笑着看,嘴张着,哈喇水都掉了出来。杜先生觉得农村人很容易被一件事感动,很是朴实无华,看到这个轮椅的时候是高兴的,一个人要一辈子坐在轮椅上,现在还想不到那种痛苦,一点利益就容易被感动的农村人,让杜先生也感动了,他挺着啤酒肚子开始笑。寻红忙着找口袋往城市里带新小米、新苞谷瓣儿、新黄豆,大大小小有五六个袋子串在一起。要准备走了,镇里突然来了车,来的车不如杜先生的车好,车是直奔寻红家的,村里的人都稀罕,从来没有见过寻红家里来过镇干部,就连村干部路过都不打正眼看她的屋子,突然来了镇干部就觉得寻红家一定是来了重要人物。下了车的人都看腆着肚子笑着的杜先生,来的人有镇长和副镇长,急忙的弯了腰走过来,人还没有到跟前,手先伸了过来,杜先生也不弯腰,也不往前探身子,等他们的手伸过来轻轻抬了一下,也不握手,表示礼数到了,自己目前的兴趣不在和他们握手上,嘴里"啊啊啊"点了点头,就结束了对来人的欢迎。

镇长、副镇长们想说什么,却不好也不知道该说什么,镇长就找了个话头说:"杜部长,我们是来看看寻军这孩子出院了。您来呢也不打个招呼,有事情办说一声就给您办了,劳驾这么远来咱西火。"

杜先生笑着看寻军转方向,并要求他转向的时候一只手吃劲,一只手呢要虚着,把牢车轮子,就好转了。杜先生也不看来的镇长们,看着寻军的车轮子说:"你们怎么知道我来了?风声传得倒快。"

镇长说:"是听说的,晚了,杜部长路过乡里也不进去,正月天,我们都在,都在值班,越是节假日越不能擅自离开工作岗位。"

杜先生说:"我是来办个人的事情,与工作没有关系,大过年的就不去添乱了。"

镇长说:"走过路过不该错过,怎么能说是添乱呢。咱现在就回镇里去,只要杜部长给我们这个面子,杜部长来是高看我们了。"

杜先生不回话,看着寻红说:"好了吗?和你弟弟和父亲道个别,咱们也该走了。"

听说要走了,寻红突然对这个家有几分不舍,往常面对村前的路,一看到就会想什么时候才能走出去,现在真要走了,人倒惶惑了,自己走了,爹和弟弟怎么过日子?一老一少,里里外外,寻红上了楼在祖宗的牌位前给娘磕了个头,抬头看娘的照片,是娘年轻时候的照片,娘笑得多好,打从自己记事开始,她就记得娘不停地唠叨,没有见过娘有过这样灿烂的笑容。她听到楼窗外村里来看轮椅的人的说笑声音,她想自己不知道能给这个家带来什么,想着娘活着时的影子,也不觉得害怕了,就算娘没有人了,有影子在,爹活着就有心劲,爹常说:你娘给我养了一对儿女,没有享了福早走,你娘要活着,家就不是这个样子。是哪个样子呢?寻红又想到王二海,娘要是活着,她现在有可能就是王二海的媳妇了。

下了楼要往车上坐,杜先生拉开车门要寻红坐到前面,前面从来都是领导坐的,村里人一下子觉得寻红这闺女一走就不回来了,攀了个重要人物。坐到了车上,隔着玻璃望着爹和弟弟,爹拍了拍车窗要说什么,什么也听不见,寻红在车里喊道:"别忘了给猪炜食,娘在时猪吃一料桶,猪长了,得吃两料桶。"

车就开走了。路过镇里也没有停,只听杜先生和司机说:"按一下喇叭走,表示一下,这些人麻缠着呢。"寻红看到车窗外的镇长们在路边站着,笑着看着车里的人不停地摆手,车把外面人的笑闪了过去。

寻红当天被送到了市里,住进了老人的家。临走的时候杜先生把寻红叫到厨房的阳台上说:"我老娘什么都好,就是太讲卫生了,你要处处洗手,或者说她要你洗的时候你就洗,不要反抗,其他她都好说。"寻红想:不就是洗手嘛,讲卫生是好事情呢。点了点头,表示自己能做得到。安顿好,杜先生就坐车回县里了,寻红才知道,杜先生是县里的组织部长,管干部的,自己家里没有人是干部,也没把杜先生当领导看,唯一觉得的是,杜先生走路的姿势和平常人不一样,说话时做出来的手势也不一样,怎么说呢,很有力度和派头。寻红觉得跟了杜部长享福了,连镇长都不敢小瞧自己。反过来又想了想,自己也不过就是来给人家当保姆罢了,假如给一个不管干部的人当保姆,照样没有人理自己,还不是西火村出来的寻红。寻红每天的任务就是打扫家里的卫生,帮老人换洗衣服,买菜做饭,每天的菜钱就放在客厅的茶几上,老人平常不和寻红交流,有什么事情说什么事情,需要做什么了就叫她,只要寻红做一件事情,之后就是不停地要寻红洗手。寻红不知道这是一种病,这种病呢,就叫"洁癖"。有时候她也会定定地看寻红,看半天后,就叫她去洗手,洗完手过来,她从口袋里掏出一个糖果什么的给她吃,一些动作很怪异,因为是老年人了,手和脑袋不停地抖。寻红叫她奶奶,她半天后很不高兴地说:"我老了吗?你怎么好叫我奶奶!"

寻红不知道该叫什么好,也不好按农村人的规矩叫婶,想了想就按电视上的人那样叫她,阿姨。老太太不太满意地点了点头,算答应了。

下午留给寻红的时间很充足,她有时间会出去外面走走,她把周围住着的街道走遍了,也记死了,她看到有很多农村进城市来的人在做小买卖,时间久了慢慢就都熟了,听他们讲对面那个钉鞋的人的事情。钉鞋的是一个女人,温州来的,很吃苦,缺了一条腿,据说也是车祸弄残的,她每天自己坐了轮椅架了双拐来钉鞋,不管刮风下雨她总是定时定点地到,给人钉鞋的时候态度也好，家里有四口人，男人是常年卧床的病人，家里的收入就靠她一个人，她供了两个女儿上大学，现在都毕业了，在北京找了工作，要接他们去，她不去。她说，到了北京也闲不住，还是要钉鞋，在首都的大街上钉鞋，会给女儿丢人的，不钉鞋呢，人又容易坐出病来，她是一个不会享福的人，也是一个闲不住的人。寻红看到她的时候，心里就想到了弟弟寻军，弟弟虽然没有脚了，也可以钉鞋，要杜先生想办法办个残疾证，光明正大地坐到大街上钉鞋，人家能养活一家人，弟弟也可以养活自己啊。

有一次爹打电话的时候，她就把自己的想法给爹说了。爹说是个办法，但是，寻军去了以后住到哪里，就是个问题，他需要有人来照顾，寻红给人家当保姆不能领了弟弟住到人家家里。寻红下午的时候又开始在大街上走，走了一段时间就认识了对面饭店一个男服务员，服务员是外地人，晚上不回家在饭店住，等于是看门。混熟了寻红说到自己的弟弟，那个人就说帮寻红想想办法。隔了一段时间，他见了寻红说："办法是有了，就怕你肯不肯接受。"

寻红问："住处有了还能不接受？"要他快说。

服务员说："我们那里有几个瞎子在这个城市卖艺，合伙租着一间平房，你弟弟要不嫌弃就伙住在一起，等赚了钱房租平分，也好给他们减轻负担。"说完了又怕寻红不高兴，又补充了几句说："我原先是想让他和我住到饭店的，也不用花钱，和老板说了，老板说，一个没有脚的人住到饭店也不能看门，是添负担，没有答应，我才想了这个办法。"

寻红听了，觉得这也是个好事情，感激人家还来不及呢，有什么好不高兴的，就点点头答应了。寻红往家打电话要爹把寻军送上来，寻军也积极要来，他不想在农村待着，春种都忙着，自己啥也做不了，还老听人喊自己拐子，觉得钉鞋也是个好事项。爹等种进去锄了头遍青苗，就到夏天了，瞅了一个好天气带着寻军来到了市里。寻红不好意思把爹和弟弟领家里，怕阿姨的脸色，就要爹在饭店吃了午饭，领着他们到了瞎子住的屋子。那地方有些乱，也不怎么讲卫生，又是夏天，苍蝇满屋子飞。寻红拾掇干净问弟弟行不行，寻军说行。两个瞎子出去卖艺了，他们是坐在街上拉二胡，有时候也走到饭店或商店门口拉一段喜庆的音乐，要几个吉利钱，一天两个人也能讨几十块钱。因为是瞎子，他们还雇了一个本地出来打工的女人做饭，寻军加进来了就得往里摊一份钱。

人还没有学会赚钱，就开始花钱了，万事开头难，一个没有脚的人，总得现实点啊。寻红和爹找了对面钉鞋的阿姨，和她说了寻军的情况，说想和她学手艺，钉鞋的阿姨听了，知道和自己一样是没有脚的人，一口就答应了，说："保管一个星期就出师，还管给你弟弟买一台旧机器，生手上路不出一年就赚钱。"

送走爹，回到家，看到阿姨有些生气，就主动承认自己的爹来看自己了，没有来家怕麻烦阿姨，知道阿姨是爱干净人。阿姨就要求寻红去洗手，不停地用香皂洗，还要寻红换衣服，她觉得乡下人是最不讲卫生的人，有很多病就是从乡下传播到城市里的。寻红觉得阿姨病得不轻，自己洗得身上总是散发出一股香皂味道了还要洗。而且买回来的菜要碱水泡，说是如果不泡呢，农药就都残留在上面，人吃了容易中毒。寻红在城市里的变化，就是把一双手洗得白嫩白嫩的，透着阳光看上去像嫩豆角似的。但是，寻红不想过这种日子，这也不是自己的家，不知道要当几年保姆，杜部长才要给自己找一份工作？寻红下午去看弟弟的时候，看到商店门口卖指甲油的，就挑了一瓶红色的买了，还要求旁边修指甲的给自己抹上，总共花了寻红十块钱，开头寻红还心疼钱，后来越看手指甲越喜爱，寻红就觉得值得。

她走到钉鞋处，看到弟弟坐在地上的小凳子上看得出神，因为是夏天，弟弟把脚上的一只鞋脱了，双腿放在地上，裤管里露出两条长短不一的腿，放在地上的腿让人看上去可怜。有人走过去，就在弟弟的腿旁边扔下一毛两毛钱，弟弟唬着脸，觉得被人小瞧了，同时缩回腿不让过路的看到自己是个残疾人。寻红从提兜里掏出两个包子来，给了弟弟一个，给了阿姨一个，阿姨不要都给了弟弟。寻红说："中午吃包子了，我出门的时候拿了两个。"钉鞋的阿姨说："你这个弟弟学得用心呢。"

　　寻红摸着弟弟的头，问寻军晚上住得好不好，瞎子好不好相处？

　　寻军就笑了，很久寻军没有笑了，他吃着包子笑着说："瞎子回来数钱，不是数，是摸，摸得很准，一个又要练琴，说是刚从街上听到的，练了明天就能赶了潮流拉出来。两个人就不吵了，开始练。他们也挺可怜的，捏了捏我的脚，还叫我明天和他们一起出去讨钱。"

　　寻红说："不去，你是出来学手艺的，跪下给人求告，丢人呢！"

　　寻军低下头说："知道。"

　　钉鞋阿姨说："闺女，你是没有念书，要念书能考了大学。"

　　寻红就不说了，没有念上书不能怨自己，得怨娘和爹，重男轻女，不把闺女当家里的顶梁柱，当了外人看。

　　寻红回到家，阿姨一下就发现了她的手指甲，阿姨气得站起来要她洗掉，她哪里能洗得掉？阿姨说："你不洗掉指甲上的红，你晚上就离开这里！"寻红打开阳台用小刀一下一下刮，刮干净后，寻红看到自己的指甲盖上没有一点光泽，苍白得难看。

　　阿姨两天没有让寻红出门，要她反思自己的过错，她说一个农村女孩子又不是城市交际花，把指甲染成红色，你是农村人，你是来当保姆的！

　　寻红想不通是谁把这个社会上同时出生的人分成农村人和城市人了！

　　两天后寻红出门着急得找弟弟，钉鞋的阿姨说："你弟弟两天没有来了。"寻红去弟弟住地去找，屋子锁着。寻红想不到弟弟去哪里了，就顺着街道找，走出街口，就是大街上了，就在她考虑要往哪边走的时候，她看到了王二海他爹。她隔着街道叫了一声："叔——"

　　王二海他爹也没有想到在城市里有人会喊他叔，就照直往前走。寻红紧着跑了几步赶上去，跑到他前面回过身叫了一声："叔。"

　　王二海他爹看到是叫自己，停下脚步，有些疑惑地看着寻红，他想不起来是谁家闺女，肯定是东西一条河的人。

　　寻红说："叔，二海好了吗？"

　　王二海他爹说："好啥，住着院呢，原来的时候啥也不知道，现在呢，对以前的事情还是啥也不知道，唯一的好处就是能站起来走路了。"

　　寻红说："那就是快好了。"

　　王二海他爹说："你是谁家的闺女？"

　　寻红不敢说是霍翠平的闺女，怕对方听了不高兴，就找了个话头问："那他结婚了没有？"

　　王二海他爹说："和谁结婚？一辈子就算完了。哪个好闺女要嫁给他，要是有人肯嫁给他，冲冲喜说不定还好一些呢，没有。你是二海的同学？"

　　寻红说："嗯，是同学。"

　　王二海他爹就往前走了，寻红突然想到，该问问他住那个医院，就冲了他的后身喊："叔，你告诉我他住哪个医院？"

　　王二海他爹指着前面说："就那个，内科住院二部305房。你看你多好，活蹦乱跳的。"

寻红没有找到弟弟，倒打听到了王二海。她是听爹说过毕小红出嫁了，那么说不是嫁给了他，是嫁给了另外一个人。

寻红想：毕小红到底失了良心了。

六

寻红第二天找到弟弟的时候，她看到弟弟坐在地上挽着裤管露出两条残腿，他前面放着一个破旧的茶缸，一些过往的行人往进去扔一些零钱。寻红在他对面看了半天，泪水忍不住往下掉，她想不到她弟弟是这样的人，一个把自己糟蹋得讨钱的人，就算是自己养活不了自己也还有我啊，怎么能让他出来讨钱！寻红走过去弯下腰说："你抬起头来，你看看你成什么样子了，要你念书你不念书，你要念了书也不会这么不懂羞耻，把自己糟蹋成这个样子！"

寻军抬头看了一眼，从早上出门到现在，他还没有抬过头，他低着头什么也不想，偶尔看一眼面前茶缸，他心里就盘算着有多少张毛钱了，加起来就是多少大票。他的理想在丢掉脚的时候就没有了，他不是一个喜欢动脑子的人，但是，他舍得下力气。做机砖的时候他用双脚刺泥，他是下力气的，他不念书，是真的不想念书，念书念到什么时候才会有出息？没有娘了能说是因为没有念书？没有脚了能说是因为没有念书？寻军抬头看了看寻红，他说："我不认识你，走开！"

寻红指着自己的鼻子说："你不认识我，也不该不认识霍翠平和李安平吧？你爹你娘总该认识吧？"

寻军狠狠地说："你挡了我的生意。"

寻红捡起地上的茶缸，扶起寻军要他跟了自己走，他不走，寻红说："我背了你也要把你背回西火，就算是爹知道了也不让你出来丢人败兴！"

寻军喊道："我好好一个人，我好好就这样了？你有本事叫人赔我啊？赔我一双脚来！我丢人是丢我自己了，我败兴也是败我自己了，你就当没有我这个人！"

寻红说："就算是没有了脚，还有手还有脑子吧，怎么就不能像钉鞋阿姨那样活着！"

寻军说："我愿意这样活着，我愿意这样丢脸，我又没有把脸丢在西火！"

身后的两个瞎子听到他们吵架，站起来走过来说："闺女，要是和你一样，也不出来弄这营生，是娘生的都长了脸，谁愿意长了脸不值钱！"

寻红坐到了马路边的草坪上开始哭，她哭她自己，哭弟弟，还捎带着哭王二海。想着原来的家，想娘被天雷击过的情景，娘的去世让家少了一半的温暖。爹的希望是供一个念书人上大学，弟弟却不上学了，要做机砖，弟弟不上学了，爹又有了希望，盖楼房，楼房因为弟弟的脚耽搁下来，每一次把钱攒起来了，就又要出事情，家总是空空荡荡的，可这是自己的家啊，尽管自己的家没有自己的地位，但是，家是没有选择的。她只能被生活推着往前走，她不能选择生活，她连她自己的命运都选择不了，就算是王二海现在是个好人，他能赔偿弟弟吗？弟弟又这么不争气，可是细想想，要他怎么争气！

寻红不哭了，也不看旁边的弟弟，瞎子坐在小凳子上拉着二胡，曲子在街道上缭绕着，有人走过去，在弟弟的茶缸里扔下了一枚硬币，硬币敲打着茶缸沿，让寻红的心揪心般地疼了一下，如果不注意谁也听不见那声音，但是，寻红听见了。她觉得自己一下子长大了，突然觉得一个女人染了红指甲是多么俗气，她要活出个样子来，不是给人家当保姆就能活出个样子来，她一下想不起来自己怎么样就能活出个样子来，但是，她不是以前的那个寻红了，她要勇敢地面对生活，面对生活就是面对自己。她想到娘和爹为什么老是那么现实，是生活让他们那么现实的啊。爹在生活逼迫下不断产生希望，希望是一棵不发芽的苞谷，它不发芽的时候，爹会想到别耽搁了季节和土地，该换换种子了。

她走过去和寻军说："你回去好好想想，前前后后都想想，你总会想明白的。"

路过医院门口，她看到屋顶上写着：和平医院。她想我明天来看王二海，不管怎么说他也是车祸的受害者，他要不是可怜农村人，他也出不了车祸，况且自己还曾经把幸福寄托在他身上。

爹说："因为没有人收购青疙瘩了，夏天除了上地，人都开始支了桌子打麻将了。"

夜晚，望着窗外城市的楼房，寻红想了很多。傍黑里爹来电话说，村里因她给杜部长当保姆在村前批了五间房的地契。寻红想到弟弟就说，批那地契有什么用，人将来还不知道咋办呢。

爹说："你将来招个上门女婿，过日子总不能没有规划，家里的担子还得你来挑。"

爹的希望总时很及时地就出现了。天快亮的时候，她才蒙蒙眬眬睡着，却又做了满脑子的梦，好像是一片苞谷地，刚刚被爹收割过了，有未刨尽的茬根，有西火村的人都穿过苞谷地去场上卖青疙瘩，坑洼不平的地，有那么多人绊倒，她也要穿过去，却怎么也走不过去，不是地上的茬根限制了她，是自己的思想或者情感限制了，她看到每走一步路途中就会有一个陷阱，那陷阱就像茬根一样，慢慢就变成了一张张嘴巴，咬噬着她的脚，她看到自己的脚和弟弟的一样，她害怕得面色苍白，疲惫不堪，生活把她拖入了无望之域，她叫喊着：这不是我想要活着的生活啊！喊叫声把她自己喊醒了，她撩了窗帘，看到了城市上空有一缕霞色的云彩，她坐起来看着那云彩慢慢发白了，天边也就开始发亮了，她起来做饭收拾家，一天又开始了。

下午，寻红找到了内科住院二部305病房，她走近的时候，看到门上有一个四方小窗户，她在窗户上往里看，里边有好几个床位，靠窗户的一个床上坐着王二海。她推开门走进去的时候，她没有看到王二海他爹和娘，他就一个人坐着，望着窗外。窗外的天空是蓝的，有几丝云彩。远远望去，城市里没有山，是一层一层的楼房。她在他身后站了有一会儿，她不想叫他转身，她害怕他转过来认出了自己，假如说，他要问自己来干什么，自己就不好回答。她还是看到了他慢慢转回了头，眼睛里没有光泽，看了她一眼，低下了头，他不知道她是谁。

寻红问："你认识我不？"

他不回答。

寻红说："外面的楼好高。"

他不回答。

寻红知道他什么也不知道，什么也不记得。

寻红突然地闪了一个坏念头，她说："认识毕小红不？"

他说了一句："山。"

寻红想：一个精明的人，变成了一个傻子。他还都不知道毕小红和他一起收购过青疙瘩了。弟弟还知道讨钱，他啥都不知道。寻红说："你想吃什么？"

他说："糖。"

寻红说："明天我来看你给你买糖。"

寻红没有话说了，看了半天想起街上的弟弟，决定要走了，他却不看她。寻红脑海里就想起了：西火村的傍晚，一片暮色中，他开着四轮车，从村路上走来，拐个坡，他开着车下了河滩的场上，他操纵着那辆车，他看上去是那样英俊，寻红想我那时候是多么喜欢他啊。寻红又回头看了他一眼，她发现他白了，体格比原来还要胖，突然地心疼了一下，她觉得心尖尖上有什么东西挑了一下，她突然明白了，她依然喜欢他。就在她扭转头要走了，和一个人撞了个满怀，是王二海他爹。

王二海他爹眼睛一亮认出了她，说："你是二海的同学？是谁家的闺女？"

寻红不好意思说是李平安的闺女，她爹毕竟在县医院和人家打过架，两家因为车祸结了仇，两个受害者如今都没有美好的以后了。

寻红低下头说："你不认识我爹。"

王二海他爹说："哪能，东西上下河没有我不认识的人，就你们这一茬小人儿不认识。"

寻红躲着对方迫切想知道她是谁家闺女的眼神，说："叔，我说了你会生气。"

王二海他爹说："生气？知道你是谁的闺女我生啥气？"

寻红咬了一下嘴说："西火霍翠平、李平安的闺女。"

王二海他爹抬起手摸了摸她的头说："好闺女，比你爹懂事理。叔知道你，去年秋口上和你提过亲，你爹把着不放，还好，要嫁了二海，现在就苦了你了。闺女，你在城市里做什么？现在嫁哪里了？"

寻红说："当保姆。还没有嫁，现在爹想招女婿，弟弟没有脚了。"

王二海他爹说："闺女，我送你出去。"

下了楼，王二海他爹送她走了好远，寻红才知道因为二海住院，家里人都围着他转，说是家里人，也就是他爹和娘。他爹原来跑大车，因为他住院，不跟人家跑了，存了有小10万块钱都花到医院了，现在是他爹跟着他住院，捎带着市里给别人拉货，他娘在家种地，不种地，活不了命，农村人靠地活命。就算是花钱也还算是值得，从不会说话到会说话，有进步啊！

王二海他爹又问了寻军的情况，知道缺了脚，却也没奈何地叹了口气说："都是穷人，你说这事怨谁？怨命！人穷志不短，但人穷了就怕命不强。他也是好心拉你弟弟的，没有要钱，也是想省他点路费，要知道就不拉了，不拉那么多人车也翻不到沟，不拉那么多人车也不会失重，人穷了连法律的边都粘不上，我还想找人的麻烦，问了懂法的，人家说了，不找我麻烦就算不错了，幸亏是自己的儿傻了，要是自己的儿好好的没有撞出毛病来，那就是说，他得住看守所。傻得倒应该了！"

王二海他爹有点想哭的意思，话尾上说出来的话音有些打战。

寻红说："叔，我帮你下午看一会儿他，你做事情去，我相信他总有一天会好的。"

王二海他爹瞪了一下眼说："驴年马月能好？我前世积啥德了遇见你这样的好闺女！"

寻红路过广场的时候，没有看到弟弟，她知道弟弟是在躲她。好人走这么长的路脚心都发热，他一个残疾人，他也不容易。寻红看到路上有一条交通广告：生命只有一次！这句话让寻红感到内心寒战，她觉得生命就一次还活不成一个正常人，比自己难的人有多少！

七

寻红下午没事时一直陪着王二海，尽管不怎么说话，有热烈而温暖的视线拥着他，他开始看一会儿窗外，再回过头来看寻红，他闭上眼睛说："我看到你变成金色的了。"

他脑海里慢慢有感觉了。

整个一个夏天和秋天，窗外的阳光任意挥霍，寻红就在阳光的窗户前织毛袜子，她把毛袜子织得很厚，冬天就要到来了，这个季节，蚊蝇们都会冻死，弟弟的脚也该穿厚了。她织的毛袜子没有脚掌,王二海说:"脚哪里了?"

　　寻红告诉他,那一次车祸,记得不记得了?那一次,你从山上掉下来,你就不认识人了,我弟弟寻军就没有脚了。王二海想不起来,寻红就不停地启发他,那一次,你的头一定是撞到四轮车的铁上了,撞重了,你开着四轮车,收购山上的青疙瘩,冬天的时候不叫青疙瘩,叫黄花瓣儿。王二海说:"是不是连翘,开了黄花?"

　　寻红激动得放下手里的毛活,站起来要他看,他吃的药里就有黄花瓣儿,就有连翘。寻红拣出来放到他手心,王二海看着看着,似乎有什么东西撞了他一下,他想不起来,但也好像有个惶惑。医生看到天天下午来陪她的寻红说:"你是他什么人?病人是需要启发的,他父母亲就是个着急,没有人像你这样和他说话。"

　　寻红说不上来是他什么人,王二海看着其他病床上伺候病人的有媳妇,就也告诉医生说:"是我媳妇。"

　　医生听后不说话,见了王二海他爹,很慎重地和他说:"其实,你没有必要再在医院住院了,药物治疗是控制他的病情不要发展,我看他更需要精神治疗。你儿子有对象么,你儿媳妇多好,启发你儿子有了记忆,不妨早给他们结了婚,也许可以刺激他的中枢神经,他说不定就很快恢复了。"

　　王二海他爹不说话,他不能肯定还有人能嫁给他儿子,和闺女张嘴无疑是打自己耳光,就算闺女愿意,她老子也不会愿意,李平安恨不得把我的脚剁了给他儿子安上呢。王二海他爹还是决定出院,住不起医院了,回家养着,娶媳妇的事情,他不敢想,像寻红这样的好闺女想都别再想。

　　阳光透着窗玻璃把两个人晒暖和了,寻红和王二海说:"你坐在四轮车上真好看,你回家后再让你爹买一辆四轮车吧。"

　　王二海说:"买了车,你嫁我?"

　　寻红翻了一下眼睛调皮地说:"买了车,我嫁你。"

　　王二海说:"你不嫁我你是甚?"

　　寻红想了想说:"连翘。"

　　王二海从中药袋里拿起几颗黄花瓣儿说:"你不嫁我,我就天天熬药吃你!"

　　王二海他爹在旁边听了,不敢相信,掉了个身子看着别处说:"闺女,我可是听错了?"

　　寻红说:"没有,叔,我哄谁也不能哄他。他的病是四轮车造成的,你就再给他买一台,他手脚不缺,你就让他开,他本来就会开,再让他学也是刺激他啊,他会了,我也学,我帮他。"

　　王二海他爹说:"你说的我不敢相信,闺女,你要是嫁了二海,你是要担名声的,不好的名声,好闺女嫁了赖汉,鲜花插了牛粪,他要好了呢,是好事,我还能动,钱也不少赚,他要不好,我见了你爹一辈子我抬不起头,我是真亏欠他啊!"

　　寻红说:"叔,你等我到明年春天,我说话算数,但是,我也有个要求。"

　　王二海他爹说:"啥要求我都答应。"

　　寻红不好意思低了头说:"我不是要财礼,但也说不清楚,就是想要叔帮我爹起了楼房,我还有弟弟呢,我不能不长我爹的脸。"

　　王二海他爹说:"这个我帮,是应该帮的。"

　　王二海出院的时候,寻红没有见着,王二海出院后想着寻红的话,强烈要求爹买一辆四轮车。他爹说:"你都这样了,吃亏就吃在车上,你还买。"

　　王二海说:"你都忘了,是寻红说要买!"

他爹就想起了医院里的约定,觉得人不能凭空一句话就相信了一个闺女,得多长个脑子。专门去了一趟西火,见了寻红她爹,不说儿女亲家的事,就说:"出了事情了,忙着看病,也没顾上过来瞧瞧,你的儿也受了牵连,咱在医院闹过笑话,丢人了,这事呢是我不对,我想过来了,也问过懂法的人,这事呢是我儿不对,没有多有少,我儿出院了,基本上有所好转。一条东西上下河我也算有钱的户主,这一折腾呢,也差不多了,没多有少,你说,得多少?咱也私下里有个说处,你有这意思呢,咱就通个中间人说合说合。"

　　一听说来送钱,寻红她爹想:泥菩萨开口说话了,还想着送我钱,是来耍我了!我倒要狠狠耍他一下。说狠也狠不到哪里去,农村人的眼光短浅得还想不到要去害人,盘算了一下说:"你看吧,一辈子的事情,起码得够一座楼。"

　　王二海他爹一拍大腿说:"这事定了,中间找个证人,我要来成给你送过来。"

　　寻红爹觉得不对劲,来成是说媒的,要个媒人送钱是啥意思?却也想不到别处去,收了来成送的四万块钱,就开始到处去看沙子和水泥。村里的人都觉得这事蹊跷,他还安慰人家村里人,他是怕他儿坐禁闭呢。

　　寻红把织好的毛袜子送到弟弟的住处,弟弟看了一眼收了起来。寻红想用剪刀帮弟弟剪掉脚上的硬皮,弟弟不让,说自己能剪掉,要她快走吧。寻红说:"你不听话。"

　　寻军不说话,脸憋得通红,像什么事要做不想让寻红知道,一定要她走。寻红就装了要走,走到门口停下来靠着窗户往里看,看到两个瞎子坐在床沿上开始练着一首新曲子,灯光下眼睛一翻一翻的,看上去有点鬼鬼祟祟,他们弯腰曲背,岁月在他们的脸上刻上了皱纹,拉到抒情时,眉头就展开了,露出了太阳没有晒红的白印子。拉完一段曲子后,又开始拉过门,然后其中一个要寻军唱,寻军眉心一皱鼻子一抽胸脯一挺就唱起来了。寻红才知道他们合伙了,一起做事,她原来脸上的尴尬一下子没有了,她觉得弟弟是一个懂得生活的人,只有懂生活的人才懂怎么来适应生活。寻红不是一个懂文艺的人,但是,寻红看着他们拉着二胡唱着的样子,她想起了初中学过的一句话:看上去多么活泼生动!

　　寻红往回走,想到阿姨那么干净,太干净了,干净得让人心里发冷,一无杂物,纤尘不染,连只苍蝇都没有,而老人的干净就是一辈子的希望。自己不也因为弟弟乞讨而觉得难过么,想到弟弟一辈子要这么样度过余生,也寒冷过,没有想到弟弟也会唱歌了,他也有希望,他的希望是给人带去快乐,别人的快乐就是他们的快乐。寻红又想到王二海,觉得,人的脚下有一小块站立之地,就足够了,让别人温暖,自己也就温暖了。

　　寻红第二天特意到街上去寻弟弟,她看到一个瘸子领着两个瞎子,两个瞎子托着弟弟的肩膀,到了一家小商店的门口,他们呈三角形站开。弟弟的歌声没有一丝苦难,唱到激动处,眉飞色舞。寻红听到那歌声里的快乐是扭动的,让身体不由得随着那歌声扭动起来,看的人真有人扭动了,寻红激动得颤抖,是身体里快乐在颤抖。弟弟那种鸟一般飞翔的歌声化解了生存里最严酷的一面,寻红觉得弟弟长大了。

　　寻红进入冬天后离开了杜部长的母亲家,不是她要离开的,是杜部长在县城里出了事情,被"双规"了。有些事情不好说,城里人也有他们自己的烦恼,阿姨心情不好就辞退了寻红。

　　寻红回到西火的时候,她觉得西火村没有一点变化,爹领着她去看了看批好的地,爹说:"开了春就动工,修楼!"

寻红一个冬天没有事情做，就要爹领着她上山摘黄花瓣儿。爹说："没有人收购了。好价钱，就是没有人收购。"

寻红肯定地说："有人收购。"

寻红和爹上山把黄花瓣儿摘回来放到院子里装苞谷的囤里，因为囤是用荆条编的，缝宽，寻红要爹用烂席片围住它。西火周围山上的黄花瓣儿都被他父女摘完了，西火人还笑话他没事瞎折腾呢，爹茫然地看寻红，寻红不说话，就是笑。要是以前，爹早骂上寻红了，这一次出去回来后，爹不骂寻红，他以后还要凭了闺女养活，他不想伤闺女的心，他有时候觉得都对不起闺女。

有一天寻红和爹说，想去镇里买一些家里用的东西。一走就是一天，傍晚的时候，西火打麻将的人突然听到村路上有四轮车响，想也没有想到是收购黄花瓣儿的。看打麻将的寻红爹手里夹了根烟，和屋里的人说："我出去看看四轮车上来收购啥，我看看是不是苞谷涨价了。"这一看就看到闺女坐在四轮车上，开车的是王二海，闺女寻红碰上熟人了要车停下来，替车上的司机王二海发烟呢。寻红爹急忙往车前跑，却发现车直奔自己的院子。寻红看到爹的时候说："爹，来收购黄花瓣儿了。"

爹说："秤呢？我要不要去借一杆秤？"

寻红说："借啥，多少都是自家的。"

她爹有些没有反应过来，也来不及反应，急着招呼人往车上装货。

装了货，爹看着王二海说："你好了我儿还不好。"

王二海说："我以后当你的儿。"

寻红就很有些意味地看了一眼爹，爹还是没有明白地说："我招女婿来，你给你爹当儿吧。"

寻红说："爹，我得跟了二海走，明天进城送车上的货，咱的货咱得跟了人，不能叫缺了斤两。"

爹就让寻红跟了走。

西火村的人看到又有人收购黄花瓣儿，就收起了麻将桌上山摘山货了，近处的山上都摘完了，又开始往远处跑，冬天的山上不怕蛇咬，也不怕天雷响，上山的人不怕天冷，跑一天头上还冒汗呢。收购的四轮车上除了王二海，还有寻红，爹说："闺女家老跟着人家，不怕人笑话，以后还招不招女婿？"

寻红说："你都收了人家彩礼了，还怕人笑话！"

爹一下明白了来成送来的四万块钱是啥意思，是把闺女许配了人家！想提了钱去找王二海他爹算账，钱在信用社存着，信用社的人说："你存的是死期，况且我们年底完任务呢，现在也没有钱，要等到过了年才能取。"

爹想到上当了，却也想不出好办法来，就又想到：反正他和我说的时候不是彩礼钱，闺女嫁人还得我说了算！开了春正好用他的四轮车拉盖房子的料，等把料备齐了退不退你钱咱经法院说！

过了年，没有事情的时候，寻红爹天天望天，就等第一声春雷响，雷一响他就开始开工，还没有等天雷响，寻红瞅了好天气和爹说："爹，没有娘了，我不知道该和谁说，你把闺女嫁了吧，闺女有了。"

爹一下子敏感得反应过来了，问："谁的？"

寻红说："收购黄花瓣儿的。"

爹抬了手，想要狠狠打过去，却又想到了一句古训：

儿大不中管，女大不中留啊！

纸 鸽 子

一

  儿子吴所谓是何明儿一个难醒的梦。这个梦真要有一天醒来,何明儿会觉得这是上苍给她在今世开下的一个天大的玩笑。

  这是秀月小区旁边一座茶楼,茶楼叫"一品香",门口没有女生,几个戴宋朝官帽的男侍应在引客。何明儿和儿子吴所谓一前一后走着,走得有些闷。身后的何明儿看到儿子两手插在裤口袋里,两肩耸着,手掌向大腿两边撑开去,那个样子,如风叠起来的一个人模子,逗人摸思。如果前面不是自己的儿子呢,何明儿会觉得这个孩子可爱,前面是自己的儿子,平常的行为局限了何明儿对儿子所作所为的认识,这样,看他那漫无目的涣散无力的样子,只觉得脊后凉凉的,只有何明儿知道,这是一个极其抗拒一切的动作。

  走进装潢得伪古典的茶楼,坐下来,看到男侍应转身出去,进来一个女生,女生看上去像中学生,齐眉刘海下一双大眼睛,涂了睫毛液,眼影是淡粉色的,很跳跃。这个年龄该是上学的年龄,女孩最忌讳过早走向社会。进门后女生婀娜地扭动腰身,伏跪下来,捏着小茶盅的手翘着兰花指。何明儿看着儿子盯着对方看,那个女孩看着儿子吴所谓羞涩地笑了一下,错了一下嘴角,在何明儿眼睛的掌控之下,儿子吴所谓的脸颊上挑起了两朵红晕。何明儿像是和谁较劲似的站起来说:"我不要茶艺了,就两杯茶,要龙井,一壶白开水,备好后,你可以不在门口站着。"

  女孩,一张白脸,一双大眼,嘴翘而鼻挺,仰了一下头,起身往出弯腰的刹那,何明儿看出了女孩身上泄露出来一丝风尘。何明儿很是不屑似的把喉头那口唾沫弄得很响。儿子吴所谓的嘴角龇开了一隙缝,眼睛看着何明儿,一口长气嘘出来,有些内容。

  决定和儿子来茶楼里谈话,是何明儿想了很久的事,用茶带来的气息抑制儿子身上的那股燥气。何明儿一直认为,喝茶是附着于物质之外很阳春白雪的事,和儿子坐在茶楼里,听着古筝弹拨"梅花三弄",任他有千般怨恨,在如此幽静淡雅的环境中,总该顺乎环境,不至于一说就失态失性吧!

  何明儿忽略了当下的情景,无端把一个女生在男生面前的表现扼杀了,一个有印象的色彩,随缘而有,随事而生。

  当下,吴所谓顺手把桌子上一根牙签叼到了嘴里,木制的牙签被吴所谓嚼烂了,何明儿心中的火气腾了起来,这个儿子让她心中不知道郁结了多少疑问和痛苦。何明儿难以释怀地压了压冲向喉咙处的火苗,眼睛盯着走进来又走出去的女孩,不看,死盯。

  两杯清茶,缕缕上升的热气。何明儿很矜持地端起杯子喝了一小口,她用眼睛示意儿子也喝,吴所谓根本就不看她,嚼得像一团麻线样的牙签被挂在了嘴前,何明儿压了压性子。

  "我们,可以谈谈吗?"

吴所谓说："谈什么？你限制了我的自由，我只想告诉你，这个世界上没有一个人是可以限制另一个人自由的！"

何明儿苦笑了一下，看着水中浮着的茶叶很平静地说："因为你是我的儿子。"

吴所谓猛吸了一下嘴角上的牙签："你没有给我快乐！"

儿子的指头不是指着她，而是勾着自己的鼻子，那只蒜头鼻尖上有细小的米粒大小的汗挂着。这让何明儿想起丈夫的鼻头来，惊人的一样。

"你没有一点诚意，我不想在这样一个环境中出现家中那样的对抗，我现在是你的一个朋友，权当是你的一个异性朋友，我要求你用最简单的礼貌尊重我。"

吴所谓盯着冒香的茶杯说："不是几片树叶就可以决定我们谈话的内容，也不是几片树叶就能换来尊重的，我们还是不谈。"

何明儿端着茶杯的手抖了一下，就是方才，她跟踪儿子在一家网吧的门口，就在儿子回头张望什么的时候，何明儿的视线像一只无形的手一样拽着吴所谓走到了她身边。

吴所谓说："你跟踪我？"

何明儿笑了笑，"这不是第一次，也不是最后一次，在我还有监护权的时候跟踪你，不是什么过错，最直接的原因是，我是你妈妈。"

吴所谓说，"你到底想做什么？"

何明儿说："想和你谈话。"

和儿子的谈话如此就上升到一个形式或仪式上了。

那杯茶的香气淡开了，吴所谓端茶的姿态很粗放，嚼碎的牙签还在嘴角挂着，茶杯压在嘴上，卷出上嘴唇来，毫不喘息，一杯茶水倒进了肚子里，杯底子上搁浅着茶还有那根碎得失了形的牙签。

吴所谓觉得眼前这个应该叫妈妈的异性老是不让他省心，老觉得他是个挺重要的事儿，尽管自己不是世俗眼中的好学生模样，但目前这样的生活挺适合自己的，未来的一切良好愿望与远景太遥远，他甚至鄙夷那些学习成绩好的同学，一个孜孜于成绩的人，视野必定是狭隘的，那智商高不到哪里去。这样想，他就觉得他一生的快乐都被眼前的这个女人限制了。小时候看动画片，粗暴的声音一声声呵斥过来，想起来就叫人索然寡味。回到家中，做了学校的作业，接着做对面这个女人布置下的作业，日复一日，年复一年，他这架学习机器，在不断重复的学习中，丧失了多少快乐，在快乐不断的剥夺中他爱上网络，有什么错呢？起码网络把他的欲望和快乐前所未有地调动起来，想怎样享受都不为过。吴所谓现在还无法设想，在游戏中，愿望被满足到什么样的状态，才会进入到快乐和自由的顶峰，他是太想进入那个顶峰了。

何明儿感觉吴所谓进入了一种幻觉中，两只手在木质的茶几上敲着键盘，她加重了语气说："看你沉迷的状态，你不可以不上网吗？"

吴所谓放下手里空了的水杯，木质的茶几上"嗵"响了一下："你烦不烦呢？"

何明儿说："烦得无聊，读书可解。"

吴所谓说："活得绝望，死能除之。"

何明儿喉头一松，火气不自觉地冒出来："你这样和你妈妈说话？养育你的恩情，你就拿这样儿的对抗来回报？"

吴所谓站起来，长可至脚踝的牛仔裤刷在地上，裤筒上下有一条红色的横线装饰，使他的腿显得更短，上身的拉长，与下身堆积有些不均衡，夸张得就那么"跨跨"走出了茶楼。何明儿追赶出去的时候，感觉视野空如阴郁的天空一样，并且感到那阴郁的颜色染了她整个身体，有一种无法形容的情绪攫住了她，身后的女孩喊了一声："等一下，您还没有结账！"她冲着空空的吴所谓走过去的街巷吼了一声：

"吴所谓——"

她的情绪因过分夸张呈现出歇斯底里的样子，有人走过去扭回头看她，想象她与谁在喊：无所谓！

二

何明儿感觉很无助，来自骨头深处的无助，她坐在仿古的太师椅上，满上的茶水冒着热气，对面无人，想不出来叫谁来与她分解此时的孤独。心里想到一个男人，那种无助愈发的彻骨。往常，知识女性的形象局限了她对生活的过分热爱，一个离了婚多年没有成家的女人，她树立在人前的形象，不是一个简单的女性形象，而是一个有教养有知识的教育工作者和伟大的母亲。没有人知道她的儿子是一个整日沉迷在网络中的问题少年，儿子的不作为让她的心情缺少了一种痕迹，快乐的痕迹。尽管所有人看上去对她的评价都是好的，甚至有的女性表面上夸赞她要以她为榜样，只有她自己清楚，她的生活状态是一团糟。心理上的生理上的以及家庭给予她的快乐逐渐在丧失，只剩余下做母亲的资本，而做母亲她又是多么的失败啊！何明儿想到女友海棠，海棠的幸福生活在朋友中是有口皆碑的，物质上的饱和，养就了海棠一副若无所动若无所想的慵懒模样，与何明儿简直是背道而驰的两种状态。如果人的期望值不是太大会不会很幸福呢？填饱肚不生事，生活落到俗处，也许会好一些。对了，就给海棠打个电话。好久没有见面了，一个城市各自为了生活，何明儿总觉得自己和海棠不是一类人，现在想起来，好像也就是想找一个世俗中的人来窥探一下日子的好歹，打发一下难熬的光阴。掏出手机拨过去电话，海棠说，你稀罕呀人民教师，还会想到我？我马上过去，我有话要和你说呢。女人与女人或许能从生活的体验中聊出一些乐趣，不然，何明儿是无法度过这一下午时光的，一下午都会为吴所谓在网吧而焦心，而心痛。

十五分钟后海棠打扮得光鲜水滑来到茶舍，一身名牌，不是每个人都能穿出名牌的，名牌在海棠身上是一种气质。坐下来，依旧是那个女生，海棠看着桌子上的两杯茶叫喊道："怎么如此不会享受呢？为什么不来茶艺？换茶，消费就是享受，我的人民教师，懂吗？"

何明儿不懂么？只是，现在不喜欢烦琐做作的成分。心烦意乱，叫她来是想说话的，或者说是想讨一点生存经验，如此这般，何明儿觉得叫海棠来是乱上添烦。女孩在古旧的音乐中开始一连串的夸张动作，接下来海棠的眉头像似和谁叫劲般地立起来，要何明儿闻。女生说："这是上好的龙井，您可以品，常喝茶的人能闻出新绿的味道。"何明儿闻不出来，土陶罐换成了瓷茶壶，为生活本身而心力憔悴的何明儿端起茶盅时，有点讨厌海棠装模作样的动作，这个女人她是从骨子里看不上的。何明儿一直以来都觉得自己是精神上的精品，而不是铺张的形式上的那种类似海棠财力上包装的结果。

何明儿和女生说："你出去吧，叫你，再进来。"

女生扭身弯腰出去的时候，看着海棠说："您的气质真好。"

  是对何明儿态度的对抗。
  海棠说:"好久不见了,你的气色看上去不是太好,和男友生气了?"
  何明儿说:"没有。生什么气,八字没有一撇的事,儿子反对,不提他,等儿子上了大学再谈。"
  十年寂寞的日子,没有婚姻但不等于没有爱,只有何明儿自己知道。这个年龄再爱必然双方都是有过家庭的,她爱着的那个人也是因为儿子,现在的单亲家庭的独生子女全都是皇上,拒绝陌生人出现在自己的家中,那么对于何明儿来说,也是一样的,吴所谓不同意,她的爱只能是地下的。
  海棠笑了笑:"没有哪个男人会等你到孩子上大学,人生就是游戏,爱情在当下的社会没有多少刺激能激活,只有钱、地位,至于才情嘛,我不好说,反正任何事情都要靠数字来推动的,我不像你有理想,我是茫然地活,混沌着过。"
  何明儿勉强地笑了笑:"快乐和金钱像抛物线样走势,我不否认,就算没有男人,孩子总还是可以唤醒快乐的。你是身在福中,物质的诱惑对我不是太重要,我只专心于我儿子的成长。"
  海棠说:"你说得对,我是身在福中,谁又知道我的福是我的苦海呢还是岸?我给你说,沉迷一件事情,会带来快乐,我最近经常网聊,你也常常上网吗?"
  何明儿摇了摇头。
  "各式各样的人,大千世界,你能感觉人是一个奇怪的东西呢,你与一个陌生人聊天,你不知道对方的一切,凭想象你可以信任他,生动地感觉他,虚拟他,你愿意听他的话,就像一个'奴',他的调配让你的身体处于非常美妙的状态。也许按你说呢,是一种病态,但是,也是一种心身的反叛,很刺激呢。"
  何明儿突然一下觉得不理解了,这社会是怎么啦?学舞蹈的海棠和一个优质的老公,在街市上相伴走过去,会赚来很多回头赞慕的眼神。她的老公经营电脑生意,就海棠的红色宝马车和郊区别墅,钱对于海棠来说,已经不是物质上的快乐了,精神上的快乐呢?如海棠说的真在网络中包含着吗?
  海棠说:"明儿,你也上上网吧,别像和尚庙旁的尼姑样,你该有你自己的时间。孩子是未来,只有自己是现在。我表面上的风光不是我真实的海棠,我告诉你,我不幸福,如你一样,十年的婚姻名存实亡。我有欲望,我有虚荣,我想保持我婚姻的假象,但是,我不会离婚的,人生游戏,没有比爱情伤人更重。因此,我不看好它,如你儿子的名字一样,无所谓!那个等你的男人未必能等你到孩子上大学,爱是需要培养的,是身体的培养,不是精神的。我不能和你比,虚荣、游戏、满足、假象,是可以掩盖很多,掩盖之下是我的名牌消费,养老保险,还有什么呢?我的寂寞和无聊,当下的日子我能怎样?所以我选择网络,不选择离婚。"
  又是网络,这是何明儿没有想到的谈话,听来的是失望,她有点同情海棠,十年婚姻隐瞒到现在,只有从生活体验中走过来的人才知道时间有多漫长。本来想说说儿子的事情,现在已经没有必要说了,多说什么显然都是无力的,也是脆弱的。海棠还想说什么来着,手机响了,关上手机,海棠的脸儿煞白。何明儿问:"出什么事了?"
  海棠匆匆饮了最后一口茶,道了再见,说是回头解释,人已经走得没有影子了。剩余下的依旧是无助,何明儿突然觉得现在就算是从网吧找见儿子,她也没有多余的力气拽他回家,对抗,对抗,如果有一个男人在自己身边,就算是没有多少学识,哪怕徒长了一副孔武有力的身板,狠狠地用拳头替她教训一顿吴所谓,她的心情都会明丽一些。她爱着的那个人,教养限制了他的力量,只能是等待。何明儿从来都没有想过把那个人领回家来,就算是身体的培养,也只能是开钟点房诉苦，极限的时间里偷情做爱。一切埋怨都在教师的光环下扎根了，很深。在没有保护伞的生活之下，教师形象就是何明儿的保护伞，不足与外人道的一切，何明儿咽下了，如一杯苦茶。

何明儿结了账走出茶楼，走进自己居住的小区，走上五楼。上一楼的时候碰到了二楼的住户，彼此笑了一下，上三楼的时候碰到了三楼正要出门的一对小夫妇，他们襁褓中的孩子在怀里看着走近的何明儿笑得开心，没理由不给孩子一张笑脸。何明儿接着往上走，因为走得急，出气有点喘，像做了什么亏心事似的，在推开卧室门的刹那间里，她整个人就像泪泡了她一样哗在了床上，一时间，翻江倒海上下抽搐起来。

是谁说过的"温暖是人生的表象，苍凉是人生的体质"。何明儿是何等一个有个性有教养的人呢，是什么时候具体到一个女人了，一个母亲了，具体到生活的端倪，琐碎得啰唆起来，甚至感受不到生命的快乐，而只是生命的苍凉了呢？无助的她，突然感觉到巨大的寂寞。夜在黑下来，何明儿站到阳台上，倚着玻璃看楼下，所有走过去走过来的人，那样的走路姿态，都不是她儿子。她儿子只有一个字可以概括："侉"。从这里看楼下，与刚才从一品香茶楼里看并无多少不同，只是路灯亮了。刚才在一品香和海棠的谈话情景还在她脑海里回旋，却是一句也记不下话来。路灯透过重重尘粒把光芒反射上来，这时候儿子是不会回来的，她知道，而今夜能否回来都是未知。

天黑透了，亮起来的灯光把何明儿的影子直起来，屋子空空，逼仄的内心，被什么东西装满了，是一腔的无助。如果此时有一个人，哪怕一个很简单的人，出现在防盗门的外面，猫眼里一张面孔，单纯到一张陌生的面孔，何明儿也会走近，把内层的木门打开，让风送进来那人身体上的一丝烟卷儿气息，哪怕是来自泥土粪土的气息，也会轻解一下她现在的焦心和烦躁。什么也没有，街道上的车滑行出刺耳的声音，屋子里的白墙比灯光还亮，还醒目，孤独像山脉一样横在四周。

三

人在孤独的时候会感觉到时间流动得更长，是一种煎熬。于无声处，烦躁汹涌而至，目标只有一个：网络——游戏——儿子。当明白一切都是徒劳时，打破当前的安静是何明儿求助于任何什么的最大的愿望。她提起电话来，打给谁呢？打给前夫吴秉杰？不能。何明儿想：当时她可是拼命把儿子要下的，儿子是她生命的墙基，任何人不能把他抽走，如果失去儿子，她觉得她就失去了居所。有一次前夫给何明儿打电话，张口就说，我听说你把儿子养得一点也不服你管教？你那么优秀的一个教师，怎么会把儿子教育得如此走形！何明儿当时堵过去一句话：我养的儿子，摔多少跟头，他都是我养的儿子！况且吴秉杰已经再婚，那个女人又生了一个儿子，像防贼一样防着何明儿，惹一层没有任何意义的矛盾过去有什么用处？不，决不！已经遁身渺然，何苦揪出他来，做他今后可凭宣泄的对象呢！

决定还是给相爱的那个人一个电话吧。堵心的等待中对方传来话说："有事吗？"

没事就不能打个电话吗？

何明儿想哭，忍着说："没事，问候一下，周末。"

"和孩子吃好一点，好好休息休息，对孩子情绪不要那样极端，不是课堂上，任何强硬的态度落到地上都不是惊雷，做一个常态的母亲。"

何明儿说："知道，这个周末很愉快。"

"那就好，我爱你！"

何明儿说:"我爱你。"

结果又是多么的无奈。何明儿伏到电脑前,开启电源。两眼无声地看着显示器,桌面上是她和吴所谓的照片,她坐着,吴所谓站着,儿子的一只手托着她的肩膀,像一道墙一样由她靠着。这样的儿子,她曾经的自豪,如今却变得和仇人似的。何明儿伏在桌子上哭了,原本坚强的人,怎么会如此泪多?何明儿突然想起吴所谓的QQ号"破抹布"来,有些激动。那是一次和朋友吃饭,说起当下的事,朋友建议何明儿搞一个号上网聊天,寂寞的生活该有一点色彩的东西来填补。当时儿子的眼神是一种不屑连带着怀疑的内容,张口说,我妈妈不适合,我妈妈是一个容易进去,一进去就走极端的人。她当时拍了拍儿子的头,对网络的评价,儿子用了"极端"两个字很好。儿子把脖子梗了一下,他不喜欢何明儿在一位男士面前这样做作的伸手方式。她后来一直没有动过聊天的心事,聊天是面对面的事情,一下和一个陌生的不知道年龄、性别、美丑的人敞开心扉去贩卖隐私,她觉得除非自己有病。现在想起来,是因为,目前,自己和儿子最容易交流的,好像只剩下网络了。

她开始下载07版的"腾讯",开始想自己的网名,用什么来应对"破抹布"?

脑海里乱了,尽是一些电视里和报纸上看到的因为网络游戏杀人的事件。她怎么也没有想到这种事情会降临到了她的头上,她一直相信自己的儿子有自己性格中自强自立的东西,就算有他父亲的影子,他父亲也不是差到哪里的人啊!她想起儿子用一根手指指着她鼻尖的样子,有一次居然抓了她的领口,那些个看起来像面对仇人的动作,让当时的何明儿腿肚子抽筋。

这个时代,这个网络,她恨死了!

现在要面对她恨死了东西,这哪里是何明儿的性格。

用到抽丝一样的"破抹布",何明儿从这个网名中看不到色彩,那么,自己要用一个什么样的名字来扰乱吴所谓对自己真实的判断?何明儿当下想出了几个必须:必须是女孩儿,必须是十六岁,必须对这个社会和家庭有叛逆性格,必须妄自尊大把什么都看得很透。有这几个必须存在,网络名字就得独辟蹊径。何明儿开始搜索在线网名,"爱你一夜""甲壳虫""沦落天涯"等等,没有一个让她觉得是有特点的,她必须搞一个独特又很新潮的名字,就名字而言就很让儿子吴所谓心动。

何明儿想起远方城市的丽丽。

有一次,丽丽在电话里说,我给你搞个网名一起进我们自己的聊天室说话去,这样呢,会省了电话费。何明儿说:"行。"一会儿丽丽打过电话来说,搞定了,你呢,叫"水也狂",因为你看上去如水一样柔软,要狂一些。我呢,叫"不也狂",不干什么并不是我的本意,我已经进入社区,你来找我。何明儿按照丽丽发过来的短信一步一步走,果然就进去了,并大张旗鼓地发表声明说:我找"不也狂"。社区的小黑板上有公布的消息说:水也狂找不也狂。当下有人跟了帖子说:"来了一个母浪。"这句话有明显的语病,何明儿说,你这句话有明显的语病。那个人说,晕菜!这时候丽丽发来短信说,要出去一下,要何明儿自己找网友聊,先适应一下环境,等她半小时左右就上线。何明儿看到自己的跟帖多了,有一个问,你很水吗?喜欢你这个名字,水水的。何明儿觉得这个水字,在这里富含的意思有些变味了,接下来的就更让何明儿痛恨丽丽和网络了:"你喜欢一夜情吗?我喜欢,尤是你这般水水的人儿。"作为中学教师的何明儿来说,"跟帖"这一网络用词,她现在才明白:网络,是可以句句语病,是可以言语滚烫,是可以胡说八道,真假衷肠啊。看看,何明儿都搞得不知道用词了。

丽丽在网名上是很鬼精的,何明儿看了看时间,已经是深夜十一点,这时候给丽丽打电话显然不合适，丽丽正有孕在身呢。那么给海棠打个电话吧，海棠的电话无人接听。这时候往她家里打显然不妥，她丈夫会想，何明儿要网名做什么，猜测下的臆想会让自己不舒服。可是，目前的何明儿太想进入儿子吴所谓的内心了，多少年没有交流，叛逆的青春期是一种硬伤，从学习成绩下降的初一开始，母子关系恶化到现在，吴所谓恨不得拧下她的脑袋扔下五楼当球耍。

她静心听了听外面的楼道，没有脚步声，那么说儿子吴所谓现在肯定还在网上。

何明儿决定自己动脑子，如果儿子接纳了自己，那么，进入儿子的内心也就说是一夜之间的事情了。

何明儿苦思冥想，在年龄一栏里填了16岁，星座，填了处女座。在申请人一栏里想呀想，想一个否定一个，等终于想出一个"小米粒"网名时，申请开始，不是超时，就是申请人太多。等终于申请成功时，已经是凌晨1点。何明儿取出偷记下儿子的QQ号，发出一条问候："你好，加我好吗？"

堵心的等待。

何明儿盯着显示器，心跳加速。

滴滴声弹响了何明儿的耳膜，一阵激动，何明儿悄声骂了一句：

"他妈的，网络真好！"

何明儿看到一个沙皮狗脑袋摇摇晃晃贴上了自己面板。

破抹布说："你好！"

何明儿想了想，一时有些激动，不知道该回答什么好，眼泪有往出滚落的意思，幸福得心慌。真要装到16岁花季，也不是容易的事情。

小米粒说："我奶奶用抹布用到破都不舍得丢弃，为什么用这么个网名？"

破抹布说："我比你奶奶用过的抹布还破，破到烂如一堆蟑螂吸取干营养的牛屎。"

小米粒说："你一定不喜欢你的家庭是不是？不然不会这么叛逆。"

破抹布发来一个字："哦。"

小米粒不知道该说什么话，想了想还是敲了一句话，"我们可以做朋友吗？"

破抹布说："你喜欢听谁的歌？"

答非所问。

小米粒觉得最喜欢的歌是德德玛，草原民族历经荣衰变迁，他们的歌声是马背上盛开的花朵，但是，这对破抹布来说忙都是古董，觉得怎么也该找一个新一点儿的人，小米粒说："那英吧。"

破抹布说："装嫩呀，挂了吧你。"

之后破抹布的沙皮狗头像黑了。

何明儿不知道自己做错了什么，还没开始就已经结束。何明儿试着发过去一串话："你怎么啦？你怎么啦？"那个沙皮狗头像没有一点动静，她想了想，用试探的话骂了一句："你个操蛋东西！"

那边始终没有动静。

何明儿觉得儿子是不是下线了要回家了？那么，在他回来之前她得关掉电脑，把网上的所有关于QQ的资料删掉。一切做得都很稳妥，之后，她躺到床上听楼道里的脚步声。

黑暗中的空，像悬空的一口古井。如果有人走动，会有跺脚声响起，那是用声音跺亮楼道里的声控灯光。儿子的脚步声和他父亲的惊人地一样，人未到声先来，是命呢，命让何明儿永远走不出那个人的阴影。什么声音也没有，夜把所有的人带入了梦乡。赤着脚，何明儿走到阳台上看楼下，路灯依旧，城市在失去轮廓，变成深沉的颜色，偶尔有车滑过去，从楼上看，感觉像幽灵在墨一样的夜中飞越。何明儿想：一定是自己说错了什么，不然刚建立起的谈话内容怎么就断下去了呢？有什么歌是目前最风靡的？想想看：崔健、老狼、罗大佑、齐秦、汪峰、子曰，一路追忆过来，民歌手们不敢去想，这些怕都是老掉牙的过去了，还会有谁呢？

网上查去。

何明儿回转身子，怕儿子回家开门，自己来不及拾掇利索，决定把门上了保险，之后，又一次坐在了电脑前。

打开百度搜索，有谁呢？周杰伦。

第一次知道周杰伦是在"镜花水月量贩式歌城"听同事米胡唱《东风破》。米胡不是好歌手，但那一曲《东风破》唱得是慷慨激昂。何明儿觉得这样的好歌自己怎么就没听过？决定学唱，米胡午夜的歌声像狼嚎一样，米胡说，其实周杰伦的嗓子不见得比我的好，他的出名就在于他的唱没有高度。何明儿尖着嗓子学，到最后声带都撕烂了，沙哑着回家，一路上依旧不忘唱《东风破》，这是当下最流行的歌，是儿子最喜欢的歌手，唱会这首歌就等于和儿子有了共同的内心话语。何明儿有说不出口的高兴。那夜的天空下着雨，颇有几分江南烟雨的味道，柏油马路被洗得青黑发亮，心情湿漉漉的。那夜的风是东南风，有一种惊诧的莫明的激动，唱着《东风破》"千古华山一条道"走上五楼，进了家门，儿子在电脑上抬了一下头说："看你把周杰伦糟蹋成啥了！"

真是无法形容当时的那种感受，目光凝聚在前方一个虚拟的物体上，是儿子的后脑勺。脚下脱去的鞋子无声无息又被何明儿穿上了，何明儿的心虚起来，想不出是米胡的错还是自己的错。何明儿等儿子上学走后，打开电脑下载来听，却发现周杰伦《东风破》根本就是听不明白，少盐没醋缺热气儿，米胡是唱走调了才唱得如此破东风。她骂米胡太傻，硬把一首泥歌唱土性了。米胡说："周杰伦唱歌太阴，不符合东风破仨字，我给这歌注点阳气，人家要像我这样唱，必然见光就死，那些喜欢周杰伦的小兔崽子们都是自身条件不好，拿周杰伦超低声练唱呢。"何明儿想：自己怎么就忘了说周杰伦呢，倒说了那英，那英对于儿子这一代来说，怕是熟识但不可爱啊。何明儿想起自己昨天收到的一条短信：

等中国强大了，全叫老外考中文四六级！文言文太简单，全用毛笔答题，这是便宜他们。惹急了一人一把刀一个龟壳，刻甲骨文！论文题目叫：论三个代表！到考听力的时候全用周杰伦的歌《双截棍》听两遍，《菊花台》只能听一遍。告诉他们这是中国人说话最正常的语速！

周杰伦是一头懒懒的驴子上驮着的小男生，眯眼唱着自己醉人的往事。

四

何明儿的往事中，儿子有多么可爱，儿子是她阳光的酥照与和风扑面的惬意呢。六岁上，何明儿和前夫分手，导致分手的原因是新来的外教米奇。米奇高大，说不出来是不是英俊的那一类型，因为从中国人的欣赏角度看，米奇长得比较粗糙，看上去只能说是彪悍。何明儿是城区一中初三班的班主任，米奇当外教，第一次走进何明儿管辖的教室，米奇走上讲台，两只大手贴着胸口铺开，一脸的虔诚，那神态就像一脚踏进了自己丰收的玉米地，弯了几次腰，表示了他对初三班同学们的关怀和致意。米奇用左手在黑板上写下"同学们好！"米奇写英文的时候却是右手，左右手的不统一是何明儿对米奇最大的兴趣。还有，米奇对唐山大地震的关怀，他问何明儿："唐山发生了最大的土灾，你一定知道当时有多少人死亡？"这是米奇独创的词汇，把地震解释成土灾。米奇耸耸高高的肩膀，看何明儿笑得头发跳动起来的样子，他不明白，这个中国女人在笑什么，远年的那一场灾难为什么这个女人要笑？

他不知道何明儿是在笑他独创的词汇呢。

当然，后来何明儿详细告诉了他那一年的事情，并纠正了他对地震的解释。

米奇有许多爱好，整个人看上去总是热气腾腾的，他有许多蒸蒸日上的愿望和梦想。米奇有法学、经济学和心理学三个博士学位，这些在中国人听起来极其累人的学位丝毫不影响米奇儿童一样的天真无邪。他的英语教学常常以一段虚拟场景开始来训练学生的真实感。有一次，米奇在学生面前跪在了何明儿腿前，他把两只大手搓得滚烫，一把抓了何明儿的手说："我爱你！"

何明儿以为这是虚拟的一段场景，被捂热的一双小手从米奇的大手里抽出来，像蝴蝶的双翅一样扑闪着，甩尽了米奇体温的热气。何明儿说："米奇，你真可爱。"

米奇一脸红润，很真诚地说："真的吗？你也爱我吗？我要用中国的方式娶你为妻，你答应我，我在我们的学生面前向你求婚！"

何明儿扭头和学生们说："这个美国佬，他在用美国式的求爱演绎中国的求婚，这一段虚拟场景你们可以不学，因为你们还不到这个年龄，但是，你们要听清楚了，这里的求婚念：propose，求爱念：court。"

米奇说："我不是虚拟，我是真心，我要和你丈夫说，我比他更爱你，他不如我爱你，他就应该回老家，向后转，走开。"

同学们哗然。

何明儿觉得很荒诞，他到底在做什么？他是一个异乡人，这里不是他的祖国，他的血液和这里的河流毫不相干，他无法知道文化带来的审美差异，他不知道忙于生存的人们有着比生存更喜闻乐道的嗜好，这样的结果，自然是让她的前夫很男子似的在学校的操场上掴了她两个耳光。男人打女人总是兴奋的事，操场上聚集的人厚起来，一件涉外插足婚姻事件，像风一样走进了小城的大街小巷。

米奇当时不在现场，在忙别的他感兴趣的事情，骑着一辆破旧的老牌"飞鸽车"，八月刚立秋的天空，天高云淡，米奇幻想着，他揽一个中国女人在怀中，从唐朝人李隆基做潞洲别驾的德风亭开始，这个女人在他的背上，他弓着腰身驮着这个女人，他是一头老马，娶这个女人在中国，他甚至幻想和另一个男人决斗，用中世纪的爱情方式，把这个女人抢入他的膝前。

米奇知道这件事情发生在操场时，他把何明儿的前夫揪到操场，朗日阳光，何明儿像乡下的泼妇一样，迅疾闪到两个不同国籍男人的胸前。

何明儿伸出斗鸡一样的脖子，冲着米奇说："我不喜欢你美国佬，你带给了我婚姻上的伤害！"

米奇很奇怪地指着自己的头，自己的太阳穴说："我这里不快乐！"

何明儿说："你不快乐，管我屁事，鬼才叫你不快乐，你从这个城市滚吧！滚吧！"

很快米奇被解雇了，带着不快乐的脑袋很落魄地流浪到另一个城市。前夫对何明儿的伤害，让她感觉自己在这个世界上朝上仰起的人民教师的头是一种耻辱，她把四岁的儿子吴所谓叫到跟前说："妈妈和爸爸要分开住了，你看呢？如果你不同意，妈妈会妥协！"

六岁的吴所谓说："爸爸怎么你啦？"

何明儿说："他打妈妈了，面对很多人，妈妈觉得丢人。"

六岁的吴所谓说："他打人是不对，是离婚吗？离吧。"

何明儿觉得儿子聪明绝顶了，她放弃了一切物质上的，就要儿子，儿子是她将来的梁柱，是顶天汉子，有儿子就会有一切，去他妈妈的爱情，儿子才是召唤她从各种桎梏中解脱并回归幸福的黄手帕。

生活是什么？是一路走过，来自于脚步中黄土的凉意。生活像一棵树，长出来的叶子就为了最后的那场秋风，就为了长老，一句话光阴如水就如水了？儿子上初一的时候，她偷看他的日记，儿子写："整天面对一个臭三八，心情阴到极点了。"何明儿当时的泪不是流出来的，是挤出来的，被生活的怨气裹着，那泪珠儿一颗颗直戳戳掉在地上，把何明儿的心砸碎了。何明儿那一次狠狠地教训了吴所谓，指着他的鼻头说："我是你的亲娘老子，不是臭三八，你娘养你不容易，你小时候对语言的感觉哪里去了？"那一次儿子没有反对也没有说话，好像那一次之后儿子就不和何明儿交流了。慢慢地拉开了一段距离，无形的也是有意的。和成绩好的听话的孩子相比较，儿子身上的缺点太多，过多遗传了前夫的性格，何明儿身上的优点在吴所谓身上反而看不到，何明儿觉得自己应该放弃自己的一切，为了吴所谓，她决定用自己严厉的教育来克服他身上的坏毛病。她甚至不想再婚，硬撑着不乱章法以职业的尊严抵抗着外界的诱惑。后来有人介绍他认识现在的这个，她与他见面开始就约定了等儿子上大学后结婚。小心谨慎着，吴所谓还是走进了网络。那一次之后，吴所谓常常要钱说买礼品给同学过生日，何明儿多说一句，儿子就会顶撞过来，每一次都让何明儿感到心像针扎一样生疼。有一次，何明儿要吴所谓班主任把吴所谓调到前排，数学老师反映他不集中精力听讲，做小动作，而数学又是主课。吴所谓居然和调到后排的同学说："我妈妈利用职权把你调到后面去，在这个不公平的社会里，你认为公平？"那学生闹到教导处，事情一经扩大，何明儿觉得很没有面子，这就是自己生养的儿子！

儿子开始去网吧，像瘾君子，语言更少了。

何明儿想，再申请一个QQ号，儿子毕竟还没有长成气候，他还没有分辨一切正确与否的能力，他不能自控，她必须像捏面人那样把儿子捏成一个形状。这个年龄是不能放任他去自由的，两年后高考，如果不扭转他的兴趣，考不上大学，那就等于是被社会淘汰了。哪里招公务员不要文凭？哪里招人才不要文凭？没有文凭就等于没有饭碗，比不得从前了，那个年代讲究根正苗红，是工人的子弟可以接班，能做工农兵那是再光荣不过的事情了，如今，眼下，哪个不以儿子考清华、北大为荣耀，哪个不以老子经商为荣，同学聚会坐下来的话题，我儿子在哪个国家，我女儿钢琴几级了，没一个说我儿子上网了。没有成绩是没有面子的事，你做父母的是怎么教育的！我何明儿的儿子将来考不上一类大学，那是我何明儿养的儿子嘛！不学习，不考大学，玩游戏顶得了将来的饭碗吗！我何明儿就这样一个儿子嘛，儿子没有将来，我何明儿有什么将来？儿子是一块璞玉呢，将来必考名牌大学，必考公务员，必进政府职能部门，儿子将来如果不这样走路，我何明儿何苦要付出婚姻的代价。

何明儿决定先用小米粒找一个16岁的孩子聊会儿天，要想进入儿子的思想必须先进入这一代人的思想，一代人的思想，妈妈呀，何明儿的头一下发涨，感觉问题大极了。

这时候有电话打进来，是海棠打来的。这么晚了，电话里海棠说，看有你的未接电话，有事吗？何明儿突然不想说关于网名的事了，说，没事，看你下午匆忙走了，想打电话问候一下。海棠说，出了点事情。何明儿问，出什么事情了？海棠迟疑了一会儿说，我还在局子里。何明儿说，什么局子里？因为什么？海棠说，没有啥，公安局，无所谓的事情。改天解释。海棠挂了电话。

何明儿放下电话时，心里对海棠的话有点奇怪，莫名地，还有点幸灾乐祸，不去想她了。

坐回电脑前查找在线人群，把寻找的目标定位在自己居住的城市，把年龄局限到16岁到22岁，她想找一个女孩子，女孩子性柔，人说女孩是母亲的贴心小布衫。从生育的角度说，何明儿还是想要男孩子，何明儿传统呢，父亲活着时说过，女人头胎不养儿子，那是会被家族看不起的，就说现在，她虽然离婚了，因为有了吴家的孙子，曾经的婆婆和公公始终都把何明儿当自己第一儿媳妇待，那不是说自己有多么好，是因为有吴家的根在她何明儿手里握着，老人不嫌孙多。

显示屏上，16—22岁，上线人数，怎么会有这么多呢？零乱晃动的人群，不是喧哗，比起大街上嘈杂的人声，这里要显得安静，一行一行罗列在眼前，全部晃着卡通头像。何明儿想起世界上最著名的小木偶，匹诺曹。一行一行的字都是淘气的孩子，也许除有淘气的匹诺曹外，每一个卡通头像后面都藏着像何明儿一样的人物。故事里的事，会有慈祥的老爸爸杰派托，会说话的蟋蟀，会有坏狐狸和学舌的猫，在故事的字里行间，有做人的基本道德。她曾经用匹诺曹教育过吴所谓，要他有同情心，要乐于帮助人；应该诚实，永不撒谎；应该勤劳，用劳动换取报酬；应该爱妈妈，因为母亲是这个世界连带着他的血亲。何明儿笑了一下，多年来唯一的一次笑，是想象卡通头像背后的故事，故事里的热闹，也是对她第一次走进网络里满怀着的奇异幻想的失笑。

一个16岁女孩子跳入了何明儿的眼帘，"孤独的水"，何明儿觉得要进入角色了。

小米粒说："你好，加我好吗？我是你的妹妹。"

一头小猪的头像贴上了小米粒的面板。

孤独的水说："你好，你是很小的小妹妹吗？"

小米粒说："是呀，小小的小如米粒儿呢。"

孤独的水说："你怎么这么晚还在网上？家人不管吗？"

小米粒迟疑了一下说："我讨厌父母，总是管呀管，逃学不回家呗，要不这么晚了怎么会来找你。"

孤独的水说："我和你一样，你在哪家网吧？我去找你，约个地方出来好吗？"

小米粒觉得对方的热情有点过了，女孩儿在一起聊天，总要磨叽一会儿吧，真就对夜晚不惧怕？

"你喜欢谁的歌？"小米粒想起方才和破抹布聊天的失败。

孤独的水说："喜欢周杰伦。我定个地点你出来吧，你不是很孤独吗？"

小米粒觉着从喜欢歌手上说，是一个青涩年龄的人，但为什么不就歌手的话继续呢？奇怪。接着问："我是很孤独，就想知道你心里在想什么。不是说现在，是白天。"

孤独的水说："想离开这个城市，离开熟悉的面孔，往远走，走到天涯海角，你跟我走吗？"

小米粒说："我还没有想过。"

孤独的水说："你有视频吗，打开我看看你。"

小米粒想，你看我不露馅了吗！决定要看看对方："我没有，我想看看你。"

孤独的水说："我想给你买衣服，把你打扮漂亮，你一定很漂亮，我们见了面不就是最好的视频吗？"

小米粒想，她为什么老想要出去呢？于是就想了一个招数说："我不是16岁，我是男人，你信不？"

孤独的水说："骗人吧，听你说话的口气像16岁。"

小米粒说："不是，我想找女孩子，你要不是呢，你就挂了吧。"

孤独的水说："你要我死吗？小心肝，我真的想你了，我能给你想要的一切，你来集运网吧门口好吗？我能给你最大的快乐。"

何明儿感觉皮肤很不舒服，先是紧，接下来打了个冷战，胳臂上的汗毛就竖直了，这个人，会不会是男人？那么会不会有女人也在找男孩子聊天，聊一些下流的事情。

孤独的水说："我要你看我，我是你的哥哥，宝贝！"

何明儿关闭了对话框。网络太可怕了，让人少了感性认识，那个猪头还在滴滴滴叫着，何明儿已经感觉到问题的严重性了，自己的儿子就这般在网上打发大把的时间，时间，时间，有多少时间可以从头再来！

小米粒点击儿子破抹布的头像说："儿子，你要回家！你要回家！！你要回家！！！"写好了没有发送，她觉得自己应该克制自己，这样等于是告诉儿子"我是你妈妈"。这么多年来自己那种不克制的，对一切要当下就想闹清楚的教师性格，在儿子面前是威严尽失。何明儿趴在桌子上哭了，面对网络，哭总归不是解决当下问题的缺口，决定写一封长信给儿子，不能面对面交流的时候，就用文字。

匹诺曹，永远的匹诺曹，因悲伤而长逝了。

五

清醒万分的何明儿还记得打开门感觉一下楼道里的风，风里没有儿子回家的气息，黑挤进来，屋子里的光推出去，一腔的耳目却是什么也听不到。

明知道他在网吧，自己却很无可奈何，这叫什么样的日子！

打开"我的文章"，开始写信，和儿子在现实的人生之外，又多了一层纸，人情如纸，亲情也要如纸了。

写信，信上写啥？话很多，却不一定能入心、入情，宁愿写一堆溢美之词的表扬稿子，却不知道在写给儿子的信前怎么开头！

何明儿燃了一根香烟，让空涨的心静下来，静，是一个向一切展开无数进入它的路径的动词，与当下的景象相比较，静是跃然于纸上的，没有一点办法，必须这样，这是血缘。

  吴所谓：我亲爱的儿子！
  妈妈用文字来和你交流，这样的说话方式本不该存在我们母子中间，但是，存在了，一切的存在都有它的合理性。
  妈妈常常回忆起你小时候的模样，那么乖巧、可人，还记得有一次回乡下去，我们走在细瘦的土路上，由姑姑家去外婆家，你没有注意有一条蛇挂在路边的灌木上，妈妈吓得倒抽一口气退后了几步，你说："妈妈你怎么啦？怪吓人的。"妈妈说："是蛇，土绿色的，挂在路边的灌木上。"你说："我看看，我把它打死要妈妈走。"那条蛇在你走近的时候滑走了。妈妈说："什么东西小了都好，唯独蛇不好，瘆人。"你说："人小了也不好，大了好，像妈妈一样，我大了保护妈妈。"儿子，你大了吗？你是大了啊，高出了妈妈一头还要多，你长成大小伙子了。你先我站到山坡上，回头看着妈妈说："妈妈，妈妈你看起来很小，和我一样。"我说，"因为你站得高。"你说："才看妈妈小。"六岁的你知道站得高看得远站得高看得小的道理，那样的融会贯通的能力真让妈妈惊讶，妈妈想到将来的学习于你一定是一个愉快并开心的过程。这也是妈妈对你一直期望的呀。

　　但是，妈妈怎么觉得你是越大越难和你交流了呢？越大你越对学习不感兴趣了呢？上小学的时候，你每次考试只要一考不好，就哭着回家了，你说丢妈妈的脸了，看看，多让人感动呀，你真是知道妈妈的心事啊。读初一的时候，平常比你学习好的同学都考不过你，但是，妈妈在替你高兴的同时，忽略了你上网玩游戏，你在一步步深入网络的空间。你第一次逃学，我从网吧逮着你，你看见走近的我，把身子缩了下去，我拽着你的头发拽起来，你红着脸不看周围的人，眼睛里含着泪，你保证说，再不逃课了。第二次又从网吧逮着你，你看着走近的妈妈，站起来说："我跟你走。"我注意你脸上的表情，没有一点颜色，甚至感觉脸上还挂了一层灰尘，细小的挂在绒毛上的那一层白灰，妈妈知道那是你对妈妈的怨气。第三次，第四次，多了，我记不起来了，你把妈妈的首饰拿了去贱卖掉上网，等我发现后，你又告诉我自行车丢了，上了三年初中，丢了十五辆自行车，你对付一个手无寸铁的女人，你对付生你养你的妈妈，你妈妈现在还有什么呢？有的就剩下一张嘴了，现在，就算是有嘴，你都让妈妈封了，一说话，你就瞪眼，眼睛珠子像玻璃弹子一样射过来，还没有等妈妈张口，你拖着两条腿走了，走进你心爱的网络世界。

　　吴所谓，妈妈的儿啊，这世界上妈妈还牵挂谁？只有你啊儿子！四岁上入幼儿园，儿童节你在舞台上表演节目，你看着台下的妈妈吐了一下舌头，小可爱样子，妈妈朝着你做一个鬼脸，你忘了台词，冲着台下喊："都是我妈妈害我忘了台词！"妈妈带头鼓掌给你掌声，台下所有父母都给你掌声，你冲着台下喊："我爱你妈妈，妈妈！"你知道吗儿子？妈妈就是天底下最最幸福的人。开始上学了，妈妈给你口头要求了一条横杠：小学之前，限你在前五名。每次考试你总是排名第一，只是有一次考了第四，你哭着一路回家，进门窝在沙发上看着妈妈说："我不是一个好学生。"

　　那时候你多有骨气。妈妈有一次与你谈话，说到你爸爸，说到这个家，你说，你不允许有男人踏进这个家。你说，你是这个家唯一的一个男人。为你这句话，妈妈决定就我们母子一起生活到老。

　　是什么让我们母子一路走过来的日子成了路人？越往后的日子，你对成绩已经无所谓了，青春期的特征让你的喉音变粗，你恶狠狠盯着妈妈说："我讨厌排名次！"这还不够，你居然打开门冲着楼道喊："我讨厌排名次！"满楼道粗重的回音跌落下去，你是妈妈最乖巧的孩子，是什么让你如此叛逆？

　　你能不能告诉妈妈你在想什么？你到底要做什么？你对将来还抱什么理想？这个世界，没有理想的人注定人生第一步就是失败的，你不可能在网络里捞到你想要的世界，那里的世界是虚幻的，这世界上没有孙悟空的跟斗云，网络游戏如海市蜃楼般的幻景和季节合谋来欺骗你。

你应该知道，儿子，有妈妈就有家，妈妈是你的墙，你的门，你的炉灶和暖胃的粮食，妈妈看到时间在你的眼睛里一层一层变暗，你回不到现实中来，你眼睛里重重叠叠的黯淡令妈妈骇异，是什么牵了你的鼻子？牵了你的魂？

你回到现实中来吧儿子！你知道吗？你是妈妈沉重的影子，妈妈多么想看到早晨的霞光把你的身姿推向前方，霞光里你灿烂的笑容，和你回头叫我那一声"妈妈！"像力量在挽紧妈妈的心脏。

儿子，妈妈的儿子，妈妈有许多话要和你说，妈妈现在，只希望你回家！回家！回家！

儿子，妈妈求你了，你能用写信的方式和妈妈交流吗？

妈妈期待你的回答。

何明儿写不下去了，眼睛酸困涩辣得睁不动，她把写好的信调成最大的字号，用纸打印出来，一共10页，她想用夸张来吸引儿子的注意。

以前，何明儿也试着用文字和儿子交流过，她把写好的字条放到儿子的写字台上，只要儿子一看到，接下来的事情，必然是一团纸球越门而出，门在闭上的时候，儿子吴所谓会把一句很梗的话丢出来："请不要越雷池半步！"

那可是我何明儿分下的房子啊，你敢把那十五平方米的卧室说成是你吴所谓的雷池？门重重合上的时候，何明儿觉得这句话已经被挤得像箭镞一样穿过她的胸膛，何明儿在客厅里大喊："别忘了小兔崽子，是我给了你生命！"吴所谓用血写下几个大字斜着门缝插出来，那上面写着："把你的生命拿去，我对活人已经失去信心！"

没有谁知道何明儿当时的痛，那是没有一点力量感觉的痛。接下来的寂寞是扩大的，她甚至想用大声的哭，招来任何一个人哪怕是陌生人的关注，但她始终没有哭出声来，空气里的无助像腊月天的寒气冻得她浑身打战，经由手背的寒战，在何明儿的喉头结冰，何明儿想，我到底做错了什么？我的失败到底在什么地方？

现在，她用透明胶带贴在吴所谓卧室的门扇上，那纸张一页一页矮下来，矮下来的纸张背负着沉重的力量，似要压弯她的脊背，她扶着墙，想往起站，双手挂在一个高度上，如同绝望的攀崖者，她在和儿子赌博！倏忽之间，何明儿觉得自己像枯枝一样，万籁俱寂，天地木然，没有人来扶她一把，她所有的寄托，就因为儿子的存在而存在，"儿子"两个字让何明儿生痛，这一场赌博，何明儿觉得自己是血本无归。

何明儿把无助的手臂松下来，整个人像脱水的拖把一样松下来，瘫在地上，何明儿把身体贴紧地面，尽量把身体偏一些，折一点，好让悬空的心更为舒展地放在地上，目前能够与她温存的除了地板还有什么呢？儿子在另一个自我的空间里，那个空间唯一的联络方式是网络。

吴所谓是凌晨六点钟回家的，门被反锁着，在他想用钥匙扭动锁眼的刹那间，门被打开了，劈面相逢，吴所谓觉得是在做梦，门前站着的女人，是谁？门后呢，风吹动一扇门上的纸张，像是要奋力挣脱什么，仿佛又被什么力量给拽住了，有按捺不住的激奋，吴所谓张大了嘴巴，要说什么，何明儿等不及了，上前搂住吴所谓说："你回家了儿子，你回家了儿子！"

吴所谓挣脱出来说："你在装什么神经？"

何明儿知道，这是儿子对她一晚等候唯一的肯定。

楼道里有铁门开启声，轻微的，随着门缝，一定有人探出了脑袋想探问到什么。何明儿突然意识到了黎明前的安静，吴所谓的话决定了明天一早开口说话人的最早一句问候，一个离婚的女人，在这层楼里，你不敢有半点动静。这是学校分配的家属楼，从一层到五层到对面的住房，有学校的中层领导，有后勤工作人员，还有几户好像是分配了住户，房子又多余着被出租出去了。租出去的房子还好说，生活圈子在校园外。尤其是那些中层领导的太太们，天生的优越感，让她们对四周围的邻里之间产生一种敏感与好奇。平淡的生活是不断需要制造话语的，人不一定有多高的修养，但是，她们选择话语的权利却很敏感。一个单身女人，黎明时分，儿子的一声吼叫，意味着想象里的事情有了语言的嚼头。这里的住户没有一个在安静气氛里弄出过巨大的响动，所有的矛盾深藏不露，像饺子馅一样。对于何明儿，自从那次影响小城人趣味话题发生之后，总有挑逗的目光投向她，有多少眼睛盯着在看在听呢？何明儿一把拽进来儿子，轻声关上门，然后，她听到纸张被风掀动的声音，儿子打开卧室门，走进去，门被关上的刹那间，纸张散发出火药味的噪声，之后，一切陷入到了长久的寂寞和安静中。

　　回家的人对何明儿最大的意义就是回家了。

　　泪水顺着脸颊绵延而下，纺线一样被拉细，被拉长，终于滴落到地板上。那封信，显得唐突而羞涩地挂在门上。儿子没有用眼睛去读它，何明儿很准确地看清楚了，吴所谓眼睛里的内容还在另一个世界里盘桓，目无旁顾，执着于自己的世界，看见灯光的时候，眼睛透出了失措，是想逃离什么，只有逃进卧室，一切才会有安全吗？

　　何明儿决定敲门，是有节制和有节奏的那种。

　　声音轻巧而礼貌。

　　万般期待，门扇上的纸张，拇指大的黑字，最后装进眼框里的不是吴所谓，是何明儿。

　　她一边敲门一边看信，信写得没有节制，满纸都是真情，每读一字，心房怦然，一夜的心沉气闷，是该发泄了，你不看，我就读给你听，一字不落地读。

　　何明儿搬过来椅子，坐下来，仿佛是教室里的讲台，似乎又有一股子强烈的热力撑着她，使她不能安坐，复又站起来，面对很小的空间，生命体内却有万般欲望，如果何明儿此时是清醒的，她会感觉到自己夸张的面部，特写的嘴唇，包括吐字的舌头都是一幅绝好的漫画，可惜人的精神空间是一个很难定势、无从把握的过程，此时此刻何明儿希望自己的声音能敲击和抵达吴所谓的心灵。

　　先是很小声地读，接下来，大声地读，像阅读课文，朗朗如月，她的阅读中有回忆，有忍辱含悲，仿佛人生，抑扬顿挫，凄凉、残缺、隐痛、迷离，读到结尾处，全身竟充溢出了阅读的快感。

　　阅读之后，一切无声。

六

　　已经是星期天的早晨，何明儿觉得打开门的希望不存在了，拒绝交流，对于自己的这个儿子，一夜无眠，已经构成了谈话的障碍。

　　门内的鼾声是最好的回答。

　　何明儿开始梳洗，镜子中的眉眼，已经不是自己原来的眉眼了，黑眼圈、眼袋，肿胀的上眼泡，有掩饰不住的苍老。梳洗又必须是很认真的，因为要面对许多喜欢窥探人脸上眉眼的闲人。

　　家属楼通往学校有一片广场，是城市绿化重点工程，也算是一个休闲广场，一早一晚成为市民最活跃的场所。最近,为了迎接教师节,除了学生的节目,学校要老师也参与进来,为了不影响课时,时间上利用了早自习这一空档。何明儿是集体舞中的一员。如果不下楼去参加呢,必然会影响集体活动,下去呢,这个样子,眼睛像金鱼眼一样,要人怎么去猜测!往常何明儿也会时不时地到广场上去锻炼,广场上节目多,老年的有太极拳、扇舞什么的,中年的有交谊舞,何明儿有时候会和人跳跳交谊舞,大多数时间是和女人跳,一是男人都有固定的伴儿,二呢,一个单身女人和谁跳多了都会有闲话出来。早起也是因为儿子要上学,她要给儿子做饭,送儿子下楼,锻炼后到早市买中午的新鲜菜。时间长了成了习惯,她与儿子的身影也成了广场上锻炼的人眼睛中的一道风景。擦肩而过时彼此的一个招呼,哪怕是不锻炼身体,何明儿也愿意和儿子从那里穿过,好像只从那里走一遭,她才会发现生活的状态还像是以前那么好。有学生家长会聚过来讨好她,有人会说,看人家的儿子多有出息,到底是教师呀。如果说家里的情景给何明儿太大的心理压迫外,走到广场上,不定时的人们的夸奖会令何明儿感到比别人优越。何明儿也正是这样一天天从小城人的议论中硬扳回自己的教师形象的。米奇留给人们的印记模糊了,对何明儿很少有人妄加揣测,更多的时候是赞扬一个母亲的不易。何明儿也从每个人每天面对的日子里,知道了每个家庭的日子与外表看上去有很大的不同,但每个家庭的相同点却是一样的,有不能停下来的争吵。

  何明儿孤傲的性格就这样一点一点浸入到俗世的底部,无端地也是无来由地由量到质,由质到量,看似不变的过程,性格却正在其中发生着变化,也开始变得婆婆妈妈,碎嘴婆一样喜欢嚼事了。更多的时候何明儿会和那些锻炼的人们挑起话题,是关于孩子的话题,关于网吧的来自社会上的消息反馈。何明儿说起来像是于自己不沾边似的,只是以一个老师的职业道德关心社会问题,谁也不知道她的内伤。听到的,看到的,何明儿都会记录下来,先是在心里装着,结束后回家记录成笔记。看到吴所谓的时候,对照笔记,心情会紧张,会联想,到最后,像得了重症,反复不停地拿听来的教育吴所谓,有时候成了教化,令吴所谓反感得会吼一声:"有病了你!"

  比如,前一段时间城市里发生的两件事情很是让何明儿害怕。一件是在城郊一家网吧,四个学生斗殴,因为网恋,其中一个学生拿水果刀捅了另一个学生16刀,这是一件不敢想象的事情,人像马蜂窝一样。传话人传到何明儿耳朵眼里的话是,那个捅人的学生丝毫没有惧怕的心理,他认为,爱情就应该像欧洲中世纪那样去决斗。听说,那个学生的家长是开肉店的,家长的择业是否会影响孩子的性格?何明儿思想之后,肯定地认为家长的择业会影响孩子的成长,不然古时的孟母何苦要三迁?何明儿觉得这还不是最可怕的,最可怕的是双方家长面对事实,面对打破了十几年的生活秩序,一下空了的屋子,空了的希望,空了的精神,接下来要怎么面对?如果是自己,何明儿会选择死。另一件事情是一个初三女生,有一天上课,在课堂上突然笑起来,很阳光的那种,极度地放松,极度地敞亮,笑到最极处把书本撕碎成拇指大的纸片,扬起来,蝴蝶一样空灵飘逸落满教室。何明儿了解到,这个女学生学习成绩原本是很好的,一直排名在前十,一段时间成绩下降,父母教育上加强了一些,限定了底线,不能再落到十五名后了,结果就出现了如此画面。上百人的网吧,何明儿是进去过的,不止是一次,青一色的青春,一丝不苟的坐姿。门口写着"禁止学生入内",如果容颜不是从脸上去看的,何明儿会想到进入了天堂。

  从那里走出来,何明儿明显感觉到了虚脱,这是生活吗?是!不容何明儿置疑。

  那正是何明儿孜孜以求追求的生活,生活是什么呢?何明儿后来明白了,生活就是不尽如意;网络是什么?是带给人娱乐方便的同时,也给人骚扰和困窘。这好像也是所有事物的共同特点,常常是好也是坏,是对也是错,是有理,也是无理,是所有的对立面,是垃圾和孩子的梦想,如果你不要垃圾,那好,你连孩子一起扔掉吧,而你舍不得孩子,也就只好让孩子和垃圾同在。何明儿从广场上走过,会揣摩那些人的思想,他们为什么活得如此这般幸福呢?幸福好像是长在脸上的,时间长了,何明儿也被感染了,对那些学习成绩好的孩子和家长,她一点也不去羡慕了,从闲谈话语中找他们生活的不如意处,窃喜!对那些生活不如意,孩子学习成绩不好,很有钱的家长,她也会像其他人那样咧嘴笑一笑,有不屑,有说不清楚的内容。那些好坏参半,长短参半,对错参半,以前令何明儿厌倦的东西,越来越被何明儿适应了,她害怕,假如有一天人们知道她的孩子也在上网时,她要怎么面对!何明儿在不满足中满足,在无可奈何中掩饰自己的生活,也学着去说一些假装的与心情不符的话,因为,她真害怕那一天的到来。

那个曾经被老外米奇很是欣赏的何明儿死了,重生的是另一个何明儿。

参加跳舞的教师已经集合了,音乐开始,红色的绸子扬起来落下去,探海、卧鱼儿、云手,生活在当下不尽如意中的一份好心情。音乐是《好日子》。

教化学的张老师说:"你今天来晚了,哟,还戴了眼镜,气质一下就提起来了。"

何明儿收了一下绸子又快速地打开,转身,仰头:"儿子休息,睡懒觉,我也跟着睡着了。"

何明儿提了提眼镜,要不是一夜不睡,她是不戴眼镜的。

教物理的李老师说:"你真是养了个好儿子,一米八几了吧?那天见到了,一下还真没有认出来,福气呢。呀,身上的运动衣是啥牌子的?显身段呢。"

何明儿说:"我这一辈子就活这个儿子呢。还牌子呢,伪名牌。"

教政治的王老师,老公在公安局,压低了嗓音说:"知道不,又有新闻了,那个你的好朋友海棠,爱穿名牌的舞蹈演员,难怪是一个演员,出事了,掉到泔水缸里去了。"

何明儿看到对方在转身前,下巴颏朝着一个共同看过去的动作,咧了两下嘴。

海棠出啥事情了?

"告诉你吧,都是网络惹的祸。"

上仰,下摇,卧鱼儿,红绸子翩翩,身体和精神都沐浴在了好奇中。何明儿有些心不在焉,想知道海棠、网络,到底出了什么事情。

"裸聊。"

何明儿一时没有明白:"什么是裸聊?"

有一位插话说:"光身子要人看。"

音乐响起来了,红色的像花朵一样绽放的早晨又开始豁然灿烂了,每个人看上去都像蝴蝶一样,在被规范了的动作中舞动,一丝不苟,海棠的事情给这个早晨添加了一种别样的味道。

七

没有人觉得这不是生活。

海棠的命运是海棠最后的结局。听明白后,何明儿觉得海棠在生活面前实在是没有什么品位。又觉得社会的进步与海棠的品位相比,会变得很局促,很狭窄,很不算什么。一个婚姻中的女人,没有爱,只落下了虚荣,能掩盖多少世俗?心被伤到多重且不去说,接下来的日子惊天动地,那是心身两方面的疲惫啊,何明儿再清楚不过了。女人一生心事全在孩子和丈夫身上,留给自己的是不知道该怎么打发的夜晚时光。原来的日子不好,但是,总还有婚姻,总还有牵系,你恨那个人,那个人还在你眼皮下生存。你恨那个人,因为有一纸婚约,你就得装出一副恩爱模样。只有那个人与你什么也不是了,你才会缺少了焦渴般的恨,留下不尽的幽幽的无奈。一切应该是从面对现实开始的，开始时的那种放松渐渐地转换成了空，她才要去糟践自己。何明儿拿自己的日子来和海棠比较。当时，丽丽还打过电话来说："一个人多好，思想可以富含诗情画意地去期待，去憧憬，去生造清风明月式的幽雅与闲适，就算是和一个人聊天，旁边没有眼线，没有约束感，大笑也不会有人说，看你，没有一点含蓄样！"日子长出来的时候才知道孤独是那样地咄咄逼人，旁边一旦没有了人，敞开的屋子，昏黄里颤动的影子，即使煲电话，听到的也是对方呵斥丈夫的声音，那预期的想象与切身置于其现实之中，仍然是两个完全不同也永远不可能一致的概念。何明儿是用自己码起来的日子去理解海棠的。海棠面对的是什么？是美丽不为所动，是渐渐的年华老去，是寂寞的两山相对，没有孩子，简单到两个人，闲与忙，一个人不入另一个人眼，我给你一切，但不给你爱。何明儿从海棠昨天的谈话中知道，网络给了海棠一种臆觉，非常强烈的臆觉，说一些平常不愿和现实中的人说的话，寄托一些平常不敢与现实中的人寄托的相思，人隔着网络嘛。

和一个人裸聊。

又是网络！

和城市的夜迥然不同的白昼，城市的白昼有种种这样那样的反响，汽车喇叭、摩托、孩子的嘈杂声、上下班人的喧嚣声，还有闲话和假装的关爱。总之，城市的白昼是活生生的，是有生命的。城市的夜晚呢，尤其是对一个离婚的女人，简直就是死亡，是没有一星半点气息的，尤其是对于单身的曾经结过婚的女人来讲。何明儿在体验中理解海棠的同时，听到这个消息时也还是惊出了一身冷汗。

这个消息不是哪个人传播的，正是网络。

何明儿惦记着家中的吴所谓，这一觉怕是要睡到过午，午后醒来第一个动作首先是打开电视，搜台像弹钢琴一样，最后的落脚点是动画片，惯常的动作。一个十六岁的孩子居然没有思想，没有选择，还停留在看动画片的年代。何明儿突然想到，假如吴所谓也要面对一个人裸聊或一个裸聊者面对吴所谓呢？天，我的儿子还会健康地步入社会吗？！何明儿想到，吴所谓与网络是一个不敢松懈的问题，三十岁的海棠都控制不了，那么吴所谓还是一个孩子呀？假如吴所谓面对的聊天对象就是海棠这样一个中年女人呢？假如，假如……天，真不敢往深里去想，打了个激灵，决定在吴所谓醒来之前赶回家搞坏电脑，反正我不动电脑也决不允许你再上网！

有电话打过来，是那个她爱的或爱她的人打过来的。

电话里他说："还在为教师节排练吗？"

何明儿说："散了。你听说海棠的事没有？"

"什么事？一夜之间有什么新鲜事了？"

何明儿有气无力地说："她在网上和一个人裸体聊天。"

"有这种聊法，也不是稀罕的事情，看一个人与一个人的情感程度。"

何明儿一下觉得电话里的那个人有点陌生："你居然理解？"

"没什么不理解，是一种现象，就像我们，也开钟点房，师道尊严，也是人，情感在一定的氛围，人是可以臆想的。"

何明儿说："不可思议！我担心我儿子，假如他也看到这些，他还是个孩子，你懂吗？我怀疑你的人品！"

"没有那么严重，神秘的事情总是吸引人，你冷静一下，你是有分析头脑的人，在儿子的问题上你一定要冷静，你沿着马路走一圈，看看人或者景或者早晨的阳光，然后买菜回家，不要把生活想得太复杂，简单到一日三餐才好。这样吧，我晚上见你一下，千万思想上不要走极端。"

何明儿几乎是在喊："不是你儿子你不知道利害关系，不见！"

何明儿把电话关了。何明儿想，有道理的事，也许没有多少道理可讲，无道理的事呢，真的能让人走极端。

冷静了一会儿，决定沿路走一圈。这条路叫滨河路，广场叫滨河花园，河已经成为以往的抽象，有绿树、绿草，全是人工种植。有三两个孩子追逐的笑声传过来，如小鸟的婉转啼鸣，孩子没有大人守护，心情放得很开。那边，打太极拳的还没有散，看上去平声静气，音乐是古典的，动作很是飘逸，有轻微的沙沙声，像窃窃私语。沿着街边走，早市上叫卖声很是热闹，散开的人从身边滑过，好像有说不完的话。挤满了马路的人群阻挡了那些企图呼啸而过的汽车，马达声和喇叭声此起彼伏。何明儿想，一早就这么热闹，人再也不是统驭一切的至高无上者，必须与物，那些自己创造出来的器械，达成妥协。

难道自己也要和吴所谓达成妥协吗？自己创造出来的物！还有海棠。

找一个能够隐藏自己的地方坐下来。坐下来的何明儿想过滤清楚头脑里的吴所谓还有海棠，还有网络，到底是一种什么样的生存状态？

何明儿这样来分析：让海棠悚然而起的是一种深不可测广不着边的孤独和恐惧，无爱的婚姻一定像那夜的雾障般，紧密地包围着海棠，压迫着海棠，令她有一种真切的透不气来的窒息感，不然，她不会面对一个陌生的人脱光了自己。话又说回来，孤独的没有伴侣的日子真就那么咄咄逼人，令心情无法控制么？更想不到的是，那个和海棠网聊的人居然要挟她，想要海棠拿钱来换取网上截取的照片，更让人可气的是她老公接到讹诈电话后会去报警，会把自己老婆的事情说给陌生人听。海棠一定被这件事搞昏头了，不然不会发生要全城人民听了都想传播的事。信任、爱、廉耻，都哪里去了？为什么执法人员涉及这个案例时，从他们口里传出来的猎艳心情比秋天的光照还快？那么有一天，我儿子吴所谓也要发生这样的事情呢？不敢往下想了。

回想昨天看到的海棠，都是俗世中人，总该俗世一点，藏着一点，掩着一点，遮蔽一点，虚假一点，甚至厌倦一点有什么不好？海棠，你剥光了你自己！

人与人之间某种意义上说，就隔着一层衣服，脱掉衣服，一个女人再无口碑。

何明儿思想乱了，乱成一锅粥。

八

何明儿在市场买了肉，肉价一天一个样，她要了那块膘瘦点带五花的肋条，如果吴所谓中午醒来呢，一定给他做红烧肉，他喜欢吃，对了，还应该有两个新鲜蔬菜，用家常的体恤来安抚他，冷静地去唤醒他，不能像海棠那样感觉不到爱，出了大问题，爱情是爱，亲情更是爱，要他知道家是天下最好的温暖。

买菜的间隙碰到了楼下的校长太太，四十多岁的人了，脸上没有一点褶子，不是因为美丽，是因为胖。首饰也厚重，耳朵和项上闪耀出金属的光芒，手抬起来不是招手是朝后抹开披散在两鬓的头发。何明儿不喜欢胖得没有形的脸，优越显形在脸上，眼睛从来都是搜寻似的看着你，因丈夫的官位怀疑而负气地盯着，想盯出什么来。这让何明儿很不自在，手里提了买菜的塑料袋子，迎着走过去，格外谨慎有礼地说："大姐，买菜呀？"

"买菜。买这么多菜？几个人吃？"

"我和儿子，两个人。"

"怎么还是一个人呢？还以为有了呢，谁说的呢？噢，是我家张校长说的，说你有了，怎么会没有呢，凭啥他要说你有了呢？"

何明儿像明白什么似的说："谈着一个。"

"哪个单位？做啥的？多大了？也是离婚了么？女人不成家，周围的人都会为你操心。"

何明儿一时哑然。

这样胀人的话，要怎么来回答？

何明儿伸进买菜的口袋掏出两个北瓜来，递过去，把不开心压下去，说："多了，新鲜得和春天一样，给大姐两个，闲时来楼上坐坐，等我没课的时候，我好细说与你。"

逃也似的走开了。

一条单身女人走过来的路，做什么都有闲说，总是世俗。拾阶上楼，悄声打开门。

吴所谓的门紧闭着，门上的纸张，被风掀起来，落下去，很牢靠地挂着，何明儿突然很想和什么计较一下，是走过来的日子，还是日子中相遇到的尴尬？什么也不是，是吴所谓，是这个很不懂事的儿，对付俗世，有多少悲凉和苦痛？母子俩相依为命已经很不容易了，为何不能和妈妈相亲相惜，我与你是骨肉至交啊，吴所谓，这个世界上有谁能牵动我神动心往！你如果能理解妈妈，妈妈还怕什么？生老病死，成败得失都轻了。

何明儿开始流泪，换了拖鞋走到厨房，放下菜，抹一把眼泪，坐在餐桌前想，方才，外面的一切事情，包括海棠的话题都已经不在心上装着了，进了这个家便就进入了自己的世界，自己的世界里儿子是第一位，自己和儿子像是演小品似的，一路走过来，想不透，也没有结果，接下来的日子怎么过下去？！

走到阳台上，想拿什么呢？心里惶惑却又不自觉地转了回来，无意瞟了一眼楼下，进大门处那是谁呢？仔细看，是学校的张校长和他刚才买菜的太太。两个人说着话，手还比画着什么，动情时，张校长的太太还指着高处看一眼，高天上流云，天蓝得像水洗过的绸子，张校长往前多走开几步，扭回头说了句什么，见张太太从提着的塑料口袋里掏出两个北瓜，重重摔在地上，翠绿鲜嫩得一片生机盎然，那绿透着俗世气象，开裂成几瓣儿，何明儿一颗心悬起来，张太太在怀疑何明儿和张校长的关系？！

就算何明儿对男人的审美退化了，张校长的样子那是从没有入过何明儿的眼啊，黝黑的皮肤，个子也瘦小，细细的眼睛，走路探前走，人看上去是倾尽力气了要往前行，骂人的时候唯一可以抬直的脸上能看到泛出的笑容，那根本就是讥讽的嘲笑呢。没有几个人会盯着他，因为根本就看不到他的眼睛，一个看不到眼睛的人，你压根就不知道他有什么喜好。学校哪个不知道他太太是醋罐子，躲还来不及呢。就因为自己是离婚的女人，住一个单元，何明儿的存在就像隐形人似的，时刻贴着空气飘来飘去，令他太太看她的眼神泛着不自觉的绿光，不自觉的怀疑。二十年的夫妻就这样坚持着这种琐事，需要多少耐心和爱情来支持？何明儿很是不屑地扭转头，这样透着婚姻的脆弱，维系下去还有什么意义？爱，其实能有多久呢？也就是孩子维系着最后的亲情。何明儿想到周围打着婚姻大旗的人们，不想要孩子，假设情况允许，何明儿也不想要孩子，和相爱的人结婚不是每个女人的必经之路，但是，婚姻是生孩子的必经之路。婚姻也是一个女人的保护伞。十年了，转瞬一晃，就为了吴所谓，她承受了一切本不应该承受的痛苦，快乐呢？如果吴所谓不长大，如果他永远是一个孩子，童话里的孩子，像匹诺曹一样的孩子，头顶万米以上的天空，会出现什么样的色彩？！

吴所谓的门响了，何明儿的心被什么揪了一下，高度集中地盯着那扇糊满纸张的门。门开了，走出来吴所谓，何明儿闪到一边看，吴所谓走进卫生间，门"嘡"一声被勾上，不是用手，是用脚。何明儿仰头看了一眼天花板，想不出是谁教会了他如此叛逆。在何明儿决定把手里的菜放到案板上的时候，卫生间的门开了，吴所谓光着脚，很自然地走向客厅那台安静的电脑。何明儿什么都没有反应过来，只是本能驱使，快步跳了过去，以惊人的坐姿跌落在了吴所谓还没有坐下去的椅子上。这个动作吓了吴所谓一跳，往后退了一步，居然笑了一下，何明儿发现手里抓了一把芹菜，滴着水，水在木地板上滴成一片雨，流到吴所谓的脚底板下，吴所谓收住笑，抬起脚"啪"拍了一下地上的水说："还像个当教师的样子吗？"

　　何明儿说："我像不像当教师的样子我最清楚，我不像当教师的样子是因为有你这样一个不像当学生的儿！我要把这台电脑搞坏，决不让你再上网了，我恨那个污浊的网络世界！"

　　吴所谓瞪了一下眼，有些昏眩，或者说是脸上热辣辣的，很自然地提起胳膊，伸出一根手指指着何明儿头："你！"

　　何明儿说："我没有错误，请放下你指我的那根手指头。"

　　吴所谓吼："你生了我，你养了我，你蹂躏我！"

　　何明儿说："我养你不是为了蹂躏你，是为了让你成人，成材，成砖，成瓦，成气候，不是为了一切都还没有开始的结束，你不知道网络有多么可怕！"

　　吴所谓很奇怪地看着何明儿说："有多么可怕？你这个当教师的单身的变态女人。"

　　何明儿笑了一下，很困难地笑，打开电脑，她不准备再搭话了，她要用行动来毁坏这台电脑，却是无法下手。手里的芹菜依旧滴着水，很缓慢地，或者说是无声地，或者说是在加速一种幻觉空间的点缀，突然地，手里的菜被吴所谓夺了过去，高举到头顶，阳光惶惑着吴所谓的脸，那张脸上五味交替，接着那芹菜砸下来，砸在何明儿的头上，愣把何明儿吓得站了起来，这是她想象不到的结果。

　　稍纵即逝后何明儿"唰"一下抬起手臂抢了过去，吴所谓的脸火辣辣的，随即伸出手一把抓紧了何明儿的领口，眼睛瞪得老大，这下子悚得何明儿不知道该怎么进行下一步。

　　重复两次的动作。孤单、无援，何明儿怀疑自己，甚至怀疑当下，内心深处自以为唯我独醒的思想一下子又焕发出来了，她盯着吴所谓说："你还是受过教育的人吗？你是畜生！你随便拿到什么东西都会照我砸下来，我以为一切不实的传说都是谎言，就你抓着我的领口的样子，你是能拿得起刀子的人，一个敢拿刀子动手的人，将来能有什么出息！我就看你今天能把我怎么的，就这台电脑，就网络，我决不允许你再碰它们！"

　　电脑被何明儿用劲推了一下，掉到了地上，电源处爆出断裂的火花。

　　吴所谓松开手说："我也没想过用刀子，你不要血口喷人，这个家我不待了，你不要逼我，要不是念你是个女人，我不会松手！"

　　何明儿转身跑到门口，整个身体贴在门上，她唯一的念想就是：不能让吴所谓走，有可能他走了不回来，这样的结果不是最后，她不能让外界的人因为儿子来小看自己，也不能让外界的人知道自己有一个问题儿子。

　　吴所谓回到房间，他想不出来要拿什么东西，拿什么东西对他来说都没有意义，这个家已经没有温暖了，温暖似风中之旗，他的温暖在另一个世界里，那个世界是自己的，自由的，任凭时间之水流逝，有的是太阳的光芒照亮一片天地时，云彩投下的一片阴影，一个武士头顶彩云出现了，那是我吴所谓啊，灵魂自在地闯荡，键盘、鼠标，无拘无束，满怀激情，只用轻轻一点，那只"飞出竹笼的囚鸟"就可以飞遍世界，有谁敢来阻挡我，我吴所谓才是真正的一个人，一个活出自我的人。现实，多么令人窒息的空，想象，空，欲望，空，盼望，空，吴所谓决定穿越那堵墙进入更广阔的"空"中。

吴所谓走出卧室，看到紧贴门扇站着的何明儿，他觉得她的那个姿态有点荒唐，疲惫地凝视着什么地方，凝视中隐藏着绝望，在绝望的眼神里透着蔑视，是对吴所谓的蔑视，那双眼睛在吴所谓的逼视中垂下了眼帘，转移开视线，嘴角上还挂着一串字：

"我要与网络拼命。"

身后的门自动关上了，风把门上的纸张扬起来，跌落下去，有点嘈杂，吴所谓伸出手一张一张撕下来，坐到地板上，把它们折叠成鸽子，十只纸鸽子，他走到阳台上，打开窗户，放飞它们，鸽子们不是飞走的，是掉下去的，是逃生，吴所谓笑了笑把右腿伸上去，整个人就站在了阳台窗户上，世界真好，他整个身体呈现出一种挣扎姿态和激情战栗。

一个温暖的正午。

也就在吴所谓要掉下去的刹那间，何明儿搂住了两条还没有来得及腾空的双腿，吴所谓像一头鹰一样张开双臂俯冲下去。

何明儿很响亮地喊道："我一个单身女人再无牵挂，我随网络而去。"

听得悬挂在窗台上的吴所谓喊了一声："妈妈！"

九

又是一个天近黄昏，晚风习习着，带来太多的凉意和秋意。阳台上的花木几天没有浇灌了，花木缺少水分叶片会干黄，会枯萎。何明儿提着水桶，用水瓢舀了清冽的水浇灌着盆花冒出的新绿。阳台东南角上的一盆昙花，挂出了一朵一朵的花蕾，花蕾的颜色由深褐到浅褐到淡藕，花蕾的顶部就要张开了，有一股孕育久远的异香在往外喷薄，何明儿冲着身后的客厅喊："吴所谓，昙花要一现了。"

身后的吴所谓传过话来："妈妈，你一说好话就别扭得舌根发麻吗？"

何明儿突然意识到了什么，走到客厅盯着坐在地板上的吴所谓说："吴所谓，是真的昙花开了。"

吴所谓站起来说："那好，我去把它搬进来。"

昙花开了一个半小时的工夫，那淡藕色就开始不断隐退，鹅黄色的花蕊已经从渐进到突进到豁然张开，那张开的花瓣柔韧着，在柔韧的怀中抱出一枚枚粉嫩馥郁的蕊。何明儿突然感觉到了一种昙花开时的安恬与凄苦，活到今天，她与旁边坐着的儿子更多的是记忆，而不是想望，一种消失了的生活，她不能肯定过去的那种令人心慌的处境是否真的走出去了？是否上苍真的垂怜她？一个完好的儿子坐在他的旁边，呼出的气息融合在一起，"妈妈"这个单纯的词性包含着多少不易的内容！

昙花依旧开着，片刻的姿影却也串起了何明儿漫漫人生的欢笑与眼泪，她回头看着吴所谓说："从现在开始，一切随缘。"

吴所谓看着张到 45 度的昙花，说："妈妈，我一定做错了什么。"

何明儿想说什么，却见昙花开到 90 度了，正是昙花的成熟期。

昙花把严肃凝固的空气真就化解活泛了吗？

天　　殇

一

　　清光绪二十六年六月初六，沁河西岸豆庄，上官家的小女儿上官芳和东岸下里村王书田家的独生儿子王安绪订婚。媒人送过上官芳的生辰八字，40岁的王书田从中堂上的香炉下，取过来一张红纸，很慎重地包好。到上屋和70岁的母亲请了安，要了自己儿子的生辰八字过来，也用红纸包好放在两只青花瓷碗中。两只青花瓷碗被放进了柴房的水缸里。这一切，让王安绪大伯家的女儿春香看在了眼里。

　　夜里，两只碗有轻微的碰撞声传出来，春香瞪着一双惊惧的眼睛看着，瞅四下里无人掀开缸盖，她看到两只青花瓷碗不即不离地随着水纹儿游荡，春香的心一下子被什么揪了起来。春香不希望两只碗儿靠得太近，靠得太近就有点变化人的性情，春香不怎么样高兴。从小和王安绪结伴长大的人儿，知道对方要和另一个自己一样儿的人在一起了，给谁谁会高兴！春香用勺子磕了一下其中的一只碗，这只碗就打着旋沉了底。春香吓了一跳，没想到它这么不经磕，心慌得取了凳子踩了扑进缸里去捞。缸是八斗缸，和春香的个儿一样高。双手划动，把水中另一只碗搅拌得在缸沿上叮当作响，缸里不断有水溢出来，脱落的碗里漂起来的红纸悠悠地紧贴了另一只碗的碗沿，她把红纸捞出来放进水面上的碗中，碗中就盈了红红的一汪水，春香看到那水不是水，是血，油灯下泛着血光。真的是害怕了，那怕不是一般的怕。

　　既然捞不起那只碗，干脆就不捞了，一屁股坐到地上，有一股寒凉上涌，人也就抖了起来，渐渐地抖出一个字："死！"

　　当一个人决定要死的时候，一定是遇上了比死更可怕的事。春香就遇着了。按光绪年间民间规矩，男女双方订婚了，男方家里就要取两个人的八字一起放在祖宗牌位下，或水缸里。祖宗牌位下要放三天，三天家里不出事情说明合婚要选日子迎娶。放水缸里的要看两只碗是不是紧挨一起。在一起，说明合；不在一起，那肯定是不合了。一切由男方家看结果来决定。要说这样大的事情怎么能让黄毛丫头看见，可偏偏就让她看见了。春香平日里一般不到小叔王书田家住，可今儿因为奶奶轮到小叔家了，就跟了过来；又因为哥哥王安绪喜欢吃软糕，她从家里带了些过来要哥哥吃，她和哥哥青梅竹马。她就看到了不该看到的一切。看到了心里不怎么高兴就决定住下来。夜里，偷偷从奶奶的炕上溜出来，想要鼓捣出个事情来。事情不是想鼓捣出个什么样来就能鼓捣出个什么样来，事情一鼓捣就走样了，让一个小女孩子的心放不下，就想了那个字。那个字想了，还没有想到要去做，等到要做了却又忘了那个字。

　　既然不能恢复水缸里的原有景貌，那么就赶快溜走。春香溜不走了，迎头遇见了婶娘高秀英。

　　高秀英说："春儿啊，黑灯瞎火的来柴房做甚？"

　　春香扭了一下腰想要闪过去，可天上有月亮，月亮下春香的脸儿煞白，被缸里的水打湿了的衣服紧贴在身上，滑溜得让她无法闪过去，重重摔倒了。有些蹊跷，高秀英走进柴房举了灯笼照，不得了，石头地面不吃水，灯影下看水汪汪的能照出人影儿。一只碗放在地上盈盈地映出半碗血光来。她扭头返身出了门，看都不看拖了地上的春香找婆婆去说，说什么呢？说自己独生儿子一辈子的福气就这么被这个丫头冲撞了。

春香此时是个木人儿，什么也不怕了。

见了婆婆说了柴房的事情，婆婆取了长烟袋抬胳膊就敲，一敲，两敲春香不说话，婆婆说："说话呀，小贱骨头。"春香仍旧不说话。

高秀英发现有什么地方不对劲儿，是春香不对劲儿，闪猛了终于没有过去，傻了。

二

光绪二十七年九月十六，豆庄上官家的小女儿由十二抬陪嫁和一顶花轿抬着，从沁河西岸上船划向东岸的下里村。上官家的十二抬中有一抬很让沁河两岸的人眼热，这一抬不是别的，是用红布包着的一条毛瑟枪。说明上官家陪嫁小女儿，是陪了护家看院的家伙。上官芳坐在花轿里，外面是一把红木花梨嵌大理石的椅子，即将做丈夫的王安绪十字披红坐在上边，此时，他正不停地打着哈欠，一个接一个，有眼泪往下掉，双手来回揪扯着手皮，手被揪得泛红，秋日的阳光下像两头紫皮大蒜。18岁的上官芳还不清楚她的丈夫是鸦片烟瘾上来了。从西岸到东岸，沿河村多，两岸看热闹的人也多，13艘小船绑着红布绾成的花，像一条长龙划到下里村。下里村古渡口上岸处八音会正闹得欢，新郎下了船上了马由八音会的人引着往王家圪洞走。要到青乡里就要先进入王家圪洞。王家圪洞是一个统称，也是一条胡同。一进胡同口的三槐里，是王安绪大伯家的院子，也就是春香的家。大伯家大门外的条石小路上用石头垒了半人高的障碍，八音会的人马停了下来开始吹打，一曲罢了又一曲起，不见有人出来搬开路障。上官芳不清楚遇上了啥事，想撩开盖头看，送客嫂嫂伸进手捏了她的肩膀一下，她停下了手。

八音会里吹唢呐的一位后生有些不耐烦了，抬脚踢了一下石头，三槐里大门呼的一下蹿出了一条狗，只见那狗一口咬住了吹唢呐人的裤管，来回摔了几摔，听得"哧"一声半条裤子撕了下来。后生说了声："我日！"就听得大门里的人说话了："咋了？日谁了？日子长着呢！黄毛，让狗日的过！"狗叼了半条裤腿扭头钻进三槐里虚掩的大门。后生叫道："我的裤——"

闹得欢的八音会的人们像被打了脸，有些麻瑟瑟。吹打乐器因后生的喊叫往下滑。骑在马上的王安绪似有所悟：都是一个祖先，日谁和谁呀！这一句话他说不出来，鸦片烟瘾让他的嘴有点哆嗦，也抽得厉害。娶客家姐此时正扶着他。

早有人报了青乡里的王书田，他在大门口张望着，听到乐器的响儿了就是不见人影。那个急有些上攻，迎面的风吹得他不住地往下咽唾沫，想按住火，那喉咙就干得冒起了烟来，嘴里说着一个字："靠，靠，靠。"

终于听见了乱糟糟的说话声，王书田狠狠地往地上吐了一口唾沫，扭身回了上屋去招待来宾。

上官芳下了花轿，所有的人都在看，那眼睛却不是盯了她，是她身后的那条毛瑟枪。想见识的人们小心议论着。突然，王安绪一头栽下马来，幸好马旁有人做了垫背。看到儿子两只手抽成了鸡爪，王书田走过去捆了他一个巴掌，叫人架进了书房。也就是一袋烟的工夫吧，王安绪像换了一个人似的，桃花满面走了出来，接下来是婚礼正题。

下里镇是沁河明代八景之一的"沁渡秋风"。它沿河修筑，靠山面水，古老的堤坝把下里置于高高的土丘台地之上，山上的村落很自然地以山为屏形成规模，院落和院落呈台阶上升，随山势挂壁。居高临下背靠白虎"山"，平地青龙面绕喧闹"水"，以景补脉。真个是：秀水清山连天碧，千仞堡垒万般固。从村头古渡上岸处一块金石碑记中，可以看到北宋元丰八年该镇西有一位武举人叫王向岩，曾官至中尚，他回乡在古渡下里不足十户人的村落建造了一座关帝庙，因关帝庙的建造，后有张姓李姓迁来扩大为镇。王姓家族所住的三槐里和青乡里统称王家圪洞，小街两行是院落门头，为两层四合小院，由王书农的院落拐一个坡是青乡里，要拾阶而上。据说，王家先祖因为犯事，他的后人才返乡落脚。此武举人也可延伸为王姓家族的先祖。王姓家族先后出过几个秀才，始终没有弄武的人再出现。有算命先生说，王姓家族在未来要有一个习武人独霸一方，此人给王姓家族带来的灾难是灭顶的。王书田是在爹临终时听说的，当时有哥哥王书农在，哥俩关系还没有弄僵，也没有太在意。就是到现在也还是不在意，不在意的原因是王姓家族延伸到现在，后人有些稀少，能提拿得起来的人不多，大多在吃老本，出租土地。人要是有半点活下去的东西垫底谁想出去闯荡！

　　上官芳走进青乡里时，她就不再是一个女孩子了，一个不是女孩的少妇往昔已成为幻影。她透过门楣望：一个陌生的世界，一个陌生的男人，某一种开端从此就开始了。上官芳从随身带来的包袱中取出那支枪，枪是当时人们叫的"毛瑟枪"，因为在红布包里裹着，也因为女人家沾不得阳气，上官芳就没有多看。王安绪看到她把它提起来时有些吃力，可还是提起它迈出了门槛，他想上前帮她，她笑了一下躲开了，她要把它亲自交给公公王书田。

　　上屋，王书田和高秀英坐在中堂前的太师椅上等儿媳前来拜见。

　　迈动一双小脚颠颠地前走，头也不敢抬。这是四合院，由外走来，木底鞋踏上上屋的砖地，发出清脆的嘎嘎声。迈出门槛迈进门槛，一些事情来不及考虑双膝就跪在了蒲团上。上官芳放下手中的重物说："母亲爹爹在上，受儿媳叩头。"

　　高秀英递下受头钱说："来了下里，比不得豆庄，你家是大户，王家也是大户，门当户对，我把你当我的女儿待，安绪有什么不体面的事你要学会担待他，毕竟是你的丈夫，来时想必娘家母亲有过交代了？"

　　上官芳说："儿媳清楚。娘家母亲是有过交代，要儿媳学得一个忍字，一要少说话，说就说得要体面；二要懂温顺；三要以婆家的名利为重。娘家爹爹说了要儿媳在处理生活的得体上谨记：良贾深藏若虚。"

　　王书田望着长身玉立，皮面白净，眼睛细长的上官芳，想：真是一个深沉而不瑟缩，温顺而不失稳重的好媳妇。又看了看自己的儿子，那一副落魄吃打的样子心就哀怨起来，怕好媳妇也要因自己不争气的儿子，性高于天，命薄如纸了。

　　上官芳说："爹爹在上，容儿媳把娘家陪来的东西交给爹爹。来时娘家爹爹说了，现在时局混乱，陪嫁来的也就是图个安稳，家里仗着个家伙，外人也就不敢来欺了。"

　　上官芳拿起红布包递给公公王书田，王书田弯腰接起，透着窗户射下来的光看着说："秀才人家哪懂得这个，怕也只是个样样儿，造了个声势。那就收起来啦。你们退下去吧。"

　　上官芳和王安绪告退出来，就看到自己的丈夫嘴巴扯了很大在打哈欠，上官芳感觉很好玩儿，想想自己以后日日要与这样一个人儿斯守在一起，就免不了有些好奇。

　　回到住屋，王安绪说："快给我取过烟炮来，我困得厉害。"

　　上官芳说："这东西就这样儿解困？"

王安绪抽了几口,静静地闭了一会儿眼睛,睁开的时候脸上就有两朵桃花落下来。

"看到了吗?我脸上写了舒坦了。"王安绪回答。

上官芳望着自己的丈夫想起了从前的日子。她是上官家的小女儿也是唯一的女儿,掌上明珠。是母亲的胳膊环绕着她长大的,哪有和人这样儿低眉顺眼说过话。现在到了一个从不曾想到的环境,眼前的景,景中的人儿,那人儿上嘴唇刚出芽儿的小胡须,上官芳就不想以前了,想上去摸一摸。她移动着手指,抚摸着王安绪的脸颊,他脸儿长长的,皮肤黑黑,颧骨很高,双眉像两条寸长的扫帚平放着,平平的鼻子上有三五粒雀斑。上官芳想把那几粒雀斑抠下来,大概是痛了,王安绪一下翻起了身抱住了她。

十七八岁的小男女像夏天的热风,把世界就堵在了门外。

秋天,是雨、太阳、风和四季的轮回。雨过后,青乡里的院子里出现了水坑,王书田拄了拐杖站在水坑旁,他的心事很重,他看到水中的自己,那哪里是个人啊?他叫儿子出来到上屋一趟。

高秀英搀着他,王安绪过来也搀着他,走进上屋他示意关上门。

王书田说:"安绪儿,爹怕是熬不过今冬了,我得了啥病我是明白的,是你结婚时种下的祸,你大伯是你祖母改嫁带来的孩子,你早先的祖母不会生养,你祖父就决定要找一个生过孩子的女人,就找了丈夫去世的你祖母,也就是说我和你大伯是一个娘两个父亲。你订婚的那天,你大伯的女儿春香搅了柴房的水缸,被你妈撞见了,春香那阵儿怕训斥摔倒在柴房里,春香摔重了,变傻了。那夜叫了郎中也把你大伯和大伯母叫了过来,我把真实情形说了,你大伯母立马站起来在我脸上掴了两巴掌。"王书田有些气喘,安绪端过来一盅水要父亲喝。

"我不生气,这时候你大伯说话了,说是欺生,王家人欺常姓人,你大伯原来的祖姓。咱们王家圪洞的两院房,青乡里和三槐里,青乡里是祖屋要大一些,按长幼该你大伯住青乡里,可他不是王家的血脉只能住三槐里了。我知道他从心里一直记恨,一直堵着。我也知道他肚子里搁着这事呢。你祖母听了他说的话,叫喊着扑过去要撕你大伯的脸,你大伯挡住了她,越说越激动,话有些火,你娘听着不中听就插了话,你大伯站起来掴了你娘两巴掌,你大伯诅咒王家从此在下里断子绝孙。你祖母喊了一声:造孽!一头碰在了放粮的石仓上,你祖母用手指着你大伯咽了气。"王书田咳嗽了一阵,吐出一口血痰。

"你知道我为啥要告诉你吗?因为你大伯心里有气怄着。我知道那气很冲。你现在顶天立地是个男人了,可你不争气染上了鸦片烟瘾,你那大伯是披着王姓皮的狼,他从来就不念我和他是一奶同胞,你要争气啊,要给咱王姓后代争气,改掉烟瘾和上官芳过日子,生出几个健壮的后人来,爹死也瞑目了。"

王书田又取出几本账本来要王安绪过目,并一一做了交代。王书田说:"我们王姓祖上曾出过进士,走到现在你爹也就是念了个秀才,你还不如你爹,眼看家业难守啊。再难守也不可做败家子,要戒掉鸦片烟瘾,记住了。"王安绪塌鼻梁上就有眼泪往下滑,几粒雀斑变得深黑。高秀英想起了那一碗血光,一下拽住了儿子的胳膊哭着说:"儿,娘就指望你和你媳妇的肚子了。"

这一年冬天,上官芳和王安绪拱在棉被里往肚子打造儿女时,四十岁的王书田走了。凉意袭上了上官芳的双腿,她不知道一连串的灾难就要到来了。

三

第二年夏，上官芳生下儿子王丙东。

第三年秋，上官芳生下儿子王丙南。

第七年冬，王安绪去世。临死前的王安绪两只眼睛凹得像两只干缩的倭瓜，裹在被子里，看不见鼻梁上那几粒儿雀斑，他透明的身体躺在上官芳的臂弯里，一动不动西天而去。

两个寡妇支撑起两个男孩的教育和40亩出租的农田。

租种沁河河滩30亩沙滩地的是郭壁村的李栓，王姓家族走到现在家存的积攒因不断的减增人口已经空空，而且债台高筑。高秀英和上官芳商量想卖了河滩地。这时候有人就站出来想要买下这30亩地。买地的人是租地人李栓。

下里村的人不相信李栓能买得起地，但是，李栓就是买了。

李栓放出话来说："河滩地是我日弄出来的，就像养活了一个人一样和它有了感情，现在比不得从前，要卖地就得先卖给我，我种王家的地是迟早的。"

这叫什么话？婆媳俩商量来商量去，觉得有人从中间做梗，想不起是什么人，就哀叹家里没有了顶梁柱外人就要下看。上官芳说："这么些年了，大伯和咱家老不上门，现在有人要找咱的碴儿，是不是也应该和他商量商量了？"

高秀英因丧夫丧子的打击，身体极度衰弱，用手指了指胸口又指了指嘴，摆了摆手。上官芳说："咋说也是大伯，我去找一找看看。"

上官芳抱了小儿子牵了大儿子走下大门外的台阶上，要怀中的小儿子拿起门环拍拍门，就听得有下人叫了声："谁呀？"

"是我，青乡里安绪家里的，大伯在吗？我给他老人家问安来了，烦你通报一声。"

有一会儿工夫门开了。上官芳随了下人走进了正屋。她看到王书农坐在太师椅上，头戴毛织贡瓜皮帽，身穿青哗叽夹袍，手里取了水烟袋咕噜噜抽着。上官芳说："大伯在上，受侄子媳妇给您老人家的头。"一边招呼两个孩子也叩头。

王书农没有想让他们母子起来的意思，放下水烟袋说："我怎么就没有见过安绪娶过媳妇？"这时候，有一个女子披了头发从门外走进来，看着地上跪着的人咧了嘴笑，笑声由小而大，上官芳身边两个孩子就哭了起来。上官芳呵斥孩子不要哭，然后说："是光绪二十七年九月十六进的门。"

王书农说："是光绪年间的事啊，光绪年已是老皇历了，我不记得了。你还知道我是你大伯！"

上官芳说："知道。只是因为家里一直有事没有过来拜见，又因为过去的旧事，侄子媳妇现在提起，肯定还伤大伯的心，青乡里的日子不好过，活到现在我们守业都难了。不来拜见是小辈的错，还希望长者不记小辈错。"

王书农把水烟袋端在左手上用烟嘴指了指依旧在一旁傻笑的春香说："她吓哭了你的两个儿子，你知道她是谁？"

上官芳说："想是妹妹春香了？"

王书农说："还算好记性，有些事情因你而起，想必你也该记得了。你来是和我说李栓买地的事吧？"

上官芳说："大伯真是明白人，真要有劳大伯了。李栓是郭壁人，一直租种河滩那块沙地，现在一下提出想买那块地，不是不卖，家里已经借了不少外债，债台高筑，讨债人年底来讨拿什么去还，地是要卖，只是不想卖给李栓。"

王书农把盘在太师椅上的腿伸展了，用手捋了捋头发看着春香说："噢，不想卖给李栓，那么想卖给谁？"

上官芳说："说心里话，谁也不想卖，希望大伯看在祖母的面上能给周转一下，大恩永记，容我儿到能知觉、懂情怀时当报不忘。"

王书农皱了一下眉头看着春香说："你不觉得太久了吗？可惜我这女儿连个废话都不会说。"马上又调转了话题说："很好，能想到大伯就好。你看，不管你是不是安绪的媳妇，不管往日有过什么纠葛，难中能想到你的大伯就好。有八年了吧？八年了，我无时无刻不在想你们，这日子越往前走就越觉得重，就越觉得痛，能想到大伯就好，就好！河滩地那就不卖了，不过……"

上官芳听到王书农似有什么迟疑的事，抬起头来看着说："大伯还有什么不好说的事？自家人就说出来，侄子媳妇也不是不懂大理，以往的事情我也隐隐知道一些，要是我的公公和丈夫做错了什么，八年了也请求大伯看开些，咋说王家圪洞也就剩咱这一脉血亲了。"

王书农换转了手上端的水烟袋，说："是啊，只怕这一脉也要断了。哦，不说这些了，刚才说什么来着？是李栓买地的事吧，只是怕引起隔壁李姓家族的猜忌闹出笑话来。既然决定不卖了那就这样吧，你把租种地的契文取过来，和李栓说，地要租种给大伯，现在王家还有长辈在，要他来和我商量，租种地的年租金是多少还是多少，你现在就回去取来地契，我也好给你打点一下。你看如何？"

上官芳弯腰抱着小儿子磕了头说："有大伯做主，侄子媳妇还怕什么，只是不知道该怎么感谢大伯。"想了一下想说什么又没有说出来，说了声，"那侄子媳妇告辞了。"

上官芳起身站起来，腿有些麻，打了个趔趄，春香就大笑着说："好哇，好哇。"上官芳看着春香想：她要是不傻，真是一个俊秀的人。牵了儿子走出三槐里，从心里想着大伯的好处：没想到借钱就借了，紧要的时候还是自己的亲人帮忙。说大伯记仇那都是从前了，大伯还是咱大伯。

回家和婆婆说了自己去三槐里的收获，高秀英说："也许你那大伯真的回心了？！"

取了租地契书又一次走进了三槐里，看到大门洞站着一个人，是春香。春香的脑袋里好像有笑不完的事，春香的胸前挂着一粒饭渣子，上官芳掏出手帕想帮她弄下来，春香一把抓住了那手帕不放，上官芳笑了笑丢开手走进了堂屋。发现太师椅上多了一个人，是本村的地保张五爷。跪到地上给大伯和张五爷请了安，因为有外人在不大好说话，等大伯叫起。听得王书农说："东西拿来了？拿来就递上来吧，张五爷也好做个证。"上官芳把东西递上去说："大伯请过目，一切由大伯来做主。"

王书农起身，从竖柜里取出一小包银钱递给上官芳："这是你河滩地的，你取了去，有张五爷在，我王书农怎么能不管不顾呢！起身去吧，有什么事过不去就来找大伯。"

上官芳告辞出来，手里的银钱变做了希望和温暖，心里一热就有泪掉下来。

纳闷的是，李栓没有再来找上官芳说买地，李栓不来上官芳心里反倒不怎么样踏实了。不踏实归不踏实，日子推拥着挤得满满的，心里就把这事搁在了一边。因为日子过得紧使唤人都已经辞去，空空的一个大院里什么也听不到，就听到孩子们的哭声。两个孩子中间只隔了一岁，你争我吵，你欺我霸，整日里，清鼻涕和着眼泪不断头流，不时听得上官芳的呵斥声。忽一日听得有唢呐和笙音传来，像是大伯家办喜事了？想不起是谁，大伯家的女儿春香傻在家，是谁呢？怎么也不通告青乡里？以前因为结仇互不上门，现在不是已经说和了吗，怎么也不说一声？上官芳抱了孩子迈动小脚走下了石台阶。迎面碰上了村中一个熟人。熟人说："李栓招了你大伯家的老姑娘春香，陪嫁是李栓要买的三十亩河滩地。"

上官芳觉得距离喉咙五寸的地方有些闷，咬着自己的下嘴唇竭力装出想笑的样子，没有笑出来扭回头上了石台阶进了青乡里。王丙南哼哼唧唧用小手撩她的大襟衣服，想吃奶了。就听得一巴掌下去，王丙南脸儿显了五个红印子，半天没有哭出来，又一巴掌下去哭出了声，红印子变成了血印子。高秀英急忙走出屋叫道："什么事憋了这大的气打孩子？"要过王丙南搂在怀里哄。

上官芳说："王书农招李栓上门，陪嫁是咱河滩地。"

高秀英一把拉住上官芳的小袖："你说什么啊？那地不是租出去的，怎么成了陪嫁？"

上官芳说："我也不晓得，要去问问！"

三槐里的鞭炮响得震耳，周围看热闹的人远远站开了，上官芳迎着炸下来的鞭声走进大门。王书农站在院子里迎送来人，上官芳走上去正视着他说："大伯家办喜事怎么也不通告一声？我想问问，李栓陪嫁的那三十亩地是咋回事。"

王书农把小辫子从前胸摔过后背，立马表现出感到意外："那三十亩地不是你要我做主卖给李栓的？张五爷在场，红嘴白牙定了的事，你也拿了银子的，怎么现在倒咬一口了？"

这时候主持婚礼的张五爷走过来说："是啊，媳妇，我是亲眼见的。大喜的日子里，舌头没长脊梁你可不能胡说。"

上官芳感觉自己掉到了悬崖边上，手里抓着一根绳子也脱落了，气流冲击着她的胸口，心没着没落的，一下就号啕大哭了起来："你可是我王家的大伯呀。一年的租金买了三十亩地？你怎么配做王家的大伯？你要我和我的婆婆说什么？"

王书农说："我这是办喜事，不是要你来叫丧，你扯了嘴号什么？你和你的婆婆说什么，这事也要我来管？卖地的时候你找我，要我来帮助你卖，现在地卖了反倒落了这么个话！"

上官芳说："事情哪是你说的这个样子？你说的这个样子，要是别人还说得过去，怎么你是王家的大伯也敢做这样的绝事？"

王书农拿了旱烟袋锅子在手掌心磕了一下，抬起头笑了起来："做绝事？下里村人谁见过我做绝事？谁不知道我是看着人的眼色长大的。人还不到山穷水尽的时候就想着卖地？那是败家子！王家出了不孝子孙啦，大伙来看看，这就是我王家的妖精，克死我母张金花，克死我弟王书田，克死我侄子王安绪，克傻我闺女王春香，现在又想要来搅我傻闺女的婚事，只要我活着一天就要守住这份家业不败，就不能让贱人得逞。你怎么就连一个被害得半傻的人也放不过！妖精！"王书农背转手弯腰冲着上官芳说。

看热闹的人都拥过来看她，她张着个嘴说不出话来。眼泪掉到前胸落到膝盖滑到地上，人们指指点点说着什么。上官芳掩面跌跌撞撞出了三槐里，爬着上了石台阶看到婆婆高秀英抱着王丙南站在门墩旁，上官芳抱住高秀英的双腿叫了一声："娘——"倒在了大门口。

有腿快嘴快的，早把这边的情形告给了婆婆高秀英。像春风刮过草地，悠悠缓过来一小口气，看到婆婆高秀英吐了一地血，无常的命运毫无表情地就这样来了。她急忙上前扶稳婆婆，高秀英指了指天，指了指地，指了指她，从嘴里蹦出两个字来："祸水。"上官芳惊讶地瞪大了眼睛，呼吸减得很慢很慢，然后，长长吐了口气，眼泪在眼眶里打转到底没有掉下来。

"娘啊，我不是祸水，你也这样来骂我了？我是为了王家，我养了儿在王家，你也是女人，你要是这样以为，我还说什么？说给谁来听？谁来信？"

高秀英捂着自己的胸口说："要我怎么信你？你来了王家，王家出了多少事？自己干不了事还想逞能,心强命不强,倒好,我王家咋就娶了你这么一个祸水?你去给我把地要回来啊!"

地收不回来了。

上官芳被不断降临的灾难攫住了,这一年高秀英带着满腹的仇恨去了。上官芳借了高利贷葬了婆婆,为了还贷,她卖了娘家的陪嫁。上官芳买了猪、牛,她不相信日子是一潭死水,她要它活水长流。

母子们守着剩余的十亩地过活。她的心里支撑着一重希望:两个后生的成人。此时,他们正在院子里打架,她喊了一声:"你们什么时候才能知道娘的苦啊?"上官芳哭了起来,为自己哭,也是一个母亲为抚养孩子哭,她的哭暗含着她的仇恨。以前没有做母亲的时候她做上官家的女儿,她渴望一种有别于上官家的生活,从来没有想到要发生坏事情,现在,当孩子们一一从自己的身体中出来了,自己也经受了地狱般的苦。娘家因为遭了水患年景一年不如一年,娘家不给自己添乱,自己怎么能去求娘家人,哥哥不说什么,嫂子那双眼睛她就不愿意看。指望不上娘家,指望谁?自己在哭声中只能指望另一个祝福,其实,那根本就不是祝福,更像是一个诅咒,因为,灾难阻止了她想象中的未来。长大,长大,长大,长大的孩子们可以为自己做主,长大的孩子是未来的指望,也是黑暗和光明的分界。

真的有指望了。这一年王丙东13岁,王丙南12岁,上官芳添置的那头牛也从牛犊长成牛了,在租种地的同时她决定也出租牛。可事情说来就来了,它毫不含糊,因牛而起。李栓敲开了青乡里的门。李栓说:"听说你家添了牛,春天了借牛耕耕地。"上官芳说:"不借!"说完就恶气顿生,用力把门关上。李栓撂下一句话扭头走了。

李栓撂下的话是:"王家圪洞的牛,我日,怎么也不长个记性。"

隔了几天下里村东,张姓人张亮来借牛耙地。牵了牛路过三槐里,牛脖子上的铃铛,"叮当,叮当"响得脆耳。大门"吱呀"一声开了,王书农走了出来,嘴里咬了旱烟袋锅子,跷起腿在鞋帮上磕了一下说:"借王家的牛耙地?"

张亮说:"耙地。"

王书农望着高天上的流云说:"自己要是有牛了是不是就不用借别人的了?"

张亮说:"那是。"

王书农低下头往烟袋锅子里按了一揪烟丝说:"那就牵了不用往回送了。"

张亮吓了一跳,拽了缰绳扭回头看,看到王家圪洞还是王家圪洞,王书农也还是王书农,石头是石头,门头是门头,是自己听错了?

王书农拿烟袋锅子指着张亮说:"是真的。害怕什么?我们王家的牛,王家的长辈说话了你害怕什么?"

张亮说:"要我买,我是买不起,要送我一头牛那不是天上掉饼子了,哪有这等好事。老叔真会开玩笑。"

王书农说:"我是开玩笑了吗?没有,这样大的岁数和你开玩笑?笑话。"

张亮狠劲捏了自己的大腿一下,不像是梦。

王书农说:"进来说话吧!"

张亮牵了牛走进了三槐里,出来时上官芳的牛就不是上官芳的了。它一下就变成张亮的了。

王书农和张亮说:"你只要想要这头牛,这头牛就是你的了,参与买卖的事要有证人,我就是你的证人,我是看见你日子过得苦,古话说,马不吃夜草不肥,你想想看,我也不想讨你什么便宜，就想争口气，她搞傻了我女儿，我搞她一头牛，说到桌面上吃亏的还是我。"

张亮说："你直接搞她的牛就是了，怎么要我来讨这个便宜？我没有恩给过你呀，我受不起。"

王书农说："我小时候被王家打的时候，你爹给过我一个糠团子，人不能知恩不报吧，你牵了她的牛，你获利我顺气有什么不好！"

张亮回头再看院子里槐树上拴的牛，觉得那就是我张亮的牛嘛！

上官芳不见往回送牛就差了王丙东去问。儿子回来告诉："张亮说了，是你忘了，还是他忘了，牛不是已经卖给他了？"

上官芳说："张亮说的？"

王丙东说："是啊，是张亮说的。"

上官芳说："你是不是没有操心听，听得说走嘴了？"

王丙东说："不信，那你去问嘛！"

外面下着小雨，上官芳带了顶草帽出了青乡里往张亮家走。沁河水有些看涨，泥泞的村路有些滑，沁河两岸有人在等上游发大水，水也许能冲下来一些有用的东西，有小孩子举了石头等着砸洪头。上官芳顾不上看这些，她的胸腔里也涨着一个洪头。脚高脚低地走进了张亮家的茅草屋。

一进门就看到了她的牛，牛和人住在一起，张亮的穷酸是她始料不到的。她说："张亮，我与你无冤无仇，你因何想要赖我？我一个寡妇人家拉扯着两个孩子你怎么忍心赖我？就算你家里穷见不得眼前利益你说给我听，我白借你牛用也不该赖我？常话说富人容易残忍，穷人常常怜悯，你怎么也学了富人那一套套？"

张亮的脸红一阵子，白一阵子，说不出话来。张亮老婆说话了："你王家圪洞是大户，不在乎这一头牛是不是？牵回来的牛是送不去了，不是我们不想送，是人家不让送。"

上官芳抬头看着自己的牛说："谁不让送了？借是你张亮去敲了青乡里的门借的，你张亮借了牛不见还回青乡里是吧？借了人的不还人，想赖，赖一头牛，你张亮就富了？"

张亮瞪了他老婆一眼。张亮想这事不大好解释，不能直说，可也不好把弯子绕得太大，这么的说吧："我是从青乡里牵了牛，我还走了王家圪洞，王家圪洞我还路过了三槐里。我一路过三槐里，我说你卖给我了你就肯定卖给我了。"

上官芳说："你路过王家圪洞怎么啦？路过三槐里又怎么啦？你不路过能牵了牛走到地里，走到你家？"

张亮说："我是不该路过，我路过不是我想让牛是我的，是有人想让牛是我的，我不想让牛是我的也不行，因为我就想有一头牛。"

上官芳"哼"了一声说："知道了。张亮，一头牛富不起来，人要是丢了良心就志短了。牛我不要了，就算我王家上辈欠了你，就算我王家这辈子不该养这个畜生！别忘了，我王家是不想闹事的，真把事情闹大了，我娘家陪过来的东西想必你是听说过的。"

上官芳说完抓起草帽，外面的雨落得很大，打在草帽顶上发出乱响儿，抓住草帽下的布条，提了心跑，一路小跑回了王家圪洞，路过三槐里，她站在门口狠狠跺了一脚，泥水溅到了她的脸上，她捡起一块石头想对准王书农的门扔过去，她想理论，终究还是压下了火，脑子里飞出了一段不大连贯的想法：儿子还小，不能让他下了毒手，忍字心上一把刀，能忍住就能化解一切。为等待活着，活出血也要等待。我倒要看看一头牛能把人养肥到哪，就当是沁河发大水冲走了。

隔了一天张亮把牛送回了三槐里。张亮说:"这牛不能要。人家是有陪嫁的,娘家的毛瑟枪那可不是吃素的。老叔,咱命中无牛,牵了睡不稳当。"王书农说:"一个人要想成大事就得做绝事,也就是一头牛,怎么就不敢要,那毛瑟枪又怎么啦?她一个女人敢把你撂过去?想你也成不了大气候。这样吧,你不要我也不会亏待你,你扛了那半袋麦子走吧,也算你帮我出了恶气的报酬。"

张亮扛了麦子出来,脚有些打飘,一打飘就上了石台阶走到了青乡里。他把麦子放到石门墩上,喘了口气想叫门,抬起了手又放下了,想了什么,脱下布衫把两个袖口挽住,打开布袋掬出些麦子放进袖中,挽好布袋口绳,双手捏了肘窝处搭在双肩上往回走,走了几步觉得自己真是背了个祸害,再回头看门墩上的布袋还在,有些不舍,放下布衫搂在怀里含了两颗泪珠走下石台阶,一路吊了心回了自己的茅草屋。

上官芳到院外挑水时看到了门墩上的麦子,布袋口上写了一个王字,是王家的布袋,那么是谁送来的呢?是王书农?她厌恶自己怎么能想到他。她想也许是祖上有人借过,现在连布袋一起还回来了,扭身叫了王丙东要他拿回去。

王丙东说:"娘,是谁送的麦子?"

上官芳说:"不管是谁送的,往后要是有人提起来,记着欠了人家一份人情。"

四

上官芳守着自己的儿子,计算着家产,日子过得有些紧缩,剩余的十亩地,因为两个后生的不断长高越来越顾不了嘴了。上官芳决定还应该租一些地来种,孩子大了两个后生就像两口锅,每天往里填的水米不是以前的勺子了,是瓢,要几瓢。年景不好,收成也随着下落,租种土地的佃户刘三交不起租银悄然失踪了。有说刘三出去参加了土匪,因为被疑为匪,刘三种过的十亩土地没有人敢种,再说,刘三也没有退耕。上官芳找到刘三的妻子问话,刘三的老婆说:"来年春上交满租银就是了。"

收不回租银,再租其他人家的地,因无力付租就有些磕绊。这时候听说王书农要租佃土地,王丙东背了母亲想前去试试。

王丙东长这么大第一次走进三槐里。王书农已经六十多岁了,鬓角上的白发像断丝一样飞起来,后脑勺上挂着一条猪尾巴,背着手,不看来人。王丙东发现他手上的烟袋锅子,铜烟嘴儿,换成了翡翠。走进堂屋王丙东跪下来叫了声"大爷好"磕了头。王书农扭转头看着地上的王丙东说:"你是谁家的儿叫我大爷?"

王丙东说:"来人是王安绪的大儿,也是您老的侄孙子王丙东。"

王书农明显皱了一下眉,猛吸了一口旱烟说:"如此说来真是大了,想必是你娘让你叫板来了?"

王丙东说:"我不明白大爷的话,我是听说大爷要租佃,想问一问能不能租给侄孙子种?"

王书农说:"你的娘知道你来了三槐里?"

王丙东说:"我娘不知道。"

王书农"哼"了一声。一口接一口抽着烟,一锅烟完了在手掌上磕一下,磕下来的烟灰顺着阳光的亮儿飘到王丙东的眼睛里,有些干涩,有些辣。

王书农说:"听说你的娘把陪嫁都典当了?那么有一杆毛瑟枪不知道在不在了?"

王丙东没有想到大爷会问这种话，好像阁楼的条桌上有红布包着个长东西，娘不让动，也不让上阁楼，想来问的一定是那东西了。"好像在阁楼上。"

王书农想了一会儿想说什么没说出来，示意地上的人起来。

"你的娘是个败家女人，不懂得守业，不懂得什么是安身立命的根本，她命带祸由。自从她嫁到王家，已经有多人因她失血折命，敬奉着那杆毛瑟枪怕是王家将来要因它遭到大的血报。"

王丙东打了冷战，望着烟雾中王书农的脸，那张老脸白得毫无血色，扁平的鼻子下说话的嘴巴咧开很大，他不知道到底王书农长了个啥样子，也忘记了自己到底是来三槐里干啥来了，呆呆地站着有些抖。

王书农一看这样子就知道王家的后代要绝了，也就是试探试探罢了，小崽子就这样儿了。

王书农棋艺不高，可也不是看一步棋的人物，在他整个人生规则中，一切将要发生的事情都应该按着他的预计来。换个比方说，就像在上好的田里开了个口子，有水来了要流走，必然要经过口子，田是干渠，口子是支渠，再从口子上挖口子叫斗渠，依次为农渠、毛渠。水流走了地脉不完能行嘛！他要把姓王家的田挖开让水流到他的田里来。

王书农说："你的娘不懂得道理，你应该懂得是不？说明你是懂得的。你刚才说想租种我的地，好啊，回去先把那杆毛瑟枪拿来，我要那杆毛瑟枪也就是想把它毁掉，来化解你的娘身上自带的祸由。想得出来你是懂得疼人的孩子，想帮助你的娘打口粮了。那就去吧。"

王丙东轻飘飘走出了三槐里，爬坡走上石台阶，看到自己的娘正担了水桶要拐过大门，到屋后的井中挑水。他说："娘，我来。"

上官芳说："16岁的肩膀骨嫩，回家去吧。"

王丙东想起了那条毛瑟枪，三步两步进了屋，看到弟弟在柴房烧火，抽身上了堂屋的阁楼。一眼看到了有些泛青的红布包袱，顾不上看是不是毛瑟枪兜在怀里下了阁楼。下了楼想不起该往哪里藏，看到炕洞就胡乱塞了进去，抬起头来看到娘挑水走进大门，水桶晃悠，有水洒下来，阳光照着那水不是水像血。

王丙东怀里揣了毛瑟枪走进了三槐里。这时候他看到王书农迎了出来，王书农说："取出来吧，我要当着你的面毁掉它，毁掉它就毁掉了你的娘命带的祸由。"

王丙东从怀里掏出来递给大爷看，大爷不看，说："有些东西是不能看的，祸由这东西是有障眼法的，常能迷惑你的性儿。"就在这当口那只毛瑟枪从王书农的手里脱落了下来，那哪里是什么毛瑟枪，它就是一个像枪一样的树疙瘩嘛，王丙东想到真是遇上障眼法了。听得王书农说："我日，小婢子敢诈我！"拂袖而去。

站了很久，王丙东跌跌撞撞回到了青乡里，进了家门看着母亲有些发怔。上官芳说："你怎么了，儿？"

王丙东说："我遇上障眼法了，看到好端端的毛瑟枪成一截树疙瘩。"

上官芳一把揪住儿的手说："哪里见着毛瑟枪了？"

王丙东脸儿煞白看着娘，恐惧地说："在三槐里，大、大爷家。"

上官芳放了手往阁楼上爬，只一会儿工夫就下来了，她下楼梯时是坐着下来的，木梯子擦着她的衣服，焦虑带来的不安是出奇的静，她站稳了脚，落定了神，伸出胳膊狠狠抡出了一个圆，"啪"地甩出了响儿。

上官芳原本陪嫁来的就不是杆毛瑟枪，上官芳是清楚的。出嫁的前一天，爹把她叫到书房说："女儿，爹给你的陪嫁中有一杆毛瑟枪，不是真的，爹眼看家道中落，能为你撑腰的也就是这个虚设了。现如今世风日下，你婆家因为婚事出了一些麻烦，我与你未来的公公见过面，我们一起共同商量过此事，也知道不可能陪你真家伙，可你要记清了，它曾经是清祖征服天下的庇护，在它的庇护下，破碎山河重新形成清祖辽阔完整的疆土。有生命的东西只要想活命就怕它，你只要藏着掩着它，外人想动你王家的家产胆子就壮不起来。"

上官芳把这段话讲给两个儿子听，上官芳说："你们都大了，娘熬到现在给你们交的也只能是一把枯骨，娘要告诉你们，你们的那个大爷是披着羊皮的狼，不要希望从他身上得到关照，不要想着去找他，你们见过发善心的狐狸吗？丙东儿，告诉娘你找他干什么去了？"

王丙东看着娘发抖的身体，从心里就不想把真实情形告诉娘了，就说："我路过他家门口看到门开着就进去了，大爷说想看看咱家的毛瑟枪要我取来，我背了娘从阁楼上取下来要大爷看，发现那不是毛瑟枪是树疙瘩。"

上官芳说："王书农说什么了？"

王丙东说："他笑了几下，扭头撇下我回屋了。"

上官芳摸了摸王丙东的脸，搂过来两个儿子哭了起来："告诉娘，疼吗？娘出手重了。"

王丙东哽咽着说："娘打得不疼。"

隔了两日，王丙东看到大爷家的地里有人在烧荒，由不得又拐进了三槐里。见了王书农也没有下跪，单刀直入说："大爷，那地是我先说好的，你怎么租了别人？怎么说我也是王家的后代？"

王书农捋着胡须说："哪见过这样和长辈说话的！来人，把这恶少给我赶出三槐里。"

王丙东觉得有一股气在胸腔鼓着，这股气拥有着不可估量的载力要冲出来，他的身体一点点的弯曲，两只眼睛像獾羚露出狰狞的光来，他吼了一声："为啥这样对我？"

王书农站下来，扭回头，脸上挂了笑："穷富都是命里注定的，常言说：'救急不救穷'，这个穷坑我是填不满的。"

一下没有明白过来，当到底明白时，一个孩子心中的愤怒就像一头驴子徒劳地怒吼："为啥？"

王书农大笑起来："还问？因为你住了不该住的地方，因为你的娘命带祸由，因为……"他看到王丙东正承受着两种重力，和自己当初走进王家时一样，让他一辈子都无法忘怀，只能低矮地站着，有一丝怜悯从心头划过，马上就又系死了："因为我想把你们王家的小叫驴都熬成驴膏！"

王丙东冲上去狠命拽了一下那条猪尾巴辫子，然后撒腿跑掉了。听得有喊叫声传出来："狗，让我逮着就不要想活命！"

隔天，王丙东背着上官芳把挂在偏房屋檐下的玉茭摘下几穗来，他要弟弟帮他揉搓下种子，背了种子他走进了河滩地。看到张亮在点土豆，这是他料定了的，来就是为了滋事出气。他冲过去说："这是我租种的地，你没有理由种土豆。"

张亮说："种不种不是我说了算，也不是你说了算，是主家说了算。"张亮在双手上唾了一下，举起镢头用劲刨下去，土里咕噜出来一只碎石，他在弯腰捡拾时，王丙东想到他一定是在拣拾武器，等不及张亮抬头，王丙东肩上的玉米就飞了过去，把张亮砸了个狗啃屎。

两个人从地垄上滚到河沿边，眼看滚到沁河里了，站在岸边上的看客大声叫道："滚啊，滚啊！"这时候王书农从吊桥上放下话来："我的地想租给谁就租给谁，嘴上连乳毛还没有褪净就如此横霸，给我打。以为你真有毛瑟枪，拿了个树疙瘩来日哄人，这等少调失教的东西，打死了有我。"

张亮本来是不想动手，听王书农这么一喊，心中似有了几分胆气，一下站了起来说："老子本来不想动手，是你逼我要两岸人来看笑话，你看老子不整死你！"说罢此话张亮一把揪起了王丙东，伸出手左右开弓，刹时鼻血糊满了王丙东乳毛还没有褪净的小脸。

王丙南扒开古渡口上看热闹的人群跳下河，游到对岸，看到哥哥瘫在地上，自己反倒吓得不会说话了。王丙东说："扶我，扶我。"王丙南顾不上联手决斗架起哥哥上了吊桥。王丙东嘴里叫着："打狗日的，打狗日的，打狗日的！"王丙南哆嗦着不敢打"狗日的"。路过王书农的身边王丙东抬起头吐出一口血痰，王书农下意识看了一下自己的裤脚，雪白的裹腿上有一个红印子，阳光下刺痛了他的眼睛，他两手牢牢抓住了吊桥旁的铁绳，他害怕掉下去，吊桥下是滚滚的沁河水。

上官芳看到儿子被打成这样子，气得跺了脚说："谁叫你去？饿死也不去求他。"说着拿了手巾小心翼翼擦着儿子脸上的血迹，手巾上的血水在铜脸盆里，晃着窗户上的方格子一涌一涌，上官芳努力让自己平静下来，把过去不曾对孩子说的话重新说了一遍。"人穷骨头不能软，宁可去抢，不能去求！"

夜里租种地的佃户刘三来送缴租。看到炕上王丙东小脸儿肿得像个发面窝头，坐在炕沿上磕巴了两口旱烟说："东家，出身书香，家道中落，只是命理不顺，路途不熟啊！"

上官芳惊讶地抬起头看，真想不到刘三出去两年不到讲起话来咬文嚼字，就说："刘三，你真是面善心长的人，没想到出去学了见识，你在外面做什么营生？"

刘三迟疑了有半袋烟的工夫说："做什么营生？给人家当跑堂，探探口信什么的，小差。"

上官芳说："你要是出外缺个人手儿，能不能带了我家东儿出去，一来赚个零花，二来也练一练身骨和胆略？"

刘三一下有些慌悚，有些不敢抬头看上官芳。刘三说："东家，我不能带兄弟出去，我今年不知道明年的事，我来也就是想和你说一声，明年的今天我刘三不来缴租，就不是你的佃户了，不是我刘三不守信义，实在是穷命不保。"

上官芳看着刘三，不明白刘三的话是什么意思。王丙东说话了："娘，这真是把咱逼得走投无路，我再在屋里蹲下去，憋不死也要脱层皮。刘三哥你就不要推了，带我出去吧？"

刘三摸了一把脸，手卷成筒状在嘴巴上停留了很久，用烟锅嘴儿敲了一下炕沿说："你们要我怎么说，我实在是说不出口啊。我要能说出口早说清楚了，我也就是看着东家善良才说，我在外做了刀客，也就是下里人常提起的恶蚊子。靠就是打家劫舍，我把兄弟带出去，这不是害他是什么？咳！"

王丙东有些激动了，撑着身体支起半个身子说："娘，这么一说我真得跟刘三哥出去了，我要出去闯，闯不出个人样来我就不回来。娘，三槐里的老杂毛不是想谋算枪吗，我要带一杆真枪回来，我要灭了他和张亮，我要报仇！"

上官芳说："儿，不能这样想，张亮和咱一样，有些地方还不如咱，他到底是穷苦人家出身。"沉默了有一会儿又说，"你走我不拦，就要看刘三带不带你出去。刘三要带你出去，你出去了要学出息点，不要忘了是谁逼你出去的，给咱穷人争口气。"

上官芳说完此话望着刘三。

刘三说："这不是什么债背在身上，是命，一条人命，我怕背不动啊！"

王丙东挣扎着想起来，想下地给刘三跪下。刘三扶住他不要他起来。

上官芳说："现在世风日下，乡下抢滩霸地，百姓无处讲理，哪里还有活命的地方？人善被犬欺，你只要带他走，一切后果自有天定，哪里黄土不埋人。"

刘三抬起头，看着这个白面细眉的女人慎重地点了点头说："有我刘三在，就有兄弟在，刘三灭，恩情灭！"

伤好了，刘三也下了种，他们商量好了走的日程。

上官芳又嘱咐了儿子一些话：出门在外要懂得个"义"，结交朋友要赤胆忠心，要懂舍利取义，不要轻易动手杀人，对待和自己一样的人更要学得"给"。上官芳俯下了身拉展了孩子的黑布裤脚，帮他背起干粮布包，要弟弟去送哥哥。她说："娘不送你了，送不送你娘都在你心里。"

月黑风高的静夜，王丙东随了刘三，划了小船逆流而上。他离家时除了胸腔里一颗复仇的心以外，手无寸铁，他对送他的弟弟说："你在家要好生照顾咱的娘，天底下其他可以再有，娘就一个。哥走后防备着三槐里那老贼，不要闹事，等哥回来报仇！"

古渡口岸上两只举起来的手臂像两根竖起来的旗杆，王丙东看见上面风扬着猎猎涌动的希望。

五

人走得饥肠辘辘时终于进了山。一路上刘三和不断出现的人们打招呼。刘三说："都是弟兄，春忙完前后脚赶回来，也有新入伙的。"

到了山头，刘三指着茅草房门口站着的一个黑脸汉子说："大驾杆子，黄皮子，兄弟们也叫黄哥。对了，大驾杆子就是这里的老大。"刘三要他停下来，自己走过去说了一通什么，就听得黄皮子说："既然是自家来人，就请取烟问饭。"刘三示意他过去，刘三说："我这位兄弟出身寒微，内圆外方，还望老驾杆多方关照。"黄皮子说："来到山上就是一条汉子，夜里把他们新入伙的孤装（结拜）到一块儿，日后就情同骨肉了。"

"孤装"不是一件容易事，保人具保，头回说了，二回要有个字据，交由"字匠"保管。他们讲究"行低人不低"这个绺规，这个"保"也就算个人决定的"绺子"手续。上面要写明你的来意，是不是自愿"走马飞尘，不计生死"的。

首先是"过堂"。刘三把一个酒壶放到王丙东的头上，在他耳朵边说了一句："是汉子就不要尿裤。"这时候大驾杆走过百步之外抬起了枪，听得"啪"一声，头上的东西碎了。大驾杆叫人去摸他的裤裆，摸回来的人叫了一声："顶硬！"（挺得住的汉子）

接下来是拜香，就是插香盟誓。插香要插19根，其中18根表示十八罗汉，当中一根是大驾杆的。除了陈设的香烛表馔外，桌上还摆着压上瓢子（子弹）的勃郎宁、自来得手枪。烧香磕头时念的咒语是："我今来入伙，就和弟兄们一条心，从此往后，互相扶持，对待众家兄弟，不准有三心二意，如果有三心二意，上前线炮打穿心而过，五马分尸，肝脑涂地。我如违犯了规矩，叫大驾杆插了我。"孤装时选烧一炷香，然后燃着表，端端正正地跪在香坛面前，口里即念此咒，念毕，磕三个头，仍站在原位。王丙东发誓的时候，与众不同，他将应该说的话说完后，将桌子上摆的手枪拿起，向着自己的胸口，猛地甩了几下，加念了两句咒语："我如有三心二意，现在枪发了我也算。"大驾杆黄皮子想：真他妈是条汉子。"都是一家人了，起来吧，去认认众哥们。"

刘三领他走到"炮头"那，炮头说："你还不会使唤枪吧，每天早起别踏被窝，到你的卡子时精灵点，生命都在这里。"拿了枪和子弹给了他。刘三又领他到"粮台"那，粮台说："我们在外追风走尘的，不容易啊！唷富（吃饭）时别挑肥拣瘦。听说过孔融让梨的典故吗？要好生学着点。"取了衣服、被子、手巾给了他。拜完了绺子里的四梁八柱，热腾腾的酒筵早就陈设齐全，循年龄大小依次坐下，让菜斟酒，酒过三巡喝得有些晕乎了，刘三将王丙东拉到石床前一块躺下。床上摆有楠木大烟盘子、象牙洋烟枪、宜兴烟斗翠玉嘴儿、犀牛角烟盒子、烧蓝太谷灯等，刘三一一介绍完后说："咱过的是当官老爷的生活，要是在家种地哪能享受得到这种甜头？"然后极其熟练地吸了几口，让过来要王丙东吸，王丙东想起了父亲，把烟推开了。半夜听得外面有人吵，起身摸了摸刘三不见了，推了门出来看见有人就问了话："人都哪里了？"那人说："下山摸吃儿了。"（抢粮食去了）他听不懂匪话又问："那他们吵什么？"那人说："家里有两个赛角，争抢。"（土匪掳活的妇女，被奸淫过）

就这么到了一个陌生的环境，王丙东想不出这是一个什么样的环境，心里怀着仇恨，想我什么时候才能报仇？却又想起了母亲来时的嘱托："仇是要报的，君子报仇三年，小人报仇眼前，有些祸要学会避而不惹，根儿稳固的时候再回来。"

在流逝的日子里沉淀下来，王丙东学会了刀客的黑话。比如行动时只要听到大驾杆传下话来："拉地硬些"就是要求快走，"拉地软些"就是慢走。土匪行里吃饭也是有一定的黑语和规矩，如果说错了，不挨打也得挨骂。吃饭叫"填瓢子"，筷子叫"挑篦"，碗叫"瓢子"，吃饭时筷子不兴放在碗上；碗不许弄碎，碗破碎是最大的忌讳，可能会因此送命。

有一段时间了，大驾杆黄皮子想从他的下面人中间选一个驾杆头，和自己搭伴打天下。"炮头"想当二驾杆，炮头来"碰杆"时拉了有十几个弟兄；"粮台"也想当，也拉了弟兄，整天闹嚷嚷，更可怕的是有人在拿着一个猪脑削片儿，这意味着有人想起事了。黄皮子把他们叫到一起，摆了八碗儿十盘说："既然落草为寇了，就是一棵树上的柿子，要么不熟，熟了风一吹就得一起落地，谁要想挂在树上亮，别怪我黄皮子不讲义字。"说完扔起个酒瓶子，手起枪落，瓶子爆出了花。

"我给你们放一天假，都他妈下山给老子提了仇人的脑袋来，哪个剁得狠我用他当我的杆头，'炉子亮'（月亮）回架子（山上），最迟不能等'轮子发'（日出），想当杆头的给你放胆的机会，可要让我查清楚你杀的不是仇人，别怪我的瓢子不长眼睛。"

这是一个机会，王丙东和刘三商量想下山杀人，杀谁，王书农。杀王书农不是说想杀就能杀得了。王丙东说："他们起局的时候都有资本，我没有，现在有机会让我回下里杀我的仇人，我杀了他，就有可能当驾杆头，当了驾杆头就有时间带人回去报仇，杀王书农也好，杀张亮也好，杀一个算天照顾。"

刘三说："你和我不一样，你是要杀回去报仇的，同是下里村人，常语说：兔子不吃窝边草，在行不懂行，我不能坏了规矩，哥祝你此行一路顺畅，恕我不能与你前往了，我在家恭候你归来。"

马上壮士绝尘而去。弃了马，划了船，王丙东尽量克制着自己的情绪，还是显出了张扬的个性，来自上官芳身上的节制和涵养在他本性中转化成了残忍和极端的仇恨。

顺流而下，先是到了他被打的河滩地。他看到张亮在扬谷子，一把一把的谷种按一个角度扬下去，在傍晚的落日下，像扬下去一波沁河水。扬下的谷子"雨涝不误挖渠子，天晒不误锄苗子"，锄过三遍，谷子绿的时候满河滩一片绿，谷子黄的时候，满河滩一片黄，河风吹过，一波一漾，这时候谷子地里会竖起用谷杆做的草人，草人的手里拿了一些碎布，头上带了破草帽，草人在吓唬鸟，却吓唬不开人。王丙东想这些时候是在等待天黑，天一黑他就要下手了。他眼看着张亮扬完了谷子，他本来不打算先拿他下手，可是在这里遇见了，他要是不下手好像说不过道理。

也就是一眨眼的工夫，他走了过去。王丙东说："认识我不，鸟？"

张亮抬起了头，看看是王家小子。张亮说："怎么不认识，上一回打得落了水的，不就是你吗！"

王丙东低头闻着满地的青草香气："是啊，上一次是打得我落了水，可这一次呢？鸟？"

张亮傻笑了一下说："你是来找我报仇的？好啊，咱单挑。"放下扬谷的斗站起身拍了拍手准备出击。

王丙东也傻笑了一下说："我是来取命的。"一下从怀里掏出了一个黑家伙，"鸟，抬起头放出亮子看清楚了。"

张亮一看，叫了声："妈呀，你从哪弄了个真家伙？你大伯说你娘陪嫁来的是个檀木疙瘩，这么说你真是做了恶蚊子。"

王丙东说："我大伯卖了你，他要我来取你的项上葫芦，你把头挺起来，不要学得乌龟样。"

张亮霎时瘫在了地上："我给你们家送过麦子，我也是穷怕了，我没有什么给你，我也不欠你的命，我还有老娘有小孩，你要我什么也不能绝了我的命。"边说边爬在地上磕头。

王丙东听说送过麦子，想起了娘叮嘱的话，扣动扳机的手松了下来，却又想到满河滩黑压压的人群看他打自己，实在难解心头之恨，不由抽出刀来，走上前手起刀落张亮的下嘴唇掉了下来。

"看在你给我家送过麦子的份上，饶你一命，我要你冬天吸雪，夏天兜雨！"

张亮"啊"了半声，血就像夜色下扬出的谷子随风而起，河水淹没了他的叫声，一切依旧是哗哗的空音。

他丢下张亮往村里走，当他走进王家圪洞时，他看到三槐里的大门敞开着。照壁后站着一个穿月白衣裤的女人，披着头发傻笑着，吓了王丙东一跳。王丙东举着火把晃了晃她，火苗一下燎了她的头发，一股子燎毛臭，她拍了掌大笑起来。王丙东手执刀枪，杀气腾腾，从王书农的正院、偏院、跑进跑出，发现没有一个人在，狠命捣毁了一些家舍一路扬长而去。王丙东本来是想回去看娘和弟弟的，现在，大仇未报无颜回家，朝着青乡里磕了三个头弯腰走过吊桥，想把气撒往张亮身上，发现他人已经不见。在刚才下手处找到了一块下嘴片揣在怀里，王丙东长叹一声大叫了一句："天不疼我！"

王书农在王丙东进村时已经得信跑了，是刘三报的信。刘三怕日后扳不倒三槐里，自己家人受罪，再一个怕，是怕遇有事变不能落脚老家，人要是落叶不归根，人就不是人是木头了，到哪也得任人宰割。

王丙东一路上想着报仇的事，怎么出师就这么不利呢，老贼，我还要回来。

上了山看到陆续有人提了包袱往回走，王丙东见了黄皮子时，黄皮子说："小不点子，剁了仇人的脑袋了？"

王丙东说："我只割下了仇人的下嘴片子。"

黄皮子感了兴趣："怎么仅割了嘴片子？"

王丙东说："因为他不是我真正的仇人，他仅仅是骂了我，辱没了我的祖宗，我割了他的嘴片子，我要他冬天吸雪，夏天兜雨。我的仇人我没有找见。"

黄皮子笑着拍了拍他的肩说："在道，你比剁脑袋的人想得绝。"

回来的人把包袱扔在院子里，院子里起了响声，咚，咚，咚，落下来又浮起，干涩生硬。黄皮子把他们叫到一起，问了各自的情况，黄皮子笑了，笑起来露出了一口黄板牙。黄皮子说：

"你们中间有不少人说了鬼话,要你们单枪独马去杀人,以你们的性格来判断,你们的仇人想来也和你们一样残忍,怎么说杀就杀了呢?我要没有这一点判断能力你们就不会和我来碰杆了,日哄谁也口哄不了我呀!我也就是当下才决定了,我想让丙东做我们的杆头。"

亮子下刀客们抬起头看看黄皮子,看看王丙东,王丙东一下没有明白过来,扁平的鼻子上,细长的眼睛眯起来,有些不大胆壮地说:"说的是我吗?"

黄皮子说:"就是你,从现在开始你就是二杆头了,下边的人要听你来指挥,哪个不听,你只管插了他。可你也必须给他们做个榜样,不赌不嫖不抽不私。"

黄皮子说:"做刀客的人都是没钱的人,没钱的人最讲骨气,也最讲义气。人要是有了这两气,那可就不得了,上可以顶天,下可以立地。古来多少英雄豪杰,起事前都他妈是穷光蛋。我们现在有枪了,别丢掉了做穷人时的良心,为了做二杆头滥杀无辜,只有丙东说了实话,这二驾杆就非他莫属。"

王丙东开始领了人下山行事,绑票回山时,他们走进寨门,听得有哗哗啦啦往枪里装瓢子声。王丙东怀疑了一下,心中一惊喊道:"你要行死我吗?"

"我为什么要行你?"

王丙东说:"那就压着腕!"

"闭着火!"

等他走近时,只一枪过去,王丙东的双眉中心就长出了一只血眼睛,仰面朝天倒了下去。

王丙东的死,是因为有人看不惯他年轻轻就当了"二驾杆"。

刘三听得枪响,屋里奔出来,一看再看,心里的火苗霎时蹿了起来,手起刀落那人的胸口就喷出了血泉。

这一年王丙东18岁,在阳世活了18年,做刀客做了一年半。

刘三的脑袋像装满了一锅麻油,憋闷得没有一丝儿缝隙,才18岁,连女人都没啃过,这样儿就完蛋了。黄皮子走过来看了一眼,叫刘三进了屋。

黄皮子说:"人是死了,出了事情都他妈心歪,你回去叫一下他的当家人。"

六

上官芳乍一听说此事有些傻,有些惊呆,上苍给自己降下来的不是幸福,不是欢乐,是灾难,她大叫了一声:"天杀!"女人泼辣的东西一下吊在了她的胸腔,两行长泪挂下来。以往,一些忍耐的情绪,都在脑海里藏着,等待着一个契机被激活、被唤醒,现在它发芽了,它冒出个嫩头来。她一把抓了刘三的领口,就这么流着泪看着,好久她用自己的头猛撞了刘三的脸一下,刘三的鼻血就被撞出来了,她说:"你不是给我发过誓吗?你发过的誓怎么就化泥了?你还我的儿啊!"

刘三想,她要捆自己的腮帮子就让她捆,可就是没有想到她用头撞自己鼻子,好一阵子酸痛,捂了鼻子有些晕眩地说:"只要心里痛快,你就撞,我要吭一声儿我就不是人。"

上官芳说:"你不吭声就是个人了?人在情在,人走情就灭了?这是你说的人话!"

刘三从青乡里出来叹了口气,一路想着这事回了家。坐到炕沿上闷了心事不说话。老婆说:"以往回来猴急似的要办那事,今儿咋了?"刘三说:"我要再过几天没有音讯,你就带了闺女嫁人。"老婆说:"好好的嫁什么人?"刘三说:"你嫁你的人就对了,不该问的不要问,老子有人了想换个嫩的。"刘三老婆瞪了眼睛看刘三,以为他在说笑话。

刘三天不亮就要走,老婆拽了他的胳膊不放,刘三说:"你这样拽着我,你是要我早把你扔掉啊,还不放手。"他老婆就放了手,低下头咬了下嘴唇不敢哭。

为避嫌刘三在五里以外等着接应上官芳母子。

黄杨木大门先于下里村醒来,上官芳拉着丙南迈出门。外面的雾大,两步之外什么都看不见,鸡还在叫,叫声被雾胶住了。她是今早第一个起床的人,路上积着雾,她走得不急,甚至有些太过从容。裤子上扎着绑腿,细脚伶仃的,走路像踩高跷。丙南急忙上前去扶,她不要他扶,她有棘木拐杖。有人赶了牲口走过来说:"安绪家的,起了,这么早要上哪?"她说:"回娘家。"脸上还露出了笑。

下了古渡口上了小船脸上的笑就挂不住了,风吹着脸,雾湿了头发,船家要她进舱坐,她说:"不!"一副斩钉截铁的模样。

船往前顶着,蜿蜒百里的沁河两岸千树万树,宛若条条利箭要戳穿什么,什么也没有戳穿,只戳穿了她的心。想自己女人柔弱的情怀是什么时候生出了一颗男子刚硬的心,想起来要儿子去当刀客?刀客是做什么营生的?是杀人放火,是浑水摸鱼的土匪!做人的不能正当做人,成事不足,扰民有余,自以为省力,却丢了性命。那么,是谁不让过好好地生活?是谁逼得走了这条路?是仇人王书农。

下了船有大驾杆派来的轿夫,一路护送上了山。山里的绿色已经褪尽,一概是枯草的黄色,是一种漫漶的苦涩。

上官芳落轿的第一步看到了一口血红的棺材,棺材前放着一个失尽血的人头,两旁是系了白布的占山刀客,山风猎猎,香烟袅袅。上官芳踉跄着走过去坐下来,真的坐下来的时候,她倒惊异了,18年的苦真该哭一回,可是她突然没了悲伤。她的哭哪里去了呢?天地间灰蒙蒙一片,她看不见的太阳已经落尽,她的苦在这山风猎猎中溃掉了。山上起风了,黄草叶在地上转圈子,转来转去都堆到了她的面前,她突然就说话了:"是不是你呀?我的儿,要是真的是你来缠着娘,你就来娘的怀窝里来吧,娘的怀窝里暖暖的,冷的时候不凉,热的时候不烫。日月无形,你的羽毛还没有丰满,你来娘的怀窝里是要娘来抚摸你吗?娘的心肝,娘的肉啊!"上官芳手里捏了地上打旋的草叶,有一会儿,身子骨挺挺地站了起来说,"做一个刀客,被人吃了黑枪是没有脸面的,也就是说他一定是什么地方得罪了众家兄弟,才落得如此下场,我以前见他的时候,他活蹦乱跳,现在再见他人已经没有了,就当还在外糊口,不想了,一上这山上来我就不想了,一看这景儿我就不想了。既是在山上没的命,就把他埋到这山上,让他呼吸着这山上的透爽的风睡去吧。没有命的儿啊,随了风去吧……"

大驾杆黄皮子有些顶不住自己的情绪了,有眼泪往下掉,手捧着一张字据走近前来说:"是丙东的娘,也就是我的娘,我们出门在外,打小里就不知道什么是伤心,今儿我学得了。这张字据是我与您老立下的,以后我就像照顾亲娘一样来照顾您。"

上官芳说:"我养他一回,我却没有看好他,让他受了罪,让他临去也见不着娘,他往昔的一件件、一桩桩事情,缠着我呢,我只能做他的娘,怎么好做你的娘!"

黄皮子把上官芳让进屋,他觉得这个"娘"和一般的女人不一样。黄皮子留上官芳住下后,出门第一件事情就是要"粮台"做一碗热汤面,第二件事情是要把那个喽罗的脑袋煮了做尿罐子。

丙东埋到了寨外的一块坡地上。白花花的人群号着从上官芳面前经过，光秃秃的山岭上风吹得起哨，于情于人于景，人生如梦瞬间半生，上官芳体验到了什么是真正的大痛！就在这时候谁也想不到的事情发生了，刘三手中的枪响了，刀客们有些大乱，想不清楚谁他妈又要开黑枪，却看到刘三倒在了王丙东的坟堆旁。

刘三讲了一个"义"。

上官芳跑过去抱起刘三的头，刘三叫了声："你能给我做娘吗？"来不及上官芳答应，刘三说："我对不住你……"一歪脑袋断了气。

黄皮子叫道："靠他妈，一双儿落了草，都他妈是真汉子。"

半坡上堆起了两个山包，黄皮子望着墓堆说："今儿送一人，睡去一双，如今二当家的娘来了，我们要留她在山上住几天，各位要好生相待，我现在当着众家兄弟的面子拜娘，也是要大家见个证，有我黄皮子的一天就有娘的一天。"说完跪在了上官芳面前叫了声："娘，收了孩儿的一片孝心！"

这时候上官芳的眼泪往下掉了："我大儿子没有学好吃了黑枪，我还有二儿子，我把他留到山上，你们要好生调教，今儿我收了头，我就得尽娘的义务。"她从长衫下取出一块桃木符递给黄皮子，说："也算是我给你的见面礼了。"

这时有几个小点的刀客嘀咕在一起，黄皮子看着不大顺眼大喊了一声："造反不成！"吓得他们出溜一下跪在了硬土地上，大胆一点的说："我们商量，不知道二驾杆的娘能不能让我们也叫一声，大伙都来做刀客，二驾杆活着和弟兄们好似一人，他的娘也就是我们的娘，今儿不知道明儿事，有娘疼也算今生大幸。"

黄皮子用喊山的嗓门大叫道："谁想认娘就跪下！"

忽啦啦，跪倒一片。

这让上官芳有些措手不及，这场面她哪里经见过？

想了有一阵儿，上官芳才说："我不懂佛理，可也有解佛之意。以我看，我做你们的娘，就应该让你们持首戒律，去恶之非，这样才能过上平稳的日子，绝不应该去强抢来完成个人的想望。可是，这世道黑暗，难分清浊啊，就是勤扒苦做，有碗饭吃的简单想法也让人行不通。现在，你们走了这一步，说明天不遂人意，既然天都没有仁爱了，人终得找个活路吧？迟早是个走，走也走个饱人儿。就一条道走到黑吧，孩子们，我今儿在丙东坟前答应做你们的娘了！"

黄皮子叫道："鸣枪！"

百十条枪朝天放响，山林中的鸟扑啦啦飞了起来。

刀客们高声齐喊："娘！啊——啊——啊——"

那个"娘"缭绕了很远。

七

秋天的早晨总是阴沉沉的，所有的早晨都像要下雨。树叶还在堆积，一片两片地落下来。王书农坐在小马扎上，坐得不太稳当，风吹得他的手和脸有些干，摸上去沙沙响，是皴皮子在响。他的心开始一跳一跳，他招手叫过了一个丫鬟，想站起来，因为心慌怎么站都站不直，只好弓着腰把双手背在腰后，他要丫鬟叫两个家丁拿了枪过来，家丁领了他，丫鬟提了马扎往大门外走，他的腰慢慢挺了起来。整个王家圪洞静悄悄的，巷子窄窄，雨天留下的车辙和牲口的蹄脚把路面切成了条条和窝窝，窝窝里积满了碎草和小石头蛋儿。一路都有树叶贴着地走，王书农磕磕绊绊提了心走到巷子口，看到王家圪洞的门脑顶上，有家丁坐着打瞌睡。他从丫鬟手里夺过马扎来狠狠地甩了过去，他骂道："我日，等刀客来了把你的脑袋剁了，就不打瞌睡了。"家丁一激灵站了起来看远处，沁河水面上有船划来，悠悠地划过了下里，有风吹过打不起浪。

自从上一次接了刘三的信，王书农心里就一直不是个事了。怎么能是个事呢？这世上什么最怕，俗话说：好人怕赖人，赖人怕二愣瞪人，二愣瞪人怕不要命的人。王丙东看来是不想要命了。王书农也害怕死。打那次走后，他就开始要李栓给他往家里买枪，雇家丁。他不是存心想和王家的人斗，按道理他也是王家的人。记得母亲当时领他来到王家，看到大户人家的排场，他和母亲的眼都很热。可继父不喜欢他，动不动就抬手打他。有一次家里的炕洞里跑出了蛇，继父要他上前抓，他不敢，继父说："抓！"他上前闭了眼睛抓住了那条蛇，蛇缠了他的胳臂，他的手臂由红变紫，他好害怕，松了手，蛇反口咬了他，那一次要不是娘他差点要了命。他发誓要把王家的人灭掉。可惜他这一辈子缺儿，生了一个闺女，也被青乡里害疯了。现如今，招了李姓家族的李栓上门，可惜又生的是一个闺女，他盼孙儿啊，他要光耀"常门"祖宗。他这样想着就往前走了一截，走到了青乡里的石台阶下。

青乡里的黄杨木大门上，上了铁葫芦锁，他迟疑不知道该上去，还是不该上去，也是正犹豫间，有一个家丁说话了："听说，刘三把安绪家里和他二儿丙南接走了。说是丙东遭了黑枪，这青乡里眼看着就一个一个完了。"

王书农眼睛一亮，扭转头看着家丁说："你这话可是真的？"

家丁说："听船老大说的，说是一天早上，安绪家里和他二儿坐了船在五里外要刘三接应，要不是她怎么要刘三接应？"

王书农一下来了兴致，要丫鬟回去再取一个马扎来，他要上去坐坐，青乡里的高台上面，原来是有看河楼的，不知道什么时候塌了，小时候在看河楼上看沁河发大水，后生们驾了船捞大水冲下来的衣物，实在是好看，后来看不上了，因为，青乡里不属于自己的了，现在看来自己的想法就要实现了，他想上去，不是一般的想，很急迫。

气喘吁吁走上去，丫鬟给他放到屁股下马扎，王书农摸了摸又摇了摇看看稳当不，定神坐下来，拄了棍看着远处，发现眼睛看远处更清楚。他说："你去给我打听一下，看是不是丙东已死，要是真的，那小婢子就该回她娘家了，我要在看河楼上搭台唱戏。"

王书农的想法大，他把闺女嫁给李栓，是要和李族结亲，他把牛送给张亮也是想贿赂张姓，现在张亮的下嘴唇没有了，张姓人记仇就记在了青乡里，明里没有说什么，暗里是较了劲，这样好，真好。

家丁出了王家圪洞，下了古渡口，就看到安绪家的回来了。抽头上岸往三槐里跑，他要告诉王书农上官芳回来了。

王书农听了家丁禀报，提了心站起来看了看古渡口上有人下船，下船的是一个人，一个女人。王书农还是不放心，要家丁告诉门头上的人加强戒备。下了石台阶，由于心慌，一脚踩住了一个小石头蛋子，嘴里叫了声："我日。"倒了下去。摆手要家丁抬了他往三槐里走，刚进大门，听得有小脚嚓嚓声走过，王书农想她那个儿怎么不见了，他咒她那个儿也死掉。听不见再有动静，才想起腿，用手一摸，肿了。老婆大叫道："你这是怎么了啊？"他一把捂住了她的嘴。

上官芳等三七纸烧完才回了下里村。有人问她这几天去哪里了，她说回娘家看家兄了。有人问她，丙东哪里了？她说到城里做事去了。有人问她，丙南哪里了？她说和他哥哥搭伴在城里。

她一一应对，谁也不知道她心里疼得在滴血。天一黑，她提了小脚走过王家圪洞，她才看到门洞上有家丁，她不怕，拄了棍照路摸索着往前走。进了刘三的家，看到刘三老婆抱了一岁的女儿在炕上喂奶，只一刹那，她就不想告诉刘三老婆了。她把大驾杆黄皮子给的钱放到炕上，说："好生照顾闺女，刘三捎回来的，要计划着用。租地刘三已经买断了，你好生找人来种进去，以后，刘三有个三长两短你就指望地来活命了。"刘三老婆低着头，想刘三走时说过的话，突然听到自己买了地，抬了头咧了嘴看着上官芳问："刘三找了小了？我也就生孩子不几天，他就要讨小，给我买了地，也算有良心。"上官芳的心，一下感觉有针挑了肉一样，急急告辞出来。

过三槐里看到春香靠了门笑，手里拿着她曾经用过的那块手帕，她想走近再送她一块手帕，她往前走的时候，有人一把拽回了春香。她看门旁有两个拿了枪的家丁守着，她的后脊梁紧抽了两下，装了看不见拐上了青乡里。

台阶上歇了口气，看着远处古渡口来往的船只，迷蒙的天光下，她觉得有些记忆是无法从生命中抽去的，从小女儿时代的怕走夜路、怕听鬼故事、怕独自陷入绝境，到现在把自己放逐到了一个令人绝望的苍凉之境，到底是什么啊？河风依然像若干年前一样徐徐、一样依依、一样凉凉，但吹到脸上，她倒怀疑自己是否活过以前了，为什么守着这样一条欢快的河，却过着最痛苦、最受欺凌的日子？

上官芳决定不亏待自己短暂的生命，生命的这一头是望不到那一头的，她觉得报仇和活命都一样神圣。

上官芳坐了小船离开了下里，小船戳破暗夜的沉寂，飞卷的河水卷起了她的仇恨，她复仇的心火是冲天的。

生活的巨变，让上官芳不知道该怎样处理和应对这种刀客生涯。她想到的是要小儿丙南加入刀客。

她和黄皮子商量"孤装"要举行的仪式，要丙南来做，练练胆量。黄皮子说："兄弟长得人高马大，练不练吧，有兄弟丙东做榜样，想他也是一条汉子。"

黄皮子叫了"炮头"、"粮台"（管吃喝的）、"水香"（管站岗和放哨的）和"翻垛的"（刀客中的军师）。他要炮头拿根草棒儿点燃栽在墙头上，离百步远黄皮子放了一枪，草棒上的亮没了，还有一小截黑在。黄皮子拿给丙南看，他说："不怕的兄弟，哥不会吓着你。"丙南有些哆嗦。黄皮子进了屋取了一炷香过来，他把香点燃栽到丙南的脑袋上，百步远他放了一枪，丙南吓得尖叫了一声，人也就软了下来。人一软不说，上官芳看到他头上的香头不是像草棒儿上的亮飞到远处，它是掉了下来。她让炮头过去看看。黄皮子说："我去看看。"三步并了两步走过去摸了一下丙南的裤裆，是湿的。黄皮子犹豫了一下，却故作镇静地高声喊道："顶硬！"大家听到了高兴得喊叫起来，八盘十碗就端了上来。

上官芳的心事有点重了。她坐着一动不动，没有言说，没有任何举动，黄皮子走过来在她背后站下，把手放在她的头上，黄皮子说："娘，你是不是有心事，心里是不是想了仇人，我明天就带了人下山去灭了他，替娘出气。"

上官芳摇了摇头说："娘的仇只能娘来报仇，娘的仇人是娘这一生的心痛，要亲自手刃他。"

黄皮子说："娘，你是不是也想打香头了？"

上官芳说："不是娘想打香头，你把那支香做了手脚，你摸着他的裤子是湿的，我养的儿我知道，他和他爹一样，也是他爹抽鸦片最凶的时候生下他的，他弱，胆小。有些事情真让我不省心啊。"

上官芳决定自练枪法。黄皮子给她从乡下驮来十几马背萝卜，秋天的萝卜水大，黄皮子说："娘，给你定个任务，你就用萝卜来当靶眼吧！你打中的萝卜，晚上就是我们的菜。"

枪在上官芳手中举起来，一枪放过去，手臂晃了一下，瓢子飞到了天上，萝卜还是萝卜。

上官芳说："真是十年学得一个举子，十年难学得一个江湖。我要打不中萝卜，你们晚上就没有菜吃了，娘得好好练。"

这是匪风炽盛的年代，山头上的刀客们不时在发生一些变化，常常是夜里走时好模好样，黎明回来，生命的活蹦乱跳就隐在了世界的另一头。上官芳穿着从山下抢夺来的鲜亮的裙袍，走过来，她的身影在众刀客群中显得高大，她俯下身亲吻他们的脸，看到他们用力地呼出最后一口气，然后所有痛苦紧张的表情都趋于舒展和平缓了，她把他们送到山坡上。她的伤痛，深如黑洞一般孤独无助，她的仇恨在一点点加深。山坡上的土堆逐渐多起来，她想山坡上的奇迹是许多梦的破灭，许多梦在黑夜开出了花，到黎明就凋零了，她因花的凋零而颤抖，而大喊大叫，她的喊叫撕裂了整个山包。

上官芳的萝卜从秋天打到春天，练得百步、千步之外瞄准萝卜的缨子也能打飞，不仅如此，树上的叶子打过去一准一个洞。上官芳想：我的这个名字已经是从前了，叫什么好呢？命运无常，就叫"无常"吧！她叫过儿子黄皮子来，她说："你不是早就想叫我的牌吗？现在可以了，以后出去叫牌就叫无常，娘也跟着去，你给娘做一个抬斗，娘要看那些个富户怎么把我的儿们打睡。娘要那些个富户听了我的叫牌就打抖。"

黄皮子说："娘，那你就做总驾杆吧。"

她说："既然叫了牌子，那就按你的意思来。"她把刀客叫到一起训话。她说："孩子们，以前我只会拿针拿线，现在要拿刀拿枪，没办法呀，这是人家逼的，要从头学，跟你们学，大家抬举我当总驾杆，推不掉就一块儿干吧。不过我有几句话要说在前头：第一，眼前咱要抢富户、拉肥票，购买枪支、子弹，招兵买马，扩大势力。第二，拉票不伤人，女票不能欺凌，快结婚、还没有出嫁的快票，谁也不准近身。第三，只拉成人不拉小孩，外出弟兄如有出事的无论如何要抬回来。第四，江湖有理，朝廷有法，三刀六眼，自绑自杀。帮规积威，日久成形。孩子们，好生记清，不要怪娘的瓢子不长眼睛。"

八

冬日午后，上官芳从山下掳来一个"快票"。快票是离山上有70里地的马家营老财马保的女儿马小红。马保因为吝啬，家里富得流油却不想借给穷人一个子儿，又因为马保的势力大，远近的刀客没有一个敢动，虎嘴里拔牙上官芳不信这个邪。

当时马小红正和娘生气，娘要她穿那件水红裉子，她不，她要穿那件杏黄镶绲边绣梅花小袄。娘偏是不让穿，说还没有过门就不听娘的话了，还了得了你。马小红一扭身出了门。娘说，你出去吧，叫刀客抢了你。

外面下着雪花，她用脚踢着下个不停的雪，雪在她蒜瓣瓣脚尖尖上响彻着一种声音，她走得急，不是往前走，是来来回回转悠，坠着霜雪的刘海衬出了她那张秀丽的脸。雪真是下得太大了，悄无声息的雪地上就走过来一顶红轿子，轿子里的女人撩起了小窗问话："知道马保家怎么走？"马小红说："我就是马保的闺女，我给你领路，不远，那座房。"她掉转头指给她看，就这么掉转了头，她就被捂了嘴蒙了眼装进了轿子，抬轿子的轿夫跺跺脚，抖落身上的雪花一溜小跑走了。断后的黄皮子要插千贴了一张纸在马保的门上，上面写着叫牌人"沁河无常"。

快票抬到山上已是傍晚，有人引她走进一座土房子，解开了她的蒙眼布。她看到轿子里的那个面善的女人，她不知道这是什么地方吓得哭起来。上官芳说："不要哭，你们的家人说不定夜里就来赎你了，我们也就是想拿俩零钱花，对你家人来说也就是破财消灾，你们家的银钱堆得成金山银山了，我们只要很小一份，是很小的意思嘛。"

刀客们走进走出看到这个马保的女儿真水。也就是多看了几眼，有帮规谁敢下手！问题就出在王丙南看见了。17岁的他记载了小男人成长的渴望，像一棵挺拔的树，到春天了就一定要长叶子，纵然有飓风吹来，也吹不落他的嫩头儿。于是乎这样的夜晚就不平静了，就不安逸了。山上的风大天寒，云彩被吹得走远了露出月光来，王丙南看着月光心里不觉得冷反倒像生了一个小火炉。他实在是想采撷那朵夜色深处的花。他和人要了鸦片抽，他背了他娘抽，他知道娘要知道了是要捆他嘴巴的。一抽再抽胆气渐生。他知道那个女票就和娘住在一块儿，她在里间，娘守在外间。要想进去，不能从门进，一拔门就会有响动，一有响动娘就听见了，那还了得？！要想进去，得从里间那扇窗户进，窗户是活的，夜静的时候风大，风有时候会吹哨子，只要轻轻摘下它跳进去拿刀子架在她的脖子上，就办了事情了。

上官芳等赎票，等不来。山下捎了话来说，一下筹不够那么多大洋，要明天来，也要闺女守个洁身。婆家说得更绝，如果不能落个干净身子，宁愿让撕票。上官芳和来人说，有我看守谁敢来偷花！要来人告诉马保放心筹银子。

夜已经很静了，天空中，一点点地聚集到一起的星星伏向窗棂。在这不平静的夜里，王丙南听到了自己心的跳动。窗户里的人因为害怕一直就没有闭眼，她听到有气喘声飘过来，在窗户下闭了很久，开始拨弄窗框。因为有风吹过，有哨响，一切就淹没了人为的拨弄声音。马小红不敢叫，小心下了炕走到外间，推醒了上官芳，上官芳揉了揉眼睛坐起来，以为是闺女不敢一个人睡，挪出地方来要她躺下。马小红拿起上官芳的手指了指窗户，上官芳从枕头下摸出了枪光着脚走到里间，就看到冷风从空洞洞的窗口吹进来，一个黑影轻轻跳上了窗台，上官芳手起枪落："嘣"一声那个黑影倒头掉出去，听得马小红尖叫了一声，山上的刀客就乱了起来。

黄皮子第一个跑到了上官芳的门口，隔了门扇问："娘，谁吃了瓢子？"

上官芳说："点了亮子看看里间的外窗下，娘就不开门了。"

黄皮子叫人点了亮子来，看到窗户下趴着一个人，后脑门上有个洞，流出了白色的脑浆，用脚踢反过来，立马吓得叫出了声："我的娘啊，是丙南弟啊！"

上官芳从炕上跳下来，小步跑到窗前，用手抓了胸口，等吊起来的心下了半截，才从里间探出了头望着窗下，有一会儿说了话：

"定了规矩都是一样的，抬了去，给娘上了窗户，风大。"

上官芳一夜无眠，马小红一夜无眠。

这是上官芳练习枪法以来对着人发出去的第一粒"瓢子"。

这一夜两个女人坐在炕上拉着手，互相抓得都很紧，长长的指甲似要嵌进肉里，风敲着门扇，马小红看到上官芳那两只细长的眼睛里透着亮。那亮儿慢慢变红，吓得马小红把脸埋下来闭上眼睛。天光透亮时，上官芳说："他是我亲生儿子，年头年尾我丢了两个儿。"

马小红"哇"的哭出了声。上官芳说："我想了一夜，都是我不好，我要不把你抬到山上来，也就不会失去我的儿，我的儿要不对你产生念想，也就不会吃他娘的瓢子，他的娘要是不被人逼，就不会上这山上来，逼他娘的人是根源的祸头，我要不灭了他，我下辈子不做人。"

门外山风呼呼，马小红看到上官芳一夜间长出了白发。

早上山下的来赎人，马小红骑在驴背上蒙了眼睛，赶驴的叫了声："嘚。"马小红却挣扎着要往下跳，赶驴的叫了声："吁——"从驴背上扶下了她。她摸着走到上官芳面前跪下磕了三个头，扭转身上了驴背，赶驴人叫了声："走。"小黑驴撒开四蹄欢欢下了山。

身后传来上官芳的话："闺女，不是我心黑，这也是一个行当，你好生去吧。"

这一年冬天，刀客大多下山猫冬，上官芳也打点了行装，想回下里一趟。回下里有两件事情要办，一件是给刘三家里送一些吃喝，二是想当插千，探一探三槐里的情况。

沁河水冻得有些不大实，她坐在轿里沿着沁河岸走，沁河岸两边的树上光秃秃的，不如山上的树白花花地霜裹在上面好看。太阳就要落山了，西天上有三两絮晚霞镶着黑边挂着。轿抬到沁河岸边的一座小桥上，忽听得有人喊了一声："站住，带私货没有？"上官芳明白自己是遇上响马贼了。她示意轿夫停下来不要吭声。在轿子里问："冰天雪地的，想来你们也是穷苦人，那就赏你们几个过年吧。"轿子窗户上的布帘子掀了起来，一只手伸出来，"噗、噗、噗"掉下几块大洋。

响马贼跑过来捡起，相互看了一眼，这一眼是有内容的：你能噗噗扔下来白花花的三三俩俩，你的口袋里一定还多。听得其中一个人说："要丢就丢个够，要不就留下命来！"上官芳闭上了眼睛想：人心不足啊！也就在其中一个要掀开轿帘的时候，上官芳说："走开吧！"那人他不走，上官芳发现那人的下嘴唇露着牙床就不走开。上官芳说："你是张亮吧，我已经认出了你。"嘴唇露着牙床的张亮就越发的不能走开了。立时从怀中掏出了一把菜刀，对着轿中的人砍过去，两个轿夫喊了声："找死！"也就在两个轿夫出手时，轿中的枪响了，张亮倒在了地上，另一个吓得就跑。张亮想到自己是死了，好一会儿，睁开眼睛看，周围漆黑一片，摸了自己的下嘴唇，凉嗖嗖地兜着几个大洋，张亮吓坏了，想自己遭遇了一场梦，不知道是真梦还是假梦，不知道自己是真死还是假死，嘴里含着的是真钱还是鬼钱。

上官芳留了他一条命。

抬着轿子从吊桥上过了河，上了古渡口，听得有锣敲响，有狗叫，她看到人影晃动，不明白出了什么事情，她要轿夫抬了往刘三家走，其中一个说："娘，过不去了，有拿枪的活动，莫不是窑变了？（出事了）"上官芳说："想是那个溜掉的小子告发了，这样说来怕是两件事一件也办不了了。"她要他们停留在暗处，自己过去想回青乡里看看。王家圪洞上架了炮台，从暗处出来两个人走上前拦住说："这是王家圪洞，要王老爷说话才能进。"上官芳说："我找的不是三槐里，是要找青乡里，想进青乡里打问个事。"黑暗中的人说："青乡里的人全死完了，要找人就去鬼府找吧！"上官芳心里的火一下蹿了起来，想从袖管里扣动扳机，还是忍住了，要轿夫抬了往豆庄走，她说："我的宅，我回不去，这叫什么世道？我一定要回来报仇！"

九

上官芳决定报仇。

难报这个仇，是自己那三寸金莲作怪，走，走不稳，跑，跑不快。她要孩子们协助她来报仇。

王家圪洞里火把冲天，黄皮子从三槐里出来迎接抬斗上的上官芳，上官芳说："王书农那老贼抓住了？"

黄皮子说："抓住了，全家大小 26 口都被我们圈住了。"

上官芳说："这是我与他的恩怨，你们就不要插手了，扶我下去。"

下了抬斗，走进三槐里，火把围着的上屋中堂，一圈人中上官芳首先看到了王书农。她看到他老了，原来还有几根断丝样的头发飞起来，现在，竟然秃头秃脑了。"把他们放了，没有他们的事情。"上官芳指着用人们说。

此时屋子里只剩下了三槐里的住户，上官芳说："现在就剩下咱们王家人了，是也罢不是也罢，真也罢假也罢，我就是不知道你也是吃了王家饭长大的人，怎么就不懂个里外？你说也罢不说也罢，现在我的枪不长眼睛，压根就不想饶你的老命。你不是一辈子都在想算我王家的财产吗？都给你了。你不是早就想住进青乡里的祖屋吗？现在也归你了，可惜王家的财产做了常家后人的坟墓，从此王家要绝了人烟了。"

上官芳举起了枪，也就是在这一刹那的时间里春香用身体挡住了王书农。春香手里缠着一方手帕，丝质的手帕在火把下泛着亮影。上官方看到春香的眼睛里滚下了两滴泪珠，有黄豆粒那么大，从她的腮帮上滚到前胸，落到了地上。上官芳听得春香笑着弯下了腰，春香倒在了血泊中。

那一块手帕飘落到了上官芳的脚下。

这一枪不是上官芳打的，是李栓打的。李栓站在春香身后，王书农从八仙桌下摸出来一把藏着的枪递给李栓，李栓发枪时没有想到春香会动，本来是想借了春香的肘窝发枪的，她这么一动一笑，枪横着发了。李栓的手在上官芳抬手落手间炸开了一朵血花。就听得屋外黄皮子喊道："娘，要不要我帮手？"上官芳说："娘不想杀他了，留他一条老命，要他给闺女送葬。"上官芳走近春香把那块手帕盖到她的脸上，她看到她依旧笑容满面。

上官芳说："人要是傻了就好了。"说完扭头上了抬斗，她的脸上有泪掉下来，一滴一滴被风刮落在了王家圪洞的地上。

1929 年冬，土皇帝阎锡山在山西大搞扩军。"沁河无常"的人马已经扩充到一千多人，想报仇已经不是个问题了。这时，阎锡山感到了威胁，他派第十五军第三旅王辅旅长，到沁河诱"沁河无常"接受收抚。来人先把黄皮子说动，才征求上官芳的意见。她一开始表示不同意。她对来游说的人说："我拉杆是为了生存，不是想当官。再说，一个小脚女人，也不可能带兵当官，前无古人呀。"

来人说："你不能用妇人的眼光来看，历来玩枪杆子，一部分是为了养家糊口，一部分以为英雄可以造时势，不思谋自己的后路也该思谋给孩子们创立一个正式前程嘛。做了官还怕没有生存的活路，可是刀客总不能你能当一辈子吧！况且你也得替他们年轻人想想，你不要前程，也不能耽搁他们一辈子呀。"上官芳说："容我思量思量吧。"

上官芳和儿子黄皮子商量，黄皮子说："收编后，有军饷，不怕围剿，人不能老当刀客。"

上官芳想了一会儿说："是啊，娘要不是被逼，娘怎么能想到要当刀客。游侠非终身之事，梁山岂久居之地；一经招安，不仅出人头地，亦且耀祖荣家。只是娘怕是个套子。"

黄皮子说："行武人讲的就是一个'义'字，想他不敢把事做绝。只是娘的大仇没报，孩儿今夜就领弟兄下山灭了他。"

上官芳摇了摇头说："只怕我是妇人之见。仇是迟早要报的，现眼下最紧要的是你们的落脚，愿走的走，不愿走的留下来。如今天下大乱，谋个出路，等将来太平了各回故土落脚，享受天伦之乐想来真是个好事。我看你去意已定，娘就不多说什么了，娘得给他们一个条件。"

上官芳提出的条件是：一、按实有人数改编。二、原班人马不能遣散。三、收编后，所有军官，都由她亲自指派。

王辅回去禀报之后很快达成条件。1930年初春，"沁河无常"上官芳坐在抬斗上，带着一千多人马，浩浩荡荡开到潞安城，按实有人数，编了一个团，上官芳指派黄皮子当团长。她亲自将人马、枪支点验交给阎锡山部队。黄皮子要她留下来，到潞安城找一处住下，不要再回沁河，一生的伤就此封口，也该由孩子们养老了。她说："不。我还没有报仇。山上还留有人马，娘的心愿未了，一但了了心愿，娘想回沁河岸上的下里种几亩地收养几个孩子养老。到时候天下太平你也立了战功就来下里找娘，娘给你看儿子，守着一条河不怕日子不富裕。"黄皮子抹了眼泪，弯下腰要上官芳踩了他的背上马，上官芳敲了一下马屁股，匹马单枪回了沁河。

打马前行。

未来美好的渴望和复仇的激情，一波一波击打着她的心灵。从出嫁到现在，从一个人嫁到王家到一个人走出王家，中间有一段过程，这一段过程布满了血腥。她渴望的生命无限延续，爱情无限和谐，欢乐无限充溢，被阴冷的不时登门的死神切割丢了，没有爱。没有生活。没有自由。没有幸福。没有福气。外部的无限压抑创造着内心的无限积累，从一个小姑娘到一个小妇人，到一个含辛茹苦的娘，再到一个刀客，生命的形式就像一条河，在等待一场雨或一场雪，一场壮观骇人的爆发。

这时候，黄皮子正被押解着往一个乱山岗上走。他的嘴被狗皮膏药糊死了，说不出话来。准备枪决时，给他撕开一条小缝，他用尽力气喊道：

"都是行武人，怎么就不讲个义？我当初怎么不听我娘的话？我日你们的妈，日你们的爸，我日死你们全家！"

一枪过去，黄皮子的脑袋开了花。

天道无情，人心无常，无纲无常，小鬼索命。

打马前行。

上官芳的眼睛一直没有离开沁河，她生命的河。沁河有一条小船划过，后边拖着长长的水纹。如果不发大水，这条河是美丽的，美丽得让人心颤。河水缓缓，她长舒一口气，也就在这长舒一口气的空隙，枪声在她马前一百米处放响。山中四下有人喊到："沁河无常，你被截断了退路！把枪缴出来吧，要不打你一个马蜂窝！"

上官芳知道，自己是死路一条。

在马上把两支三八盖子往地上一扔，跳下马来说："现身吧！"

"沁河无常"被擒！

这是沁河西岸一处枪决人的去处，因为怕扩散消息引起骚乱，枪杀时两岸的村庄静悄悄的。

正午的天空没有一丝云彩。

上官芳看着天空，想这山这水，山水要少了人家少了人，倒更见秀丽了，有了人就有了污浊气，有了仇恨，心上就长出了毒芽儿。她看到有一只黑乌鸦从远处飞来，如黑色火焰升起，紧接着有数百只上千只,如大团的乌云在沁河上空聚集、翻腾。正午的天空迅速暗下来,鸟粪如天空掉下的雨粒。啊,啊,啊,嘶哑的叫声响彻山谷,所有的人从屋子里走出来用手遮挡着它粪便的袭击,看它们振动双翅飞翔,却不明白是怎么回事。

上官芳抬起头望着,黑色的奔放。黑色的狂欢。听得"啪"一声枪响,撕裂了灰暗的天幕,上官芳看到尖硬的石头在柔软的水中泛着红光,红是红日一般的亮丽和刺激。她在倒下去的时候想着春事已浓了,想起一双绕膝的小儿,她教他们念两句小时候爹爹教过的古诗:

乌鸦月昏比绕树,游子日久定思归。

霎时天空晴朗,乌鸦散尽时,上官芳的头发上沾着几根乌鸦的羽毛,风吹过,羽毛扬起来落入河水中,河水浪涌波飞,羽毛于无羁绊中自由张弛,悠悠远去。

十

若干年后,王家圪洞三槐里的中堂后供奉着一个小牌位,上写着:"供奉混钱十八尊弟子沁河无常之灵位"。牌位下的一个小几上放着一杆用红布包着的树疙瘩。

这时候的王书农已经80岁了,他没有儿子,李栓给他抱养了一个孙子。孙子不是常家的血脉,也不是王家的血脉,在王家圪洞落生,孙子的后人就是王家的后人了。这天,王书农拄了杖拿了马扎坐在青乡里看河楼旧址上,看河。河水不旺,和人一样流着,流着就断了。孙子爬在他的膝盖上问:"爷爷,中堂后敬了什么神?"

王书农说:"胡子神。"

孙子说:"什么叫胡子神?"

王书农说:"打家劫舍的贼。"

孙子说:"说是贼,怎么又叫十八尊?"

王书农看着沁河水说:"十八尊是十八罗汉中的达摩多罗,也就是布袋和尚。传说啊他小的时候家穷,他娘说,出去谋生吧,看你能学会什么道理。他走了一年回来了。他和娘说,天下不公平。娘说,何以见得?他说,富人太富,穷人太穷,富人宁愿吃喝嫖赌了也不愿意接济穷人。娘说,你想怎么办?他说,世上什么行业也有了,就缺一个杀富济贫的行业!娘说,你要去打家劫舍,人家不就认出是我的儿子了?他说,我戴上面具,面具上插些毛,就认不出是娘的儿子了。于是他化装成长了满脸胡子的样子就去杀富济贫了。因为他脸上尽是胡子,有人见了就喊,胡子来了。"

孙子说:"为什么敬他?"

王书农说:"因为她是咱王家的人,她是被人逼着去当胡子的。"

孙子说:"谁逼她了,爷爷?"

王书农擦了擦昏花老眼,说:"不问了,不要打破砂锅问到底,记住了,她是咱王家的人,应该像王家的先人一样接受后人的香火。"

孙子指着远处说:"那里有个山叫胡子山。"

王书农看着远处,他的眼睛看得越来越远了,看着,看着。有泪流下来,泪水把眼睛洗得越发亮了,他看到远处的山顶上什么也没有,满长了一些杂树。

所有的念想都因了夜晚

柴冬花在世上活着的时候，没有人叫过她的名字。

可是这么多年来，曾经在山神凹生长的人却没有人不知道柴冬花。老辈人叫"老王家寡媳"，晚辈人叫"内窑婶婶"，次晚辈人叫"小奶"。这叫法的统一处就是指柴冬花。

二十六岁上，柴冬花再次出嫁，一件女人一生最愉快的事情被重复两次。时辰近了，离娘的时候，柴冬花两只眼睛平静地望着窗外，娘叫了一声："二"，叫"二"的柴冬花一下子鼓出了两泡泪水。柴冬花怕把腮帮上的胭脂冲了，头仰得高高的，拿了一块麻纸折成双层吸干眼窝。娘在身后说："比不得从前呀，嫁的是你心头想，老闺女不哭。"

一领花轿渐渐掩埋在阳光下的麦田中，柴冬花多次回头，看见如细缝似的阳光下自己的男人王必土一闪儿一闪儿地晃，离娘时的眼泪被那一闪儿一闪儿酥软的光汲着、吞着、诳着，两只眼睛便霍灵儿了，把离娘前的事情忘了个干净。

好光景过了不到半年，深冬的夜里，王必土回到窑内，脸上的兴致被黑吞成一团墨，只是出气的声儿粗重，说：天明前走人，往南走，当兵打仗去，就是舍不下你的软身子。那一夜，柴冬花平躺在火炕上，王必土在柴冬花的身上爬了八次，热汗不止，爬到天明前，王必土说："我的腿怕是软得要抽筋。"柴冬花把两条腿放到肚子上揉，眼睛望着窗户，风抽得麻纸一惊一乍响，心悬着，到底有人敲窗棂了，王必土灵醒地睁大眼睛，一骨碌起身抓了小包袱朝肩膀上一甩，俯身咬了一口柴冬花的下身子，人蹿进了天明前的暗夜里。柴冬花起身迎风看着远山，想着一路上腿软脚酥的王必土，眼泪像羊屎一样，扑嗒嗒，扑嗒嗒往下坠。

王必土被扩军南下，柴冬花开始守了一眼土窑，眼睁睁等。开头儿，夜静的时候睡不着坐起来想走时王必土的样子，自个儿傻笑，那是五十年光阴，苦守寒窑啊！到后来，夜静的时候俯身像咬豆腐似的，咬自个的肉，疼得窒息了，夜却不动声色。再到后来，人上了年纪了，早早烧了炕团在炕上，听梁上的动静，一只老鼠倒挂在梁上，一窝老鼠在地上跑着耍闹，听着响儿反倒能睡个好觉。王必土一走再无音讯，天是到黑的时候黑了，到白的时候白了，曾经有人力劝柴冬花改嫁他乡，终是苦心枉费。因为，柴冬花心里有个活物。

山神凹走出去回不来的人都有"光荣军属"的牌牌送回来，王必土没有。这就让柴冬花的眼神看上去像土窑窟窿里的老鼠一样，明亮而惊慌，令人陡生怜爱，却又怕人于一定距离之外。仲夏傍晚，柴冬花穿了月白短袖布衫，双耳吊着滴水绿玉耳环，坐在内窑院的石板上走神。缕缕阳光透过枣树荫蓬的隙缝漏射下来，远远看去，神情恍惚的柴冬花就像一个无法企及的诱惑，甜蜜而又伤痛。男人的视觉在这时大体是相同的，二十岁与六十岁没有多大区别。王必土的叔叔王阴富暗恋上了侄子媳妇，终于在一个黄昏时分走进了内窑院，没有过程地一下抱住了柴冬花往炕上撂。柴冬花撕咬着，拒绝着，发狠地喊了一声："你坏良心呀，你欺负弱小，小走得十几年没音讯,大做下这种下作事,一把秃锄头你锄地锄到自家人身上,你今儿等不得明儿你就要死呀!"王阴富被点到了要害处,一下软得彻底,照着柴冬花的脸打了一掌,喊了一句:"你这块地旱结了,我日弄你,我这锄头在你身上就是重轧一遍钢。"柴冬花的脑仁子像银针一样清醒地认为:叔叔的这根锄头该归到放弃的锈铁之中。

山神凹的时令已入三伏,满山的山丹丹的风中闪闪地耀出了大片嫣红。

内窑院的枣树蓬勃着朝气和骚动,青石铺就的石板地却浑然冷冷。这冷冷中就有了那么一丝微妙的季节性悸动。恰是"文化大革命"的脚步踏踏来临之前。接踵而来的大革命潮流中,大风席卷了中央之国的角角落落,红颜薄命之虞的柴冬花竟也不能绕过。在这场偶然与独特并存的浩劫中,柴冬花被历史执拗地切入主题。

曾经的柴冬花是地主的小妾。荒山沟里的小地主既无万顷良田,也不敢为非作歹,最多多娶一半房小妾。王必土当时是地主家里的短工,进进出出在不同季节里和柴冬花有了仔细的照面。最长的一次照面是土改前夕。那一年熬豆腐,王必土帮工。熬浆熬到了一定火候,王必土进房端浆水,问题就出在了王必土看见冬日暖炕上柴冬花雪白一片。屋外喊塌天了,屋内的倒骇异地看得出神入化了。那一年的豆腐据说因王必土的憨胆点老了,但也仅用二斗玉茭从地主家量回了柴冬花。这就让柴冬花在最为动荡的日子里受了一些委屈。

一些乡村的红卫兵把山神凹群众集中起来,叫到砖垒的请示台前定罪。红卫兵指着群众中的柴冬花说:"无产阶级文化大革命,就是要抓挖社会主义墙根的典型。内窑院的,因历史问题,你就算一个。"柴冬花说:"社会主义是甚,山高皇帝远,借了胆,我也不敢。"红卫兵说:"你仇视社会主义,你居然把社会主义说成是山高皇帝远,你是真正的反革命大破鞋!"柴冬花抬起头神经质地死盯着对方的脸断然否认。红烈的阳光把柴冬花晒得如妖儿一般,楚楚动人。柴冬花声泪俱下:我一辈子虽不主我的命,但也不敢坏了规矩,我有一个活物在外,我哪敢去耍破鞋。

你说,水把山开成石,把石揉成沙,云成风生意,水随地赋形,规矩是甚?野花绣地么!柴冬花想开了,多少年谁还提起自己是有过两个男人的女人,也算是隔着往事有人还记得自己。柴冬花挂着王必土下地穿过的两只破鞋游凹,一双破鞋,一丝残存着王必土的气息,远去的日子在两只破鞋上挂着一片幽暗,临走时王必土一句话:"我的腿软得怕是要抽筋。"远走他乡,没有一点音讯,一句想起来拽得心疼的话,支撑着柴冬花一天一天活下来,活得生硬而苦涩。

岁月辗转中老了柴冬花,不老的是她的记忆。鬓染银丝的柴冬花翻出日伪时王必土一张泛黄的良民证,手微微颤抖了几下,然后又轻轻折起压在了箱底。尽管那照片已经褪色又有许多深深折痕,但柴冬花对他倾注的感情,却如石下清泉。

内窑院的枣树高大而繁茂,盘曲错纠的枝节伸向青冥的天空。柴冬花拉着长长的麻绳把千层底纳得细密、匀实。灰兰色的外罩把一头白发衬得如一幅水墨写意,看上去有一种与世隔绝的韵致。有晚辈惊异地说,内窑婶怕要成精了,七十岁还纳鞋底。柴冬花抬头笑笑,用豁了牙的嘴捋捋绳子,一针一针走得肯定。

柴冬花在等那被遗忘了的那一刻的到来。

终于,王必土老大归乡领着后娶的云南夫人,走回了他离别了近半个世纪的山神凹。在走进内窑院时,柴冬花正靠着炕沿捻羊毛,就只刹那,柴冬花抬起头时已是泪满双襟了。王必土说:"解放战争打完,我就在南方成家了。"柴冬花含泪点头说:"成家了好,一个男人不成家,道理就说不过去。"王必土说:"你一个人能把日子活过来,要我怎么说好。"柴冬花说:"没啥,眨眼的事,到底是我守在山神凹,你在外,出门在外你不是闲人,你当兵打仗啊!"王必土一时无话，接着对那女人说："该叫大姐。"那女人说："大姐，用开脸帕把脸开开。"王必土说："她要你用手巾擦擦眼泪。"柴冬花一脸悲啼。几十年了，擦不擦吧，擦来擦去都是泪。

柴冬花在王必土远走他乡半月之后，终于倒在了内窑院的土炕上。柴冬花说："四十四年了，我找到了活水源头。"王必土临走时的话还在柴冬花耳内萦绕："我死后把骨灰送来与你合葬。"一个活物，一句活话，是对柴冬花内心深处埋藏的人生悲苦的生命祝福之念吗？还是姻缘变幻的不悔不忧！柴冬花等老死他乡的王必土再次回乡，她做了许多准备，有时候甚至嫌日子走得慢，日子把人的一辈子过完了，到死，总算要拼凑成人家了。她用王必土留给她的钱打了坟地，坟在隔河的山嘴上，朝阳。她要打坟的人留个口子，夜静的时候她把一些庄稼人用的物件放进去，锅啊、盆啊、缸啊的，大件的搬不动，她就像滚球似的滚着它走，有一天夜里，她滚着一口缸过河的时候，摔了一跤，骨折了，山神凹人才知道她在忙活地下的窑洞。下不了地，心急，人瘦得和相片似的，望着进来看她的人就说以前的王必土，人们也都跟着她的话头说以前的王必土。想来，王必土在她的记忆里被扩大了，稍动一点心思，王必土的面容就浮现不已。

柴冬花没等王必土先死，她死了，死后，王家的人没动多少心思，很简单就决定要她和一个山神凹早死的光棍合葬，那个后生死时只十六岁，假如活到柴冬花的年龄，比柴冬花大两岁。阴间的人和阳世的人一样，都是往岁月深里走。

山神凹人说起柴冬花来，只说一行字：下辈子的日子过成了。

空山草马

一

　　进山的路只有一条，早些年铺了水泥路，也只几年光景，水泥路就爆皮了。它缠绕着悬挂在半天云里，顺着山路爬上去，一个窄窄的山口拐弯处，看见了村庄。村庄四面环山，原始老林把肥沃的腐质土经年累月地积向村庄，村庄四周的土地就呈现出了黑色，花儿和草都长得格外肥硕。早些年村庄拥着乡下人真实的笑脸，几乎村庄里的人都牵扯着亲戚关系，走哪都是吆五喝六的。不知什么时候村庄里的人就走失了，留下的一些石头房已经少了屋顶，少了屋顶的房子等于是张口要喊魂了。没有人能够听得懂它喊什么，它的声音遭逢着时日磨洗，已经浑然不清。村庄因为黑色土质，叫了：黑山背。

　　黑山背还住着一户人家。进山的路停滞在此，可看到石头垒墙的屋，石板铺地的院，一个黑衣黑裤的老人坐在院边的条石上，手里端着搪瓷茶缸，茶缸上模糊着一行红字"为人民服务"，一双黑皮粗糙的手捧着茶缸，水汽缭绕着他的鼻尖，一双浑浊的眼睛眯着不时抬头望进村路。一条黑狗感觉到了什么突然出溜儿蹿上了对面屋顶，狂吠着，有一股狠气儿在吠声中弥漫。

　　常年雨水零落，进村的路杂草茂密地滋生，细细的路藏在此中。有什么晃动了一下，似乎停下了脚步也望着这边有几分不舍和无奈。老人的耳朵已经聋了，浑浊的眼睛可望远，但也望不见远处进村路。黑狗嘴里一呼一呼的，耳朵随着呼出的气息一激灵一激灵扇动，脑袋越发昂扬起来，随时准备射出自己的身子。在老人看来黑狗从事着既神秘又缺乏意义的工作，它根本就不知道它的来自与去往之间的因缘。

　　家中还有一条黑白相间的花狗，是黑狗的娘，郭腊替叫它花妞。只见它懒散地走出屋，张目望着狗儿子叫声响起的地方，然后淡然卧在院子里，脑袋贴地。似乎依然不怎么舒服，脑袋圈进自己的胸口上，胸口上的狗毛柔软得护住了它的嘴，一只耳朵上落着几只苍蝇，耳朵扑拉扑拉跳动了几下，苍蝇飞起又落下。

　　老人无话，没有多余的人可说话，除非和狗。阳光停留在黑山背上空，沟沟岔岔铺满了绿，山是庞大的，大地是宏阔的，黑山背让两种伟大之物相互融合与依托，老人是它们之间填充的卑微之物。真是一个毫无瑕疵的世界，自然，美好。偶尔的狗叫声是时间些许的松动，高远处渐渐洇开的浅灰里有一群鸟飞过来，老人喉结上下滚动了一下，一口水咽下去，鸟从头顶而过。日子庸常得很。老人是黑山背的螺钉，紧拧着黑厚的泥土，他知道泥土中暗藏着凶器，凶器时不时走近他，他偶尔被刺到被伤痛，可最怕凶器的，不是皮肉，是比皮肉更柔软的东西——心。心一痛，周身痛彻。

　　老人叫郭腊替。

　　黑山背风水很好，容易出干部。

　　早些年有懂得阴阳的人说。

郭腊替在黑山背住了 71 年，一直到现在黑山背没有出过干部。原来的黑山背有十几户人，大小人口 60 多个，一天的时间不够忙乱，鸡飞狗跳，人声嘈杂。黑山背依山而建的石头房参差不齐，屋后人很可能把前屋的屋顶当作自己家的院子，热闹起来，屋顶上是黑山背人的饭场地，屋下的人坐到自家院边仰起头来聊天，话头像长流水似的，在高高矮矮的房子和院落中来来回回穿梭，谁家的屋顶上没有过几回凌乱的笑声。因了土质黑，黑山背村前山沟里流过一条河也叫了乌嘴河。不知什么时侯，乌嘴河卷走了黑山背那些笑声，那些笑声仿佛还在枝头上坠着，做着一个跟黑狗一样的，关于笑声浪起来的梦。

黑山背没有出过干部，连村一级小干部都没有出过。唯一一条母狗，也就是郭腊替家的花妞叫隔山村长宝福家的公狗贝儿睡了，生了和爹一个模子的黑狗儿子，郭腊替叫它"龟孙"，也算沾了干部家的光，不知道算不算是黑山背的好风水。

每每想起来，郭腊替就会看着黑狗龟孙笑。觉察到笑时龟孙从院头上走到郭腊替身边，郭腊替抬手抚摸了它一下。龟孙满足地离开，再一次走到院边上，身子卧下时脑袋耷在院边的石头上，头冲着村口。

乌嘴河流出哗哗的声音，阳光明晃晃照着，那些青草在能生长的地方冒出绿来，可以闻到草香。草香是黑山背唯一的香。

所有的黑山背塌落的和没有塌落的屋门上都贴着红红的对联，对联上没有写字。这些对联都是郭腊替贴上去的。只要村庄有一个人在，黑山背就得有个村庄样子。郭腊替起身泼掉茶缸里的水，走到柴火堆前抽出一根柴，要生火做饭了。斑驳的石头墙上生出了一大片苔藓，苔藓衬出他苍老的影子，他长叹了一声说：我吃饭是为了好生出力气来死啊。

龟孙突然跃上一户屋顶，尤不解气，冲着进村的细路狂奔而去。黑山背进村路上一条老黑狗在徘徊，它是村长家的"贝儿"，说明宝福又回山里来护林防火了。龟孙雄健地飞奔而去时，那条有可能不知道是龟孙爹的老黑狗迅疾不见了身影。

二

黑山背的天空不是黑下来的，是蓝，深蓝，黑蓝，然后蓝黑了。天空布满了星星，一个半圆的月亮吊在那里，石头砌出的房子在月明下幽暗闪亮，仿佛不是普通石头，是花岗岩，是汉白玉。一只白色的猫在一所石头屋前看着什么叫着。郭腊替走近它，从口袋里掏出一块红薯放在屋前的粗瓷老碗里。白猫眼睛深情似的望着他。郭腊替蹲下身子，他突然感觉到了冷。他和白猫说：

星星和月明都在天空呢。

你看看我满是皱纹的脸。

这黑夜啊，干净得像一碗水，让人心难过呢。

你不离开这黑屋，总是思忖着回来看看，你还想着她能回来，是不？回不来了。

月明月明光光，它和星星都在咱们的头顶，我和她阴阳相隔。我和你之间更是隔着难过，我也是畜生啊，可惜我们不同言语。

白猫喵喵叫两声，它最喜欢的食物就是红薯。

郭腊替起身打着手电往别的屋子里去，塌落了的屋子能望见天。走进去和走出来，郭腊替都熟络得很。一院一院走，黑粘在墙壁上，他抚摸着黑，回想着，这屋子的顶是一场雨淋塌的。一场雨下了一星期,他一直在屋子里没有出门,出门时发现黑山背的屋子塌了好几户。一点响声都没有。好几处屋子,那场雨过后,他就坐在自己家的院边上流泪。身体中似乎还有血性在涌动,他走近那些塌落的屋前,毫无例外地感受到了伤害,他想吵架,大张着嘴,一股干涩的沙土吸进来,他开始往出咳土,连咳带吐仍然不清爽。塌落了的石头把一截梁砸断了,茬口上挂着墙皮,掺和了麦秸的墙皮,他抓起一把来不及细想就塞进了嘴里。满嘴土,他憋着气咀嚼着,尽量不让喉咙里的痒发作。

死呀。死呀。我也要死呀!叫土噎死我吧!

少了许多瞪眼、跺脚的年轻人后,郭腊替就想听到他们没办法活下去又回到了黑山背来的消息,可是黑矗矗的夜里那消息走绝了似的,那些笼罩着童真的顽皮和胡闹的"恶作剧",再也听不见骨关节落在他们头上的梆梆声了。

人这一辈子发奋图强就是为了个背井离乡呀。

串一圈门下来,心好受一些,回屋里倒头,一觉就天亮了。

连片的秋野簇拥着早晨的日头,视觉是真实的,感觉却是恍惚的,可能是空了的黑山背对人心理的巨大阴影吧,活着还得活,还有欲望在。日头正顶,收回来的玉米棒子将院子涂抹成一片金黄,四下里静悄悄的,黑山背呈现出令人揪心的荒芜,只有玉米的金黄给这荒芜涂抹了最后一丝温暖。

人这一辈子不敢想。谁能想到黑山背最后会是这个样子。

郭腊替坐在凳子上掰玉米,猫在玉米皮上跳起来,伏下去,顾自玩耍。他伏下身和猫说:中午吃啥呢?两个老鼠一锅煮,三个蚊子一盘菜,行不行?猫仰躺着伸出爪子希望和他逗闹一会儿。他近距离看见了自己的手臂,褐色的手背上爆着蚯蚓般的血管。地上青苔,墙边野草,屋角蛛丝,尽在眼底。黑山背似乎总有些东西牵扯着他,那东西也许就是黑山背吧,抑或是手里的玉米皮,过去的岁月一片一片在复活。

有一天黑山背走得最后只剩下了两个老人,郭腊替和王翠平。

和王翠平住在一起的是她的白猫。王翠平比郭腊替大一岁,七十二岁。走起路来脚底生风,满口好牙一颗不掉,石头院子里坐着掰玉米,矮小孤单的样子。早年间黑山背的男人和女人多话,村小人口少,稍有一些不注意都要叫人传闲话,因为男女之间的闲话,日常吵架和打架是常有的事。谁家都有可能残缺不全,就是没有想到会剩下两户人。曾经两家人各自都兴盛时就闹过不愉快。郭腊替大儿子郭怀和王翠平家小女儿韩云谈恋爱,最后没有弄成是一个芥蒂。后来王翠平男人韩路平死前,知道自己命不久了,自己走后黑山背就剩两个人了,孤男寡女的日子,他嫉妒哇。他叫他们死都不要说话。他死了,上天已经不公平,他无端恨活着的人。因为郭腊替是两个儿子,儿子的脸面都搁在正统家庭和社会上呢,又何况人老了就得有个老样子,孤男寡女一个村庄就够山外人议论成一景了,一把年纪的人再说话,想象空间就大了。其实,韩路平活着时郭腊替就已经不和王翠平说话了,不说话就不会有胡作非为的以后。

土里刨食是黑山背人的命。王翠平的丈夫韩路平死于夏天,活着时患有肺气肿病。黑山背石头垒砌的石径高低起伏,韩路平走在上面气喘如鼓,汗如雨下,背上衣裳湿了一片,兴致却高。王翠平生了两男一女,儿女们虽然没有大出息,但是也都出山到了大村落户,这也是他敢在人前抬头说话的理由。那时黑山背就剩下他们仨了。对一个普通的生命而言,要证明自己的存在无非是日常好恶。仁人也有闹别扭的时候。老实说，郭腊替不喜欢王翠平的丈夫韩路平，总是寻找他认为得体的而又不失理智的方式，顶撞对他的看不惯。两个人闹完别扭又走到一起说话，一说话就开始抬杠。从来都是韩路平找郭腊替，就算是走到郭腊替家要多走几个台阶，多出几身汗，韩路平也要走。韩路平不让郭腊替去他家，因为黑山背就一个女人了，他害怕郭腊替多看王翠平一眼，多一眼，悲凉都会穿透后背。这些心事，郭腊替也看得出，尽量避免见王翠平，见了也不多看她，更是不主动搭话。

王翠平坐在槐荫下做女红，偶尔也下地，在河边上洗衣裳，洗菜。韩路平病重时，地里生活就全靠给了王翠平。下地的人都得过河，郭腊替只要看见王翠平在河边上走就一定要扭转身抽一袋烟再下地。韩路平的眼睛天生就刁，他不通文墨，可他有一双看护自己东西的眼。每看到这样的情形，他就站得远远地猜他们的心事。郭腊替在地里边干活边往这边张望，他是张望王翠平是否离开地给了他一条回家的路。可韩路平认为他在张望王翠平。有几次韩路平为了试探郭腊替就叫王翠平和自己端了碗，到郭腊替家院子里吃饭。

王翠平仰脸听他们说话。苍白温润的脸上，一双细细的杏核眼，鼻梁小巧挺拔，肩膀瘦削溜窄，一把杨柳腰，手里端着碗，低头抬头之间和面对韩路平时不一样。坐到郭腊替家的院子里时，韩路平就看郭腊替的表情。郭腊替坐在厚实的四条腿的板凳上，板凳没有靠背，没有颜色，是一整块木头，他既不起身让座也没有表情显现，顾自吃饭。眼神儿望着黑山背的绵绵青山，青山上移动着一片浮云。

韩路平说：听说你儿叫你出山，你没有走的意思？

郭腊替说：这年岁还走啥，走哪都没有经济基础。不挪窝了。

王翠平搭话：是呀是呀，闭着眼在黑山背都能摸到家，出了山睁眼找着的不是你家。

郭腊替不搭话。

韩路平说：养儿是养祖宗。受吧，受死才算福尽了。

王翠平说：活着哪里享过福？都是梦里吃糖呢，想着甜，想着有福。

郭腊替不搭话。

韩路平说：听说过去请客七碟子八大碗的宴席，现在不让吃了，就只能吃大烩菜了，山外抓了好多吃席的公家干部，要我看还是抓得少。

王翠平说：是呀是呀，抓的都是耍横的人。咱黑山背吃席没有人管，就怕摆下一桌坐不满人。

韩路平像看贼似的盯了王翠平一眼。

一股风刮过来，风把王翠平的头发吹得遮眉挡眼，乱蓬蓬的。王翠平站起身要过韩路平的空碗往家走，她举起袖口撩了一下头发，眼睛翻了一下闪出了一丝光亮，嘴角似乎还为刚才他们的对话高兴，不自觉地翘起了幸福喜色。

韩路平又贼一样盯着郭腊替看。

郭腊替只给了他一个背影。他走进做饭屋子盛饭。自己动手，丰衣足食。

王翠平端着碗走来时，还没有等走上台阶话先来了。

王翠平说：腊替呀，你老是不和我说话，哪股筋抽着了，扭转掉转就仁人，有一天剩下你一个人时候，我看你和谁说话。

韩路平的心绪一下从沸点拖拽到了冰点，他觉得王翠平就是一个贱胚子就愿意犯病，心里毛乱得一下站了起来跟谁怄气似的说：腊替，我要送你一条母狗。

郭腊替看到灶间还有一些明火，他用火筷夹出燃烧的柴用水浇灭，然后拿起几个土豆埋进火灰里。他妻子活着时喜欢吃烤土豆，每天他都要烤两个土豆，等熟透了取出放在她的灵位前。她走时没有留下什么遗言，只说：剩下你一个人了。

一个农村妇女，目不识丁，但她知道留下一个人不好活。

王翠平递过去碗说：你去哪给他弄条狗？狗就狗，还弄母狗。

韩路平说：山外狗成群了，咱大儿说狗生了，一窝四个，我打电话叫他逮回黑山背一条狗来。一狗，一猫，一女，二男，这就是黑山背的人口，咋说都不能叫郭腊替闲了。

王翠平白了他一眼说：神经！

韩路平夺过碗翻了一眼郭腊替晃动的影子说：我神经？神经人不说话都在肚子里秘事呢。

王翠平从碗里夹出一个红薯扔到了院下，自己的猫在院子里就等这一口呢，她伸出脑袋看了一眼，不小心把筷子掉在了地上，捡起来伸出筷子在条石上"梆梆"磕了几下，磕得有些重，虎口上有几星儿麻星蹦。王翠平"哎哟"了一声。

郭腊替出门时看了一眼自己家的磨道，现在谁还喜欢这笨重的手艺。磨盘有一扇掉在了地上，地上的草长得有一尺高，磨道后有一棵干死的香椿树，树干突兀，曾经遮天蔽日，香椿过了能吃的季节，院里宛如一座亭子，有月光的晚上，香椿的影子就像墨一样泼在地上。都说香椿显着灵气，因此也有着传说。香椿下的磨道里印着灰白的路径，自己的女人在上面走过，磨道里还能听到她赶着驴吆喝两个娃娃快去上学的声音。山环水绕，充满了离奇，过了一辈子，过成一家人，苗条的身段被日子过臃肿了，玲珑的骨架被日子过松塌了，曾经那水葱般的，瓷白细腻，缠绵无骨的一双巧手，最后被日子过得粗糙得骨关节裸露，指头肚上开着厚厚的裂口子。她倒在磨道里是春天，没有一点声音，驴停下了行走，他看见她喘着气，郭腊替跑过去扶她起来，她嘴里只轻声说了句：剩下你一个人可怎么活呀。

女人走了，走一个人如此容易。他掀下最上面的磨扇，废了它，它累死了他的女人，从来没有娇滴滴说过一句话的女人。

越过王翠平的"哎哟"声，郭腊替站在了磨道前，他不看任何女人，任何女人都没有自己的女人好。一个小东西在草丛中动了一下，地上的动静似乎韩路平也看见了，紧着走过去，发现地上是一只走惊慌了的小松鼠。可就在抬头那一瞬间，郭腊替发现韩路平眼眶周围布满了浓浓的黑晕，嘴唇泛紫，韩路平咳嗽了一下，似乎止不住了，骨关节似乎要被咳声震裂了，一口痰咳出去，痰里团着殷殷的血丝。郭腊替轻轻捶着韩路平的背，他有一种可怕的预感，韩路平的生命火花要濒临熄灭了。

郭腊替叫了一声：快去屋里倒一碗开水给路平压痰。

王翠平的喉头蠕动了一下急急起身，韩路平坐在磨石上，听见他们俩的说话时，眼角咳出一声凄凉的泪。

韩路平一字一句说：我走了，你们不要来往，不要说话。你们活着就赚大了，我死了也要看着你们。你们就是恨我早死是不是？我知道，我早知道。

郭腊替知道，是死亡叫韩路平恐惧了。

韩路平没有等入伏就走了。他的儿子们回黑山背打发老人，也带着一条狗回来。5个月大的狗活蹦乱跳。王翠平坐在灯影里，她木木的身影，木木地沉浸于灯光里，窗外有细微的风吹过，坐得太久了，她就勾着头看前来吊孝的侄儿外甥们，他们和自己的儿子们一起有说有笑，死鬼韩路平在地上，没有人能够惊扰他，他的死亡对所有进山来吊孝的人都是一个任务，没有悲伤和难过。

那些人不时地大笑，笑狗在棺材前叼走那些祭奠用来的食物。

韩路平的死亡对郭腊替是一个打击，他好像看到了自己的那天到来。一直到出殡，几日里似睡非睡，人也变得很惶惑。

山里的天气热也热不到哪里，可棺材里的人第二天就臭了。一开始阴阳说要停殡一周，韩路平的儿子们觉得自己山外的事情等着，哪里有一周的时间等，要破旧立新，就三天。守灵的人不好好守灵，都野在河道边摘香椿，香椿树脆，手一揪枝条就断了，摘过香椿的树下和日本人扫荡了一样。

出殡了韩路平黑山背一下就静了。

郭腊替总算是睡了个好觉，早早睡下，早早就醒了。透过窗玻璃望黑漆漆的远山，眉似的下弦月，远了，淡了，一丝云拢着月，先是透出亮白，慢慢地就沉出了灰，月和云几乎变成了一个颜色。这时的天，无边的森冷的烟青笼罩着，天底下是黑魅魅的山形，手掌一样伸出的树木，山头上透出了青白，慢慢地隐现出了晓色，一层深褐，一层浅橘，渐渐地能看出近山的绿了。郭腊替坐起来揉了揉眼窝，想着韩路平的名字，要不了多久，这仨字没有人会记得了。黑山背庄户人家的名字里有：张国宝、张青山、张林润、张林书、韩宽有、韩世忠、韩秋凤、韩路平、郭怀庆、郭怀仁、王秋爱、王女虹、王万英，这些人都走了。他们的后代们都出山了。眼下的黑山背就只剩余下了两个人：王翠平、郭腊替。两个动物：一条狗，一只猫。

郭腊替决定从现在开始不和王翠平说话，本来孤男寡女住一个村就容易叫人猜想，不说话也是好事呢。说下了，就不能反悔，黑山背还有人笑话？郭腊替认为猫狗也会笑话人。他一边穿衣裳一边趿拉鞋准备去河道边看看那些人摘香椿是不是糟蹋了自己的麦地。打开门时叫他惊讶了一下，王翠平抱着狗坐在门前的廊石上。这哪里还是王翠平，几日工夫，人就脱了形，嘴唇单薄灰白，两只眼睛凹在眼眶里黑髅髅的。看见开门的郭腊替，王翠平迎上去把怀里的狗递给他。

郭腊替诧异地接住狗。人嘴里有刀，一开口，乱事就割毛了。王翠平扭身往自己屋里走，没有回头也没有说话，郭腊替不看她的背影，一时间还想着韩路平在。

郭腊替抱着狗往乌嘴河道里走。狗在怀里唧唧歪歪叫，放下狗，狗跟着郭腊替的脚急行。河边的麦地里，麦子一片一片熟黄，地垄边上有伏倒的麦子，郭腊替走近了一株一株扶起来。麦子在由绿变黄，由软变硬，由秕变饱，由湿变干，该磨镰刀了。他开始想王翠平的麦子地，想了想觉得黑山背只有自己家有麦子地，死鬼韩路平把自家的地都种成了玉米。一时无事，抱起狗来，看了看果然是母狗，气一下来了，带着气就想笑死鬼韩路平心事重。想叫风捎话给他，如今黑山背剩下两个老人了，我肯定不和你女人说话。我没有女人了，你拿一条母狗寒碜我，我不怕你寒碜，就因为我活着你死了才不计较你。

郭腊替回到屋子里找出镰刀，收拾出粮袋来，老鼠在粮袋上咬了个口子，他担心屋子里的粮囤太小装不下今年的麦子，麦子看上去是要丰收了。找出碎布头开始补补丁，一根针穿线怎么都穿不进去。院边上闪出王翠平吆喝猫的声音，他听她在自己家门口吆鸡骂猫的声调，就知道她在宣泄心里的不高兴呢。他觉得不缝补了，打电话叫收麦时孩子们回家时多带几个蛇皮口袋。

几天时光麦子就黄熟了。一个月后该割麦子了，儿子们打电话说回不来，事儿忙着叫他一个人慢慢收。放下电话他好一阵子失落，种地真的不重要了。重不重要自己都得收割。日头红了几天他决定割麦，拿了镰刀戴了草帽进了麦田。他觉得有个地方在腾挪呢，晃动着，一小片麦子已经倒在了地上。仔细看是一个人在忙活，是王翠平。难道王翠平是想自己吃新麦？他不言语，装了看不见揪着麦子割，刷刷倒下一大片。为了不影响那个割麦人，他当天不往回挑，想叫她多往回拿几把新麦。

第二天一早郭腊替去看麦地，他希望有奇迹发生，比如少了好多麦子，也许能够安慰他不和她说话的小心事，毕竟屋子里只剩下了一个女人，比不得男人，就算大声吼两声也能把黑吼出个洞来。奇迹果然发生了，原来割倒的一小片麦子扩大了。罢罢罢，轮起臂膀开割，一上午河边的麦地里麦子全部伏倒。郭腊替依旧不往回挑，留足够的空档叫对方拿，你那小身板儿能拿多少？放了胆子叫你往回拿。郭腊替哼着小调儿，身后跟着那只花狗，一会儿前一会儿后。郭腊替说：干脆叫你花妞吧。

"花妞妞？"

花狗"汪汪汪"。

郭腊替顾自笑了，笑对青山。多少年都不见笑了。那些年打麦时，黑山背人脸上像天空似的灿烂。迎面见着了总想开个啥玩笑，麦场上光屁股的娃娃们吵闹得就像捅了一扁担的马蜂窝，呜，跑那边了，呜，跑这边了，都不想下河逮蚂蚱捞螃蟹，就想在麦场上翻跟斗。割得早的人先把碌碡拽进场，有小孩早早从家里拿了笊篱站在旁边，牛拖拽着碌碡小快步在场上转，不知谁大声喊一句："牛屙下了。"一群孩子拿着笊篱一起往牛屁股下伸。打麦场上的日子要红火好久，一场接一场打，女人们一簸箕一簸箕把麦粒簸出来，再一簸箕一簸箕装进粮袋里。收完麦子种豆，锄地，搂草，罢了就开始收秋粮了，热闹是一场接一场啊！

麦子在河边地里倒放了一星期，郭腊替打远就能看清楚，麦地没有人动，她只是想帮助自己割麦。不过这个女人自己不能去心疼，就算是心疼也只能是心里疼一下了事。郭腊替把麦子挑回自己的院子，院子就是场，以前的场早就荒草丛生了。

他用镰柄打麦，打好的麦就铺在自家的院子里晒。上下两院人躲避着碰面，碰面了不能不说话，不说话肯定要笑场。窗户和门缝成了两个人互相监督的洞，一个瞅着一个下河滩地了，一个就往山上走，一个走着正路往村走，一个就绕远走小路。避免相遇，无数次不经意间就要相遇了，这时候一个就停下脚步拐往别处。两个人多熟络啊，可就是不说话。

三

离黑山背有一个村庄叫牙门村。原来是有寺庙的，叫牙门寺。都是从前了，现在，寺庙连庙基都没有了。后来的县衙叫衙门，有人考证说应该叫"牙门"，牙管着肚子里的事情呢。牙门村没有人了，死的死，迁走的迁走，每年秋天牙门村支书黄宝福都要领着他的黑狗回村来住几天。一是应付护林防火检查，另是他种了几分秋地正好回来收粮食。其实人家早就在县城里买了房，儿女也都落户在县城了。宝福的狗叫"贝儿"，贝儿跟着宝福坐车回到牙门村，打开车门的瞬间它就闻到了狗的味道，一边好奇这山里的草木，一边开始狂躁不安。

刚好是雨后，石台阶上长满了青苔，带着雨珠的青苔肥硕得很，贝儿撂蹄子上去时滑了一下，忍不住呼了一声。宝福开了自家屋门，第一件事是带上护林防火的袖套，然后换上雨靴下地去看自己的玉米。下过雨，地里泥稀得无法下脚，于是就领了狗往黑山背走。道路两边开着一摊一摊米粒大的黄雏菊，朝阳的地方开得放肆，从山的南坡漫过来，覆盖了北坡和西坡。宝福觉得离开这地方真是个错误，可是不离开似乎也不对，这地方到底还是太寂寞。太寂寞的地方人没有出路。这地方真应该开发旅游，石头屋，石头路，满山黄花，这地方要放到城市里哪轮得上老百姓住。

时间已经到了傍晚，雨后出现了夕阳，夕阳在对面的山顶上一闪就落到山背后去了。还好，宝福站在山脊盘山道上，独享了这如血残阳，也够幸福的了。他叫了一声贝儿。贝儿兴奋地看着宝福，脸上洋溢着激动，它知道宝福是一个能人，落在宝福手里那是它的幸福。黑山背母狗的味道直冲鼻子而来，它希望宝福领着它去见母狗。

下了一道坡，拐了一道弯，上了一个坡，再拐一道弯，宝福看见了远处弥漫着暮霭的黑山背。今晚宝福就住在郭腊替的屋子，宝福害怕寂寞，正好屋子也潮湿住不得人，这几天宝福决定也吃在腊替的屋子里。宝福不想做饭，当了村支书的人怎么好自己动手做饭。

一条狗和一条狗的相遇居然没有声音，村口上它们俩互相嗅着对方转圈圈。花妞妞好久都没有见过同类了。宝福冲着贝儿说：耍去吧！

两条狗转眼就跑得没有了踪迹。

宝福看见了挽着篮子从河道里走上来的王翠平。篮子里有南瓜、豆角、葱，还有一把老香椿。

宝福说：你怎的没有跟着娃娃们过？我听说韩路平走了。你一个人在黑山背咋过呢？

王翠平说：你这是回来收秋了是不？

宝福说：哪里，是回来护林防火。

王翠平说：秋天山里的湿气重，没有人的山里防啥火。

宝福突然悟到了什么说：人心里的火也得防。这黑山背就你和郭腊替了，我倒觉得你和郭腊替打了伙计，两个人一起合灶也是一件好事。

王翠平低头黑了一下脸说：快不要乱说了，传出山外叫人笑话。我是守着地给儿女们种些蔬菜。我们俩话都不说。

宝福稀罕了，两个人在一个村庄住着不说话，这叫什么事情。想来是王翠平故意给两个人的生活打掩护。宝福决定晚饭在王翠平家吃，叫王翠平多做些饭，说自己也是下乡干部吃派饭，就想吃王翠平的饭。其实宝福刚五十出头，可是人一旦身上有了职务，什么叔了婶了，那都不叫称呼，就叫王翠平，就叫郭腊替，开他们俩的玩笑那是干部给他们待遇呢。

郭腊替坐在门当央看落日下山，听见宝福叫：郭腊替，你还活着的吧。

郭腊替知道是宝福回来护林防火了，就直起身站在院边上笑着说：龟孙子，我还活着呢，一时半会儿死不了。

好久没有说话了。除了和狗说话。遇见宝福了竟然还能骂出来。

宝福拍了拍郭腊替的肩膀，肩膀还有抗力。宝福说：你为啥不和院下的合了灶？两个人柴火都省下少烧一膛。你还能做啥呢，两个人一起能省下力气活长些。

宝福很暧昧地接着又说：不过不好说，拍上去你顶结实，老骨头吃重，说不好啥都能行。

郭腊替吓得大气不敢出，拽着宝福就往屋里走。

郭腊替说：我和人家快两年了没有说过一句话。死鬼韩路平临走时说下了，叫她死都不和我说话。

宝福瞪着眼说：为啥？

郭腊替要宝福坐到床上听他说。

活着时黑山背就剩下了两户人家，人家屋里有女人，我屋里没女人，人家以为我稀罕呢，他哪里知道我压根就不稀罕，黄土埋脖子了稀罕她做啥呢？

宝福说：他是瞎扯蛋，你也是瞎扯淡，死了死了，能管了活人？

郭腊替一摆手说：不扯淡。我也还有一口气，也知道羞耻呢。

宝福知道晚饭一起吃是不可能了，想着还有些日子呢，就想着这些个日子里不信叫他们说不成话。两个人简单聊了一些山里的事情，宝福就去王翠平的屋里了。他有些嘴馋，就想急着吃山里人的饭。

宝福走到王翠平院子里，看见院子收拾得干干净净，一只猫在院边的柴火上弓着腰准备抓捕什么，宝福的到来惊吓了它，"喵"一声避开了生人。

宝福掏出烟，拿到鼻子前闻了闻，又仔细看来看去，不时瞭一眼进进出出的王翠平。她穿着红毛衣，秋天清凉的微风里，这红毛衣穿在一个老年女人身上，让他感觉到了山里的好。他低头点烟的那一瞬间，一只白猫走过来，拖长了腰，冲着他"喵喵喵"叫。落山的日头和月亮都在天空呢。也许，他惊奇于自己的发现，看看太阳，又看看月亮，似乎在用眼睛估量它们之间的距离。突然想起了什么，从地上抱起猫直戳戳看着忙乱和面的王翠平，这个女人满身是岁月的痕迹，他想不出来用什么口气和她说那件事情，他们俩就像天空的日头和月明互相照得见，互相又不说话。同时他看见王翠平在一个人笑，她的笑容，纯净得像一杯水，干净得如秋雨落在了山菊花上。

要说住在城市里真没有黑山背好，你看那日头和月明都在咱的头顶，多么好的日子。在月明和日头下说说话，哎，我这想法好咪，要不咱叫上屋顶上的郭腊替一起吃顿黑来饭？

宝福说。

王翠平伸出和面手来害怕什么似的摆摆，怯生生说：你吃你的，快不要招惹多余的人来。

宝福笑了：这黑山背要说有多余的人，那也应该是我。

王翠平说：敢说宝福是多余的人？你是折我寿呢。

宝福有些儿惊讶地说：哎，你说这人的一生有多短，从前的黑山背和牙门村，大人小孩苍蝇似的，乱得走哪都不清净，现在，你看看，我要是走了，这山上就你们俩，你们俩还不说话，一个人迎面走来招呼都不打，恐慌不？

王翠平说：人是活的，不是死的，想不碰面，就能躲得开。

宝福说：我不信，我要在走之前给你们开个会，护林防火人人有责。对国家的政策不能没有意见，有意见要提出来，我们完善意见把护林防火工作进一步搞好。我一旦回城，黑山背的工作都压在你们肩上，你们俩就是我留在黑山背的工作监督人。你们不说话，我的工作就没有办法开展。

王翠平紧抿着嘴角很认真地听，火膛里的火烧得欢，铁锅里的水开了，就等下面。王翠平一边想着宝福的话，一边煮面，活到这把岁月了还有工作责任。猫突然在宝福的怀里跳下去，恶恶地叫了一声"喵嗷"，阴气十足，他们同时看见两条狗走进院子来，宝福的狗看见猫呼了一声想扑过来，猫低吟着做出随时逃跑随时出击的样子。郭腊替的狗叫了两声，宝福的狗就松垮了。

宝福说：腊替的狗都知道呵护你的猫，你和人家不说话，我看就是你的不对。

王翠平不接话，天黑了，像平常一样开始黑了。人世间哪里有那么多不对，这个年龄的人依旧要坚持着，不对的事情也对了，习惯就是对，接下来的天，怕是夜要长了。

吃罢饭宝福回郭腊替屋睡觉，看见床上的被褥都换了新的。简单洗漱了一下两个人就躺了。黑了灯，两个人开始说话。说白了是宝福说宝福的话，郭腊替说郭腊替的话，两个人好像不是一个社会的人，要说的话互相都不理解。两条狗卧在脚地上，许是玩耍累了各自没有任何动静闹出，只是不时支棱起耳朵听屋外的动静。

宝福说：你这样下去不是一个事情，迟早得出山跟娃娃们住。

郭腊替告诉宝福，自己就是舍不得那地，多好的地，长庄稼长得好呢。

宝福说：长庄稼再好的地也发不了财，发财的人都不是种地打粮食人。和你说你也不知道，你这种人，咋说你呢？我就是不明白，放着能讨便宜的事情不做，一个人偏偏要黑活。你太固执了。活人被死人看着，说出来都是笑话。你和韩路平有隔阂，你和王翠平又没有隔阂，你和死有隔阂，你和活也没有隔阂吧？

郭腊替和宝福讲不说话的道理，宝福根本就没有听进去。

黑漆漆的夜，心里笼罩着一层童贞的顽皮和胡闹的"恶作剧"。宝福显然是激动了，一下从床上坐起来，地上的狗们呼一下站在了门口，狗眼睛晃过来，晃得宝福心里一热，他很清醒，也很觉有意思，比打着旗号护林防火贪国家那几个钱还有意思。他伸出手在空中比画，许久才说出话：

我想不通，难道日子把你们过傻了？就说人老了做不动啥事了，你们互不来往也正常，可问题来了，要知道，黑山背就你们俩，说出去都是传奇，表面强装大雅啥呢，就算做了见不得人的事情，问题又来了，见啥人？黑山背没有多余的人啊。

郭腊替清醒着听宝福说话，脑子一片空白，甚至不知道该如何应他。黑，沉得有了质感和分量，他听到宝福的出气声，那气息中有一股怨冲着他靠近来。宝福说：你好好想想，活人不能长了死脑筋。

这句话让他有了惶恐不安的感觉，脑筋似乎活泛了，身子却不敢动，怕宝福看透他有想法，两条胳膊在胸口上别样地酸麻，短暂失去的记忆突然被什么东西叫醒了。

去年秋天，山洪把黑山背两岸的玉米地淹了，山洪过后，玉米地里疯长出许多苦苦菜和三菱草，洪水落了，地稀得叫人落不下脚，稀泥掩住了倒伏的玉米。王翠平心疼粮食，顾不得稀泥粘脚，挽着裤腿下地扶玉米。哪知稀泥里的钻脚虫啃住了她的腿，虫子钻进了肉里一半还多。被粘脚虫粘着了，不能往出拽，用劲拽它就拼命往肉里钻，都说钻进去就会顺着人的血管进入人的心脏要人命。一旦被粘上了要用手用劲拍它钻进去的头叫它往外退。王翠平就坐在石头上用力拍腿，响声弥漫在河道里。拍着拍着，王翠平就哭了，嘤嘤的，哭声不大，气息也短，但是很揪人心。郭腊替在地里弯腰整理红薯秧子，隐约听见了那哭声。张着嘴直着耳朵听了半天，听见拍打声和哭声是从一个地方传来。听拍打声就知道是钻脚虫叮着了腿，正准备迈开步走，又觉得女人的哭声是一个信号，心被什么轻轻抽了一鞭，一群麻雀起起落落，他突然觉得自己应该躲开这逼人的事情。他忙乱得不敢停下手里的活计，怕向前走一步乱了分寸。毕竟那嘤嘤的哭声揪人心呢，那哭声和着拍击声乱得郭腊替心里毛毛的。想着人家给自己割过麦子，忍不住停下手里的活计往河边走，人走得慢，也走得胆怯。

突然的，拍击声和嘤嘤的哭声停止了，郭腊替反倒惊慌了一下，来自一种从未有过的陌生感，一种与世隔绝的难过。他眼睁睁看见王翠平赌气似的站起来，挽起篮子跺了一下脚，扭身往玉米地深处走了，这个动作弄得郭腊替很没意思。

那时间他站着不动，远处蓝天高远，近处青草恣肆，万物都蓄着一腔生命的朝气呀，只有他的胸腔里固执地告诉他老了。这年龄的人，黄土埋到脖子，不生事了，心早该锈死。喉结上下滚动了一下，准备返身走，可又觉得自己不是个汉子。走近那些倒伏在稀泥里的玉米，能扶的扶起来，扶不起来的一穗一穗掰下嫩玉米扔到干黄的草地上。做完这件事后，他心里反倒坦然了，也算是回报了一次。

郭腊替想和宝福再说会儿话,听见躺在对面床上的宝福早开始打呼噜了。地上的狗安静地睡过去,屋外什么动静也没有,睡如小死,睡。

四

半上午的阳光那么暖,站在乌嘴河低洼的河道里,高高的与白晃晃的晴空相接的两岸挡住了视线也挡住了风,四周静极了。宝福要郭腊替和王翠平帮助自己收秋,就为了黏合他们。宝福左勾搭一句话,右勾搭一句话,各答应各自的。秋天的风,松软的阳光下,两个人自顾自挽着篮子掰玉米,只有宝福不下力气,心里设计着这两个没意思人的有意思事。

快正午时宝福说歇息一会儿,日子长着呢,今天开始我们仨互相收秋,今儿是我,明儿是王翠平,后日是郭腊替。反正秋粮食也没有多少,就当是打发时光。

王翠平说:我的不用,我娃明天回来收,妇道人家的力气不能和你比,那样子你吃亏。我去地尾掰了,能掰多少掰多少,掰少了你不要嫌弃少就行。

一转眼睛王翠平就走入了玉米地深处,感觉明显是要拉开距离。郭腊替没有表情,很认真地掰完一篮玉米往公路上送一篮,宝福的车就停在那里。

宝福一下就笑了,是一种无法控制的笑,蹲在玉米地,笑得眼泪都出来了。宝福拉着腊替也坐下来,他觉得这两人都倔,倔得要死。郭腊替说,快快干完活,天气不给人晴天,你是干部你坐着歇息。

宝福一定要腊替坐下来,递过去一根纸烟。腊替抹了一下嘴看河水闪烁着,属于黑山背的鸟们,无忧无虑起起伏伏在青草地上逗耍。他们的脚下开着一大捧山菊花,黄灿灿的,宝福拽了一把在鼻子前闻。宝福说:城市里的茶楼卖菊花茶,叫什么来着?噢,叫米菊,就这东西,能卖钱。咱这山上你看看,漫山遍野开。不过人家那是没有开了的苞,开了的不算茶。

郭腊替也抓了一揪放进嘴里嚼,干涩,药味道,沾满了舌尖,不自觉地吐了出来。

宝福说:想想也难喝。放糖好喝,现在城市人糖尿病人多,没人敢吃糖。也有说这东西喝多了伤肾。伤了肾那还了得。腊替,我问你,你还行不?

郭腊替疑惑地:啥行不?

宝福:啥,夜里在床上行动的事么。

郭腊替看着宝福说:你嘴里咋就没有正经话呢?

起身提了篮子走进玉米地。

日头晒得醉人,宝福走到半山腰上想看看自己离开后,掰玉米时两个人有什么交接,先给他们创造一个在一起的时间。电话此时就响了,是镇政府通知,电话里说要来黑山背检查护林防火,午饭就在黑山背吃,一行来五个人。宝福叫王翠平赶快回家做饭,县里来人了,一年时间也就来这一回,你就做香椿烙饼,鸡蛋汤。王翠平说:哪里有香椿,早叫驴友们摘完了。

宝福说:你没有告诉他们这是乡政府的香椿树?

王翠平笑着说:哪个告诉我这是乡政府的香椿树了?打小里黑山背的香椿树就长这样样,在谁的地边上就是谁家的,人走没了,留下来的人谁下手快就是谁的。

宝福一脸认真:我现在就安顿你,黑山背周边的香椿树都是乡政府的,谁敢乱摘,那就是以身试法。什么驴友,一群野山野岭的没王蜂,什么驴友,我瞅见他们男女一个架势就不舒服。你赶紧回做饭，金银面切疙瘩（一种白面和玉米面合在一起擀好切出来的面条，一边是黄颜色，一边是白颜色，乡下人叫金银面）。回头我也给你和腊替弄个红袖套箍在胳膊上，他们一来你俩就戴了坐在香椿树下。看香椿树也是护林防火！

王翠平一边走一边问：也是护林防火？那就要拿补助的。

宝福不可能叫她护林防火拿补助，做这件事是撮合他们以后合作过日子。宝福不搭话，只要涉及实际问题，宝福的话永远都是半句。

午后两三点钟了也不见人来，一案板、一簸箕的切疙瘩，王翠平催促宝福打电话，山里信号不好，电话一直是无法接通。

郭腊替在屋子想着还要不要下午去帮忙掰玉米，知道宝福在王翠平家吃饭，因为不说话也就不好问，一个人在院子里抽烟。突然地，他看见山那边有一股团烟冒起来，第一感觉是失火了，第二感觉首先想到的就是驴友们野炊。顾不得距离急忙跑到王翠平院边上高声吼叫着：宝福，西山背失火了。

宝福和王翠平一起跑出来看，一团团黑烟涌往山头。宝福二话不说，拾起外套就往起烟的地方跑。郭腊替也跟了去，只有王翠平留下看家，不是从前了，她做不了急生活了。

两个人气喘吁吁跑往起火的地方，才发现是几个检查护林防火的人学古人野外煮茶，用火不当点了山。好歹火势不大，折腾了近两个钟点，明火算是灭了，一些怄烟的地方还有暗火蓄势。宝福看见五个人中间有两个女人，煮水喝茶应该是女人的主意。女人在这个世界上，有如草本植物，一旦挣脱了泥土束缚，就会野疯。再看她们，黑头土脸，衣衫不整，如同硝烟中撤出，一脸的惊慌失措。宝福不认识这两个女人，拽过副镇长鲁希望问：这两位领导你没有介绍，我不敢轻易和人家搭话。

鲁希望喝了几口山泉水骂骂咧咧说：想着这季节，又刚下过雨，山里潮湿，哪想到欢乐的事情弄得他妈的这么被动。一旦上边有个啥风吹草动，这火是你们黑山背人点的，都他妈是烧秸秆引起的山火。

宝福看了一眼郭腊替。

郭腊替的脸蜡黄蜡黄，像黄杨木的雕件，像色调深重的油画中那个父亲。郭腊替双唇翕动，却似言又无，扭转身去山上检查暗火去了。

宝福说：好说，好说，领导安排的事情都好说。

鲁希望指着两个女人说：市领导的朋友，弄茶。本来想到你们黑山背闲情一下，不小心碰上了你们黑山背人烧秸秆，要不是我们帮助你们灭火，山火都可能酿成大祸。

宝福马上答：是是是，黑山背两个人，两个人日常不说话，烧秸秆各自烧各自的，一个燃了一个不帮，任由燃，火大了，要不是碰见了鲁镇长一行来检查护林防火工作，后果那是真不能想。

鲁希望补充：是不堪设想。因为，那边就是国家林场。

两个女人看着听着，一起笑了。一个说：工作这么做有意思。一个说：原来工作都这么做呀！

鲁希望说：工作就是即兴应景。遇事说事，遇桥过桥。

宝福问他们吃了饭没有，黑山背有饭呢，土饭，金银面切疙瘩。

他们都说不吃了，要往回返，吓都吓饱肚子了。鲁希望说：明天一早县里开会要汇报下乡结果，饭就不吃了，刚垫补了茶点，都他妈叫这事情吓饱了。收拾，赶紧收拾，估计山外也看到燃烟了，山上没有信号，领导联系不上，主要是咱们都在救火一线，电话无法联系也在情理中。宝福，你是护林防火员，话不可讲乱了。

宝福问：我就想知道明天的会鲁镇长咋汇报呀？

鲁希望大手一挥说：所见所做如实汇报，这时代哪个敢弄虚作假？

宝福说：鲁镇长，我去不去？那我可是有不能推卸的责任在里面啊！你知道，我这几天就在黑山背看护呢，睁眼看着叫林木失火了，我的责任重大呢。

鲁希望指着郭腊替说：那个人叫啥？

宝福看了看郭腊替远处的身影：农民郭腊替。

鲁希望说：明天汇报就他了。他不往山外走，住在山里不看电视不看报，还以为是从前呢，现在都雾霾了，他还一厢情愿烧秸秆，那要产生多少啊儿屁二五。

两个女人越发笑得弯下了腰。

宝福想了想说：我看还是汇报一个叫王翠平的女人比较好。黑山背就他们俩，怕外人笑话孤男寡女二人世界，他们就克制自己不和对方说话。事情往往是小事情弄大，郭腊替知道失火的来龙去脉，让他顶，他肯定不干，让王翠平顶，他肯定不会去说，他说了就等于承认了他和王翠平的关系，他们俩山外的孩子们肯定会闹不和。为了不让孩子们笑话一把老骨头了搞风流，他们就决定到死都不说话。再说了，咱们弄一个女人点火，火燃大了，女人都胆子小，只会哭。这骨节眼上正好碰见了进山检查的你们，之前就我和农民郭腊替在救火，眼看火势太大，天降神兵的你们来了，你们是及时雨啊。咱们要说像了，要说圆了，更要说得拿出去普通人能信能服气才好，对不？

鲁希望一边招呼大家上车，一边要其中的两个跟随着记下了王翠平的名字。关上车门摇下玻璃拍拍宝福伸过来的手说：还是基层有经验，这事情弄不好还能上上报纸，没有后台背景靠宣传走上层路线也是一个正道。明天我就叫人找报社的人来写。宝福，弄好了我一提拔，我就把我现在的角色给你干干，你也是有政治前途的人呀！

宝福看着绝尘而去的车，一时进入了情景，以前从来没有想过，现在也能想想哦，假如有一天自己当了副镇长，农村工作那是太好做了，自己就是农村生农村长。一旦当了副镇长，就有希望当镇长，副县长，政治前途可以说是步步台阶，人生也就最满意了。曾经有算卦的说老黄家要出一个副县级干部，难道就验证在未来我的身上？宝福很兴奋，就地拽了一把野菊花塞进嘴里，嚼那一口涩，让自己脑子清醒一些，或者说是更清醒地设计一下自己的命运。首先自己的命运是和鲁希望绑在一起，其次，自己的命运靠自己努力，最后，这一场火烧得好，再最后，黑山背两个人不说话好，最好让他们永远不说话。

天要叫一个人成事了，那是步步都为自己在设计。他突然看见了山坡上自己的狗，它好像恋爱了，一点也不绅士，追着郭腊替家的土狗，趔趔趄趄追逐着，嬉戏着，情绪酝酿足了，跳下塄坎下，两条狗开始欢爱了。

郭腊替似乎也看见了，撂过来一句话：日你妈，狗东西！

宝福站起来看烧毁的灌木，估摸有两亩地大，这么大的面积是要上报县里的，因为潮湿火不旺，不然大面积燃烧那是要惊动市里的。不大的火灾也是灾，火烧官运开。宝福的脑子变得格外聪明，不大一会儿，脑海装进去许多日常不想的东西。山是铁青色的，满山的黄菊花，山泉水顺着村庄流过，所有的暗示都是快乐的。宝福进一步想：我就从这里开始吧，原来我的福气就一直搁在破败的山里，自己是多么看不起这穷山恶水啊，那些看不起的情绪和焦虑都顺着一场火烟消云散了。宝福要和郭腊替谈谈话，也算有个交代，叫他配合工作不要乱讲。因为他也要出山，明天到县上汇报少不了自己呢。自己走后，黑山背不能有事发生。

宝福喊：腊替哎，你下来，我走咧，要交代你几件事。

郭腊替往山下走，一边走一边踢一下有青烟的草坨子，抬脚跺跺，跺灭那残余的烟气。

看着走近的郭腊替，宝福说：这场火不大不小是场火。估计山外也看见了，现在的社会上告状的多，生怕所有人的关系不乱，见不得人有一点好。其实这火并不大，才烧了两亩乱草，乱草该烧，野火烧不尽，春风吹又生，老祖宗文学下的话。假如有人拿黑山背着火说事，说污染了空气，这火不能往干部头上放，你应该是明白的。凡是有了事，对老百姓都有利，一句话，无知，一切可带过去。更不能说是下乡检查防火点了火，说出去根本就不会有人信。咋都应该放到农民头上比较自然。我觉得这把火放到王翠平头上那就更自然了。你以为呢？

郭腊替想不到宝福的脑子转得如此快，更想不到的是王翠平点了火，她现在明明是在家等着他们吃饭呢，这里的人倒开始算计她的名声了。他无法表态，因为和事实不符。对或者不对都要给对方一个理由。他只能不言语。

宝福斜睨着眼睛看着一个地方说：也不是什么大事，又不罚款，假如我顶替了，我是知法犯法，不能开脱自己是护林防火责任人的罪名。你肯定不能顶替，这黑山背没有其他人了，反正你也不和王翠平说话，正好，你也不可能告诉她。不过有一天她要知道了，那就是你告诉的，表面不说话，你们暗地互动。

郭腊替开口了：胡球扯淡。

宝福一下笑了：我就知道你不会和她说话。等我哪天当镇长了，我给你弄贫困户，找一个富裕单位承包你，你呀，就不用种地打粮食了。这事就这样了，也不用放心里，过了几天啥事情都没有了。我出山呀，明天去县里汇报护林防火呢，罢了会再回来收秋。

宝福走到自己的车跟前，招呼了一下狗"贝儿"，狗从一个地方蹿过来，跳上车。宝福冲着狗吼了一句：回山里偷情还愉快？！

郭腊替的狗站在郭腊替腿前看着这边，张望着，有几分不舍。郭腊替说：回！

一股热涌上了花妞的脊梁，它冲着天"呜呜呜"叫了两声。

一高一矮两个活物，菊花抚着腿肚子，遥远的过去，尽管覆上了时间的尘衣，但并不能让郭腊替回避，王翠平嫁给韩路平，那是受了一辈子呀，她如知道了，心里的委屈真叫难以形容。本来她就是一个人躲在自己的角落，睁着戒备的眼，以防一不小心，就遭到伤害，可如今，好好的人叫无来由伤害了。

五

王翠平站在院边上张望村口，心里有不能言说的焦虑，切疙瘩被风吹得干皮儿了，湿布盖着，可也挡不住时间往长走。山背面没有烟气了，火是扑灭了呀，可不见人来。灶火里的柴添了又添，锅里的水加了又加，进进出出间隙始终不忘看着中堂方桌上的菩萨。正襟危坐的菩萨，年复一年，迎受着虔诚的目光。沐手焚香后，她很认真地磕了仨头，她和菩萨默念：火不敢点了庄稼地，不敢烧了人，要救火的人都平安。

这念头一冒，就想到了郭腊替。事实是明摆着的，她的祈求里也包括对他的护佑。不管如何，就算一份乡情她也应该求菩萨叫他平安。

黄昏被晚霞铺满，扑鼻而来的牲畜体味和谐地裹挟了黑山背，由于降低了目力的敏锐，使得王翠平的瞭望多了几分谨慎。渐渐地，她看见草丛在晃动，一条狗露出了身子，是郭腊替的狗，咋不见了宝福的狗？她的瞭望越发混沌一团，难以辨析事情到底怎么样了？起因和结果，无从追究的困惑，在心里七上八下。她想多走一段路，不知道为啥，腿软得迈不开步，一种被遗弃的难过。她看见了郭腊替走过来，她尽量躲开他的眼光。听脚步郭腊替是走回了他自己的屋里，没有人声，没有畜叫。她缓缓移到自己的门口，听见屋子里火着得欢快，锅中的水噗噗噗噗开得欢快，等还是不等呢？黄昏助长了她的疑虑，她想去问问郭腊替。对，去问问他。人是活脸呀，问啥呢？问他，他要是不言语呢？从前也和他说过话，他从来都不言语，这次他还不言语呢？骂他？对，骂他！不能骂呀，恐怕剩下的日子连互相不说话的帮助也没有了。

黄昏让她饥肠辘辘，想起来自己还没有吃午饭呢。她干脆啥也不想了，返回屋子抓了两把切疙瘩扔进锅里。逍遥浪漫的切疙瘩在锅里滚得欢，自己已经被宝福忘了，谁还记得她活着呢？这年龄谁和自己不是擦面而过，人家说一句话，不花销二两力气，自己就当真了。人家举手投足间偏偏就不看你，不理你，可见人家小看你到了什么地步。她又想到了郭腊替。更可恶的是宝福，好赖有个话捎回来，做了这么多切疙瘩叫谁吃？她一边用笊篱往锅里捞一边怨气十足地拿笊篱磕着锅沿儿，猫喵喵喵喵跳上火台冲着她叫。她弯腰拾起地上的猫食碗，也不管人和畜生的距离有多远，把锅里的切疙瘩细细捞出来扣在了猫碗里。

王翠平看着门外，对面的幽暗处就是自己一辈子仰望过的山，杂树杂草一辈子没有认全，秋风祸乱得它们死了生，生了死，谁记得它们呀，犹如没有人会记得黑山背走了的人。黑山背最里面住着的人，早先是谁来呢？想起来了，那家人姓王，早出山了。自己还种着他的地，这些年地荒得可惜，草长得比人高，没有人愿意把力气下到地里了。早些年郭腊替的女人改娥活着时，黑山背的人还多。那时的黑山背已经显出了败像，有些房子已经塌了部分，已经没有人养猪了，家家还喂养着狗，还有人喂着驴和牛，不知道什么时候旧家什和老的劳动工具，比如磨、碾都不用了。那时候，改娥来家里串门，说一些心里话，总算不用推磨推碾了，两个人兴致勃勃地说好日子来了呢。哪知，说着说着，黑山背就没有人了。改娥在磨道得病的那一年，她还去郭腊替家看她，改娥的脸仰着，眼睛望着屋棚，皱着眉头，她已经不会说话了，谁也不敢打扰她，她拉着改娥的手，那手冰凉冰凉的。那是最后一次进郭腊替的屋，改娥走后，郭腊替就不和她说话了。人情是凉薄的，命也是自然给你规划好的，有一天都要走，走到奈何桥上碰见了不知道说话不？王翠平想到这里突然就笑了，好你郭腊替，今天的事咋说你都应该告诉我一声，你闷驴一个，不声不响，我是要记仇的，我倒要看着你有一天躺在床上，没人给你做饭，你儿也不在，那时呀，你爬着出门喊我，我都不理你，我就和你怄气，怄到死，孤独死你！

想着明天孩子们回黑山背收秋，也就不再埋怨宝福了，脸上就挂出了释然的笑容。灭火，刷锅，洗碗，再想郭腊替，心中就涌起了难以言说的悲悔和自责。都不容易，往事如昨，细细数来，他也不是坏人。都怨自己的死鬼丈夫韩路平，心眼小，走了的人不善也叫你活着的人不安生。可死的人死了呀，活的人怎么就不能活泛一些活呢？反反复复想着，天就黑透了。

郭腊替也是无法入睡。今天的事情叫他难忘。拖着疲倦的身体回到屋里时，他两眼望着虚空，事情怎么逆转成这个样子呢？狗在院子里卧着，看着他一副疑惑不解的神情，似乎也不像往常那样要走近他给他安抚。恋爱一场，狗很累，沉沉地闭上了眼睛。

想着要不要去说一声，说啥呢？说这火是你王翠平点的，难道没有出门的人，手长得能伸到了山背面去，那是神仙啊。王翠平不是神仙。人常说，善有善报，天道公证。这话没有本事的人都相信。和公家人比呢？人家说把事情弄成啥样子，那样子就等着弄呢。但愿这事不是事情，没有人认真追责，走了过场，当了笑话了事。反正，他是不能去见王翠平，自己的清名不能叫宝福拿住，农民不能在干部面前丢了尊严。

　　胡乱吃了一口饭，人就蜷曲着躺下了。拉灭灯，有几个秋蚊子找过来，在耳朵边上嘤嘤飞。他照着蚊子要落的脸上"呱唧"一下。又后悔打自己的脸。一辈子因为这小东西打了多少回自己的脸，从入夏打到秋末。别看这蚊子，有本事的人也怕蚊子呀。蚊子舞扰得睡不着，要是平常早累得倒头就睡，哪能听见蚊子声音。没办法，他起身找了一截子端阳节晒下的艾草，点燃了吊在门闩上。这样子越发叫他清醒了。索性披了衣裳开了门走出去，看到一钩月明在天空上挂着，四面环山的黑山背是一个世外桃源的地方，庄稼丰收，六畜兴旺，温饱无忧。这日子说散就散了。郭腊替尽量不让自己去想这些，不去比较，年轻人自己的活法，不能叫自己拉后腿。无来由又想起了自己的大儿子郭怀想娶王翠平女儿韩云的事情。那年，韩路平在河对面逮着了两人在一起谈恋爱，韩路平抓着韩云就是一顿饱打。一边打一边骂：你愿意一辈子不出山你就嫁给这个穷鬼。

　　这句话叫郭腊替很堵。郭腊替拉着郭怀往地里走，深一脚浅一脚，父子俩不说话。走上窄窄的田埂，走进地里，他当时正在地里锄草。蹲下去时他又抬头看着郭怀说：你要知道，你是一个穷鬼。

　　郭怀说：在黑山背我就是个穷鬼。我穷死也要死到山外，爸，你找人山外去给我落户。

　　郭腊替拿着钩锄的手微微颤抖，他知道这是一个绕不过的话题。谁家姑娘愿意嫁到黑山背来？黑山背有的人已经去山外落户了，出了黑山背，后生都是好后生。如果不是韩路平也是个穷鬼韩云没有见过世面，她怎么会喜欢上郭怀？谁愿意一辈子住在山沟里，人心都野。年轻人成了黑山背最有牢骚的一群，那些庄稼地里找不见后生的影子了，山外的闺女没有愿意嫁到黑山背来。一直以来郭腊替都不愿面对，这下是得认真想了。一想到这些，他就有无限的惶恐。郭腊替说：落户山外，你就得和韩云断了，我受不了穷鬼骂穷鬼的样子。

　　郭腊替出山去找嫁到山外西庄的妹妹，他直接就说想叫儿子来这里落户，不知道好不好落户。妹妹说好落户。郭腊替没有想到没有本事的妹夫，居然能说通西庄的村干部叫郭怀落户西庄，从前可是天大的事呢。后来郭腊替才知道了，西庄也是空村了。两千户的大村只剩下了不足三十户。一旦进了城，人就都不想回乡下了，从前来钱路都是庄稼的长势，现在地里的东西不值钱了。看着西庄大面积闲置的土地，青草长了老高，好像它们年年就是这样占着开好的地长着，那青草不长瓜，不长豆，这岁月是越来越见恐慌越见老了。

　　两个年轻娃最后没成，两家到底是芥蒂结下了，谁知道越结越拧巴，到最后韩路平都不叫王翠平和他说话，世道叫死人都恐慌了。

　　有蛐蛐叫，在没有屋顶的房子里，脚地上长了草，它们立在草叶上，姿态端庄，翅膀潮湿。过不了多久黑山背就要被这些虫子和植物包围了，没有人的黑山背留下两个人来回忆，两个人死后，谁还会想起黑山背？既然睡不着就绕黑山背走一圈，串串门，看看那些下了死力气垒上去的墙，是什么力量把它们掀翻了？去看看那些月明下的草丛和塌落了的屋子，那是花了大价钱盖下的屋子，如今成了虫子的家。

　　走下石台阶，有一处暗，暗中长了一丛西番莲花，花色是那种纯正如血的红色，月明下黑墨一样。突然有什么响，动了一下，似乎是一个人绊了一脚，匆忙地想要走开。

　　郭腊替吼了一声：谁？

　　暗处听得动静的王翠平直戳戳说：我。

　　郭腊替调转身子就往回返。心里自责自己，明明知道是王翠平，黑山背没有多余的人，自己糊涂得居然吼了一声谁。他快速进了家门，闩上门，倒头躺到了床上，什么也不想，就想努力装睡。

暗夜中王翠平在骂猫：你死呀，半夜不睡叫我到处找你，你找下啥了？连老鼠都没有见你找下。叫你回，叫你躲着我，看叫狐狸吃了你！

回哦，回哦——

那声音透足了人间温情。也叫装睡的郭腊替流出了眼泪。

六

郭腊替在梦中听到狗压抑着嗓子呼呼地叫。狗叫声似蚊子在他耳边蜻蜓点水，扰乱了他的安宁。有些气恼，抡着胳膊想制止狗叫，绵软无力的胳膊抡起来软塌塌跌落在床沿上。脑子沉沉的，有些场景似乎是黑山背的现在，又似乎是黑山背的从前。有个女人盯着他，五官是雾样的模糊，想和他说什么事，他不说话，加重了对方的局促，她想制造一些轻松，她笑了，秋天的风，一阵阵地吹拂，刚好背对着秋风，凌乱的头发遮挡了她的脸，她的眼睛若隐若现，看着他。他咳嗽了一下，不知道为什么，她就不见了。他开始伸出手呼唤：改娥，过来呀，你往哪里去呢？伸出的手臂在床沿上落空了。狗过来舔他黑皮粗糙的手，他嘴里含含糊糊说着什么，一下就醒了。

看了一下墙上的钟表已经是上午11点。他想着刚才的梦，极力回忆，却是什么也没有了。多少年都没有做过梦了。郭腊替坐起来看窗外，看到远处有人影晃动，贴近玻璃看，好像是王翠平的儿子和女婿回来收秋了。临近早晨才睡着，没有睡醒，脑袋嗡嗡响。他趿拉着鞋打开门让狗出去，狗箭一样地蹿了出去。狗在远处冲着晃动的人影叫，虚张声势的样子。

郭腊替洗了一把脸，往地锅里添了水，走到房后取了柴火开始烧水做饭。他一边烧火一边想着早上的梦，想那个女人是谁呀？是郭怀妈改娥，好像也不是。也许就是郭怀妈呢，看来自己的日子不会太长了，她来喊了。两个儿子因了今年外出打工，都不回来收秋，说往返路费都比收下的粮食贵，看看这世道成啥了，钱占了上风，人间就要没有亲情了。晌午饭后他也要下地去收自己的玉米，今年种下的粮食少，越往后越种不动地了，贪几亩地荒着，费力气种下收不回来，看着难过哇。

狗回到院子里，沉着脸，在自己的地盘上很傲气地抛出一长串叫声。

吃罢饭，郭腊替提了篮子拿了蛇皮袋子往自己家的玉米地走。他看到王翠平的儿子和女婿开了两辆三轮车，满满的秋粮堆在上面。他很好奇，王翠平没有见怎么动弹居然种下了这么多粮食。这女人过日子的心劲还很贪呢，受罪命啊。

午后的黑山背被日头罩着，那些开着的花朵发出耀眼的光芒，当风吹过来的时候，别致的花儿仿佛要呼之欲出，真的是楚楚动人，郭腊替有点不舍得去看。

宝福午后也进了黑山背，相跟着来的还有两个县报社的记者，说是来实地采访和拍照，要写一篇报道，树立一个典型。宝福叫记者采访郭腊替，他去做王翠平工作，火并没有造成火势，她能答应下火是她燃烧秸秆造成的，这典型人物就树立成了。要树立的典型人物不是宝福，是副镇长鲁希望，宝福有自己的念想在里面。

宝福的狗大远处就把郭腊替的花妞勾走了。

先说郭腊替这个头，如好剃，事情也能成一半。宝福叫记者采访前他单独又安顿了郭腊替几句，叫他配合记者采访，多余话不说。郭腊替没有言语。宝福走后两个记者来到了地边上。

两个记者娃蹲在田埂上说：歇息一会儿吧大爷。

郭腊替抬起头看了一眼，低头继续掰玉米。无语。

两个人面面相觑，一个示意一个要打开他的嘴巴。

一个记者娃蹲在田埂上说：大爷，黑山背没有人了，待不住了，庄稼不值钱，种地还开销大，你这么大岁数了还辛苦呀，你是最可爱的人。

郭腊替面色如土，手臂和挽起袖管的胳膊，暴起很粗的青筋。一行玉米一篮子，看似七零八落倒在地里，实际是有规矩的。

一个记者娃跳下田埂说：我来帮你掰。

郭腊替知道这不是面对一般人讲话，是面对记者。事情从开始他就没有答应过，他不能说真话，也不能说假话，这俩娃娃是在撬他嘴巴，一旦撬开就不好绕开他们预设的话题。说王翠平烧秸秆点了火，良心不容许，两个黄土都埋到脖子跟前的人了更不能互相伤害。说宝福说谎，也不能，和宝福没有深仇大恨，每年镇上有救济什么的人家想着自己呢。

蹲在田埂上的记者娃说：大爷，每年收罢了秋，秸秆不还田，都点火燃是不？

郭腊替这回说话了：地边上都是去年的秸秆倾在那里。

记者说：哈呀！去年的都在，那昨天山那边的火是咋起的？

郭腊替知道自己进了他们的话语圈套，不能再说了。弯腰把地上的玉米捡到蛇皮袋子里，扎住口袋撂到肩头，头也不回走了。田埂上的两个记者大眼瞪小眼。一个说：这老头倔着呢。一个说：警惕性挺高。

之所以一定要叫他们下乡采访，是因为如今的假新闻多，都是一方面提供，新闻听不到来自民间的声音。鲁希望和新上任的总编讲了他的救火事例，总编就一定要叫记者实地采访，现在和以前不一样了，新闻监督回到了新常态。两个人看着郭腊替的背影商量，用什么样聊天方式才好叫他讲真话呢？

再说王翠平这里。

宝福没有进院时就叫了一声：老姐姐，昨天的事情太不好意思了。临时有事情就直接回县里了。我还安顿郭腊替告诉你呢，他可能昨天的事情累得没有顾上，把事情给忘记了。老姐姐哎，你先不要搭话，我知道是我错了，来来来，这就补偿。这是一百元，不多，都是按下乡标准给你，你拿着。

王翠平想宝福可是从来没有叫过自己老姐姐。王翠平就笑眯眯安慰说：也就是一顿饭，山里不缺粮食，我也不缺工夫，用不着拿一张大钱来贿赂我呀。

宝福说：这就是王翠平的胸怀，心里藏着一颗仁厚的心呢。这得拿着，你若不拿我就得落下个贪污罪名。

一百元钱扔到了屋里床上，觉得有什么问题，又掀起褥子压在了褥子下面。无事一样坐在上面。

王翠平说：不缺粮食呀，看你，快拿走，叫人知道了笑话我，我家又不是开饭店的。

宝福坐在床上，王翠平也不好过来争抢，只好叹口气给宝福倒水。

宝福说：老姐姐年轻时候也是个美人啊。可惜活在了黑山背，活在城市里哪里轮得上做韩路平媳妇。韩路平讨了多大的便宜，真是便宜他了。

王翠平捂着嘴笑，笑宝福会说话，当了干部的人就是不一样。笑到激动处，被皱纹挤住的眼睛还露出一丝亮光。门口的天光伏在她身上，她禁不住放下捂嘴的手，很高兴地说：韩路平年轻的时候也是好后生呢，人长得直撸撸高，老了，抽了，看不见年轻时候的好了。

宝福根本就听不进王翠平的话，只想着接下来的事。掏出纸烟想摸火，只见王翠平从床头另一端的被子下摸出一盒火柴，划亮了颤微微点给宝福。抽了一口烟，宝福说：我活得不如你好，我身上有使命，当了干部就由不得自己了，官帽就是紧箍咒哇。这不，昨天没来吃饭，都是山火惹下了事。上面知道了，要追查责任，我说是山火，他们宁要说是烧秸秆引起的。你知道的，咱们什么时候烧过秸秆？从前吧，我还见过你点火烧秸秆，昨天是真没有。上边一定要说是烧秸秆，我也只好说是我点火了，可上面的领导说，一个护林防火的人怎么可能自己拿着防火工资一定要点火烧钱。没有办法，我不能说是郭腊替烧秸秆，你知道，他偏得要死。可我也不能说是你老姐姐点火烧秸秆呀。

王翠平问：火烧了多大面积？

宝福说：一两亩地大。差一点就烧了国家林区。

王翠平说：又不打雷，咋就起了山火，日怪呢。

宝福说：日怪的事多着呢。前些日子镇上一个干部嫌弃自己腿中间夹着的那东西小，花了五千元网上购买了一个增大器，寄来了是个放大镜。在咱这商店买总共不要五块钱。放大镜照着，果然就增大了么。

王翠平又捂住嘴笑：宝福，你尽拿稀奇古怪的事说笑话。活该活该，他活该。

宝福看到王翠平彻底放松了警惕，就说：要不我和上边汇报就说是你老姐姐烧秸秆点了火，一个妇道人家，他们不能咋你。这个年龄你也不怕背黑锅。我这笑话你都能接受，说明你是明理人，和那些啥话都听不得，啥事都当大事看的乡下人不能比，你就是比她们有水平。

王翠平止住笑说：宝福，说正经事，昨天那火我可不能顶头上，我是多少年都不点火烧秸秆了，孩子们怕我乱点火，都是他们回来把秸秆搂到地垄下，几场雨几场雪，来年那秸秆就沤烂了。

宝福不说话，很认真看着王翠平，尽管这个女人的脸上皱纹布满，可她心里明白得很。他是有点低估了她，白费了半天口舌。宝福不甘心，站起来在脚地上走了两圈，想着，不知道郭腊替那边采访结束没有，假如郭腊替也承认是王翠平点了火，那么，昨天的事就必须放到她身上。宝福盯着王翠平说：我是护林防火员，我有权力说是你点火了，你不是烧秸秆点的火，你是给韩路平烧纸钱点的火。为什么呢，因为韩路平的坟就在山背面，就那地方着火了，这事不是我说了算，有郭腊替证明你呢。

王翠平的脸一下就拉下了：他郭腊替敢说是我点了火，我还敢说是他点了火呢。

这句话叫宝福开悟了，赶忙拿出手机点开录音，顺着一句气话往下问：

郭腊替点秸秆了？

点了。时常见他点。大地大火，小地小火。那火我看就不是山火，就是他郭腊替点了，他恨韩路平，就因为路平活着时叫他穷鬼，他就想把韩路平的坟地烧了。他不和我说话，他把我当了死鬼韩路平留在黑山背的那口仇恨，他记恨我，他不是人呀！

王翠平一边哭一边数落。宝福觉得事情总是在他需要的时候就会有反转，什么叫命好，好命人总是有一只无形的手罩着。心里一阵子窃喜，觉得录多了露怯，有她这几句话就够。关了录音走近抚着王翠平的肩膀说：老姐姐，有我宝福在，咱把那一口仇恨扔给他郭腊替，你不要伤心了，老古话说了，鸡不和狗逗，男不和女斗，他郭腊替是气量小的人，你怕他我不怕他。这事说到此处就好，日子是咱自己过，咱把咱自己的日子过好，叫他生气去。

刻薄的，伤心的，冤屈的，越想就越难过，人心不能做比较，不管那些了，所有的苦日子中的记忆一起来了。感觉郭腊替坏呀，不说人情也说地理呢，咋就坏到这种地步呢。她闭紧了嘴看着宝福，半天后说：你给我报仇，他谁都不怕，就怕村干部。

宝福正要安顿她，两个记者娃走进院子里，宝福急忙走出去拦下两个人说：你们采访了个啥？

一个记者说：啥话都没有说。我们这就是来找当事人采访呢。

宝福小声说：采访不成，她正生气呢，我这有她的录音，事情有反转，不会叫你们白跑一趟。

两个记者娃说：那现在做啥？黄村长，我们还等着明天的新闻呢。

宝福说，回写稿子呗，我说了不会叫你们白跑。有事实有依据，我宝福办事没有不靠谱过。

来不及回去道别，宝福拉着两个记者招呼自己的狗贝儿走出了黑山背。

黑山背一下就又静了。静得和没事发生一样。

七

人间无声，也就不知道发生了什么样的变异和曲解。

王翠平黑坐在炕上对着黑下来的黑山背蓄满了一腔怨气，无声化解得她没有丁点儿力气。想叫自己当下生出力气，就算是借着骂猫也要野着骂两嗓子，可这腿脚酸软得一点也不听使唤。她想不明白为啥郭腊替要害她，是郭腊替对她生出了啥意思，自己没有迎合他，他就变着想法害自己？白猫嫌冷跳到她的怀窝里，她发狠似的把猫扔出去。白猫惨叫一声再跳往她的怀窝，她很坚决地又把它扔出去多远。白猫很无奈也很难过地"喵喵"叫着看着黑影王翠平。屋里的空气无端就黏稠了，满是一个人过日子的委屈，那过往的委屈挂着数不清的疼，这些疼像风吹着沙子一样荡来荡去，敲打着她的皮肉。她跌跌撞撞站起来想冲出门外，冲往郭腊替的屋子前，想把自己撞往他的门上。一把老骨头了，我就拿命撞你，看看你想做啥？到底想啥？是不是就是想着合灶叫我伺候你呢！

想着自己一生都在争斗中度过，生活是越老越无序了，这一生啊，真是领略了多少体验，难过得想流泪，但是她也决不怕这最后一回。

早年间自己从山外嫁到黑山背，那时黑山背的后生一个赛一个，看见哪个心里都有过怦然心动呢。有了这样的心情，人就打扮得清爽。也不是要招蜂惹蝶，想来是那份过日子的心劲，就想和村庄里嫁过来的女人攀比。比穿比戴比家务比生娃。想起来真是要笑死人，自己还真是看中过郭腊替。觉得他比韩路平知道疼媳妇，时时处处疼。有几次就想叫韩路平知道郭腊替是咋样儿疼媳妇，韩路平问咋样儿疼，还记得她说了，有一次见郭腊替背着媳妇过乌嘴河，两只手不是捏着耷拉在胸前的手，是两只手托着改娥的屁股，迈一步拍一下改娥的屁股，改娥在郭腊替的脊背上笑得能岔了气。韩路平一下就捂过来一巴掌，那眼光变得冷冷的，又有很深怀疑，仿佛在说，你是不是心里也想叫郭腊替拍你屁股？王翠平还想说什么，一口唾沫吞食了到喉咙的话，退了回去。一辈子就嫁了一个这么多疑的人，稀里糊涂生下一大堆娃，除没有成活的四个，活下来两个闺女一个娃，好端端的日子过得叫人沉闷，越活越没有比头。说心里话，这一辈子真要有人背着她过乌嘴河，走一步拍一下她的屁股，那也是一种好呀。

再后来黑山背的人急慌慌都往山外走，过日子的心劲就成了比看谁有能耐把子孙后代送往远方,那能耐是自家男人的能耐,那比就成了心里苦和世上的病,一辈子治不好了。

一股风贴在窗棂上,将垂挂在屋檐下的旧谷穗,吹拂得纷纷扬扬地抖动和飘落着,藏在胸口上这颗脆弱的心,也禁不住瑟缩地颤抖起来,于是浑身都觉得像浸透在冷水里一样寒冷,赶紧绕着炕头底下凸凹不平地,急急走了几步,扶紧了门,望着被烟火熏染得漆黑的屋顶,觉得一个人活到现在到底活着是为了什么?是为了一口气!一时又觉得那口气憋满了她的胸脯,她踉跄着用力把门打开,冲出院子,乌嘴河在凛冽的风声里哗哗哗震响,挂在山尖上的半个月明冰凉得如一个人的心肠。她狠闭了一下眼,拽着能拽着的藤蔓往郭腊替的屋子前走,爬上台阶时,她看见了亮着灯的窗户,窗户上郭腊替坐在床上的影子,那影子摇来摇去。她还不想撞他的门,就想知道他摇来摇去摇晃什么呢。她闭住气贴着窗户听,他听见他在打电话,风声越来越大了,伴随了雨点,她不怕雨下,她就想知道他和谁说话。她听见了郭腊替说:是韩云妈点了。

这句话叫她是彻底心死了。心里顿时感到了一阵说不出的悲凉,这穷乡僻壤里的多少人,多少事都经历过了,从来就没有想过要经历伸黑手害她的人,她要撞上去,禁不住仰起头颅。把命撞向这个人值得么?那是要叫村外的人笑话呀,叫宝福笑话呀,宝福会说:黑山背两个不中用的人临梢末了,活得不知道要脸了。王翠平踉跄着,迎着呼啸的夜风,回到自己的屋里,在幽暗和凄惨的光亮中,铺开了厚厚的棉被,悄悄地钻了进去,聆听着窗外凛冽的风,她实在是想不通郭腊替为什么要害她。

夜黑时下了一场雨,细雨沙沙敲打着屋外的树叶。家里的每件物什,都有一定的搁置地方,下雨,明天一早不能下地了。郭腊替取了抹布擦洗农具,用一种欣赏的表情拾掇着,擦洗干净,再看,灯光下闪着亮光。末了,疼爱地端详着摆放好。铁家伙不能有一点锈斑,锈是要传染的。脱了鞋,不急不慌地坐在床头上,拿出压在枕头下的手机看,看见有好几个未接电话,是大儿子郭怀打进来的。急忙拨过去。电话那头郭怀焦急地问:

爸,你是不是叫人弄起来了?

郭腊替说:弄啥?

电话里说:老家微信群里说你点火烧了山,要不是下乡检查,火势不可估量。你没有事情吧?早和你说过了,种庄稼不赚钱,死守着几亩地,不出门,不见世面,更不能点火烧秸秆,捅下娄子还得回去替你处理,人老了,不能叫脑子也糊涂了。

郭腊替说:你说谁点火烧了山?我一天都好好在黑山背,现在下雨,我盘腿坐床上给你打电话,没有人把我弄起来。

电话里说:黑山背失火了没有?

郭腊替说:失了。面积不大。扑灭了。

电话里说:是你点了?

郭腊替说:是韩云妈点了。不对,我说错了。是护林防火的人点了。

电话里说:韩云妈说是见你点了。

郭腊替说:你远在天边,你知道是韩云妈说了?乱说啥,我不知道你说啥。我没有点,世上还有比住在黑山背更稳当的日子。你好好在外,不要管我,有事我会打电话给你。

电话里说:那就是假新闻,吓死我了,以后电话就装口袋里,别老是一天都放在枕头下,有个三长两短都找不见你。

郭腊替怕浪费电话费，提前把电话挂了。挂了电话反倒心慌了，难道宝福把我弄成了那个点火烧山的人？越想越不自在决定再打一次电话问问郭怀。

电话那头说：咋了爸？

郭腊替说：你说那烧山的事情是咋的写了？

电话里说：大概意思是说郭腊替年老糊涂不小心点了山，自己还不知道，多亏了山里还有人住，正好撞见进山检查组鲁希望，大火才扑灭了，不然就可能烧了国家林场。说你糊涂得啥都不清楚，还是王翠平老人指认了你，才知道火是从一处坟地烧起。

郭腊替越听越像是说书，编着故事吸引人。心里的气就来了，是对王翠平的气。

电话里说：咋不说话了爸？你别闹事啊？

郭腊替似乎又清醒了说：闹啥事，我的骨头还不想散架，山里活久了，真傻了，任意叫山外人糟蹋，坏我名声。我没有点过火，都是龟孙子宝福编的故事，拣软柿子捏。

电话里说：没事就算了，都这么大岁数了，有啥名声。老家新闻里也没有把火说多大，只是突出了干部下乡的重要性。这种新闻，过三五天就换别的了。我挂了爸。

怎么能没有名声？人活着到底是为了啥？就是为了一世的名声啊。和王翠平不说话是为了啥，也是为了自己的名声啊。活着事小，名声事大。不能临死背着个烧山犯！郭腊替穿好鞋，他是要毫不犹豫地去和王翠平对证。

推开门，夜是寂静的，是温和的，细雨下过，云彩躲开了，月明在天上，石头应对着月明泛出亮光指引了他脚下的路。他要为自己的名声去斗争，也从来没煞费苦心去自我防卫过，自我辩解过。可他从来都不怕为自己的名声辩解。走得急也走得脚步重。

嚯嗒嚯嗒，嚯嗒嚯嗒。

一片清新的空气袭来，他的鞋一寸寸润湿，他的呼吸像风箱吹足火焰时发出的声音。走着走着，他回了一下头，黑山背就他一户亮着灯光。黑山背的人呢？叫日子黑走了。

嚯嗒嚯嗒，嚯嗒嚯嗒。

他看见了王翠平的花布门帘了，帘子的花式都是彩色布块拼出来的五瓣瓣花朵，他要张开手撕下她的门帘子，她的日子凭什么一定是花朵一样开放。有什么拖长的声音传过来，突然地他感觉到了不安，好像要发生什么事情，头发奇怪地干蓬着，里面藏着一大团静电。

起风了，风裹着哨声掠过村庄，那声音如他的脚步"嚯嗒"一声，有谁家的屋顶子又被风吹塌了，那响声闷声传过来，撞击得他不由自主地激灵了一下，急忙扭头往回返。在雨后，在月明的清辉里只走了几步就走完了他的力气。他爬着坐定在那座新塌落的房子前，月影下豁豁溜溜的墙壁茬口处，这户人家搬走之前用谷草编结的，送灶王爷上天的坐骑，一匹草马被大梁挑了出来。马头还在，身子已经散架了。马脖子上的红布还在，如少年脖子上系着的红领巾。草马脖子上的铜铃铛响了，顺风扑面而过，只是一丝丝响。他看到没有带走的镰刀，单薄地插在屋子的墙角，犁、耙都散架了，房梁塌落下来砸烂了一口水缸，那些年他是看中过这口水缸的呀，他曾经也想买这样一口水缸腌浆水菜，到处打听才知道已经没有人烧缸了。坐在这里如同面对一场激战后的战场，孤寂、悲凉、单调、杂陈，他看不到锋芒、棱角、生动。时间一如既往地往深里黑黑，赤裸裸的黑叫他无助成一团，他被伤害了，不是宝福，也不是王翠平，是黑山背的黑夜，是一处处塌落的屋子，那屋子让他承受了精神的折磨。从前，每一个黑夜他都能预感到明天，现在，他连黑夜也无法预感了。

花妞来到他身边，看着他，他像狗一样四肢爬着，青筋暴跳的手，弯弯曲曲抓紧土地。花妞不知道他张扬的内心，只是用它柔软的舌头舔他湿漉漉的手臂，舔他湿漉漉的头发。

王翠平第二天被韩云女婿开着三轮车接走了。走之前王翠平叫韩云女婿进郭腊替的屋子里安顿他一些话。韩云女婿走进郭腊替的屋子时，郭腊替的额头上搭了一块湿毛巾。韩云女婿看见了说：

腊替叔，你这是咋了？

郭腊替有些难过地说：感冒了。昨天遭了雨，淋感冒了。你又进黑山背拉秋粮来了？

韩云女婿说：不是叔。接我妈出去检查一下身体，昨天我们回来拉秋粮时，她说她心口疼。正好我借了别人一辆三轮车，能用几天，就想今天拉她去县医院检查一下。一辈子没有进过医院，不想去，这回她是难受得厉害了才叫我拉她去检查。我来是安顿你，猫在黑山背，你养它几天，就几天光景就回来了。

郭腊替说：好说好说，快去县医院给你妈好好检查一下。到年龄了，一辈子没有享过福，叫她好好看看外面的花花世界。

韩云女婿说：多喝水叔。其实猫不管它也饿不死它，黑山背的地老鼠多，它找得到吃食。我妈怕饿死它，叫我来安顿你管它几天。几天后她就回来了。

郭腊替没有想到王翠平能叫女婿来传话，一时就想多说几句话，又不知道该说什么话，一劲儿说：我能照顾好猫，我能照顾好猫。

韩云女婿笑着就走了。

听见村口三轮车发动时，郭腊替急忙趿拉了鞋往出走，草长得一人高遮挡得却是什么也看不见，三轮车的声音就远了。

清凉的空气中突然出现了一团白，他皱着眉惶惑了一下，看清楚了是王翠平的白猫蹭着他的裤脚。花妞蹿出来唬了两下，白猫弓着脊叫着想躲开又不忍心。郭腊替弯腰捉住猫抱在了怀里，抚着它的脑袋说：没娘喽，没娘喽。

花妞躁乱得在院子里走来走去，它不希望郭腊替抱它，多少年都没有见他抱过它，轻抚它的样子真叫它好生嫉妒。

王翠平走了半个月，没见回来。

郭腊替每天都去王翠平院子里看看，有时候风吹得院子里的柴四散跌落，他捡起来重新搁置好。秋天的风吹得满院子落叶，一些潮湿的石头地缝长出了野草，他拔掉那些野草，扫干净院子，做完这些时就坐在王翠平家的门墩上抽两口旱烟。他向周围左顾右盼，耳朵却警觉地探听进出的路口，他盼望听到三轮车声，或者狗冲着生人狂叫的声音。秋天嘈杂的树叶落尽了，风在不停地旋转，吹来一些塌落了的屋子里的旧纸片，旧草屑，碎布头，还有各种各样没有用的东西，树枝、鸟的羽毛。他的脑袋里飞快地掠过许多忧伤的想法，童年、少年，许多无益的，已经无用的记忆中的事情都出现了。自己的生活，以及黑山背人的生活越来越清晰。他甚至想要强行打开王翠平家的门，日头好时，他想晒晒她的屋子，长久没有开门，屋子里潮气一定把锅碗瓢盆都潮烂了。

冬天来了，下了一场雪，一股卷着雪沫的风打碎了王翠平家窗户上的一格玻璃，他找了一块石头挡住了那格窗户。他看到了屋子里收拾得干干净净的床铺，墙上的年画，锅边的碗筷，都在等着王翠平回来。

花妞在冬天的一个夜晚生下了两只小狗。猫惊讶地看着那些蠕动的小东西，时不时地想去动它一下，花妞就狂叫。郭腊替觉得屋子里有了生气，说不清楚的过日子的生气。有些时候就看白猫轻手轻脚走近它们，伸出它的蹄子去撩逗它们，花妞怒吼着扑过来，猫选择了撤退，花妞的警戒心并没有放松，叼着它的狗儿子到处跑。这样子有一只小狗就被它叼来叼去病死了。剩下一只小公狗，它居然表情丰富地摇动着前蹄向猫示威。郭腊替想到许久没有见到宝福了，这小公狗还是龟孙宝福家贝儿的后代呢。想着宝福弄下的事，一肚子恨，就想着叫这小公狗"龟孙"吧。一山不能容二害，龟孙长大了一定要拦下宝福的贝儿，不叫宝福进黑山背，宝福一进黑山背呀那是猫狗不宁。

　　进入腊月时郭腊替听到三轮车响了，是王翠平回来了。

　　躺在三轮车上的王翠平已经昏迷不醒。这是一个不好的盼头，王翠平得了食管癌，做了手术。人在化疗期间，因为县城里冬天的雾霾重，体质弱的她又感染了肺部，恐怕连年都无法过去。

　　果不其然，回黑山背的第二天，王翠平就走了。迟早的事，有生就躲不开死。郭腊替无法控制自己的眼泪，他哭着收拾出箱子里去年清明上祖坟多余下的金箔纸，认认真真叠着金元宝，叠好后摆放在篮子里，一层层摆起来。他用谷草编了一匹草马，找出一只铃铛拴在草马的脖子下，草马的身子披了红布，它的尾巴用了几缕麻扎紧，披散开。

　　郭腊替走进王翠平的院子里，挽着他准备好的东西，没有人和他打招呼。他看见回黑山背奔丧的人，这些人脸上没有悲伤，他们嬉笑着说着山外的事情，山外真是一个巨大的诱惑啊，那诱惑让黑山背奔丧人忘记了哭声。地上的棺材只是一个摆设，王翠平躺在里面，永远都不会和他说话了。郭腊替弯下腰，取出他叠好的金元宝，一个一个点燃，他生怕没有燃透，没有燃透的金元宝到那边成色不好。燃烧完金元宝，他告诉王翠平儿子说，你们离开黑山背时把草马烧了，屋子里没有人了，灶王爷要离开了，不能不给他老人家一个坐骑。

　　那些人看着郭腊替笑，郭腊替在他们的笑声中哭着离开。

八

　　因为死亡，黑山背回归了那片土地。

　　山脊上走满了日头的光芒，日头照不到的地方积满了雪。花妞乏困地卧在雪地里，它的儿子龟孙跟着它在远处扑动着四蹄，雪下的那些荒草随着它的扑动大片大片地擦起。明年春天草还会绿，会疯长，只有黑山背的人没有再生能力了。

　　年关将至，儿子们打电话说不回来过年了，过年值班在企业里是双份工资。郭腊替叫他们不要操心自己，过年也就是一个日子，过了这个日子就过年了，这把年纪都害怕过年，过了年谁知道会是什么样子呢，你们不回来正好。罢了又安顿他们好好过年，过年是年轻人的事情，还能多赚钱，有热闹，就不要担心他了。

　　放下电话，郭腊替有些难过，其实他是渴望孩子们回来过年，毕竟是年，一年时间经历了春夏秋冬，经历了那么多的事，他想和他们说说话。可是现在的人谁愿意听他说这些车轱辘的话呢？床头的墙壁上，有一个斑驳的紫红色相框，里面都是从前的照片，他看到郭怀妈改娥坐在凳子上，双手放在膝盖上，茫然地看着什么，头发弯弯地卷在耳朵后，眼角儿微微地挑着，因为照片有些发黄，她的眼神迷离着。郭腊替拿干净毛巾轻轻拂去玻璃上的浮灰，有些地方灰尘积厚了，他吹了一口热气用劲儿擦了一下，眼前就浮现出了从前的景象来。

　　从前的年腊月里，炊烟袅袅，灶火间缭绕着年香，掀开蒸笼时，白面馍馍花朵一样散发出面香。两个儿子跑进来急慌慌要吃馍馍，郭怀妈说：还没有祭灶王爷呢，馋嘴东西们快走远远的。坐在灶火前添柴的郭腊替就把试碱的小馍馍拿给孩子们吃。郭怀妈看见了就吆喝，那也要先给火神吃，赶紧揪一团生面扔进灶膛。

年影子似的跟在庄稼人的身后，庄稼人怕过年。只有娃娃们盼过年，恨不得一个跟头翻到大年初一早晨，去吃那守岁夜包好的饺子。长年累月在灶间，郭怀妈的脸膛红红的，啥时候望见了都觉得是一脸喜悦。照片上看不出那一抹红来，那红入了从前的记忆。

如今的社会啊，钱把人的手脚绊住了。

一个人的黑山背也要过年，过年不能没有热闹，不能没有红对子。郭腊替找出红纸来，一条条剪出对联，搬着指头数，看有几户人家的屋子还立着，门还在。有六户的门还挂着锁，那就要贴六户人家的对联。王翠平走了，她的屋子应该贴黄对联。找出黄纸来同样割出两副对联，因为王翠平还有一间灶房。郭腊替拿着对联和糨糊往村子里走。对联上无字，字在黑山背没用了。贴一户打扫一户院子。没有人的院子里还有生灵，不能叫它们小看人，除非黑山背没有人了。最后贴王翠平的屋子，他看到好久没有打扫的院子里到处是鸟粪。过年了，年把你搁置在这厢了，回家来过个年吧。打扫干净院子，贴上黄纸对联。他坐在门墩上歇息了一下，突然想说话。

那边没有冷暖是吧？没有冷暖也就没有年。过年了，你是离我最近的人，活着时没说话，想想都好笑，活人怕死人，怕个尿毛。我现在就跟你说话，你活着时的样子我还记得，我心里惦记着你，有一天我见了你啊，我一定想办法把咱黑山背的人集中起来，还住在黑山背，那时就没有死亡了。我养着你的猫，它胖了，你离开黑山背的那几个月里它叫过一次春。不怕你笑话，黑山背所有人家的屋顶它跳着叫来叫去，小孩叫一样，哇哇叫得人难过。我想明年叫山外的人逮一只公猫来黑山背，可我就是不敢说，怕人家笑话，传出去都是黑山背人的笑料。就算黑山背一个人了，也不能叫山外的人说黑山背还有一个活死人，还在制造笑话。明年开了春我就自己出山，找一只公猫回来，没有什么理由，就是不想委屈了你的猫。我知道韩路平和你在一起呢，但是，我就是不尿尿你韩路平。你叫我把活人的日子过成了死人的日子。我现在就要把死人的日子过成活人的日子，天天来和你说话。哎哎，总算和你说话了，我知道你脸红得不好意思开腔，明年你闲置的地想种啥？我帮你种，明年就不用偷偷摸摸了。

年腊月二十三，郭腊替找出今年的新谷草来编了草马，灶王爷要回天庭汇报工作，要把灶王爷的坐骑打扮好。走前还要给灶王爷吃甜点，糊住灶王爷的嘴，好让他在玉皇大帝面前多说几句人间的好听话，来年多给人间一些风调雨顺的日子。郭腊替一早就开始烧柴慢火熬甜饭，下了黏米后又煮了枣、红豆、柿饼、花生、黑软枣，盛饭时还加了红糖。甜饭摆放在了灶王爷牌位前，吃罢饭，灶王爷就要骑草马上天了。

天空星星出全时郭腊替放了一个炮，点了一把火烧了草马，口里念念：上天言好事，回宫降吉祥。

从前大人们说有灵醒的小娃娃还能听到灶王爷叮叮当当的出行声。黑山背怕是再都见不到有灵醒的小娃娃了。

过了小年就是大年，郭腊替丝毫不敢轻薄了年，穿了干净衣服，打扫了屋子，擦洗了玻璃。年三十夜包了素饺子，接回来祖宗，敬奉了菩萨，破天荒歪歪扭扭写了一个斗方"开门见喜"，贴在了进出门上。先煮了饺子给猫狗，然后自己吃，一边吃一边安顿猫狗，告诉它们新年了，长岁了。

平静的黑山背响了一串儿长鞭，两只狗冲着鞭声叫了很久。假如没有这一串儿长鞭，黑山背该有多寂寞啊。郭腊替不想和年作简单的无奈的话别，他用他一个人的仪式过年，年揪着疼和他一起黑了亮了。

年就过了。

图书在版编目（CIP）数据

望穿秋水 / 葛水平著 . -- 北京：中国文联出版社，2018.6

ISBN 978-7-5190-3750-5

Ⅰ. ①望… Ⅱ. ①葛… Ⅲ. ①中篇小说—小说集—中国—当代 Ⅳ. ① I247.5

中国版本图书馆 CIP 数据核字（2018）第 133823 号

望穿秋水

作　者：	葛水平		
出版人：	朱　庆		
终审人：	奚耀华	复审人：	胡　笋
责任编辑：	蒋爱民	责任校对：	傅朱泽
封面设计：	大德文化传媒	责任印刷：	陈　晨

出版发行：中国文联出版社
地　　址：北京市朝阳区农展馆南里 10 号，100125
电　　话：010-85923066（咨询）85923000（编务）85923020（邮购）
传　　真：010-85923000（总编室），010-85923020（发行部）
网　　址：http://www.clapnet.cn　http://www.claplus.cn
E - mail：clap@clapnet.cn　jiangam@clapnet.com
印　　刷：中煤（北京）印务有限公司
装　　订：中煤（北京）印务有限公司
法律顾问：北京市德鸿律师事务所王振勇律师
本书如有破损、缺页、装订错误，请与本社联系调换

开　本：787×1092		1/16	
字　数：396 千字		印张：15	
版　次：2018 年 6 月第 1 版		印次：2018 年 6 月第 1 次印刷	
书　号：ISBN 978-7-5190-3750-5			
定　价：30.00 元			

版权所有　翻印必究